Queen of the Wicked
Der untote Prinz

Teresa Sporrer hegte schon ihr ganzes Leben lang eine große Leidenschaft für Bücher: zunächst als Leserin, später auch als Bloggerin und mittlerweile ist sie selbst eine erfolgreiche Autorin. Ihre Reihe über verwegene Rockstars spielte sich in die Herzen vieler Leser:innen. Neben witzig-romantischen Lovestorys schreibt sie außerdem Fantasy-Romane über Antihelden wie ruchlose Piraten oder giftige Hexen.

Für mehr Informationen zu Teresa Sporrer, ihren Büchern und spannenden Aktionen folgt ihr auf Instagram @teresasporrer

Mehr über Planet und unsere Autor:innen unter
www.thienemann-esslinger.de
und auf Instagram @thienemannesslinger_booklove

TERESA
SPORRER

QUEEN OF THE WICKED

DER UNTOTE PRINZ

PLANET!

ACHTUNG!

Bei dem Großteil der erwähnten Pflanzen handelt es sich um hochgiftige Gewächse!
Vom Verzehr wird dringend abgeraten!

Dieses Buch ist eine Geschichte getränkt in Gift.
Durch die Kapitel begleiten uns pflanzliche Gifte und Gifte, die Körper und Seele angreifen können.
Eine Inhaltswarnung über mögliche Gifte findest du am Ende des Buches.

Ich widme Band 2 allen #blerry-Fans:
Ihr habt dieses Buch erst möglich gemacht!

Look like the innocent flower,
but be the serpent under it.
William Shakespeare, Macbeth

Prolog

SEI WIE EINE UNSCHULDIGE BLUME

Die Hölle war ein Ort voller Tod und Leid.

Die lauwarme Luft schmeckte nach den leckersten Sünden und der bittersten Reue. Ein einziger Atemzug ließ einen Menschen in Ohnmacht fallen und beraubte ihn für den Rest seines Lebens der Fähigkeit, Freude zu empfinden.

Aber es reisten ohnehin nicht viele Sterbliche in die Unterwelt. Nur Narren, die meinten, dass sie einen geliebten Menschen aus den höllischen und unnachgiebigen Klauen des Fegefeuers befreien konnten, und die dann zwischen den sieben Ringen von umherstreifenden Dämonen getötet wurden.

Das dunkle Gras zu seinen Füßen war hart und spitz wie abgebrochene Knochen, die feuchte Erde getränkt mit dem Blut der Sünder. Das ferne Geheul der leidenden Seelen im Fegefeuer drang selbst hier im ersten Zirkel – über alle sieben Ringe hinaus – noch an seine Ohren.

Heimat, wisperte etwas in seiner toten Brust.

Er war zwar hier geboren worden, aber wie die anderen adeligen Dämonen fühlte er sich nicht wirklich zu Hause. Es lag weniger an seiner menschlichen Seite. Bis auf das Aussehen seiner durchaus adretten Hülle hatte Blake kaum etwas mit einem Menschen gemein. Sein wahres Zuhause war dort, wo es sich so anfühlte, als würde in seinem Brustkorb ein Herz schlagen: bei einer Hexe mit weißen Haaren und Augen so violett und tödlich wie die Blüten einer Giftpflanze. Doch es war ihr Lächeln, das ihn wortwörtlich verhext hatte. Er liebte es, wenn sie mit angezogenen Mundwinkeln bis zur Heiserkeit über ihre Giftpflanzen sprach. Er liebte es, wenn sie mit purer Begeisterung in den Augen die Schachtel vom Konditor öffnete.

Er liebte es, wie ihr warmer Körper sich an seinen schmiegte und er ihren Herzschlag spüren konnte. Manchmal kam es ihm so vor, als würden ihre Herzen in einem gemeinsamen Takt schlagen.

Was natürlich ein Ding der Unmöglichkeit darstellte, da er bereits tot zur Welt gekommen war.

Und genau darum *musste* er das hier tun: Nie wieder würde er tatenlos dabei zusehen, wie ein Leben einfach dahinschwand. Nicht nach ... Nein. Daran wollte er nicht denken. Er wollte auch nicht daran denken, dass seine Braut in diese Angelegenheit der Hölle verwickelt wurde. Bald, sehr bald würde das alles vorbei sein. Lange bevor die Königin der Hexen und ihr Volk mit reingezogen wurden.

Vor dem Dämon erhob sich ein Baum. Das Herz des ersten Zirkels hatte eindeutig schon bessere Tage gesehen: Die Rinde war schwarz und wirkte verkohlt. Dennoch glänzten an den dünnen Ästen noch ein paar Granatäpfel. Ihr saftiges Rot ließ ihre irdischen Verwandten dagegen bleich, beinah leblos wirken.

Und unter dem Baum saß eine Frau – oder vielmehr: Eine Kreatur, die aussah wie eine junge Frau mit schwarzen Haaren und weißer Porzellanhaut. Doch wenn sich ihre Lippen zu einem Lächeln verzogen, offenbarte sie ihre wahre Natur: Spitze Fangzähne, die nur dafür geschaffen waren, die Halsschlagader brutal herauszureißen.

Von seiner Braut wusste er, dass junge Hexen Kinderlieder über die Söhne der Todsünden anstimmten, wenn sie Fangen spielten.

Doch eines schienen sie sich dem Reim nach nicht bewusst zu sein: Das Kind des Hochmuts war eine Tochter.

Die Vampirin suchte wie immer Schutz vor dem Tageslicht in den Gefilden der Hölle. Hier gab es weder Tag noch Nacht, nur die angenehme Dämmerung, die es nie wagen würde, das Fleisch eines Höllenwesens zu versengen.

Völlig regungslos verharrte die Blutsaugerin unter dem Baum, bis der Wind seinen Geruch in ihre Nähe trug.

»Guten Tag, Avaritia«, sagte sie mit geschlossenen Augen und hob träge einen bleichen Arm. »Was führt dich zu mir?«

»Du musst mich nicht so förmlich mit meiner Todsünde anreden, *Carmilla*«, entgegnete der Dämon nur. »Ich nenne dich ja auch nicht Superbia, den Hochmut.«

Er hielt Abstand zur Tochter des Hochmuts.

Carmilla war unberechenbar. In die Geschichte der Menschen war sie als unbarmherzige Kriegsherrin eingegangen, die ihre Feinde und Untertanen pfählte, wenn sie ihr nicht unterwürfig genug waren oder sie einfach nur einen schlechten Tag hatte. Daneben existierten die romantischen Bücher, die sie als vornehme Gräfin darstellten, die junge Frauen mit den süßesten Worten verführte und ihr Blut trank, aber doch nie die wahre Liebe fand. Letzteres stimmte nicht ganz: Vor einiger Zeit hatte sie drei Bräute gezählt – bis sie alle mit einem Mal verlor.

Nur aus diesem einzigen Grund konnte er sich ihr anvertrauen ... Nein.

Wenn er ehrlich war, dann konnte er eigentlich niemandem von den anderen Dämonen vertrauen, aber Carmilla schien nun mal die sicherste Option zu sein. Besser als Asmodäus, den nichts kümmerte, außer er selbst und seine Braut oder Barbatos, der Blake als Jugendlicher fast enthauptet hatte, weil er neugierig war, ob er wirklich untot war.

»Die Granatäpfel sind so schön rot.« Carmilla streckte eine Hand in die Höhe. »Sie schmecken sicher süßer als das Blut einer Jungfrau.«

»Schmeckt Jungfrauen-Blut so viel besser? Ich meine … Schmeckt man *das* wirklich heraus?«

»Keine Geschlechtskrankheiten – und durch das Alter im besten Fall auch weniger Alkohol und Tabak im Blut. Jungfrauen-Blut ist wahrhaft köstlich!«, lächelte die Vampirin. »Du kennst das doch sicher auch von den Herzen.«

»Nein. Schon ein junges Herz kann vollkommen vom Tod zerfressen sein.«

»Hmmmm.« Carmilla legte den Kopf in den Nacken und ließ ihn kreisen. »Gut zu wissen. Ich vergesse immer, wie unterschiedlich die Leute sind, die unsere Dienste in Anspruch nehmen. Willst du dann noch mehr unnötigen Small Talk betreiben?«

Blake verzog kurz die Lippen. »Du hast mit dem Jungfrauen-Blut angefangen.«

»Und du lässt dich hier blicken, obwohl du mich sonst meidest.«

»Nun. Wir beide haben nun einmal nicht viel miteinander zu schaffen«, wich er ihr aus.

»Ich kann es dir nicht übel nehmen, die anderen adeligen Dämonen meiden mich auch.« Blitzschnell war die Dämonin aufgesprungen und stand nun direkt vor Blake.

Carmilla sah ihm tief in die Augen. Ihre Iris leuchtete rot wie frisches Blut und eine Spur von Wahnsinn tanzte lodernd darin. »Es spricht sich herum, dass du deine Braut gefunden hast.«

Blake wich keinen Millimeter zurück. »Du musst gar nicht so scheinheilig tun. Ich weiß, dass du ein Abkommen mit Königin Sibylle hattest. Deinen widerlichen Geruch kann ich an jedem einzelnen Angestellten im Schloss wahrnehmen. Du bist wirklich unersättlich in deiner Gier nach Menschenblut.«

Die Dämonin trat einen halben Schritt zurück, beleidigt, dass ihr Einschüchterungsversuch nicht funktioniert hatte.

Gelangweilt betrachtete sie ihre langen Fingernägel. Sie waren von Natur aus dafür geschaffen, ihren Opfern die Hauptschlagadern aufzuschlitzen. Sein Blick blieb allerdings an etwas anderem hängen: An ihrem Ringfinger steckten drei verschieden große goldene Ringe – einer für jede tote Braut.

»Nun. Ich habe keine einzige Braut mehr. Ich brauche viel Blut. Das heißt, ich muss ein paar Mal im Jahr einen Menschen komplett leer saugen, damit ich meine Laune nicht an Unschuldigen auslasse.« Ihre Lippen kräuselten sich zu einem spöttelnden Grinsen. »Und wenn ich mich nicht irre, wurde *dir* der Titel ›Vielfraß der Hölle‹ verliehen. Nicht mir. Dir. Der Gier.«

Carmilla hatte recht. In den letzten drei Jahren hatte er mit so vielen Menschen Händel geschlossen, dass ihm sogar das Gefühl für die genaue Zahl abhandengekommen war. Jeden Tag ging er neue Verträge ein und mehrmals in der Woche konnte er ein Herz verschlingen.

Er hatte nur gehofft, dass sein ›Appetit‹ keinem der anderen Adeligen auffiel, aber die *Ars Goetia* hatten ihre Augen und Ohren wirklich überall.

Doch wenn sie schon darauf zu sprechen kamen: »Warum hast du überhaupt eine Abmachung mit Königin Sibylle getroffen? Leitest du nicht einige Blutbanken in Europa?«

Unbewusst streiften ihre Finger über die Goldringe.

»Moment. Du hast das doch nicht etwa getan, um Informationen über deine nächste Braut zu erhalten?«

»Sag das nicht so abfällig, Avaritia«, zischte Carmilla. Er wusste sofort, dass er eine Grenze überschritten hatte, als sich ihre Fangzähne über die Lippen schoben. »Nicht jeder von uns hat das Glück, dass ihm seine Braut praktisch auf dem Silbertablett serviert wird. Wie alt bist du? Nicht einmal drei Jahrzehnte, wenn ich mich richtig erinnere.«

Die Erde unter den Füßen der Dämonen bebte. Viele der Knochenhalme stammten von seinen Opfern, weshalb sie auf seine Emotionen reagierten. »Auf dem Silbertablett?«

Es war nicht einfach gewesen, und er hatte eine Zeit lang befürchtet, dass seine Braut sich gegen ihn entscheiden würde. Die Hexen ihrer Jugend hatten sich bemüht, ihr pure Abneigung gegen seine Spezies einzutrichtern. Am allermeisten natürlich die alte Königin und ihre Zirkelhexen ...

»Ruhig, kleiner Dämon. Ich bin doch auf deiner Seite«, säuselte Carmilla, ein wenig versöhnlicher. »Wie du sicherlich gehört hast, stehen unsere Bräute an oberster Stelle für mich.« Nur um dann die Krallen erneut auszufahren. »Deine kleine Hexe ist allerdings noch keine Braut – und damit darf ich mit ihr machen, was ich will.«

»Wag es ja nicht, sie anzurühren«, knurrte der Dämon. Seine Stimme wurde dunkel und gefährlich: »ICH HABE KEINE PROBLEME DAMIT, ANDERE DÄMONEN ZU TÖTEN.«

Seine dämonische Seite wollte mit aller Kraft unter seiner menschlichen Haut hervorbrechen und die Vampirin in tausend Stücke zerfetzen. Bei den neun Zirkeln, es war Jahre her, dass seine Stimme sich verändert hatte, weil er angestrengt versuchte, sein wahres Aussehen niemandem zu enthüllen.

Carmillas Augen glitzerten vor Aufregung – keine Spur von Angst. »Dann mach sie zu deiner Braut. So einfach ist das. Was hält dich davon ab? Warum frisst du so viele Seelen?«, verlangte die Vampirin von ihm zu erfahren. »Deine Braut müsste deine Gelüste doch weitestgehend befriedigen – erst recht, wenn sie endlich den Granatapfel gegessen hat. Du musst kaum noch Herzen sammeln und kannst dich ganz darauf konzentrieren, deine Braut zu befriedigen. Ein Glas Blut meiner Bräute konnte mich immer einen ganzen Monat ernähren.«

»Wir reden aneinander vorbei.«

»Nein, das tun wir nicht«, widersprach Carmilla hochmütig. »*Du* nutzt jede mögliche Ausflucht. Ich frage mich, warum du überhaupt gekommen bist. Willst du nicht lieber mit der Königin der Gifte im Bett liegen?«

Blake hob die Hände und seufzte. »Gut. Ich lasse die Spielchen.«

Carmilla lächelte ein Lächeln, das das Blut in seinen Adern hätte gefrieren lassen, wäre er nicht untot gewesen.

Sie trat zum Granatapfelbaum und pflückte nahezu zärtlich eine der Früchte. »Nimm sie«, forderte die Dämonin mit solch einem Nachdruck, dass er dieses ›Geschenk‹ nicht ablehnen wollte. »Du solltest dein Hexlein so schnell es geht zur Braut machen. Hexen sind nicht halb so mächtig, wie sie sich geben und du weißt, dass ich bei Blut nicht unterscheide, wenn ich richtig hungrig bin.«

Diese Drohung war so offen und roh, dass er schlucken musste.

»Und lass mich endlich wissen, was dich zu mir bringt.«

»Ich spüre seit Langem eine andere Gier in mir reifen – etwas, das du sicher auch kennst.«

»Du willst also ein Teil der *Ars Goetia* werden? Ich weiß nicht, ob du stark genug dafür bist«, urteilte sie mit abschätzigem Blick. *Bei der Hölle.* Sie war wahrlich der personifizierte Hochmut. »Qualität über Quantität. Es reicht nicht aus, sich einfach wahllos Seelen zu schnappen.« Beherrscht von ihrer Todsünde fuchtelte sie mit dem Zeigefinger in der Luft herum. »Seit Jahrhunderten sind wir *Ars Goetia* die gefürchtetsten Dämonen der Menschenwelt. Wir –«

Blake zog den Knochendolch unter seinem schwarzen Jackett hervor.

Selbst eine uralte Bestie wie Carmilla, die Kriege, Naturkatastrophen und Seuchen miterlebt hatte, zuckte bei dem Anblick des sagenumwobenen Gegenstands zusammen. Die anfängliche Furcht vor dem Dolch wurde von Unglauben abgelöst. »Woher hast du ihn?«

»Das tut nichts zur Sache. Ich will, dass du den anderen *Ars Goetia* etwas ausrichtest …«

1. Kapitel

DIGITALIS PURPUREA

Roter Fingerhut

Der Poison Garden in Alnwick ist dafür bekannt, dass er rund einhundert Giftpflanzen beherbergt, die für Menschen bereits in geringen Dosen tödlich sind.

Die größte Gefahr ging jedoch nicht von der wuchernden Botanik aus. Nein. Sondern von einer jungen Frau mit kurzen weißen Haaren und ungewöhnlich lilafarbenen Augen, die als unscheinbare Touristenführerin ihre Dienste in den Sommermonaten anbot.

Wo andere Menschen Schutzausrüstung brauchten, um die Pflanzen zu berühren, ließ sie sich von ihren giftigen Lieblingen liebkosen.

Unsere giftige Königin Belladonna, die dreizehnte von unserer Göttin erwählte Priesterin, die mit ihrem giftigen Kuss selbst den Faekönig Oberon in die Knie zwingen konnte.

»Hm.« Ich legte Ishitas Anfang meiner Lebensbiografie kurz zur Seite. »Schreiben kann sie ja, aber es ist mir einen Hauch zu melodramatisch. Und im letzten Satz ist eine Wortwiederholung, die sollte sie dringend rausstreichen. Die zukünftigen Leser haben schon Seiten vorher verstanden, dass ich giftig bin. Ich meine: Ich bin *die giftige Herrscherin.* Das steht sogar unter meinem Porträt.«

Ich wühlte in meinem Federmäppchen nach einem hübschen Glitzerstift in Grün, um meine Korrekturen anzubringen. Was für ein Glück, dass Ishita die Schreibfeder noch nicht auf Pergament angesetzt hatte, sondern auf weitaus günstigerem Papier.

Es war ein lauer Spätsommertag im Alnwick Garden und die Gäste hatten schon vor zwei Stunden das Gelände verlassen. Danach hatte ich mich um ein paar wild wachsende Gräser und Kiesel in den Beeten des Poison Gardens gekümmert, den Fingerhüten das neue Kapitel ihrer liebsten Fanfiktion vorgelesen und dem Eisenhut noch einen selbst gemachten Düngerstift zugesteckt, obwohl ich eigentlich der Meinung war, dass ich ihn schon genug verwöhnte.

Und nun widmete ich mich der Sache, die ich seit einer Woche aufschob: Meine Königinnenbiografie, die meine Bibliothekarin Ishita wohl schon vor einem Jahr begonnen und mir nun vor dem nächsten wichtigen Tag meiner Herrschaft ausgehändigt hatte.

Sie meinte, dass durch die frühe Aufzeichnung keine meiner Taten – und seien sie noch so klein – vergessen werden könnte. Aber genau das wollte ich! Ich wollte einige Dinge, die passiert waren, unter den Teppich des Vergessens kehren.

Niemals durfte die ganze Geschichte ans Licht kommen: Vor nicht allzu langer Zeit war der Poison Garden mein Käfig gewesen. Ein Gefängnis, welches die frühere Hexenkönigin Sibylle geschaffen hatte, damit sie mich stets im Blick behalten konnte. Ishita wusste nicht, dass die Königin meine Mutter war, und ich wollte sie und die anderen Hexen auch darüber im Unklaren lassen. Es fühlte sich immer noch seltsam an, wenn ich daran dachte, dass ich sie in einem anderen Leben vielleicht ›Mama‹ gerufen hätte. Dass ich in einem anderen Leben vielleicht nicht völlig allein aufgewachsen wäre, sondern als Prinzessin der Hexen ...

Neun Monate hatte mich die Königin ausgetragen, nur um mich gleich nach meiner Geburt der Affinität der Schatten zu berauben und mich als ›Gifthexe‹ in die Akademie abzuschieben, wo mich eine Überdosis Gift fast getötet hätte. Es war zwar äußerst selten, dass ein Hexenkind verstarb, aber es kam durchaus vor. Niemandem wären meine seltsamen Todesumstände aufgefallen.

Lies uns vor, bettelte der Rote Fingerhut namens Kirsten, der neben mir emporgewachsen war.

Eigentlich durfte sie sich hier oben bei den Kirschbäumen nicht aufhalten. Während der Öffnungszeiten tummelten sich an dieser Stelle viele Menschen, insbesondere zur Kirschblütenzeit, wenn die Bäume in Tausenden Pinkschattierungen blühten, aber auch im Hochsommer war dieser Teil des Gartens mit den großen Schwingbänken gut besucht.

Doch es war schwül und die Sonne würde erst nach neun Uhr abends hinter dem Horizont verschwinden. Die Pflanzen konnten nicht schlafen und ihr Verhalten glich nun dem von übernächtigten Kindern.

»Das ist aber keine Fanfiktion von AO3«, sagte ich ihr. »Da gibt es also keinen SMUT – nicht einmal ein wenig spice.«

Ich hoffte zumindest, dass Ishita nicht angefangen hatte, das Sexleben von Blake und mir detailliert auf Papier zu bringen.

Neugierig blätterte ich vor:

Königin Belladonna führte eine Beziehung mit einem Höllenprinzen. Blake Avaritia, seines Zeichens die Todsünde der Habgier, verlobte sich mit unserer gesegneten

Königin – wie es seit jeher Hexentradition ist – an dem dritten großen Hexenfeiertag Lughnasadh.

Muss das sein?, kommentierte ich den Absatz.

Dabei drückte ich die Spitze des Gelstiftes etwas zu fest auf das Papier, sodass nun glitzernde Spritzer das Geschriebene verzierten.

Ishita wusste genau wie ich, dass Blake sich keinen Hexenfeiertag ausgesucht hatte, um sich mit mir zu verloben.

Wie es sich für einen unanständigen Dämonen ziemte, hatte er mich in einen Pakt gelockt, den er als einfache Verlobung verschleiern wollte.

Nun endlich verstand ich seine Intention dahinter: Er wollte mir einfach nahe sein, weil er mich schon kannte. Oder besser gesagt: Er war mit einem Teil meiner selbst vertraut.

Königin Sibylle hatte mit der Überzeugung gelebt, dass meine Schattenaffinität für den Rest meines Lebens versiegelt wäre, aber vor einiger Zeit verselbstständigte sich ein Teil meiner Magick und lief direkt Blake in die Arme. Schwer zu sagen, ob dieser Teil sich zu Blakes Lich-Magick hingezogen fühlte, da ausgerechnet sein Vater – der Dämonenfürst Mammon und erste Untote – meine Gabe mit einer verfluchten Münze verschlossen hatte, oder …

Oder es lag an dieser seltsamen Anziehung, die ich zwischen Blake und mir spürte. Mein ganzes Leben meinte ich Angst vor Dämonen zu haben, obwohl ich bis zu Blakes Auftauchen nie einer Kreatur der Hölle begegnet war. Wie jeder Hexe war mir von Kindesbeinen an eingebläut worden, dass man Dämonen meiden sollte. Meine Hexensinne hatten laut wie Alarmglocken geschrillt, wenn ich von ihm in seiner Schattenform im Garten aufgesucht wurde.

Aber dann war er in seiner menschlichen Gestalt vor meinen Thron getreten und ... Ich empfand keine Angst oder Furcht, kein Fünkchen Unbehagen. Ein vollkommen anderes Gefühl hatte sich in meiner Brust breitgemacht.

Das war der Grund, warum ich ihm mit Angst begegnen und meinen Hass wie einen Schutzschild gegen seine Avancen nutzen wollte.

Aber am Ende war ich selbst als Gifthexe nicht immun gegen sein Toxikum ...

Weiter, forderte mich die Pflanze auf. *Wie geht es weiter?*

»Ihr kennt die Geschichte doch. Die Alraunen haben doch jedes Detail meiner Beziehung ausgeplaudert.«

Nicht müde! Mehr!

»Schon gut.«

Ich blätterte um, nur um festzustellen, dass das alles war. Wo stand denn geschrieben, dass er mich in den zahlreichen brenzligen Situationen, denen ich als Hexenkönigin ausgeliefert war, stets unterstützte? Zum Beispiel als Faekönig Oberon völlig grundlos die Wilde Jagd auf mich gehetzt hatte und der Dämon zu allem Übel auch noch einen tödlichen Schwerthieb abfangen musste? Wo war notiert, dass er mich mit aller Macht vor der Hexe Walpurga beschützen wollte, die ich danach aus Versehen in einen Baum verwandelt hatte?

Die ganze Gemeinschaft der Hexen wusste, dass Walpurga jetzt Wurzeln in meinem Thronraum schlug.

Mach es romantischer, merkte ich für Ishita an. *Ich kenne deinen Suchverlauf und wenn du weiter koreanische Soaps während der Arbeitszeit streamen willst, dann lass etwas Romantik einfließen*

Eilig überflog ich den Rest, den ich zuerst übersprungen hatte. Es gab ein paar Seiten über meine Giftaffinität, auf denen betont wurde, dass so ein Talent in der Hexenwelt seinesgleichen suchte. Ich wurde rot, als ich ihre Worte las, die wie ein Lob waren. Es gab kein Gift, das ich nicht vertrug. Ich konnte mit den Giftpflanzen reden, als wären es Menschen, und auch die wenigen ungiftigen Gewächse vertrauten sich mir an.

Doch so gut sich diese Worte auch anfühlten, sie zeigten dennoch, dass meine geheime Schattenaffinität nur deshalb so geheim war, weil sie keinem auffallen konnte. An guten Tagen war ich in der Lage, meinen eigenen Schatten beschwören und ihn für mich agieren zu lassen – an schlechten Tagen reagierte er nicht einmal wie ein echter Schatten.

Und es gab niemanden, der mir helfen konnte. Ich konnte zwar in Erfahrung bringen, dass Hexen in der Lage waren, mehr Affinitäten zu meistern, aber es existierten keine Aufzeichnungen von Hexen, die ihrer Geburtsaffinität beraubt wurden. Ganz zu schweigen von der Problematik, dass es vor mir nur eine einzige Hexe mit dieser Kraft gegeben hatte: Lilith, die erste Königin meines Volkes.

»Was liest du da?«

Die Stimme in meiner unmittelbaren Nähe erschreckte mich in diesem Moment so sehr, dass ich das Gleichgewicht verlor und beinahe von der Wippe ins Gras fiel. Nur die Äste eines hilfsbereiten Kirschbaums verhinderten, dass ich das Gras küsste. Nicht, dass es dem Gras etwas ausgemacht hätte ...

»Bei der Göttin, Agnieszka!«, fuhr ich tadelnd herum. »Erschreck mich doch nicht so! Wo kommst du um diese Uhrzeit noch her?«

»Sorry. Ich habe meinen Be-, die Autoschlüssel vergessen.«

Ich neigte den Kopf. Die Hexe versuchte tatsächlich, ihren Besen hinter dem Rücken zu verstecken.

»Du bist also heute mit dem Besen zur Arbeit gekommen.«

»Aber mich hat niemand gesehen! Ich habe von Adlon Faestaub bekommen. Du weißt doch, dass ich beim letzten Mal Kratzer in die Autotür von ...«

Agnieszka war eine Erdhexe, die gerade einmal 19 Jahre alt war und die aus ihrer osteuropäischen Heimat vertrieben worden war, weil sie eine Fae, man nannte sie in ihrer Heimat auch Rusalka, liebte.

Das war der Grund, warum sie pünktlich zum Frühlingsbeginn mit Murmeltier-Familiar und Fuchs-Feenrich vor den Toren des Alnwick Gardens gestanden und mir in aller Früh mit ihrem Handy die Stellenanzeige für eine Gärtnerin im Alnwick Garden ins Gesicht geleuchtet hatte.

Als Erdhexe war sie die geborene Besetzung für diesen Job – und es störte sie nicht, dass ich erst kurz zuvor eine andere Hexe mit derselben Affinität in Brennholz verwandelt hatte. Wie konnte ich sie da ablehnen?

Und natürlich würde ich auch niemals einer Hexe die Zuflucht verwehren, die wegen ihrer speziesübergreifenden Beziehung von anderen Coven ausgeschlossen wurde.

»Morgen ist also der große Tag«, sagte Agnieszka, um galant von ihrem Besen abzulenken. »Bist du schon aufgeregt? Du musst doch fürchterlich nervös sein.«

Was ich an Agnieszka schätzte, war, dass sie mich niemals Königin nannte und gnadenlos ehrlich und direkt war. Gleichzeitig behagte mir eben diese gnadenlose Ehrlichkeit in manchen Moment nicht so sehr, denn ich hatte die Gedanken an den nächsten Tag bis gerade eben ganz gut verdrängt ...

Die andere Hexe bemerkte mein Unwohlsein, weil keine

einzige Silbe einen Weg über meine halbgeöffneten Lippen fand.

»Ist es so schlimm?«

»Nein.« Ich schüttelte den Kopf. »Und irgendwie freue ich mich schon darauf. Lughnasadh macht doch immer Spaß, oder?«

»Ich war immer sehr ... müde ... vom vielen Trinken.« Sie hüstelte. »Darf Adlon eigentlich auch kommen? Wir waren noch nie gemeinsam auf einem gesegneten Fest.«

Ich nickte. »Schließlich führe ich morgen auch eine Fae in meinen Hexenzirkel ein.«

Und damit würde ich eine eiserne Hexenregel in ihren Grundfesten niederreißen und sie in ein gesegnetes Feuer zum Herbstbeginn werfen.

2. Kapitel

ALOE VERA

Echte Aloe

Hexenpolitik wirkte auf den ersten Blick vielleicht einfacher als die der Menschen, aber dem war nicht so. Der größte Unterschied lag lediglich darin, dass eine Hexenkönigin nicht Jahre oder Jahrzehnte, sondern meistens ein paar Jahrhunderte an der Macht war und alles dementsprechend entschleunigt geschah. Die Entscheidungen, die sie traf, waren dafür um so weitreichender und die Gründung eines verlässlichen Covens – umgangssprachlich auch Zirkel genannt – stellte einen wichtigen Schritt in der königlichen Regierungsperiode dar, falls die Königin nicht schon vor ihrer Krönung einen Hexenzirkel gefunden hatte. Mir war die Krone mit gerade einmal 21 in den Schoß gefallen, als sich die ersten meiner ehemaligen Mitschülerinnen in Gruppen zusammenfanden.

In der Regel bestand dieser Zirkel aus anderen Hexen, die die gleichen Ambitionen und Ziele verfolgten und eine wichtige beratende Funktion einnahmen.

Aber es existierten auch besondere Zirkelformationen. So hatte Königin Sibylle mit einer Feuer-, Wasser-, Erd- und Lufthexe einen Elementar-Coven gegründet, der ihre eigenen magischen Kräfte um ein Vielfaches verstärkt haben musste.

Aber: Coven waren zerbrechlich, besonders je größer sie wurden. Sie konnten aufgelöst werden und in der Regel blieb eine Hexe dann bis an ihr Lebensende zirkellos. Mit so einem

Bruch ging ein enormer Machtverlust einher, der bei dem königlichen Zirkel natürlich äußerst heikel war.

Kurz gefasst: Man band sich lebenslänglich an den Coven und deshalb sollte die Auswahl der Zirkelmitglieder möglichst mit Bedacht getroffen werden.

Auch ich plante, meine Magick auf diese Art zu stärken – nur würde mein Coven nicht aus Hexen bestehen.

Das lag aber nicht daran, dass ich den anderen Hexen nicht vertraute. Nein. Seit ich Königin geworden war, hatte ich so viele meiner einzigartigen Schwestern näher kennenlernen dürfen: Da war zum Beispiel meine Bibliothekarin Ishita, die Lufthexe, die mir den Bestand meiner eigenen Buchsammlung alphabetisch um drei Uhr morgens aufsagen konnte. Natürlich schätzte ich auch die fleißige Agnieszka, die mir immer ihre Meinung geradeheraus ins Gesicht sagte. Auch Shuilian, eine Hexe aus China, die das Element Wasser beherrschte, hatte meine Sympathien, weil sie mit einer Dämonin liiert war.

Aber die Seelen, mit denen ich mich am verbundensten fühlte, waren keine Hexen.

Ich lächelte sanft.

Wer hätte das gedacht? Jemand wie ich, der stets den einzigen Wunsch in sich trug, ein ruhiges Leben in ihrem Garten führen zu können – ohne sich jemals mit Dämonen oder Fae herumschlagen zu müssen, wollte den ersten Coven mit einem Dämon und einer Fae einweihen. Auch in der Hoffnung, dass viele Hexen es mir gleichtun würden.

Ich hatte mich für diesen außergewöhnlichen Zirkel ziemlich früh nach meiner Krönung an Yule entschieden und ich hielt an dieser Entscheidung nach wie vor fest.

»Lughnasadh läutet das Ende des Sommers ein. An diesem Tag will ich das Abschiednehmen von alten Traditionen feiern«, rechtfertigte ich meine Entscheidung bei der Ankündigung, der eigentlich nur Ishita und Agnieszka beigewohnt hatten. »Ein Abschied muss nichts Schlechtes sein, besonders wenn man schlechte Gewohnheiten oder veraltete Ansichten ablegt. Lasst uns also in einen Herbst der positiven Veränderungen starten, ja?«

»Manchmal höre ich mich echt weise an«, murmelte ich, als ich im Dreck kniete und mit einem geweihten Zweig eine weitere Asche-Rune in den Boden zeichnete.

Ich stand auf, hob eine Hand und die Rune leuchtete unheilvoll Schwarz auf. Mein Blick glitt kurz zur Seite, wo die anderen Schutzzeichen etwas zu deutlich zu sehen waren.

»Elsa Maria? Hilfst du mir mal?«

Der Giftefeu, der die früher so langweilig grauen Gemäuer des Alnwick Castle in ein wunderschönes Grün tauchte, ließ ihre Ranken nach vorne wachsen und bedeckte die verräterischen Anzeichen meines Schutzzaubers.

»Danke schön.« Ich steckte ihr ein selbst gemachtes Düngerstäbchen als Belohnung zu. »Übermorgen verlieren die Runen ihre Wirksamkeit. Bis dahin überwache sie bitte mit all deinen Fasern.«

Morgen durfte nichts schiefgehen.

Und wenn der Tag vorbei war, würde ich endlich einen königlichen Coven besitzen und mit ihm hoffentlich mehr Macht. Womöglich war die Coven-Gründung der Schlüssel, um meine Schattenkräfte endlich voll einsetzen zu können!

Dann konnte ich wirklich zeigen, dass ich die Königinnenkrone aufgrund meiner einzigartigen magischen Kräfte verdiente und nicht allein deswegen, weil ich die alte Herrscherin für ihre Taten umgebracht hatte. Auch, weil niemand mir die Wahrheit über unsere Königin glauben würde …

Völlig erschöpft von den Vorbereitungen gönnte ich mir ein ganzes Blatt der Aloe Vera aus meiner Bento-Box.

Mit der Heilpflanze fertigte ich für den Souvenirshop im Garten seit neuestem auch Gesichtscremes an. Meine Position als Königin und alleinige Verwalterin des Vermögens kam in erster Linie Alnwick Garden zugute – und damit auch indirekt mir.

Das änderte aber nichts daran, dass ich immer noch als Touristenführerin im Poison Garden arbeitete und selbst gemachte Sachen im Shop anbot. Der lockere Zeitplan einer Hexenkönigin machte es mir möglich.

»Hach ja. Aloe Vera. Perfekt, um menschliche Haut jung und geschmeidig zu halten, wenn man den Saft nicht trinkt. Sonst verbringt man seine ewige Jugend auf dem Friedhof«, grinste ich und biss noch einmal herzhaft in das Blatt. »Sooo lecker und erfrischend!«

Ist diese Pflanze wirklich giftig?, fragte mich Elsa Maria. *So wie ich?*

»Natürlich!« Da ich mir ein Blatt bereits einverleibt hatte, holte ich ein weiteres heraus und zeigte es dem neugierigen Giftsumach. »Diese Pflanze ist zwar am bekanntesten für ihre heilende Wirkung, aber tatsächlich kann man durch den Genuss von zu viel Saft starke Darmblutungen bekommen.«

Interessant. Aber was ist eine Darmblutung?

»Äh. Nichts worüber sich deine Zellen Sorgen machen müssten.«

Damit gab sich Elsa Maria zufrieden.

Ich betrachtete das hellgrüne Pflanzenblatt in meiner Hand.

Zwar war ich nicht als Gifthexe geboren worden, aber

durch die jahrelange Einnahme giftiger Stoffe hatte sich irgendwann in meiner Pubertät eine echte Giftaffinität herausgebildet.

Gift war nun meine Speise der Götter. Selbst eine nur leicht toxische Pflanze wie die Aloe Vera füllte meinen Bauch und versorgte mich mit wichtigen Nährstoffen.

»Gute Nacht, Elsa Maria.« Ich streichelte mit den Fingerspitzen ihre Ranken und Blätter. Menschen und Hexen ohne Giftaffinität hätten durch das Öl einen juckenden Hautausschlag bekommen. »Schlaf gut.«

Bevor sich die Pflanze zur Ruhe legte, öffnete sie mit ihren Ranken die Eingangstore von Alnwick Castle. Das Schloss begrüßte mich – wie gewohnt um diese Zeit – unheimlich still. Die meisten Angestellten hatte ich noch von der vorherigen Königin übernommen, da es mich davor graute, Menschen anzustellen und ihre Verschwiegenheit über Hexen mit Dämonenpakten zu garantieren. Es fehlte an allen Ecken und Enden an Personal, seit Walpurga zu einem natürlichen Schattenspender mutiert war.

Selbst Blake war arbeiten – oder auf Nahrungssuche – und ich versuchte nicht zu oft daran zu denken, da ich beide Optionen nicht sonderlich prickelnd fand. Entweder lockte er Menschen in einen Pakt oder er tat das, was aus dieser Situation entstand: Er fraß gerade Herzen, während er seine Gier nach dem menschlichen Organ als Bestattungsunternehmen im Nachbardorf tarnte.

Apropos Hausdämon ...

Statt meines Verlobten aus der wortwörtlichen Hölle begrüßte mich in der Eingangshalle ein Stapel Pakete, den die menschliche Angestellte Estella ganz allein und ohne magische Kräfte hereingetragen haben musste.

Der Großteil der Pakete war auf den ersten Blick an Blake adressiert. Natürlich. Er war der Dämon der Habgier – oder: Das idiotische Höllenwesen, das seinen Sammeltick mit seiner Todsünde rechtfertigte. Er kaufte Dinge im Internet ein, um sie dann gewinnbringend weiterzuverkaufen.

Blöderweise war ich leicht bestechlich. Mit einem neuen teuren schwarzen Spitzenkleid und eiskalten Küssen auf den Hals konnte er sehr gut von seinem Kaufwahn ablenken.

Ein Paket war jedoch an mich adressiert und da es sehr leicht war, wusste ich sofort, was sich darin befand. Ich klemmte es mir unter den Arm und marschierte geradewegs in das ehemalige Königinnengemach, das ich etwas umgestaltet hatte.

»Ist in meiner Abwesenheit etwas vorgefallen, Atropos?«, fragte ich die goldene Schlange, die sich auf ihrer Seite des Zimmers rekelte.

Nö.

Mit ihrer Schwanzspitze drehte sie den Temperaturregler des Thermostats noch weiter hoch.

Dabei war Atropos nicht so kälteempfindlich wie eine normale Schlange. Im Winter war sie sogar fleißig auf Rebhühner-Jagd im Schnee aufgebrochen, während ich schon allein vom Zuschauen gefroren hatte – und das, obwohl ich mit einer Tasse heißer Schokolade nur vom Schlossfenster zusehen musste.

Ich mochte Schnee nicht – oder die Kälte.

»Und wie war dein Tag sonst so?«

Träge hob die goldene Schlange den Kopf und züngelte anklagend in meine Richtung. *Langweilig. Absolut fürchterlich monoton.*

»Du musst wirklich nicht schmollen. Ich kann dich nicht

mit zur Arbeit nehmen, wenn du bei der erstbesten Gelegenheit ausbüxt und dich im Garten herumtreibst.«

Ich hatte Glück, dass eine Hexe namens Djannah nun bei der lokalen Zeitung arbeitete und seltsame Geschehnisse wie riesige Motten um Alnwick Castle und eine goldene Schlange im dazugehörigen Garten als Zeitungsenten oder Pranks der Jugendlichen deklarierte.

Ausbüxt? Ich bin doch kein wildes Tier, sondern ein stolzer Hexen-Familiar!

Ich öffnete das Paket. »Dann brauchst du also keine Einstreu vom Tierfachhandel?«

Atropos glitt von ihrem Baumstumpf, der absolut kein Tierzubehör war.

Sie ist weich und eignet sich perfekt zum Graben.

Mit einem Lächeln schüttelte ich die riesige Packung Nadelholzflocken in ein Glas-Terrarium.

Bevor die letzten Flocken zu Boden segelten, hielt ich kurz in meiner Bewegung inne.

»Willst du mir heute vielleicht verraten, warum du den Geist der alten Königin verschlungen hast?«

Eine Frage, die ich ihr jeden Tag stellte, seit ich die Erinnerungen meines Schattens zurückerlangt hatte. Mein Familiar war an Samhain auf die Größe eines Einfamilienhauses angewachsen und hatte Königin Sibylle verschlungen, als wäre sie nur eine unbedeutende Maus.

Ich konnte es immer noch nicht ganz begreifen: Meine Vorgängerin war tot und ihre Seele vermutlich für immer ausradiert – wegen eines Familiars!

Hunger.

»Ach! Und du dachtest, eine Seele wäre ein angemessener Snack?«

Sie sind sehr kalorienarm und leicht verdaulich.

Ich fuhr herum. »Was hast du getan, Atropos? Nicht einmal ich könnte eine Seele auslöschen!«

Das weißt du nicht.

Sie schlängelte zu meinen Füßen und blickte mir direkt in die Augen.

Ein begabter Familiar für eine begabte Hexenkönigin, versuchte Atropos eine Charme-Offensive zu starten. *Eine Hexe mit zwei Affinitäten und der bestaussehende Familiar der Welt.*

»Du willst also ein Geheimnis vor deiner Hexe haben? Ist dir Ehrlichkeit nicht wichtig?«

Und warum hast du deinem geliebten Dämon noch nicht gesagt, dass eine machtwahnsinnige Hexe mit Lichtaffinität dich töten will?

Bei der Anspielung auf Anastasia überzog eine hartnäckige Gänsehaut meine Arme. In meiner Naivität hatte ich die Hexe für eine Freundin gehalten – oder zumindest für eine treue Unterstützerin, bis sie mich töten wollte, um selbst zur nächsten Hexenkönigin zu werden.

»Ich ... Ich will Blake doch nur schützen! Er ... Am Ende begibt er sich für mich noch in Gefahr. Das will ich nicht.«

Blake war zwar untot, aber selbst Wesen ohne Herzschlag und Puls konnten sterben. Der Knochendolch, welcher sich in meinem Besitz befand, war in der Lage, alles und jeden zu töten. Ich hatte leider noch keine Möglichkeit gefunden, ihn zu vernichten und damit eine große Gefahrenquelle für Blake aus dem Weg zu räumen.

Vielleicht will ich dich auch nicht in Gefahr bringen. Atropos schlüpfte in das Glas-Terrarium. Im Schein der elektronischen Lampen glänzten ihre goldenen Schuppen wie Honigsirup mit Glitzerpartikeln. *Irgendwann erzähle ich es dir.*

Die Sache mit Königin Sibylles Geist war jedoch schon längst vergessen.

»Meinst du, ich soll es Blake doch sagen? Anastasia könnte uns morgen angreifen. Ich glaube kaum, dass meine Runen sie aufhalten.«

Die Vergiftung ist nun schon ein halbes Jahr her. Es kann gut sein, dass sie wieder zu Kräften gekommen ist. Aber du hast doch den Dämon und die Fae.

»Ich kann aber nicht immer hoffen, dass Blake mir wie bei der Wilden Jagd aus der Misere hilft. Ich bin die *Hexenkönigin.* Ich soll die Hexen beschützen und gleichzeitig dafür sorgen, dass meinesgleichen nicht grundlos Dämonen oder Fae attackieren. Wenn ich das nicht kann, dann ...«

Der Kloß, der in meinem Hals anwuchs, raubte mir die Kraft, den Satz zu beenden. Wie die Göttin angemerkt hatte, war ich viel zu jung Königin geworden und die Geschehnisse der letzten Monate hielten mir immer wieder vor Augen, dass ich mit der Krone überfordert war.

Und meine Wenigkeit hegte dann gleich die Ambition, Hexen, Dämonen und Fae zu vereinen. Etwas, das keiner Hexenkönigin vor mir gelungen war. Nicht einmal der legendären Königin Medea, die alten Schriften zufolge eindeutig die Mutter von Faekönig Oberon und Faekönigin Mab war.

Als mein Familiar die Stille bemerkte, schlängelte sie sich gewandt an mir hoch. Sie war eins der wenigen Wesen, deren Körperwärme mich trösten konnte, und so schmiegte sie ihren Kopf an meine Wange.

Ich kann dir nicht sagen, was in der Nacht geschehen ist, aber ich bin nach wie vor dein Familiar – und ich würde nie etwas tun, das dir schadet.

»Ich weiß ...«

Aber ich hatte die Nase voll davon, dass man mir dauernd Dinge vorenthielt. Da war Atropos nicht besser als Walpurga und Königin Sibylle – oder sogar Blake ...

»Ich gehe noch kurz in den Thronsaal, kommst du mit?«

Atropos ließ sich beinahe von meinen Schultern in ihr Nest fallen.

Ich bin so erschöpft.

Theatralisch kippte ihr Schädel zur Seite und sie streckte ihre pinke Zunge raus.

»Vom Nichtstun?«

Ja.

»Dann bis später.«

Tatsächlich hatte ich darauf gehofft, dass Atropos sich auf die faule Schlangenhaut legte und ich ein paar ungestörte Minuten im Thronraum verbringen konnte. *Königin Belladonna! Königin der Gifte!*, erklang es von allen Seiten.

Der Thronraum in Alnwick Castle war so in alte und reine Magick getränkt, dass dort seit meiner Ernennung zur Königin zahlreiche Giftpflanzen blühten. Wenn keine Festivitäten im Raum stattfanden, wucherten sie wie ein tödlich-betörendes Blumenfeld wild umher. Der Geruch, den sie ausströmten, war süßlich und verführerisch und diente nur dazu, ahnungslose Opfer anzulocken. Im Schloss gab es weder Mäuse, Ratten noch nervige Fliegen oder Mücken.

Die Gewächse überschütteten mich mit ihrer Liebe – alle bis auf eines: Ein riesiger Laubbaum mit heller Rinde und saftigen grünen Blättern, den man aber keiner genauen Unterart zuordnen konnte.

»Hallo Walpurga«, begrüßte ich die frühere Erdhexe. »Alles fest verwurzelt?«

Baum-Walpurga ignorierte mich.

Seufzend nahm ich die Gartenschere von meinem Thron.

»Morgen ist meine Zirkelweihe«, sagte ich zu Walpurga und stutze dabei ein paar ihrer verdorrten Äste. »Und ... Vielleicht willst du ihr beiwohnen? Das ist eine Einladung – von der Hexenkönigin höchstpersönlich.«

Der Baum gab mir keine Antwort. Kein Wispern oder Flüstern, wie ich es von meinen Giftpflanzen oder anderen Gewächsen gewöhnt war. Nur ... Stille.

Einzig und allein Faust – Walpurgas Echsen-Familiar – wies darauf hin, dass die Erdhexe noch am Leben war. Er linste skeptisch aus einem Astloch heraus.

Ich legte eine Hand auf die Rinde und kippte den Kopf zur Seite.

»Du hast dir wirklich Sorgen um mich gemacht, oder Walpurga? Du warst streng zu mir, aber nur, weil du gesehen hast, was die Krone aus Königin Sibylle gemacht hat. Du wolltest nur das Beste für mich.«

Nichts.

»Du musst dich nicht dafür schämen, dass Anastasia dich manipuliert hat. Sie hat mich auch hinters Licht geführt.«

Wobei man sagen musste, dass Walpurga jahrzehntelang mit Anastasia im königlichen Zirkel zusammengearbeitet und sie durchaus deutliche Signale gesendet hatte.

»Ich hätte hellhörig werden müssen, als du dich Anastasia gegenüber kalt verhalten hast. Aber ich dachte, dass du sie einfach nicht magst.«

Ich dachte, dass Walpurga einfach niemanden mag und man das daher nicht persönlich nehmen sollte. Wie hätte ich ahnen sollen, dass Anastasia total durchgeknallt war?

Baum-Walpurga schüttelte nicht einmal zustimmend einen ihrer Äste.

Vielleicht musste ich etwas härtere Töne anschlagen.

»Ich kann dir zwar nie verzeihen, aber ich würde mich gerne mit dir aussprechen. Ich weiß, dass du mich nicht töten wolltest. Zumindest nicht wortwörtlich. Ich glaube, wegen der Beziehung zu Blake wolltest du mir durchaus die Gurgel umdrehen.« Bei der Erinnerung schnaubte ich. »Ich kann es ein klein wenig nachvollziehen, aber wie du sicher bemerkt hast, bleibt Blake an meiner Seite. Ab morgen gehört er in meinen Zirkel – und nein, es ist keine schlechte Idee, meinen Liebhaber in den königlichen Zirkel aufzunehmen. Ich erinnere dich daran, dass Königin Aaranys Harem zeitgleich ihr Zirkel war. Ishita hat mir dies mehrfach mit Textstellen bestätigt.«

Ich stand auf.

»Ich hätte dich morgen einfach gerne dabei, ja? Damit du siehst, was aus mir geworden ist.«

Noch ein letztes Mal wandte ich mich an den Baum im Saal und sagte mit eiskalter Stimme: »Du hast Blattläuse.«

Erneut keine Reaktion.

Resigniert beschloss ich, es für heute sein zu lassen. Morgen war der große Tag – und zusätzlich waren Führungen bis in den späten Nachmittag geplant. Zudem sah es nicht so aus, als würde Walpurga noch in diesem Jahrhundert die Rinde ablegen wollen.

Es war doch vollkommen egal, wenn sie den Feierlichkeiten fernblieb. Die Absagen-Vase war zwar voll mit Briefen, aber es gab zumindest eine Handvoll Hexen, die morgen Lughnasadh mit mir feiern wollten.

Womöglich sah ich in Walpurga eine Mutterfigur und wollte deshalb so sehr, dass ihre Gefühle für mich nicht nur vorgespielt waren.

Ich klatschte mir beide Hände ins Gesicht. »Du bist erbärmlich, Belladonna.«

Ich kehrte dem Thronsaal den Rücken. Schon beim Verlassen verspürte ich ein seltsames Gefühl in meiner Brust. Die Präsenz bemerkte ich allerdings erst, als ich den Gang mit den Bildern meiner Vorgängerinnen entlangschritt.

Mein Herzschlag beschleunigte sich und schärfte dabei praktischerweise meine Sinne. Ich nahm einen leicht süßlichen Geruch wahr, während an meine Ohren keinerlei verdächtige Geräusche drangen.

Aber da befand sich jemand hinter meinem Rücken.

Ich spürte die kalten Klauen schon nahe an meinem Hals. Die Kreatur war direkt hinter mir und wartete nur darauf, dass ich mich ahnungslos zu ihr drehte.

Ich ließ mich in meinen Schatten fallen, um hinter der dunklen Gestalt aufzutauchen. Dieser kleine Trick war sehr effektiv, um mein Gegenüber zu verwirren. Die Hand auf seine Brust gelegt, drängte ich ihn gegen die Schlossmauer.

Das Gift in meinen Blutbahnen brodelte gefährlich. Es war absolut tödlich – außer für ein Wesen, welches bereits tot und kalt war.

Ich stellte mich auf die Zehenspitzen und sprang der Dunkelheit fast wortwörtlich an die Kehle. Mit einem breiten Grinsen im Gesicht drückte ich meine Lippen auf die des Dämons.

Seine Hand streifte an der Seite über meine Brüste und blieb dann an meiner Hüfte liegen.

Mit seiner seidig-weichen Stimme säuselte der Untote: »Guten Abend, meine dunkle Königin.«

3. Kapitel

KERMESBEERE

Phytolacca

Das Grinsen des Dämons spiegelte sich in meinen Gesichtszügen wider. »Guten Abend, mein höllischer Verlobter.«

Ich kam noch näher. So nahe, dass keine Efeuranke und kein Blatt mehr zwischen unsere Körper gepasst hätte. Ich schlang meine Arme um seinen Hals und legte mein linkes Ohr an seine Brust. Rein gar nichts war zu hören: kein Atemgeräusch. Kein Herzschlag.

Nur die Stille, die so herrlich beruhigend wirkte, dass ich für einen kurzen Moment innehalten und abschalten konnte.

Zu Beginn unseres Kennenlernens hatte ich gedacht, dass Blake und ich grundverschieden seien. Er war schließlich ein verfluchter Dämon und ich eine gesegnete Hexe – aber dem war nicht so: Ich war in erster Linie eine Gifthexe und stand damit der Erdaffinität sehr nahe. Die Gewächse – das Leben in reiner Form – gehorchten mir, aber sie waren allesamt giftig und somit todbringend.

Blake war ein Lichdämon. Er war zwar untot und wusste nicht wie sich leben anfühlte, aber er konnte im Austausch für eine menschliche Seele das irdische Dasein einer Person verlängern.

Wir beide waren also eng mit dem Tod und Leben verbunden.

Eine knöcherne Hand schob sich über meinen Rücken.

Manchmal spürte ich seine dämonische Form, die seine menschliche Haut durchbrechen wollte. »Alles gut, Cherry?«

»Bin nur erschöpft«, nuschelte ich gegen seine stille Brust.

»Ich habe dir doch gesagt, dass ich dir helfen kann.«

»Ich bin nicht nur Hexenkönigin, sondern auch das Zirkeloberhaupt. Man erwartet von mir, dass ich die Vorbereitungen für die Zirkelweihe allein treffe.«

Die Schutzrunen um das Schloss verheimlichte ich Blake. Er war schon besorgt, wenn ich müde war und angeschlagen wirkte – nicht auszudenken, wie er sich verhalten würde, wenn er von Anastasias Mordabsichten erfuhr.

»So wie man von dir erwartet hat, dass du dich mit einem Dämonenprinzen verlobst?«

»Ich erinnere dich daran, dass du mir den Ring aufgezwungen hast.« Ich hielt ihm den wunderschönen – aber trotzdem aufgezwungenen – Verlobungsring unter die Nase. »Das ist deine Schuld.«

»Nun …« Er legte seine Finger um das goldene Metall. Der grüne Stein erinnerte mich an meine Giftpflanzen. »Du kannst den Ring jederzeit ablegen und die Verlobung beenden. Du allein bestimmst, wie lange du unseren Pakt aufrechterhalten willst.«

Das entsprach der Wahrheit. Nachdem ich mir meiner romantischen Gefühle für Blake bewusst und mir sicher war, dass der Dämon ähnlich fühlte, hatte ich das eine Schlupfloch im Vertrag gefunden: Durch die Verlängerung auf meinen Wunsch hin konnte ich nun die Dauer des Höllenpaktes frei bestimmen. Es war mir möglich, einen kleinen Sieg zu erringen – wenn man außer Acht ließ, dass die Vereinbarung nach etwas mehr als sechs Monaten sowieso hinfällig gewesen wäre.

Und wenn ich ein bisschen mehr wie diese weise Königin, die ich gerne für mein Volk sein möchte, diesen Pakt studiert hätte, wäre mir vielleicht aufgefallen, dass sein Anliegen ziemlich inhaltslos war: Er beinhaltete nur, dass Blake mein Verlobter war. Mehr nicht. Er gewann absolut keine Vorteile durch den dämonischen Vertrag – außer, dass er mir höllisch auf die Nerven gegangen war, als er sich überall als mein Verlobter vorstellen wollte.

Ich machte einen Schritt zurück und drehte am Ring. Die dunklen Augen des Dämons weiteten sich kaum merkbar, aber mir fiel es natürlich sofort auf.

Blake hatte die Verlobung von Anfang an mehr bedeutet als mir.

Wir Hexen heirateten nur selten, aber auch die traditionellen Handfastings waren dünn gesät. Hexen hielten nicht viel von diesem Bund fürs Leben, denn entweder blieb man für immer zusammen oder eben nicht. Wenn man nicht mehr miteinander auskam, dann trennte man sich und zog – auch mal mit schlimmem Herzschmerz – weiter. Da sprach ich leider aus eigener Erfahrung.

»Vielleicht mache ich das noch, wenn du so spät ins Schloss zurückkommst und auch noch die Frechheit besitzt, dein Fehlverhalten nicht mit Kuchen zu entschuldigen.«

»Heute war schon alles ausverkauft.«

»Warst du etwa in Denwick?«, konnte ich meine Neugier dann doch nicht zügeln.

Ich hatte nicht schlecht gestaunt, als Blake mir offenbarte, dass er einen Nachnamen besaß: Avaritia, lateinisch für Habgier. Und das war nicht alles, denn er enthüllte mir im selben Atemzug, dass er im Nachbardorf Denwick ein Bestattungsunternehmen unter eben jenem Namen führte.

Es ergab schon Sinn, da Dämonen sich von Menschenseelen ernährten und gleichzeitig unter ihnen leben mussten, damit sie Pakte schließen konnten, um eben jene Seelen zu erhalten.

Als Dämon der Habgier hätte ein Spielcasino aber besser zu ihm gepasst.

»Habgier ist nur eine Nuance meiner Todsünde, die die Menschen herausgepickt haben, um uns Dämonen noch schlechter und sich besser dastehen zu lassen. Dadurch konnten sie gewisse Dinge Sakrileg nennen und sie einfach verbieten, weil sie ihnen nicht gefallen haben«, hatte der Dämon mir erklärt. Bei den Dämonen der Wollust war es ähnlich. »Zudem ist das Spiel mit meinen Münzen die beste Wette – für mich zumindest. Wenn ein Mensch um Leben oder Tod pokert, gibt es nur Verlierer. Kein Mensch kann ewig leben.«

»Ja«, gab der Dämon zu und richtete sich die blutrote Krawatte, die ich wohl einen Millimeter verrückt haben musste, als ich mich freudig an seine Brust geschmissen hatte. »Ich musste Kondolenzschreiben prüfen, Blumenkränze bestellen …«

Die er nicht von mir anfertigen ließ, weil seine Verlobte vielleicht »aus Versehen« Giftpflanzen einweben konnte. Na und? Er führte ein Bestattungsunternehmen. Dann lief der Laden noch besser!

»Die veganen Gummibärchen in Sargform auffüllen.«

Blake verdrehte die Augen entnervt. »Ich habe es dir schon einmal gesagt: Es gibt keine Gummibärchen in Sargform. Das ist ein Beerdigungsinstitut und kein Kinderrestaurant.«

Ich schob die Unterlippe vor. »Das sagst du nur, weil du weißt, dass ich dann täglich im Unternehmen auftauchen und den Weingummi aufessen würde.«

Das Geseufze des Dämons drang sicher noch bis in die tiefsten Zirkel der Unterwelt vor.

»Ich habe dir gesagt, dass ich dich damit aufziehen werde«, merkte ich mit Zuckerstimme an. »Du bist ein alter Leichenfledderer.«

»Und du ein teuflisches Hexchen.«

Kurz lächelte ich – dann senkte ich den Kopf. »Und ich nehme an, dass dies auch bedeutet, dass du ein Herz gegessen hast.«

Die knöcherne Bestie, die unter Blakes makelloser menschlicher Haut schlummerte, blitzte in diesem Moment überdeutlich hervor. Zwar hatte ich im letzten Jahr gelernt, dass Dämonen nicht grundsätzlich durchtrieben und sadistisch waren, aber eines aus meiner Akademiezeit stimmte: Dämonen sahen in ihrer wahren Gestalt monströs aus. Absolut grotesk. Dämonisch. Höllisch. Ein Anblick, der einem bis ans Lebensende Albträume bescheren konnte.

Angeblich.

Blake vermied tunlichst, mehr als nur einen Hauch dieser untoten Bestie zu zeigen. Ich vermutete, dass es unhöflich war, ihn zu fragen, sich für mich in diese Form zu verwandeln, weshalb ich meinen Mund hielt.

Zögernd sagte er: »Ja. Aber Cherry, hör mir zu ...«

Unwillkürlich drängte sich vor meinem inneren Auge ein grauenhaftes Bild auf: Eine menschliche Leiche lag aufgeschnitten auf einem Seziertisch und dort, wo sich das Herz befinden sollte, klaffte ein riesiges Loch.

Dieser Mensch würde Jahrzehnte oder Jahrhunderte im Fegefeuer der Hölle verbringen – und warum? Weil er länger leben wollte. Im Anbetracht der kurzen Lebensspanne und der fragilen Natur der Menschen war es eine nachvollziehbare Gier nach Leben.

Mein Magen rebellierte ein wenig, als ich eine Hand in seinen Nacken legte und den Lichdämonen für einen Kuss heranzog. Nein. Es war eine Reihe von Küssen. Sanft und liebevoll.

Blake hatte mir von Anfang an deutlich gesagt und auch gezeigt, was ich bekommen würde, wenn ich mich für ihn entschied: einen Herzen fressenden Dämon direkt aus der Hölle.

»Es ist okay«, sicherte ich ihm zu. »Ich habe es dir noch nie direkt gesagt, aber: Es ist okay.«

»Cherry«, hauchte er ganz nah an meine Lippen.

Blake wollte mich küssen, aber er erwischte nur Luft. Mit einem schiefen Grinsen und die Hände in die Hüfte gestemmt stand ich hinter ihm. »Du bist zu langsam.«

»Ach ja?«

Bevor ich reagieren konnte, packte mich der Dämon an der Hand und wirbelte mich zurück in seine Arme. In seinen leblosen Augen lag ein ganz besonderer Glanz, den nur ich hervorlocken konnte. »Wie lautet dieser alberne Kinderreim noch mal? Lauf weg, Hexlein, lauf?«

Ein Seitenblick verriet mir, dass wir inzwischen vor den Flügeltüren des neuen königlichen Schlafgemachs standen. Nicht, dass es mich überraschte, worauf das Ganze hier hinauslief.

Ich war in Blake verliebt. Ich liebte den Dämon aus der Hölle.

Aber das hielt mich nicht davon ab, immer noch gegen ihn zu kämpfen ...

»Renn vorm Dämon davon ...«, endete ich mit ruhiger Stimme, die Blake in falscher Sicherheit wiegen sollte. »Cecil, willst du mir mal helfen?«

»Wer ist denn Ce–«

Wer ist denn Cecil?, wollte der Dämon fragen, doch der

Zweig der Kermesbeere hatte ihn schon am Knöchel gepackt und halb durch den Flur geworfen.

Ich schlug die Hände vor dem Mund zusammen, als ich mit anhören musste, wie seine Knochen am Mamorstein des Gebäudes zerbarsten. Abermals. Und erneut war das nicht meine Absicht gewesen. Wirklich nicht!

Allein das Geräusch von Knochen, die durch die dunkle Magick der Hölle wieder zusammenwuchsen, war genug, dass sich mir der Magen so stark umdrehte, dass ich mich fast übergab.

Blake war zwar untot und unsterblich – aber dafür war sein menschlicher Körper sehr fragil. Er war nicht robuster als ein normaler Mensch, selbst mein Hexenkörper war vor Verletzungen besser gefeit.

Sobald ich nicht mehr das Bedürfnis verspürte, mein giftiges Gurkensandwich von der Mittagspause hochzuwürgen, war es höchste Zeit, die neueste Giftpflanze in meiner Gefolgschaft zurechtzuweisen.

»Cecil!«, schimpfte ich mit der Pflanze und fuhr auf der Stelle zu ihr herum. »Ich meinte eigentlich, dass du ihm lediglich die Füße wegziehen solltest. Du hast sein Rückgrat zerschmettert!«

Nicht gut?

»Nein, das ist gar nicht gut. Ich meine …« Ich wurde etwas leiser. »Bei Blake ist es … okay. Der ist schon tot, aber morgen kommen sehr viele Hexen ans Schloss. Und die Touristen erst! Mach das nie wieder, ja?«

Aber es macht Spaß.

»Mir machen auch ein paar Dinge Spaß, die moralisch gesehen dunkelgrau bis schwarz sind, aber siehst du mich herumrennen und Leute vergiften, die sagen, dass ich mich nur so sexy anziehe, um Trinkgeld einzustreichen?«

Der Baum ließ die schwarzen Beeren betrübt hängen.

»Geh schlafen, ja?«, schlug ich etwas versöhnlichere Töne an. »Ich weiß, dass du keine bösen Absichten hegst.«

Kaum hatte sich das letzte ihrer hellgrünen Blätter in den Boden zurückgezogen, legten sich zwei Arme fest um meinen Körper. Sein Daumen streichelte über meine Halsschlagader. Fühlte den Puls, den er nicht besaß. »Der Sohn der Gier, steht hinter dir.« Besagter Dämon aus dem Kinderreim seufzte. »Ich dachte, wir hätten es hinter uns gelassen, dass du mich töten willst?«

»Ich hatte nie die Absicht, dich zu töten«, verteidigte ich mich. »Ich wollte dich immer nur auf Abstand halten – notfalls mit ein bisschen Gewalt.«

»Ah. ›Ein bisschen Gewalt‹ nennst du das, wenn du mein Rückgrat wie ein Streichholz in zwei Hälften brichst? Ah, du bist wahrlich mein teuflisches Hexchen.«

Obwohl Schalk und Spott in seiner Stimme lagen, lösten seine Worte Gewissensbisse in mir aus. Allein dass ich Cecil gesagt hatte, es sei in Ordnung, den Dämon zu verletzen, zeigte, dass ich noch viel zu tief in den alten Gedankenmustern der Hexen feststeckte.

Um auf ein anderes Thema umzulenken, löste sich der Dämon in Rauch auf. Die Flügeltüren des Schlafzimmers wurden von einer unsichtbaren Kraft aufgestoßen und ich trat seufzend hindurch.

»Gut, dieses Mal hast du gewonnen – aus reinem Mitleid, versteht sich. Die Königin der Hexen verliert nie einen Kampf.«

»Grausame Königin«, flüsterte Blakes körperlose Stimme nahe meinem Ohr.

In dem Moment, als sich der Dämon materialisierte und damit kurz unvorsichtig war, sammelte ich all meine Kraft und stürzte mich auf ihn. Wir landeten in unserem gemeinsamen Bett, welches durch den Aufprall unserer Körper schwer ächzte.

Mit meinen Beinen fixierte ich seinen Unterleib und drückte ihm meine Klinge aus Schatten an den Hals.

Blake war untot. Nicht einmal ein Pflock durchs Herz konnte ihn töten, da der Muskel in seiner Brust ohnehin keinen Schlag tat. Ganz zu schweigen von meiner Schattenklinge, die stumpf wie ein Buttermesser war.

»Willst du aufgeben?«, fragte ich.

Der Dämon grinste. »Ich kann meiner dunklen Königin den Sieg nicht verwehren.«

Dass Blakes Kräfte den meinen überlegen waren, zeigte er, als er meinen Körper mit übernatürlicher Leichtigkeit auf den Rücken drehte.

»Wann hast du dich eigentlich ausgezogen?«

Ich zuckte mit den Schultern. »Irgendwann, als ich in den Schatten war.«

»Deine Schattenmagie ist unglaublich«, murmelte Blake an meiner erhitzten Haut. »Ich kann nicht einmal mehr dein Herz schlagen hören, wenn du in die Dunkelheit tauchst.«

Das sagte er nur, weil die Lust seine Sinne vernebelte, als er sein Gesicht zwischen meinen Brüsten vergrub und die zarte Haut abwechselnd mit Küssen und neckischen Bissen bedeckte.

Meine Schattenmagie war unterentwickelt – und ich hatte seit einem Jahr keine nennenswerten Fortschritte erzielt.

Am Anfang war ich noch optimistisch gewesen: Bei einem Kampf gegen Anastasia trickste ich sie mit meinem Duplikat aus Dunkelheit aus – aber es stellte sich bald heraus, dass dies nur dem Adrenalin geschuldet war.

Als erwachsene Hexe im Vollbesitz ihrer Kräfte sollte ich zu mehr imstande sein, als in die Finsternis abtauchen zu können oder sie als zusätzliche Arme zu benutzen.

Ganz zu schweigen, dass ich, wenn ich den Kopf nicht absolut frei hatte, gegen eine Wand lief oder im Boden stecken blieb wie ein drittklassiger Poltergeist.

Zwar wusste ich nicht, was genau die Kräfte einer Schattenhexe waren, dafür gab es zu wenig Aufzeichnungen über unsere erste Königin Lilith, die einzige andere Schattenhexe, aber irgendetwas in meinem Inneren sagte mir, dass ich immer noch nicht ... *ganz* war. Zweifelsohne gehörte mir die Krone der Hexenkönigin, weil ich meine Vorgängerin abgelöst hatte, aber etwas war noch nicht so, wie es sein sollte. Ich konnte es nicht in Worte, ja nicht einmal in Gedanken fassen.

Mit solchen Kräften würde man mir an der Hexenakademie nahelegen, ein zusätzliches Jahr zu bleiben, um meine Affinität noch näher kennenzulernen.

»Cherry?«, erwischte mich der Dämon immer noch in Gedanken versunken. In seiner Miene las ich eine Emotion, die ich vor einem Jahr nie bei einem Dämon vermutet hätte: Besorgnis. »Soll ich aufhören?«

Morgen, sagte ich mir. Morgen würde so vieles anders werden. Darauf musste ich einfach hoffen. Meine Krönung war eigentlich auch nicht so schlecht verlaufen, wenn man das Duell um Leben und Tod zwischen mir, Walpurga und Blake ausklammerte.

Ich grinste den Dämon unter halb geschlossenen Augenlidern an. Meine Stimme war ganz rau. »Ich werde ziemlich sauer sein, wenn du jetzt aufhörst.«

Das ließ sich der Dämon der Gier nicht zweimal sagen.

Plötzlich packte Blake mich am Fußknöchel und drängte

sich zwischen meine Beine. Er küsste die empfindliche Innenseite meiner Oberschenkel. Seine kühlen Liebkosungen auf meiner heißen Haut entlockten mir schon jetzt fast einen Schrei.

»Das magst du, oder?«

Neckisch senkten sich seine Zähne in das Fleisch.

Ich biss mir auf die Lippen, bis ich Blut schmeckte. Ich musste mich wirklich zurückhalten, nicht auf der Stelle loszuschreien.

Es war immer so intensiv, wenn ich mit Blake schlief.

Ich wusste nicht, ob es daran lag, weil ich Sex – außer mit mir selbst – schon fast abgeschrieben hatte oder weil immer noch im Raum stand, dass ich seine Braut war: Dass zwischen Blake und mir etwas existierte, das weit über romantisches und sexuelles Interesse hinausging.

Und ich … Ich war nicht bereit für eine weitere Enthüllung, die mein Leben erneut in eine unbekannte Richtung drängte. Nicht, nachdem ich Hexenkönigin und Partnerin eines Dämons geworden war.

Es war schön, einfach mit Blake zusammen zu sein: Dates am Wochenende, jeden Tag Sex und … Ja, und wenn ich mich abends nur gegen seine Schultern lehnen konnte, war das im Moment genug für mich.

Der Dämon stoppte. »Belladonna? Ist wirklich alles in Ordnung?«

»J-ja!« Mit einem wilden Nicken nahm ich die erstbeste Ausrede: »Ich … Ich bin im Kopf vielleicht schon weiter als du.«

Blakes Grinsen in der Nacht war so weiß wie ein Knochen in der Finsternis. »Nun. Dann muss ich mich wohl beeilen, dich einzuholen.«

Blake sprang nach vorne und küsste mich auf die Lippen, bevor die bekannte Kälte meinen Hals entlangkroch und dann bei meinen Brüsten stoppte. Nein. Er verharrte genau an der Stelle, wo mein Herz einen schweren Schlag nach dem anderen tat. Körperwärme – und insbesondere mein Puls – schienen fast schon hypnotisch auf den Untoten zu wirken.

»Würdest du immer noch gerne mein Herz fressen?«, fragte ich ihn leise.

Er nickte. »Aber ich will dich sowieso am liebsten ganz verschlingen.« Sein Mund umschloss so abrupt eine meiner Brustwarzen, dass mir nun doch ein erstickter Laut über die Lippen schlüpfte. Der Mistdämon verzog seine Lippen zu einem Grinsen, als ich ein bisschen zu intensiv auf seine Liebkosungen reagierte.

»Du bist ein furchtbarer Dämon der Gier, weißt du das?«

»Der Schlimmste«, pflichtete er mir grinsend bei. Mit den Zähnen zog er mir den seidenen schwarzen Slip quälend langsam über meine Oberschenkel meine nackten Beine herunter. Dabei musste ich gar nicht einmal großartig mithelfen. Blake war ... *hungrig.*

»Soll ich –«

Er schüttelte den Kopf. Sein weiches Haar streifte meinen Bauch. »Genieß es einfach. Es geht jetzt nur um *dich.*«

»Aber –« Sein Daumen strich über die Schlagader an meinem Handgelenk. Genau dort, wo er meinen schnellen Herzschlag am besten erspüren könnte. »Ich liebe es, wenn dein Herz wegen mir so in Aufruhr gerät.«

Ich stemmte meine Füße gegen Blakes Schultern, was ihn dazu brachte zu mir aufzusehen. »E-Es tut mir leid, wenn ich dich nerve. Ich weiß, wir sind jetzt schon Monate zusammen und es ist bei Weitem nicht das erste Mal, aber ...

Keine Ahnung. Ich habe immer noch Angst, dass dir zu viel Gift schaden könnte.«

»Das wird es nicht, Cherry.« Seine Hände glitten über meine empfindlichen Brustwarzen, hinunter zu meinem Bauch.

Dann umfasste er meine beiden Schenkel fest. »Dein Gift kann mir nicht schaden. Selbst wenn ich nicht tot wäre, dann hätte ich doch jetzt schon eine gewisse Immunität erreicht, oder?«

Herausfordernd grinsend verschränkte ich die Beine hinter Blakes Kopf und bot mich ihm noch viel einladender dar. »Dann zeig mir deine Todsünde, Dämon.«

Sein Lachen vibrierte auf meiner nackten Haut und brachte mein Herz nahezu zum Explodieren. Ich musste bereits jetzt so bereit für seine Berührungen sein, dass ein ...

Das war der Moment, als seine kalte Zunge mich berührte.

»Bei der Hölle, du schmeckst so gut«, stöhnte er gegen meinen Unterleib.

Der Dämon wusste genau, wo er mich berühren musste und wie er die Reaktion meines Körpers zu deuten hatte.

»Blake«, ächzte ich fiebrig. »Ich glaube, ich kann jetzt schon nicht mehr ...«

»Nein. So einfach mache ich es dir nicht.«

Die Bewegungen seiner Zunge wurden langsamer, was mir ein leises Wimmern entlockte. Dieses Mal konnte ich seine Liebkosungen besser genießen. Dieser unheilige Dämon wollte mich wirklich ganz verschlingen ...

»Das ... Das ist gut«, ließ ich ihn wissen.

»Mhmmm«, dröhnte es dumpf aus seiner Kehle. Ich war mir ziemlich sicher, dass er mir nicht wirklich zuhörte – aber das war okay. *Mehr als nur okay.*

Mit einem – *meinem* – Dämon zwischen den Beinen fühlte ich mich wie eine Göttin auf Erden. Lust pulsierte wie meine dunkle Magick durch meine Adern. Das fühlte sich so gut an!

Mein Rücken bog sich durch in der Hoffnung, Blake noch besser spüren zu können. Ich wollte mehr.

Auf einmal lag Blakes Hand an meiner Brust und ... Das war es.

Er massierte gleichzeitig meine Brustwarze, während er mich mit schnellen Zungenschlägen unbarmherzig in Richtung meines Höhepunktes trieb.

Ich schrie laut auf, als eine Welle der Lust über mich hereinbrach und mich wie eine gierige Bestie mit einem Bissen verschlang. Mein ganzer Körper spannte sich an und selbst Blake knurrte zufrieden.

»Ich kann all dein Gift ertragen«, raunte der Dämon und leckte sich demonstrativ über die Lippen, als er mich mit seinen dunklen Augen anblickte. »*Alles.*«

Ich war völlig außer Atem und verschwitzt, während Blake einfach weitermachte, als wäre nichts gewesen.

In diesem Moment war ich überzeugt, dass all die alten Zeichnungen und Holzschnitte von Dämonen mit langer Zunge von genau solchen intimen Momenten kamen. Oralsex mit einem Dämon war wirklich eine Sünde wert. Besonders mit einem Lich, der kein einziges Mal dabei Luft holen oder gar atmen musste ...

»Stopp!« Ich lockerte die rote Krawatte um seinen Hals und grinste ihn an. »Jetzt bist du dran. Gib mir nur kurz eine Minute«, raunte ich und kniff meine Augen zusammen. »Ich ...«

Kaum waren meine Lider geschlossen, döste ich weg, bevor ich röchelnd aus dem Schlaf hochschreckte. »Bin wach!«

Der Dämon sah mich mit zusammengezogenen Augenbrauen an. »Du bist müde«, stellte Blake fest. »War die Gartenarbeit heute wieder sehr hart?«

»Nein. Es ist eher ... Meine Schattenmagie laugt mich immer noch aus«, gab ich leise zu. »Das eben war zu viel. Ich habe übertrieben.«

Ein weiterer Beweis, dass diese Kräfte noch nicht zu mir passten. Sie saugten mich aus, statt mir einen Kräfteschub zu verleihen. Darum griff ich immer noch lieber auf meine treuen Giftpflanzen zurück. Die Magick des Giftes zu verwenden war so selbstverständlich wie Atmen.

»Mhm.«

Der Dämon zog sein Jackett aus, knöpfte sein blütenweißes Hemd auf und legte dann seinen Kopf an meine Brust, beschwerte meinen Körper.

»Was machst du da?«

»Schlafen.«

Über die letzten Monate hatte Blake gelernt, wie er sich schlafend oder zumindest schläfrig stellte, damit es für mich nicht so seltsam war, neben ihm zu liegen.

Untote schliefen nicht, weder aßen noch tranken sie. Alles Dinge, die wir Hexen überaus gern zelebrierten und die Blake für mich nachzuahmen versuchte.

»Aber ... Willst du nicht auch ...«

»Lass mich einfach deinem Herzschlag lauschen, Cherry.«

Ich lächelte, fuhr mit meinen Fingern durch sein Haar. »Okay.«

Meine Augenlider senkten sich erneut und während ich in die Traumwelt hinüberglitt, dachte ich an früher. Letztes Jahr um diese Zeit war ich mit dem Besen nach Alnmouth geflogen, um im Schutz der Nacht ins Meer zu waten und meinen Körper und Geist zu reinigen, bevor ich den nächsten Tag allein Blumenkränze für den hohen Feiertag gebunden hatte – und dieses Jahr?

Dieses Jahr kuschelte ich mit einem Dämon im Bett.

Nicht, dass ich etwas davon bevorzugte. Beides war schön, aber vielleicht würde ich den Untoten nächstes Jahr mit an den Strand nehmen. Allein bei dem Vorschlag, nacktbaden zu gehen, würde er ganz verlegen werden!

Plötzlich klopfte es an der Tür und ich schreckte aus dem leichten Schlaf hoch.

Mein erster Gedanke war: »Ist das etwa Nora? Wollte sie nicht erst am Morgen anreisen?«

Da die Zeit in der Faewelt anders verlief und sämtliche elektronische Geräte aus diesem Grund ihren Dienst verweigerten, befürchtete ich, dass das dritte Mitglied meines Hexenzirkels die Weihe verpassen würde. Da konnte mir der Dämon noch so oft versichern, dass eine 700 Jahre alt Fae ein gutes Zeitgefühl besaß.

Überraschenderweise schien Blake von dem nächtlichen Besuch alarmiert zu sein, obwohl er es mit einem lockeren Spruch überspielte. »Ich bin mir fast sicher, dass meine Schwester das Konzept einer Tür trotz all der Jahrhunderte auf dem Rücken nicht begreifen kann.«

Stimmt. Die Fae würde getreu ihren mottenähnlichen Fühlern und Flügeln die Wand entlangklettern und gegen die Fensterscheibe kratzen, bis man ihr Einlass gewährte. Eigenbrötlerisch, aber sehr charmant.

»Lass es«, sagte Blake nachdrücklich. »Du bist die Königin. Niemand hat dich um diese Zeit noch zu stören.«

»Es muss jemand von den Angestellten sein«, sagte ich und schlüpfte eilig aus dem Bett. »Ich muss nachsehen, ob sich jemand versehentlich vergiftet hat.«

Blake legte mir einen seidenen Kimono über die Schulter. Ach ja. Es wäre nicht schlecht, wenn ich nicht splitterfasernackt herumlief, wenn ich mit Menschen zu tun hatte.

Ich öffnete die Tür und lächelte über Blakes Sorge.

Vor mir stand das Hausmädchen Estella, welche selbst nach dem Tod von Königin Sibylle in den Diensten der Hexenkrone geblieben war.

Sie war ungefähr in meinem Alter, was natürlich unsere ganzen Interaktionen etwas ... unangenehm gestaltete – oder die Tatsache, dass ich fast dafür gesorgt hätte, dass eine Vampirin ihr Blut saugte.

»Guten Abend«, sagte sie höflich lächelnd und knickste vor mir. »Ich will vor den morgigen Festlichkeiten gar nicht mehr lange stören, aber mir wurde das hier übergeben.« Sie streckte mir eine Schüssel mit roter Eiscreme entgegen. »Frisches Granatapfeleis für die Königin der Hexen.«

»Granatapfeleis?«, wiederholte ich verdutzt.

Nicht, dass ich etwas gegen einen mitternächtlichen zuckerhaltigen Snack hatte, aber – Nein. Ich war immer hungrig auf Eis.

»Benötigt die Königin noch etwas von mir?«

Blake schob sich vor mich. »Vielen Dank. Du kannst nun gehen, Estella.«

Und dann schloss der Dämon die Tür.

»Warum warst du denn so harsch zu ihr?«

Der Dämon sah mir einige Sekunden in die Augen, bevor er seufzte. »Entschuldige, Cherry.«

»Ist das Eis etwa nicht von dir?«

»Nein. Ich hätte dir sonst Kuchen bringen lassen. Es könnte also vergiftet sein«, sagte Blake und schnappte sich den Löffel.

»Oh, glaubst du, jemand hat sich für mich extra die Mühe gemacht?«

Die Köche in der Schlossküche waren allesamt menschlich und verwendeten nur selten Gifte für meine Speisen. Kein Problem, da ich alles selbst »nachwürzen« konnte. Ich hatte Cecil nur in die Nähe des Schlosses gepflanzt, damit ich mit ihren Beeren Smoothie Bowls zum Frühstück essen konnte.

Der Dämon genehmigte sich den ersten Bissen vom Eis.

»Nein.« Er reichte mir die Schüssel, die inklusive Löffel mit Sicherheit so viel wert war, wie die Kücheneinrichtung in meinem Häuschen im Poison Garden. »Das ist ganz normales Speiseeis.«

Ich seufzte. »Schade. Schmeckt es dir etwa nicht?«

»Du brauchst Nahrung. Ich nicht.«

»So gerne ich dir auch beipflichten würde, dass Eis ein lebenswichtiges Grundnahrungsmittel ist, du weißt, dass es reicht, wenn ich Gift zu mir nehme.« Ich nahm den Dämon an der Hand und führte ihn zurück ins Bett. »Komm. Ich bin mir ziemlich sicher, dass dir das Eis besser schmeckt, wenn du es von meinen Lippen kosten darfst.«

Ein paar Stunden später lag der Dämon erneut neben mir in den Laken. Seine Hand ruhte quer über meinem Oberkörper und hielt mich liebevoll an seine Brust gedrückt. In dieser kalten Umarmung fühlte ich mich ansonsten geborgen, manchmal auch machtvoll und unbesiegbar.

Aber heute ...

Was Blake nicht wusste, war, dass ich den Schlaf wie er ebenfalls seit Tagen vortäuschte ...

4. Kapitel

ENGELSTROMPETE

Brugmansia vulcanicola

»Frau Barbie-Donald?«

»Ich heiße Belladonna«, verbesserte ich ein wenig genervt zum dritten Mal die Gruppe von Grundschülern, die ich an diesem warmen Tag durch den Garten führen durfte. »Wie die Giftpflanze. Erinnert ihr euch? Die ›Schöne Dame‹ der Blumenwelt, die ebenso bildhübsch wie tödlich ist.«

Der Junge starrte mich mit großen Augen an, als hätte ich ihn gerade vor den anderen Kindern angeschrien, und es tat mir sofort leid, dass ich kein besseres Händchen im Umgang mit Kindern besaß.

Ich kam nicht sehr gut mit menschlichen Kindern aus, was wohl der Tatsache geschuldet war, dass sie im Gegensatz zum Großteil der Erwachsenen noch in der Lage waren, die übernatürliche Welt zu spüren.

Sie fühlten instinktiv, dass ich eine Hexe war. Sie merkten, dass meine Haare nicht etwa weiß waren, weil ich sie färbte und ich keine modischen Kontaktlinsen trug, die meine Augen violett, wie die Blätter der Tollkirsche, wirken ließen.

Wir Hexen verspeisten zwar keine kleinen menschlichen Kinder, wie es so manches alte Märchen weismachen wollte, aber wir hielten sie dann doch lieber auf Abstand und interagierten nicht zu viel mit ihnen.

Es waren nämlich ausgerechnet Kinder gewesen, die die

Hexenverbrennung in Salem ausgelöst hatten – und die Dämonen von damals ergriffen diese einmalige Chance und gossen noch mehr Öl ins Feuer.

Aber die menschliche Gärtnerin namens Emma, die normalerweise die Kinder herumführte, hatte sich beim letzten Gartenfest die Sommergrippe eingefangen und ich konnte es nicht auf Agnieszka abwälzen, die sich mit ihrem Englisch noch nicht sicher genug für eine Kinderführung inklusive Fragerunde fühlte.

»Was wolltest du denn fragen?«, hakte ich nach und lächelte. »Wie viel Gramm Samen man benötigt, um einen Mann mit dem Gift des Seidelbastes zu erledigen? Wer der schlimmste Giftmörder im Vereinigten Königreich war? Welche Giftpflanzen auch in eurem Garten wachsen, die euch ganz leicht töten könnten?«

Diese ganzen Informationen waren natürlich alle sehr kindgerecht aufgearbeitet – wobei es ab und an vorkam, dass eins der Kinder zu weinen anfing.

Der Junge schüttelte den Kopf. »Da hockt eine gruselige orange Frau mit Fühlern und Krallen in den Bäumen«, sagte er und zwei andere Kinder nickten zustimmend.

Augenblicklich entglitt mir das Lächeln.

»Nathaniel!« Die Betreuerin des Ferienprogramms von Denwick steckte zum ersten Mal seit einer halben Stunde ihr Handy weg. »Jag mit deinen Geschichten über Monstern den anderen keine Angst ein.«

Ich sah hoch und erkannte die Umrisse einer Frau mit Fühlern und orangem Haar im Astwerk. Als sich unsere Blicke kreuzten, leuchtete ihre Iris auf und sie stieß ein insektenähnliches Zirpen aus.

Ich klatschte in die Hände und lenkte die Aufmerksamkeit wieder auf mich. »Kinder, wie wäre es, wenn ihr mit Agnieszka in den Serpent Garden geht und euch da etwas abkühlt? Es ist doch richtig, richtig heiß!«

»Gibt es da etwa Schlangen?«, schrie eines der Mädchen zwei Oktaven zu laut.

Nein, weil Atropos immer noch Hausverbot hat. Die soll sich ihre Abkühlung im Fluss verschaffen und nicht dort, wo sich die ganzen Touristen tummeln.

»Nein, aber Wasserfontänen! So groß, dass ihr euch darunterstellen könnt«, versuchte ich die Kinder wegzulocken.

Warum fühlte ich mich wie eine Hexe in einem Knusperhäuschen?

Die Kinder bekamen große Augen, aber die Betreuerin runzelte skeptisch die Stirn. »Ich weiß nicht. Eigentlich sollten die Kinder mehr über Botanik lernen.«

Ich benutzte ungern meinen übernatürlichen Charme, wenn mein Gegenüber nicht mein Liebhaber war, aber heute war meine Zirkelweihe und meine Nerven angespannter als die Schnüre von Tomatenpflanzen.

»Ich denke, es würde den Kindern sehr gut gefallen«, hauchte ich eine Spur zu lasziv und berührte mit zwei Fingern ihr Handgelenk. Ich wollte mit der Körpernähe nicht übertreiben, aber so konnte ich sie mit meinem giftigen Miasma verführen. »Es ist viel zu heiß, als dass die Kinder sich die ganzen Fakten merken können. Kühl dich doch auch etwas ab.«

Ihre Pupillen erweiterten sich, bis sie so groß waren wie Belladonna-Beeren. Es war nun überaus wichtig, dass ich mit meinem Gift nicht übertrieb, da ich nicht wissen konnte, ob sie unter Vorerkrankungen litt. Wenn sie Herz- oder Lungenprobleme hatte, konnte selbst eine zu lange Anwesenheit sie ins Koma befördern – oder schlimmer …

»Kommst du auch mit?«, fragte mich die Betreuerin, die ungefähr in meinem Alter sein musste.

»Nein«, lächelte ich und zog meine Finger weg. »Ich habe etwas Wichtiges zu erledigen. Gartenwartung«, log ich. »Kann man nicht aufschieben. Agnieszka!«, rief ich. »Komm mal her.«

Als Erstes sah ich den riesigen schwarzen Sonnenhut, der beinahe Agnieszkas kleine Gestalt verdeckte, bevor die Hexe sich wie ein Schatten an meine Seite heftete und mich besorgt musterte.

»Was ist denn los?«, flüsterte sie mir zu und schätzte die Situation gleich richtig ein.

»Eine lauernde Mottenfae sitzt in den Bäumen.«

»Deine Schwägerin?«

»Ja.«

»Puh. Dachte schon an einen Abtrünnigen oder Assassinen.«

»Ich meine: Nora ist im Grunde auch Assassine – und Spionin.«

Ich würde Blakes Schwester nicht gerne zum Feind haben, aber glücklicherweise ...

»Bellaaa!«

Kaum waren die Kinder und ihre Betreuerin mit Agnieszka aus Hör- und Sichtweite verschwunden, stürzte sich die Fae ungestüm auf mich. Ich keuchte auf, als wir uns ein paarmal im Kreis drehten, ehe sie mit dem Rücken voran zu Boden fiel und mich mitriss.

»Pass auf!«, sagte ich und wollte mich aus ihrer Umarmung winden. »Ich weiß, dass du als Spionin des Nachthofes eine Grundimmunität besitzt, aber ich bin immer noch giftig für euch Fae.«

»*Ich bin immer noch giftig für euch Fae*«, äffte sie mich nach, »Begrüßt man so seine Freunde?«

»Ich ...«

Es war immer noch so, dass ich manchmal nicht wusste, wie ich mich in der Gegenwart von Nora verhalten sollte. Seit dem Verlassen der Akademie hatte ich vollkommen auf Freundschaften verzichtet, wenn man meine Ex-Freundin Amaria ausklammerte. Mit Agnieszka, Ishita und Djannah, die man als meine nächsten Hexen sehen konnte, unterhielt ich zwar ein gutes Verhältnis, aber ... es fühlte sich anders an als bei der Fae. Vielleicht lag es auch an Noras Angewohnheit, ihre Zuneigung durch körperliche Nähe auszudrücken.

Die dunkle Fae stieß einen erleichterten Seufzer aus, der wie ein Schwarm zirpender Grillen klang. »Immer, wenn ich mit dir kuschle, fühle ich mich so beschwingt.«

»Das liegt wie gesagt am Gift«, erklärte ich der Fae. Ihre Brusthaare kitzelten mich an der Nase. »Ein Mensch kann in Ohnmacht fallen, wenn er zu lange an mir riecht oder längere Zeit in einem geschlossenen Raum mit mir zubringen muss. Ich bin da wie die verschiedenen Arten der Engelstrompete, was nicht verwunderlich ist, weil ich mich selbst am ehesten als Nachtschattengewächs sehe.«

Nora grinste mich an. »Ich habe keine Ahnung, worüber wir gerade reden, aber Nachtschatten klingt wirklich schön.«

Die Fae konnte sich zwar ganz normal im Menschenreich aufhalten, aber sie ... Sie verhielt sich dort selbst nach sieben Jahrhunderten wie ein Fisch auf dem Trockenen.

Fae wie sie konnten keine Gestalt annehmen, die so menschlich wirkte wie die Hülle der Dämonen. Für den Moment hatte Nora ihre gigantischen Mottenflügel verschwinden lassen, aber ihre riesigen gelben Fühler flatterten wie Fahnen im Wind. Ihre von Natur aus orangen Haare konnte man vielleicht noch mit intensiver Haarfarbe oder einer ausgefallenen Perücke erklären, aber ihre Augen waren schwarz und darin glühte die Iris wie frische Lava, die sich nach einer Eruption ergoss.

Nur sehr selten konnte sie mit Menschen normal agieren, ohne dass diese schreiend davonliefen. Aus diesem Grund war ihr Wissen über das Reich der Hexen – das Reich der Menschen – ziemlich begrenzt.

Nora dachte nicht daran, die Umarmung zu lösen: »Ich wusste gar nicht, dass die Menschen auch so früh im Umgang mit Giften trainiert werden. Oder war das ein königlicher Befehl? Bildest du eine Armee aus Menschen? Das wäre ziemlich langweilig, außer sie dienen zur Ablenkung.«

Ich schüttelte den Kopf. »Das war nur eine Führung für Kinder und normalerweise richte ich die auch gar ni– Warte: Was heißt hier ›auch‹? Musstest du mit acht etwa schon das Giftmischen erlernen?«

»Oh, die waren schon acht Jahre alt?« Sie runzelte mit einem Zirpen die Stirn. »Sie sehen viel jünger aus. Ich wurde schon mit sechs im Giftmischen unterrichtet. Früh übt sich, oder?«

»Und mit Giftmischen meinst du?«

»Die ersten Gifte selbst zubereiten und ausprobieren natürlich! Ich muss es dir als Göttin der Gifte wahrscheinlich gar nicht so ausführlich erzählen, aber man hat schon Angst, dass das erste selbst gebraute Gift ein bisschen zu heftig ist. Übersteht man dann das erste Mal, hat man Angst, dass man sich irgendwann überschätzt und das war's dann.«

»Du hast dein eigenes Gift getrunken?«

»Ich habe meist nur daran genippt, bevor ich alles ausgekotzt habe.« Nora lachte etwas. »Du kennst das ja.«

Fassungslos starrte ich die Nachtfae an.

Ich war zwar auch nicht viel älter gewesen, als ich mein affinitätsspezifisches Training beginnen musste, aber bei uns Hexen wurde man sehr vorsichtig an sein Element herangeführt. Als »Waisenkind« hatte mein Vorschul-Programm meist daraus bestanden, mit den älteren Hexen stundenlang durch den Wald zu ziehen, Giftpflanzen zu finden und sich mit ihnen zu unterhalten.

Dass ich an meinem ersten giftigen Trank fast gestorben wäre, lag einzig und allein daran, dass ich keine geborene Gifthexe war. Die Lehrhexen hätten mich niemals einer solchen Gefahr ausgesetzt.

»Es tut mir leid, dass du deine Kindheit nicht richtig genießen konntest«, murmelte ich.

Dabei fiel mir auf, dass ich relativ wenig über Nora, mein baldiges Zirkelmitglied, wusste: Sie war Mabs Spionin und damit ein Mitglied des Unseelie-Hofes. Sie zählte zu den Hochfae, weil ihre Mutter eine Hexe und ihr Vater ein Dämon waren. Aber bis jetzt hatte sich noch nie die Gelegenheit geboten, sie zu fragen, ob sie ihre Mutter in den Jahrhunderten ihrer Existenz kennenlernen konnte oder wie sie ein Teil von Mabs Gefolgschaft wurde. Reichte es, dass sie als Hochfae mächtiger als andere ihrer Art war? Oder lag es an ihren besonderen Fähigkeiten als Mottenfae?

Irgendwann beschloss Nora, dass sie mich genug umarmt hatte, und rappelte sich auf. Sie streckte ihren Leib und entfaltete dabei ihre riesigen Flügel. Goldener Faestaub fiel wie sanfter Regen zu Boden und verwandelte das Gras für kurze Zeit in ein Ödland mit passenden Totenschädeln und Steinen.

Wie gut, dass Faestaub nur Illusionen erzeugte, weil ich das Gras vor Veranstaltungen gerne mit der Nagelschere trimmte und deshalb bei jedem noch so kleinen Flurschaden von Heulkrämpfen heimgesucht wurde.

»Mir sind die Flügel eingeschlafen!«, sagte Nora und wirbelte noch mehr Staub auf. »Auuuu. Das kribbelt so unangenehm!«

Ich sagte nichts dazu, als sie zur bestbesuchten Zeit des Gartens ihr Faesein so offen zeigte.

Je länger sie ihre Fae-Attribute verstecken musste, desto unruhiger wurde sie und heute brauchte ich sie in Topform.

Mir würde schon etwas einfallen, wenn uns jemand erwischen würde. Außer ... »Wo ist eigentlich Mothra?«

Eine Frau wie aus einem Fantasy-Film entsprungen konnte ich, dank der Verbreitung von Cosplay, noch erklären, aber keine Motte in der Größe eines Privatjets.

»Oh, der wärmt sich die Flügel an der Schlossmauer. Natürlich perfekt angepasst an die Umgebung.«

Ich atmete nicht erleichtert auf, da eine Kreatur aus der Faewelt immer noch eine große Gefahr für Menschen darstellte. Allerdings war das Schloss gespickt mit Hexen, die über Nora Bescheid wussten: Ishita war praktisch zum Inventar der Bibliothek mutiert und Djannah war gewöhnlich auch schon Stunden vor einem Ereignis vor Ort. Vielleicht war auch schon Shuilian da und ihre Dämonenfrau, die sagenumwobene Melusine.

Ich durfte nicht gleich immer den Teufel an die Wand malen. Nora war siebenhundert Jahre älter als ich und wusste, was sie tat.

»Ganz vergessen! Ich habe dir etwas mitgebracht!«, sagte sie und zog mit einem Strahlen im Gesicht eine fleckige braune Papiertüte aus ihrer schwarzen Umhängetasche. »Eigentlich hat Blake es bestellt und es zu einer magischen Schatzkiste liefern lassen, aber ich habe es mitgebracht, was mich als Botin natürlich zur wichtigeren Person macht. Ich hätte es auch bestellen können, aber ich habe kein Teller.«

»Ah. Meinst du damit ein Tablet?«

»Das Ding fürs Internetz.«

Das meinte ich damit, dass Nora kaum Kontakt zu Menschen hatte: Das moderne Leben war ihr als Fae fremd und selbst alltägliche Begriffe wie das Internet kannte sie nicht.

Aber sie konnte zumindest eine Paketbox – ich meine: magische Schatzkiste – bedienen!

»Warte!« Ich reckte den Kopf in die Luft. Augenblicklich stand ich auf den Beinen und tänzelte um Nora herum. »Rieche ich da etwa Kuchen?«

Nora lächelte. »Es war übrigens auch meine Idee. Ich brauchte nur Blakes Zugang zum Netz.«

Fast schon besessen sah ich ihr zu, wie sie die Papiertüte öffnete.

»Willst du dir auch mal ein Smartphone zulegen?«

»Ach, ich weiß nicht. Die neuen Bildschirme zerkratzen so schnell und wenn du das Gerät einmal beim Fliegen fallen lässt, ist es Schrott. Früher war das viel besser.«

»Wenigstens hast du keine Probleme mit dem Touchscreen.«

Blake konnte Tablets und Handys nur mit speziellen Handschuhen oder Eingabegeräten bedienen, weil ihm der nötige Puls für die Erkennung fehlte. Aus diesem Grund rief ich ihn nie an, schickte ihm allerhöchstens eine Nachricht, auf die ich meist keine Antwort bekam.

Nach einer gefühlten Ewigkeit präsentierte mir Nora zwei

riesige Donuts mit hellgrüner Glasur und winzigen violetten Blümchen aus Marzipan. Und dann war da noch ...

»Steht da etwa Hexenkönigin Belladonnas Coven auf dem Zuckerguss?!«

»Süß, oder?«, meinte Nora, die meine Aufregung falsch deutete. »Eine Bäckerei in der Nähe macht die und schickt die über Nacht mit der Post an nahezu jede Adresse in England! Die Aufschrift habe ich natürlich ausgesucht. Ich habe auch noch einen Donut für Blake. Aber er bekommt den, der schon verschmiert ist. Er braucht ja nicht zwingend Nahrung.«

Alles gut, Belladonna. Keine Bäckerei würde den Spruch für die Wahrheit halten, sondern für einen Insider unter Freunden. Wir lebten schließlich im 21. Jahrhundert! Niemand würde eine Hexenjagd veranstalten, weil auf einem Zuckergebäck das Wort »Hexe« stand. Das waren nur meine Nerven, die bei jeder Kleinigkeit, die heute vielleicht schiefgehen konnte, mehr in Mitleidenschaft gezogen wurden.

Darum biss ich einfach mal in den Donut und stöhnte verzückt auf.

Hach! Zucker! Das Einzige, das ich lieber zu mir nahm als Gift.

»Darf ich dich mal etwas fragen?«, begann ich zögerlich, nachdem ich den halben Donut heruntergeschlungen hatte. »Bist du eigentlich ... Ich meine ...«

»Die beste Spionin des Nachthofes? Die hübscheste der Insektenfae? Natürlich.«

Ich lächelte kurz. »Dein Vater ist auch untot wie Blake, aber du besitzt einen Herzschlag. Du isst.«

»Ich bin ziemlich am Leben«, sagte Nora. »Es gibt keine untoten Fae.«

»Also hast du gar keine Ähnlichkeiten mit Blake oder seine Fähigkeiten?«

Sie grinste. »So würde ich das nicht sagen ...«

Ich wollte nachbohren, als Nora aus der Papiertüte – nicht aus ihrer Tasche – noch einen Umschlag hervorholte. Der Zuckerguss und das Frittierfett setzten dem Papier ganz schön zu. Ich konnte förmlich beobachten, wie es sich verfärbte.

Sie streckte mir den Brief entgegen. »Oh, habe ich dir erzählt, dass ich zur Spionin ausgebildet wurde, weil ich eine miserable Botin war?«

»Von wem ist der?«, fragte ich unnötigerweise.

Ich wusste, dass Königin Mab mich kennenlernen wollte, seit ich ihren Zwillingsbruder vergiftet und damit den ganzen hellen Hof gedemütigt hatte.

Doch Nora runzelte die Stirn. »Prinzessin Morgana hat mir gestern einen Brief überreicht. Allerdings ... Das ist nicht ihr Siegel. Ihres ist eine Spinne mit einem Totenkopf auf dem Hinterleib. Wenn ich ehrlich bin, habe ich einen solchen Siegelkopf noch nie in meinem Leben gesehen.«

Mein Herzschlag dröhnte in meinen Ohren. Immer, wenn ich dachte, dass ich die Zeremonie ohne einen Zwischenfall über die Bühne bringen konnte, passierte so etwas.

Mit zitternden Händen nahm ich den Brief entgegen und steckte den angebissenen Donut der Trauerweide Oktavia an den Ast. Mir wurde ganz flau im Magen, als ich das Symbol des Siegels erblickte: *Eine dreiköpfige Krähe über einem See.*

Einen Wimpernschlag später fand ich mich auf einer dicken Wurzel hockend vor. Nora stützte mich mit ihren Armen und musterte mich mit besorgtem Gesichtsausdruck.

»Belladonna! Alles in Ordnung?«, fragte mich die Fae. »Du ... Du bist einfach umgekippt! Brauchst du mehr Gift?

Hätte ich das gewusst, hätte ich den Donut mit irgendwelchen Giftpflanzen gefüllt.«

In meinem Kopf herrschte immer noch so viel Unordnung, dass mir das Sprechen schwerfiel. »Ich ... Das kann nicht sein. Die Hexe vom See.«

Der Brief, den ich in meiner verkrampften Hand hielt, verhöhnte mich.

»Was kann nicht sein?«

»*Das* kann nicht sein«, hauchte ich wiederholt. Ich schüttelte den Kopf. Ein bisschen Klarheit kam zurück, aber da war immer noch dieses Gefühl, in etwas Surrealem wie in einem Traum festzustecken. »Bist du dir sicher, dass der Brief direkt von der Prinzessin kommt?«

»Ich bin eine Spionin für Königin Mab, die Prinzessinnen haben jeweils ihren eigenen kleinen Unterhof an Untergebenen. Er könnte natürlich von jemand anderem stammen, aber Prinzessin Morgana ist ihrer Mutter sehr ähnlich. Ich denke nicht, dass sie mir einen unwichtigen Brief gegeben hätte.«

Ich lächelte schwach. Nora wusste nicht, dass ich mir Sorgen in eine ganz andere Richtung machte. »Könnte es denn eine Fälschung sein?«

»Eine Fälschung von was?«

»Eine Fälschung oder eine ... hm. Falle?«, tastete ich mich vorsichtig heran.

Ich wollte nicht so offen mit der Tür ins Haus fallen, aber seit ich wegen einer simplen Balleinladung von hellen Fae durch den Taghof gejagt worden war, war ich bei allen faespezifischen Belangen – die nicht direkt Nora betrafen – etwas skeptisch.

»Denkst du etwa, dass Morgana dich töten will?«

»Denkst du das?«

»Hm. Nö. Morgana scheint dich interessant zu finden. Sie selbst ist eine gute Giftmischerin, aber ihre Mutter schimpft immer mit ihr, weil sie durchaus mächtiger sein könnte. Obwohl sie ihre älteste Tochter ist, ist sie von den neun Prinzessinnen des dunklen Hofes am schwächsten.«

Ich atmete vorerst erleichtert auf. Womöglich wollte mich Morgana durch diesen gefälschten Brief an den nächtlichen Hof locken, um sich von mir unterrichten zu lassen. Nora hatte schon bei meinem letzten Besuch in der Faewelt angedeutet, dass diese Faeprinzessin Interesse an meiner einzigartigen Affinität hegte.

Und wenn jemand wusste, wie es war, als »schwach« zu gelten, dann ich ...

Ich öffnete den Brief mit einem Fingernagel und entfaltete ihn mit schwitzenden Händen.

Wenn du mehr über deine Affinität der Dunkelheit wissen willst, dann komm zu mir an den Nachthof.
Ich erwarte dich.
Morrigan

Kaum hatte ich die letzte Silbe gelesen, rutschte mir das Blatt aus der Hand und segelte zu Boden. Nora fing es auf und las, ohne um Erlaubnis zu fragen.

»Die ... Die Morrigan«, stammelte ich. »Das ... Das kann nicht sein. Sie ...«

Müsste tot sein, wollte ich schon sagen.

Tatsächlich gab es aber keinerlei Beweise, dass sie jemals gestorben war. Eines Tages war diese große Hexe einfach ... weg gewesen, spurlos verschwunden und all die Geschichten über sie wandelten sich noch mehr zu Legenden und

Mythen. Sicherlich waren einige reine Übertreibung, aber trotzdem ...

»Wer soll das denn sein?«, gurrte Nora. »Sie muss wohl wirklich mächtig und berühmt sein, wenn sie einen Artikel vor ihrem Namen trägt.«

Ich antwortete ihr mit zitternder Stimme: »N-neben den zwölf Hexenköniginnen gab es in unserer Geschichte durchaus noch andere mächtige Frauen, die sich sogar in die Mythen und Sagen der Menschen eingebrannt haben. Die Morrigan zählt zu jenen, die heute noch von einigen Menschen wie eine Göttin verehrt wird.«

»Interessant.«

»Isis, Pele, Skadi, Inanna ... Es gab so viele großartige Hexen.«

»Mab, Oberon und Titania kennen bei uns auch die Menschen«, sagte Nora. »Ansonsten machen die nur einen Aufstand, wenn eine Faekreatur entkommt.«

Ich starrte sie stumm an. »Was denn?«

»Du bist der Mottenmann von Point Pleasant!«

»Nein. Bin ich nicht.«

»Bist du wohl.«

»Aber ich bin eine Frau.«

»Ich glaube, dieses Detail ist den Leuten entgangen, als du ihre Autos verfolgt hast.«

»Ich hasse Autos! Die sind so viel schneller als ich. Die blödeste Erfindung in den letzten Jahrhunderten! Die provozieren mich mit ihren hellen Lichtern und lauten Geräuschen!«

»Es gibt jetzt E-Autos.«

»Was hätte ich denn tun sollen? Und warum sind alle Sagengestalten automatisch immer männlich? Kennst du Bigfoot? Das ist eine Bärenfae. Aileen. Die Arme hat sich seit

Jahrzehnten nicht mehr in der Menschenwelt blicken lassen, weil die Schlagzeilen sie ganz nervös machen!«

»Lenkst du eigentlich absichtlich ab?«

Nora nickte. »Diese Hexe scheint dir schließlich große Sorgen zu bereiten.«

Ich versuchte mich etwas gerader auf der Wurzel hinzusetzen und nicht wie ein Häufchen Elend zu wirken.

»Sie weiß schließlich über meine Schattenaffinität Bescheid! Außer dir und Blake weiß davon keiner.«

Und natürlich Anastasia, aber es wäre verdammt verrückt, wenn diese Verbindungen zum Nachthof haben würde. Wie sie über meine und Blakes Beziehung geredet hatte, gab mir das Gefühl, dass sie zu diesen extrem radikalen Hexen gehörte, die weder Fae noch Dämonen akzeptierte.

»Hmmm.«

»Du hast es doch nicht Königin Mab gesagt, oder?«

»Was?«, rief Nora aus. »Natürlich nicht! Ich habe es dir geschworen und sogar Blake hat mich mehrmals ermahnt. Aber es ist mir auch selbst bewusst, wie wichtig es ist, dass man dich als Giftkönigin wahrnimmt, bis du deine Geburtsaffinität gemeistert hast.« Sie blickt betreten zu Boden. »Ich weiß, dass ich in deinen Augen nur eine weitere hinterlistige Fae bin, ab–«

»Nein! Nein, so ist es nicht!« Ich biss mir auf die Lippe und schämte mich für meinen dummen Verdacht. »Ich meine ... Du bist praktisch meine beste Freundin. Es ... Es tut mir leid, ja?«

»*Praktisch* beste Freundin«, wiederholte Nora niedergeschlagen.

Ich hielt mich nur so zurück, weil ich mein ganzes Hexenleben lang meine Mithexe und Ex-Geliebte Amari beste

Freundin genannt hatte. Allerdings hatten wir uns auf meiner Krönungsfeier gezofft, weil ich einen Dämon liebte und wir schienen uns vorerst nicht wieder annähern zu können.

Da keimte immer noch ein kleiner Samen der Hoffnung in meiner Brust, dass Amari mir wieder öfters schreiben würde, als nur lieblose Glückwünsche zum Geburtstag oder Grüße zum Hexensabbat.

Es fühlte sich nur so falsch an, Nora meine beste Freundin zu nennen, wenn ich dabei immer noch an Amari denken musste.

»Es ist nur so ... die Morrigan ... Sie müsste auch schon längst tot sein. Sie ist mindestens ein Jahrtausend alt.«

Vor mir tauchte die Lehrbuch-Abbildung der Morrigan auf: Eine Frau mit langen Haaren, die unter einer hellblauen Kapuze hervorblicken. Ihr ungewöhnliches Hexentier war eine dreiköpfige Krähe namens Avalon. Wie Atropos war dies ein Zeichen, dass die Göttin sie besonders liebte.

»Ihr Hexen seid ... ihr seid nicht unsterblich?«

»Ja. Nein. Ich meine wir sind alterslos, aber nach ein paar Jahrhunderten werden wir schwächer und vergehen. Ich bin schließlich schon die 13. Hexenkönigin. Nicht alle wurden von ihrer Vorgängerin getötet.«

»Aber ... Aber du kannst doch nicht einfach sterben!«

Ich lächelte die Fae an. »Das wird erst in einigen Hundert Jahren so sein. Ich bin gerade mal 22.«

Außer, Anastasia bekam mich früher zu fassen ...

Ich steckte den Brief in mein Kleid, was Nora dazu brachte, mich zu fragen, wie ich weiter vorgehen wollte.

»Ich werde gar nichts tun«, erklärte ich. »Ich habe gesagt, dass ich mich die ersten paar Jahrzehnte von der Faewelt fernhalten will, und daran hat dieser Brief nichts geändert.

Falls die Morrigan noch am Leben ist, dann kann sie sich ja an meinem Hof blicken lassen. Warum sollte ich sie als Hexenkönigin aufsuchen?«

»Bist du dann fertig mit der Arbeit?«, fragte Nora mich unvermittelt.

»Nein, eigentlich –«

»Dann lass uns mal losfliegen!«

Ohne meinen Protest abzuwarten, schoss Nora mit ihren Schwingen in die Luft.

Ich schnappte meine Mistgabel und raste der Fae durch den wolkenlosen Himmel über Alnwick nach.

Ich musste nur noch mal kurz zurück, um die Reste des Donuts zu holen. Es wäre doch unhöflich, so ein liebevolles Geschenk zu verschwenden.

5. Kapitel

TAUMEL-LOLCH

Lolium temulentum

Die Sonne war noch nicht einmal untergegangen, als ich nervös über den inneren Schlosshof wandelte. Bei jedem Rascheln drehte ich mich mit klopfendem Herzen um, nur um festzustellen, dass es von dem Umhang kam, den man mir mit meinem Festoutfit nahezu aufgezwungen hatte. Die darin verwebten Goldfäden machten den Stoff viel zu schwer.

»Da bist du ja!«, rief die Schloss-Bibliothekarin Ishita und eilte mir nach. Sie lief echt komisch, was daran liegen konnte, dass sie ein Buch unter den rechten Arm geklemmt hatte, während sie in beiden Händen einen riesigen Korb hielt, der ihr fast die ganze Sicht versperrte. »Da ist noch ein Korb angekommen. Shuilian entschuldigt sich für die verspätete Anreise, aber sie hat ihre Opfergaben für das heutige Fest schon mal mit einem Express-Lieferdienst vorausgeschickt.«

»Oh, wenn sie einen Spiegel findet, könnte Djannah –«

Aber Ishita hörte mir nach der Übergabe nicht mehr richtig zu, sondern eilte mit dem Buch bereits zurück in Richtung ihrer Bibliothek, in der sie momentan mehr Zeit als zu Hause verbrachte. Ich nahm an, dass sie für den heutigen Tag noch einiges niederschreiben wollte, bevor sie auch die Ereignisse des Abends sekundengenau aufs Papier brachte.

Der Geruch von frischem Gebäck und süßen Pflaumen direkt unter meiner Nase lenkte mich ab. Shuilian hatte sich sehr viel Mühe bei ihren Gaben für den heutigen Festtag gegeben, auch wenn man in ihrer Heimat diese Tage anders beging und ich deshalb keinerlei Präsente erwartet hätte.

Lughnasadh war ein Sabbat, an dem wir Hexen dieser Hemisphäre das erste Brot backten und die allerersten Obstsorten ernteten, um beides unserer Göttin zu opfern. Es war das erste von insgesamt drei Erntefesten, gefolgt von Mabon im September und Samhain im Oktober. Zahlreiche Hexen ließen mir ihre Brotkörbe als Geschenk zukommen, sodass ich nun gut ein ganzes Jahrzehnt die Enten im Alnwick Garden und in den umliegenden Gewässern damit füttern konnte.

Die allerfeinsten Gebäckstücke und die rotesten Äpfel hatte ich jedoch in einem Korb zusammengesucht, den ich vor der steinernen Statue unserer Göttin im Innenhof des Schlosses positionierte. Früher wurde Lughnasadh einem Schlachtfest gleichgesetzt, aber auch uralte Bräuche durften sich verändern: Statt Fleisch wählte ich selbst gestampfte Butter mit knackigen Radieschenscheiben, roten Zwiebeln, geweihten Kräutern und essbaren – also nicht giftigen – Pflanzen verfeinert als Opfergabe. Durch Instagram war ich auf eine besondere Art des Anrichtens auf einem Holzschneidebrett gestoßen, welche ich natürlich sofort ausprobieren musste.

Mein Blick wanderte zu der Gestalt aus Stein, die unbeweglich über den Opfergaben thronte. Diese Statue trug gleich drei Gesichter: Das einer jungen Frau, einer Greisin und eines grotesken Monsters.

Seit Samhain hatte ich die Göttin aller Hexen nicht mehr zu Gesicht bekommen und ich war gespannt, ob sie sich heute blicken ließ …

Na. Ich glaube nicht, dass sie heute aufkreuzt. Es war sehr offensichtlich, dass sie es billigt, was du mit der Fae und dem Dämon vorhast.

Atropos beanspruchte ihren Lieblingsplatz um meinen Hals und suchte auf meinen Wunsch hin die Umgebung nach Anomalien ab.

Mit kaum Hoffnung in der Stimme sagte ich: »Aber vielleicht will sie einfach so anwesend sein.«

Sie ist immer anwesend. Das haben Göttinnen so an sich.

Weil ich sonst nichts mit mir anzufangen wusste, kniete ich mich vor die Statue und arrangierte die Opfergaben neu. Ich kratzte sogar das rote Kerzenwachs vom Stein ab, obwohl dies meine geringste Sorge sein dürfte.

Aus Neugier steckte ich mir ein Stück Gebäck in den Mund – die Göttin würde es mir schon verzeihen. Das Brot verwandelte sich in meinem Mund zu Sand. Nicht, weil die Hexe, die es gebacken hatte, schlecht in ihrem Handwerk war, ganz im Gegenteil! Ich roch die feinen Gewürze, Kräuter und sogar Cranberrys, die sie zum Backen verwendet haben musste, aber …

Auch wenn man diese Feier in der Nacht zelebrierte, war Lughnasasdh eine Ehrung des Lichts.

Die Lichthexe wäre eine Närrin, wenn sie dich erneut in der Nacht angreifen würde, meinte Atropos. *Du kannst dich in den Schatten verstecken und der Dämon und seine Faeschwester können sie erledigen.*

Ich schnaubte leise. »Wer denkst du eigentlich, ist stärker? Der Tag oder die Nacht? Licht oder Dunkelheit?«

Atropos dachte lange nach. Ihr Schwanz rollte sich in der Zwischenzeit zu einem Kringel zusammen, bevor sie nach langer Denkpause Folgendes zum Besten gab: *Du bist die Hexenkönigin. Anastasia hätte Königin Sibylle folgen können, aber du warst es, die die Göttin ausgewählt hat.*

»Ja, weil ich die Königin getötet habe. Oder besser gesagt mein Schatten.«

Mein dunkles Abbild war durch die Sonne am Horizont lang und spitz und besaß im Moment keinerlei Ähnlichkeit mit mir. Durch die Verschmelzung mit meinem richtigen Schatten konnte ich verlorene Erinnerungen zurückerlangen und wusste nun, dass mein Schatten-Ich Blake wochenlang Nacht für Nacht aufgesucht hatte, um mit ihm den Mord und meine Krönung einzufädeln. Selbst mein Abbild fühlte sich von Anfang an zu dem Dämon hingezogen ...

Du bist dein Schatten.

»Mhm.«

Irgendwie wusste ich ja, dass der Mord der Königin auf meine Kappe ging, aber es fühlte sich immer noch seltsam an. Wie eine alte Kindheitsgeschichte, an die man sich nicht mehr richtig erinnern konnte und die man deshalb nur mit einem gekünstelten Lächeln abnickte.

»Du bist meiner Frage ausgewichen«, wechselte ich zum Thema zurück. »Licht oder Dunkelheit?«

Ich denke nicht, dass etwas davon stärker ist. Der Tag wird jede Nacht von der Dunkelheit besiegt und am Morgen gewinnt wieder das Licht. Es ist ein ewiger Kreislauf – und falls er jemals durchbrochen wird, könnte es das Ende der Zeit einläuten.

»Das habe ich befürchtet«, seufzte ich. »Das finde ich noch schlimmer. Ich will nicht mein ganzes Leben lang in Furcht vor Anastasia leben.«

Belladonna ...

»Anastasia kommt auch?«

Erschrocken drehte ich mich um. Blake stand hinter mir, aber er schien mich nicht belauscht zu haben – ansonsten würde er sich nicht so ruhig verhalten.

»Oh. Ja. Vielleicht.« Ich drehte mich wieder zu der Statue, damit er in meiner ertappten Miene nicht noch etwas ablesen konnte. »Wie findest du es? Ich wollte die Opfergaben noch etwas schöner drapieren.«

»Es ist etwas ... überladen.«

Irgendwie verstand ich Blake nicht: Es gab nur einen gut gefüllten Brotkorb und ein Horn, vollgestopft mit goldener Gerste, Äpfel, Birnen, Weintrauben und Pflaumen. Natürlich brauchte man dazu noch Kerzen – ohne Kerzen ging bei uns Hexen nichts. Oh, und ich hatte ein paar meiner selbst gemachten Seifenstücke dargebracht.

»Ach, findest du?«

Ich nahm zwei gelbe Maispuppen aus Shuilians Korb und stellte sie zu den vollen Bierkrügen, die eine Hexe aus Edinburgh gestern noch schnell nach Anbruch der Dunkelheit vorbeigebracht hatte.

Die Hexe hieß Sera und konnte nur nicht an der heutigen Zeremonie teilnehmen, weil sie im neunten Monat schwanger und eine Niederkunft etwas hinderlich war, wenn man wie im Rausch gerade über die Feuer sprang und sich seine Seele aus dem Leib brüllte ... Moment. Vielleicht war das sogar eine neue Art der Entbindung!

Ich lächelte die gesichtslosen Puppen an.

Im letzten Jahr durfte ich so viele wunderbare Hexen kennenlernen – und es kamen immer mehr dazu, die mich treffen wollten, obwohl ich felsenfest zu meiner Entscheidung stand, Fae und Dämonen offen zu begegnen. Es gab so viele von uns, die Mütter, Schwestern oder Geliebte an diese Wesen verloren hatten – aber es schien auch nicht an Hexen zu mangeln, die keinen Groll gegenüber diesen Übernatürlichen hegten.

»Ich muss ja gestehen.« Der Dämon lehnte sich gegen den Stein und sah auf mich herab. »Dass ich noch nie in meinem Leben Bier getrunken habe.«

»Sind zwielichtige Bars nicht dein liebster Ort zum Jagen?«

Er zuckte mit den Schultern. »Ich zahle sicher nicht für überteuerte Getränke, die ich nicht brauche.«

»Aaah. Jetzt kommt die Habgier mal gut in deiner Knausrigkeit zum Vorschein. Willst du es probieren?« Ich hob den Gerstensaft hoch und sofort schwappte etwas auf eine der Kerzen und löschte die Flamme. Der Rauch kitzelte meine Nase. »Die Göttin hat sicher nichts dagegen. Ich habe mich auch schon am Brot bedient.«

»Hmm ...« Der Dämon ging auf die Knie. Sein Gesicht schwebte nur ein Efeublatt breit entfernt von mir und seine dunklen Augen brannten sich direkt in meine Seele. »Vielleicht von deinen Lippen?«

Atropos stöhnte in meinen Gedanken.

Eine der Puppen wurde die Ehre zuteil, Blake zu küssen. Der Dämon fuhr zurück, als er merkte, dass ich ihm ein Stück Mais gegen das Gesicht gedrückt hatte.

»Das Pilzgift im Bier ist nicht so schmackhaft für mich«, erklärte ich und platzierte die Opfergaben wieder zu den nackten Füßen der Statue. »Ich finde verunreinigten Absinth oder puren Alkohol viel besser. Und – hm?«

Meine feine Nase nahm auf einmal einen schwachen, aber sehr vertrauten Geruch wahr ...

»Ist das Brot von Shuilian etwa mit Taumel-Lolch verunreinigt?« Ich konnte einen Freudenschrei nicht unterdrücken. »Dass ich selber nie auf die Idee gekommen bin! Bei der Göttin, das ganze Obst hat den Geruch überdeckt!«

»Willst du dem Dämon, der keine Ahnung von Nahrung und erst recht nicht von Giften hat, vielleicht erklären, warum du gerade wie ein aufgeregtes Meerschwein gequietscht hast?«

»Shuilian hat mir Giftbrot gebacken«, sagte ich und knabberte sofort an dem Teig. Normales Essen mochte wegen der Aufregung jeglichen Geschmack verloren haben, aber Gift tat mir immer noch gut. »Du musst wissen, dass der Taumel-Lolch im Feld normalem Getreide sehr ähnlich sieht und deshalb früher oft verwechselt wurde, was natürlich zu einigen Todesfällen geführt hat. Die Schuld hat man dann natürlich uns Hexen in die Schuhe geschoben, wobei es ausgerechnet unsere Gifthexen waren, die als Erste über die Verwechselungsgefahr aufgeklärt haben.«

In meiner neuen Bibliothek fand ich nahezu wöchentlich Tagebücher und Aufzeichnungen von anderen Hexen, die bis ins frühe Mittelalter zurückreichten. Besonders Gifthexen waren die Leidtragenden der Hexenverfolgungen, da sie menschlichen Frauen bei Verhütung und Abtreibungen, aber auch bei der Schmerzlinderung während der Wehen durch Opiate oder ähnliche Gifte geholfen hatten.

Und gar nicht einmal so selten hatten wir Gifthexen auch Wissen darüber weitergereicht, wie man herrschsüchtige Männer langsam, aber besonders schmerzvoll vergiftete.

Diese Schriften entschuldigten den Mangel an Mangas und Büchern mit ein bisschen ... nennen wir es mal *spice*, die ich in meinem Häuschen sammelte.

Das Brötchen war mit drei großen Bissen und einem Röcheln beim Schlucken – weil ich einfach zu gierig war – einverleibt.

Ich klatschte das Mehl von meinen Händen und drehte mich entschlossen um.

Gift war immer noch der beste Seelentröster – und ja, ich würde dieses Statement vor allen Schokolade- und Eis-Liebhabern der Welt verteidigen.

Tatsächlich fühlte ich mich schon viel besser als zuvor.

»Wo ist denn Nora?«, fragte ich und sah mich um. Ein paar dunkle Gestalten tummelten sich im Innenhof und richteten die Scheite für die Feuer her. Ich zuckte zusammen, als ich feuerrote Haare erkannte, merkte aber schnell, dass sie zu Pyra gehörten.

Blake beantwortete meine Frage, indem er mit dem Kinn gegen die Schlosswand nickte. Dort drückte sich eindeutig ein riesengroßes Flügelpaar gegen den braunen Stein.

»Schläft sie da etwa – an der Wand!?«

Ein kleines Lächeln umspielte die Mundwinkel des Untoten. »Sie saugt noch ein paar letzte Sonnenstrahlen auf. Du hast ja gemerkt, dass sie als Nachtfae dann doch eine kleine Sonnenanbeterin ist.«

»Ja, weil sie gegen mein Ringlicht gesprungen ist.« Ein Standfuß war so stark beschädigt, dass ich bei Videositzungen immer schief im Bild wirkte. »Ich frage mich aber ... Hat Nora schon mal länger in dieser Welt gelebt? Hier hat sie Tag und Nacht zu fast gleichen Teilen.«

Blake schüttelte den Kopf. »Du weißt, was abtrünnige Fae sind?«

»Ja. Blake, ich weiß, was das Wort ›abtrünnig‹ bedeutet.« Ich verdrehte die Augen, wurde dann aber rasch wieder ernst. »Aber ... Ich weiß nicht, was es bedeutet, zu den Abtrünnigen zu gehören. Agnieszka hat mir erzählt, dass ihr Freund ein Abtrünniger ist, aber ich wollte nicht blöd nachfragen.«

»Gut, dass du es nicht getan hast. Es ist das heikelste Thema der Fae. Du musst nämlich wissen, dass Fae ihre Stärke erst durch die Höfe richtig nutzen konnten. Der nie endende Tag beziehungsweise die ewige Nacht stärken die Fae – allen voran natürlich die Hochfae wie Nora. Eine abtrünnige Fae büßt einen Großteil ihrer Kräfte ein – was bei einer Hochfae natürlich enorm ist.«

»Ich nehme an, das heißt auch, dass eine Fae nie wieder in die Anderswelt reisen kann.«

Blake nickte. »Wobei es natürlich nur ein Verbot von Mab oder Oberon ist. Du hast die Essenz der Faewelt ja kennengelernt. Dieser Baum würde keine Fae aussperren.«

»Aber wenn sie zurückkommen, gibt es eine Wilde Jagd, weil das ja so lustig ist.«

»Du hast es erfasst.« Blake nickte. »Ich fand unsere Wilde Jagd aber ganz unterhaltsam.«

»Ja, aber nur weil ich dich geküsst und nackt mit dir gekuschelt habe.«

»Man merkt erst, dass man am Leben ist, wenn man in Todesgefahr schwebt.«

»Sagte der Untote, der keine Angst vor lebensgefährlichen Waffen haben muss«, murmelte ich und hakte mich bei besagtem Untoten unter. »Mal sehen, wie es dir gefällt, wenn ich dich jetzt persönlich ein paar alten Hexen vorstelle. Meine Lehrerin von der Akademie ist auch gekommen.«

Der Dämon schluckte schwer, grinste mich dann aber von der Seite an. »Hach, Lebensgefahr. Wie erregend.«

Inzwischen war die Sonne fast gänzlich hinter den Schlossmauern verschwunden und im Innenhof tummelten sich immer mehr Gestalten in schwarzen Kapuzenumhängen, die sich um die brennenden Feuer versammelt hatten. In der Luft hing aber nicht nur der herrliche Geruch eines nächtlichen Feuers, sondern auch der penetrante Duft von Bier und getrockneten Kräutern.

Unter langen Roben blitzten leichte Sommerkleider oder andere kurze Kleidung hervor – es waren nur wenige darunter, die gleich nackt kamen. Diese erkannte ich sofort daran, dass Blake sich mit großen Augen und offen stehendem Mund wegdrehte, als hätte er etwas Verbotenes gesehen. Das war bereits seine sechste Hexenfeier – und würde Blut durch seine Adern fließen, wäre er garantiert rot wie eine reife Tomate geworden.

Ich selbst trug neben dem schweren Umhang, der mit zwei wuchtigen Goldbroschen in Form von Tollkirschen an meinen Schultern befestigt war, ein tief sitzendes Kleid, welches Blake einen ähnlichen Gesichtsausdruck entlockte.

Ich ließ meine Finger über meinen Hals, über die schmalen Träger und dann langsam über den Stoff gleiten, der nicht einmal die Hälfte meiner Brüste bedeckte.

»Der Ausschnitt ist schön tief, findest du nicht?«

Ein kleiner, schüchterner Seitenblick meines höllischen Verlobten. »Mhm.«

»Ach, komm schon!« Ich stellte mich – die Arme an die Hüfte gestemmt – direkt vor Blake hin und blockierte seinen Weg. »Ist das alles, was du dazu sagst?«

Der schwarze Stoff war dunkel wie eine Winternacht und umschmeichelte meinen Körper wie ein Schatten. Keine Ahnung, wie ich mich in das Kleid zwängen konnte – und wie ich ohne Schere wieder herauskommen sollte, wusste ich noch weniger.

Der Brustausschnitt endete nicht einmal eine Handbreit über meinem Bauchnabel, nur um von einem ebenso beeindruckend hohen Beinschlitz abgelöst zu werden. Da wir innerhalb der Schlossmauern bleiben würden, verzichtete ich auf Schuhe, um das Gras genau spüren zu können. Im Gegenzug hatte ich meine Krone aufgesetzt, die trotz aller Zartheit auf meinen weißen Haaren deutlich hervorstach.

»Ja, das ist alles, was ich dazu sage.« Blake streifte seine Schüchternheit innerhalb eines Atemzuges ab. »Weil du ein teuflisches Hexchen bist und du das nur zu gut weißt.«

Ich kam noch einen Schritt näher, legte meine Hände in seinen Nacken, so als wären wir allein und nicht mitten auf einem Hexenfest. »Schuldig.«

Blakes kalter Hauch strich über meinen Nacken, als er seinen Kopf senkte. Der Dämon bescherte mir eine Gänsehaut – auf die gute Art. »Und du weißt, dass ich nur Augen für dich habe.«

»Mhmm.«

»Aber ich weiß auch, dass der heutige Tag nicht nur wichtig für dich ist, sondern auch für die anderen Hexen und so gerne ich dich auch aus diesem schwindelerregenden Kleid befreien würde –«

»Es kann sein, dass du mich rausschneiden musst.«

»Gut, so gern ich dich auch herausschneiden würde, es geht hier nicht um mich und auch nicht um dich. Es geht um die Schwesternschaft.«

»Blake ...«

Konnte ich diesen Dämon noch mehr lieben? Er war wahrlich jede Hexenregel, die ich für ihn verbiegen, brechen und umschreiben musste, wert.

Ich wollte Blake gerade küssen, als ...

ZING! Der helle Blitz einer Kamera blendete mich und ließ mich erschrocken einen Schritt nach hinten taumeln. Atropos zischte aufgebracht und hätte sogar in die Richtung der Angreiferin geschnappt, wenn ich sie nicht im letzten Moment am Hals gepackt hätte.

»Meine verehrte Königin.« Jemand drängte sich zwischen Blake und mich und ich spürte einen Arm, der sich um meine

Schulter legte. Der bekannte Lavendel-Zitronengeruch kündigte ein kleines Unheil an. »Warum bekomme ich Nachrichten von meinen menschlichen Kollegen, die eine Hexe am Himmel gesichtet haben wollen?«

Ich versuchte Djannah anzulächeln. »Hm. Vielleicht eine Drohne in Vorbereitung für Halloween? Die Menschen lieben Hexen.«

»Und der englische Mottenmann ist auch ein Spielzeug?«

»Motten*frau.*«

»Darum ist Nora also so erschöpft«, kombinierte Blake richtig. »Sie will wirklich als Sagengestalt in die Geschichtsbücher eingehen.«

Djannah seufzte und löste sich von mir. »Weißt du, ich finde es wirklich schön, dass du dich mit einer Fae so gut verstehst, ich meine: ich habe drei Fae-Schwestern und wenn ich die kleinen Biester nicht gerade erwürgen will, liebe ich sie von ganzem Herzen, aber ich kann nicht jede Woche einen Bericht über irgendwelche komischen Sichtungen schreiben und mir dabei Erklärungen aus dem Ärmel schütteln!«

»Das ist das letzte Mal.«

Djannah seufzte schwer.

»Sag, es war eine Massenhysterie.«

Djannah seufzte *schwerer.* »Massenhysterie passt für so einen Fall nicht. Es waren nämlich überwiegend einzelne Leute, die euch gesehen haben.«

»Und darum bist du eine wahnsinnig tolle Journalistin und Hexe, die irgendwann mal einen Pulitzer mit einem Artikel über Hexerei abstauben darf, und ich bleibe die bescheidene Hexenkönigin, die nur Unsinn mit ihrer Faefreundin im Kopf hat.«

Bei der Erwähnung des Preises grinste Djannah mich verträumt an, als wäre ich die begehrte Goldmünze. Noras und meine Flugstunde rückte in den Hintergrund. Ich war mir sicher, dass die Spiegelhexe schon einen hübschen Artikel auf ihrem Tablet abgetippt hatte, in dem sie Nora als invasive Mottenart abtat.

Es tat mir nach wie vor im Herzen weh, dass sie ihren Job in London für mich aufgeben musste, um in Alnwick für die Northumberland Gazette Artikel über die Renovierung der öffentlichen Toiletten oder Empfehlungen für rückenschonende Matratzen schreiben zu dürfen.

Selbstverständlich hatte sie ihre Anstellung in der Hauptstadt aus eigenem Antrieb gekündigt – aber nur, weil sie mit ihrer Familiengeschichte und ihrer Affinität keinen Zirkel finden konnte. Und dafür fühlte ich mich weitestgehend verantwortlich: Bis jetzt war ich meinem Ziel, die Stigmatisierung gegenüber zirkellosen Hexen zu beenden, noch nicht viel näher gekommen.

»Ich bin jetzt hier, weil die Schlagzeilen über riesige Motten mir seit Wochen schlaflose Nächte bereiten«, lautete ihr Vorwand, als sie eines Tages einfach ins Schloss gestürmt war und Blake und mich beim Rummachen im Thronsaal erwischte. Danach hatte sie sich in einem der vielen leer stehenden Zimmer eingenistet, weil sie kein Geld für eine Mietwohnung verschwenden wollte.

»Brauchst du sonst noch etwas von Belladonna, Djannah?«, fragte Blake ungehalten.

»Blake«, sagte sie, ließ ihren Blick kritisch über sein Gesicht schweifen und rümpfte dann die Nase. »*Ich kann deine dreckige Seele riechen.*«

Was ich an Djannah so mochte, war ihre Unerschrockenheit gegenüber Blake. Selbst Agnieszka hatte bei ihrem ersten Aufeinandertreffen mit dem Dämon panisch gewirkt und war bei jeder Bewegung zusammengezuckt, selbst wenn er nur Zucker in den Tee geschüttet hatte.

Womöglich war dies Djannahs Zusammenleben mit ihrem nachtmahrschen Stiefvater geschuldet.

Der Dämon verdrehte nur die Augen. »Das ist aus ›Evil Dead‹.«

»Wow. Für ein Millennium bist du immer noch so nah am Puls der Zeit.«

Der Dämon seufzte wie unter Schmerzen. »Wie oft denn noch: Ich bin sogar sieben Jahre jünger als du. Und ›Evil Dead‹ ist praktisch schon ein Klassiker.«

»Das glaube ich dir nicht, Teufelskind.«

»Komm«, sagte ich und hakte mich erneut bei Blake unter. »Lass uns kurz durch den Innenhof wandern. Bis später, Djannah.«

»Bis später, Morticia und Gomez.«

Blake konnte sich gar nicht über Djannah aufregen, da wir von hinten attackiert wurden.

»Da war ein helles Licht!«, sagte Nora und krallte sich in meinem Rücken fest. Bei Blake machte sie das Gleiche, was dem Dämon ein seltenes Keuchen entlockte. »War das eine Sternschnuppe?«

»Moderne Kameras haben ein sehr intensives Blitzlicht«, erklärte ich ihr. »Na gut. Wenn du nun auch da bist, können wir gemeinsam die Hexen begrüßen.«

Nora zirpte ihr Einverständnis.

6. Kapitel

WEISSE NIESWURZ

Helleborus albus

Es waren weitaus weniger Hexen anwesend als bei meiner Krönung, aber das empfand ich als nicht weiter schlimm. Dass ich mit einer geringen Anzahl Gäste rechnen musste, war mir spätestens dann klar geworden, als in den letzten Wochen nur spärlich Antwortschreiben eintrudelten. Ich hatte sie ungeöffnet in meine Vase Schrägstrich Papierkorb geworfen und keinen Gedanken mehr daran verschwendet.

Wenn ich eines im letzten Jahr gelernt hatte, dann, dass die richtigen Hexen schon zu mir kommen würden. Agnieszka, Djannah, Pyra – sie waren nicht zu meiner Krönung erschienen, aber jetzt beehrten sie mich mit ihrer Anwesenheit auf diesem Fest.

Und nicht nur Hexen waren gekommen ...

»Estella, du musst heute wirklich nicht arbeiten«, sagte ich zum Dienstmädchen und deutete auf Agnieszka, die einen Coven italienische Gifthexen mit meinem Giftwein aus Nieswurz begrüßte. »Es könnte sogar gefährlich für dich werden.«

»Belladonna hat recht.« Blakes Arm glitt an meine Hüfte und er drückte mir einen Kuss auf den Haarscheitel. Überraschend, aber ich wollte mich nicht über seine Liebkosungen beschweren. »Es ist hier sehr gefährlich für Menschen.«

Auf dieses Stichwort hin, schnappte ich mir einen Wein von der Erdhexe.

»Das ist Weiße Nieswurz. Dadurch wurden in der Antike ganze Armeen kampfunfähig gemacht.«

Durch Durchfall, ergänzte Atropos.

»Ja, die unschönen Details lasse ich jetzt weg.«

»Ich werde aufpassen«, tat Estella meine Warnung ab. Sie trug immer noch ihre Dienstuniform: Ein schwarzes Kleid mit dunkelgrüner Schürze mit meinem Wappen. »Ich kann einf– Ich will nur nicht nach Hause gehen.«

Ich biss mir auf die Unterlippe.

Wegen dieser Aussage konnte ich sie doch nicht wegschicken!

Früher habe auch ich Nächte im Poison Garden zugebracht, weil ich nicht in meine Hütte gehen wollte. In mein eigentliches Zuhause, wo mich nur Stille und Einsamkeit erwarteten.

Darum versuchte ich auch durch diese Feierlichkeiten möglichst viele Hexen, Dämonen und Fae einzuladen, damit sie eine Nacht mit uns verbringen konnten. Wie sollte ich da einen Menschen wegschicken?

»Pass einfach auf, ja? Und wenn du spät in der Nacht nicht allein in die Stadt zurück gehen willst, frag Djannah, ob sie ein Spiegelportal für dich öffnet.«

Estella nickte. »Danke schön.«

Nora bettete ihr Kinn auf meine Schulter. »Es riecht hier so komisch.«

»Ah, das bin ich – beziehungsweise mein Wein. Ich habe auch Stinkende Nieswurz mit reingemischt, damit der Geschmack intensiviert wird.«

Ich hob mein Glas und ließ Atropos etwas vom Wein probieren. *Du hast recht, die Mischung aus Weißer und Stinkender Nieswurz macht das Gesöff erst richtig bekömmlich.*

»Ja, oder?«

Ich lächelte meinen Familiar an – und in jenem Moment wurde meinem Herz ein solcher Stich versetzt, dass ich merkbar zusammenzuckte. Mir war schlagartig wieder bewusst geworden, dass Anastasia immer noch da draußen war, und die Angst vor ihr überschattete dieses Fest.

Erneut bemerkte Blake mein seltsames Verhalten, was ich dieses Mal damit überspielte, dass ich die Hand hob und der nächstbesten Hexe zuwinkte. Zum Glück erwischte es James, der mit mir die Akademie besucht hatte.

Perplex winkte er zurück, ehe er mit seinem Coven aus Lufthexen die Feuer schürte.

Das war zwar etwas unangenehm – aber damit konnte ich die Peinlichkeiten aus der Schulzeit fortsetzen.

Blake stutzte. »War das etwa eine männliche Hexe?«

Ich nickte. »Es gibt relativ wenige, weil wir Hexen uns meist mit dem Geburtsgeschlecht identifizieren. Kommt das bei euch adeligen Dämonen nicht vor?«

»Nun. Adelige Dämonen sind ja zahlenmäßig weitaus weniger als ihr und gewandelte Dämonen können jegliches Geschlecht haben. Aber du hast recht. Ich kenne da eine bestimmte adelige Dämonin.«

»Carmilla.«

Er nickte. »Genau. Die Vampirin, die Verträge mit den menschlichen Angestellten hat. Sie ist eine mächtige Adelige, keine normale Dämonin.«

Estella lächelte verzückt. »Die wunderschöne Vampirin.«

»Die Verkörperung des Hochmutes«, fuhr Blake selbst fort. »Sie ist sehr ... eingebildet. Aber wir müssen uns nicht über sie unterhalten. Sie ist unbedeutend.«

»Unbedeutend?«, echote ich. »Sie hat Verträge mit den Angestellten geschlossen und glaub mir, wenn ich mal ein paar Minuten zum Verschnaufen habe, knöpfe ich sie mir vor. Hast du sie nicht mal alte Zecke genannt? Das klingt nicht sehr einschüchternd.«

Estella keuchte auf.

Das war dem Pakt geschuldet, den sie mit eben jener Dämonin geschlossen hatte und der ihr unvorstellbare Qualen bereitete, wenn sie nur etwas Falsches sagte – vielleicht ging es auch so weit, dass sie nichts denken durfte, das gegen die unmenschlichen Bedingungen des Paktes verstieß.

Demonstrativ blickte mein Dämon in eine andere Richtung. »Das weiß ich gar nicht mehr. Bist du sicher, dass ich sie ›Zecke‹ genannt habe? Sie ist schließlich eine Adelige wie ich.«

»*Alte* Zecke«, wiederholte ich. »Gemeinsam können wir sie aufhalten und die Pakte nach all den Jahren brechen! Du bist ein Dämon, du kennst sicher ihre Schwachstelle.«

Diese Vampirin zu bekämpfen stand auf meiner schier endlosen Liste von Dingen, die ich als Königin noch erreichen wollte.

»Bringen wir sie um!«, jubelte Nora voller Tatendrang.

Ich kann die Leiche für euch verschwinden lassen, schlug Atropos selbstlos vor.

Ich war mir ziemlich sicher, dass das beste Leichenversteck ihr Magen war.

»Estella«, wollte ich mich an diejenige wenden, die am meisten unter Carmilla zu leiden hatte, aber sie hatte sich anscheinend in Luft aufgelöst.

»Versuche, nicht abfällig über Carmilla zu reden.«

»Du hast mit dem Spruch angefangen!«, verteidigte ich mich vor Blake. »Hast du etwa Angst vor ihr?«

Schweigend sah der Dämon an mir vorbei.

»Das hast du doch nicht wirklich?«

Der Jux war aus meiner Stimme verschwunden: Wenn Blake Angst vor dieser Vampirin hatte, dann sollte ich mich vielleicht doch vor ihr in Acht nehmen.

»Carmilla hat ihre Augen und Ohren überall«, erklärte er knapp. »Zudem ist sie mit den anderen adeligen Dämonen besser vernetzt.«

»Wie meinst du das?«

»Hast du schon mal von den *Ars Goetia* gehört?«

»Ah mein Latein ist nicht besonders gut: Die Kunst –«

Blake unterbrach mich – seine Miene war angespannt. Sein Kiefer trat so markant hervor, dass ich fürchtete, er würde sich in diesem Moment in seine Dämonengestalt verwandeln. »Die mächtigsten Dämonen – adelig oder nicht – werden so genannt. Carmilla zählt mit Asmodäus und Barbatos zu den inoffiziellen Anführern.«

Nun war meine Neugier vollends geweckt. Bis jetzt hatten Blake und ich nie viel über die anderen Dämonen geredet. Noch immer war mein Verlobter der einzige Dämon, den ich zu Gesicht bekommen durfte. Nicht, dass ich erpicht darauf gewesen wäre, seine dämonischen Cousins kennenzulernen –

oder die uralte und schändliche Kreatur, die mein Schwiegervater war …

»Ist Asmodäus nicht eigentlich ein Höllenfü–«

»Belladonna.«

Bevor ich meine Frage stellen konnte, stürzte sich eine Hexe mit Flammenhaar auf mich. Ohne nachzudenken, rief ich Elsa Maria zu mir und zog die Person mit den Efeuranken von mir herunter. Ein stummer Schrei steckte mir in der

Kehle fest, während das Herz in meiner Brust vor Angst wie wild raste.

Erst in dem Moment, als die andere Person unter Schmerzen kreischte, fiel mir auf, dass es sich dabei nur um Pyra handelte. Sie war viel kleiner als Anastasia und an ihrer Seite stand kein weißer Wolf, sondern eine rote Katze, die mich anfauchte, weil ich ihr Frauchen auf die Knie gezwungen hatte.

»Stopp!«, rief ich Blake und Nora zu, die wegen meiner Attacke ihre Angriffshaltung einnahmen.

»Pyra!« Ich warf mich regelrecht zur Feuerhexe in den Dreck. »Geht es dir gut? Es tut mir so leid, ich dachte, du wolltest mich –«

Angreifen.

Ich hatte so Angst vor Anastasia, dass ich beinahe eine alte Bekannte vergiftet hätte. Zählte das noch als absolut unzulänglich – oder war das schon total erbärmlich?

Pyra strich mir ein paar verirrte Strähnen aus dem Gesicht und tätschelte meine Wange. »Ah, mir tut es leid«, entschuldigte sich die Feuerhexe überraschend. »Ich habe mich nur so gefreut, dich zu sehen.«

Pyra sah aus wie 25, aber in solchen Momenten merkte man, dass sie schon um die 80 Jahre sein musste. »Oh Belladonna, wie groß du geworden bist. Die Jahre im Poison Garden haben dir wahrlich gutgetan.«

Eine Grimasse legte sich über meine Gesichtszüge, die Pyra hoffentlich als Lächeln deutete. »Wenn du das sagst.«

Sie wusste nicht, dass der Poison Garden auf immer mein Gefängnis hätte sein sollen, genauso wenig, wie sie über meine wahre Affinität im Bilde war. Sie würde auch nie erfahren, dass es Blake war, der mir mit seiner Liebe guttat und Nora mit ihrer Fröhlichkeit.

Aber es änderte nichts daran, dass ich meine Pflanzen liebte und ich durch meinen Aufenthalt im Poison Garden meine Kräfte verfeinert hatte. Dass ich dadurch so viele wunderbare Pflanzen kennenlernen durfte und meine Arbeitskollegen, die mir jedes Jahr zum Geburtstag Muffins oder Scones buken.

»Ich weiß noch, wie aufgeregt du warst, als du die Nachricht bekommen hast, dass du im Giftgarten für die Königin arbeiten darfst – und jetzt bist du selbst die Königin!«

Pyra merkte nicht, dass sie gerade meinen wunden Punkt nicht nur getroffen hatte, sondern wild darin herumbohrte. Sie merkte nicht, wie ich meine Finger ins Erdreich grub und aus dem umliegenden Gras giftige Wurzeln schossen.

»Cherry.« Blake legte seine totenkalte Hand auf die meine und die Wurzeln verdorrten in Windeseile. »Du tust noch jemandem *ernsthaft* weh.«

»Es tut mir leid«, sagte ich erneut.

Ich stand auf und reichte der älteren Hexe, die von all dem nichts bemerkt hatte, meine Hand.

»Du kannst ruhig zugeben, wenn du dich für deine Schulzeit etwas rächen wolltest«, meinte Pyra mit einem Augenzwinkern. »Ich weiß, dass ich es dir nicht leicht gemacht habe.«

Dieses Mal formten sich meine Lippen zu einem aufrichtigen Lächeln.

Pyra war eine meiner Lieblingslehrerinnen – auch wenn ich ihre autoritäre Strenge und harsche Ehrlichkeit erst nach den gemeinsamen Akademiejahren richtig wertschätzen konnte. Sie war es, die gesagt hatte, dass ich für mein Alter schwach und praktisch unfähig als Gifthexe sei. Zwar hätte ich diese harten Worte nie hören sollen, aber es war letztendlich der Ansporn gewesen, an mir zu arbeiten.

Es gibt nur wenige Hexen, die eine zweite Affinität erlernen, sagte Atropos. *Dass du schon in der Kindheit deine Giftaffinität beherrscht hast, lässt selbst mich staunen.*

Dafür litt meine stärkere Geburtsaffinität nach wie vor darunter.

Durch den peinlichen Angriff fiel mir erst jetzt die kleine Schar auf, die sich um uns herum gebildet hatte. Rund zwei Dutzend Augenpaare starrten mich abwartend an.

Pyra sagte: »Es tut mir so leid, dass ich an Yule nicht kommen konnte, aber es war etwas spontan und zur Weihnachtszeit muss man gar nicht versuchen kostengünstig von London nach Alnwick zu reisen. Dieses Mal hatte ich viel mehr Zeit, den Ausflug für die Hexlein zu planen.«

Hexlein?

Die Hexen hinter Pyra wirkten alle so ... jung. Als wären sie noch nicht einmal 20 ...

Oh. Oh.

»Darum bedanke ich mich umso herzlicher für die Einladung und die Einladung an all die jungen Hexen der Akademie. Es ist uns allen eine Ehre, der Gründung eines königlichen Covens beizuwohnen. Wir haben im Unterricht gerade die verschiedenen königlichen Coven durchgenommen.«

Oh nein. Nein! Pyra hatte das vollkommen falsch verstanden!

Ich schrieb auf meine Einladung immer, dass jeder willkommen sei – und meinte damit auch Nicht-Hexen. Ich hatte nicht geplant, dass die nächste Hexenexkursion der Akademie in meinem Vorhof stattfinden würde. Es gab hier viel zu viel Alkohol!

Pyra neigte den Kopf nach hinten. »Wie sagt man, meine kleinen Hexchen?«

»Vielen Dank für die Einladung.«

»Einladung«, kam es verspätet von ein paar Hexen, die lieber gespannt auf ihr Handy glotzten. Zumindest so lange, bis ihnen Blake und Nora ins Auge stachen. Ein paar atmeten schockiert ein, was die Fae dazu brachte, ihre Fühler aufzurichten.

Ohne den Blick abzuwenden, tat ich einen Schritt nach hinten und stupste mit dem Ellbogen das Geschwisterpaar an. »Blake, Nora, sagt etwas.«

»Etwas?«, fragte Nora.

Die Junghexen wurden zunehmend unruhiger und ich konnte es ihnen nicht verübeln. In ihrem Alter war ich auch noch keinem Dämon oder Fae begegnet und wäre ähnlich angespannt.

Es war dann ausgerechnet Nora, die das Eis mit ihrer ungestümen Art brach.

»Ich find ihre Capes hübsch«, sagte sie und zog ein paar der jungen Hexen an den Umhängen. »Warum trage ich keins? Warum trägt Blake keins?«

»Weil du sehr eindrucksvolle Flügel hast?«, meinte ich. »Und Blake würde aussehen wie ein Vampir aus dem Netflix-Kostüm-Friedhof.«

»War das eine Beleidigung?«, fragte der untote Dämon mit der bleichen Haut und den dunklen Augen.

Die nächsten Worte richtete ich an die Junghexen.

»Es gibt genügend Brot, Äpfel und Bier für alle Anwesenden. Für die minderjährigen Hexen wird Apfelsaft gereicht«, fügte ich hinzu und erntete ein kollektives Seufzen der Enttäuschung. »Oh nein, ihr lasst euch nicht auf meiner Party volllaufen. Kommt in ein paar Jahren wieder her und die Sache sieht ganz anders aus.«

Dass ich die gleiche Pose wie Pyra eingenommen hatte – eine Hand in die Hüfte gestemmt und den Finger tadelnd erhoben – wurde mir erst bewusst, als ich ihr einen Seitenblick zuwarf:

»Eure Königin Belladonna hat recht. Kein Alkohol, bis ihr das Alter erreicht habt, in dem auch menschliche Kinder dieses Gift konsumieren dürfen. Ich will mich nicht vor der Königin aufgrund eures Fehlverhaltens blamieren.«

Oh wow. Ich hatte nicht nur die gleiche Haltung wie meine Lehrerin angenommen, nein, ich hörte mich auch genauso an wie sie!

»Blake und Nora«, wandte ich mich an die beiden. »Führt die Schülerinnen doch etwas herum. Ich würde gerne mit Pyra unter vier Augen reden.«

»Ähm … Ich zeige euch mal die Damentoiletten«, meinte Blake.

»Das Wasser aus dem Hahn schmeckt dort am besten!«, ergänzte Nora. »Und die Seife auch. Aber am besten ist natürlich das selbst gemachte Apfelblut, das wir aus den geschundenen Körpern all jener Früchte gewinnen, die wir mit unserer Macht zerquetscht haben.«

Zur Anschauung ließ sie eine geballte Faust in ihre Hand sausen und lachte diabolisch.

Die Hexen folgten dem Dämon artig und mir entging nicht, wie sie hinter seinem Rücken tuschelten.

»Heiß.«

»Mega. Heiß.«

»Höllisch. Heiß.«

»Boah Maeve! Du übertreibst es wieder mal.«

Eigentlich sollte ich mich darüber aufregen, dass die Hexen meinen Verlobten – der mal angemerkt viel zu alt für sie war – nur nach seiner menschlichen Hülle beurteilten, aber die Alternative wäre in diesem Fall schlimmer.

»Warum hast du denn gelogen, Pyra?«, fragte ich meine alte Lehrerin, nachdem die anderen weit genug weg waren. »Das mit Yule war eine wirklich miserable Lüge.«

Pyra seufzte schwer. »Dir kann man nichts vormachen, oder?«

»Du hast mich praktisch aufgezogen. Ich kenne dich schon fast mein ganzes Leben lang.«

»Ich gebe zu, dass ich an Yule absichtlich ferngeblieben bin. Wie du dir vorstellen kannst, hat die Verlobung mit einem Dämon sich ziemlich schnell an der Akademie herumgesprochen, der Hochburg –«

»... des Tratsches«, endete ich. »Ich weiß, dass man dort immer alles als Erstes erfährt. Ich habe als Kind genug Lästereien mitbekommen, die eigentlich nicht für meine Ohren bestimmt waren.«

Eine 10-Jährige sollte nicht wissen, was ein Coven Wasser- und Erdhexen in Edinburgh für Vorlieben bei den monatlichen Orgien hegte.

»Ich dachte mir nur: Was zur heiligen Göttin hat Belladonna getan? Und das mit dem königlichen Coven war ein weiterer Schlag für mich – aber ich hatte nun länger Zeit, darüber nachzudenken. Darüber, was ich meinen Hexlein die letzten Jahrzehnte beigebracht habe. Darüber, dass ich selbst nie wirklich Kontakt zu Dämonen und Fae hatte. Dass ich selbst auch nur einen beschränkten Blick auf die Welt habe.« Sie atmete tief auf. »Du musst wissen: Maeves Stiefmutter ist eine Dämonin und ich glaube, die liebe Cordelia bandelt mit einem jungen Feenrich an.«

»Das freut mich zu hören!«

»Allerdings wurden die Eltern von Tiana und Tuare von einem Dämon getötet.«

»Das –«

»Es ist nicht deine Schuld. Das weiß ich. Das wissen auch die Zwillinge. Es war Jahre vor deiner Krönung und auch dein Dämon hatte nichts damit zu tun.«

Das »Aber« am Ende des Satzes musste sie nicht extra aussprechen.

»Es wird dauern, bevor sich die Verhältnisse stabilisieren«, räumte ich kleinlaut ein und starrte auf meine nackten Zehen. Am mittleren hatte sich der schwarze Nagellack gelöst. »Und selbst danach ... Ich –«

Pyra legte mir eine Hand auf die Schulter und zwang mich so, ihr in die grünen Augen zu sehen. »Belladonna. Du kannst dich nicht für alles verantwortlich fühlen, was unter deiner Herrschaft passiert, sonst verlierst du dich selbst in Vorwürfen. Du würdest nie glücklich sein.«

»Okay.«

Meine schwache Antwort blieb nicht unbemerkt. »Wir Hexen suchen nach anderen Seelen, mit denen wir unser Leben verbringen können. Ein Coven soll genau das sein. Also zieh an dem Tag der Zirkelweihe nicht so ein Gesicht, meine Kleine.«

Ich umarmte Pyra kurz, um meine tiefe Dankbarkeit auszudrücken. Sie war überrascht, legte dann aber eine Hand an meinen Hinterkopf.

Ich bedankte mich dafür, dass sie mich praktisch alles übers Hexendasein gelehrt hatte. Dass sie mir mit ihrem Feuer geholfen hatte, nach einer Überdosis das Gift auszuschwitzen.

Und vor allem dafür, dass sie ihre Meinung geändert hatte.

Nach kurzer Zeit löste sich Pyra von mir und hob ihre Katze Vesta hoch. »Ich muss jetzt zu meinen Hexlein, sonst stellen sie noch Unsinn an.«

»Sie werden sich so was von betrinken.«

»Ja, natürlich werden sie das. Wir haben es ihnen doch verboten! Nichts finden wir Hexen verführerischer als das Verbotene.«

Ich winkte Pyra hinter ihrem Rücken noch zu.

Mit einem Lächeln um die Lippen sah ich in den schwarzen Nachthimmel – Die Dunkelheit hatte nun über den Tag gewonnen. Selbst der Mond war nur ein schmaler Strich, der kaum die Kraft besaß, die Nacht zu durchdringen.

Wenn ich wollte, konnte ich zu dieser dunklen Stunde mit meiner Schattenaffinität sogar die brennenden Feuer im Garten verschlingen. Nicht, dass es zu mehr gereicht hätte als zu einem netten Partytrick …

Atropos hatte recht: Anastasia würde niemals auf die dilettantische Idee kommen, mich in einer Nacht anzugreifen, in der ich umringt von anderen Hexen war, die mich offen unterstützten. So mächtig war sie nun auch nicht.

Zwei eisige Hände packten mich von hinten und zogen mich in eine grabeskalte Umarmung.

»Und? Wie war die Unterhaltung mit deiner alten Lehrerin?«

»Schön. Wie war es mit den kleinen Hexen?«

Der Dämon fröstelte. »Ich hatte einen Flashback in meine Schulzeit.«

Kichernd schmiegte ich meinen Rücken noch enger an seinen Körper.

»Ist alles okay, Cherry?«

»Warum fragst du?«

»Du hast eine Mithexe angegriffen. Und nicht nur irgendeine Hexe: Deine Lehrerin, von der du schon einige Male geschwärmt hast. Selbstverständlich sticht mir das direkt ins Auge.«

»Ich bin nur nervös. Darf ich dich erinnern, was bei meiner Krönung passiert ist?«

»Ja, aber Walpurga ist ein Baum. Sie kann dir nichts tun.«

»Du hast recht.« Aber Walpurga war ja auch nicht die Wurzel allen Übels ...

Ich befreite mich aus Blakes Umarmung. »Lass uns gehen«, flüsterte ich und fuhr mit den Fingern über Atropos' goldene Haut. »Sonst bleibt uns keine Zeit mehr, bis in die Morgenstunden zu tanzen.«

Meine Ansprache hielt ich zu den Füßen der Göttin. Blake und Nora positionierten sich links und rechts von mir, als ich meine Rede begann: »Ich bedanke mich bei euch für euer Erscheinen.« Als das erste Wort meine Lippen verließ, spürte ich, wie das Gewicht der Krone mich beinahe in den Boden drückte. »Wie ihr wisst, ist ein Zirkel für eine Hexe sehr bedeutend. Eine Entscheidung, die nur einmal im Leben getroffen wird. Mir ist bew-wusst ...«

Ich zitterte kurz, aber heftig am ganzen Körper. War die Nacht schon immer so dunkel und kalt?

Ach, das war nur Spinnerei!

»Mein Zirkel wird aus Blake und Nora bestehen: Dem Dämon der Habgier und der nächtlichen Hochfae.« Da mir auf einmal so komisch war, fuhr ich mir mit der Hand übers Gesicht. Seltsam ... Warum war sie denn so nass? »Damit ... Ich erkenne es an, wenn andere Hexen sich ähnlich entscheiden wollen. Das ist völlig okay.«

Was laberst du denn nun für einen Stuss?, fragte Atropos. *Und ... Schwitzt du etwa? Belladonna! Was ist los?*

»Alles okay, Atropin – ... Atropos. Ich muss mich ... vielleicht kurz hinsetzen.«

Ich sackte auf die Zehen der Statue, schmiss dabei ein paar Körbe und Kerzen um. Noras und Blakes Stimmen mischten sich zu einem Ton, der mir Kopfschmerzen bereitete, wenn ich versuchte, einem der beiden zuzuhören.

Ich streckte die Hand aus, um diesen grässlichen Ton zu verscheuchen.

Wie aus dem Nichts begann ich am ganzen Körper zu zittern und säuerliche Tränen stiegen mir in die Augen. Ich erkannte nichts mehr außer den orange-roten Opferflammen und einer Menge schwarze Gewänder. Die dunklen Schemen waren aber klein und rund ... Komische Gestalten.

Belladonna. Nur Atropos' Stimme war klar. *Kämpf gegen die Trägheit an!*

»Warum?«

Zuerst war es ein grässliches Gefühl gewesen, aber mein Kopf wurde immer leichter und leichter ... Es war ein wirklich schönes Gefühl, nachdem mich die letzten Wochen – nein, Monate! – nur Anspannung und Gift am Laufen gehalten hatten.

Da waren keine Gedanken mehr an ... Wie hieß noch mal diese Hexe, die ...

Warte!

Wer war ...

... ich ...

... noch mal?

»Cherry!«

Eine Stimme so kalt und düster wie der Tod drang durch

die mich einnehmende Dunkelheit zu mir durch. Dem Klang seiner Worte folgte ein seltsamer Geruch nach Granatapfel.

Blake?

»Ich-AH!«

Das Nächste, das ich wieder bewusst wahrnahm, war, dass ich mir die Knie auf dem Rasen aufscheuerte, als ich hektisch von der Statue wegkrabbelte.

Bei der Göttin! Atropos zischte. *Du wärst fast einer Sünde verfallen!*

Ich registrierte Atropos' Worte kaum.

Man sprach ja manchmal vom Nebel im Gehirn, wenn man sich krank fühlte oder angeschlagen war, aber das hier hatte sich viel mehr danach angefühlt, als hätte jemand das Innere meines Kopfes zu Matsch püriert.

Ich sah zum Dämon und bekam gleich den nächsten Schock.

Blakes dunkle Augen waren weit aufgerissen, sein restlicher Körper zu einer Salzsäule erstarrt. Nora verhielt sich ganz anders: Sie fiel auf alle viere und fauchte die Menge an.

Nein, sie fauchte irgendetwas in der Nähe an, denn alle Hexen waren auf den Boden gesunken und schienen ähnliche Symptome wie ich zu zeigen.

»Was ist denn mit ihnen los?« Ich wollte schon zu Pyra und Agnieszka laufen, aber Blake packte mich und hielt mich fest.

»Bring die Hexen mit Mothra in Sicherheit!«, rief Blake seiner Schwester zu. »Ich werde mich allein um ihn kümmern.«

»Um wen?«, fragte ich. »Was geht hier vor sich?«

»Und nimm Belladonna mit. Das ist nicht ihr Kampf.«

»Ich gehe bestimmt nicht.« Schimpfend und unter Schmerzen kämpfte ich mich auf die Beine. »Mir geht es gut.« Solange es nicht Anastasia war, der ich entgegentreten musste. »Mir war nur etwas schwindelig.«

»Das stimmt nicht.« Nora schüttelte den Kopf. »Das sind die Folgen einer Todsünde, die da auf dich wirken. Blake und ich sind als Teil des Dämonenreichs natürlich immun dagegen.«

Eine Stimme, die ich in diesem Moment nicht als meine eigene identifiziert hätte, fragte: »Eine Todsünde wie ... Blake?«

Bedeutete das etwa, dass Carmilla hier war?

»Nein, meine gnadenvolle Hoheit«, spottete eine tiefe Stimme – zuerst schien sie noch ganz weit weg, doch dann war sie plötzlich mitten in meinem Kopf. »Mehr wie dein schlimmster Albtraum.«

7. Kapitel

BUCHSBAUM

Buxus Sempervirens

Die Geschichte über die Versiegelung der sieben Urdämonen kennt jedes kleine Hexenkind. Man erzählt sich diese in den Hexenakademien in der ganzen Welt seit Jahrhunderten in etwa so: Vor Jahrtausenden wurden aus sieben ganz normalen Menschen furchtbare Kreaturen – ja, manche würden sie sogar als Monster oder Bestien bezeichnen, denn obwohl sie ihre menschliche Gestalt meist beibehielten, lag unter ihrer Haut das pure Böse versteckt.

Über die Ursache dieser grauenhaften Transformation wird bis heute spekuliert – manche nannten es eine Bestrafung für ihre Sünden und wiederum andere verglichen sie mit den gefallenen Engeln aus menschlichen Überlieferungen. Sie wurden von ihrem eigenen Verlangen – von ihren Sünden – korrumpiert.

Jeder von diesen Urdämonen verkörperte etwas, das man heute Todsünde nannte: Zorn, Hochmut, Trägheit, Wollust, Habgier, Völlerei und Neid. Sie waren alle mit der Macht ausgestattet, das Schlimmste in Menschen zum Vorschein zu bringen.

Diese Dämonen stürzten die Welt in ein Jahrhundert voller Leid und Schrecken, getränkt in Blut und Tränen. Niemand konnte die Sieben aufhalten, als sie den Erdball und damit alles Leben darauf mit ihrer Macht beinahe zerstörten.

Es schien so, als wäre das Ende der Welt gekommen, bis

eine erfahrene Hexe namens Lilith ihnen entgegentrat. Sie hatte eine Affinität für die Dunkelheit, eine Gabe, die es in der Gesamtheit der Hexengeschichte nur einmal geben sollte.

Wie gesagt: Die Geschichte wurde so seit Jahrhunderten unverändert an die Junghexen weitergegeben. Die Lehrhexen wussten nicht, dass ich Jahrtausende später mit der gleichen Fähigkeit geboren werden würde.

Lilith konnte die Dämonen zwar ebenfalls nicht töten, aber es gelang ihr, sie für alle Zeit in der Hölle zu versiegeln – auch wenn ihr Siegel eine Schwachstelle brauchte, um für alle Ewigkeiten zu halten und niemals schwächer zu werden: Alle hundert Jahre konnte ein Dämonenfürst ungestört für wenige Tage auf Erden wandeln.

Es war erst 28 Jahre her, dass Mammon auf die Erde gekommen war und Blake gezeugt hatte.

Dieser Urfürst dürfte eigentlich nicht auf Erden wandeln, sondern sollte mit den anderen sechs Kreaturen weiter in seinem düsteren Gefängnis in der Hölle schmoren.

Ich ließ den Eindringling keinen Moment aus den Augen, als er über das Gras langsam auf uns zuschritt.

Natürlich war dieser Dämon schön und makellos wie eine klassische Marmorstatue in einem Museum: Seine Gesichtszüge waren so fein und zart, dass sie fast unwirklich, ja wie im Traum erschienen. Seine Augen strahlten hell wie flüssiger Honig, während das rabenschwarze Haar seine unmenschlichen spitzen Ohren betonte.

Kein Wunder, dass die Menschen diese Dämonen für gefallene Engel halten mussten – aber sie waren wirklich töricht, wenn sie Schönheit mit einem reinen Herzen gleichsetzten.

Der Urdämon trug nur eine tiefsitzende schwarze Stoffhose.

Seine nackten Füße –

Mir stockte der Atem und es war nur meiner kurzzeitigen Atemlosigkeit geschuldet, dass ich nicht vor Entsetzen losschrie.

Ich hatte mich die ganze Zeit so auf den Dämon konzentriert, dass mir nicht aufgefallen war, dass die anwesenden Hexen unnatürlich still waren. Und nun kannte ich den Grund dafür: Meine Schwestern waren ähnlich wie ich zuvor auf die Knie gesunken und starrten mit leeren Augen in den nachtschwarzen Himmel. Ihre Münder bewegten sich und hin und wieder zuckte ein Arm oder ein Fuß, aber ... Aber sie nahmen nichts wahr.

»PYRA!«, schrie ich, nachdem ich meine Stimme wiedergefunden hatte und wollte schon zu den Gästen laufen, doch Blake packte mich am Arm und zog mich an sich.

»Nicht. Du kannst ihnen jetzt nicht helfen«, sagte er leise und strich mir beruhigend über die Haare. »Er hat es ohnehin nicht auf sie abgesehen. Er will dich nur aus der Reserve locken.«

Ich ballte die Hände zu Fäusten, als ich mit ansehen musste, wie meine starken Schwestern völlig ihrer Wahrnehmung beraubt waren. Es schien fast so, als wären sie zwischen Traum und Wirklichkeit gefangen. Fast so, als würden sie schlafwandeln.

Es musste doch etwas geben, um diese Trance zu durchbrechen. Ich hatte es doch auch geschafft!

Der Dämon hat recht. Du musst dich um deine *Sicherheit kümmern – an den Hexen hat er kein Interesse.*

»Aber meine Schwe–«

Wenn er merkt, dass du dich um sie sorgst, weihst du sie dem Tod.

Ich stieß Blake von mir und machte einen Schritt nach vorne.

»Was willst du hier?«, fragte ich den Urfürst freiheraus.

Mit meiner Magick ließ ich Elsa Maria aus ihrem Schlaf erwachen. Im Notfall würde ich den Dämon mit ihren Ranken einfach aus dem Schlosshof schleudern, damit ich die Hexen aus der Gefahrenlinie bringen konnte. Es würde mich unglaublich viel Kraft kosten, aber ich hatte einen Notfallplan mit Buchsbaum im Hinterkopf.

»Ich will nur meine Kondolenzwünsche überbringen. Ich war wirklich bestürzt, als ich erfahren habe, dass Königin Sibylle von uns gegangen ist«, sagte der Dämon und kam immer noch näher. »Sie war eine ganz besondere Königin, aber das muss ich ihrer trauernden Tochter wohl nicht erzählen.«

Die Stimme des Dämons war so weich und melodisch ...

Ich schreckte hoch, als ich merkte, dass ich beinahe wieder eingeschlafen wäre. Was war das nur für eine Magick?

Blake stellte sich beschützend vor mich hin. »Belphegor.«

Keine Drohung. Nichts.

Der Untote wusste, dass er gegen Belphegor – die Todsünde der Trägheit und Vater aller Nachtmahre – nichts ausrichten konnte.

»Sieh an. Ist das etwa Mammons nichtsnutziger Sprössling?« Belphegor wurde gleich persönlich. »Wobei ich nichts sagen darf. Meine Kinder sind nicht gerade besser.«

»Ach, ihr dämonischen Psychopathen seid eindeutig besser, ja?«

»Nora!«, ermahnte Blake seine Schwester. »Schaff lieber die Hexen weg – und provoziere nicht unnötig.«

»Wir brauchen den Knochendolch«, sagte ich zu Blake. »Dann können wir ihn gleich hier erledigen. Wer holt ihn?«

Das Zögern des Dämons kam mir sofort seltsam vor. »Der Knochendolch … ist gerade nicht verfügbar.«

»Wie meinst du das?«

»Ich … Er ist nicht da.«

»Er muss da sein. Er kann sich ja nicht in Luft auflösen. Oder doch?«

Es gab kaum Schriften über diesen mächtigen Gegenstand, welcher selbst so etwas Erzböses wie einen Dämonenfürsten töten konnte. Es würde mich nicht überraschen, wenn er ein paar ungeahnte Kräfte besaß.

»Kann man ihn etwa nur bei Vollmond benutzen?«

Nein. Das ist so etwas von irrelevant, sagte Atropos, die sich ungewöhnlich gut mit diesem Relikt auskannte. *Frag ihn, was mit dem Dolch ist. Das würde ich nur allzu gern wissen.*

Dazu kam ich jedoch nicht mehr, denn eine Gestalt schoss nach vorne – direkt auf die Trägheit zu.

»Holt den Dolch!«, rief Nora, die das Gespräch nicht ganz mitbekommen hatte und stürzte sich mit einem markerschütternden Schrei auf die Todsünde der Faulheit.

Den Protest ihres Bruders ignorierte sie und wich sogar den Rippenknochen aus, die aus dem Boden geschossen waren, um sie von dieser wahnwitzigen Attacke abzuhalten.

Ich weiß nicht, was ich von diesem Zweikampf erwartet hatte, aber sicherlich nicht, dass Belphegor Nora am Hals packte und sie mühelos in die Luft hob. Sie schrie und strampelte, versucht die Haut des Dämons mit ihren Krallen zu zerfetzen, aber je mehr sie sich wehrte, desto grässlicher und obszöner wurde die Fratze in seinem Gesicht. Der Mistkerl genoss es, mit anzusehen, wie eine eigentlich so mächtige Hochfae nichts gegen ihn ausrichten konnte.

»Ugh. Ihr Faemissgeburten haltet euch immer noch für die

Krone der Schöpfung, oder? Warte ... Du bist doch nicht etwa der verpatzte Versuch von Mammon, eine hörige Fae zu erschaffen?« Er lachte. »Wie bedauerlich, dass du einen Herzschlag besitzt. Wie unglücklich es doch ist, dass du Schmerzen fühlst.«

Nackte, kalte Angst kroch mir den Rücken hinauf und legte sich wie ein Strick um meinen Hals.

Ich musste Nora helfen!

Aber meine Beine waren wie gelähmt, so als hätte ich Eisenhut überdosiert.

Ich musste meiner Freundin im Kampf gegen den Urdämonen beistehen.

Aber wenn ich nur versuchte, mich zu bewegen, wurde mir wie nach einer Fingerhut-Vergiftung speiübel. Mein Kopf war leicht, aber gleichzeitig drehte sich alles.

Ich musste so vieles für Nora tun – aber ich konnte es einfach nicht.

Stattdessen konnte ich nur fassungslos zusehen, als der Dämon bewies, warum Königin Lilith alles gegeben hatte, um ihn und seine Brüder für immer zu versiegeln – sogar ihr eigenes Leben.

Belphegor hob seine andere Hand und zog zuerst ganz sanft an Noras rechtem Flügel. »Sag mir: Wärst du nicht lieber ein Dämon? Ein Untoter wie dein Bruder? Oder wie dein Vater?«

Nora spuckte ihm ins Gesicht. »Ums Verrecken nicht. Ich bin gerne eine Fae.«

Seiner Todsünde treu zog er weiterhin gemächlich an ihrer Schwinge. Der Gesichtsausdruck der Fae blieb eisern, aber dann ...

Aber dann riss ihr Flügel einfach ein.

Nora schrie nicht – ich übernahm diesen Part für sie. Das diabolische Grinsen in Belphegors Gesicht wurde dämonischer und sein teuflisches Lachen trieb mir nur noch mehr den Angstschweiß aus den Poren. Er lachte, während Nora langsam an Farbe im Gesicht verlor. Ihre Fühler, die sonst so enthusiastisch in die Höhe gestreckt waren, hingen schlapp und kraftlos herab.

Er lachte so laut, dass er beinahe das Knurren an meinen Ohren übertönte.

Mir war so, als würde Blake bald aus seiner menschlichen Haut fahren. Ich nutzte die Chance und entschlüpfte aus seiner Umarmung, auch wenn er mich gleich wieder packen und an sich ziehen wollte.

»Lass. Mich«, zischte ich dem Lich zu und deutete mit dem Finger auf den Urdämon. Am liebsten hätte ich meine Pflanzen auf ihn losgelassen, aber die Wahrscheinlichkeit, Nora bei dem Angriff zu verletzen und zu vergiften war zu hoch. »Willst du weiter mit ansehen, wie er Nora – deine Schwester – quält?«

»Nein, ab–« Blake stockte. »Bei der Hölle, Cherry! Was hast du getan? Wie hast du das geschafft?«

»Was soll ich getan haben?«

Blake legte seine Hände auf meine Schultern und drehte mich wieder in die Richtung der Faulheit.

Nora krabbelte mit ihrem lädierten Flügel von dem Dämon weg – zumindest von seiner rechten Hälfte.

Ich hatte Belphegor in der Mitte gespalten – so wie ich normalerweise meinen Kuchen teilte.

Ein Glucksen entfleuchte meiner Kehle, während ich ungläubig auf meine Hände starrte. Schwarze Rauchfäden stiegen empor, als müssten meine Kräfte erst wieder auskühlen. Wie zum Teufel hatte ich das nur geschafft? Und warum spürte ich keine Nachwirkungen? Ich müsste von so einem Angriff doch total erschöpft sein!

»Ich ... Ich habe ihn getötet? Ich ... bin so stark?«

Blake schüttelte den Kopf. »Man kann einen Urdämon nicht so einfach töten«, widersprach mein Verlobter und deutete auf den zuckenden Haufen Fleisch und Blut. Das Geräusch von Knorpel und Knochen, die sich neuordneten, kannte ich ja nur allzu gut von Blakes unmenschlichen Selbstheilungskräften – aber das zusätzliche Geräusch von blutigen Fleischstücken trieb mir die Galle beinahe durch die Nasenlöcher hoch.

Die Regeneration von Belphegor verschaffte uns einen kleinen Zeitvorteil, den Blake nutzte, um seine Schwester schleunigst von der Todsünde wegzubekommen. Nora wurde über eine Straße aus knöchernen Händen direkt in die Arme ihres Bruders transportiert.

»Blakey!«, stöhnte sie und warf den Dämon sofort zu Boden.

Die Fae surrte laut, als sie ihren Kopf auf Blakes Schoß legte. Er strich ihr ein paar schweißverklebte Strähnen aus dem Gesicht, während ihre Augenlider wie Schmetterlingsflügel flatterten.

»Blakey.« Nora hustete nun laut, ihre Stimme brüchig und heiser. Sie hob ihre zitternde Hand, um seine Wange zu streicheln. »Lass den Mistkerl nicht so leicht entkommen. Räche mich. Räche mich!«

»Du stirbst nicht«, kommentierte Blake trocken. »Ich kann deine Lebensenergie fühlen.«

»Aber es tut so verflucht weh.«

»Du bist bei Raufereien mit den Hyänen- oder Wolffae schon schlimmer verletzt worden.«

»Aber es hat noch nie meinen Flügel getroffen.«

Die Geschwister diskutierten im Hintergrund weiter, während ich mich Belphegor entgegenstellte.

Ich hatte Todesangst – aber ich würde es mir nicht anmerken lassen. Selbst seine Verstümmlung hob den Zustand der anderen Hexen nicht auf. Man konnte sie wohl nur durch die Auslöschung des Dämonenfürsten befreien.

»Sieh an.« Der Dämon war nun wieder nahezu makellos: Die Schädelknochen wuchsen zusammen, darüber Muskeln und Haut mit Blut. Er war nicht untot wie Blake, aber trotzdem konnte eine tödliche Attacke ihm nicht schaden. »Diese Kraft habe ich wahrlich seit Jahrtausenden nicht mehr spüren dürfen. Wie ich gerade am eigenen Leib erfahren musste, hast du wohl deine Schattenkräfte zurück.«

Stolz reckte ich das Kinn nach vorne. »Genau. Ich bin nicht umsonst die Hexenkönigin.«

Möglicherweise lebten die Dämonen in Angst vor der Macht, die sie vor Jahrtausenden versiegelt hatte. Das war vielleicht die einzige Chance, diesen Dämon einzuschüchtern und zum Abzug zu zwingen.

»Aber du weißt nicht damit umzugehen«, spottete Belphegor. »Sonst würdest du mich sofort in die Hölle zurückschicken.«

»Vielleicht warte ich auch nur darauf, dass du mir aus Dummheit verrätst, wer dich freigelassen hat, damit ich euch beide erledigen kann.«

Belphegor stutzte – bevor er schadenfroh kicherte. »Du denkst wirklich, ich sei der einzig freie Dämon?«

Er meinte doch nicht etwa ...

Nein.

Nein. Nein.

Das durfte nicht wahr sein!

Wer würde so etwas tun? Wer würde die ganze Welt einer solchen Bedrohung aussetzen? Zu welchem Zweck?

Niemand wäre so dumm, die sieben Todsünden freizulassen, weil man wusste, dass sie nur für die eigenen Interessen eintreten würden. Sie würden jeden töten, der sie freiließ, egal, was für Versprechungen im Vorfeld gegeben wurden.

Vielleicht sprachen meine angespannten Nerven aus mir – oder ich verlor langsam wirklich den Verstand: »Weißt du was? Es reicht mir mit dir.«

Belphegor blinzelte verwirrt über meinen harschen Tonfall. »Wie bitte?«

Nora war verletzt.

Meine Schwestern in einem scheinbar ewigwährenden Traum gefangen.

Die ganze Welt schwebte in Gefahr – und ich war mir ziemlich sicher, dass auch die Faewelt und die Hölle mit den anderen Dämonen nicht von diesen Kreaturen verschont bleiben würden.

Es ist völlig in Ordnung, dass du dich so fühlst. Jeder Tropfen Herzblut gehört deinem Hexenköniginnenreich.

Atropos hatte recht: Mein Blut – pures Gift – brodelte und kochte hoch. »VERSCHWINDE VON HIER!«

Ich streckte die Hand aus und nutzte dieses Mal meine vertrautere Gift-Magick, um den Dämon in seine Schranken zu weisen.

Elsa Maria eilte herbei und wickelte Belphegor wie eine Mumie wunderschön in ihre giftigen Ranken ein. Ich wusste nicht, ob Pflanzengift bei Dämonen wirkte, aber eine Toxikonose begrüßte ich.

»Nicht!«, rief Blake noch, aber es war bereits zu spät.

»Bleib mir fern mit deinem armseligen Unkraut.«

Der Dämon entfesselte blaues Höllenfeuer, welches sich rasend schnell über Elsa Marias Ranken ausbreitete. Ich spürte, wie die Flammen alles von ihr verzehrten, selbst die Wurzel.

Die Todesqualen der Pflanze zwang mich auf die Knie und ich übergab mich auf den Rasen.

»E-Elsa Maria?«, fragte ich mit belegter Stimme.

Nichts.

Er hatte alles von dem Giftefeu verbrannt. *Alles.* Ich hörte ihre Worte nicht mehr und spürte auch nicht die Aura, die der Pflanze innewohnte.

Sie war vollkommen zerstört. Einfach ausgelöscht.

Pflanzen besaßen keine Seelen, weshalb mich jeder Tod umso härter traf. Es gab dort kein ewiges Zusammenleben mit der gütigen Hexenkönigin oder ein Reich voller Gnade wie die Menschen hofften. Es gab nichts für sie.

»Und jetzt zu dir, Schattenhexe.«

Ich hockte immer noch bewegungslos im Gras, als Belphegor auf mich zukam. Elsa Marias Schmerz saß mir einfach zu tief in den Knochen, als dass ich mich hätte rühren können.

Ich sah schon meinem Ende entgegen, als der Dämon von zwei knochigen Armen zerquetscht wurde.

»Glaubst du, ich lasse noch einmal einen von euch Todsünden MEINE BRAUT ANFASSEN?«

Es war Blakes Stimme, aber die letzten drei Worte schienen nicht von dem Dämon zu stammen. Sie waren viel zu tief und dröhnten aus der bebenden Erde unter mir herauf.

»Cherry!« Blake half mir auf. »Wir müssen hier weg.«

»Ich habe aber keine Kraft mehr, Blake«, gestand ich dem Dämon und vergrub mein Gesicht an seiner stillen Brust. »Ich kann einfach nicht mehr.«

Belladonna. Atropos' Stimme klang besorgt. *Du kannst doch nicht so einfach aufgeben!*

Ich wollte ja auch nicht aufgeben ...

»Dann sag doch, was wir unternehmen sollen, Atropos?«

Es ... Es gibt vielleicht ...

»Wohin ist denn nur Carmilla abgehauen?«, knurrte Blake und übertönte Atropos' ungewöhnlich leise Antwort. »Sie hat geschworen, dass sie alles in ihrer Macht Stehende tun wird, um alle Bräute zu beschützen.«

»Warte! Carmilla war hier?!«

Er wich meinem Blick aus. »Ja.«

»Warum hast du mir das nicht gesagt? Kann sie immer so leicht ins Schloss marschieren?«

»Euren Streit könnt ihr auf später verschieben.«

Blake und ich fuhren erschrocken herum, als eine verhüllte Gestalt aus dem Inneren des Schlosses trat. Sie trug einen dunkelgrünen Umhang mit großer Kapuze, die ihre Gesichtszüge im Dunkeln ließ.

»Na. Da bin ich wohl gerade noch rechtzeitig aufgetaucht. Schnell!« Die vermummte Gestalt hielt mir ein altes Pergament hin. »Zeichne diese Rune auf den Boden. Nur die Hexenkönigin hat die Macht, sie zu aktivieren.«

»Wa-«

»Sie wird dazu benutzt, Hexen Schutz zu bieten, wenn ein Dämonenfürst auf der Erde wandelt«, erklärte sie mir und endlich konnte ich die Stimme der Fremden zuordnen. Nun, als fremde Person sollte ich sie wirklich nicht mehr bezeichnen. »Glaub mir, sie ist sehr gut erprobt. Seit Königin Marie wird sie zur Abwehr benutzt «

Es war eine simple Rune, die ich kniend in den Boden ätzte, indem ich das Gras bat, einfach woandershin zu wachsen, während ich das magische Symbol mit dem Finger in die Luft malte.

Belphegor hatte sich in der Zwischenzeit aus den Knochen befreit und schritt schnurstracks auf uns zu. Ich hielt den Atem an – bevor er in einer lautlosen Explosion nach hinten und direkt aus dem Hof geschleudert wurde.

»Es hat geklappt«, seufzte die Hexe.

Als sie sich neben mir auf den Boden fallen ließ, rutschte die Kapuze nach hinten.

»W-Walpurga? Bist du es wirklich?«

Ich konnte es immer noch nicht fassen, aber dort hockte Walpurga und statt Blättern waren ihre blonden Locken zurückgekehrt. Ihre weiße Haut war frei von jeglicher Holzmaserung. Einzig Fausts kalter Blick, den er mir von der Schulter der Hexe aus zuwarf, erinnerte an ihre monatelange Verwandlung in ein Geschöpf mit Wurzeln.

Sie nickte mir entschlossen zu. »Guten Abend, Donna.«

Blakes Hand schoss nach vorne, um Walpurga direkt an die Gurgel zu gehen, aber ich warf mich sofort dazwischen. »Nein! Sie hat uns gerade geholfen!«

»Na und? Vor ein paar Monaten wollte sie dich noch töten!«

»Ich weiß«, sagte Walpurga. »Und ich habe meine Strafe erhalten.«

»Oh glaub mir. Belladonna war gnädig, dass sie dich nur in einen Baum verwandelt hat.«

»Ich habe ... Ich habe etwas mehr verloren.«

»Ah! Ist es nicht rührend?«, höhnte Belphegor über den ganzen Garten hinweg. »Ich will euch lediglich wissen lassen, dass ich nur die Vorhut bin.« Er ließ keine Sekunde die Augen von mir. Sie waren genauso schwarz wie die von Blake, nur so unglaublich kalt und leer wie Asche. »Die anderen warten nur darauf, eine Audienz bei der Königin zu bekommen.«

Als wäre das alles nicht schon schlimm genug, wurde nun auch noch meine Befürchtung bewahrheitet: Alle Urfürsten waren aus ihrem Höllengefängnis befreit worden.

»Ach ja?«, höhnte ich und hoffte, dass der Dämon das Zittern in meiner Stimme nicht bemerkte. Mit letzter Kraft stemmte ich mich erneut auf die Beine. »Ich würde vorsichtig mit diesen Worten sein. Vielleicht klopfe ich das nächste Mal an die Tore der Hölle und trample in eurem Revier herum – und glaubt mir eins: Ich werde mich getreu der Hexenregeln dreimal so schlimm an e-euch r-rächen.«

Meine zitternden Hände versteckte ich schnell hinter meinem Rücken, aber es war bereits zu spät.

Ein Lächeln schlich sich ins Gesicht des Dämons, als er merkte, dass meine Stimme kurz versagt hatte. »Ach ja?«, äffte er mich nach, was meine Wut noch mehr entfachte.

Spöttelnd verneigte er sich und löste sich in Luft auf. »Bis bald«, hörte ich seine träge Stimme direkt in meinen Kopf. »Ich hoffe, dein Leid schmeckt nächstes Mal noch besser.«

»Scheiß auf die Hexenregeln«, tobte ich nach. »Ich will die verdammt Hölle brennen sehen!«

Die Wut hielt leider nur so lange an, bis Blake einen Arm ausstreckte und seine kalten Finger mich in die Wirklichkeit zurückbrachten. In eine Wirklichkeit, in der ich die Hölle nicht einfach so entflammen konnte. In eine Wirklichkeit, in der meine Freundin vor Schmerzen wimmerte und die anderen Hexen immer noch im Traum gefangen waren

»Oh Göttin.«

Kraftlos sank ich auf die Knie, während ich Pyras Stimme in meinem Kopf hörte: Die Geschichte von Königin Lilith endete tragisch. Sie sperrte die Dämonen in die Hölle und wurde zur ersten Hexenkönigin gekrönt. Doch am nächsten Abend gab sie ihre Krone an die Wasserhexe Yuki ab und verstarb mit einem kleinen Lächeln im Gesicht.

8. Kapitel

KÜCHENSCHELLE
Pulsatilla vulgaris

Walpurga machte exakt da weiter, wo sie vor ein paar Monaten aufgehört hatte. Sie strich sich eine hellblonde Locke hinter die Ohren, bevor sie sich mit strenger und unaufgeregter Stimme an mich wandte: »Belladonna, wir brauchen dein Wissen über Gifte, um die Hexen in eine Art Koma zu versetzen. Sonst könnten sie sich in ihrem Zustand noch gegenseitig verletzen – oder Schlimmeres.«

Als ich mir zum ersten Mal seit dem Auftauchen der Todsünde einen ausgiebigen Blick zu meinen Mithexen erlauben durfte, gefror das Herz in meiner Brust schmerzhaft zu einem Klumpen Eis. Ich schlug die Hände vor meinem Mund zusammen, als ich Pyra, Agnieszka, Ishita und all die anderen im Dreck herumkriechen sah. Die Gaben an unsere Göttin wurden von den träumenden Hexen aus dem irischen Wasser-Coven zerquetscht, weil sie sich auf dem Rücken hin und her wälzten. Djannah streckte abwechselnd eine Hand in die Luft. Wäre sie durch all das Bier des Lughnasadh-Feiertages betrunken und würde deshalb eine imaginäre Leiter erklimmen, dann hätte ich gelacht, aber so trieb mir der Anblick nur Tränen in die Augen. Einige der jüngeren Hexen liefen immer und immer wieder im Kreis, die Augen weit aufgerissen, bevor sie sich so abrupt zu Boden fallen ließen, dass ich am liebsten eine Salbe aus Heilpflanzen aus meinem Giftschränkchen holen wollte. Das musste doch wehtun! Sie mussten doch die Schmerzen spüren, wenn sie sich die Knie blutig schlugen!

Ich unterdrückte aber den Impuls, zu ihnen zu laufen und sie einfach zu schütteln, bis sie aus diesen Träumen erwachten. Die Magick der Dämonenkönige war unberechenbar und im schlimmsten Fall konnte ein zu abruptes Aufwachen ihren Tod bedeuten.

»Ich ... Ich weiß nicht, ob das eine gute Idee ist«, sagte ich und biss mir auf die Unterlippe. »Ich bin mir sehr unsicher, was mein Gift bei normalen Hexen bewirken kann. Bisher habe ich es nur an mir selbst erprobt. Es könnte schlimmste Nebenwirkungen herbeiführen.«

Walpurga legte mir eine Hand auf die Schulter und drückte ermunternd zu. »Ich bin mir sicher, dass du bereits eine gute Idee hast. Du schaffst das, Donna. Du machst das gut. Versuch einfach, es eher niedrig zu dosieren, wir können den Verbrauch bei Bedarf erhöhen.«

»Hmm ... Nun ja, die Küchenschelle wurde seither als Schlafmittel verwendet und mit Atropos' Gift als Verstärker und etwas Kamillentee ...«

Ich war zwar nun Hexenkönigin, aber meine Giftversuche vernachlässigte ich dadurch keinesfalls. Ganz im Gegenteil: Von Yule bis Ostara – wenn die meisten meiner pflanzlichen Schützlinge Winterschlaf hielten und meine Hexen ähnlich ruhig waren – hatte ich mich ganz meinen Giftstudien gewidmet, die ich dank Atropos' Toxin auf eine ganz neue Stufe heben konnte.

Das nahm ich zumindest an.

Bedauerlicherweise fehlte es mir an willigen Probanden, weshalb meine Ergebnisse sehr lückenhaft waren. Ich hatte durchaus an einigen Giften geforscht, die den Herzschlag eines Angreifers verlangsamen konnten – aber auch an Stoffen, die so heftige innere Blutungen hervorriefen, dass selbst ein ausgewachsener Übernatürlicher innerhalb von Stunden daran verstarb.

Es wäre ein Wagnis, aber je länger ich darüber nachdachte, desto mehr erschien mir Walpurgas Vorschlag mit dem Gift als einzige Lösung. Wenn wir die Hexen in nächster Zeit nicht ruhigstellten, würden sie womöglich so lange herumrennen, bis sie vor Erschöpfung tot zusammenbrachen.

Es wäre nicht das erste Mal, dass eine Todsünde so etwas herbeiführte: Vor einigen Jahrhunderten war in einer europäischen Stadt eine mysteriöse Krankheit ausgebrochen. Die Bewohner von Straßburg fingen eines Tages unerklärlicherweise zu tanzen an – und hörten nicht mehr damit auf. Essen, trinken, schlafen – völlig natürliche menschliche Bedürfnisse wurden nicht beachtet. Wie im Rausch tanzten sie durch die Straßen, bis ihre Körper so erschöpft waren, dass ihre Herzen den Dienst versagten. Bis heute rätselten die Menschen über den Auslöser dieser Tanzwut, die mehrere Leute in den Tod getrieben hatte, aber ich kannte nun die Wahrheit. Das Ganze stank nach der Todsünde der Trägheit.

Walpurga schenkte mir ein seltenes Lächeln und sofort füllte sich mein Körper mit Glückshormonen. »Küchenschelle hört sich hervorragend an!«

Die ältere Hexe wandte sich kurz ab, weil eine der Hexen die Statue der Göttin erklimmen wollte, aber glücklicherweise wurde sie von Nora gepackt und zurück auf den Boden gezogen.

Ich berührte den Kopf meiner Schlange und fragte sie leise: »Wie ist dein Bauchgefühl zu der Sache?«

Überraschend positiv, antwortete Atropos. *Auch wenn ich*

mich bei ihrem ekelhaften nörgelnden Tonfall immer noch augenblicklich häuten will.

»Ich habe ein passendes Gift in meinem Schlafgemach«, sagte ich der Erdhexe. »Vielleicht können unsere Schwestern dadurch etwas schlafen, bevor ... Und ich ... Ich ... Ich kann nicht glauben, dass du kein Baum mehr bist«, platzte es dann aus mir heraus. »Du hast wieder Haare! Und deine Haut sieht besser als zuvor aus!«

»Und ich kann nicht glauben, dass du die Siegelrune gegen die Dämonenfürsten nicht kennst!«, tadelte sie mich. »Ich habe dir doch zu Beginn deiner Regentschaft eine Liste mit wichtigen – *lebenswichtigen* – Büchern und Schriften zusammengestellt. Was ist mit der geschehen?«

Sag ihr, wenn sie ihren Zeigefinger noch eine Sekunde länger so erhoben hat, dass er dann mein Abendsnack wird.

Bevor mein Familiar noch auf blöde Gedanken kam, hielt ich ihr den Mund mit der Hand zu.

Ich sag ja nur! Sie wollte dich vielleicht nicht töten, aber sie ist trotzdem eine alte Nörglerin!

»Verloren gegangen?«, nuschelte ich, obwohl ich genau wusste, dass sie von mir als Einkaufszettel missbraucht wurde, nachdem ich auf Instagram ein Kuchenrezept entdeckt hatte und unbedingt aufschreiben musste.

Zu meiner Verteidigung: Es hatte göttlich geschmeckt! Blake hatte mir sogar den Zuckerguss vom Hals geleckt und – und jetzt war nicht der Zeitpunkt, darüber nachzudenken.

Die Aura des besagten Dämons glomm hinter mir so heiß wie das Höllenfeuer hervor. Es war mir klar, gegen wen sich all dieser Hass richtete.

»Nicht«, beschwichtigte ich ihn und legte eine Hand auf seine Brust. »Wir können gerade jede Hilfe gut gebrauchen.«

»Nein. Wir brauchen diese Verräterin nicht«, fauchte Blake. »Hast du etwa vergessen, was sie dir angetan hat?«

»Selbstverständlich nicht – und ich werde Walpurga auch nicht verzeihen, was dir passiert ist.«

Es war unnötig, Walpurga meinen Standpunkt erneut klarzumachen, aber ich schmiegte meinen Oberkörper eng an die Höllenkreatur, während ich meinen Kopf zu ihr drehte. »Ich wollte nicht gleich mit der Tür ins Haus fallen, aber was soll's. Wenn du irgendetwas machst, das mir nur im Geringsten schadet, bekommt Blake die Erlaubnis, dir das Rückgrat eigenhändig rauszureißen. Sagt dir das zu?«, wandte ich mich an den Dämon. »Oder willst du noch etwas ergänzen?«

»Und ich will ihr noch schlagendes Herz in meiner Hand halten«, fügte Blake ruhig hinzu, als würde er sich eine Apfeltasche bestellen.

Ich verzog ein wenig das Gesicht. »Nun ja, wenn du es unbedingt essen willst.«

»So etwas Ekelhaftes würde ich nicht mal verspeisen, wenn mein untotes Leben davon abhinge.« Als er lächelte, entblößte er eine Reihe weißer Zähne. Sie mochten so gar nicht zu dem Raubtier passen, welches unter seiner Haut lauerte. »Aber ich will die Gewissheit haben, dass ich ihr vor ihrem Ableben schlimme Schmerzen zugefügt habe. Ich will doch nicht, dass sie stirbt, ohne den Lohn für die Jahre unter ihr und Königin Sibylle erhalten zu haben.«

Sie würde es sich nie eingestehen, aber Walpurgas Körper zeigt eindeutig, dass Blakes Worte nicht spurlos an ihr vorbeigingen: Sie wurde ganz blass um ihre mit Sommersprossen gesprenkelte Nase.

»Aber du tust ihr nichts, wenn sie mir nichts tut, ja?«

»Von mir aus«, grummelte Blake. »Wenn es unbedingt sein muss.«

»Ja, das muss unbedingt sein.«

Walpurga verschränkte die Arme vor der Brust. Ihre Mundwinkel hingen wie immer eher nach unten, als sie mit einem langsamen Nicken sagte: »Ich habe das Misstrauen wohl verdient, weshalb ich einwillige.«

»Na ja, es gibt da nicht wirklich etwas einzuwilligen ...«

Überraschenderweise ging die Erdhexe vor mir auf die Knie und senkte ihr Haupt. Die flache Hand legte sie auf die Brust, direkt über ihr Herz. »Aber erlaube mir, erneut zu betonen, dass ich hier bin, um der Königin der Hexen in der Zeit der Not zu helfen. Das habe ich schon vor Jahrzehnten geschworen.«

Mein Dämon hatte mir zwar versprochen, Walpurga kein Haar zu krümmen, aber das hielt ihn natürlich nicht davon ab, weiter verbal gegen die Hexe auszuteilen. »Das hast du Königin Sibylle geschworen«, giftete Blake Walpurga an. »Belladonna ist nicht deine heiß geliebte Königin, aber das willst und wirst du niemals verstehen.«

Walpurgas Augen formten sich zu wutentbrannten Schlitzen und ihre Mundwinkel wanderten steil bergab – aber auch sie vermied es, den Dämon vor mir anzugreifen. Das war schon mal ein Schritt in die richtige Richtung, wenn man bedachte, dass die beiden sich bei unserem ersten gemeinsamen Treffen gegenseitig hatten töten wollen. »Nein. Du irrst dich. Ich habe damals mit meinem Blut und meiner Magick der Krone den Schwur geleistet, die amtierende Hexenkönigin zu unterstützen. Ich habe meinen Weg vielleicht aus den Augen verloren, aber ich bin gewillt, meine Fehler wiedergutzumachen.«

In Blakes Stimme schwang immer noch sehr viel Misstrauen mit, was ich ihm nicht verübeln konnte. »Du warst in Königin Sibylles Coven.«

»Na und? Manche Coven sind ein Fehler.«

Zum Glück bemerkte der Dämon nicht, dass ich die Luft so scharf einsog, dass mein Nasengang wie Feuer brannte.

War ... War mein Coven auch ein Fehler? Sollte der Angriff von Belphegor mir vor Augen führen, dass es eine schlechte Idee war, die klassische Covenkonstellation zu untergraben?

Ich hatte die Zeremonie mit Blake und Nora noch nicht beendet, weshalb es mir durchaus offenstand, mit anderen zirkellosen Hexen wie Agnieszka und Djannah den Coven zu gründen.

Ich schüttelte den Kopf, um diese nervigen Gedanken zu vertreiben. Warum dachte ich überhaupt an so etwas? Blake und Nora waren die perfekten Kandidaten für meinen Coven, also warum zweifelte ich an den beiden?

»Du hattest genug Chancen, dich von Königin Sibylle abzuwenden«, meinte Blake und legte einen Arm um mich. »Du hattest Jahre, Jahrzehnte oder sogar Jahrhunderte Zeit – und was hast du gemacht? Du hast sie immer gedeckt und ihre Machenschaften damit weiterhin unterstützt.«

»Warst du noch nie in einer Beziehung, die absolut missbräuchlich war?«

Die Luft um uns herum wurde so schwer und warm, dass jeder Atemzug Kraft kostete. Blake war so gefangen in seiner Rage, dass er mich nicht hörte, als ich versuchte seinen Namen zu keuchen.

Ehe Blake zu einer Attacke gegen Walpurga ansetzen konnte, lieh ich mir die Kraft der Kermesbeere und schloss die Erdhexe bis zum Hals in ein hölzernes Gefängnis ein.

Sie würde es nicht zu schätzen wissen, aber das war zu ihrem eigenen Wohl.

Beinahe hätte ich versucht nach Elsa Marias Macht zu greifen, aber ... Da war nun nichts mehr. Nur Leere, wenn ich versuchte nach ihr und der Pflanzenmagick zu rufen. Ihre Ranken hatten der Krone seit dem Tag gedient, als ich zum ersten Mal einen Fuß ins Schloss setzte – und nun war sie tot. Sie würde mir nie wieder einen wunderschönen Frühlingsbeginn wünschen oder ahnungslose Touristen erschrecken.

Meine Fingernägel gruben sich in das Fleisch meiner Beine, während mein Atem sich Stück für Stück normalisierte.

Belphegor würde dafür büßen.

Allerdings musste ich zuerst dafür sorgen, dass nicht noch mehr heute ihr Leben ließen.

»Wag es ja nicht«, drohte Blake Walpurga, der in seiner Wut nicht bemerkte, dass ich kaum Luft bekam und mich mit den Händen auf den Oberschenkeln abstützen musste. »Wag es ja nicht, nur einen Satz weiterzureden. Sonst schicke ich dich auf direktem Weg zu deiner vergötterten Königin ins Jenseits.«

Die Luft wurde etwas besser – oder ich hatte mich an den Geruch und Geschmack des Fegefeuers zu sehr gewöhnt.

»Walpurga.« Mit einer einzigen Bewegung meiner Hand ließ ich das Holz um ihren Körper enger werden. »Blake ist der zukünftige Prinzgemahl der Hexenkönigin und ich bestehe darauf, dass du ihn mit dem ihm zustehenden Respekt behandelst. Ich will mich nicht wiederholen, ja?« Meine Stimme wurde leiser, als ich einen Schritt auf sie zu machte. »Du hast doch alles gehört, was ich dir im Thronraum immer erzählt habe. Er ist auf meiner Seite. Ich erlaube nicht, dass du ihn quälst. Haben wir uns da verstanden?«

»Es tut mir leid.«

Es waren zwar leere Worte, aber ich nahm an, dass sie die dezente Drohung richtig einzuschätzen vermochte.

Mit einer weiteren Handbewegung ließ ich sie wissen, dass sie mit der Kermesbeere reden konnte. Als Erdhexe hatte ich sie ohnehin nie wirklich in dem Gefängnis halten können, aber ich wollte mich nicht auf meine Schatten verlassen. Nicht, nachdem ich aus Versehen einen Dämonenkönig wie eine Geburtstagstorte in zwei Teile geschnitten hatte. »Tu dir keinen Zwang an.«

Walpurga kniff die Augen zu. »Ich ... Ich kann nicht.«

»Wie? Du kannst nicht?«

»Ich habe auf meine Magick geschworen, dass ich der Königin helfe. Als ich den Schwur brach – als ich dich angriff –, verlor ich meine Affinität. Für diesen Verrat habe ich den Großteil meiner Kräfte eingebüßt. Ich bin eine Hexe ohne Affinität.«

Blake übertönte sein schadenfrohes Kichern mit einem lauten Schnauben. »So etwas Blödes aber auch.«

Ich stieß Blake meinen Ellbogen in die Seite, was ihm zwar nicht wehtat, aber über so eine fürchterliche Gegebenheit machte man nun einmal keine Witze.

Meine Reaktion hätte deshalb nicht anders ausfallen können: »Das ist schrecklich!«

»Sie hat es verdient«, meinte Blake, dem ich gleich vehement widersprach: »Die Affinität ist das Geburtsgeschenk unserer Göttin. Diese Kraft zu verlieren, ähnelt dem Verlust der Seele.« Ich legte eine Hand auf meine Brust. »Ich weiß, wie sich so etwas anfühlt, auch wenn ich es lange nicht verstanden habe.« Zur deutlichen Überraschung der Hexe, umarmte ich sie fest. »Das tut mir so leid, Walpurga.«

Etwas zögerlich – vielleicht durch Blakes Drohgebärden – legte sie ihre Hände um mich.

»Ich ... Ich habe Königin Sibylle die letzten Jahre viel zu sehr in Schutz genommen. Ich ... Hätte ich mich selbst und meine Prinzipien nicht verraten, dann wäre es durch Anastasia niemals so weit gekommen.«

Es freute mich, dass Walpurga sich gerade in Selbstreflexion übte, auch wenn es bedeutete, dass wir dadurch nur eine sehr schwache Verbündete gewonnen hatten. Sie war mehr ein Klotz am Bein, als dass sie wirklich hätte helfen können. Ihr einziger Vorteil war das Wissen als königliche Beraterin, welches mir in den letzten Monaten schmerzlich gefehlt hatte.

Und bei der Göttin, die ehemalige Erdhexe war vielleicht steif wie ein Holzbalken, wenn man sie umarmte! Selbst eine Leiche wie Blake war elastischer und anschmiegsamer als jemand, der mit der Kraft von Mutter Natur gesegnet worden war.

Ich ließ Walpurga jedoch schnell wieder los, als ich ein schmerzgeplagtes Wimmern aus einer anderen Ecke vernahm.

»Nora!« Ich eilte zu der Fae und ließ mich direkt vor ihr auf die Knie fallen. »Hast du schlimme Schmerzen? Willst du Opium? Oder etwas anderes? Du weißt, dass meine Schränke voll mit allen möglichen Giften sind.«

»Geht schon«, sagte Nora. Sie streckte probeweise einen Flügel aus, verzog aber vor Schmerzen das Gesicht. An einer Stelle waren ihre Schwingen gut eine Armlänge eingerissen und der Rest des Flügels hing wie ein Fetzen Stoff einfach zu Boden. Zwar blutete sie nicht, aber ihr gepeinigter Gesichtsausdruck sprach Bände: Sie musste fürchterliche Schmerzen leiden.

»Kannst du ... Kannst du etwa nie wieder fliegen?«

Die letzten Worte flüsterte ich mit heiserer Stimme. Nora liebte das Fliegen und als Hexe konnte ich das nur zu gut nachvollziehen. Ich war sogar ein wenig neidisch auf ihre majestätischen Schwingen, die sie so sicher und kraftvoll durch die Lüfte tragen konnten, während ich auf meine Mistgabel angewiesen war.

»Was? Nein. Das ist nicht wie bei einem Insekt, wenn du in so eine Richtung denkst.« Sie stand auf und faltete ihre Flügel hinter dem Rücken. Normalerweise kostete sie das keinerlei Anstrengung, aber nun standen ihr Schweißperlen auf der Stirn. »Das heilt in ein paar Tagen, aber es dauert viel länger als bei anderen Verletzungen. Ich kann meine Flügel dadurch auch nicht einziehen und ... AAAAH! Es nervt!«

Anscheinend nervte es sie so sehr, dass sie ein Loch in die Mauer boxte. Der Putz regnete zu Boden, wo er das Gras zum Fluchen brachte.

Wenn die Situation nicht so tödlich ernst gewesen wäre, hätte ich mir jetzt eine gute Ausrede für die Versicherung bereitlegen müssen.

So flüsterte ich nur: »Das ganze Gebäude ist denkmalgeschützt.«

»Ich kann nicht fliegen!«, kam es ihr dann endlich auch in den Sinn. »Aber ich wollte doch die Hyänenfae-Zwillinge mit faulen Eiern bewerfen!«

Das erklärte zumindest mal, wohin die Küchenabfälle der letzten Monate hinverschwunden waren.

Auf einmal stand Walpurga direkt neben mir, den Blick auf die bröckelnde Fassade gerichtet.

»Ah wie schön. Ich denke nicht, dass ich mit dieser absolut entzückenden Kreatur schon Bekanntschaft schließen durfte.

Besitzt sie ein menschliches Bankkonto, um für den Schaden am Schloss aufzukommen?«

»Bank ... Konto?«, fragte Nora.

»Natürlich spreche ich für die Fae in fremden Zungen, wenn es um monetäre Angelegenheiten geht. Wäre auch zu schön gewesen. Na gut. Wir nehmen auch Goldmünzen als Bezahlungen entgegen.«

Nora legte den Kopf schief und fixierte die Hexe. »Wer bist du noch mal?«, zirpte sie. »Die Stimme kommt mir bekannt vor.«

»Das ist übrigens Blakes Schwester Nora«, erzählte ich Walpurga. »Ich habe sie ein paarmal erwähnt.«

»Blakes ... Schwester.« Die andere Hexe schien das erst verarbeiten zu müssen. »Ich war die letzten Monate ein Baum, aber wie es aussieht, gibt es dennoch Dinge, die mich überraschen können.«

»Wal... pur... ga.« Nora sprach ihren Namen langsam aus. »Walpurga-Ah!«

Im Moment eines Wimpernschlages wechselte die Fae in die Angriffshaltung zurück, die spitzen Fingernägel direkt auf den Hals der Hexe gerichtet.

»Nein!«, schrie ich und sprang gerade im richtigen Moment dazwischen.

Blitzschnell zog Nora ihre Hand zurück.

»Aber sie wollte dich bei der Krönungszeremonie töten!«, fauchte Nora. »Ich habe zwar nicht viel mitbekommen, weil sie mich mit ihrer Erdmagie gefesselt hat, aber ich erinnere mich genau an den Engelsdolch in ihrer Hand – und an Blakes Panik!«

Trotz ihrer Verletzung faltete Nora einen ihrer Flügel auf, um vor Walpurga bedrohlicher zu wirken. Sie ignorierte die

Warnzeichen ihres Körpers, wie ihre Hautfarbe, die ungesunde Züge annahm, als sie sich zu dreifacher Größe aufbauschte.

Nur um dann in meine Arme zu wanken.

»Ruhig«, flüsterte ich ihr zu und strich ihr beschwichtigend durchs orange Haar. »Ich erkläre dir später alles. Aber ich muss mich jetzt um die Hexen kümmern, ja? Tut mir nur einen Gefallen und greift euch einfach eine Zeit lang nicht gegenseitig an.«

»Wenn es unbedingt sein muss«, wiederholte sie die Worte von Blake. Ich fragte mich, ob der Dämon sich das streitlustige Verhalten von seiner großen Schwester abgeguckt hatte.

»Ja, es muss *unbedingt* sein – und wenn ihr ein paar Minuten ohne abgetrennte Gliedmaßen durchsteht, dann kläre ich euch über alles auf.«

Wohl oder übel musste ich die Karten auf den Tisch legen und Blake und Nora von Anastasia erzählen. Als wären die Sorgen über die Dämonenfürsten nicht schon genug. Als würde ich nicht so kurz davorstehen, vollkommen zusammenzubrechen.

Ich griff mir an mein Herz, welches sich momentan nicht wie ein schlagendes Organ anfühlte, sondern wie eine Ansammlung von Krabbeltieren: Tausendfüßler, Motten, Spinnen – es war ein ekelhaftes Gefühl, welches mir die Kehle zuschnürte.

Ruhig, Belladonna. Vergiss nicht zu atmen.

Ich setzte eine perfekte Maske auf, als ich sagte: »Ich bin gleich wieder da.«

9. Kapitel

ROSMARINHEIDE

Andromeda polifolia

Ich wollte weglaufen.

Das war erbärmlich, oder?

Meine Schritte wurden langsamer, als ich durch die leeren Gänge Richtung meines Schlafgemaches huschte. Heute wirkte das alte Gemäuer besonders unheimlich und ich fühlte die Augen meiner Vorgängerinnen in meinem Nacken kleben.

Ich, die Hexenkönigin, das mächtigste der Hexenwesen und damit auch eine der machtvollsten Kreaturen überhaupt, wollte am liebsten den Schwanz einziehen und aus dem Schloss türmen.

Fast hätte mir dieses Déjà-vu ein Lachen entlockt. Ähnlich hatte es sich angefühlt, als mir Walpurga offenbart hatte, dass ich die Krone tragen würde. Nur war der Druck in meiner Brust jetzt tausendfach schlimmer.

Eine logische Reaktion, meinte Atropos. *Du stehst unter Schock.*

»Die Hexenkönigin sollte nicht unter Schock stehen. Sie muss ihre Schwestern verteidigen – und sie darf niemals vor Angst oder Furcht gelähmt sein.«

Atropos lachte. *Glaubst du etwa, dass die anderen Hexenköniginnen so furchtlose Kreaturen waren?*

»Ja ... Ich meine, nein, du hast schon recht. Die Geschichten über meine Vorgängerinnen wurden bereinigt und man findet darin nichts über ihre Fehler, Zweifel oder Ängste, aber –«

Immer dieses Aber!

»Ich hatte gehofft, dass der Hass auf Belphegor dafür sorgen könnte, dass meine Furcht nicht so schnell wieder Überhand nimmt.«

Ich streckte einen Arm aus und zeigte Atropos, wie sehr meine Hand zitterte.

Kraft, die man aus Hass schöpft, mag zwar im ersten Moment mächtig erscheinen, aber sie ist flüchtig.

»Ich wünschte, ich könnte mehr aus meinem Selbstvertrauen herausholen, aber wir reden hier über die sieben Todsünden.« Wir sprachen von dem Bösen, das Menschen seit Jahrtausenden in Angst und Schrecken versetzte. Es war der Stoff, aus dem Horrorgeschichten gewoben wurden: Erzählungen über Mütter, die ihre Kinder auf einmal töteten, langjährige Freunde und Geliebte, die diese Zuneigung grundlos dafür nutzten, um ihre Liebsten zu verletzen, oder reiche Gönner, die plötzlich gierig und skrupellos wurden. Geschichten über Kriege, Seuchen, Hungersnöte und andere Katastrophen.

Ich war zwar noch nicht geboren, als der letzte Dämonenfürst seinen Freigang hatte, aber natürlich kannte ich die Geschichten. Blakes Hass auf seinen Vater schien mir alles andere als unbegründet zu sein. Die Urdämonen hatten absolut alles Menschliche längst verloren.

Das Schlimmste daran war, dass die Dämonenfürsten vor ihrem Ausbruch in der Regel nur einen oder zwei Tage die Möglichkeit besaßen, die Menschen und Übernatürliche ins Unglück zu stürzen – aber nun hatten sie alle Zeit der Welt!

Na und? Sie wurden schon einmal besiegt.

»Sie wurden verbannt – und wie gut dieser Bannkreis hielt, sieht man ja jetzt.«

Ich massierte mir meine Schläfen. Eigentlich bekam ich

keine Kopfschmerzen, aber mein Gehirn lief auf Hochtouren, weil ich nicht verstand, wie ein so alter Bannzauber einfach gebrochen werden konnte. Warum ausgerechnet in meiner Regierungsperiode? Und nicht erst dann, wenn ich zwei oder drei Jahrhunderte auf dem Buckel hatte? Oder wenn ich endlich meine Schattenkräfte gemeistert hatte?

Aber vor allem: Wie? Wie konnten sich die Urdämonen überhaupt befreien?

Anastasia war im Vergleich zu den Dämonenfürsten zur Lappalie verkommen.

Auf leisen Sohlen betrat ich mein Schlafzimmer. Noch immer erwartete ich, dass der Geist von Königin Sibylle mir auflauerte – oder der von Königin Lilith, welche die Dämonen verbannt hatte. Nicht nur, dass es keine Aufzeichnungen über ihre Kräfte gab, auch ihr Triumph über die Dämonen wurde gleichzeitig blumig ausgeschmückt und trotzdem detailarm erzählt. In all den Geschichten ging es immer nur darum, wie tapfer und weise Königin Lilith war und dass wir Hexen sie für ihre Tat immer als Königin der Königinnen verehren würden.

Ich musste wohl oder übel annehmen, dass Königin Lilith das Geheimnis um die Versiegelung der Dämonenfürsten mit in ihr Grab genommen hatte.

An dieser Prüfung wirst du noch weiter reifen, meinte Atropos. *Damit wirst du zur Königin der Königinnen aufsteigen. Glaub mir, niemand wird es mehr wagen, deine Entscheidungen anzuzweifeln, wenn du die Dämonenfürsten erst vernichtet hast.*

»Da hast du recht, mein weises Hexentier ... Wenn ich an dieser Aufgabe nicht verrecke!«, schrie ich. »Du hast mit angesehen, dass ein bisschen Dämonen-Hokuspokus schon ausgereicht hat, dass ich fast selber zum Opfer geworden wäre ...«

Moment …

Warum war es mir möglich gewesen, den Bann zu durchbrechen? Dieser fast schon penetrante Duft nach Granatapfel war doch nicht Einbildung gewesen.

Ich denke mal, du bist da auf einer heißen Spur, meine verehrte Königin.

»Aber ich habe schon genug Zeit mit Jammern vergeudet.«

Ich hob einen Jutebeutel vom Boden auf, welcher mit Gras- und Erdflecken übersät war und in dem sich noch meine gestrige Ernte an giftigen Pflanzen und Beeren befand. Die Blüten der Rosmarinheide hatten unschöne hellrosa Abdrücke hinterlassen, aber das war mir egal, als ich eilig meine Gifte darin verstaute.

Im letzten Monat hatte ich mein Giftschränkchen gegen einen Giftschrank eingetauscht. Zum Glück konnte man heutzutage Kleiderschränke online anpassen lassen, da man im Möbelhaus leider kein Stück mit vielen Fächern und Schubladen erstehen konnte. Ganz unten in meinem Giftschrank standen in der ersten Reihe Gifte, die ich kaum so nennen wollte: Bei Menschen lösten sie selbst in hoher Dosierung nur sehr leichte Rauschzustände aus. Wohingegen ich ganz oben meine besonderen Stücke aufbewahrte, deren Wirkung gegenüber Übernatürlichen ich wohl nicht noch einmal hervorheben musste. Für Menschen reichte allein der Duft aus, um Gehirnschäden und Lungenprobleme auszulösen.

Meine Sammlung umfasste letale Gifte in einer solchen Menge und Konzentration, dass ich ganz England damit töten könnte.

Leider war keins der Gifte stark genug, um einen Urdämonen zu erledigen. Blakes Vater Mammon war beispielsweise ein Untoter wie sein Sohn …

»Cherry. Wir müssen reden.«

Ein Giftglas zerschellte auf dem Steinboden in Dutzende Teile, als Blakes Stimme hinter meinem Rücken ertönte. War mir der Dämon gefolgt? Oder war er einfach erschienen, wie es seinem dämonischen Naturell entsprach?

»Du hast mich nicht einmal bemerkt«, stutzte der Dämon. »Dir geht es nicht gut.«

Ich lächelte gequält. »Du folgst mir also schon länger?«

»Ich habe gesagt, dass ich dir helfe, die Medikation für die Hexen zu tragen.«

»Dann hast du das Gespräch zwischen Atropos und mir mitbekommen?«

Blake lacht kurz auf. »Nein. Das Gemurmel zwischen euch beiden ähnelt schon fast einer Geheimsprache.«

»Oh. Gut. Ich ... Muss mich nun also wieder dem Giftschrank widmen, ja?«

»Cherry. Es ist wirklich sehr wichtig.«

»Mhmm.« Ich hörte Blake nur mit einem Ohr zu, während ich meinen Vorrat durchwühlte. »Das passt schon so« war deshalb meine unpassende Antwort.

»Hey, alles in Ordnung?«

»Nein. Nein. Ist es nicht. Aber ich versuche, nicht zu viel daran zu denken. Das Wichtigste ist, dass wir die Hexen versorgen. Darum ...« Ich drehte mich zu dem Dämon um und übergab ihm ein paar Gläser und getrocknete Blüten. »Nimm die hier. Und die. Und das. Und ... Und nimm mich in den Arm.«

Ein erstauntes Geräusch kam aus Blakes Kehle, als ich mich gegen seine Brust warf und all das kalte Glas zwischen unseren Leibern ignorierte. Durch das Gift in seinen Armen konnte er mich nicht einmal richtig umarmen, aber mir reichte sein Geruch. Wenn ich lange genug seinem Aroma ausgeliefert war, dann fühlte sich auch diese Aufgabe bewältigbar an.

»Schaffen wir das, Blake?«

Der Dämon zögerte. »Ich werde nicht zulassen, dass dir etwas geschieht.«

Das war nicht die Antwort, die ich hören wollte ...

»Ich weiß.« Ich lächelte ihn an – ein bisschen ehrlicher als zuvor, was an unserem Körperkontakt lag. »Und ich beschütze dich selbstverständlich auch. Ich sorge dafür, dass dich keiner dieser Urdämonen drankriegt.« Dann berührte ich seine Hand und schulterte meinen Beutel. »Komm, lass uns gehen.«

Im Garten erwartete uns bereits Walpurga mit einem riesigen Hexenkessel. Nora hockte davor und linste mit großen Augen ins Innere.

»Ich habe bereits Wasser und eine Kelle für die Hexen herbeigeschafft«, erklärte Walpurga und deutete auf den Messingtopf für rituelle Kochzeremonien. »Und ... Lass das endlich, du nerviges Ungeziefer!«

Ein kleiner Schrei entfloh der Kehle der Fae, als Walpurga ihr mit der Kelle auf die Finger klopfte. Beinahe hätte sie das gesegnete Wasser vergossen.

»Aber der Mond spiegelt sich so wunderschön an der Oberfläche!«

»Den kannst du auch betrachten, wenn du den Kopf hebst!«

Angesäuert kniff sie die Augen zusammen. »Lass mich! Du ... Du ... Du altes Stück Treibholz!«

»Hüte deine Zunge, freche Dunkelfae!«

Nora fauchte und Walpurga schwang abwehrend ihre Kelle. Die Fae versuchte sie mit Wasser aus dem Kessel nass zu spritzen, was Walpurga natürlich noch mehr zur Weißglut trieb.

Dieses surreale Bild entlockte mir dann tatsächlich ein fröhliches Glucksen.

Walpurga wirkte weitaus weniger feindselig auf mich als noch Monate zuvor. Die Erinnerung an den Moment, wo sie mich und Blake miteinander im Bett erwischt und mir furchtbare Dinge an den Kopf geworfen hatte, taten mir immer noch in der Seele weh.

Ja, Walpurga verabscheute Dämonen und Fae, aber ich hatte vor nicht allzu langer Zeit ähnlich gefühlt. Der geballte Hass, den sie vor ihrer Verwandlung in einen Baum auf mich und Blake gerichtet hatte, stammte wirklich von Anastasia.

Zu meiner Erleichterung schien es Nora auch schon viel besser zu gehen. Ihr Gesicht hatte etwas mehr Farbe und auch wenn sie ihre Flügel wie einen viel zu langen Umhang nutzlos hinter sich herzog, würde sie bald wieder genesen.

»Willst du dich nicht einmischen?«, fragte ich Blake.

»Nein. Nora kann sehr anstrengend sein, wenn sie leuchtende Dinge entdeckt. Dann quengelt sie mich an.«

»Darf ich in Ruhe das Heilmittel vorbereiten?«, fragte ich die beiden Streithähne.

Walpurga nickte artig. »Natürlich.«

»Schmeckt das Zeug gut?«, wollte Nora hingegen wissen. Neugierig beugte sie sich über meine Schulter, als ich einige Giftpflanzen ins Wasser gab und mit der Kelle umrührte.

»Für mich ja. Die Hexen können aber froh sein, dass sie durch ihren Zustand nichts mitbekommen. Atropos' Gift schmeckt sehr dunkel und bitter.«

Wie meine Seele, kommentierte meine Giftschlange.

Ich nahm einige Gläser aus dem Beutel und gab sie zur Suppe hinzu. Der Geruch allein brachte Nora dazu, sich würgend abzuwenden, während er meinen Herzschlag freudig nach oben trieb. Nach einer kurzen Ziehzeit probierte ich den giftigen Trunk und seufzte begeistert auf. »Perfekt.«

Selbstverständlich verwehrte ich Atropos die Kostprobe nicht. *Ja. Das wird wirken.*

Mit der Kelle in der Hand beugte ich mich als Erstes zu Ishita herab. Sie lag auf dem Rücken und es wirkte auf mich so, als würde sie von Schnee träumen, da sie ihre Arme und Beine bewegte, als wolle sie einen Schneeengel kreieren.

»Es tut mir leid, Ishita, aber du musst noch ein paar Monate warten, bis du wirklich wieder Schneeengel machen kannst.« Etwas leiser fügte ich hinzu: »Halte für mich durch, ja? Ihr alle müsst durchhalten. Ich bringe das wieder in Ordnung.«

Die Lufthexe nahm den Gifttee ohne Probleme an. Ihre Bewegungen hörten auf und ihr Atem wurde flacher, bis ihr ganzer Körper sich entspannte.

Da stand Walpurga auch schon mit einer zweiten Kelle bereit. »Darf ich fragen, wie sich dieses Gift nun auf sie auswirken wird? Was können wir erwarten?«

»Ich verabreiche ihnen meine Spezialmischung für schlaflose Nächte.«

»Dein Gute-Nacht-Tee?«, fragte mich Walpurga.

Ich nickte, während ich Pyra das Metall an die Lippen legte. Getreu ihrer Geburtsaffinität war meine ehemalige Lehrerin viel aufgeweckter und joggte auf der Stelle.

»Na ja, ich bin nach einem Serien-Marathon manchmal sehr aufgekratzt und schlafe schlecht«, sagte ich und lachte etwas. Blake stieß ein Schnauben aus, weil er nur allzu oft einen Arm ins Gesicht bekam, wenn ich mich von Gedanken geplagt im Bett wälzte. »Manchmal geistern dann Theorien in meinem Kopf herum oder ich probiere, Logiklöcher zu stopfen, damit ich nicht zugeben muss, dass ich womöglich

Jahre damit zugebracht habe, eine Serie zu vergöttern, deren Plot am Ende wie ein Kartenhaus zusammenfällt.«

Walpurgas Gesichtsausdruck sprach Bände. »Aha.«

»Dich interessiert eher, wie sich das Gift auf den Hexen-Organismus auswirkt, oder?«

»Ja.«

Mit roten Wangen erklärte ich: »Der wichtigste Wirkstoff in dieser Brühe ist Atropin.« Atropos zischelte. »Atropos' und mein körpereigenes Gift ähneln nun einmal sehr diesem Wirkstoff. Im Prinzip sorgt mein Gift dafür, dass Rezeptoren der Nervenzellen blockiert werden. Nebenwirkungen, wie den beschleunigenden Herzschlag, gleiche ich mit einem anderen Wirkstoff aus.«

Bla, bla, bla. So schön man es auch ausschmücken will: Es sind K.o.-Tropfen.

Ich seufzte. »Ja, Atropos hat recht. Ich verabreiche ihnen magische K.o.-Tropfen. Die Dosis, die ich ihnen einflöße, lässt sie maximal zwei Tage durchschlafen. Diesen Zeitraum schafft der übernatürliche Körper ohne Probleme wieder abzubauen. Ganz im Gegenteil: Sie werden sich wie neu geboren fühlen, wenn sie endlich genügend Schlaf bekommen haben.«

Blake bemerkte meine seltsame Formulierung sofort. »Warum höre ich ein ›Aber‹ heraus?«

»Ich kann dir schwer etwas verheimlichen, hm? Es ist so, dass sich ihr Körper sehr schnell an das Gift gewöhnen wird. Sie werden schnell wieder in diesen unruhigen Zustand zurückkehren. Zwei Tage habe ich Zeit, diesen Fluch aufzuheben.«

»Das ist ... wenig«, stellte Walpurga fest. »Und eine andere Arznei?«

Ich schüttelte den Kopf. »Zu riskant für meinen Geschmack.«

Zwei Tage sind wirklich nicht lange, sagte Atropos. *Wie willst du das schaffen?*

Ja, wie wollte ich das schaffen?

Zwei Tage schienen unmöglich machbar zu sein – ebenso wie zwei Wochen oder zwei Monate. Jetzt bereute ich es, dass ich die letzten Monate mein Liebesleben zu sehr ausgekostet hatte, anstatt meine Fähigkeiten zu trainieren.

Denn eines stand fest: Der Schlüssel zum Untergang der Dämonenfürsten lag in meiner Geburtsaffinität.

So gern ich auch diesen mörderischen Countdown hinausgezögert hätte, ich musste mich dringend um die restlichen Hexen und die Fae kümmern. Agnieszka hatte ihren Freund, den Fuchsfae Adlon mitgebracht, und als niedere Fae hatte es ihn auch eiskalt erwischt.

»Moment mal ...«

Ich sprang auf und blickte mich panisch um. Dabei regnete das Gift auf das Gras herab, welches die Abkühlung dankend annahm.

»Was ist denn?«, fragte Nora. »Hast du etwas verloren?«

»Estella!«, rief ich aus. »Estella, wo bist du?«

Wenn es sogar Adlon getroffen hatte, durch den ein bisschen dämonisches Blut floss, war ein Mensch wie Estella dem Dämon allemal unterlegen.

Blake räusperte sich. »Ich glaube, dass Estella weg ist.«

»Wie meinst du das? Hast du sie etwa nach Hause gehen sehen? Sie wollte doch dableiben.«

»Nein. Du verstehst das falsch. Estella ... Estella ist weg und sie kommt nicht wieder.«

Kaum hatte er die Worte ausgesprochen, kam besagtes

Dienstmädchen aus dem Schloss gerannt.

»Was gibt es denn?«, fragte sie und strich sich ein paar Pony-Strähnen aus dem Gesicht.

»Wo warst du?«

»Ich habe mich vor dem Dämon versteckt«, erzählte sie und deutete ins Innere des Schlosses zurück. »Ich bin weggerannt, als ich ihn gesehen habe, weil er mich so an die Vampirin erinnert. Ich hatte solche Angst. Ist er weg?«

»Es reicht!«

Ehe ich reagieren konnte, sprang Blake Estella an den Hals.

»Mir kam doch gleich etwas seltsam vor«, murmelte Walpurga. »Am Ende zeigt jeder sein wahres Gesicht.«

Blake hob Estella mit einer Hand hoch. Sie griff sich an den Hals und zappelte so sehr, dass ihr beinahe die Ballerinas von den Füßen rutschten. »Ich habe keine Nerven mehr für eine Verlängerung deiner Schmierenkomödie. Also sag mir einfach, warum die Dämonenfürsten frei sind, wo der Dolch ist und warum du nicht mit uns gekämpft hast. Ich dachte, ihr Vampire nehmt einen Blutsschwur todernst.«

»Blake!«, kreischte ich und rannte auf ihn zu. »Was tust du da?«

»Ich werde sie töten!«, lachte der Dämon. »Ich habe doch geahnt, dass es eine schlechte Idee war, die *Ars Goetia* zu kontaktieren. Aber das ist jetzt egal. Carmilla hat ihr Gelübde gebrochen. Mir egal, was Barbatos und Asmodäus tun. Ich nehme es auch gerne mit Naberius und Furfur auf.«

»Von welchen Dämonen sprichst du da?«

Meine Höllenkreatur ignorierte mich völlig. Wie besessen verstärkte er den Griff um Estellas Hals. Ich hörte, wie er ihre Luftröhre regelrecht in seiner Hand zerquetschte.

»Lass die Spielchen endlich sein, Carmilla«, zischte Blake.

»Ich weiß, dass du seit einer Woche die Gestalt dieses Hausmädchens angenommen hast. Halte mich nicht für blöd. Ich kann all das Blut an deiner Haut riechen. Du müffelst nach Tod.«

»Welches Bl-Blut?«, fiepte Estella. Sie versuchte sich aus Blakes Griff zu befreien, indem sie ihn mit ihren Fingernägeln kratzte. Sie schaffte es auch, etwas Haut von ihm abzuschälen, aber er regenerierte sich nach einem Wimpernschlag.

Ihr Blick glitt zu mir. Das Weiße in ihren Augen hatte sich durch mehrere geplatzte Gefäße schon rosarot gefärbt. »Hilf mir. B-Bitte.«

Ich zog an Blakes Arm. »Lass sie los! Zwing mich ja nicht dazu, meine Magick gegen dich einzusetzen! Willst du wirklich, dass ich dir wehtue? Das werde ich nämlich«, knurrte ich den Dämon an. »Was zur Hölle ist nur los mit dir?«

»Belladonna.« Blake machte eine Pause, als wäre er genervt von meinen Bemühungen, ein Blutbad zu verhindern. »Belphegors Fluch befällt alle Wesen, die nicht zum Dämonenreich gehören. Keine Ausnahme. Das ist die Macht einer Todsünde und der Grund, warum sie so gefährlich für Menschen und Hexen sind. Fragst du dich nicht auch, warum sie – eine menschliche Frau – noch so munter herumspazieren kann?«

»Walpurga geht es auch gut.«

»Ich war ein Baum«, sagte die Hexe. »Ich konnte erst, nachdem der Fluch sich entfaltet hat, in meine wahre Form zurückfinden. Der Fluch war wie ein Albtraum, der mich aus der Baumform zurück ins Leben geholt hat. Ich konnte nicht weiterschlafen, als ich diese Magick gespürt habe.« Selbst eine erfahrene Hexe wie Walpurga fröstelte bei der Erinnerung.

»Aber ja, hätte ich mich nicht in diesem Zustand befunden, würde ich nun auch im Gras liegen.«

»Ich gehöre auch nicht zum Dämonenreich«, sagte ich. »Ich konnte den Fluch auch abschütteln, weil ich ... Weil ich ...«

Ja?, bohrte Atropos nach.

Estella wimmerte noch einmal laut, aber mein Blick blieb dieses Mal hart: »*Wer* bist du?«

»Ich bi- ach, nein. Das wird mir wirklich langsam zu blöd.«

Estellas gequälter Gesichtsausdruck wurde zu einem Lächeln, das mir sämtliche Luft aus den Lungen quetschte. Der Angstschauer, der mich überkam, verwandelte meine Beine in Giftpudding.

Selbst Atropos fühlte sich unwohl: Ihr Schwanz schlang sich ganz zart um mein Handgelenk.

Estella hatte eindeutig Fangzähne!

»Wenn ich ehrlich bin: Mir war dieses Spiel schon längst langweilig geworden.«

Von Kurzatmigkeit war nichts mehr zu erkennen, als sie Blake am Arm packte und ihn gegen alle physikalischen Gesetze lachend gegen die Außenwand des Schlosses beförderte.

»Kein Mann fasst mich an. Ist das klar, Avaritia?«

Estellas Stimme wurde tiefer und dunkel. Ihr wunderschöner Klang erinnerte mich an vollmundigen Wein, als ihre Stimme durch meine Ohren direkt in meinen Kopf floss. Er fühlte sich auf einmal so leicht an!

Pass auf!, zischte Atropos. *Adelige Dämonen sind nicht so mächtig wie die Urfürsten, aber auch sie können die Kraft ihrer Todsünde gegen dich richten.*

Die warnenden Worte meines Familiars drangen nicht wirklich zu mir durch, als sich die Bewunderung für ihre Stimme erneut ins blanke Entsetzen verkehrte. Ich fühlte mich wie in einem Horrorfilm gefangen, als dunkelrotes Blut über Estellas Gesicht floss und rote Tropfen auf den Boden fielen. Es wurde immer mehr, sodass sich eine Pfütze nahezu schwarzen Saftes unter ihr ausbreitete. Das Gras zu ihren nun nackten Füßen war wie erstarrt.

Die Gestalt des Hausmädchens wandelte sich, wurde größer und dünner, die Haare reichten ihr auf einmal bis zum Hintern. Ihre gebräunte Haut wurde aschfahl, weil die Blutschlieren sämtliche Farbe zu absorbieren schienen.

Die Dämonin trug ein dünnes rotes Kleid – oder war das etwa Blut?

Wäre es nicht so geschmacklos gewesen, hätte ich sie für dieses Kleid fast beneidet.

Auf einmal hatten sich Nora und Walpurga links und rechts von mir aufgebaut.

»Das ist doch nicht etwa Carmilla, oder?«, fragte ich und meine Lippe zitterte.

Walpurga nickte mit grimmigem Blick. »Oh doch. Wie sie leibt und lebt – und wie sie ihre Auftritte immer extraspektakulär inszenieren muss.«

Zum ersten Mal sah ich einen anderen adligen Dämon neben Blake und ich musste feststellen, dass sie genauso attraktiv und gefährlich wirkte wie er. Mit den dunklen Haaren und den dichten Wimpern war Carmilla wahrlich eine Augenweide. Hinzu kam diese selbstbewusste Haltung, die nur ein Wesen an den Tag legte, welches schon Jahrhunderte auf Erden wandelte.

Weißt du, warum man Vampire früher für lebende Tote hielt, obwohl doch eindeutig Lichs wie Blake aus den Gräbern steigen?, fragte mich Atropos und ich nickte. Weil Vampire die Fähigkeit besaßen, das Aussehen ihrer Opfer anzunehmen, um sich dann von deren ahnungslosen Familienangehörigen zu ernähren. Vampire hatten diese Fähigkeit früher gerne genutzt, um in von Seuchen und Krieg zerrüttete Dörfer einzufallen und so ganze Familienlinien auszulöschen.

Blake hatte Carmilla alte Zecke genannt, aber eigentlich glich sie mehr einem blutsaugenden Kuckuckskind.

Aber das bedeutete auch ...

»Estella ... ist tot?«

»Es tut mir leid, Belladonna.« Walpurga legte mir eine Hand auf die Schulter. »Carmilla ernährt sich nahezu ausschließlich von jungen Frauen. Männer hingegen lässt sie ausbluten. Ich denke, die Ereignisse um Königin Sibylle haben Estella dazu getrieben, sich irgendjemandem anvertrauen zu wollen – und damit hat sie den Pakt gebrochen.«

Mein Gesicht wurde ganz heiß. Nicht nur Elsa Maria war gestorben, sondern auch ein unschuldiger Mensch wie Estella.

»Gib dir keine Schuld. Sie wusste, worauf sie sich einließ. Sie hat ihren Pakt gebrochen und es war klar, dass Carmilla sie früher oder später holt. Auf dieses geschmacklose Schauspiel war aber auch ich nicht vorbereitet.«

»Hach, Walpurga. Bei dir ist immer alles gleich geschmacklos.« Die Dämonin drehte sich um und marschierte geradewegs auf uns zu. Ihre Lippen glänzten blutrot – wie ihre Augen. »Du siehst gut aus. Haben dich keine Borkenkäferchen angeknabbert?«

Die Erdhexe streckte einen Arm aus. »Bleib zurück, Donna. Von allen Dämonenprinzen hasst Carmilla die Hexen am meisten«, warnte sie mich. »Lass das die zwei Dämonen klären.«

»Na, na. Die Sache zwischen mir und dem Haufen Knochen wurde bereits geklärt. Jetzt geht es um die Angelegenheit, die ich mit der Königin der Hexen offen habe.«

»Mit … mir?«

Getreu der Natur der Dämonen antwortete Carmilla mir nicht, sondern legte ihre kalten Finger um meinen Hals – und drückte zu.

10. Kapitel

KORNRADE

Agrostemma githago

Carmilla warf mich mit einer solch übermenschlichen Geschwindigkeit und nahezu unheimlichen Mordlust zu Boden, dass mir der Aufprall sämtliche Luft aus den Lungen drückte. Ein paar meiner Rippen bogen sich spürbar und gaben dabei einen Knackslaut ab, brachen aber nicht. Mein Blickfeld trübte sich und ein paar hübsche Sternchen tanzten vor meinen Augen, ehe mein Geist in die Bewusstlosigkeit abdriften woll...

Ne- Nein!

Ich stemmte mich mit voller Kraft gegen die drohende allesverschlingende Dunkelheit, indem ich mich zur Seite drehte. Mein Körper schrie vor Schmerzen, aber das wollte ich genau so haben.

Schmerz war gut. Schmerz hielt mich bei Bewusstsein.

Der Angriff hatte mich vollkommen überrumpelt, obwohl ich es mir hätte denken können. Ich Dummkopf hätte auf diese Attacke vorbereitet sein müssen. Was hatte ich denn an der Akademie gelernt? Hatte ich alles vergessen? Dämonen sollte man niemals vertrauen und doch hatte ich einen ihrer Art in mein Bett und mein Herz gelassen – aber das bedeutete nicht, dass nun alle Dämonen automatisch auf meiner Seite standen.

Ich musste die Hexen beschützen. Sie hatten keine Chance gegen die Vampirin, wenn Blake außer Gefecht, Nora verletzt und Walpurga ohne Magick waren.

Ich legte eine Hand aufs Gras und ...

»Ich ... Meine Schatten ...«

Schwer atmend wollte ich meine Geburtsaffinität beschwören, um damit die Vampirin zu attackieren, jedoch versagte sie ihren Dienst. Nicht einmal ein dünner Schattenrauch stieg aus dem Boden auf, als ich verzweifelt versuchte, irgendetwas zu materialisieren, das sie aufhalten konnte.

Atropos war irgendwann von mir runtergeschlängelt und näherte sich nun lautlos von hinten der Vampirin. In ihrem kalten Blick lag ein Ausdruck, als würde sie die Welt niederbrennen wollen, weil Carmilla mich angegriffen hatte.

Über das Band, das mich mit dem Hexentier verband, schickte ich ihr eine mahnende Nachricht: Ich muss das selbst schaffen.

Aber –

Kein Aber!

Wenn ich nicht einmal gegen einen Adeligen bestehen konnte, wie sollte ich es dann mit den Urfürsten aufnehmen?

Ich leckte mir mein giftiges Blut von der aufgeplatzten Lippe und hievte mich auf die Beine. Ich würde die Hexen beschützen. Und Blake, Nora und ... und ...

Erneut packte mich Carmilla am Hals und riss mich zu Boden. Mit nur einer Hand hob sie mich hoch und es war klar, dass sie sich dafür rächen wollte, wie Blake sie kurz zuvor noch gequält hatte. »Nein. Du gleitest mir jetzt nicht in die Ohnmacht, meine kleine Wildpflanze. Ich will noch etwas Spaß mit dir haben. Tu mir den Gefallen und bleib noch etwas wach, ja?«

Mit ihrer kalten Zunge leckte sie über meine Wange und stöhnte genüsslich auf. »Dein Puls rast ja.«

Das war so ekelhaft, dass mir die Galle hochschoss – und,

was Carmilla nicht bemerkte, dass meine Wunden abheilten. Gut, dass ich mir vorhin noch etwas von dem Gifttrank einverleibt hatte.

»Wi-illst du wi-irklich ... das Blut einer ... Gi-ifthexe trinken?«, mimte ich jedoch weiterhin die Schwerverletzte. Ein gurgelndes Husten half mir bei meiner Performance.

»Nein. Ich bin doch keine Närrin. Aber ich liebe den Anblick von frischem Blut! Mein Herz wird tanzen, wenn du wunderschön wie eine rote Rose vor mir ausblutest.«

»Wa-Warum tust du das?«

»Unter uns: Ich verehre Dämonenbräute«, flüsterte sie mir fast schon verschwörerisch ins Ohr. »Aber ich hasse Hexen. Also entscheide dich endlich.«

»Wofür soll ich mich entscheiden?«

Carmilla verstärkte den Druck. Dieses kalte Metall an meiner Kehle ... Trug die Dämonin gleich mehrere Ringe? »Spiel mir nichts vor.«

Das, was sich als Nächstes ereignete, geschah so plötzlich, dass ich einige Zeit brauchte, um es verarbeiten zu können:

Mich durchzuckte ein dumpfer Schmerz an ... an meinen Beinen? Ich sah vom Boden hoch und wurde Zeugin davon, wie Carmilla von einer dämonischen Gestalt gepackt und weggezerrt wurde.

Dieses Wesen sprang Carmilla an den Hals und riss ihr mit seinen Zähnen die Halsschlagader heraus, dass selbst mir noch Blut ins Gesicht spritzte. Sie sah grotesk aus mit dem kalkweißen Gesicht und den weißen Ästen, die ihr aus dem Rücken zu wachsen schienen. Die Augen leuchteten rot und ...

»B-Blake?«, erkannte ich meinen Dämon in den Augen des Wesens.

Die Kreatur brüllte, als schäme sie sich dafür, dass ich sie so sah.

Ich legte eine Hand auf meine Stirn, die heiß glühte. Zuerst Belphegor, dann Carmilla – wie es schien, konnte mein unsterblicher Körper doch an Grenzen stoßen.

»Donna!« Im nächsten Moment lag ich dann schon an Walpurgas Brust und sie schlug mir mit den Fingern auf die Wange. »Schlafe jetzt ja nicht ein. Die Fae und ich können dir bei diesem Kampf kaum helfen.«

»Schon gut«, sagte ich. »Meine Wunden sind bereits verheilt. Ich ... brauche nur kurz eine Pau– Warte! Was ist mit den anderen? Geht es den Hexen gut?«

Ich wollte panisch aufspringen, aber die ältere Erdhexe hielt mich fest.

Nora hockte sich vor mich hin. »Ich habe mir gedacht, dass du dich um die Hexen sorgst, und habe sie während eures Kampfes mit Mothra in den Flügel am Ostturm gebracht.«

Kampf? Konnte man das Kampf nennen?

»Das ist nicht ganz korrekt«, mischte sich Walpurga ein.

»Ich musste dich anweisen, auf die Hexen aufzupassen, weil du dich kopflos in den Kampf stürzen wolltest.«

»Mal sehen, wer hier kopflos ist, wenn ich ihn dir abreiße!«

Ich richtete einen tadelnden Blick an die Fae. »Nora.«

»Ich bin schon ruhig.«

»Willst du Blake nicht helfen?«, Ich wies mit dem Kinn in Richtung des Kampfgebrülls. »Oder fühlst du dich noch nicht fit genug?«

Ich sollte Blake ebenfalls zu Hilfe eilen, aber warum sprach er so vertraut mit dieser wahnsinnigen Dämonin? Was war das mit dem Dolch aus Engelsgebeinen?

Was verheimlichte mir der Dämon nur?

»Blake und ich haben eine Abmachung: Er mischt sich nicht in meine Kämpfe ein und ich nicht in seine, außer wir geben einander Bescheid, dass wir die Hilfe des anderen benötigen. Blakey – brauchst du mich?«

»Nein.«

Die Stimme des Dämons klang wie immer, weshalb ich es wagte, meinen Blick langsam wieder anzuheben. Hätte ich es bloß nicht getan …

Das blutige Spektakel, das sich vor mir abspielte, würde ich mein Leben lang nicht vergessen können: Blakes blütenweißes Shirt war nun dunkelrot gefärbt und sein Anzug triefte vor dem Blut der Vampirin. Seine Bewegungen wurden durch den nassen Stoff stark eingeschränkt, dass es beinah lustig ausgesehen hätte – wäre es nicht so grotesk gewesen.

Besagte Dämonin lag bäuchlings wimmernd zu den Füßen des Untoten. Die Haut so rot wie ein reifer Granatapfel. Ihr geschundener Körper zuckte, als sich Fleisch und Knochen wieder zusammensetzten, nur um von Blake unverzüglich erneut gebrochen zu werden.

Das Gesicht der Dämonin wurde von ihren schwarzen Haaren verdeckt, doch ich war mir sicher, dass es schmerzverzerrt war.

Keine Ahnung, wie ich darüber fühlen sollte, Blake außer sich vor Wut zu sehen. Vielleicht war es so schlimm für mich, weil es nur meine eigenen Unzulänglichkeiten unterstrich: Hätte ich Carmilla mit meinen Schatten fesseln können, wäre Blake niemals so durchgedreht.

Atropos schlängelte sich auf ihren gewohnten Platz um meinen Hals. Mit beiden Händen klammerte ich mich an ihren warmen Schlangenleib.

Ich wusste schon immer, dass Blake gemäß seiner dämonischen Natur bluthungrig sein konnte, aber dennoch war ich entsetzt über die ungeheure Brutalität, mit der er gegen Carmilla vorgegangen war.

»Blake ...«, begann ich und stoppte sofort wieder.

Er stieß eine knöcherne Hand durch ihre rechte Schulter. Warum ich das so genau wusste? Ich hörte, wie ihr Fleisch und Knochen rissen. Die Dämonin jaulte vor Schmerz laut auf, bevor ihr Geheul in einem Schluchzen endete.

Ich selbst musste bei so viel Grausamkeit zur Seite sehen und den Würgereiz unterdrücken. Sie hatte es verdient, aber ...

Aber sie hatte gezögert, mich zu erledigen. Es stand fest, dass sie sich schon länger als Estella ausgab und wenn ich so nachdachte, hatte ich das Dienstmädchen die letzten zwei Wochen nur nachts zu Gesicht bekommen, wenn ich zum Vollmond tanzte oder in der Küche nach dem perfekten Mitternachtssnack – Kuchen mit Schlagsahne – suchte. Ihr hatten sich zahllose Gelegenheiten geboten, mich zu töten – aber sie hatte von keiner Gebrauch gemacht.

Irgendetwas hielt sie davon ab, mir den Garaus zu machen.

Weil ... Weil ich eine Braut war?

»Je mehr Blut du verlierst, desto mehr schwindet deine Macht, habe ich recht? Wenn du deine Fangzähne nicht immer in zierliche Frauengestalten schlagen würdest, hätte ich vielleicht mehr Angst vor dir«, höhnte Blake und zerquetschte mit seinem Fuß ihren Handknochen. »Wie überaus hochmütig, dass du bei deiner Beute so wählerisch bist und auf die besseren Mahlzeiten verzichtest. Du hättest mehr essen sollen.«

Mit letzter Kraft schob Carmilla ihre Haare zurück. Selbst

unter den höllischen Schmerzen grinste die Vampirin ihn an. »Nicht jeder kann ein Gierschlund sein wie du.«

Knack.

Die Knochen in ihrer Hand wurden von seinem Fuß zermalmt.

Sie schluckte den Aufschrei hinunter. »Was ... willst du denn noch ... von mir?«, presste sie hervor.

Eine Spur Müdigkeit schwang in ihrer Stimme mit.

»Als Erstes will ich, dass du meine Braut in Ruhe lässt, wie du es geschworen hast.«

»Ich sehe keine Br-Aaaah!«

Nun hatte auch ihre andere Hand das gleiche Schicksal erlitten. Atropos schwieg, als mein Griff um ihren Körper enger wurde, weil ich immer noch, wie gelähmt, Blakes Rachefeldzug beobachtete.

»Und ich will, dass du mir den Knochendolch zurückgibst, wenn du dich nicht an die Abmachungen hältst.«

»Warum zum Teufel hat Carmilla den Engelsdolch?«, platzte ich dazwischen, aber meine Zwischenfrage sollte unbeantwortet bleiben. Vor dem Teil mit der Braut hatte ich meine Ohren verschlossen. Er hatte mich schon wieder so genannt ...

»Was redest du da? Ich warte seit Tagen darauf, dass du mir den Dolch überlässt, damit ich Luzifer das Licht ausknipsen kann. Ich dachte auch, dass wir eine Vereinbarung haben.«

»Eine Vereinbarung?!«, wiederholte ich die Worte der Vampirin.

Endlich löste ich mich aus der Starre und machte einige Schritte auf den Dämon zu.

»Ich ...«, setzte Blake an, aber schüttelte dann den Kopf. »Später.«

»*Jetzt*«, verlangte ich.

Carmilla hustete Blut aufs Gras. »Warum sollte ich den Dolch überhaupt besitzen?«

»Warum?«, stutzte der Dämon, bevor sein Ton wieder schärfer wurde. »Ich habe ihn dir gegeben.«

»DU HAST WAS?«

Carmilla schüttelte den Kopf. »Nein. Hast du nicht.«

»Das ... Das kann nicht sein ...« Mit jedem weiteren Wort wich die Aggression aus Blake. »Ich habe ihn dir vor drei Tagen gegeben.«

»Ich weiß nicht, wen du mit mir verwechselt hast, aber ich besitze den Dolch nicht«, sagte Carmilla und ließ keinerlei Widerworte zu. »Denkst du, mir macht es Spaß, länger als nötig in dem Körper einer Sterblichen zu stecken? Durch den Bannkreis der Hexe konnte ich heute nicht einmal mehr das Schloss verlassen. Hätte ich den Dolch in meinem Besitz, wäre ich schon längst in der Unterwelt. Glaub mir, ich meuchle lieber Dämonenfürsten ab, als dir und der Hexe noch eine Minute länger beim Flirten zuzugucken.«

»Welcher Bannkr-oh.«

Natürlich funktionierte der Bannkreis, der Anastasia vom Schloss fernhalten sollte, auch in die entgegengesetzte Richtung.

Die anwesenden Hexen konnten passieren, da ich ihnen mit der von mir ausgesprochenen Einladung eine Möglichkeit zur Umgehung der Runen geschaffen hatte.

Das brachte mich auf eine Idee ...

»Blake, lass sie liegen und komm zu mir.«

Ein »Aber« lag dem Dämon auf der Zunge, aber mein scharfer Blick ließ dieses Wort nicht über seine Lippen kommen.

Carmilla lachte schauderhaft. »Hast du Todessehnsucht, Hexe? Dein Mitleid kannst du dir abschmi-«

Sie wollte nach vorne springen, prallte aber an einer unsichtbaren Mauer ab.

»Das Wunderbare an den Runen von uns Hexen ist, dass man sie mit allen möglichen Sachen malen kann«, erklärte ich der Dämonin. »Tatsächlich ändert sich auch die Magick je nachdem, was man verwendet.«

»Bei der Hölle, ich hasse es, dass ihr Hexen immer so altklug daherreden müsst.«

Ich schnaubte und zog die Nasenspitze kraus. Jetzt würde ich ihr erst recht erklären, wie ich sie gefangen genommen hatte.

»Asche, Kreide, Blut – oder Giftpflanzen. Darf ich dir meine kleinen Freunde vorstellen? Die Kornrade nannte man im Mittelalter auch Höllenkorn, weil sie in Weizenfeldern wuchs und Ernten vergiftet hat. Ich dachte, dass dir diese pinken Blumen gut gefallen können.«

Die Dämonin schwieg.

»Ich danke dir vielmals, dass du so offen zugegeben hast, dass mein Bannkreis sehr wohl gegen adelige Dämonen wirkt.«

Dass Carmilla angepisst war, musste ich wahrscheinlich nicht extra erwähnen. Sie zeigte mir ihre spitzen Fangzähne.

Ihre Blessuren waren weitgehend abgeheilt: Nur noch ein paar Stellen auf ihrer schneeweißen Haut schimmerten leicht gelb-grünlich. Vampire mussten eine sehr hohe Regenerationsfähigkeit besitzen, womöglich aufgrund ihres langsamen Herzschlages, der ihre Haut manchmal totenkalt wirken ließ. Dennoch gab es etwas, das Vampire erheblichen Schaden zufügen konnte …

»Ich lasse dich so lange in diesem Bannkreis, bis die Sonne rauskommt«, erklärte ich ihr mit gleichgültiger Stimme, um meiner Drohung mehr Gewicht zu verleihen. »Wenn ich mich nicht irre, schadet Sonnenlicht Vampiren. Oder gibt es etwas anderes, das ich tun kann, Blake?«

Er schüttelte den Kopf. »Das ist eine gute Idee. Vampire gehen nicht gleich in Flammen auf, aber bereits wenige Minuten Sonnenstrahlung reichen aus, dass sich das Fleisch von ihren Knochen schält. Das dürfte viel schmerzhafter sein als alles, was ich ihr antun kann.«

Carmilla war immer noch nicht zum Reden aufgelegt, doch jetzt knurrte sie zumindest missmutig.

»Nun, da das erledigt ist.« Ich blickte zu Blake. »Ich gebe dir jetzt die Chance, das Ganze zu klären, ohne meine Magick auf dich loszulassen.«

»Wie bitte?«

»Ich bin stinksauer, Blake! Stinksauer und enttäuscht.«

Ich verschränkte die Arme unter den Achseln, damit Blake nicht merkte, wie sehr sie zitterten. »Was ist hier los?«

»Es ist nichts, Belladonna. Nichts, worüber du dir Sorgen machen musst.«

»In meinem Krankenflügel liegen rund vier Dutzend Hexen, meine Freundin hat einen kaputten Flügel und ... Ah ja! Die Welt steht kurz vor der Apokalypse, weil die Dämonenfürsten frei sind! Also wage es nicht, mir zu diktieren, ob ich mir darüber Sorgen machen darf.«

Es sollte mich nicht überraschen, dass Walpurga meine Verstimmung nutzte, um sich vor Blake groß aufzuspielen. »Gestehe deine Sünden der Königin!«, forderte sie Blake auf.

Angesichts ihrer guten Beziehung knurrte der Dämon abweisend.

»Woher kennst du Carmilla?«, begann ich die Sache von vorne aufzurollen.

»Wir sind beide Adelige. Ich kenne die anderen adeligen Dämonen auch alle.«

»Wie gut kennst du sie?«, bohrte ich nach. Noch nie hatte ich den Dämon so herumdrucksen sehen. »Wobei. Nein. Ich nehme die Frage zurück, weil die wahnsinnige Blutsaugerin mir ja auch gleich an den Hals gesprungen ist – nachdem sie mein Dienstmädchen getötet hat. Dämonen sind heimtückische Kreaturen. Niemand kennt sie.«

»Belladonna …«

Blake wollte einen Arm ausstrecken, doch ich wich zurück. »Fass mich jetzt ja nicht an.«

Als hätte ich ihm eine schallende Ohrfeige verpasst, machte der Dämon einen Schritt nach hinten. Er ließ die Hand sinken und ballte sie zur Faust. »Ja. Ich kenne die anderen Dämonen, aber ich habe sonst nichts mit ihnen zu tun!«

»Ach ja, und darum bist du mit dem Engelsdolch zu mir gekommen und hast ihn vor meiner Nase herumgewedelt«, mischte sich Carmilla ein.

»Halt den Mund!«, herrschte Blake sie sofort an. »Ich hielt dich nun mal für die bessere Option. Diesen Fehler werde ich kein zweites Mal machen.«

»Lass mich raten: Asmodäus und Barbatos waren die Alternativen? Warum bist du denn nicht zu Melusine gerannt? Ihr habt ähnliche Vorlieben.«

Ich merkte erst, dass meine Fingernägel sich in meine Handflächen gruben, als Blut floss. »Sie lügt, oder?«, wandte ich mich an Blake. »Sie hat dich erpresst. Sonst würdest du nie einem Dämon den Dolch überlassen.«

»Wir Dämonen halten nicht viel vom Lügen«, sagte die

Vampirin in ihrer unsichtbaren Zelle. »Das ist mehr etwas für euch Hexen und die Menschen.«

»Ach und als du dich als mein Dienstmädchen ausgegeben hast, hast du nicht gelogen?«, giftete ich sie an. »Du warst das auch mit dem Granatapfeleis? Ja klar. Das macht Sinn.«

»Ich habe die Erinnerungen genutzt, um ihr Verhalten zu imitieren. Stört es dich so sehr, dass ich mir ihr Blut geholt habe? Wir Dämonen sind nun einmal so. Dein Verlobter macht das Gleiche, wenn er sich ein menschliches Herz nach dem anderen genüsslich einverleibt.« Um mich noch mehr auf die Palme zu bringen, leckte sie sich einen Finger nach dem anderen ab. Mit jedem Schleckgeräusch brodelte mein Blut stärker. »Ein Herz nach dem anderen. So viele Organe von unschuldigen Menschen, dass er selbst mich leicht überrumpeln konnte.«

»Gut, dann hast du den Dolch nicht, aber wer hat dann die Dämonenfürsten freigelassen.«

»Ganz einfach.« Carmilla hockte sich in ihrem Gefängnis gemütlich hin und strich sich das rabenschwarze Haar nach hinten. »Ein Dämonenfürst ist bereits tot. Er wurde wahrscheinlich mit dem vermissten Dolch erledigt. Damit ist die ganze Versiegelung zusammengebrochen.«

Das kann nicht sein, sagte Atropos und ich fühlte ihr Erstaunen.

Carmilla hob einen Arm und vom Himmel segelte eine kleine schwarze Fledermaus direkt in ihre Hand. »Meine Kinder der Nacht haben mir die Botschaft überbracht, dass ein Dämonenfürst gestorben ist. Wahrscheinlich hat es Asmodäus erwischt. Er hatte am wenigsten Einfluss.« Carmilla lachte. »Das wird Asmodäus junior freuen. Jetzt kann er seinen Vater endlich als Dämon der Lust ersetzen.« Carmilla drehte sich, kniete sich vor mich hin und leckte über ihre blutroten Lippen. »Lasst mich raus und in die Hölle gehen. Ich will Lucifer töten. So eine Möglichkeit bietet sich nur einmal im Leben.«

Ich atmete tief ein und aus. So ganz konnte ich das eben Gesagte noch nicht glauben, aber wenn ich es richtig verstand, dann steckte hinter all diesem Unglück Blake.

»Willst du mir sagen, was das alles zu bedeuten hat?« Ich stellte mich direkt vor den Untoten. Er stank nach Blut. »Du hast den Knochendolch weggegeben.«

Mit vielem hatte ich gerechnet, jedoch nicht mit Blakes Offenbarung: »Ich wollte die Höllenfürsten töten.«

Zuerst ergaben diese Worte in meinem Kopf keinerlei Sinn.

»Warum?«

»Du wolltest WAS?!«, platzte Nora heraus. Sie sprang wie wild vor dem Dämon auf und ab. »Willst du auch Vater töten? Nicht, dass ich es dir übel nehmen würde ... Warum hast du mir nichts von deinen Plänen erzählt?«

Er legte eine Hand auf die Stirn seiner Schwester und schob sie von sich weg.

Endlich redete der Dämon mit mir – und mit niemandem sonst. »Du weißt es nicht, oder?«

»Blake. Ich warne dich: Ich habe keinen Nerv für irgendwelche dämonischen Spielchen. Sprich Klartext.«

»Du wirst sterben, Belladonna. Du wirst sterben, weil deine Lebensenergie dazu dient, die Höllenfürsten ihrer Kraft zu berauben und in der Unterwelt einzusperren.«

Ich lachte – lachte, bis ich die Worte richtig verarbeiten konnte.

»Nein.«

Ich schüttelte den Kopf, als könnte ich damit vergessen, was er mir gerade in Erinnerung gerufen hatte.

Königin Lilith wurde zur ersten Hexenkönigin gekrönt – und starb einen Tag später. Es konnte durchaus sein, dass sie eine Magick gewirkt hatte, die so mächtig war, dass ...

Oh Göttin.

Wenn das wahr wäre, dann hatten Abertausende von uns ihr Leben gelassen, um die Urfürsten einzusperren.

Blake sagte: »Dämonen und Fae sind unsterblich – und die Hexen eigentlich auch. Aber wie alt wurden die letzten Hexenköniginnen? Nora hat drei von ihnen überlebt.«

»Willst du damit etwa sagen, dass ich alt bin?«, brauste das Beispiel für Fae-Unsterblichkeit auf.

»Ja, ich bin unsterblich«, murmelte ich verwirrt. »Ich altere nicht, aber ... aber ich kann sterben.«

Ich zweifelte keinen Moment an Blakes Worten. Früher hatten die Hexen deutlich länger gelebt. Seit Jahrhunderten nahm unsere Lebenszeit immer stärker ab. Es konnte durchaus sein, dass wir vor Ewigkeiten einmal eine ähnliche Lebensspanne wie Dämonen und Fae besessen hatten.

Schließlich war ich die dreizehnte Hexenkönigin: Ich war die Nachfolgerin der Nummer zwölf und irgendwann würde ich meine Krone an die vierzehnte Königin übergeben.

Und Blake und Nora würden mich überleben.

Ich sah zur ehemaligen Königsberaterin, die mit steinerner Miene nickte. »Königin Sibylle wusste es. Mir ... Mir schwirrt es leider seitdem auch durch den Kopf. Zwar bin ich erst einhundertdreiunddreißig, aber ... aber ich werde sterben.« Walpurga wandte den Blick ab, doch in ihren Zügen hatte Furcht vor einem unvermeidbaren Tode gelegen.

»Und Königin Sibylle hat nichts dagegen unternommen?«

»Um den Fluch, der auf den Hexen lastet, zu brechen, müssen alle sieben Dämonenfürsten sterben. Sie ist einen

Pakt mit Mammon eingegangen, der nicht nur die Versiegelung deiner Kräfte beinhaltete, sondern ihr auch das Blutversprechen abnahm, nie einen Dämon der sieben Todsünden zu töten.«

War ja klar.

Diese dumme Krone war ihr wichtiger gewesen als Tausende von Hexenleben.

»Lässt du mich jetzt gehen, du wunderschönes Unkraut?«, fragte Carmilla mit zuckersüßer Stimme. »Wie du siehst, habe ich nichts mit der ganzen Sache zu tun. Das ist alles eine Verwechslung.«

»Wenn es unbedingt sein muss«, brummte ich.

Ich zog die Kornrade unter die Erde und, als hätte sie noch nicht genug davon, setzte Carmilla mit gebleckten Fangzähnen zu einem erneuten Angriff an. Allerdings wurde sie mit einer Wucht aus dem Garten geschleudert, die selbst die Blätter der Bäume im Innenhof zum Rascheln brachte.

Walpurga trat mit erhobenen Armen neben mich. »Ich habe vielleicht meine Affinität verloren, aber in mir schlummert immer noch etwas Magick.«

Kurz wirkte Carmilla etwas genervt, verneigte sich dann jedoch lächelnd. »Ich hoffe, dass du endlich die Frucht empfangen hast, wenn wir uns wiedersehen.«

Mir winkte noch ein bleicher Arm zu, bevor die Vampirin von einem blutroten Nebel verschluckt wurde.

Die Siegelrunen waren immer noch aktiv und würden verhindern, dass sie noch einmal eindrang und sich an einer der bewusstlosen Hexen labte.

Mit Carmillas Verschwinden löste sich schlussendlich auch der Knoten in meinem Inneren, der meine Emotionen in Schach gehalten hatte.

Tränen raubten mir die Sicht, als ich mich schluchzend an Blake wandte. »Wa-arum hast du das getan? Warum wolltest du die Urfürsten töten? Es war doch gut, so wie es war.«

War es das? Atropos klang skeptisch.

Sie wischte mir ein paar heiße Tränen mit der Schwanzspitze ab, um sie sich einzuverleiben.

Konnte man diese Frage überhaupt beantworten?

Was war wichtiger: All diese Hexenleben oder die Leben der Menschen, die die Dämonen getötet hätten, hätte man sie niemals versiegelt?

Blake kam näher und legte eine Hand an meine Wange. Normalerweise hätte ich mich an ihn geschmiegt, aber dieses Mal verhärtete sich mein Inneres bei seiner Berührung. Mir wurde ganz kalt.

»Ich bin kein Held, Cherry. Ich würde die Welt opfern, um dich zu retten.«

»Blake ...«

»Ich habe das alles nur für dich getan.«

»Sag das bitte nicht ...«

Ich wollte das nicht hören.

Wenn er es für mich getan hatte, dann trug ich die Schuld an dem Leid meiner Schwestern. Wenn die Urdämonen Menschen töteten, dann war das allein meine Schuld.

Und da wusste ich, dass es für mich nur einen einzigen nächsten Schritt geben konnte.

Mit letzter Kraft stieß ich den Lich von mir. Wenn ich ihm jetzt ins Gesicht blickte, dann machte ich womöglich noch einen feigen Rückzieher.

»Walpurga.« Ich nahm die Hände der Hexe in meine. »Ich vertraue dir in meiner Abwesenheit das Schloss und die Hexen an. Wirst du dich um alles kümmern?«

Walpurga wirkte nicht überrascht, stattdessen nickte sie gehorsam. »Selbstverständlich.«

»Schwörst du es mir?«

»Ich schwöre es auf die Göttin.«

»Hoffentlich bin ich in den nächsten zwei Tagen wieder zurück, mit einer Lösung für den Zustand unserer Schwestern.«

»Wohin gehst du, wenn ich fragen darf?«

»Bring mich an den Nachthof, Nora«, bat ich die dunkle Fae. »Ich nehme die Einladung der Morrigan dankend an.«

»Was ist mit mi–«

Ich neigte meinen Kopf nach hinten – eine einfache Bewegung und trotzdem tat sie mir im Herzen weh. »Und du bleibst hier, *Alastor.*«

11. Kapitel

ECHTE ZAUNWINDE

Calystegia sepium

Ich war dankbar, als Nora ohne weitere – womöglich schmerzhafte – Fragen ein Portal an den Nachthof öffnete, mich an der Hand packte und mich in die kalte Nacht zog. Zumindest die kurze Zeit, bevor ich mit ihr direkt in einen dunklen Abgrund stürzte. Der kalte Wind eines Reiches ohne Sonnenlicht peitschte mir um den Körper, als ich mit der verletzten Mottenfae in die endlose Finsternis fiel.

Meine Angstschreie wurden von dem Wind augenblicklich weggetragen.

»MOTHRA!«, rief sie und wie ein Blitz kam das Insektenmonster herbeigeschossen, um uns im letzten Moment aufzufangen.

Völlig entkräftet lag ich flach auf dem Rücken des Wesens und versuchte, meinen Atem wieder irgendwie unter Kontrolle zu bringen. Die frische Brise hatte mein erhitztes Gesicht abgekühlt und die Tränen getrocknet.

Alles okay?, erkundigte sich Atropos und ich keuchte als Antwort.

Über uns herrschte endlose schwarze Nacht. Letztes Mal hatte ich nicht viel mehr von dem Reich der Nachtfae gesehen als dieses sternenlose Firmament der Dunkelheit. Dieses Mal würde ich der Schwester der Fae gegenübertreten, die mich zur Belustigung und Unterhaltung töten wollte.

Und das alles ohne Blake, der seit unserer Verlobung an

meiner Seite gestanden hatte, so hartnäckig wie die Zaunwinde.

Warum, Blake? Warum hast du das getan?

»Warum hat er mir nie davon erzählt? Wie konnte er mich nur so hintergehen?«, sprach jemand laut meine Gedanken aus. »Wie konnte Blakey mir das antun?«

Ich sah auf und erschrak, als ich meine Freundin wie ein Häuflein Elend zusammengekauert neben mir vorfand. Ihre Fühler hingen schlaff herunter, wie ihr kaputter Flügel.

Nora weinte hemmungslos.

Meine eigenen Gefühle wurden zur Nebensache, als ich die Fae zögernd in die Arme nahm. Normalerweise würde ich mein Gift nie gegen ein Lebewesen einsetzen, welches mir nichts getan hat, aber Nora schien Blakes Verrat richtig schlecht aufzunehmen – Sie konnte eine Umarmung gebrauchen.

»Blakey und ich haben uns geschworen, dass wir uns alles erzählen.« Sie schluchzte so heftig, dass sie sogar Schluckauf bekam. »Wir haben doch nur noch uns beide. *Hicks.* Ich … Ich kann nicht glauben. *Hicks.* Dass er so etwas Riskantes ohne mich unternehmen wollte. *Hicks.* Braucht er mich nicht mehr?«

»Psst«, sagte ich und hauchte etwas von meinem Gift in ihre Richtung. Sofort wurde sie ruhiger und ihre Tränen versiegten allmählich, was selbstverständlich meinem körpereigenen Beruhigungsmittel geschuldet war. »Er wird schon seine Gründe gehabt haben.«

Obwohl. Ich kannte seine Gründe ja. Er hatte sie mir offen und ehrlich zugegeben: Er wollte die Dämonenfürsten für meine Unsterblichkeit töten. Aber warum? Wir waren jetzt noch nicht einmal ein ganzes Jahr zusammen. Es war doch einfach dämlich, für seine aktuelle Geliebte alles zu riskieren. Wer wusste denn schon, ob wir in 100 Jahren noch ein Paar waren? Oder in 50? 20?

Der Dämon hatte so gehandelt, weil er etwas wusste, das er mir bis heute nicht offenbart hatte. Was er mir nicht offenbaren *wollte.*

Ich berührte den goldenen Verlobungsring an meinem Finger, den ich selbst angesichts Blakes Verhalten nicht abziehen wollte. Sein Verrat schmerzte nur deshalb so sehr, weil ich ihn nach wie vor liebte.

Nur, war ich so viel besser? Anastasia war für Blake immer noch eine Hexe, die sich lediglich von mir losgesagt hatte. Uns hätte genauso gut Anastasia mit ihrer mächtigen Lichtaffinität attackieren können und ich wäre dadurch in Erklärungsnot geraten.

»Bella?«, fragte Nora und blickte zu mir auf. Durch ihre schwarzen Augäpfel sah man nicht, dass sie gerade einen halben Wasserfall geweint hatte. Nur ihr nasses Brustfell war ein Indiz. »Wie geht es dir eigentlich?«

Ich rutschte von ihr weg, damit sie nicht unnötig viel von meinem Gift einatmete.

»Wo sind wir hier?«, fragte ich und blickte mich orientierungslos um. Es war schwer, sich in dem Faereich zurechtzufinden, weil es keine Gestirne gab. Zudem konnte ich im Dunkeln auch nicht besonders gut sehen.

Im Land der Glitzerfae, antwortete Atropos sarkastisch.

»Oh! OH! Ich wollte dir schon immer mal das Reich zeigen.«

Nora war ganz aufgeregt – und wahrscheinlich froh über die Ablenkung, was mir ein kleines Lächeln ins Gesicht zauberte. Ihre Freude war ansteckend, weshalb ich mich nur zu gerne über Mothras Rücken beugte, um mehr von Mabs Welt der Dunkelfae zu sehen.

»Das da drüben ist der Finstersee.« Man erkannte nicht viel von dem Gewässer, aber ein paar umherfliegende Pixies warfen mit ihren fluoreszierenden Körpern etwas Licht darauf. Hin und wieder sah ich auch eine monströse Flosse oder rasiermesserscharfe Zähne aufblitzen.

»Und die reizenden Wesen darin sind?«

Sie zuckte mit den Schultern. »Wer weiß das schon? Kelpies, Kappas oder welche Namen die Menschen sich sonst für sie einfallen haben lassen. Aber du musst keine Angst haben. Die greifen nichts an, was stärker als sie ist. Sie stürzen sich nur auf schwächere Geschöpfe.«

»Ach was!«

Darf ich was davon essen?, war Atropos' einziger Gedanke. *Ich mag Fisch.*

»Das ist kein Running Sushi. Wir machen uns dieses Mal keine Feinde, solange wir Gäste in diesem Reich sind«, ermahnte ich sie streng. »Du ernährst dich ab heute genauso vegan wie ich. Nicht dass du etwas isst, das ein Ei von einem Ungeheuer sein könnte.«

Aber ich weiß nicht mal, was hier alles vegan ist!

Ich zog mein Kleid hoch. Da ich kein großer Fan von Handtaschen war, weil man sie leicht vergessen konnte, verstaute ich meine Gifte in einem Beutel, den ich an meinen Oberschenkel gebunden hatte.

Wenn mir die Wilde Jagd eins beigebracht hatte, dann, dass man immer für einen Notfall gewappnet sein sollte. Neben getrockneten Giftpflanzen waren da drin auch noch ein paar andere Dinge, die ich für die Tage in diesem fremden Reich gut gebrauchen konnte.

Plötzlich packte Nora mich an der Schulter und zog mich an sich. »Und das da drüben ist übrigens der Düsterwald. Gefällt er dir?«

Ich erkannte so langsam ein Muster bei der Namensgebung ...

Vom Himmel aus wirkte der Düsterwald wie aus einem Schauerroman: Knochige Bäume ohne Blätter wuchsen in die Höhe. Hin und wieder waren kleine Laternen in den spitzen Ästen befestigt und verlockten Unwissende dazu, sich in das hölzerne Seelengrab zu begeben, wo man auf ewig in der allesverschlingenden Dunkelheit gefangen war.

Ich fröstelte.

Dieser Wald war nicht irgendein Wald, wie man sie im Menschenreich zuhauf fand. Nein. Er war Walpurgisnacht, ein Baum, den die erste Königin Lilith in dieses Reich gepflanzt hatte, um den Fae eine Lebensgrundlage zu bieten. Für Uneingeweihte sah das hier zwar nach einem trostlosen Dickicht mit Bäumen ohne Blätter aus, aber ich wusste, dass es sich um die Wurzeln besagten Lebensbaumes handelte.

Letztes Mal hatte der Lebensbaum mir geholfen, mich gegen König Oberon und seine sadistischen Fae zu behaupten, aber sie hatte mir schon damals zu verstehen gegeben, dass es das erste und einzige Mal sein würde, dass sie Partei für eine Hexe ergriff.

»Kennst du dich in diesem Wald gut aus?«

»Ja! Die meisten von uns, die nicht im und um das Schloss leben und keine Höhlenbewohner sind, haben sich im Wald häuslich eingerichtet. Mein Nest befindet sich auch dort. Oh nein! Ich habe jetzt gar nicht aufgeräumt!«

»Wir fliegen da aber jetzt nicht hin, oder?«

Verwirrt runzelte Nora die Stirn. »Doch. Willst du dich nicht ausruhen?«

Eigentlich ja.

Meine Glieder schmerzten bei jeder Bewegung, weil die Schattenaffinität endlich ihren Tribut einforderte. Das wenige Brot, das ich verspeist hatte, lag mir schwer im Magen und trotzdem verlangte mein Körper flehend nach Nahrung.

Ich schüttelte den Kopf. »Mir ist es lieber, wenn wir zu Mab fliegen und ich mich ihr vorstellen kann. Ich will so schnell es geht zu der Morrigan gelangen und sie fragen, woher sie die Information hat, dass ich eine geborene Schattenhexe bin – und dann soll sie mich gleich alles lehren, was sie über diese Magick weiß.«

Du bist dir jetzt sicher, dass es keine Falle ist?, fragte mich mein Familiar.

Zögerlich nickte ich. Eine Sache verstand ich allerdings immer noch nicht: Wenn Hexen nur noch kurze Lebensspannen besaßen, wie konnte es dann sein, dass die Morrigan noch lebte? Sie durfte beinahe ein Jahrtausend Lebensjahre zählen. Sie musste einen Weg gefunden haben, um diesem Schicksal zu entrinnen …

»Ganz sicher?«, erkundigte sich Nora. »Du bist ganz blass im Gesicht.«

Ich zwickte mir mit den Fingern in die Wange. »Besser? Ich bin mir sicher. Ich will keine Zeit vertrödeln.«

Was ich jetzt brauchte, war Beschäftigung, damit meine Gedanken keine Gelegenheit bekamen, zu dem Dämon abzudriften. Bereits jetzt litt ich unter Heimweh und vermisste mein weiches Bett – und den Dämon, mit dem ich es teilte, mein Lieblingsglas zum Giftschlürfen – wobei ich lieber direkt von Blakes Lippen trank – und meine weichen Samtpantoffeln. Und ja, auch diese erinnerten mich an Blake, denn er hatte sie mir letztes Jahr zu Weihnachten geschenkt.

»Mothra!« Nora streichelte die Riesenmotte, die sofort freudig vibrierte. »Auf zum Schloss!«

»Oder ist es eine schlechte Entscheidung, ohne Ankündigung bei Mab aufzukreuzen?«, kamen mir dann Zweifel.

»Oh. Wir kündigen uns an.« Verschwörerisch zwinkerte die Fae mir zu, ehe sie die Hände faltete. »Sagt der Königin, dass ich mit der Herrscherin der Hexen angereist bin.«

Nora blies in ihre Hände und sofort stoben Dutzende Motten in die Nacht.

Mit offenem Mund sah ich zu, wie sie ihre Faezauberei wirkte. Die naturverbundene Magick ließ mich immer noch staunend zurück und ich konnte mir nicht erklären, warum sie von den Hexen abgelehnt wurde. Sie war unserer affinitätsbasierten Magick so ähnlich – und je länger ich darüber nachdachte, desto klarer schien mir das Problem. Schließlich wollten wir Hexen nicht, dass die Fae mit uns in Verbindung gebracht wurden.

»Wie ist dein Gefühl, was Mab betrifft?«, fragte ich nach einer Zeit der Stille. »Eine zweite Wilde Jagd schafft dieser Körper heute nicht mehr.«

»Königin Mab ist neugierig auf dich, was natürlich dem Vorfall mit ihrem Bruder geschuldet ist, aber ich glaube, Prinzessin Morgana freut sich tatsächlich auf deine Anwesenheit am Hof.«

»Warum?«

Das Misstrauen in meiner Stimme rührte daher, dass das letzte Mal, als jemand neugierig auf mich und meine Qualifikation als Hexenkönigin war, ich beinahe in den Tod getrieben, erdolcht und um ein Haar ertrunken wäre.

»Die älteste Prinzessin ist eine giftige Spinnenfae«, erklärte mir Nora zu meinem Erstaunen. Das hatte ich tatsächlich noch nie gehört. Im Gegensatz zu Oberons Familie war nicht viel über Mabs Privatleben bekannt, außer dass sie unverheiratet war. »Es gibt durchaus einige Fae, die von Geburt an giftig sind, aber keine hat eine Verbindung zur Natur wie du. Das hat ihr Interesse geweckt.«

»Ich bin aber nur hier, um mit Morrigans Hilfe meine Affinität zu trainieren.«

Danach musste ich umgehend in meine Welt zurück. Vielleicht war ich die Einzige, die die Dämonenfürsten mit meiner Kraft stoppen konnte.

Und welchen Preis bist du bereit, dafür zu zahlen?

»Wa-Was meinst du?«

»Oh, redest du wieder mit deiner kleinen Schlange? Okay, ich tu so, als wäre ich nicht da. La la la. Ich singe ein Lied.«

Königin Lilith versiegelte die Dämonen und bezahlte mit ihrem Leben – und mit dem Leben jeder Hexe. Was bist du bereit, dafür zu opfern?

Ich versuchte zu schlucken, aber mein Hals war wie zugeschnürt. In Momenten wie diesem jagte mir Atropos' seltsames Verhalten einen eiskalten Schauer über den Rücken.

»Ich ... Ich will nicht ...« *Ich will nicht sterben*, dachte ich, was sich komisch anhörte. Ewiges Leben? So etwas konnte ich mir genauso wenig vorstellen wie meinen Tod.

Die Aussicht auf ein ewiges Leben mit deinem Dämon ist schon verlockend, oder?

Ihr Schlangenkörper wickelte sich immer enger um meinen Hals.

Keine Sorge. Königin Lilith hatte nur einen schwarzen Ziegenbock als Familiar, keine göttliche goldene Schlange. Gemein-

sam werden wir diese und alle anderen Welten in die Knie zwingen!

Daraufhin lachte sie wahnsinnig in meinem Kopf.

Ich wusste nicht, ob ich in ihr Gelächter einsteigen oder Angst haben sollte. Ach, was redete ich da? Atropos war mein Familiar, ein Teil meiner Seele außerhalb meines Körpers. Sie würde nicht wollen, dass mir etwas Schlimmes geschah.

»Wir sind bald da«, sagte Nora nach einer Zeit der Stille.

Ihre kindliche Fröhlichkeit war aus ihrer Stimme verschwunden. Auf einmal wirkte sie mehr Fae als sonst ...

Neugierig reckte ich den Kopf, um irgendetwas erkennen zu können und zu meiner großen Überraschung beleuchteten einige Fackeln und Laternen die Umrisse von Mabs Schloss.

Als sich vor uns ein Gebäude aus schwarzem Gestein mit spitzen Türmen und riesigen Fenstern abzeichnete, zerschlugen sich all meine Vorstellungen von einem mittelalterlichen Gebäude. Dieses Bauwerk wirkte noch archaischer. Es war rau, kalt und spitz – und auf seine eigene Art doch wunderschön. Die Fenster waren unterschiedlich groß und deshalb wirkten auch die Scheiben wie passend zusammengesuchte Mosaike. Walpurgisnachts dicke Wurzeln rankten sich um die riesengroße Behausung aus Stein und verbanden einzelne Türme durch Brücken. An den Spitzen der Äste schaukelten Papierlaternen im Wind. Ich nahm an, dass man sie extra für meinen Besuch angebracht hatte, denn es sah nicht so aus, als könnte das dünne Papier die Witterung lange überstehen.

Am eindrucksvollsten war aber ein einzelner Turm, krumm und unförmig. Mir wurde allein schon bei dem Anblick übel.

»Na, da staunst du, oder?«, unterbrach Nora meine Gedanken. »Und nein, ich weiß nicht, wo dieser Turm endet. Vielleicht tut er das auch gar nicht!«

Mit immer noch offen stehendem Mund nickte ich zur Bestätigung. Eigentlich dürfte so ein Bauwerk nicht existieren. Es widersprach allen Gesetzen der Physik, die ich aus dem Menschenreich kannte. Aber das Faereich war nun mal anders ... Durch und durch in alte Magick getränkt gab es dort Eigenarten, die ich mir nicht einmal in meinen wildesten Träumen erdenken konnte. Hoffentlich waren es keine Albträume.

»Was befindet sich an der Spitze?«, wollte ich wissen.

Die Fae zuckte mit den Schultern. »Das weiß ich nicht. Und viele, die im Schloss oder für die Königin arbeiten, ebenfalls nicht. Als ich noch jünger war und Mothra endlich groß genug, um auf ihm zu reiten, haben wir mal versucht, bis zur Spitze raufzufliegen ...«

»Und?«

»Dabei wurde uns beiden so schwindelig, dass wir eine astreine Bruchlandung hingelegt haben.«

»Aber euch ist nichts passiert?«

»Nein. Tatsächlich nicht. Ich dachte, dass ich mir sämtliche Knochen im Leib brechen würde, aber als ich aufwachte, lag ich neben Mothra in den Steinen.«

Im Gegensatz zu den grünen Wiesen des hellen Hofes wuchs im Nachthof kein einziger Grashalm. Eigentlich sollte mich das tief in meinem Inneren entsetzen, aber dafür gab es hier wunderbare Dunkelheit. Eine Dunkelheit, die mir direkt unter die Haut und dann bis in mein Herz kriechen wollte.

Auf genau so einer mit nur Steinen bedeckten Fläche landete Mothra und Nora sprang sofort von ihm herunter, um mir auf den Boden zu helfen. Kaum berührten meine Beine die Erde, drehte sich alles um mich. Zum Glück bemerkte

Nora nicht, dass ich mich an Mothra festhalten musste, um nicht umzukippen.

Ich war ... müde.

Ich war einfach erschöpft.

Das hier war ein Albtraum, aus dem ich einfach nicht erwachen konnte.

Einige weißliche Motten schwirrten zu Nora und als sie ihre Haut berührten, wurden sie wieder eins mit ihr. »Königin Mab wartet im Thronsaal auf uns.«

»Wie schön, dass sie mich noch mitten in der Nacht empfängt. Oder ist es etwa morgens?«

Nora kicherte. »Versuch gar nicht erst, die Zeit im Faereich in menschliche Kategorien zu pressen. Auch Tageszeiten sind irrelevant. So wie es am Taghof keine Nacht gibt, existiert am Nachthof kein Tag.«

»Aber ... Wann schlaft ihr? Wann wacht ihr auf?«

Wann gibt es Mittagessen?, musste Atropos wissen.

»Wart's ab«, meinte Nora. »Aber jetzt sollten wir die Königin nicht länger warten lassen.«

Nora führte mich zu einem riesigen Tor, vor dem eine Rattenfae Wache hielt. Ich nahm an, dass es ein einfacher Soldat war, weil er ein Schwert und einen Brustpanzer trug. Ein bisschen Mittelalter-Feeling war also eine durchaus realistische Erwartung an den Hof der ewigen Nacht.

»Lady Nora«, sagte der Fae. Der Abscheu in seinen Augen war unleugbar, als er mich mit »Geweihte Hexenkönigin Belladonna« verhöhnte. Allerdings war ich zu ausgelaugt, um ihm die Sache persönlich zu nehmen.

Ohne ein weiteres Wort stieß Nora das wuchtige Tor auf.

»Hat Mab nicht mehr Sicherheitsvorkehrungen?«, wunderte ich mich, was Nora ein Kichern entlockte. »Glaub mir,

Mab weiß sofort, wer ihr Reich betritt und wo sich diese Person aufhält. Man kann keine Geheimnisse vor ihr haben.«

Die Mottenfae war eindeutig angespannt und als ich zu ihr sah, erlebte ich gleich die nächste Überraschung. Nora trug ihre Flügel wie einen Umhang über ihre Schultern. Die Fühler lagen ungewöhnlich eng an ihren Haaren an, was sie irgendwie elitärer aussehen ließ. Was mir jedoch am meisten Sorgen bereitete, waren ihre Zähne, die sie fest aufeinandergebissen hatte.

»Geht das mit deinen Flügeln?«, fragte ich besorgt und wollte sie schon stützen.

»Das passt schon«, keuchte sie, ergriff stattdessen meine Hand und drückte sie fest. Ihre Augen glommen eindringlich. »Man darf vor Mab niemals Schwäche zeigen, ja? Erinnere dich, was ich dir über die Monster im See erzählt habe. Beim geringsten Anzeichen von Schwäche verschlingen sie dich.«

Ich schluckte schwer.

»Entschuldige. Ich wollte dich nicht erschrecken.« Nora wich einen Schritt zurück. »Mab ist nicht deine Feindin, aber sie als Verbündete zu sehen wäre schwer fahrlässig.«

Mehr als ein schwaches Nicken brachte ich in diesem Moment nicht zusammen. Ich hatte keinerlei Illusionen darüber, dass Mab mir wohlgesonnen war, dafür existierte einfach viel zu viel böses Blut zwischen Hexen und Fae, aber ich hätte trotzdem gerne ein paar aufmunternde Worte gehört.

Blake würde mir jetzt sagen, dass seine dunkle Königin keine Angst haben müsste, da ich am stärksten bin.

Meine dunkle Königin muss keine Angst vor einer Faeherrscherin haben, weil du zur stärksten Hexenkönigin werden wirst.

Ich tätschelte den Kopf der Schlange. »Danke, Atropos.«

Um mich etwas abzulenken, konzentrierte ich mich auf die Umgebung. In die schwarzen Schlosswände hatte man Ornamente gehauen, die ich noch nie in meinem Leben gesehen hatte. Was diese Wandverzierungen wohl darstellen sollten? Oder war es nur hübsche Dekoration, weil Bilder an der massiven Felswand untergehen würden?

Da die Wände nur spärlich von Fackeln beleuchtet waren, musste ich die Augen zusammenkneifen. Hin und wieder stand auf einem Vorsprung ein einsamer Kerzenständer und ich fragte mich unwillkürlich, welche arme Fae mit der Aufgabe betreut war, tagtäglich die ganzen Feuer zu entzünden. Zum Glück lebte ich in einer Welt, in der es elektrischen Strom gab.

Ich blieb kurz stehen, als ich eine kreisförmige Maserung entdeckte, die mich sofort in den Bann zog. Dieses Symbol kannte ich doch aus dem Hexenunterricht.

»Uroboros«, staunte ich, als ich merkte, dass es kein Kreis war. Nein. Die Abbildung zeigte eine Schlange, die sich selbst in den Schwanz biss.

Unwillkürlich berührte ich Atropos mit meinen Fingerspitzen.

Wie dumm muss man sein, sich selbst in den Schwanz zu beißen, hm? Das versuchen sonst nur Hunde.

Der Uroboros erinnerte mich daran, dass nicht zwingend alles, was einen Anfang hatte, auch ein Ende finden musste. Die Schlange der Ewigkeit ... Die vollkommene Form des Daseins ...

Da fiel mir ein ...

Meine Hände schossen nach oben.

Du trägst deine Krone noch, informierte mich Atropos.

Komisch. Ich hatte sie die letzten Stunden kaum gespürt,

aber jetzt drückte sie mich regelrecht in den kalten Steinboden.

Wenn ich so wie diese Schlange werden würde, dann müsste ich für immer regieren.

»Bella!«, rief Nora und winkte mich zu sich. »Du kannst gerne beim Rausgehen Fotos davon machen.«

Mit klopfendem Herz trat ich zur Fae. Die Tür zum Thronsaal sah aus wie eine Fledermaus, die vor ihrem Körper die Flügel zusammengezogen hatte. Der Mund des Tieres stand weit offen und entblößte scharfe Fangzähne. Dazu kam eine fast schon dämonische Fratze, die so richtig einladend aussah.

Das war übrigens Sarkasmus, wenn man das nicht bemerkt hatte.

Bevor Noras Fingerknöchel den Stein berührten, drang schon ein tiefes »Herein!« zu uns durch. Die Fae hatte nicht übertrieben, dass Mab genau wusste, wer sich wo aufhielt.

Der Thronsaal des Nachthofes war schätzungsweise viermal größer als meiner in Alnwick, und erst die Decke – sie schraubte sich in die Höhe wie in einer gotischen Kathedrale. Ein riesiger Kronleuchter aus roten und blauen Steinen warf flackernde Lichter an die nackten Wände.

Aber ansonsten … Es war leer.

Ich dachte an meinen Thronsaal mit den ganzen Giftpflanzen, die ihm einen ganz besonderen Duft verliehen. Aber der Geruch war nicht das Einzige, was anders war. Meine Pflanzen verliehen meinem Raum *Leben.*

Obwohl es am Nachthof weder kalt noch warm war, fröstelte ich.

König Oberon hatte mich mit einem Fest und seinem ganzen Hofstaat begrüßt; Königin Mab war die einzige Person im Raum.

Das schmälerte aber nicht meine Nervosität, da die alte und mächtige Fae dadurch alle Aufmerksamkeit allein auf sich und ihren Thron aus Juwelen zog. Ich hatte angenommen, dass er wie der Rest des Schlosses aus Stein gehauen war, aber tatsächlich schien er aus Walpurgisnachts Wurzeln zu bestehen. Ein bisschen neidisch war ich schon auf sie, weil mein Thron nur aus Gold bestand. Ich meine ... Gold hatte ich genug! Ich wollte mehr Gift!

Königin Mab war eine Fledermausfae, was man sofort an den spitzen Ohren erkannte, die links und rechts unter ihrem wallend schwarzen Haar hervorlinsten. Oh, und natürlich an den riesigen lederartigen Schwingen, die sie in diesem Moment links und rechts von ihrem Körper ausgebreitet hatte, sodass sie noch eindrucksvoller wirkte, als sie mich mit ihren langen krallenartigen Fingern, an denen zahlreiche Ringe glänzten, näher heran bat.

Die Fae trug eine enge schwarze Hose mit kniehohen Schnürstiefeln und eine mitternachtsblaue Bluse. Es wirkte ganz schön modern.

Nora ging sofort auf die Knie – trotz der Schmerzen, die ihr das sichtlich bereitete. »Meine Königin.«

»Königin Mab«, sagte ich und nickte ihr lediglich zu.

»Eine selige Nacht wünsche ich dir, Hexenkönigin Belladonna.« Die Stimme der Hochfae erinnerte mich an Carmilla: Schmeichelnd, aber trotzdem kalt und scharf wie Eis. »Wie schön, die Königin der Hexen endlich persönlich kennenlernen zu dürfen, nachdem mein nichtsnutziger Bruder mit seiner unhöflichen Einladung mir zuvorgekommen ist.«

»Die Freude ist ganz meinerseits.« Diese Floskel rutschte mir federleicht über die Lippen. »Nora hat mir schon viel ... vieles über dich erzählt.«

»Ach, hat sie das?« Sie deutete der Mottenfae aufzustehen. »Ich hoffe, nur Gutes.«

Diese Frage wollte ich nicht beantworten. Sie hatte mir nicht viel über ihre Arbeit als Spionin verraten, weil ich nicht nachbohren wollte, aber ihr angespanntes – fast schon – unterwürfiges Verhalten, welches nicht zu ihrer extrovertierten Persönlichkeit passte, verriet mir im Moment genug.

Das war kein Respekt. Das war *Angst.*

»Ich darf dich doch mal genau ansehen, ja?«, fragte die Königin und stand auf.

Mit den Schwingen war sie eineinhalbmal so groß wie ich und mir fiel es schwer, ihre Bitte abzulehnen. Vor mir stand eine uralte Königin, die ich nur ungerne zum Feind haben wollte.

Königin Mab duftete nach Winter und Wald, Pinienkernen und feuchter Rinde und Moos. Ein langer Fingernagel strich über meine Wange und ich hielt in Erwartung eines Angriffs den Atem an. Es wäre nicht das erste Mal an diesem Tag, dass ich um mein Leben kämpfen musste, und ich würde mich auch dieses Mal verteidigen.

Atropos spannte ihren Schlangenleib an, um mir im Notfall einen Vorteil zu beschaffen, aber die Fledermausfae wandte keine Gewalt an.

Königin Mabs Lächeln war nur mit einem Wort zu beschreiben: verträumt. »Dein Gesicht ist wirklich zum Niederknien.«

Bei der Göttin!

Das war doch jetzt hoffentlich kein Liebesroman, wo eine über fünfhundert Jahre alte Fae plötzlich Interesse an einer Zwanzigjährigen bekam!

»Äh ... Danke schön«, murmelte ich leise. »Äh ... Ach ja,

leider musste ich allein anreisen. Also mit Nora, aber ohne Blake. Mein *Verlobter* – mit dem ich *verlobt* bin – ist mit anderen Dingen beschäftigt.«

Atropos zischte. *Lässt du dich von so einer Bemerkung gleich so verunsichern?*

»Wie schade. Ich habe gehört, dass er der Sohn eines Urdämons ist. Aber kein Vampir, ja?«

»Äh. Nein. Er ist ein Untoter.«

»Gut. Sehr gut.«

Nach dieser mehr als komischen Bemerkung ging sie einfach zu ihrem Thron zurück und ließ sich darauffallen. »Was führt dich so spontan in mein Reich, wenn ich fragen darf?«

»Ich habe einen Brief bekommen.«

»Ich habe keinen Brief versendet«, kam prompt die Antwort der Königin und ich spürte, wie mein rechtes Augenlid zu zucken begann.

»Das wollte ich auch nicht behaupten. Er stammt von der Morrigan.«

Mabs Reaktion – oder vielmehr das Ausbleiben jeglicher Regung – verriet mir, dass sie die Hexe kannte. Hier am Nachthof lebte seit einigen Jahrhunderten eine Hexe unter den Fae!

Vielleicht konnte ich die Dämonenfürsten wirklich besiegen! Und wenn ich nicht dazu in der Lage war, dann vielleicht eine so außergewöhnliche Hexe wie die Morrigan.

»Ich muss mit ihr reden. Am besten sofort. Auf der Stelle.«

»Warum kommst du dann zu mir?«

»Du bist schließlich die Königin des Hofes.«

»Und?«

»Ich … Sie hat mir nicht gesagt, wo ich sie finden kann. Nur, dass ich an den Nachthof kommen soll.«

»Und da meinst du, dass ich dir helfen kann? Ich werde dich nicht zu Morrigan führen«, erteilte mir Mab eine Abfuhr. »Ich mische mich nicht in ihre Angelegenheiten ein.«

»Aber –«

»Ich kann nichts für dich tun.«

»Du hast es vielleicht noch nicht gehört, aber die Dämonenfürsten sind frei.«

Ein kurzer Anflug von Furcht huschte über ihre alterslosen Züge.

Hatte sie gerade erschrocken gekeucht? Nein.

Ich versuchte aus den Augenwinkeln Bewegungen zu erspähen. Befand sich hier etwa noch jemand im Raum?

»Das ist in der Tat beunruhigend«, sagte Mab und legte den Kopf schief. »Ich werde meine Spione aufstocken, für den Fall, dass einer von ihnen wagt, ins Faereich einzufallen. Was mich jedoch wundern würde. Kein Dämonenfürst hat jemals den Nachthof betreten. Sie spielen lieber mit den Menschen – und mit den Hexen.«

Aufgrund der heutigen Geschehnisse und meines Zustandes, entschied ich, ihr diese Bemerkung einfach durchgehen zu lassen.

»Aber es gibt doch auch Fae, die im Menschenreich wohnen«, wandte ich ein. »Die könnten den Dämonen zum Opfer fallen!«

»Die meisten Fae, die dort leben, sind ohnehin Ausgestoßene des Reiches.«

»Mir ist es aber nicht egal, was mit den Hexen passiert, egal, ob sie mich als ihre Königin akzeptieren oder nicht«, zischte ich die Fae an. »Oder mit den Ausgestoßenen. Den Menschen.«

»Nun. So denkst du. Ich sehe das anders.«

Es war, als würde ich gegen eine Wand reden – oder gegen einen Felsen. Da hätte ich auch ein Kaffeekränzchen mit der Schlossmauer veranstalten können.

Ich musste meine Strategie also ändern, um an mein Ziel zu gelangen.

»Gehe ich recht in der Annahme, dass die Morrigan sich in diesem Reich aufhält?«

»Ja.«

»Das bedeutet, dass ich sie erst suchen muss.«

»Sieh es als Probe.«

»Aber ... warum?«

Mab stützte ihren Kopf mit einer Hand und blickte mich unter den dunkel geschminkten Lidern an. »Deine Fragen langweiligen mich, junge Königin.«

»Warum sollte ich das tun?«, fuhr ich die Fledermausfae genervt an. »Ich bin nicht hier, um eine lustige Schnitzeljagd durch den Nachthof zu machen, während die Dämonen Menschen und Hexen gefährden! Ach, was rede ich da. Ich bin mir sicher, dass in diesem Moment Unschuldige ihr Leben lassen, weil du mir nicht sagen willst, wo die Morrigan ist!«

Die Zornesfalte auf Königin Mabs Stirn wurde immer tiefer. »Warum suchst du überhaupt nach ihr? Und warum kämpfst du dann nicht gegen die Dämonen, wenn dir doch so viel an den Hexen und Menschen liegt?«

»Ich ... Es geht einfach nicht.«

»Du hast jetzt zwei Möglichkeiten, meine liebe *Kindskönigin*: Nummer eins, du suchst nach deiner Hexe, oder Nummer zwei, du gehst.«

Nach »Kindskönigin« hatte ich kein Wort mehr verstanden. Mein giftiges Blut rauschte in meinen Ohren und bevor ich überhaupt verstand, was ich tat, saugten meine Schatten jegliches Licht in sich auf und tauchten den Saal in tiefste Schwärze.

»Belladonna!«, hauchte Nora und griff nach meiner Hand. »Warum hast du das getan?«

»Das war doch nicht mit Absicht!«, verteidigte ich mich.

Im Gegensatz zu der Motte und Fledermaus konnte ich ja im Dunkeln nicht wirklich gut sehen.

»Was? Wer bist du? Antworte mir gefälligst!«, ertönte Mabs Stimme aus der Schwärze.

Wenigstens blieb mir so ihr wutentbrannter Ausdruck erspart.

»Königin Belladonna. Wer soll ich sonst sein?«

»Du bist doch keine Gifthexe.«

»Doch, das bin ich«, sagte ich mit dem süßesten Lächeln im Gesicht. »Das weiß König Oberon am besten, aber wenn du dir unsicher bist, könnte ich dir einen kleinen Kuss geben. Ein Willkommensgruß ist doch höflich.«

Königin Mab murmelte etwas, das ich nicht verstand.

Und in diesem Moment vernahm ich ganz eindeutig eine Stimme, die weder zu ihr noch zu Nora gehörte. Mein Blick ging nach oben, wo ich den Kronleuchter vermutete. Stattdessen leuchteten vier weiße Augenpaare in der Dunkelheit – und sie gehörten zu einer einzigen Person. Als sie merkte, dass ich sie entdeckt hatte, huschte sie lautlos in eine Ecke, wo meine Hexenaugen sie nicht mehr wahrnehmen konnten.

Verdammt! War das eine Assassine? Wobei: Ich hatte Nora an meiner Seite und sie war die beste Killerin des Nachthofes. Hoffte ich zumindest.

»Morrigan wird sich zeigen, wenn sie will«, rückte Mab dann endlich mit der Sprache raus. Man hörte deutlich, dass sie sich unwohl fühlte.

»Aber es eilt!«

»Wie ich schon gesagt habe: Du kannst gerne wieder gehen, wenn du nicht warten kannst.«

Ich verzog das Gesicht, ergab mich aber dann meinem Schicksal. »Schon gut. Ich bleibe.«

»Willst du eines der Gästezimmer beziehen?«, bot sie mir überraschenderweise an. »Als Bezahlung könntest du mit meiner Tochter Morgana dein Giftwissen teilen.«

»Belladonna wird bei mir Quartier beziehen.«

Noras Antwort wischte Königin Mab hörbar das Lächeln aus dem Gesicht.

»Gut. Das ist dann alles, ja? Ich habe noch ein paar Dinge zu erledigen.«

Nora führte mich aus dem Thronsaal, da ich nahezu blind war. Kaum fiel die Tür hinter uns zu, stieß Nora den lautesten Seufzer der Welt aus.

»Das war ... nicht gut, aber auch nicht schlecht. Die Schattenaffinität scheint Königin Mab überrascht zu haben. Sie ist fasziniert von Dingen, die sie noch überraschen können –«

»Nora?«

»Ja?«

»Ich kann nicht mehr.«

Und dann brach ich in den Armen der Fae zusammen.

12. Kapitel

BORRETSCH

Borago officinalis

Ich war eine Gifthexe durch Begabung, eine Schattenhexe durch Geburt und in mir floss – allerdings zu meinem großen Leidwesen – das Blut einer mächtigen Seherin. Niemand hatte mich gefragt, ob ich diese Gabe haben wollte, und all das Gift, das ich zu mir nahm, schien die unfreiwilligen Visionen auch abschwächen zu können. Im Großen und Ganzen war diese Gabe also ziemlich nutzlos: Bis jetzt hatte mich eine einzige Vorahnung mein ganzes Leben lang verfolgt.

Aber manchmal änderten sich Dinge schneller, als es einem lieb war ...

In meinem Traum lagen zwei Knochendolche vor mir. Den einen erkannte ich sofort als die Waffe, mit der Walpurga mich angegriffen hatte. Wohingegen die andere eindeutig aus einem Kieferknochen gefertigt worden war.

Neugierig streckte ich meine Hand nach dem neuen Dolch aus, doch bevor sich meine Finger um den Griff legen konnten, schoss eine goldene Schlange mit einem Granatapfel im Mund hervor. Ich schreckte zurück und die Waffe fiel zu Boden, wo sie von einer Heerschar kleiner schwarzer Spinnen verschluckt wurde. Die Krabbeltiere vermehrten sich blitzschnell, bis ich in einem Meer aus zuckenden Leibern stand.

»Ich habe doch keine Angst vor Spinnen«, lachte ich und verdrehte die Augen. »Spinnen beseitigen Schädlinge an meinen Pflanzen.«

Gerade als ich mich herabbeugte, um den Dolch wieder in meinen Besitz zu bringen, durchzuckte mich ein so scharfer Schmerz, dass ich das Gleichgewicht verlor und nach vorne auf die Knie sackte. Ich sah nach unten, wo die Klinge des anderen Engelsdolches mitten in meiner Brust steckte. Ich streckte meine Arme aus, um den Dolch herauszuziehen, doch statt Blut sprudelten schwarze Federn aus der Wunde.

Eher unsanft glitt ich aus dieser Traum-Vision in die Wirklichkeit zurück. Die Phantomschmerzen nahm ich jedoch mit, weshalb ich mich sofort zusammenkrümmte.

»Blake«, murmelte ich und wollte mich tröstend an den kalten Körper des Dämons kuscheln, bis ich merkte, dass er nicht da war. Als würde mein Herz nicht schon genug schmerzen ... Blake war nicht da, aber sofort stürzte sich eine andere Person, an deren Körperwärme ich mich erst gewöhnen musste, auf mich.

»Endlich bist du aufgewacht!« Noras Gesicht war meinem so nahe, dass ich das Gewicht ihrer Fühler auf meinem Kopf spüren konnte. »Ich hatte schon die Befürchtung, dass du noch länger schläfst.«

»Wie ... Wie lange habe ich denn geschlafen?«

Meine Zunge fühlte sich belegt an und meine Stimme klang heiser und schwach.

Im Kampf gegen die Urfürsten zählte jede Stunde und nun mochte ich vielleicht Tage verloren haben, weil ich meine Schattenkräfte unkontrolliert eingesetzt hatte.

»Hm. Etwa drei Stunden?«

»Oh. Es hat sich angehört, als hätte ich drei Tage im Koma gelegen.«

»Für mich hat es sich auch so angefühlt! Es war einfach so langweilig ohne dich«, meinte Nora und ließ sich rücklings in weiche Kissen fallen. »Und ich konnte dir beim Flug gar nicht mehr das Dunkeltal und die Dämmerberge mit den Nachtflüssen zeigen.«

»Es tut mir leid, dass du mich bewusstlos aus dem Schloss tragen musstest. War ich dir nicht viel zu schwer?«

Nora winkte ab. »Ich hab dich an den Beinen gepackt und rausgeschleift. Keine Sorge, das hat niemand bemerkt.«

»Oh.«

Vielleicht sollte ich erst mal schnell unter die Dusche hüpfen und danach mein Kleid waschen. Ich sah sicher wie ein schwarzstieliger Besen aus.

Das kannst du vergessen, meinte Atropos. Sie schlängelte sich durch die Kissenberge. *Hast du es schon verdrängt? Wir sind im Reich von Königin Mab. Ich musste auch mein beheiztes Terrarium opfern.*

Für einen kurzen Moment hatte ich wirklich nicht mehr daran gedacht, dass ich wegen meiner Affinität – und auch wegen Blakes Verrat – kopfüber ins Faereich gestürmt war. Die Geschehnisse der letzten Zeit waren immer noch schwer zu glauben und am liebsten wäre ich sofort wieder zurückgegangen.

Aber das ging nun einmal nicht.

Ich musste hierbleiben im … Moment. Wo war eigentlich dieses »hier«?

Verwirrt sah ich mich um.

Der ganze Raum wirkte wie ein Fiebertraum. Regale in allen Größen und Farben standen um uns herum. Manche bestanden aus Holz, manche aus Plastik oder Metall. Einige waren kaputt, die anderen wirkten ziemlich neu auf mich. Eines hatten sie aber alle gemeinsam: Sie waren vollgestellt mit allem möglichen Krimskrams. Ich erkannte Anime-

Figuren neben Reliquien und längst verloren geglaubten Gemälden und Skulpturen. In einer durchsichtigen Plastikkiste waren eindeutig Fast-Food-Spielzeuge mit alten Münzen und Perlenketten untergebracht.

Von der Decke hingen teure Kronleuchter aus Glas und Kristallen, aber auch irgendwelche billigen Plastiklampen, die schon ganz vergilbt waren und kaum noch Licht spendeten.

»Wo sind wir hier?«

Nora sprang so enthusiastisch auf, dass Atropos genervt zischte. »Das ist«, sie drehte sich im Kreis, »mein Nest!«

Ich selbst lag auf einer Ansammlung von Kissen. Manche sahen so aus, als stammten sie aus einem anderen Jahrhundert und aus einem anderen Land – und wahrscheinlich waren sie das auch. Blake war der Dämon der Habgier und diesen Sammeldrang schien auch Nora von ihrem gemeinsamen Vater geerbt zu haben.

»Dein Nest.«

War das hier ein Baumhaus? Zumindest spürte ich festen Boden unter mir und die Regale standen an so etwas wie einer Holzwand, aber es gab keine normale Decke. Wenn ich mich nicht irrte, war sogar ein Teil des Daches offen!

Die Fae streckte stolz die Brust raus. »Ich habe mein Nest ganz allein gebaut. Meine Festung für die Ewigkeit.«

»Darf ich mal so direkt fragen, was das Nest genau ist? Ich meine … Das ist kein Häuschen aus Brettern und Steinen, oder?«

»Das Äußere besteht aus festem Gespinst, das ich als Mottenfae selbst produziert habe.« Sie streckte ihre Hand aus. »Du kannst es ruhig berühren, damit du dich auch sicher genug fühlst.«

Neugierig stand ich auf und ging zu einer Wand, die mit

Vorhängen aus den verschiedensten Epochen bedeckt war. Noras Zuhause ähnelte ja fast schon einem Museum! Ich schob die Tücher zur Seite und tastete das weiche Gespinst ab. Das Material der Wand fühlte sich weich an, wie Schafswolle oder Watte, war aber elastisch.

»Kein Messer und nicht mal ein Schwert können es durchdringen«, erklärte mir die Fae. »Und es hält jeder Witterung des Nachthofes stand, was im Prinzip nur Regen und Wind ist.«

»Erstaunlich.«

Atropos war wie immer etwas forsch und versuchte sich mit ihren Giftzähnen durch die Fäden zu beißen.

»Gefällt dir mein Nest?«

»Es ist sehr gemütlich.« Es erinnerte mich an meine kleine Hütte im Poison Garden. Statt irgendwelchen Gegenständen hortete ich dort meine Kräuter und Glitzer in Fläschchen.

Die Fae bemerkte nicht, dass meine Fingernägel sich in das Gespinst bohrten, als meine Knie unter mir nachgaben.

Ich war erst ein paar Stunden am Hof der Nacht und bereits jetzt hatte ich Heimweh. Ohne meine Pflanzen war es so still ...

Ohne Blake war es so ... *kalt.*

Aber wenn ich meine Affinität nicht meisterte, dann gab es vielleicht bald keine Hütte im Alnwick Garden mehr, zu der ich zurückkehren konnte.

»Das freut mich!« Nora klatschte in die Hände. »Ich hatte schon Angst, dass du eine andere Behausung bevorzugst. Mit einem Schloss kann es dann doch nicht mithalten.«

Ein mickriges Lächeln umspielte meinen Mund. »Ich wohne ja noch nicht lange in einem Schloss. Mal sehen, ob ich in einhundert Jahren noch in einem Gebäude schlafen kann, wenn es keine fünf Badezimmer hat.«

»Mindestens fünf Badezimmer und drei Speisesäle«, grinste Nora.

»Apropos Badezimmer«, begann ich. »Gibt es hier –«

»Das Badezimmer ist die Natur«, nickte Nora. »Das stört dich doch nicht, oder?«

»Natürlich nicht. Ich bin schließlich als Gifthexe auch zum Teil mit Erdmagick vertraut.«

Aber gegen einen Duschkopf mit verschiedenen Druckstärken hätte ich auch keine Einwände erhoben ...

»Du musst total ausgehungert sein. Ich mach uns was zu essen«, schlug Nora vor. »Ich hoffe, du magst Instant-Nudeln.«

Ich will Fleisch, beklagte sich Atropos. *Darf ich nicht doch ein kleines Faewesen verschlingen? Keine Sorge, wenn es eine Familie hat, werde ich auch das letzte Mitglied finden und es mir einverleiben.*

Atropos' Vernichtung mehrerer Generationen ignorierend fragte ich: »Du kannst Instant-Nudeln zubereiten?«

»Wir Fae besitzen ganz besondere Magie.« Noras Augen funkelten, als sie ihre Hand ausstreckte und sich aus ihren Fingern orange und braune Motten lösten.

»Wir besitzen keine Affinität wie ihr Hexen oder können Sünden und Höllenfeuer als Waffe benutzen, aber wir haben eine ganz besondere Verbindung mit der Natur selbst. Wir sind Meister im Betrügen und Manipulieren. Seit Urzeiten haben die Menschen Angst vor uns, wenn sie nicht unsere Wildheit und Schönheit in den höchsten Tönen preisen.«

Gebannt klebte ich an ihren Lippen, obwohl sie lediglich Fertignudeln für mich kochen wollte.

Nora drehte sich zu den Regalen um, kramte eine elektrische Herdplatte hervor und stellte sie vor mich hin, als wäre es der heilige Gral – von dem ich mir übrigens sicher war, dass er sich irgendwo unter dem ganzen Krempel befand.

»Aber ich verlasse mich beim Kochen auf die gute moderne Elektrizität aus der Menschenwelt. Das ist bequemer und keiner wird verletzt.«

Es war fast schon etwas langweilig, die Fae dabei zu beobachten, wie sie Wasser aus einer Flasche in einen normalen Topf leerte, um es auf der Herdplatte zu kochen. Natürlich wollte ich mich nicht über die Annehmlichkeiten der modernen Welt beklagen, aber die Fae-Zauberei wirkte auf mich so wunderschön romantisch.

Wohingegen Nora die Bläschen im siedenden Wasser verträumt anstarrte. »Toll, oder?«

»Mhm.«

Die Fae reichte mir einen Plastikbecher und hölzerne Stäbchen. Das Mindesthaltbarkeitsdatum verriet mir, dass die Nudeln schon vorletztes Jahr abgelaufen waren, und ich sprach Nora darauf an. Zwar schadete mir eine Lebensmittelvergiftung nicht, aber anders als bei meinen pflanzlichen Toxinen, verabscheute ich den Geschmack.

»Dinge aus der Menschenwelt altern hier nicht – beziehungsweise sehr langsam«, erklärte Nora. »Das gilt für Menschen, so wie für Gegenstände und Lebensmittel.«

Diese einfache Bemerkung brachte mich ins Grübeln: Wenn eine Packung Nudeln aus meiner Welt nicht verdarb, könnte das dann der Grund für Morrigans langes Leben sein? Wirkte der Fluch im Faereich nicht?

War das der Grund, warum die Morrigan sich hier verschanzt hatte?

Meine Gedanken wurden durch den Geruch von billigem

Gewürzpulver unterbrochen, als Nora das Essen mit heißem Wasser aufgoss.

»Guten Appetit!«, wünschte sie mir.

Statt sich mir gegenüber zu hocken, kuschelte sich Nora eng an mich, sodass wir nun Schulter an Schulter auf dem Boden saßen.

»Ich hoffe, es stört dich nicht, wenn ich giftige Soße über die Nudeln kippe.«

Ich öffnete meinen kleinen Beutel und nahm ein Glas mit zähflüssigem blauen Saft heraus.

Nora beugte sich interessiert vor. »Was genau ist das für ein Gift?«

»Die Pflanze nennt man Borretsch.«

»Kenne ich nicht.«

»Es ist eine Gewürz- und Heilpflanze. Eigentlich kann sogar ein Mensch diese bedenkenlos essen, nur wenn man es regelmäßig verzehrt, wird es problematisch, da es Leber und Milz schädigen kann.«

»Dabei sieht sie so harmlos aus.«

»Momentan würze ich fast alles, was ich esse, mit Borretsch. Was soll ich sagen? Ich liebe meine Alkaloide.«

Normalerweise war ich nicht der größte Fan von Fertigessen, aber diese Nudeln schmeckten auf meinen fast leeren Magen wie ein von Sternenköchen zubereitetes Gericht.

»Wo hast du eigentlich die Akkus für die elektronischen Gegenstände her?«, fragte ich, nachdem der schlimmste Hunger gestillt war.

»Ich schleiche mich immer wieder an den Taghof, um dort diese Solardinger aufzustellen.«

»Ist das nicht riskant?«

»Schon, aber sonst hätte ich so Dinge wie das hier nicht!«

Sie zeigte mir den kitschigsten Weihnachtsmann, den ich je gesehen hatte. Er brüllte fast schon »Jingle Bells«, während er einen Sack Geschenke um seinen korpulenten Körper schwang.

Atropos schnappte nach dem Gesicht des Dekokitsches. *ICH WILL ES TÖTEN!*

»Oh gefällt dir das, Atropi?«

Nenn mich nicht Atropi!

Das Gesicht des Weihnachtsmannes steckte bereits im Mund meines äußerst weisen Familiars.

»Und du sammelst also gerne Dinge?«, fragte ich das Offensichtliche, um von Atropos' Verhalten abzulenken.

»Ja – und nein. Ich verkaufe viele der Gegenstände aus der Menschenwelt an andere Fae. Du musst wissen, dass nicht jede Fae in der Lage ist, den Nachthof freiwillig zu verlassen. Besonders junge Fae, die nicht zu den Hochblütigen zählen. Ich besorge ihnen Gegenstände, die sie interessieren, und tausche sie gegen andere Dinge oder etwas viel Wertvolleres ein.«

»Gefallen«, riet ich, was Nora mit einem Nicken bejahte.

Dämonen waren bekannt dafür, Pakte mit Menschen abzuschließen, um Seelen zu gewinnen. Fae handelten mit Gefallen, um alles Mögliche von dem Vertragspartner zu bekommen. In der Hexenakademie hatten wir Horrorgeschichten von Fae gehört, die nicht selten das Erstgeborene oder Jahre eines Lebens für ihre Dienste verlangten.

Ich fragte mich, was Nora von ihnen einforderte …

»Es ist ziemlich anstrengend, weil manche Fae ganz besondere Wünsche haben und ich manchmal auch nicht weiß, was genau sie wollen. Ab und zu hilft mir auch Blakey bei der Beso- oh. Tut mir leid. Ich wollte nicht …«

»Du darfst Blakes Namen weiterhin sagen. Es ist ja nicht so, als hätten wir einen Rosenkrieg hinter uns.«

Trotzdem hatte sein Name meinem Herzen einen weiteren Stich versetzt.

»Aber du willst nichts mehr mit ihm zu tun haben.«

»Nein! Nein, so ist das nicht. Nein.«

Das waren viele Neins, merkte Atropos an, doch ich ignorierte sie. Jemand, der einen wehrlosen Weihnachtsmann angriff, hatte mir nichts über Beziehungen zu sagen.

»Ich glaube, dass es für mich besser ist, wenn ich mal eine Zeit lang von ihm getrennt bin. Mich auf mich konzentriere.«

Oder besser gesagt auf die Schattenkraft, die in mir schlummerte.

Ich saß in einem schummrigen Zimmer – der perfekte Ort, für Schatten, aber nichts geschah. Was war nur mit meiner Gabe los? Warum konnte ich sie auf einmal nicht mehr richtig kontrollieren?

Atropos schlängelte über meinen Rücken. *Tatsächlich bin ich ebenfalls überfragt*, sagte sie und beugte sich über meine Schulter.

»Hm. Willst du auch ein paar Nudeln?«, bot ich der Schlange an.

Schon gut. Du bist hungriger als ich.

»Und du hast ohnehin bereits an einem Weihnachtsmann gelutscht.«

Nora hatte ihre Portion Nudeln komplett verputzt. Sie stellte die Verpackung weg und biss dann herzhaft in die Stäbchen, was ich mit großen Augen beobachtete.

»Die Stäbchen sind immer das Beste an Fertignudeln. Findest du nicht?«

»Willst du meine auch noch?«

»Hast du keinen Hunger mehr?«

»Ach. Ich bin schon voll«, log ich und brach die Spitzen ab, die mit meinem Speichel in Berührung gekommen waren. »Du brauchst die zusätzliche Energie, um gesund zu werden.« Freudestrahlend nahm sie das Holz an und futterte es weg, als wären es Knabberstangen aus Brot.

»Jetzt bin ich wirklich voll.« Die Mottenfae hielt sich den Bauch. »Es macht doch tatsächlich Spaß, mit jemandem gemeinsam zu essen.«

»Wie meinst du das denn?«

Sie war an die 700 Jahre alt. Sicherlich hatte sie schon mal mit irgendjemandem ein gemeinsames Mahl eingenommen.

Oder?

Sie war doch ein angesehenes Mitglied des Nachthofes!

»Die Zeit vergeht so schnell, wenn man Spaß hat.«

Ich hockte immer noch mit meinem halb aufgegessenen Becher Nudeln da, als Nora sich neben mich legte.

»Es ist Zeit zu schlafen.« Nora gähnte und ihre Flügel umschlossen ihren Körper wie eine Decke. »Guten Schlaf, Bella.«

»Was?« Das ging mir jetzt zu schnell. »Ist es etwa schon Nacht?«

Nora zog ihre Schwingen noch enger um ihren Körper, sodass sie nun auch ihr Gesicht bedeckten.

»Du spaßt doch jetzt, oder?«

Ohne Reue schlug Atropos der Motte mit der Schwanzspitze ins Gesicht. *Scheint so, als wäre der Bio-Rhythmus von Fae etwas eigen. Sie ist total weggetreten.*

Das hatte Nora wohl damit gemeint, als ich sie nach den Schlafenszeiten gefragt hatte. Nun ruhte sie tief und fest, während ich noch nicht mal an Schlaf denken konnte.

Ich stellte das Essen ab und stand auf. Suchend tastete ich

die Wand nach einem Ausgang ab, den ich schließlich hinter einem Handtuch mit Katzenmotiv fand. Verführerisch wehte der Wind um mich und bat mich, nach draußen zu kommen.

Was hast du vor?

»Es ist dumm, allein in der Faewelt umherzustreifen, aber ich kann auch nicht länger in diesem Zimmer sitzen, wo die Wände mich erdrücken wollen.«

Red nicht weiter. Ich bin dabei.

»Wir suchen nur einen kleinen Fluss, in dem ich mich waschen kann, und vielleicht finden wir dabei einen Hinweis auf Morrigan. Sie war schließlich als die Dame vom See bekannt. Es kann gut sein, dass sie eine Wasseraffinität besitzt.«

Kühle Luft begrüßte mich, als ich nach draußen in die ewige Nacht trat. Unter und über mir war nur Schwärze und Dunkelheit, weshalb ich kurz zurück ins Innere ging, um mir eine Plastiklampe auszuleihen.

»Ich bin bald zurück«, flüsterte ich der schlafenden Nora zu. Meine Krone legte ich zu ihr auf die Kissen. »Pass gut darauf auf, ja?«

13. Kapitel

GEFLECKTER SCHIERLING

Conium maculatum

Ich fühlte mich wie in einer alten Märchenerzählung, als ich mutterseelenallein mit meiner roten Laterne durch den Wald spazierte. Meistens trafen Menschen in diesen Geschichten dann auf eine alte Hexe, die ihr gesamtes Leben auf den Kopf stellte, und trotz so mancher Widrigkeit fanden diese Leute stets ihr Happy End, während der armen Hexe ein schlimmes Schicksal zuteilwurde.

Ich hasste Märchen.

Aber diese Erzählungen lenkten mich von den hungrigen Augen zahlreicher Wesen ab, die ich in meinem Rücken spürte. Jeder Schritt von mir wurde genauestens beobachtet und manchmal hörte ich diese Wesen sogar miteinander kommunizieren.

Es waren keine Fae, sondern die Kreaturen, mit denen sich Seelie und Unseelie diese Welt teilten. Es widerstrebte mir, sie als Monster zu bezeichnen, da dies ein Begriff war, den man auch oft gegen uns Hexen eingesetzt hatte, um Tötungen zu legitimieren.

Beim letzten Besuch hatten sie sich nicht an mich rangetraut, da sie aus irgendeinem Grund Angst vor dem Dämon an meiner Seite verspürten, aber nun konnte ich ihr Interesse an mir deutlich fühlen. Hoffentlich war das keine Mordlust, die ich da vernahm ...

Atropos versuchte mich etwas abzulenken. *Weißt du,*

was jetzt toll wäre? Eine alte Frau mit einem Korb vergifteter Äpfel.

»Ich nehme auch ein Knusperhäuschen«, seufzte ich und hielt mir den knurrenden Bauch. Die Nudeln mit Gift hatten gerade einmal den schlimmsten Hunger gestillt.

Wie schwach ich war, merkte ich erst, als ich über einen herumliegenden Stein stolperte. Ein spitzer Schrei entschlüpfte mir, als ich mir meine Knie und Handflächen auf dem harten Boden des Waldes aufschürfte.

Wäre es nicht besser, wenn wir zurück zu Nora gehen?

Mein Hexentier ignorierend rappelte ich mich vom Boden auf.

Nein. Ich würde nicht eher ruhen, bevor ich die Morrigan gefunden und ihr Fragen zu meinen Schatten gestellt hatte.

Grummelnd klopfte ich mir Gras und Dreck vom Kleid, das nun zu meiner grenzenlosen Frustration auch noch einen Riss aufwies. Die Wunden auf meiner Haut verheilten bereits wieder, aber der Schmutz blieb zurück.

Jetzt brauchte ich wirklich dringend ein Bad.

Ich wollte gerade nach der Laterne suchen, die mir beim Sturz aus der Hand gerutscht war, als mit lauten Schreien Wesen aus dem Gebüsch stürmten. Hasengroße Wesen mit Hufen, Hörnern und einem Skorpion-Stachel als Schwanz stürzten sich auf die Stelle, wo etwas von meinem Blut gelandet war. Sie fauchten mich an, als sie vor den Tropfen zurückwichen. Offenbar hatten sie erkannt, dass mein Blut durch und durch giftig war.

»Sorry, dass ich nicht lecker schmecke«, murmelte ich mit noch klopfendem Herzen. Kurz hatte ich befürchtet, dass mir eine dieser Kreaturen direkt ins Gesicht springen würde.

Dann hätte ich sie gefressen, meinte Atropos.

»Du kannst nicht alles fressen, was mir Probleme bereitet.«

Du unterschätzt mich.

Ich kniete mich auf den Boden und tastete die Umgebung nach Noras Laterne ab. Ohne sie war ich praktisch blind und konnte mich nur durch die Lichter von umherfliegenden – und absolut harmlosen – Pixies orientieren.

Plötzlich knallte etwas gegen meine Stirn und ich sah auf. Ein Ast hielt mir meine Laterne wedelnd direkt vor die Nase.

»Walpurgisnacht!«, freute ich mich und nahm das Licht entgegen. »Ich habe mich schon gewundert, warum du mich ignorierst.«

Im Gegensatz zu den Pflanzen im Menschenreich besaß der Baum der Faereiche eine Stimme, die ich fast so deutlich wie die eines Menschen verstehen konnte. Wahrscheinlich lag das daran, dass Walpurgisnacht schon seit Jahrtausenden existierte und mindestens so mächtig wie eine Hochfae war – vielleicht auch so stark wie die königlichen Zwillinge …

»Hallo mein kleiner Schatten«, sagte der Lebensbaum und streichelte mir mit einem Ast durch die Haare. Es war schmerzhaft, weil es etwas ziepte, aber Liebe und Zuneigung taten ab und zu weh. »Ich hatte gehofft, dich einmal allein antreffen zu können.«

»Magst du Nora etwa nicht?«

Fakt war, dass sie ihr Nest direkt an einen Ast von Walpurgisnacht gebaut hatte. Vielleicht empfand sie das ja als störend.

»Nein. Ich fand es nur unhöflich, euch zu unterbrechen. Es freut mich, dass du so eng mit einer Fae befreundet bist. Ich gebe den Fae vielleicht ein Dach über dem Kopf, aber es braucht mehr, um sich an einem Ort zu Hause zu fühlen.«

Ich lächelte kurz, bevor meine Züge wieder ernst wurden.

»Du wusstest schon bei unserer ersten Begegnung, dass ich eine Schattenhexe bin. Nicht wahr? Darum nanntest du mich damals bereits kleiner Schatten.«

»Ich besitze keine Augen, keine Nase und keinen Mund – aber ich spüre Emotionen und Magick umso besser. Ich wusste, dass du mit den Schatten im Herzen geboren wurdest und deine Affinität für Pflanzen deiner unerschütterlichen Liebe zu Gift zu verdanken ist.«

»Ähnle ich Königin Lilith sehr?«, fragte ich den Baum. Schließlich hatte die erste Königin der Hexen sie in diesem Reich gepflanzt.

»Absolut nicht.«

Mein Herz rutschte mir sprichwörtlich in die Hose.

Das entging dem klugen Baum selbstverständlich nicht. »Warum willst du ihr denn ähnlich sein?«

Weil sie die Königin war, die die Dämonenfürsten versiegelt hat.

Und du willst sie auch wieder versiegeln?, fragte Atropos.

Töten konnte ich sie ja schwer, wenn es keinen Knochendolch mehr gab. Die Versiegelung war die einzige Option, die mir blieb.

Atropos' Schweigen war ungewöhnlich.

»Ich ... Ich wäre gerne mehr wie ich selbst, aber es gibt Erwartungen, die ich erfüllen muss. Ich muss auf Liliths Wegen wandeln, wenn ich den Weltuntergang verhindern will.«

»Kann ich etwas für dich tun?«

»Tatsächlich ja. Ich suche nach der Morrigan. Kennst du sie?«

»Natürlich ist mir die Hexe des Nachthofes bekannt.«

Das klang ja fast so, als wäre die Morrigan ein Teil von

Mabs Hofstaat. Wahrscheinlich hatte sie diesen Titel bekommen, weil sie nun doch schon seit einigen Jahrhunderten ihre Wurzeln am Nachthof geschlagen hatte.

»Du findest die Morrigan am Finstersee.« Der Baum deutete mit den Ästen in die gewünschte Richtung. »Ich hoffe, du bist bereit für das Treffen.«

»Wie meinst du das?«

Das Gespräch hatte mich so abgelenkt, dass ich erst merkte, dass sich jemand an mich herangeschlichen hatte, als Atropos laut fauchte. Bevor ich reagieren konnte, traf mich schon ein heftiger Schlag auf den Hinterkopf.

Ich war nicht lange ohnmächtig. Es durften nur wenige Minuten vergangen sein, bevor ich meine Augen wieder aufschlug und mich über meine eigene Unvorsichtigkeit ärgerte. Die Kopfschmerzen, die mir der Hieb auf den Schädel beschert hatten, schwächten sich bereits wieder ab.

Alles in Ordnung?, klang die Stimme meines Familiars in meinen Ohren.

»Was ist passiert?«

Zwei Fae haben uns – insbesondere mich – überrascht. Sie haben wohl eine Magie angewandt, die es ihnen erleichtert, sich unbemerkt anzuschleichen.

»Und warum hast du nichts getan, während ich bewusstlos war?«

Du hast gesagt, dass ich sie nicht essen darf.

»Das darfst du immer noch nicht.«

»Ich kann dir leider auch nicht helfen, kleiner Schatten«, brachte sich Walpurgisnacht wieder in das Gespräch ein. »Ich will keiner Fae wehtun. Das mit Oberon war die einmalige Ausnahme. Ein Zuhause sollte Sicherheit bieten.«

»Schon gut«, sagte ich und stand auf. »Wäre doch gelacht, wenn ich mich nicht selbst verteidigen könnte.«

Meine Beine fühlten sich etwas wackelig an, aber ansonsten ging es mir gut. So gut es einem nun einmal gehen konnte, wenn man den ganzen Tag andauernd von irgendwelchen Kreaturen attackiert wurde. Langsam hatte ich genug davon, von jedem herumgeschubst zu werden. Wie wäre es denn, wenn *ich* mal jemanden zu Boden stieß?

Ich hob den Kopf und blickte meinen Angreifern wutentbrannt entgegen.

Vor mir standen eine männliche und eine weibliche Fae. Beide waren sehr hager, wirkten allerdings alles andere als schwächlich. Ihre Körper mochten zwar dünn aussehen, aber ich erkannte an ihrer Haltung, dass sie kampferprobte Feenwesen waren.

Sie trugen dunkelbraune Hemden zu schwarzen Hosen. In den Händen hielten sie zwei silberne Dolche, die im Licht meiner Laterne genauso bedrohlich schimmerten wie ihre Fangzähne.

Zuerst gelang es mir nicht, die beiden richtig zuzuordnen: Ihre Faeattribute beliefen sich lediglich auf eckige Ohren, kurze buschige Schwänze und fleckiges Fell an Stirn und Wange.

»Na? Gut geschlafen?«

Die zwei Fae lachten auf eine Weise, die mir eine Gänsehaut bescherte – und die mir ihre wahre Natur offenbarte: Das waren die Hyänenfae, von denen Nora mir schon in den vorangegangenen Monaten einige Male erzählt hatte. Ich erinnerte mich, dass sie Nora andauernd Schätze stahlen. Zwar zählten sie nicht zu den Hochfae, aber dadurch, dass sie stets im Doppelpack auftraten, hatten sie gewisse Vorteile im Kampf.

»Gebt mir meine Laterne zurück«, sagte ich im befehlshabenden Ton. »Und ich lasse euch unbeschadet davonziehen.«

»Kleider so schwarz wie die Nacht.«

»Haare so weiß wie Schnee.«

»Augen so violett wie die Blüten der Tollkirschenpflanze.«

»Ist uns da etwa die verehrte Hexenkönigin ins Netz gegangen?«, spöttelten sie im Chor über mich, während sie um mich herumtänzelten.

»Ich bin euch überhaupt nicht ins Netz gegangen – und ihr wollt euch doch nicht wirklich mit der Königin der Hexen anlegen. Ihr wisst schon, dass mich der Herrschaftstitel automatisch zur mächtigsten von ihnen macht?«

»Du bist nicht die erste Hexe, die ihren Fuß auf den Boden des Dunklen Hofes setzt.«

»Wir wissen, dass ihr Hexen in dieser Welt kaum Macht besitzt.«

»Kaum eine Affinität kann in den Gefilden des Nachthofes seine Wirkung entfalten.«

Die beiden hatten nicht ganz unrecht: Dies traf zumindest auf meine Giftaffinität zu, die ohne die Existenz von anderen Giftpflanzen wie Walpurgisnacht wirklich schwach war. Ohne meine Geburtsaffinität konnte ich nur Gift spucken und hoffen, dass ich die Hyänenfae zufällig damit traf.

Aber ich hatte ohnehin nicht vor, gegen sie zu kämpfen. Ich wollte nur meine Laterne zurück und dann würde ich mich kommentarlos in die Schatten zurückziehen.

Das war zumindest mein Plan, ehe die weibliche Fae einen kleinen Goldring vor die Laterne hielt und mich abwartend ansah.

Moment, das war doch nicht etwa …

Ich fasste mir an den Finger, nur um festzustellen, dass mein Verlobungsring tatsächlich fehlte.

»Warum hast du sie nicht aufgehalten?«, blaffte ich meine Schlange ungehalten an.

Atropos zischte – genervt von ihrem eigenen Fehlverhalten. *Ich habe nun einmal nicht gemerkt, dass sie ihn gestohlen haben. Ich nehme an, dass es ein Zauber war, der dafür sorgt, dass man den Besitzer ausrauben kann, wenn er das Bewusstsein verliert. Vergiss nicht, dass wir es hier nicht mit menschlichen Straßenräubern zu tun haben, sondern mit Wesen, die eine uns unbekannte Magie verwenden können, die nicht mit unserer Magick zu vergleichen ist.*

»Dafür werdet ihr büßen«, zischte ich und spuckte fast schon giftige Galle.

Vielleicht lag es an den Geschehnissen der letzten vierundzwanzig Stunden, die meine Nerven zum Zerreißen gespannt hatten und sich nun in diesem anbahnenden Wutausbruch gipfeln wollten.

Dieser Ring symbolisierte die Beziehung zwischen Blake und mir. Ja, ich war enttäuscht und verletzt, aber ich liebte den Dämon noch immer – und nun hatte man mir das Einzige weggenommen, das ich in dieser Welt von ihm hatte.

Durch die Erkenntnis wurde mir kalt. So kalt, dass ich zu zittern begann.

Belladonna … Atropos' besorgte Stimme drang nur noch durch einen dicken Nebel an mich. *Pass auf, du bist …*

»Dieser Gegenstand bedeutet dir viel, oder? Man spürt, dass eine ganz besondere Macht ihn umgibt. Es ist das wertvollste Schmuckstück, das du besitzt.«

»Was bist du bereit uns zu geben, damit du ihn wiederbekommst?«

Von allen Fae des Nachthofes war ich ausgerechnet an zwei gierige Diebe geraten.

»Ich sage es nur ein einziges Mal: Gebt mir meinen Ring zurück.«

Die zwei Fae brachen in schallendes Gelächter aus.

Ich korrigierte mich: Ich war an zwei dumme, dilettantische Diebe geraten, die zu ihrem großen Pech sehr gierig waren.

In meinem Herzen tastete ich suchend nach der Schattenaffinität und sie reagierte mit einem wütenden Fauchen. Für einen kurzen Moment schreckte ich vor diesem Reflex zurück. So etwas hatte ich noch nie gespürt, wenn ich meine Pflanzen befehligte. Ich versuchte es noch einmal vorsichtiger und die Reaktion fiel noch viel verheerender aus. Die Magick in meinem Inneren tobte wie ein wildes Biest, das in einem Käfig eingepfercht wurde, und wenn ich meine Hand für eine liebevolle Geste ausstreckte, wollte es zubeißen.

Es war fahrlässig, meine Kräfte in diesem Zustand zu benutzen, aber dann begannen die Fae sich meinen Ring zuzuwerfen, als wäre er ein dreckiger Fußball.

Tu das nicht!

Ich wusste nicht, wessen Stimme mich warnte, doch für einen Rückzieher war es ohnehin zu spät.

Auf einmal spuckten die beiden schamlosen Diebe Blut. Der Lebenssaft tropfte unaufhaltsam auf ihre Bekleidung. Kurzzeitig war ich verwirrt, bis mir die Schattenstacheln auffielen, die von meinen Füßen aus direkt in ihre Bäuche reichten.

Der männliche Fae ging als Erstes in die Knie und ließ meinen Ring ins Gras fallen.

Mit einem spöttelnden Grinsen hob ich den Ring auf. »Wer besitzt hier nun keine Macht?«

»Du ... Du bist ...«, versuchte die weibliche Fae einen Satz zu bilden, ehe auch sie das Bewusstsein verlor.

Der Geruch von frischem Blut brachte die stillen Beobachter um mich herum zum Durchdrehen. Sie kamen aus ihren Verstecken und scharten sich um die bewusstlosen Geschwister. Sie hatten erkannt, dass ich niemand war, den man angreifen sollte.

Belladonna.

Ich ignorierte Atropos und rief die Schatten dazu auf, die Fae hochzuheben.

Mit einem breiten Lächeln im Gesicht sah ich zu, wie die Schattenschlingen unbarmherzig an den Gliedern der Fae zogen. Knorpel knirschten und ich wartete mit Sehnsucht auf das Geräusch von zerberstenden Knochen.

Cherry.

»Blake?«

Ich war mir so sicher, dass ich die Stimme des Dämons vernommen hatte, dass ich mich eine Minute lang suchend nach seiner dunklen Gestalt umsah.

Warum sollte der Dämon hier sein? Du hast ihn mit seinem wahren Namen zum Warten im Menschenreich bestraft. Atropos schlängelte sich mühsam an mir hoch. *Drehst du jetzt komplett durch? Weil wenn ja, dann suche ich mir eine neue Hexe.*

»Ich drehe doch nicht durch«, sagte ich und vernahm in diesem Moment das Knacken von Knochen. Dieses furchtbare Geräusch löste eine hartnäckige Gänsehaut aus und löschte jeglichen Vergeltungsdrang in mir aus. Meine Mordlust verflog so schnell, wie sie gekommen war, als ich die stark blutenden Fae in der Luft baumelnd sah. Einige Pixies labten sich wie hungrige Piranhas an dem Fleisch der wehrlosen Fae.

Unwillkürlich musste ich daran zurückdenken, wie vor

nicht allzu langer Zeit Eiben ein junges Mädchen im Poison Garden angegriffen hatten.

Bei beiden Malen war es nur meine Schuld gewesen, dass jemand leiden musste.

»HÖRT AUF!«, rief ich den Schatten zu. »Das will ich nicht mehr! Lasst sie gehen! Lasst sie runter!«

Die Schatten zehrten an meiner Magick, doch sie hörten nicht länger auf meinen Befehl. Ähnlich den Bäumen hatte ich jegliche Kontrolle über sie verloren.

Ich *tötete* gerade diese Fae.

Schnell! Ich brauchte einen dicken Ast, um zu den Fae hochzufliegen und sie aus dem Klammergriff zu befreien, der–

Eigentlich hätte es mich nicht überraschen sollen, als ich mich erneut auf dem Boden des Faereiches wiederfand, obwohl es eine Neuheit war, dass mich irgendetwas einhüllte.

Ich streckte meine Finger aus. Das Netz war fein und durchsichtig, fast so wie Nebel in Form einer dünnen Decke.

Atropos drückte sich dicht an meinen Körper. *Was ist das denn?* Sie versuchte, den seltsamen Stoff mit ihren Giftzähnen zu zerbeißen, aber ohne erkennbaren Erfolg. Selbst meine langen Fingernägel konnten nichts dagegen ausrichten. War das etwa Noras Gespinst?

Die Hoffnung auf Verstärkung wurde prompt zerstört, als aus den Schatten des Waldes eine Gestalt trat, die mindestens doppelt so groß wie Nora war.

Zu meiner großen Erleichterung trug sie unter ihren Armen die bewusstlosen Hyänenfae. Normalerweise wäre ich ziemlich stinkig, dass mich als Hexenkönigin jemand so behandelte, aber gerade war ich einfach nur froh darüber, dass ihre Attacke meine Schattenkräfte zum Verstummen gebracht hatte.

Die fremde Fae legte die Hyänen ab, bevor sie mit meiner Laterne in der Hand auf mich zukam.

Langsam erkannte ich mehr als nur ihre groben Umrisse – und mir stockte der Atem.

Vor mir stand eine riesige Fae mit langen, glatten weißen Haaren und schwarzer Haut. Gleich acht rote Augen starrten mich wütend an, während sie ihre Arme abwartend vor ihrer Brust verschränkte.

Die Augenanzahl war Indiz genug: Das war doch eindeutig die Lauscherin aus Mabs Thronsaal!

Ihr Oberkörper glich dem einer jungen Frau, aber ab der Taille war sie eine riesige Spinne mit acht Beinen. Mir fiel es im Dunkeln echt schwer, eine Körperzeichnung ausfindig zu machen: War sie eine Kreuzspinne? Eine Trichternetzspinne? Oder ließ die Finsternis sie nur schwarz erscheinen und eigentlich zählte sie zu den dunkelbraunen Wanderspinnen?

Für eine Vogelspinne war sie eindeutig nicht haarig genug, wenn ich das mal so sagen durfte.

Wortlos hob sie mich mit dem Spinnennetz vom Boden auf und wuchtete mich über die Schulter, als wäre ich ein einfaches Gepäckstück. Sie ging so ruppig mit mir um, dass ich aus Versehen meine Knie gegen mein Kinn rammte.

So geht man doch nicht mit einer Göttin um!, spielte sich Atropos auf. *Sag auch mal etwas! So kann sie uns doch nicht behandeln!*

Langsam fiel die Schockstarre von mir ab.

»Hey! Was hast du mit mir vor? Kannst du mir das mal sagen?«

»Ich bringe dich von hier weg.«

Zu meiner großen Überraschung klang die Stimme der Spinne sehr sanft und melodisch, selbst jetzt, wo man deutlich ihren Abscheu mir gegenüber bemerkte.

»Willst du den Hyänen nicht helfen? Sie sind schwer verletzt.«

»Die Fae haben dich provoziert. Es ist nur gerecht, dass sie nun auf sich gestellt sind. Vielleicht greifen kleinere Wesen sie an und töten sie – oder sie finden schnell zu ihrer Stärke zurück und flüchten in ihre Höhle. Das Faereich selbst entscheidet nun über ihr Schicksal.«

Für irgendeine dahergelaufenen Fae klang ihre Aussage ziemlich herrisch. Wenigstens hatte ich jetzt darüber Gewissheit, dass sie keine Verbündete von den Hyänen war.

»Wenn das so ist, wärst du vielleicht so nett, mich abzusetzen?«

»Nein.«

»Warum nicht?«

»Ich lasse dich erst aus dem Netz, wenn du deine verdammte Schattenmagick oder wie ihr Hexen das nennt wieder im Griff hast. Ich habe keine Lust, dass du mir meine Beine mit deiner Magick ausreißt.«

Knurrend sagte ich: »Ich habe sie im Griff.«

Die Spinnenfae schnaubte. »Das hat man ja gesehen.«

»Schattenmagick ist sehr mächtig. Ich habe einfach unterschätzt, wie mächtig ich bin.«

»SCHWACHSINN!«, fuhr die Frau wütend dazwischen. »Glaubst du, ich habe nicht gehört, wie verzweifelt du warst? Wie du deine eigene Magick angefleht hast aufzuhören? Deine Magick gehorcht dir nicht.«

»Ich bin die dreizehnte Hexenkönigin Belladonna.« Ich stemmte mich gegen das Netz, um die Fae zu ärgern – und weil meine Füße in dieser Position langsam einschliefen. »Willst du damit etwa sagen, dass ich es nicht verdient habe, die Krone der Hexen zu tragen? Das ist Hochverrat!«

Tatsächlich brachte das ihre regelmäßigen Schritte kurz ins Stocken. Als direkte Antwort nahm sie den Sack – mich – herunter, aber nur um mich auf ihre andere Schulter zu bugsieren. Atropos und ich heulten auf, als ihre spitzen Schulterknochen sich direkt in unsere Mägen bohrten.

»Jemand der von seiner eigenen Magie beherrscht wird, will sich mit dem Titel Hexenkönigin brüsten? Dass ich nicht lache. Ich sage dir eines: Hier am Nachthof bist du nur die zweitmächtigste Hexe.«

Ich wollte schon mit einer leeren Phrase kontern, aber ich ritt mich nur immer tiefer in eine sinnlose Diskussion mit einer Fae, die mich an meinem absoluten Tiefpunkt gesehen hatte. Glaubte die Spinne etwa, dass mir nicht bewusst war, dass ich als Hexenkönigin versagt hatte? Erneut?

Ich hatte mir immer eine Affinität gewünscht, mit der ich diejenigen beschützen konnte, die ich liebte, und nun konnte ich sie nicht einmal mehr einsetzen, weil sie einen eigenen Willen entwickelt hatte.

»Ich wurde von diesen Fae hinterrücks angegriffen«, verteidigte ich mich schwach. »Sie haben mir meinen Ring gestohlen.«

Mit bebenden Schultern drückte ich die Hand mit dem Verlobungsring eng an mein Herz.

Blake fehlte mir.

Nicht, weil er mich in diesem Moment hätte beschützen können, nein, ich fühlte mich von dieser Spinnenfae trotz ihrer Ruppigkeit nicht bedroht, sondern weil ich ihm so gerne erzählt hätte, dass meine Kräfte außer Kontrolle geraten waren. Ich wollte mich ihm anvertrauen und darüber reden, was ich tun sollte.

Niemals wieder würde ich dem Dämon etwas verschweigen, das mich beschäftigte.

Auf mein Geständnis hin wurde die Stimme der Spinne sanfter: »Die Hyänenfae-Zwillinge sind Nervensägen, die ihre eigenen Grenzen und ganz besonders die Grenzen anderer nicht kennen.« Dann wurde die Fae aber schnell wieder angesäuert. »Aber das ist kein Grund, dass du Bewohner meines Reiches einfach hinrichtest.«

»Zum wiederholten Male: Das wollte ich eigentlich auch nicht«, presste ich unter zusammengebissenen Zähnen hervor. »Ich will keine Fae töt– Wie? Bewohner deines Reiches?«

Die Spinnenfae schwieg. Keine Spur mehr von den großen Tönen, die sie gerade noch gespuckt hatte.

»Du bist Prinzessin Morgana!«, kam es mir dann endlich.

Deshalb konnte sie sich in den Thronraum schleichen, ohne dass Mab gegen ihre Anwesenheit protestiert hatte. Sie war keine einfache Assassinin oder Spionin, sondern die Prinzessin des Nachthofes!

Pikiert rümpfte sie die Nase. »Ganz recht. Ich bin die erstgeborene Tochter der Königin: Morgana le Fay, Morgana die Fae. Mein Ruf mag mir vielleicht schon vorausgeeilt sein.«

Oh ja. Von ihr hatte ich schon einige Geschichten gehört. Für die Menschen zählte sie zu den mysteriösesten Sagengestalten, deren Ursprünge eng mit europäischen Mythen verwoben waren.

Zur Überraschung von uns Hexen wurde Morgana oft mit Morrigan verwechselt. Die Namen hörten sich zwar sehr ähnlich an, aber Morgana war eine Fae, die niemals ganz menschlich auszusehen vermochte, während sich die Morrigan unbemerkt unter die Menschen mischen konnte.

»Ich habe mir dich ganz anders vorgestellt.«

Morganas Hand verkrampfte sich hörbar um ihr eigenes Spinnennetz.

Meinte Nora nicht auch, dass sich die Prinzessin meine Anwesenheit herbeisehnte?

Wahrscheinlich hatte sie nicht den Sarkasmus aus der Stimme der Prinzessin herausgehört, denn ich war mir ziemlich sicher, dass sie mich sonst nicht – wortwörtlich – wie einen Sack roher Kartoffeln behandeln würde.

»Willst du mich jetzt deiner Mutter ausliefern?«, fragte ich die Faeprinzessin.

»Ja. Ich bringe dich zu Morrigan an den Finstersee.«

Hatte ich mich gerade verhört? »Was?«

»Sie hat zugestimmt, dich an einem neutralen Ort kennenzulernen. Dorthin bringe ich dich jetzt.«

Mein Herz beschleunigte sich bei den Worten der Fae. War das eine Finte? Nein. Das glaubte ich nicht.

Auch wenn ich immer noch nicht verstand, warum Morgana mich im Thronsaal beobachtet hatte und mir nun half, zur Morrigan zu gelangen. Sie gewann nichts dadurch. Aber Fae waren dafür bekannt, ihre eigenen Interessen zu priorisieren.

So wie Dämonen alle böse sind?, fragte Atropos.

»Was willst du damit sagen?«

Die Fae riecht seltsam.

Ich hob den Kopf und schnupperte.

Morgana duftete nach ... Wie sollte ich es formulieren? Wie ein Frühlingstag an einem kleinen See in der Natur. Sie roch in erster Linie frisch, nur wenn man sich ganz genau darauf konzentrierte, vernahm man den Geruch der ersten blumigen Frühlingsboten und Gras, dessen Halme sich an den gemäßigten Temperaturen erfreuten.

Es erinnerte mich an den Tag, als ich mit Blake zusammen ein Picknick in der Nähe des Flusses Aln unweit des Schlosses gemacht hatte. Eine schöne Erinnerung an einfachere Tage, die ich leider erst jetzt in all dem Chaos wertzuschätzen lernte.

»Willst du mich wirklich nicht freilassen?«

Morgana lachte bellend. »Auf keinen Fall.«

»Wäre es nicht seltsam, wenn ich in diesem Zustand der mächtigen Hexe Morrigan gegenübertrete? Eingepfercht in ein Spinnennetz? Dreckig, hungrig und in einem zerrissenen Kleid? Was für einen Eindruck das hinterlässt!«

Erneut schwieg Morgana. Man hörte nur ihre acht Spinnenbeine, die über den Waldboden glitten.

Tak-Tak. Tak-Tak. Ta–

Plötzlich blieb sie stehen. »Gut. Ich lasse dich raus.«

Die Fae hielt Wort und ließ mich unsanft zu Boden plumpsen. Das Netz löste sich in Luft auf, als ich endlich wieder all meine Glieder ganz von mir strecken konnte.

Atropos zischte aufgebracht und spuckte ihr Gift in Richtung der Spinne, was Morgana nicht einmal dazu bewegte, den kleinen Finger zu heben.

»Sie ist eine Giftspinne«, erinnerte ich Atropos. »Dein Toxin wird sie nicht beeindrucken.«

Zwar war ich immer noch dreckig und mein Kleid zerrissen, aber wenigstens wurde ich nicht in einem Spinnennetz vor die Hexe geführt.

»Du siehst furchtbar aus«, kommentierte Morgana und lehnte sich mit dem Rücken gegen einen Baum.

Noch nie durfte ich einer Fae begegnen, die so unmenschlich aussah wie sie. Ihre weißen Zähne waren rasiermesserscharf und ihre Fingernägel spitz und glänzend wie ihre Beine.

So voller wilder Schönheit ...

»Ich hatte auch einen beschissenen Tag«, antwortete ich ihr, nachdem ich mich von ihrem Anblick losreißen konnte. »Aber das weißt du ja. Du hast mein Gespräch mit Königin Mab belauscht.«

Beschämt wandte die Fae den Blick ab. »Ich bin die Prinzessin. Ich darf mich überall im Schloss aufhalten wie es mir beliebt.«

»Deine Mutter heißt es also gut, wenn du sie bei wichtigen Gesprächen belauschst?«

»Wenn du es unbedingt wissen willst: Mab war außer sich vor Wut. Das war der Grund, weshalb ich dich die letzten Stunden beobachtet habe. Ich habe ihr geschworen, dass ich dich zu Morrigan bringe.«

»Was? Aber Königin Mab wollte mir nicht verraten, wo sie ist und je–«

Mein Magen grummelte in dem unpassendsten Moment, den man sich nur vorstellen konnte.

»Ich kenne Wolffae, die leiser heulen«, höhnte Morgana.

»Halt die Klappe«, konterte ich und schlang meine Arme um den schmerzenden Bauch. Durch den Einsatz meiner Schattenkräfte war ich halb am Verhungern.

Morgana trug eine große Ledertasche um ihre Hüften, die sie in diesem Moment öffnete, um mir dann eine Handvoll bunte Beeren entgegenzustrecken.

»Was willst du?«

Die Spinnenfae war in dieser Gestalt fast doppelt so groß

wie ich, weshalb es etwas einschüchternd wirkte, als sie sich über mich beugte. »Was soll ich schon wollen?«

Sie packte mit ihren Spinnenbeinen meine Arme und legte mir die Beeren in die Hände.

»Das sind Beeren aus dem Reich. Wenn Menschen sie essen, müssen sie je nach Frucht mehrere Jahre in diesem Reich verharren oder können es gar nicht mehr verlassen.«

»Aber das trifft mich als Hexe nicht. Die Magick meiner Göttin schützt mich.«

Morgana trat einen Schritt zurück und zuckte mit den Schultern. »Ich wollte es nur erwähnt haben.«

Wollte sie mir damit etwa »Guten Appetit« wünschen?

Eigentlich sollte ich ihr Essen aus Prinzip ablehnen, aber ich war wirklich hungrig und wollte nicht riskieren, vor der Morrigan ohnmächtig umzukippen.

Die kleinen mintgrünen Trauben schmeckten nach Schokoladeneis. Am besten mundeten mir jedoch die gelben bohnenähnlichen Früchte. Obwohl sie eine ähnliche Konsistenz wie Bananen besaßen, entzückten sie meinen Gaumen ähnlich wie Blaubeermuffins.

Dieses Mal fraß auch Atropos mit. *Die Roten sind super! Die haben Hühnerfleisch-Geschmack.*

Ich griff an meine eigene Tasche, was Morgana gleich zu alarmieren schien. »Hey! Was hast du vor?«

»Ich will noch etwas Gift zu mir nehmen«, erklärte ich und kramte nach meinem Notvorrat getrockneter Giftpflanzen. Auf was hatte ich Lust? Wurzeln des Stechapfels, Saft der Ruhmeskrone oder doch eher Blüten des Goldlackes? Alles ließ das Wasser in meinem Mund zusammenlaufen.

Oder stand mir der Sinn doch mehr nach etwas *Härterem* ...

»Du bist doch eine Giftspinne, oder?«, fragte ich Morgana, die mich immer noch skeptisch beäugte.

Sie drehte sich um, stellte sich auf ihre Hinterbeine und zeigte mir eine auffällig rote Färbung auf dem kugelförmigen Hinterleib: Prinzessin Morgana war zweifelsfrei eine Schwarze Witwe.

Als wäre ihre Schönheit nicht schon einschüchternd genug, zählte sie auch zu den giftigsten Spinnen der Welt.

»Hast du denn noch nie Gift gegessen? Oder getrunken? Aus Giften Pudding gemacht oder einen Cocktail kreiert?«

Die Fae zog vier Augenbrauen gleichzeitig hoch. »Warum sollte ich auch?«

»Weil es gut schmeckt.«

Ich sah Morgana an, dass sie keine Ahnung hatte, von was ich da redete, weshalb ich ihr ein bisschen Schierling entgegenstreckte. »Willst du es probieren? Schierling wirkt ähnlich wie das Gift der Schwarzen Witwe. Es löst Lähmungen aus.«

Morgana nahm etwas von der getrockneten Pflanze und steckte es sich vorsichtig in den Mund.

»Bäh!« Die Spinnenfae streckte die weiße Zunge raus. »Schmeckt das ekelig!«

Atropos und ich kauten weit zufriedener auf der Pflanze herum. »Uns schmeckt es fast genauso gut wie die Beeren.«

»Wie kannst du eigentlich beides sein?«, fragte Morgana und ich runzelte fragend die Stirn. »Was meinst du?«

»Du beherrschst die Schatten, aber kannst Gift essen. Ich habe gehört, was am Taghof passiert ist. Dort hast du nur Giftmagick eingesetzt, um Onkel Oberon vor seinem gesamten Hofstaat bloßzustellen. Wiederum durfte ich nun Zeugin werden, wie du die Schatten des Nachthofes kommandierst. Ich dachte, ihr Hexen besitzt nur eine Affinität.«

Bis jetzt hatte ich mir keine Sorgen darüber gemacht, dass Morgana eine Zeugin meiner Schattenkräfte war, aber nun hatte ich ein ernsthaftes Problem. Wenn mehr Fae herausfanden, dass ich eigentlich zu den Schattenhexen gehörte, verlor ich einen wichtigen Vorteil im Kampf.

Ich sollte sie –

»Nein, Atropos. Du isst hier niemanden mehr!«

»Vergiss es«, kam es von der Fae, nachdem ich Atropos getadelt hatte. »Du musst mir nicht antworten.«

»Aber ... äh. Danke für die Beeren«, brachte ich zögerlich hervor.

»Keine Ursache. Ich will nicht, dass Morrigan denkt, dass ich dich gequält habe.«

Der Ton der Fae ließ mich misstrauisch aufhorchen – es klang, als kenne sie die Hexe sehr gut. Was, wenn das hier doch eine Falle war? Aber was erhoffte sie sich davon? Warum hätte sie mich sonst freigelassen?

Irgendetwas passte hier nicht zusammen und ich konnte nicht klar mit dem Finger darauf deuten.

»Komm. Wir haben nicht mehr weit«, sagte Morgana und neigte den Kopf. »Ich kann das Wasser schon riechen.«

Schweigend trat ich mit der Fae den Rest des Weges an. Die Faewesen, die mich von Noras Nest verfolgt hatten, waren nun ganz verschwunden. Ich war mir ziemlich sicher, dass sie auf Morganas Speiseplan ganz weit oben standen und sich deswegen von der Schwarzen Witwe fernhielten.

Nach nur wenigen Minuten wurde der Wald immer lichter und ich trat mit Morgana auf eine dunkle Wiese. Keine einzige Blume wuchs dort und–

Die Fae packte mich hart an der Schulter und zog mich zurück. »Pass auf!«

Die Frage nach dem »Warum?« blieb mir im Hals stecken, als ich nach unten blickte und feststellen musste, dass ich nur einen Schritt entfernt vom Wasser stand.

»Der Finstersee hat schon so manchen das Leben gekostet. Die Bezeichnung ›stilles‹ Gewässer gibt es hier nicht. Der See dehnt sich aus, wenn er es will.«

Das Blut kam durch den Schock nur schleichend in mein Gesicht zurück. »Verstanden.«

»Du kannst mein Bein dann auch wieder loslassen.«

»Ups.«

Mir war nicht mal aufgefallen, dass ich mich mit einer Hand an ihr Spinnenbein klammerte. Peinlich berührt wandte ich den Blick ab, als ich aus den Augenwinkeln eine leuchtende Figur im Wasser bemerkte.

Im tückischen Gewässer watete eine Gestalt in einem weißen Kleid. Sie hielt einen langen Stab mit einer Laterne aus Metall in einer Hand, die ein klein wenig Licht spendete.

Kein Zweifel: Das war die Morrigan. Und sie kam direkt auf uns zu.

Morganas riesige Spinnenbeine schrumpften, bis sie in normaler Größe neben mir stand. Ein rotes Kleid aus Samt und Spitze hüllte die Fae bis zu den Füßen ein.

»Ich habe dir die Königin der Hexen gebracht«, sagte Morgana zur anderen Hexe. »Die Verspätung tut mir von Herzen leid.«

Eine simple weiße Maske verdeckte das ganze Gesicht der Morrigan und ließ nur ihre Augen frei. Sie waren blaugrün wie ein See im Menschenreich.

Und der Schauer, den mir ihr Blick über den Rücken jagte, verriet mir, dass sie meinem Unterbewusstsein mehr als bekannt vorkamen.

Aus einem Impuls heraus, wollte ich sie schon auffordern, diese alberne Verkleidung abzulegen, aber dann kam mir in den Sinn, dass diese Maske vielleicht Narben abdeckte, die sie nicht zeigen wollte.

»Vielen Dank, meine Liebe.« Die Morrigan schenkte Morgana ein Lächeln. »Willst du mich für eine Zeit lang entschuldigen? Ich würde gerne mit der Hexenkönigin im Vertrauen reden.«

»Selbstverständlich.«

Morgana verneigte sich artig, bevor sie von dem Düsterwald verschluckt wurde.

Da die Hexe nun direkt vor mir stand, konnte ich sie im besten Licht mustern: Ihre hüftlangen Haare waren weizenblond und leicht gewellt.

Sie trug eine wunderschöne Robe, die so freizügig geschnitten war, dass ich etwas neidisch wurde.

Aber je länger ich sie ansah, desto mehr erinnerte sie mich an jemanden. Nur konnte ich nicht sagen, an wen genau ... Immer wenn das Gesicht der anderen Person in meinem Kopf klarer wurde, verschwammen die Züge und ich stand wieder vor dem Nichts.

Auf der Schulter der Hexe hockte eine schwarze Krähe. Als der Raubvogel in meine Richtung blickte, teilte sich sein Haupt in drei Köpfe.

»Mein Dank geht auch an dich, Avalon«, sagte die Hexe und die drei Häupter vereinten sich wieder. »Ich kann mich immer auf meinen Familiar verlassen.«

Zu meiner allergrößten Überraschung verneigte sich die

Morrigan kurz vor mir. »Ist es nicht eine schöne Nacht?«, fragte sie mich und hob den Kopf.

Diese Augen ... woher? Wo hatte ich solche schon einmal gesehen?

»Ist hier nicht immer Nacht?«

»Das schon, aber nicht immer ist die Nacht so wunderschön wie heute, wo die Hexenkönigin mir die Ehre erweist und mich besucht.«

»Du hast mich schließlich hierher bestellt.«

»Ja, aber du hättest nicht kommen müssen.«

»Doch. Kaum jemand weiß, dass ich eine Hexe mit Schattenaffinität bin. Woher weißt du von meinen Kräften?«

Nach Königin Mab hatte ich keine Lust mehr auf dieses alberne Theater.

Die Morrigan seufzte schwer. »Ich weiß vieles. Leider zu vieles. Ich sage dir eines: Unwissenheit ist Glückseligkeit.«

Enttäuschung machte sich in meinem Inneren breit, als diese angeblich so weise Hexe eine Phrase nach der anderen vortrug.

»Ich habe keine Lust auf –«

Der Blick der Morrigan wurde dunkel. »Ich weiß auch, dass die Dämonenfürsten frei sind und dass sie in diesem Moment Leid über das Reich der Menschen bringen. Darum bist du hier. Du denkst, dass deine Affinität der Schlüssel zum Sieg über die Urdämonen ist.«

»Kannst du mir helfen?«

Die Hexe nickte. »Ich helfe dir, deine Schattenaffinität zu meistern, wenn du mir eine Frage beantwortest.«

Ich grinste, weil es sich nach einer einfachen Sache anhörte. »Der Mensch, die Zeit oder weil Haie nicht rückwärts schwimmen?«

»Wer bist du, Belladonna?«, fragte Morrigan und sah mich abwartend an. Zumindest nahm ich es an, da sie weiterhin die alberne Maske trug.

»Was?«

»Beantworte einfach diese Frage.«

»Ich ... Ich bin die Königin der Hexen.«

»Da hast du recht, aber das ist nur eine Teilantwort. Zudem klang es auch nicht sehr überzeugt. Wie lange herrschst du schon über uns Hexenvolk? Antworte mir in der Zeitrechnung der Menschenwelt.«

»Noch nicht einmal ein Jahr«, sagte ich mit leiser Stimme. »Ich ... Ich wollte nicht Königin werden. Ich sollte auch nicht Königin werden. Zumindest nicht so bald.«

»Ich weiß.«

»Und warum fragst du mich dann diese Dinge, wenn du ohnehin über alles im Bilde bist?«

War sie etwa eine Seherin? Oder doch eher eine Schattenhexe wie ich?

»Wie ich schon gesagt habe: Ich weiß vieles, aber bei Weitem nicht alles.«

»Dann verrate mir doch einfach, was ich tun muss, um die Dämonenfürsten zu bekämpfen!«

»Alles zu seiner Zeit, mein neugieriger Nachtschatten.«

Warum brachte mich dieser Kosenamen dazu, rot zu werden? Irgendwie fühlte er sich komisch an ...

»Ich werde dir helfen, deine Schatten zu kontrollieren. Das habe ich dir ja im Brief versprochen und ich breche meine Versprechen niemals. Komm doch morgen ins Schloss, damit ich dich noch besser kennenlernen kann. Ich werde dich in meinem Turm erwarten. Du kannst ihn nicht übersehen, er ist der höchste.«

»Ins Schloss?«, wiederholte ich verdattert. »Warum ... Lebst du etwa im Schloss?«

Das konnte doch nicht stimmen ... Warum sollte Mab eine Hexe in ihrem Schloss beherbergen? Warum würde sie eine Todfeindin so nahe an sich heranlassen?

»Natürlich lebe ich dort. Du hast es immer noch nicht verstanden, oder?«

»Was verstanden?«

»Am Finstersee halte ich mich nur auf, wenn ich nicht schlafen kann und Heimweh verspüre. Ansonsten findet man mich stets am Nachthof, wenn auch meist ungesehen. Ich bin schließlich Morrigan, die Schattenkönigin des dunklen Faereichs, Mutter der Prinzessinnen und Gemahlin von Mab.«

14. Kapitel

GEMEINE ROSSKASTANIE

Aesculus hippocastanum

Nora flatterte buchstäblich aufgescheucht in ihrem Nest herum. Immer wieder streifte einer ihrer Flügel mein Gesicht und kitzelte meine Nase. »Ich kann immer noch nicht glauben, dass Königin Mab mit einer Hexe liiert ist!«

Hatschi! »Ich auch nicht so recht.«

»Willst du deine Waffeln mit Colasirup oder mit einem Gemüsewürfel? Mayonnaise oder Ketchup? Oder doch lieber Senf? Vielleicht habe ich auch noch ein Glas Sojasoße irgendwo rumliegen«, wechselte die Fae das Thema. Sie rührte Waffelteig mit einem Plastik-Rückenkratzer in einem antiken Kupferkessel an, der wahrscheinlich genauso alt war wie sie und auf einer Auktion im Menschenreich einen vier- wenn nicht sogar fünfstelligen Betrag einbringen würde.

Bei Noras Gewürzvorschlägen verzog ich das Gesicht. »Mit Gift?«

Sie verschränkte die Arme vor einer Schürze, die ein halbnackter Mann im knallengen Slip mit Leo-Print zierte. »Schon wieder? Willst du nicht vielleicht etwas Sonnenblumenöl darauf? Ich habe auch Motoröl da!«

»Motoröl gehört doch nicht – ach, schon gut.«

Zischend erwachte Noras relativ modernes Waffeleisen zum Leben, als sie vorsichtig die hellgelbe Masse ausleerte. Der Teig duftete wunderbar nach Zimt, aber ganz überzeugt war ich dennoch nicht von den Kochkünsten der Mottenfae.

Na, da bin ich mal gespannt, sagte Atropos. Ihr goldener Schwanz war um den Hals des kitschigen Weihnachtsmannes gewickelt.

Meine Gedanken drifteten zu gestern Nacht. Nach der Enthüllung der Morrigan hatte mich Morgana in ihrer Spinnenform zu Noras Nest zurückgebracht. Wir hatten kein einziges Wort gewechselt, bis auf das eine Mal, als sie auf einen kleinen Fluss gedeutet hatte und mich fragte, ob ich mich waschen wollte, weil ich sie anstank. Mir war nicht einmal eine spitzzüngige Bemerkung als Konter eingefallen. Ich hatte keine Ahnung, was ich mit der Fae bereden sollte, nun da ich wusste, wer sie in Wirklichkeit war und warum sie das alles für mich tat.

Nora hatte mein stundenlanges Fehlen nicht einmal bemerkt. Sie war genau dann erwacht, als ich mich neben ihr ins Bett legen wollte.

Gerade hantierte besagte Mottenfae mit einem Tischtennisschläger, um die Waffeln auf einen Pappteller zu verfrachten. Nun ja, wenigstens benutzte sie das richtige Geschirr – sofern sie es am Ende nicht wieder aufaß.

»Ich bin eine Spionin am Nachthof und habe das nicht einmal geahnt!«, kam sie auf das Thema Morrigan zurück. »Denkst du, König Oberon weiß Bescheid? Aber Königin Titania ist für ihre lose Zunge bekannt. Sie hätte das sicher schon das eine oder andere Mal ausgeplaudert. Oder hat Titania bereits etwas erwähnt? Oh, ich bin mir sicher, dass dieses Schandmaul von Rehfae andauernd auf Mabs Frau anspielt und wir haben es nie verstanden!«

Ungerührt zuckte ich mit den Schultern.

»Wie lange die beiden wohl schon verheiratet sind«, plapperte Nora weiter. »Ich diene Mab nun auch schon sieben

Jahrhunderte und ich hatte keinen Schimmer, dass sie in einer Beziehung ist.«

»Die Morrigan ist vor Jahrhunderten aus meiner Welt verschwunden«, sagte ich und versuchte mir auszurechnen, wie viele Menschenjahre sie nun schon am Nachthof wandelte. »Ich glaube, dass sie das letzte Mal im späten Mittelalter, vielleicht Anfang der Neuzeit, in Aufzeichnungen von Hexen erwähnt wurde.«

»Ich wusste noch nicht mal, dass eine Hexe schon so lange am Nachthof lebt. So groß ist das Reich gar nicht.« Nora warf die Arme in die Luft und verzierte dabei die Decke mit Teigspritzern. »Das alles ist immer noch so – Woah!«

»Woah« traf es ziemlich gut. Ehrlich gesagt, wusste ich auch immer noch nicht, was ich angesichts dieser Enthüllung denken sollte.

Das hörte sich vielleicht komisch an, weil ich nicht direkt betroffen war und sich nichts für mich geändert hatte, aber es fühlte sich so surreal an, dass Morrigan Mabs Frau und die Spinnenfae Morgana somit eine ihrer Töchter war. Eine Hexe war die Königin des Nachthofes!

Das war doch verrückt!

Ja, oder? Eine Hexe, die was mit einer Fae anfängt. Was kommt als Nächstes? Eine Hexenkönigin, die mit einem Höllenprinzen anbandelt?

»Gut, du hast recht.«

»Was sagt Atropi denn?«

Sie soll mir keinen dämlichen Spitznamen verpassen, zischte Atropos und wedelte mit dem Weihnachtmann im Würgegriff rum.

»Sie sagt, dass sie es liebt, dass du ihr so einen süßen Spitznamen gegeben hast.«

Du quälst mich.

»Sei dankbar, dass Nora dir den Weihnachtsmann geschenkt hat.«

Er ist das nervigste Ding, das ich jemals erblicken durfte. Ich liebe ihn.

»Freut mich, dass er dir gefällt.«

Die Fae tätschelte Atropos' Kopf und ich sah ganz genau, dass sie entzückt die Augen schloss und die Zunge hervorblitzte. Meine Schlange konnte Nora so oft sie wollte als »nervige Fae« titulieren, aber insgeheim mochte sie sie doch.

»Lasst es euch schmecken!«, sagte Nora dann und warf mir den Pappteller mit sieben saftigen Waffeln direkt in den Schoß. Die Fettflecken, die ich davontragen würde, waren mir keinen Kommentar wert. Nicht einmal die besten Schneider in ganz England konnten dieses Kleid retten. Man mochte im besten Fall noch ein paar schwarze Taschentücher aus dem Stoff gewinnen. Den Umhang, der zum Kleid gehörte, musste ich unbemerkt in den letzten Tagen irgendwo verloren haben, der Unterrock war löchriger als ein Schweizer Käse und der Stoff war nicht nur verschmutzt, sondern auch besudelt mit Blut und Tränen.

Lustlos verteilte ich Rosskastaniensamen auf dem Gebäck.

»Hast du keinen Hunger?«, fragte mich die Mottenfae, die schon an der zweiten Waffel knabberte.

Das Feingebäck roch immer noch herrlich, aber Nora aß sie mit Mayonnaise und Ketchup, weshalb ich sie etwas verhalten anstarrte, bevor ich über meinen Schatten springen konnte. Ich hatte leider nicht gesehen, was sie in den Teig gemischt hatte, ob sich darin Lidschatten oder Sand befand oder ob sie Bastelkleber statt Milch verwendete. Atropos waren die Risiken egal, sie stopfte eine ganze Waffel in ihr kinnloses Maul.

Vorsichtig biss ich ein kleines Stück ab, hielt aber inne. »Darf ich dich mal etwas fragen?«

»Die Geheimzutat ist Liebe!«

»Du hast dich mir gegenüber nie feindselig verhalten.«

»Warum sollte ich?«

»Weil ich eine Hexe bin.«

Genau wie die Frau, der Nora diese riesige Narbe an ihrem Körper zu verdanken hatte. Mit ihren Flügeln als Umhang war sie kaum erkennbar, doch bei unserer ersten Begegnung hatte ich einen Blick auf das wulstige Fleisch erhascht.

Ich wusste kaum etwas über Noras Vergangenheit, aber es war anzunehmen, dass ihre Mutter sie nach ihrer ungewollten Schwangerschaft im Faereich ausgesetzt hatte. Nicht, dass ich das in irgendeiner Weise guthieß, leider war das bis heute bei Faegeburten üblich ...

»Ja, aber du bist Belladonna.«

Meine Lippen verzogen sich etwas nach oben. Mir war klar, was sie damit aussagen wollte, nur war das nicht die Antwort auf meine Frage.

»Du meinst wegen meiner Mutter, oder?«

Noras ernster Ton brachte mein Herz kurz ins Stolpern und als ich aufsah, erschrak ich beinah angesichts ihrer harten Miene. Da war keine Spur von ihrem sonst so überdrehten und stets lächelndem Ich.

»Ich habe mich schon gefragt, ob unser Gespräch sich einmal in eine solche Richtung entwickeln wird.«

Ich nickte leicht. »Es tut mir leid, dass ich mich nie getraut habe, danach zu fragen. Ich wollte nicht ... Ich meine ...«

»Ich verstehe dich. Es ist nicht gerade ein Thema, über das

ich gerne spreche.« Kurz wandte die Fae den Blick ab und seufzte. »Weißt du, ich hatte mit Hexen nie viel zu tun. Ich habe vor dir noch nie mehr als zwei Worte mit einer Hexe gewechselt.«

»Bedeutet das etwa ... Na ja ...«

Etwas von Noras Schalk kehrte in ihr rundes Gesicht zurück. »Bella, du musst nicht um den heißen Brei herumreden. Du darfst mich alles fragen – auch wenn es mir für einen kurzen Moment wehtut.«

Ich atmete tief ein, so als würde mir diese Fragen Schmerz bereiten und ja, vielleicht tat sie das auch, weil ich Angst hatte, Nora zu verletzen. »Du kanntest deine Mutter also nicht?«

Die Motte schüttelte den Kopf. »Nein. Ich weiß nicht, wer meine Mutter ist und nach dem, was sie mit mir in ihrem Bauch vorhatte, kann ich mir vorstellen, dass sie auch nicht sehr erpicht darauf war, mich kennenzulernen.«

Die Wahrheit war noch schlimmer, als ich erwartet hatte.

»Wurdest du dann von Mab aufgezogen?«

Mit einem erneuten Kopfschütteln verneinte sie es. »Meine ersten Erinnerungen bestehen aus den Faewesen, mit denen ich zusammengelebt habe. Heutzutage nennen Menschen sie Chubacabras, Bakus und Kappas, aber für mich waren sie Freunde – fast schon Erzieher. Manchmal vermisse ich sie schmerzlich.«

»Oh, das tut mir leid. Was ist mit ihnen passiert?«

»Ah, das hast du falsch verstanden! Sie leben noch. Nur bin ich jetzt 700 Jahre alt und kann mir selbst Nahrung besorgen. Sie kommen mich nicht mehr besuchen, jetzt da sie wissen, dass ich für mich allein sorgen kann.«

Unwillkürlich musste ich mich fragen, ob die Wesen, die

mich gestern verfolgt hatten, eben jene Ungeheuer waren. Vielleicht hegten sie gar nicht die Absicht, mich zu überfallen und sich an meinem toten Körper zu laben …

»Weißt du, ich hatte es wirklich gut.« Ihre Stimme klang immer noch so hart, dass selbst Atropos der Appetit verging – vielleicht lag es aber auch an den drei Waffeln, die sie sich schon einverleibt hatte. »Andere Faekinder werden von diesen Wesen umgebracht, aber mich zogen sie auf. Dabei schmecken mein Blut und mein Fleisch Faekreaturen am besten, weil ich zu den Hochfae zähle. Der Verzehr hätte ihnen unvorstellbare Macht verliehen!«

»Ach, wirklich?«

Das waren Dinge, die nicht mal an der Akademie gelehrt worden waren.

»Diese Welt ist wie so vieles wunderschön und gefährlich zugleich.«

»Und wie ging es weiter? Wie lange hast du bei ihnen gelebt?«

»Ich musste ungefähr fünf Jahre alt gewesen sein, als ich gefunden wurde. Prinzessin Akasha, die drittälteste Tochter der Königin, hat mich bei einer Wilden Jagd aufgegabelt und ins Schloss gebracht. Die Pantherfae verlor aber rasch ihr Interesse an mir, nachdem ich all ihre Botengänge versemmelt habe. Und so kam ich dann direkt zu Mab.«

»Und deshalb hattest du nie etwas mit Hexen zu tun.«

Ein trauriges Lächeln schlich sich in das Gesicht. »Das habe ich nicht gesagt. Ich bin vor dir einigen Hexen begegnet.«

Sie streckte ihre Hand aus und eine Kralle strich über meinen Hals. »Ich habe Hexen im Auftrag von Mab getötet. Habe ihnen die Kehle durchschnitten oder das Rückgrat gebrochen. Ich würde gerne sagen, dass ich dabei nie an meine Mutter gedacht habe, aber wenn ich ehrlich bin, fiel es mir nur so leicht, weil ich mir vorstellte, es sei ihr Leben, das ich beendete.«

Bis jetzt hatte ich Nora nie als Bedrohung wahrgenommen, aber als die Spitze ihres Fingernagels an meiner Kehle lag, fiel mir selbst das Schlucken schwer. Ein dünner giftiger Film bildete sich auf meiner Haut. War das Angstschweiß?

»Ich bin eine Todesfae, Bella, wie Blake besitze ich eine besondere Gabe des Todes.«

Und dann kehrte mit einem Mal ihr gewohntes Ich zurück. Überschwänglich fiel sie mir in die Arme und knuddelte mich, als wären meine Knochen und Fleisch Draht und Stoff. Mir entschlüpfte nur ein Keuchen, während sie sich kichernd an mich schmiegte – von einer Todesfae keine Spur.

»Aber dir würde ich nie etwas tun!« Sie hauchte mir zwei lebensgefährliche Küsse an die Wange. »Das habe ich Blakey schwören müssen.«

»Ah ja. Ich erinnere mich. Ich habe damals bei Blake zum ersten Mal im Bett geschlafen«, erinnerte ich mich und spürte meine Wangen erröten. »Ich hielt dich für ein Traumgespenst.«

»Nein. Eigentlich schon früher«, eröffnete sie mir. »Er hat dich von einer Gartenmauer aus angehimmelt. Ich habe seine Begeisterung falsch interpretiert und wollte dich angreifen. Dabei habe ich Blakey aus Versehen ein paar Knochen gebrochen. Wie gut, dass er die ganze Situation früh genug aufgeklärt hat, sonst hätte ich dir vielleicht blitzschnell die Hauptschlagader durchtrennt und du wärst verblutet, bevor du überhaupt gemerkt hättest, dass eine Fae dich angreift.«

»Und wie gut, dass Blake mir schon gestanden hat, dass

er mich gestalkt hat, sonst würde ich ihm ordentlich eine reinhauen.«

»Ich würde es nicht als Stalking bezeichnen, weil er Walpurga gefolgt ist. Er hatte damals schon die Vermutung, dass sie dir etwas antun könnte.«

Ich verzog das Gesicht, weil sie mich daran erinnerte, dass Blake immer nur das Beste für mich wollte. Wir mussten gar nicht mehr darüber sprechen, dass sein Plan, die Urfürsten zu töten, auch mir als Königin zugutegekommen wäre, aber es gab ein großes Problem: Blake wollte mich zu *sehr* beschützen. Aus diesem Grund verheimlichte er mir Dinge, die ich wissen sollte.

Was, wenn er in mir immer noch die hilflose Gifthexe sah? Die Hexe, die er vor der Wilden Jagd retten musste, vor Walpurgas Zorn und Carmillas Hass?

Ich sollte den Dämon zurückholen und mich endlich mit ihm aussprechen. Sein wahrer Name lag schon verheißungsvoll auf meiner Zunge, doch etwas hielt mich zurück.

Ich war hier noch nicht fertig.

»Und jetzt zieh nicht so ein Gesicht!«, deutete sie meine Grimasse falsch. Sie schob mir mit zwei Fingern die Mundwinkel hoch. »Ich bin mehr als meine Vergangenheit. Ich bin nicht stolz auf das, was ich für Mab getan habe, aber es hilft niemandem, wenn ich mich dafür hasse.«

Die Fae wollte schon zurück an ihren Platz, da griff ich nach ihrem Arm und sah sie eindringlich an. »Glaubst du, dass ich eine Welt erschaffen könnte, in der Kinder wie du nicht mehr ausgesetzt werden? In der kein Faekind mehr zu Schaden kommen muss? Sei ehrlich.«

Ich war müde von diesem sinnlosen Blutvergießen.

Eine Hexe hatte Nora wehgetan und im Gegenzug hatte sie

zahlreiche meiner Art umgebracht. Das hier war nicht Auge um Auge, Zahn um Zahn, sondern viel, viel schlimmer. Wenn es so weiterging, würden Hexen, Fae oder Dämonen sich noch gegenseitig vom Antlitz der Erde fegen.

»Ich weiß es nicht«, war die ehrliche Antwort, die mir im ersten Moment einen Stich versetzte. »Es war schon immer so. Das sind Jahrtausende voller Blutschuld.«

Doch dann nahm sie überraschend meine Hände in ihre und lächelte mich so hell und strahlend wie die Sonne an. »Aber ich will mit dir daran glauben, Bella.«

Ich erwiderte ihr Lächeln kurz, bevor ich mich rücklings in die Kissen fallen ließ. »Göttin«, stieß ich aus und fuhr mir über das Gesicht. »Ich habe im Moment nicht einmal meine Kräfte unter Kontrolle. Eigentlich sollte ich keine Versprechen machen, die ich nicht halten kann.«

Aber ich konnte nicht Noras Geschichte lauschen und dann so weitermachen wie bisher. Da draußen gab es einige Faekinder, die litten, und so viele Fae, die in ihrer Kindheit Ähnliches hatten durchstehen müssen.

»Deshalb solltest du endlich etwas essen und dich stärken, damit wir zum Schloss fliegen und du mit der Morrigan reden kannst. Glaub mir, du willst nicht, dass ich dich füttere. Das habe ich einmal mit Blake probiert, als er noch ein Kleinkind war, und habe ihm dabei den Kiefer gebrochen.«

Um mir dabei zu helfen, packte sie mich an den Handgelenken und zog mich in eine aufrechte Position, dann huschte sie schnell um mich herum. Kurz darauf spürte ich, wie sie sich mit ihrem Rücken gegen meinen lehnte.

»Ich höre dich nicht essen!«

Ist wirklich gut, meinte Atropos, die sich zum besseren Verdauen zusammengerollt hatte. *Die kleine Fae kann nicht nur Fertignudeln aufkochen.*

Zwar war ich immer noch nicht richtig hungrig, aber ich wollte Nora nicht enttäuschen, nachdem sie sich solche Mühe mit den Waffeln gegeben hatte.

Ich nahm einen kleinen Bissen – und stöhnte verzückt auf.

Der Teig war fluffig und leicht, er schmolz förmlich auf meiner Zunge. Tatsächlich würde ich sogar so weit gehen und sagen, dass die Stellen der Waffel, die ohne mein Giftgewürz waren, besser mundeten.

»Die Waffeln sind der Hammer!«

Das war sogar untertrieben. Nicht einmal die Köche im Alnwick Castle hatten mir bis jetzt etwas Vergleichbares kredenzt.

Was war es nur, das diese Waffeln so extrem lecker machte?

»Das Rezept habe ich von Blakes Mutter.«

Dieser Kommentar schnürte mir die Kehle zu. »Ach wirklich?«

»Sie hat dazu nur immer Baumsirup oder Bienendreck gereicht und das finde ich so ekelhaft. Die geschundenen Leiber von Tomaten schmecken viel besser.«

Ahornsirup und Honig hätten das Ganze wirklich abgerundet, aber das lenkte vom Thema ab.

»Du kanntest also Blakes Mutter?«

»Ich habe mich bei ihr vorgestellt, kurz nachdem ich gespürt habe, dass er geboren wurde. Ich kenne Blake schon, seit er ein Baby war.«

»Du hast ihn ... gespürt?«

»Wenn du endlich etwas mehr isst, erzähle ich dir vielleicht davon.«

Artig biss ich ab, was Nora ein Kichern entlockte.

Sie lehnte sich beim Erzählen noch weiter gegen meinen Rücken. »Ich bin zwar eine Fae und Blakey ein Dämon, aber trotzdem stammen wir vom selben Blut eines Dämonenfürsten ab. Ich weiß immer, wo er sich gerade befindet, und auch er kennt meinen Aufenthaltsort. Deshalb konnte ich euch damals so leicht finden, als ihr euch in den Schattenhöhlen vor der Wilden Jagd versteckt habt.«

»Kannst du mir noch mehr davon erzählen?«

»Von den Schattenhöhlen? Sie verbinden Tag- und Nachthof und werden in erster Linie für Hehlerei oder Liebesabenteuer benu–«

»Nein! Von Blakes Mutter! Wie hieß sie? Wie sah sie aus? Wie –«

Wie ist sie gestorben, wollte ich nachbohren, bis mir einfiel, dass das einfach nur taktlos gegenüber dem Dämon wäre.

Die Antwort kam etwas zaghaft. »Ich kann nicht viel von ihr erzählen. Tatsächlich habe ich leider ihren Namen vergessen. Ich traf sie nur gut ein Dutzend Mal, bevor ihre Zeit auf dieser Welt vorüber war. Menschen sind so furchtbar kurzlebig.«

Eine Frage konnte ich mir dann doch nicht verkneifen. »Aber sie war nicht so alt, oder?«

»Nein. Da hast du recht. Sie ist selbst für einen Menschen nicht alt geworden. Wenn ich mich nicht irre, ist sie einer schlimmen Krankheit erlegen. Blake redet ungern darüber.«

»Erzähle mir doch mal von eurem ersten Treffen«, bat ich die Fae und aß meine mit Gift besprenkelten Waffeln.

»Das erste Mal sah ich sie, da war Blake nicht mal einen Monat alt. Ja, ich habe sie wohl ganz schön erschreckt, denn sie hat eine Bratpfanne nach mir geworfen. Es war aber eine richtig schöne Pfanne. Ich glaube, ich habe sie hier noch irgendwo rumliegen. Willst du sie sehen?«

»Ich kann mir vorstellen, wie eine Bratpfanne aussieht.«

»Sie war jedenfalls total nett zu mir und hat mir immer diese Waffeln gemacht, wenn ich Blakey besucht habe. Für einen Menschen war sie sehr seltsam, da meine Erscheinung nach unserer ersten Begegnung nie wieder Erwähnung fand. Sie hat einfach akzeptiert, dass es Fae gibt und dass Blake mein Halbbruder ist.«

»Na ja, sie hat einen Dämon geboren. Sie wusste zumindest ein bisschen über die übernatürliche Welt Bescheid.«

Nora nickte. »Trotzdem. Irgendetwas ... War besonders. Wie sie sich um Blake kümmerte, obwohl er ein Untoter war. Ich war etwas neidisch auf ihn, weißt du?«

»Das kann ich bei deiner Geschichte verstehen.«

»Ich habe einiges über sie vergessen, aber weißt du, an was ich mich bis heute erinnern kann? Blake sieht ihr unglaublich ähnlich.« Auf mein erstauntes Keuchen hin führte sie weiter aus: »Die menschliche Hülle eines Dämons spiegelt ja nicht im Geringsten das wider, wie er in Wirklichkeit aussieht. Aber Dämonen haben eine gewisse Macht darüber, wie sie aussehen sollen, wenn sie noch nicht in der Unsterblichkeit erstarrt sind: Gesichtszüge, Hautfarbe, Augen, Haare, ja sogar die Körperform ohne irgendetwas dafür zu tun. Meistens passen sie ihre Erscheinungsform an die jeweilige Zeit an – bis sie wie Hexen und Fae zwischen ihrem zwanzigsten und dreißigsten Geburtstag in der Unsterblichkeit erstarren. Blakey verändert sich ja auch erst seit gut zwei Jahren nicht mehr. Ich mach uns jetzt noch ein paar Waffeln, ja? Du kannst einen Nachschlag gut gebrauchen.«

Mit einem mechanischen Nicken stimmte ich ihr stumm zu.

Ich benötigte etwas Zeit, um zu verdauen, was Nora mir gerade über sich und Blake eröffnet hatte. Auf der einen Seite gab es da diese Mottenfae, die nie mütterliche Liebe gespürt hatte und praktisch in der Wildnis mit blutrünstigen Monstern aufgewachsen war, und dann der höllische Dämon, der eine liebende Mutter gehabt hatte.

Mir selbst wurde dabei wieder bewusst, wie dankbar ich sein konnte, dass ich bei Pyra und den anderen Hexen so viel Liebe erfahren durfte. Natürlich war nicht alles rosig gewesen und oft hatte es Streit gegeben, weil ich statt der Hauptspeise lieber sofort den Nachtisch essen wollte.

Ich schreckte auf, als Nora von ihrem improvisierten Arbeitstisch wegsprang und den Rückenkratzer wie ein Schwert vor sich schwang. Weitere Teigspritzer landeten auf einem verschollenen Rembrandt-Gemälde, einer einsam herumstehenden Stradivari-Violine und auf meinem Kleid.

»Jemand ist vor der Tür«, zischte Nora mir zu und ihre Augen verengten sich zu Schlitzen.

»Ko-Kommt das öfters vor?«

Sie zuckte viel zu locker mit den Schultern. »Hin und wieder. Ich wurde schon ein paarmal ausgeraubt.«

Darf ich jetzt endlich eine Fae essen?

»Atropos, wenn du noch einmal fragst, zünde ich zu Hause dein Terrarium an.«

»Na ja, die Hyänenfae sind es schon einmal nicht.« Die Fae kicherte schadenfroh. »Die werden jetzt für eine Zeit lang nichts mehr aus meinem Nest klauen, nachdem du sie so zugerichtet hast.«

»Was tust du da?«, kreischte ich, als sie einen Vorhang beiseite zog.

Durch ihre vorsichtige Haltung steigerte ich mich viel zu

sehr in die Sache rein. Sie war eine Hochfae, ich die Hexenkönigin und Atropos war heiß auf einen lebendigen Snack. Vor was sollten wir Angst haben?

»Draußen ist niemand«, sagte Nora und blickte sich verwirrt um. »Oh, da liegt etwas – und es ist für dich.«

»Ich habe nichts bestellt«, sagte ich automatisch.

Ich habe was bestellt, brachte sich Atropos ein. *Dachte aber nicht, dass die ins Faereich liefern.*

Nora reichte mir ein leichtes rotes Päckchen. Die »Post« war in rote Seide gehüllt und mit einer Art Juteschnur verknotet. Das Ganze war so wunderschön mit Moos, kleinen Ästen und mir unbekannten schwarzen Blüten verziert worden, dass ich das Paket minutenlang verzückt anstarrte.

»Mach es auf!«, forderte Nora mich auf.

Ja!, stimmte Atropos ihr zu.

»Aber es ist so liebevoll verpackt«, entgegnete ich. »Ich will das nicht kaputt machen.«

Drohend kamen die beiden näher und ich knickte ein. »Okay, okay. Ich mache es ja schon auf. Wie kann man nur so ungeduldig sein?«

Meine zuckenden Finger hielten vor dem kleinen Zettelchen kurz inne.

Für Königin Belladonna, stand in feiner Handschrift auf einem Stück Pergament. *Damit du nicht mehr ganz so furchtbar aussiehst*, lautete die Inschrift auf der Rückseite.

Das Paket kam doch nicht etwa von ...

Nun gab es kein Halten mehr: Mit meinen spitzen Fingernägeln durchtrennte ich die Schnur und wickelte das Geschenk eilig aus. Staunend stand ich auf und hielt das Kleidungsstück vor mich hin. Meine Augen waren damit beschäftigt, jedes kleine Detail aufzusaugen: Die goldenen

Elemente am Hüftbereich, die Schultercapes aus silbernem Stoff oder die filigranen Ketten, welche von den Schultern aus in einen massiven Choker aus roten Edelsteinen übergingen.

»Oh, das ist ja ein wunderschönes Kleid! Wer hat dir das wohl geschickt?«

Ich deutete auf die goldenen Spinnen an den Schulterpartien, die mir die Absenderin nur allzu deutlich verrieten.

Trotzdem war ich verwundert: Gestern hatte mich Morgana noch wie ein Gepäckstück behandelt, und nun schenkte sie mir ein atemberaubendes Gewand. Ob ihr das von der Morrigan aufgetragen worden war?

»Zieh es an!«, meinte Nora.

»Meinst du?«, fragte ich, obwohl mir keine andere Wahl blieb. Ich wartete nur darauf, dass die Träger meines Kleides rissen und ich oben ohne dastand.

»Ausziehen!«, jubelte die Fae – und wer konnte zu diesen Anfeuerungsrufen Nein sagen?

Die Befürchtung, dass man mich aus meinem Kleid aus der Menschenwelt rausschneiden musste, bewahrheitete sich nicht. Es zerbröselte in kleine schwarze Flocken, als Nora mir aus dem Fetzen half.

Glücklicherweise besaß Nora einen großen Spiegel, in dem ich mich bewundernd von allen Seiten betrachten konnte.

Morgana bewies schon mal mehr Geschmack als König Oberon: Der V-Ausschnitt des Kleides reichte hinten und vorne sehr tief.

Ich benötigte etwas Hilfe von Nora, aber dann fielen die Schultercapes bis zu meinen Knöcheln. Die Capes waren nicht nur silbern, sondern wurden von einem Muster aus Spinnennetzen geschmückt. Zwei Beinschlitze gaben mir nicht nur

Bewegungsfreiheit, sondern verliehen dem Kleid noch einen etwas verruchteren Hauch.

In diesem neuen Kleid fühlte ich mich tatsächlich schon viel besser als zuvor.

Ein stummer Dank ging an die raue Spinnenfae.

Dennoch würde ich mich nicht bestechen lassen. Das Kleid änderte vielleicht meinen Blick auf ihren Modestil, machte ihre Ruppigkeit mir gegenüber aber nicht wett.

»Wie gut kennst du eigentlich Morgana?«, fragte ich die Mottenfae, die gerade die Halskette schloss.

»Nicht sehr gut. Ich habe dir ja schon einmal gesagt, dass ich meistens nur mit der Königin direkt zu tun habe und weniger mit ihren Töchtern, selbst mit Akasha, die mich damals gefunden hatte. Ich begegne ihnen lediglich manchmal im Schloss und weiß nur, was man über sie erzählt.«

»Was da wäre?«

»Prinzessin Morgana eignet sich am besten als Herrscherin, allerdings ist ihre Magie schwach. Ihre Schwestern sind viel mächtiger und Macht bedeutet in unserer Welt alles.«

War das nicht überall so?

Die Urfürsten waren die Dämonen mit dem stärksten Blut und zur Hexenkönigin stieg diejenige auf, die am besten ihre Schwestern vor Bedrohungen beschützen konnte.

»Sind die anderen Prinzessinnen denn wirklich so viel stärker? Ich meine, sie hat mich gestern ganz schön drangekriegt. Ihr Netz ist unzerstörbar.«

Nora nickte. »Ich war fast noch eine Larve, als es mal einen Streit zwischen den Prinzessinnen gab. Ich glaube, dass es bei einem gemeinsamen Fest des Tag- und Nachthofes zu einer Eskalation gekommen ist. Morgana hat sich wohl mit den Drillingen gestritten, die allesamt Rabenfae sind. Seitdem ist Mab auch nicht so gut auf Morgana zu sprechen. Es war ein Eklat sondergleichen, der sich im ganzen Faereich wie ein Lauffeuer verbreitet hat.«

Toll. Jetzt tat mir die Spinne doch tatsächlich leid.

»Wir sollten langsam mal aufbrechen, oder?«, fragte ich Nora.

Diese pfiff in ihre Finger und kurz darauf wurde das Nest durch die Ankunft einer riesigen Motte erschüttert.

15. Kapitel

SCHÖLLKRAUT

Chelidonium majus

Als Nora und ich auf Mothras Rücken den Turm ansteuerten, schien er plötzlich nicht mehr so endlos hoch in die Lüfte zu wachsen wie noch einen Tag zuvor. Kaum in der Nähe des Schlosses, erblickten wir ein krummes Dach aus violetten Ziegeln, welches durch die darunterliegenden riesigen Erkerfenster bestens beleuchtet wurde.

Das brachte sogar sie als alte Fae zum Staunen. »Das ist unmöglich.«

»Denkst du, dass Faestaub ihn so erscheinen ließ?«

Nora schüttelte so heftig den Kopf, dass ich fürchtete, sie bräche sich dabei das Genick. »Nein. Als Fae hätte ich davon etwas gemerkt. Zwar kann ich Faestaub nur dann erkennen, wenn ich mich darauf konzentriere und die Gegend nach Anomalien absuche, aber ich war bestimmt schon eine Millionen Mal am Schloss!«

Eher unkonventionell entschieden die Fae und ich, durch ein Seitenfenster einzusteigen.

Unsere Ankunft blieb zunächst unbemerkt: Bei der Morrigan stand Königin Mab und redete gerade mit Händen und Füßen auf sie ein.

»Du weißt, dass das unsere Familie zerstören kann.«

»Ich bin mir dessen durchaus bewusst.«

Mab fauchte. »Und dann noch diese dumme Maske«, brummte die Fledermaus und ihre Klauen schossen in die

Richtung von Morrigans Kopf. Die Krähe auf ihrer Schulter wich wie die Hexe kein Stück vor der Faekönigin zurück. »Ich kann meiner eigenen Frau nicht einmal ins Gesicht blicken! Was denkst du dir nur dabei, sie so anzu– Oh.«

Sie verstummte augenblicklich, als sie uns bemerkte. Mir entging nicht, wie Nora ein ganz kleines Stück näher an mich heranrückte.

»Königin Belladonna.« Mabs Stimme klang nicht direkt unfreundlich, eher angespannt. »Wie erfreulich dich zu sehen.«

»Störe ich etwa?«, konnte ich mir den kleinen Seitenhieb dann doch nicht verkneifen.

»Selbstverständlich nicht.«

Mab trug ein traumhaftes dunkelblaues Glitzerkleid mit langen voluminösen Ballonärmeln, die erst an ihrem Handgelenk wieder schmaler wurden. Es wirkte, als hätte sie jemand in einen Sternenhimmel eingewickelt. In ihrem rabenschwarzen Haar funkelten mehrere Haarspangen in der Größe von Tollkirschen, die den sphärischen Look verstärkten.

Ich bewunderte ihre Kleidung, aber als sie einen Blick auf mich warf und dabei feststellte, dass ich ein Kleid ihrer Tochter anhatte, verfinsterten sich ihre Gesichtszüge merkbar.

»Nora, du kommst mit mir«, befahl Königin Mab und wandte mir den Rücken zu. Nora straffte sich. »Demnächst reise ich an den Taghof und ich will, dass du mich begleitest. Heute besprechen wir den Auftrag, den du für mich ausführen wirst.«

»Aber Bellado–«

Die Faekönigin fuhr herum. »Die Hexenkönigin und Morrigan unterhalten sich. *Du* wirst hier nicht benötigt. Du bist meine Spionin.«

Bei dem harschen Ton von Mab wurde nicht nur die Mottenfae bleich im Gesicht.

»Es tut mir leid«, nuschelte Nora. »Ich komme schon.«

Beim Vorbeigehen drückte Nora meine Hand und schürte in mir den Drang, vor sie zu springen und Mab in Giftpflanzen einzuwickeln. Was erlaubte sich diese Faekönigin nur?

Atropos, die den ganzen Flug über gedöst hatte, weil sie die Unmengen an Waffeln verdauen musste, erwachte schlagartig zum Leben: *Muss ich dich daran erinnern, dass du keine besonderen Giftkräfte in diesem Reich besitzt? Wenn du die Königin nicht küssen willst, bleiben dir nur deine Schatten als Angriff. Und muss ich dich daran erinnern, wie das die letzten zwei Male aus dem Ruder gelaufen ist?*

Ich biss mir so fest auf die Unterlippe, dass ich blutete, schüttelte aber widerwillig den Kopf.

Nora würde also bald erneut ihren Spionagedienst für Königin Mab aufnehmen. Mir war von Anfang an klar gewesen, dass sie früher oder später wieder für Mab und ihre Befehle bereitstehen musste und nicht ewig mit mir in ihrem Nest herumsitzen und Däumchen drehen konnte, aber trotzdem ...

Seit ich am eigenen Leib sehen durfte, wie sie sich in Gegenwart der Unseelie-Königin benahm, desto weniger wollte ich, dass sie weiterhin für sie tätig war.

Dennoch war mir bewusst, dass ich nicht über ihr Leben und ihre Arbeit zu entscheiden hatte. Wenn sie bei Mab bleiben wollte, musste ich das einfach akzeptieren, auch wenn es mein Herz schwer machte.

Nachdem die Holztür hinter den Fae ins Schloss fiel, sprach die Morrigan zu mir: »Ich hoffe, du kannst mir die Unordnung verzeihen.« Eilig schob die Hexe einige alte Pergamente auf einen Stapel zusammen. »Ich muss zugeben, dass ich sehr unordentlich bin und mit jedem Lebensjahr nimmt das Chaos leider zu.«

»Das ist also dein Reich?«, fragte ich unnötigerweise.

Das Turmzimmer erinnerte mich an meine Hütte: Von der Decke hingen getrocknete Blumen aus dem Menschenreich und einige Auswucherungen von Walpurgisnacht, welche nur im Faereich auftraten. Zu meiner Erleichterung verwahrte sie in den alten Gläsern keine Organe oder abgetrennten Glieder, sondern Edelsteine und Kristalle. Der Geruch von Lavendel- und Rosenöl war beruhigend vertraut und als ich neugierig in ein Gefäß linste, fand ich darin schwarzes Salz. An jeder Ecke standen Kerzen, die dem Raum zusammen mit ein paar alten Laternen genügend Licht verliehen.

Wie gesagt: Es erinnerte mich an meine Hütte – wenn ich in der Neuzeit gelebt hätte. Ihr Zimmer wirkte auf mich so, als wäre es irgendwann in den letzten vier- oder fünfhundert Jahren stecken geblieben. Es gab keinerlei technische Geräte, obwohl sie sich wie Nora diese mit Leichtigkeit besorgen konnte.

Die Morrigan nickte. »Es ist der sicherste Ort am ganzen Nachthof. Ich habe ungern unerwünschte Gäste, die in meinen Aufzeichnungen herumwühlen.«

Bei diesen Worten fiel ihr Blick auf ein großes in Leder eingebundenes Buch. Die Seiten waren gelb gefleckt und stark gewellt.

War das dort ihr Grimoire? Ihr Buch der Schatten?

Was eine so mächtige Hexe wie sie wohl darin notiert hatte?

Als sie meinem Blick folgte, schob sie das Buch unter einen Stapel Illustrationen der verschiedenen Mondphasen.

»Wie du sicherlich bemerkt hast, kann man nur auf Einladung dieses Zimmer betreten«, kam sie auf das Thema zurück.

»Wie ist das möglich? Gestern noch schien er mehrere Hundert Meter hoch zu sein.«

»Du hast es selbst gesehen: Der Turm wirkt nur so hoch. Das ist ein mächtiger Illusionszauber.«

»Nora hat mir erzählt, dass sie mit ihrer Motte mal dort hochfliegen wollte.«

»Und dann ist ihr schwindelig geworden und sie ist am Fuße des Schlosses aufgewacht. Ja. Das gehört zum Zauber dazu. Es ist eine Mischung aus Faestaub von Seelies und Unseelies, welcher mit Schattenmagick bearbeitet wurde.«

Schattenmagick.

Also doch: Vor mir stand eine weitere Hexe, die dieselbe Affinität wie ich besaß.

Es war kein einfacher Weg gewesen, eher fühlte ich mich so, als wäre ich mehrfach im Kreis gelaufen, aber endlich – endlich! – war ich am Ziel angelangt.

Dennoch ärgerte es mich, dass sie mich einfach in der Gegend herumgeschickt hatte, hier standen schließlich Leben auf dem Spiel!

»Warum überhaupt dieses Schmierentheater?«, konfrontierte ich sie mit meinem Ärger. »Ich war gestern bei Königin Mab und bat sie, mir deinen Aufenthaltsort zu nennen. Wenn ich Morgana nicht – Oh.«

Mir wurde bewusst, dass Morgana mir seit Verlassen des Schlosses wohl auf Schritt und Tritt gefolgt war, um ihren Müttern über meine Handlungen Bericht zu erstatten.

»Meine geliebte Frau kann manchmal etwas eigen sein«, erklärte Morrigan ruhig. »Morgana hatte deshalb die Aufgabe, dich zu mir zu bringen. Es tut mir leid, wenn du das als Schmierentheater aufgefasst hast.«

Kleinlaut sagte ich: »Ist schon gut.«

Wenn ich mich ins Zeug legte, holte ich diese verlorenen Stunden im Nu wieder auf.

Jetzt gab es nur noch eine Sache, die mir auf der Seele lastete: »Du bist also wirklich die Schattenkönigin dieses Reiches. Aber warum?«

Morrigan lehnte sich gegen den massiven Holztisch, auf dem alle ihre Notizen lagen. »Was glaubst du, würden die meisten Fae sagen, wenn sie erführen, dass ihre Königin das Bett mit einer Hexe teilt?« Sie legte den Kopf schief. »Insbesondere, wenn sie den Taghof kennen, wo zwei Hochfae regieren. Alles Negative, das den Fae hier passiert, würden sie der unheiligen Verbindung ihrer Königin mit einer Todfeindin zuschreiben. Mir ist zu Ohren gekommen, dass du mit einem Dämon verlobt bist. Er begleitet dich scheinbar nicht. Mab sagte, eine ihrer Spioninnen habe dich zu ihr gebracht.«

»Ja, das war Nora, die mich auch heute hergeführt hat. Sie ist die Schwester meines Dämons und mein Coven-Mitglied.«

Auf Morrigans hochgezogene Augenbraue ergänzte ich schnell: »Also ... Baldiges Mitglied. Ich habe den Coven leider noch nicht offiziell einführen können. Mein Verlobter Blake ist im Menschenreich geblieben, weil ... Weil ich denke, dass er der Grund ist, warum meine Kräfte so ... verkümmert sind. Ich verlasse mich viel zu oft auf ihn.«

Es wirkte vielleicht nicht so, aber meine Vermutung so laut auszusprechen, tat einfach unendlich gut.

»Gut. Ich habe mich in deine Liebesbeziehungen nicht einzumischen. Aber zurück zu dem, was ich dir eigentlich sagen wollte: Du stimmst mir doch zu, dass Beziehungen zwischen den drei Spezies immer noch kritisch beäugt werden.«

»Ja ...«

»Es wäre durchaus vorstellbar, dass einige Dunkelfae rebellieren und gegen Mab aufbegehren würden, wenn man bedenkt, dass Hexen im Faereich am unbeliebtesten sind.«

»Eine Revolution?«

Die Morrigan nickte grimmig. »Unsere Töchter sind keine Hochfae, wie du dir denken kannst. Sie wurden mit anderen dünnerblütigen Fae gezeugt. Es wäre also vorstellbar, dass sich einige Hochfae gegen Mab verbünden würden, wenn sie an ihrer Loyalität zweifeln – und es wäre möglich, dass sie unsere Familie als leichtes Ziel auswählen und ausschalten.«

»Aber stört es dich nicht, dass niemand von dir weiß?«

Ich würde nicht wollen, dass Blake in den Schatten bleiben musste, während ich als Hexenkönigin regierte.

»Ich habe nicht vor, mich in Mabs Politik einzumischen. Sie hat schon Jahrhunderte vor meinem Erscheinen regiert. Mir reicht der Platz in den Schatten. Ich habe damals im Menschenreich so viel falsch gemacht, wofür ich hier am Dunklen Hof endlich Abbitte leisten konnte. Es hat mir gutgetan, eine Unbekannte sein zu dürfen.« Sie deutete auf die weiße Maske, die ihrem Gesicht nahezu jegliche Mimik und Erkennungsmerkmale raubte. »Zum Beispiel habe ich unsere neun Töchter großgezogen und ihnen die Liebe und Zuneigung gegeben, die ich meinem ersten Kind leider nicht geschenkt habe.«

Die Morrigan klang so traurig, dass ich das Erste sagte, was mir in den Sinn kam: »Morgana scheint echt okay zu sein.«

Atropos züngelte.

Die Stimme der Hexe wurde sanft. »Meine Älteste kommt am allermeisten nach mir.«

Der Stolz, der in ihrer Stimme mitschwang, versetzte mir einen eiskalten Stich ins Herz. Klang so eine liebende Mutter? Das war gut möglich, aber mir war dies so fremd wie Magick für die Menschen.

»Ich glaube, das war genug Gerede über mich und meine Frau.« Aus der hintersten Ecke des Zimmers kam ihre Krähe angeflogen und landete auf Morrigans Schulter. »Kommen wir nun zu dir und deinen Schatten.«

Atropos beendete ihre Döserei. *Jetzt wird es doch so langsam mal interessant.*

»Bewusst kann ich meine Schatten erst seit einem Jahr einsetzen.« Anfänglich war ich etwas zögerlich, aber die Hexe schien vertrauenswürdig zu sein. »Ich habe gedacht – ich habe gehofft, dass es besser wird. Schließlich bin ich seit gut einem Jahr in meiner Unsterblichkeit erstarrt.«

Oder sollte ich besser sagen, dass ich einfach nicht mehr alterte? Wirklich unsterblich war ich ja nicht.

Die Morrigan nickte mit geschlossenen Augen. »Ich weiß Bescheid.«

»Aber woher?«

»Das tut nichts zur Sache.«

»Dann bist du auch eine Schattenhexe?«

Die Morrigan lachte – ich hatte keine Ahnung, was sie an meiner Frage so lustig fand. »Nein.«

»Aber dieser Verwunschungszauber!«

»Das ist keine Affinität, mein kleiner Nachtschatten.« Sie schüttelte den Kopf. »Ich verweile nur schon so lange am Nachthof, dass ich vertraut mit der Dunkelheit bin. Ich kann die Schatten bitten, mir zu helfen – und manchmal erfüllen sie mir diesen Wunsch.«

»Das verstehe ich nicht.«

»Du bist eine Gifthexe, ja? Sprechen die Bäume zu dir? Das Gras? Dinge, die eigentlich nicht oder kaum giftig sind.«

»Ständig.«

»Und bei mir verhält es sich so mit den Schatten.« Sie hob eine Hand hoch – aber nichts geschah. »Siehst du? Momentan wollen die Schatten mir nicht einmal für eine einfache Demonstration beistehen. Sie finden dich viel interessanter!«

»Tun sie das?«

Ich sah zu meinen Füßen, in Erwartung, dass sich die Schattenschlieren wie Schöllkraut winden würden, aber ich wurde enttäuscht.

»Oh ja«, nickte die Hexe. »Du bist die zweite Schattenhexe in unserer Geschichte. Ein Umstand, den ich immer noch faszinierend finde.«

Bei diesen Worten wurde ich tatsächlich rot im Gesicht, obwohl es nicht wirklich ein Lob war. Ich war schließlich so geboren worden und hatte es mir nicht erarbeitet.

»Nun: Greif mich endlich an, mein kleiner Nachtschatten.«

Der Themenwechsel war so abrupt, dass ich die Morrigan eine Zeit lang nur anstarrte. »Was?«

»Wie soll ich dir sonst mit deiner Affinität helfen können? Ich will sehen, wie du deine Kräfte in einem Kampf einsetzt. Morgana hat mir erzählt, dass du gestern zwei Fae fast getötet hast.«

»Nein.« Energisch schüttelte ich den Kopf. »Ich werde dich ganz sicher nicht angreifen. Lass mich doch ein Glas mithilfe meiner Schatten holen oder Kerzen im Raum löschen!«

Die Temperatur im Raum nahm merkbar ab. »Meinst du

das ernst?«, fragte die Morrigan mit eiskalter Stimme. »Du hast Angst. Angst vor den Kräften, die dir die Göttin geschenkt hat.«

Bilder der zugerichteten Körper der Hyänenfae standen mir vor den Augen. In meinem Kopf wurden ihre Leiber zu einem, ihre Haut dunkler und auf einmal wuchsen ihnen neben Fühlern auch orange Mottenflügel.

Das Bild wandelte sich zu der zugerichteten – aber blutleeren – Leiche. Meine Kräfte mochten einem Urdämon nicht schaden, aber was würden sie mit einem Dämonenprinzen anstellen? Blake war untot, aber wie sollten seine zwei Körperhälften wieder zusammenwachsen?

»Warum sollte ich keine Angst haben?«, ging ich auf direkte Konfrontation. »Du hast nicht gesehen, was ich mit meinen Kräften angerichtet habe. Ich muss damit leben. Niemand sonst. Ich muss damit leben, wenn ich jemanden verletze, den ich liebe.«

»Und du musst damit leben, wenn jemand stirbt, weil du gezögert hast.« Die Hexe stieß sich vom Tisch ab und ehe ich reagieren konnte, lag ihre Hand an meinem Hals. Es war keine liebevolle Geste, obwohl sie nicht zudrückte oder andere Anstalten machte, um mir zu schaden. Es war eine Drohung, weil sie ihre Magick nicht gegen mich einsetzen wollte. *Noch nicht.* »Ah, ich habe wohl einen wunden Punkt getroffen. Wie viele sind schon gestorben?«

Meine Stimme klang kraftlos und heiser. »Z-zwei.«

»Willst du mir ihre Namen nennen?«

Ich schluckte schwer und endlich löste sie ihre Hand von meinem Hals. »Estella und Elsa Maria«, sprach ich ihre Namen aus und sofort fühlte ich wieder den Schmerz ihres Verlustes.

Eines war klar: Ich hätte genauso gut Nora verlieren können oder Djannah, Pyra, Agnieszka. Vielleicht auch Blake.

»Wie willst du in deinem jetzigen Zustand deinen zukünftigen Coven beschützen? Warum lehnst du dieses wundervolle Geschenk der Göttin ab? Dir wurde eine Affinität geschenkt, für die andere töten würden. Du bist die Königin der Hexen.«

»Weil es kein Geschenk, sondern ein Fluch ist!«, brüllte ich der Hexe direkt ins maskierte Gesicht. »So etwas wird eine Hexe wie du niemals verstehen!«

»Glaub mir, ich verstehe dich viel besser, als du denkst.«

Warum?, wollte ich fragen, aber die Morrigan speiste mich gleich ab: »Wir sind nicht zum Plaudern zusammengekommen, Belladonna. Ich will dir mit deinen Schatten helfen – nicht mehr und nicht weniger.«

Morrigan umrundete den Tisch und holte einen aufwendig verzierten Holzstab aus einem Schrank. Ganz verzückt starrte ich den handgroßen Amethyst-Halbmond an.

»Pass auf.«

»Auf was?«

Mit voller Wucht schwang die Hexe den Stab in meine Richtung. Ich konnte nur deshalb ausweichen, weil ich mich in letzter Sekunde in die Schatten zurückzog.

»Was sollte das?«, blaffte ich sie an. Bis auf meinen Kopf steckte ich noch in der Dunkelheit.

»Ausweichen kannst du schon mal hervorragend, kleiner Nachtschatten.«

»Gut«, brummte ich und warf die Schatten wie einen Umhang von mir ab. »Auch wenn es mir nicht gefällt, dann greife ich dich eben an.«

Während die Morrigan zufrieden nickte, atmete ich stockend ein. Ich konnte das. Ich musste an Blake und Nora denken, an die Hexen in Alnwick Castle und Walpurga, an all meine Schwestern auf der ganzen Welt, ob sie mich nun als ihre Königin akzeptierten oder nicht.

Avalon, die Krähe, ließ sich auf der Mondsichel nieder und ihr wuchsen wieder drei Köpfe. »Glaub mir. Du kannst mir nicht wehtun.« Morrigan tippte auf ihre Maske. »Versuche einfach, sie zu erwischen. Reiß sie mir herunter oder zerstöre sie, wie es dir beliebt. Zeige mir die Dunkelheit in deiner Seele.«

Anfangs schickte ich Schatten los, die wie die Tentakel eines Seemonsters auf die Morrigan einschlagen sollten. Sie wich diesen Angriffen mit einer Perfektion aus, die mich staunen ließ. Es schien fast so, als besäße sie die Fähigkeit, präzise vorauszusehen, wo die Schattenschlieren sie treffen würden.

»Mehr! Schneller!«, schrie die Morrigan. »Zeig mir, warum ausgerechnet du die Krone auf deinem Kopf verdient hast.«

Wenn mir eines durch den Kampf mit der Morrigan klar wurde, dann, dass ich kaum Erfahrung besaß. Immer und immer wieder mit meinen Schatten anzugreifen, brachte absolut nichts. Die Morrigan tanzte beinahe schon meinen Angriffen aus dem Weg.

»Hast du nichts zu sagen?«, fragte ich meinen stillen Familiar.

Ich glaube nicht, dass du gegen sie etwas ausrichten kannst.

»Warum?«

Ich habe da so ein Gefühl ... Sie besitzt ebenfalls keinen normalen Familiar.

Die sechs schwarzen Augen der dreiköpfigen Krähe starrten mich gleichzeitig abwartend an. Drei Köpfe, wie unsere Muttergöttin. Drei Köpfe wie ...

»Jungfrau, Mutter, Greisin. Sag mir nicht, sie besitzt Macht über die Zeit.«

Oh doch.

Verdammt, wie sollte ich jemanden wie sie besiegen?

Ich kann dir nur sagen, dass ihre Kräfte sehr wahrscheinlich begrenzt sind. Ich würde sagen, sie kann vielleicht wenige Sekunden in die Zukunft blicken.

In einem letzten Versuch schloss ich die Augen und konzentrierte mich auf den Schatten zu meinen Füßen. Vor meinem inneren Auge wurde meine Abbildung länger und länger, bis sie zur anderen Hexe reichte.

»Netter Versuch«, meinte die Morrigan. Dann drehte sie sich um und stach meinen angreifenden Schatten direkt ins Herz, wodurch mein Abbild in einen Haufen zusammenfiel, bevor sie mir den kalten Stein an die Kehle drückte.

Kraftlos brach ich vor ihr zusammen.

Meine Hände schienen sich vor meinen Augen zu verdoppeln. Warum war mir so schwindelig? Ich hatte nicht viel von meiner Kraft eingesetzt – oder doch?

Kannte ich meine Grenzen so schlecht?

»Kannst du noch kämpfen?«, fragte mich die Hexe ohne eine Spur von Fürsorge in ihrer Stimme.

»N-Nein.« Meine Lippen zitterten unkontrolliert. »Ich kann nicht mehr.«

Auf allen vieren kroch ich zu Morrigans Tisch, um mich auf die Beine zu ziehen.

Als ich mich umdrehte, stand die Hexe direkt vor mir. Ihre Haltung und ihre Augen strahlten eine Feindseligkeit aus, die mich zutiefst schockierte.

»Wenn du nicht einmal das schaffst, dann wird dich deine Affinität genauso verschlingen wie Sibylle. Willst du ihr folgen? Willst du die Hexen in den Abgrund stürzen, weil du Angst hast? Pah! So willst du die Urdämonen besiegen?«

Ohne Vorwarnung schnappte Atropos in die Richtung der alten Hexe. *Wage es ja nicht!*, fuhr die Schlange die Hexe zischend an. *Du weißt nicht, wovon du redest!*

Die Morrigan wich einen Schritt zurück. »Was ist mit deinem Familiar los?«

Ich ignorierte die Frage und ging an ihr vorbei. Zuerst waren meine Beine noch wackelig, aber mit jedem Schritt gewann ich an Kraft. »Ich gehe jetzt.«

»Aber –«

Ihren Einwand hörte ich gar nicht mehr, als ich die Tür ins Schloss knallte.

16. Kapitel

KALEBASSE

Lagenaria siceraria

»Nora? Nora? Nora, wo bist du?«, rief ich und kam mir augenblicklich dämlich vor. »NORA!«

Die Hexenkönigin, die aufgewühlt durch das Schloss der Faekönigin lief und verzweifelt nach ihrer Freundin schrie.

Göttin!

Wenn ich Nora nicht gleich fand, dann würde ich mich auf eine dieser Stufen setzen und heulen.

Belladonna ...

»War es kindisch, dass ich von ihr davongerannt bin?«

Nein. Sie hat wirklich etwas Gemeines gesagt. Du musst dir nun auch nicht alles bieten lassen.

»Willst du nicht sagen, dass du sie essen willst?«

Darf ich?

Ich lächelte schwach und tätschelte Atropos' Kopf. Dadurch war ich so abgelenkt, dass ich durch eine Tür stolperte. Dahinter verbarg sich kein Gang, sondern ein großes Zimmer, das vor mir in Dunkelheit lag.

Zumindest so lange, bis auf ein Fingerschnippen hin sämtliche Kerzen im Raum aufflammten. Vor mir tat sich so etwas wie ein altertümliches Forschungslabor auf, mit einer Unmenge an Reagenzgläsern, einem Destillierapparat, der fröhlich vor sich hin brodelte und vor einem Tisch stand –

»Morgana«, hauchte ich überrascht. »Was machst du hier?«

Die Spinnenfae trug ihr langes, weißes Haar hochgesteckt. Mein Blick blieb aber an der dreckigen Schürze hängen und dann an ihrer altmodischen Schutzbrille.

»Was ich hier mache?«, echote die Fae. »Das ist mein Labor. Die Frage ist eher, was du hier zu suchen hast.«

Einige Zeit starrten Morgana und ich uns nur stumm an.

»Gut. Ich warte eigentlich auf ein ›Dankeschön für das Kleid, meine liebe Morgana‹, aber ich nehme mal an, dass du mir dankst, weil du es gerade trägst und nicht etwa als Anzünder für einen Kamin verwendet hast.«

»Das habe ich bis jetzt nur einmal getan …«

Eigentlich wollte ich mich schnell abwenden und wieder gehen, stattdessen begann ich unwillkürlich, vor der Fae zu weinen.

»Lass mich mal sehen«, sagte die Spinne und schritt auf zwei Beinen auf mich zu. »Ich experimentiere hier mit einigen giftigen Pilzen, die sehr leicht die Augen reizen könnten. Darum verwende ich auch eine Schutzbrille und – oh.«

Sie brach ab, als sie merkte, dass meine glasigen und geröteten Augen nicht von irgendwelchen Pilzsporen herrührten, die durch die Luft segelten. Sie konnte nicht ahnen, dass ich selbst gegen Fungi immun war.

Fauchend riss ich mich von ihr los.

»Was ist los?«

»Nichts.«

»Morrigan war grob zu dir, oder irre ich mich da?«

»Nein.«

»Ich bin ihre Tochter. Glaubst du nicht, dass ich weiß, wie harsch sie sein kann?« Morgana lachte bellend. »Einmal habe ich mich ein ganzes Jahr jede Nacht in den Schlaf geweint.«

Ich presste die Lippen aufeinander. Schön für sie. Sie war ihre Tochter und nicht etwa die Hexenkönigin, die wegen ein paar verletzender Worte gleich in Tränen ausbrach.

»Warte kurz hier.«

Die Fae eilte in den hinteren Teil des Raumes. Eine kurze Zeit später erschien sie mit einem silbernen Kelch, den ich ohne Zögern entgegennahm. Sie wusste, dass sie mich nicht vergiften konnte, aber trotzdem wollte ich keine unbekannte Substanz konsumieren.

»Das ist spezieller Faewein, der mit reifen Feuerbeeren und Blaublättern verfeinert wurde.«

»Feuerbeeren? Blaublätter?«

»Jedenfalls erfrischt der Wein wunderbar – und glaub mir, das kannst du im Moment gut gebrauchen. Du siehst schon wieder wie ein Häufchen Elend aus.«

Ich nahm einen Schluck und tatsächlich kühlte das Getränk meine erhitzten Wangen und Augen. Selbst Atropos wollte davon trinken.

»Warum bist du auf einmal so nett zu mir?«

»Wann war ich bitte nicht nett zu dir?«

»Hm. Ich weiß nicht. Vielleicht gestern, als du mich in ein Netz eingewickelt und durch den Schwarzwald – oder wie immer er heißt – gezerrt hast.«

»Oh Eure königliche Hoheit, hättest du es besser gefunden, wenn ich Euch auf meinen Schultern durch das Faereich getragen hätte?«

»Ja …«

Morganas Mundwinkel zuckten.

»Du flirtest aber nicht mit mir, oder? Ich bin immer noch mit Blake verlobt, auch wenn er nicht bei mir ist.«

Morgana legte den Kopf schief. »Ich halte nicht viel von

romantischem Vergnügen«, lächelte die spitzzähnige Fae. »Viel lieber verspeise ich meine Verlobten.«

Ich grinste sie an – so lange, bis ich merkte, dass es kein Witz war. »Oh ... Aber ich stehe nicht auf dem Speiseplan, oder?«

»Nein.«

Morgana setzte sich auf einen Holzstuhl und verschränkte die Arme vor der Brust. »Meine Schwestern und ich sind keine Hochfae. Nicht so wie die Kinder von Oberon und Titania. Wir mussten schon früh lernen, dass wir besondere Fähigkeiten erwerben müssen, um uns gegenüber dem Faeadel zu behaupten.«

»Warum offenbarst du mir so offen deine Schwäche?«

»Du bist schließlich meine ... Ich meine, du bist nur eine Gifthexe und trotzdem Hexenkönigin geworden! Obwohl ... Ich habe ja jetzt miterlebt, dass du noch andere Magick besitzt. Ich hatte gehofft, von dir lernen zu können.«

Nora hatte sich also doch nicht geirrt.

»Eigentlich sollte ich gar nicht reden. Ich bin nicht einmal gut im Giftmischen.« Sie warf mir ein Fläschchen mit einer dunkelbraunen Substanz zu. »Sag mir mal, wie du mein eigenes Gift einschätzt.«

Mit großer Freude probierte ich davon. Der Geschmack war ... widerlich, aber ich versuchte mein Gesicht aus Höflichkeit nicht allzu sehr zu verziehen.

»Hm. Bei Fae wird dieses Gift lediglich Schluckbeschwerden auslösen, vielleicht erhöhten Speichelfluss und Erbrechen wie bei der Kalebasse. Vielleicht aber auch nur komischen Ausschlag.«

Ein lautes Stöhnen spiegelte die Enttäuschung der Faeprinzessin wider.

»Ich … Ich habe gehört, du hattest mal eine Auseinandersetzung mit deinen Schwestern, weshalb dein Ansehen unter den Fae gelitten hat.«

»Natürlich hört diese Geschichte jeder, der nur einen Zeh in das Reich setzt.«

Mit einem entschuldigenden Lächeln zuckte ich mit den Schultern.

»Die besagten Schwestern sind Alecto, Megara und Tisiphone«, erklärte sie mir. »Sie scheren sich nicht wirklich um die Krone, sondern lechzen geradezu nach einem Grund zu morden. Sie sind schließlich Rabenfae und fanden es schon immer toll, Menschen zu quälen. Als Königinnen könnten sie zudem einen Krieg gegen den Taghof anzetteln.«

»Und du willst das nicht?«

»Ich bin … schon sehr alt. Habe schon alles gesehen. Weißt du … Früher war ich gerne im Menschenreich und habe mein Wissen mit Gelehrten geteilt und neue Dinge gelernt, aber es gab immer und immer wieder Krieg. Menschen und Fae starben. Wissen wurde auf ewig zerstört oder ging für immer verloren.«

»Moment!«

Überschwänglich drückte ich der Fae meinen leeren Kelch in die Hände und hob meinen Rock an.

»Flirtest du jetzt mit mir?«

»Nein«, antwortete ich ihr und kramte etwas aus meinem Survivalkit. »Das ist mein Buch der Schatten – in klein und handlich. Als Kind hatte ich eine Sauklaue und meine Lehrhexe hat darauf bestanden, dass ich meine Gedanken immer zuerst woanders notiere.«

Morgana stand auf und beäugte das Buch mehr als skeptisch.

»Ich habe dort aufgeschrieben, was mir geholfen hat, meine Giftaffinität zu stärken. Blätter mal durch.«

»›Belladonna liebt Amari‹«, las die Fae vor.

»Ignorier die Kritzeleien aus meiner Schulzeit, ja? Wenn man vier Stunden hintereinander über Kapnomantie und Tephromantie lernt, dann schaltet das Hirn irgendwann ab.«

»Wann brauchst du es zurück?«

»Behalte es«, sagte ich und drückte ihr das Buch demonstrativ gegen die Brust. »Ich habe es nur noch, weil ich mich schlecht von Dingen trennen kann, die ich vielleicht wieder brauchen könnte. Füll die letzten Seiten doch mit deinen Erkenntnissen, außer du willst als Fae kein Grimoire führen. Es ist dann doch eher ein Hexending.«

Die Spinne schenkte mir ein herzliches Lächeln – so herzlich es eben mit messerscharfen Zähnen möglich war.

»Ich muss jetzt wieder gehen. Nora ist die Einzige, die eine Motte mit sechs Metern Flügelspannweite fliegen kann.«

»Warte.« Morgana hob die Arme und fummelte an meinen Haaren herum. »Jetzt sitzt die Krone wieder schön gerade.«

17. Kapitel

COCA

Erythroxylum Coca

Nach dem Zerwürfnis mit der Morrigan musste ich einsehen, dass ihr Training vielleicht nicht zielführend war.

Ja, vielleicht hatte ich keine Lust, von ihr zu hören, dass ich gleich meiner tyrannischen Mutter meiner Affinität verfiel, weil ich sie nicht richtig einsetzen konnte.

Aus diesem Grund wartete ich am selben Tag noch ab, bis Nora nach einem üppigen Mahl, bestehend aus verschiedenen Wackelpuddings und getrockneten Coca-Blättern für mich, auf den Kissen eingeschlafen war. Als ich mir ganz sicher sein konnte, dass sie sich tief im Land der Träume befand, nickte ich Atropos herbei und bewegte mich auf den Ausgang des Mottennestes zu.

Doch bevor ich verschwinden konnte, legte sich ein Arm um meinen Oberkörper und hielt mich zurück. Der Geruch nach Pinien und Orangen war mir nur allzu vertraut.

»N-Nora! Warum schläfst du nicht?«

»Du hast dich das letzte Mal auch davongeschlichen und wurdest von Morgana in ein Netz verpackt. Ich wollte nicht, dass dir noch einmal etwas passiert.«

»Mir passiert schon nichts.«

»Was hast du denn vor?«, fragte die Fae leise.

»Ach, nur Luft schnappen«, log ich schwach.

Die Motte schwieg lange, fast schon dachte ich, dass sie wieder eingeschlafen sei, aber dann schniefte sie leise.

»Was ist denn los, Nora?«

»Du hast also auch Geheimnisse vor mir. Genauso wie Blake.«

Der Schmerz in ihrer Stimme erzeugte einen Kloß in meinem Hals, der mir kurz den Atem raubte. Wie konnte ich ihr da nur eine Sekunde länger die Wahrheit verheimlichen?

»Ich will bei der Morrigan einbrechen, um ihr Buch der Schatten zu stehlen«, gestand ich. So ausgesprochen, klang mein Plan ziemlich dumm.

»Okay. Machen wir das jetzt gleich?«

»Ich ... Nein ... Ja?«

»Darf ich fragen, warum du das Buch unbedingt haben willst?«

Nora ließ mich endlich los, damit ich ihr ins Gesicht sehen konnte.

»Wenn ich ehrlich bin, weiß ich nicht, ob ich der Morrigan trauen soll. Sie scheint Geheimnisse vor mir zu haben und das Kampftraining war ...«

»Nicht gut«, schloss Nora. »Du warst auf dem Heimweg so still. Ich habe mir schon etwas in der Art gedacht.«

»Ich will ihr Grimoire stehlen und nachlesen, was dort über die Schatten steht. Sie mag zwar keine Schattenhexe sein, aber keine andere Hexe war der Dunkelheit je näher als sie.«

Die Fae packte mich an der Hand und schleifte mich nahezu aus ihrem Haus. »Dann lass uns mal ins Schloss einbrechen!«

Der Zauber, der den Turm vor Eindringlingen verwünschte, war für uns immer noch nicht wieder in Kraft getreten, weshalb es ein Kinderspiel darstellte, in das Innere einzudringen.

Nora setzte mich an einem Fenster ab und nickte mir zu. »Ich werde mit Mothra etwas außerhalb landen und dann zu dir gekommen.«

»Erinnerst du dich an deine Ausrede?«

Sie warf eine Spinnenbrosche, die ich von meinem Kleid abgemacht hatte, durch das Fenster. »Die Königin hat ein sehr wertvolles Geschenk von Prinzessin Morgana verloren und ich will es holen.«

Zu sagen, dass ich Angst hatte, in Morrigans Privatgemächer einzudringen, war falsch. Ich empfand es als äußerst unangebracht, aber mir blieb nichts anderes übrig.

»Morrigan?«, rief ich in das dunkle Zimmer, doch ich erhielt keine Antwort.

Gut. Ich hatte mir schon eine ähnliche Ausrede bereitgelegt, falls die Hexe sich zufälligerweise noch in ihrem Zimmer aufgehalten hatte. Laut Nora schliefen die meisten Fae um diese Zeit, also müsste die Morrigan gerade bei ihrer Frau im Bett liegen.

»Atropos, du hilfst mir beim Suchen.«

Und was kriege ich dafür?

»Ist es nicht Lohn genug, dass wir dadurch vielleicht die Urdämonen stoppen können?«

Eine kleine Apokalypse fand ich schon immer recht aufregend.

Ich verdrehte die Augen, aber Atropos glitt brav zu Boden und in eine Holzkiste mit Pergamenten.

Eines stand fest: Das Grimoire lag nicht mehr auf dem Tisch.

Sie herrscht über einen ähnlichen Saustall wie du.

Empört hüstelte ich. »Ein Genie überblickt das Chaos.«

Aber Atropos hatte nicht ganz unrecht: Ich war mir sicher,

dass die Morrigan für mich extra aufgeräumt hatte, denn nun lagen die Blätter, die zuvor noch geordnet waren, auf dem Boden. Ein anderer Schrank stand offen und gab den Blick auf weitere Holzstäbe frei. Neidvoll starrte ich ein halbaufgegessenes Stück Torte an, das mir auf einem Stapel Lexika präsentiert wurde.

Ich leckte mir mit der Zunge über die Lippen. Die im Faereich kannten ja Sahne und Zuckerguss!

Belladonna!

»Es würde doch keiner wissen, dass ich es gegessen habe! Wenn wir das Fenster beim Verlassen offen lassen, dann schieben wir die Schuld einfach auf wilde Pixies.«

Atropos' Protest ignorierend, hob ich den wunderschönen Obsidian-Teller hoch – nur um mit einem schwarzen Lederbuch mit einem dreiköpfigen Raben auf dem Vorderdeckel überrascht zu werden.

»Gefunden!«, rief ich überschwänglich aus und griff gierig nach dem Buch, während ich mir triumphierend auch noch gleich den Kuchen einverleibte.

Das Grimoire war schwer und roch nach Leder, nach uraltem Wissen – und es fühlte sich kalt und feindselig in meiner Hand an.

Kurz zögerte ich, das Buch zu öffnen. Das Grimoire einer Hexe war sehr persönlich, beinhaltete neben dem persönlichen Werdegang unter anderem auch intimste Gedanken und dunkelste Geheimnisse.

Na und? Atropos war an meinem Rücken hochgeschlängelt und spielte jetzt Teufelchen auf der Schulter. *Sie gibt dir keine Antwort auf deine Fragen. Was hat uns Blakes Schweigen gebracht? Nichts als Leid und noch mehr Probleme. Es wird Zeit, dass wir die Dinge auf unsere Art angehen.*

»Gut. Du hast recht.«

Noch einmal atmete ich tief ein, bevor ich mich auf einen herumstehenden Stuhl setzte und das Buch im Kerzenschein studierte.

Ich wollte die Passagen, die mir unnötig erschienen, überspringen – aber ich konnte sie überhaupt nicht lesen.

»Sag jetzt nicht, dass das Buch in Latein verfasst ist.«

Latein und Gälisch. Die Morrigan ist nun einmal sehr alt. Hast du etwa modernes Englisch erwartet?

»Altes Englisch hätte mir gereicht. Das kann ich noch halbwegs verstehen. In Latein war ich an der Akademie fast noch schlechter als in Altgriechisch.«

Mir blieb nichts anderes übrig, als mit Büchern und Schlagworten zu arbeiten. Ich überblätterte ein sehr akkurates Bild unserer Göttin, was meinen Verdacht bestätigte, dass sie auch der Morrigan erschienen war. Darauf folgte eine Zeichnung von König Oberon mit mehreren Anmerkungen. Mir war es gerade mal möglich, Sachen wie »Hirsch«, »Tag« und »Gold« zu entziffern. Wenig überraschend folgte eine sehr detaillierte und mit Blattgold veredelte Version von Königin Mab.

Dann fand ich eine Liste der Hexenkönigin und kleine Porträts der mir vorangegangenen Königinnen und ihren Familiaren.

Sie kann echt gut malen, kommentierte Atropos die Bilder.

Zustimmend nickte ich. »Ich habe früher auch sehr gerne gezeichnet. Wenn ich das so sehe, bekomme ich selbst wieder Lust, zum Pinsel zu greifen.«

Aber warum steht da dein Name und dein Porträt?

»Warum sollte er da nicht stehen? Ich bin eine Hexenkönig, falls du das vielleicht vergessen hast.«

Weil diese Liste sicher nicht erst vor einem Jahr angefertigt worden ist. Auch nicht vor einem Jahrzehnt oder Jahrhundert.

»Woher willst du –«

Ich beendete den Satz nicht, weil die nächste Seite mir den Magen umdrehte. Nicht nur, dass sie stark in Mitleidenschaft gezogen und mit Tintenklecksen übersät war, immer und immer wieder stand dort mein Name geschrieben.

Belladonna. Belladonna.

Und dann ein einziges anderes Wort: *Uroboros.*

Die Schlange, die sich selbst in den Schwanz biss.

Obwohl es sich lediglich um ein Wort handelte, das sich immer und immer wieder wiederholte, jagte mir die Art, wie verzweifelt mein Name auf dem Pergament verewigt worden war, eine Heidenangst ein – und auch Atropos fröstelte am ganzen Schlangenleib.

Mit zitternden Händen blätterte ich um, als ein Schwall Pergament sich auf den schwarzen Steinboden ergoss. Aus einem reinen Reflex kniete ich mich hin und griff nach den Zetteln, nur um augenblicklich in der Bewegung zu erstarren. Dieses neue Porträt zierte ein ganzes Blatt, aber etwas war seltsam daran: Es zeigte meine Krone, aber eine Hälfte war furchtbar entstellt, wirkte knöchern und tot.

Das Schriftstück war bestimmt schon einige Jahrhunderte alt. Die Farbe war ausgeblichen und bröckelte an manchen Stellen bereits ab.

Bei einer Sache war ich mir nun ganz sicher: Sie hatte das Bild von mir nicht in den letzten Tagen gemalt, sondern viel, viel früher.

Mir gefällt das nicht, sagte Atropos und ich stimmte ihr wortlos mit einem Nicken zu.

Was machen wir jetzt?

Die Entscheidung wurde mir abgenommen, als ich Schritte im Zimmer vernahm. Eine Flucht wäre weiterhin eine Option gewesen, aber Weglaufen würde diesen Konflikt nur hinauszögern.

Ihre Krähe kreischte, vermutlich signalisierte sie ihr, dass sie nicht allein im Raum war. Langsam näherte Morrigan sich mir und –

»Was – Belladonna? Was tust du da?«

Sie trug einen dunklen Pelzmantel über einem weißen Nachtkleid. Die Maske hatte sie vorsorglich mitgebracht und legte sie schnell an, bevor ich einen Blick auf ihr unbedecktes Gesicht erhaschen konnte.

»Das weißt du doch bestimmt schon.«

»Ich weiß bei Weitem nicht alles.«

»Sag mir die Wahrheit oder ich vergifte dich«, drohte ich der anderen Hexe sofort. Auf dieses unnötige Geplänkel hatte ich keine Lust.

»Das würde Königin Mab nicht gefallen.«

»Ich nehme ihre Wut billigend in Kauf.«

»Wie willst du das überhaupt anstellen? Walpurgisnacht würde sich niemals gegen mich wenden. Ich gehöre praktisch zu den Fae.«

Ich deutete mit dem Finger auf sie. »Da! Walpurgisnacht! Woher kennst du ihren Namen? Ich habe ihn ihr gegeben. Niemand außer mir kennt ihn. Sag mir endlich die Wahrheit.

Keine Ausflüchte mehr. Ich will wissen, warum du …« Mit einem halbirren Lachen warf ich die Blätter in die Luft. »Ich weiß nicht mal, was das ist! Ich weiß nur, dass es verdammt unheimlich ist.« Die Zettel segelten zu Boden.

»Belladonna, das ist nicht wichtig.«

Wie um meine Wut nur noch mehr anzustacheln, ging die Hexe auf die Knie und sammelte in aller Seelenruhe die Blätter ein.

Das war nicht wichtig – für sie.

Meine Gefühle scherten die Morrigan einen Dreck. Dass ich unruhig war, kaum schlief oder in ruhigen Minuten in Schuldgefühlen ertrank, war ihr egal.

Ich hätte niemals an den Nachthof kommen sollen.

»Geh mir aus dem Weg. Ich bin fertig mit dir.«

Ehe ich davonstürmen konnte, hielt mich die Morrigan auf. »Sei doch nicht bockig wie ein kleines Kind. Du kannst nicht immer weglaufen, wenn dir etwas nicht passt.«

Dieser eine dahingesagte Satz brachte etwas in meinem Inneren zum Explodieren. Der Knall in meinem Herzen war so laut, lauter als das Geräusch der Hexe, die von den Schatten im Raum gegen die Wand geschleudert wurde.

Ich brauchte die Morrigan nicht.

»Du wirst dir noch wünschen, dass ich gegangen wäre!«

Mit einem höhnischen Lächeln im Gesicht biss ich mir in den Finger. Wie ausgehungerte Wölfe stiegen die Schatten hoch und leckten an meinem giftigen Blut.

Die Morrigan rappelte sich gerade in eine aufrechte Position. Mit einer Hand hielt sie sich den Kopf. Die blöde Maske verdeckte ihr panisches Gesicht, als ein Schatten über ihre Kehle streichelte.

»Deine letzte Chance: Sag mir, wer du bist.«

»Ich bin eine Sternenhexe, Belladonna«, brachte sie hervor. »Das sind nur ein paar meiner alten Weissagungen, die ich für deine Ankunft herausgeholt habe. Meine Affinität funktioniert im Faereich nicht, weil es keine richtigen Sterne gibt.«

»Eine Sternenhexe? Ich dachte, die sind ausgestorben.«

»Es kann sein, dass dieser Fall inzwischen eingetreten ist. Ich war lange nicht mehr unter meinesgleichen.«

»Ich kenne eine Wasserhexe, deren Mentorin eine Sternenhexe war ...«, sagte ich abwartend.

»Shuilian.« Morrigan nickte. »Ich war ihre Mentorin, bevor ich ins Exil ging. Wie lange ist das in Menschenjahren wohl her?«

Dass sie Shuilians Namen kannte, war für mich Bestätigung genug. Die Morrigan war eine Sternenhexe, eine alte Form der Seherinnen des Hexengeschlechts.

Einerseits war ich erleichtert, aber anderseits fühlte ich mich schlecht, dass ich sie so angeblafft hatte.

Und der Angriff?

Den hatte sie verdient. Schließlich pochte sie ja darauf, dass ich ihr meine Schattenkräfte demonstrierte.

»Es tut mir leid. Ich bin dann wohl ohne Grund ausgeflippt.«

Die Morrigan schüttelte den Kopf. »Du musst dich nicht bei mir entschuldigen. Ich habe mich schon gefragt, wann du endlich anfängst, die richtigen Fragen zu stellen. Und ... Du hast es geschafft.«

»Was habe ich geschafft?«

Die Hexe stand auf und nahm die Hand von ihrem Gesicht. Mir war es gar nicht aufgefallen – ihre Maske war bei dem Aufprall zerbrochen. Als sie vor meinen Augen in drei

Stücke zerbrach, schlug mein Herz vor Aufregung schneller – bis ich für eine Sekunde in ihr Gesicht sah und der Muskel in meiner Brust kurz aussetzte.

Die drei Holzstücke fielen zeitgleich mit mir auf den Boden.

Atropos zischte. *Das habe ich nicht erwartet ...*

»Dann hast du das Gleiche gesehen wie ich, oder? Das ist keine Einbildung.«

Vorsichtig blickte ich auf und hoffte auf ein anderes Bild, aber nein: Dort lächelte mir nach wie vor mein eigenes Gesicht entgegen.

»Ich erwarte nichts Geringeres von meiner Enkelin.«

18. Kapitel

GOLDREGEN

Laburnum anagyroides

Mein eigenes rundes Gesicht blickte mir mit einem kleinen Lächeln um die hellrosa Lippen entgegen. Ihre Lippen waren wie bei mir von Natur aus voll. Ihre Stupsnase schien eins zu eins in mein Gesicht kopiert. Die einzigen Abweichungen waren die blauen Augen und das blonde, etwas längere Haar. Das waren die zwei Dinge gewesen, die sich erst dann an mir verändert hatten, seit ich Gift zu mir nahm. Wäre ich nie zur Gifthexe geworden, würde ich ihr vermutlich noch ähnlicher sehen.

Ansonsten glich sie mir bis auf die Körbchengröße. Sie musste ebenfalls in den frühen Zwanzigern in der Unsterblichkeit erstarrt sein

Ihr könntet Zwillinge sein, spaßte Atropos, aber mir war das Lachen vergangen.

Ich kam auf die Beine und tapste zur Morrigan, berührte ihre Wange und fuhr durch ihr Haar. Die Hoffnung, dass das nur eine Form von Magick war, verflog schnell.

Das war echt.

Das war echt!

Die Morrigan sah aus wie ich.

Die Morrigan war ... meine Großmutter.

Und anscheinend hatte sie nun genug von meiner Rumtatscherei, denn sie schob mich ein Stück von sich weg.

»Ich muss sagen, dass es mich auch überrascht hat, dass

du mir so ähnlich siehst. In den Visionen war es etwas unscharf.«

Endlich kam ich wieder zur Besinnung und sprang einen Schritt zurück. Ein Wall aus Schatten schottete sie aus Sicherheitsgründen von mir ab.

»Komm mir ja nicht zu nahe!«

»Was ist denn los, mein kleiner Nachtschatten?«

Ungeweinte Tränen brannten in meinen Augen und trübten meine Sicht. Jeder aus meiner Familie hatte bis jetzt nur die Absicht gehabt, mich zu töten. Warum sollte es bei meiner Großmutter anders sein?

Anscheinend hatte ich diese Gedanken laut geäußert.

»Ich kann mir vorstellen, was Sibylle dir angetan hat …«

Ein halbirres Lachen tanzte unkontrolliert über meine Lippen.

»Nein. *Nein.* Das kannst du nicht«, zischte ich wie eine Schlange – und sieh an: Atropos stimmte mit ein. »Sie hat mir meine Affinität geraubt! Mein Geschenk der Göttin! Sie wollte mich vergiften und als ihr klar wurde, dass sie die neue Königin nicht töten konnte, hat sie mich in den Poison Garden gesperrt! Und dann …«

Ich musste daran denken, wie ihr Geist an Samhain mich ins Totenreich hatte ziehen wollen. Je länger ich darüber grübelte, desto schlimmer wurde es: Bei der ersten Chance, ihre Tochter wie eine Mutter zu umarmen, hatte sie versucht, mich zu töten.

»Und ich war nicht ihr einziges Opfer!« Die Worte überschlugen sich nahezu, als sie meinen Mund verließen. »Blake – der völlig unschuldig war – musste … Oh. NEIN!«

Ich schlug die Hand vor dem Mund und konnte im letzten

Moment noch verhindern, dass ich die Götterspeise und die getrockneten Blätter vom Abendessen erbrach.

»Das ... Das war alles meine Schuld.«

Sie hatte ihm das alles wegen mir angetan. Nicht, weil sie Blake hasste – oder weil sie Dämonen verabscheute. Selbstredend hasste sie die Höllenkreaturen, aber sie wusste genau, dass ich mich früher oder später in Blake verlieben würde. Durch ihre Gabe wusste sie, dass ich seine Braut war.

»Ich glaube, mir wird übel.«

»Willst du einen Tee?« Sie deutete auf eine dampfende Teekanne auf dem Tisch, die sie wohl mitgebracht hatte. »Ich wollte eigentlich an meinem Grimoire weiterschreiben.«

»Spiel dich nicht als sorgende Großmutter auf.« Ich drückte Atropos' Körper enger an meinen Hals. »Ich habe keine Familie! Ich habe meine Pflanzen zu meinen Freunden gemacht, bis ...«

Bis Blake und Nora in mein Leben getreten waren.

In diesem Moment war die Sehnsucht nach der kalten Umarmung des Dämons nahezu unerträglich. Ich wollte herausschreien, wie unsagbar feindlich sich die Morrigan mir gegenüber benommen und wie sie mich an der Nase herumgeführt hatte.

Meine Ängste, meine Enttäuschung und meine Sorgen – alles wollte ich mit ihm teilen – und auch meine Wünsche, egal wie naiv sie waren.

Ich wollte einfach bei ihm sein, weil er mich verstand, wie sonst niemand auf der Welt.

»Es tut mir leid, dass du das so empfindest.«

Irgendetwas brach gerade in meinem Inneren und das, was es ersetzte, war dunkel – und hungrig.

»Ich habe es mir anders überlegt«, sagte ich mit gefestigter Stimme. »Ich hätte gerne einen Tee, aber nur, wenn du dir auch einen machst.« Ohne um Erlaubnis zu bitten, setzte ich mich an den Tisch und schenkte der Hexe ihren eigenen Tee ein. »Oder darf ich dir einen ganz besonderen Trunk zubereiten?«

Ich vermischte einen Tropfen meines Blutes mit einem Schuss von Atropos' Schlangengift, bevor ich das Ganze mit ein paar Kräutern aus meiner Tasche verfeinerte.

Furchtlos nahm mein Spiegelbild mir gegenüber Platz. »Ah, ein Gift, das die Wahrheit aus mir herauslocken wird. Oder irre ich mich da etwa?«

»Genau. Oder hast du etwas zu verbergen?«

Sie trank das Gebräu auf ex. »Nein. Bringen wir es hinter uns. Stell mir deine Fragen, Belladonna.«

»Bist du wirklich meine Großmutter?«

»Ja.«

Allein ihr Aussehen hätte mir als Bestätigung genügen sollen, aber ich wollte es noch einmal aus ihrem Mund hören.

Es fühlte sich seltsam an, plötzlich so etwas wie lebende Verwandte zu besitzen. Wir Hexen hielten nicht viel von Stammbäumen, Väter tauchten zum Beispiel nur selten in Niederschriften auf, aber das Wissen, dass ich mit einer so mächtigen Hexe blutsverwandt war ... Ach, im Prinzip änderte sich dadurch nichts. Magick wurde nicht vererbt, sondern von unserer Göttin verteilt. Selbst Fleiß war ausschlaggebender als mächtige Vorgängerinnen.

»Wie war dein Verhältnis zu Königin Sibylle?«

»Sie war meine Tochter, aber ich habe sie kaum gesehen. Ich war nie lange an einem Ort, reiste herum, teilte mein Wissen und erlangte im Gegenzug neue Erkenntnisse. Das änderte sich auch bei der Geburt meiner Tochter nicht. Sie ging in die Akademie und wusste schon mit 20, dass sie nach Königin Marie den Thron besteigen würde. Sie hat bei Marie gelernt, angefangen, nach den Hexen für ihren perfekten Zirkel zu suchen und dann die Krone übernommen. In ihrer Lebensplanung war kein Platz für mich und meine Weissagungen. Andernfalls hätte sie mich nicht ins Exil verbannt.«

»Das ist dein Exil?«

Grimmig nickte die Morrigan. »Anfangs ja. Mir blieb nur die Flucht in die Hölle oder ins Faereich und natürlich wählte ich das Reich der Dunkelfae, weil ich als Sternenhexe den Nachthimmel schon immer liebte. Wer hätte geahnt, dass ich in einem Reich voller Dunkelheit meine Sterne ganz woanders finden würde?«

Die Morrigan mochte meine Großmutter sein, aber sie war nicht wirklich meine Familie. Ihre Familie waren ihre Frau und Kinder.

»Warum hat sie dich überhaupt ins Exil geschickt?«

»Das wusste wohl nur sie. Ich kannte ihre Visionen nicht. Meine Weissagungen sind ganz anders, meistens sehr vage ...« Sie hob eine Zeichnung von mir auf. »Aber dann wieder sehr genau. Wusstest du, dass das Orakel von Delphi auch mal eine Sternenhexe war? Eine Vorhersage kann wie ein Rausch sein und Stunden andauern.«

»Du ... Du willst mich also nicht töten, um Hexenkönigin zu werden?«

»Als ich ins Faereich ging, verlor ich die Möglichkeit, Königin zu werden. Darum bin ich auch noch am Leben.«

Ich wollte es nicht glauben, aber ich musste diese Aussage wohl als die Wahrheit hinnehmen. Königin Sibylle hatte ja auch versucht, mich aus dem Weg zu räumen – was hinderte sie daran, auch ihre eigene Mutter loszuwerden? Morrigan war mächtig – und damit auch eine Hexe, die die Krone verdient hätte.

»War das alles, Belladonna?«, fragte sie und legte den Kopf schief.

»Eine allerletzte Frage: Warum willst du, dass ich meine Schattenkräfte beherrsche?«

»Du bist die Königin. Fällst du, fällt die gesamte Rasse der Hexen.«

Obwohl ich die Aussage erwartet hatte, verpasste es mir dennoch einen Stich ins Herz.

Die Augen der Morrigan weiteten sich, als sie merkte, dass mein Wahrheitszauber wirklich funktionierte.

»Es geht dir also nicht darum, dass ich deine Enkelin bin.«

»Nein.«

»Gut. Das war alles, was ich wissen wollte.«

»Ich ... Ich ... Was ...« Die Worte sprudelten ihr nur so über den Mund. »Ich ... Ich ...«

»Was? Überrascht, dass mein Gift Wirkung gezeigt hat? Ich bin die mächtigste Gifthexe, die jemals auf dieser Erde gewandelt ist.«

Sie biss sich so fest auf die Lippen, dass Blut über ihr Kinn floss und auf ihr Kleid tropfte. Das war besser so, bevor sie noch mehr Dinge sagte, die mir ohnehin klar waren.

»Hör mir zu, Morrigan«, zischte ich. »Ich hatte nie eine Familie – und das ist okay. Ich wurde in der Akademie liebevoll behandelt. Fand meinen Platz als Gifthexe. Und die Wesen, die mich über alles lieben. Wer braucht dann so etwas wie Blutsverwandtschaft?«

Aus reiner Nettigkeit schüttete ich eine dunkle Flüssigkeit in ihre Tasse und goss sie mit Wasser auf. »Hier, trink das aus«, wies ich sie an.

»Noch ein Wahrheitsgebräu?«

»Nein. Ich habe in den Tee auch anderes Gift, darunter Goldregen, gemischt, welches in circa einer Viertelstunde seine Wirkung entfalten wird. Wenn du nicht dein ganzes Essen erbrechen willst, während du jegliches Gefühl über deine Extremitäten verlierst, würde ich es schnell zu mir nehmen.«

Die Morrigan stürzte das Gegengift hinunter, bevor ich meinen Satz überhaupt beendet hatte.

Enttäuscht über die Entwicklung der letzten Stunde, wollte ich schon gehen, als eine weitere Gestalt ins Zimmer trat. Aber es war nicht Nora, wie ich eigentlich erwartet hätte ...

»Mutter.« Morgana nickte ihr zu. »Mutter Mab lädt die Hexenkönigin zum Frühstück an unseren Tisch ein.«

»Warum das?«, kam es von uns beiden.

War es etwa schon so spät? Und wo war Nora? Sie hätte mich doch längst abholen sollen.

»Nein.« Ich schüttelte den Kopf und wollte an Morgana vorbeigehen. Oder sollte ich sie von nun an Tantchen Morgana nennen? »Ich habe genug von den ganzen Spielchen. Ich hole Nora und dann seht ihr mich nie wieder.«

Die Spinnenfae streckte eine Hand aus und ich funkelte sie wütend an, blieb aber – wenn auch widerwillig – stehen. »Deine Mottenfae-Freundin ist ebenfalls da«, flüsterte mir Morgana zu. »Ich weiß nicht wieso, aber meine andere Mutter schäumt vor Wut.«

»Was?«

»Was ist mit Mab?« Morrigan eilte zu ihrer Tochter.

»Ich weiß es nicht, sie will erst mit der Sprache herausrücken, wenn die Königin dabei ist.«

»Sie wird doch nicht wieder mit der alten Leier anfangen.«

Aus reiner Gewohnheit wollte ich schon fragen, worum es

sich bei dieser ominösen Sache handelte, aber ich hielt meinen Mund. Dieses ständige Nachbohren war mir zuwider geworden. Entweder Mab offenbarte mir ihr Anliegen oder ich würde härtere Geschütze auffahren.

Die Schatten, die ich im Kampf gegen die Morrigan gerufen hatte, nahm ich aus dem Augenwinkel sich wie dunkle Schlangenleiber am Boden windend wahr. Dem Anschein nach wollten sie fürs Erste nicht verschwinden und ich hatte keine Einwände gegen ein paar Schattenhaustiere.

Da mir wohl keine andere Wahl blieb, folgte ich Mutter und Tochter den Turm hinab, weiter ins Innere des Steinschlosses.

»Ein Frühstück mit meinen Großmüttern hört sich nach sehr viel Spaß an«, merkte ich sarkastisch an. »Mag Mab es eigentlich, wenn ich sie Großmütterchen rufe? Oder wäre ihr Omama lieber?«

Morgana schnaubte. »Glaub mir, ich finde es auch nicht prickelnd, mit meinen Schwestern zu frühstücken.«

»Du wusstest also von Anfang an Bescheid.«

Acht Augen rollten gleichzeitig. »Was denkst du denn? Du ähnelst meiner Mutter so sehr, dass ich mich fürchterlich erschrocken habe, als ich dich das erste Mal sah.«

Darauf hatte ich nichts mehr zu sagen. Die Ähnlichkeit war nicht von der Hand zu weisen und damit wussten Morganas Schwestern ebenfalls von unseren Verwandtschaftsbeziehungen.

Wir durchquerten einen riesigen Saal, der fast zur Gänze in Dunkelheit gehüllt war. Um uns herum war nur Schwärze, aber über unseren Körpern tanzten kleine magische Lichtbälle, die ich nicht ignorieren konnte. Vor mir streckte die Morrigan die Arme aus und tänzelte lächelnd durch den Raum.

Wow. Wenn sie jetzt noch bei Filmen das Ende googelt, weil sie die Spannung nicht aushält, seid ihr praktisch ein und dieselbe Person.

Ich ging nicht weiter auf Atropos ein, denn meine Augen waren bereits auf den nächsten Raum gerichtet, der im Gegensatz zu den anderen Zimmern ziemlich hell und gut beleuchtet war: Eine riesige Lichtkugel schwebte einer Sonne gleich zentral im Raum und brachte meine kleinen Schattentiere zum Kreischen. Auf ihren stummen Schmerzschrei gewährte ich ihnen Unterschlupf in meinem Schatten, der durch das Licht deutlich geschrumpft wurde, aber ihnen noch genug Platz bot.

Die Lichtkugel war so irritierend, dass ich das furchtbare Szenario am Frühstückstisch erst bemerkte, als ich die anderen Schreie vernahm, die sehr real waren, aber von irgendetwas gedämpft wurden.

»Nora!«, schrie ich und wollte auf meine Freundin zulaufen, als zwei massige Wolffae mich links und rechts an den Armen packten und wie in einem Schraubstock festhielten.

Die Schatten wuchsen merkbar an, aber mit einem Kopfschütteln lehnte ich ihre Hilfe ab.

Die Mottenfae antwortete mir mit einem weiteren Schrei, der durch ein festes Spinnennetz auf ihrem Mund nahezu erstickt wurde – und das war nicht alles: Von den Füßen bis zur Brust war sie in Morganas Netz eingewickelt, inklusive ihres angeschlagenen Flügels. In ihren schwarzen Augen spiegelte sich Panik und Schmerz wider.

»MORGANA!«, grollte ich, was mir höhnisches Gelächter von den anwesenden Fae, insbesondere der Wölfe einbrachte.

Die Stimme der Spinne drang leise und resigniert an mein Ohr. »Meine Mutter hat es mir befohlen …«

Natürlich.

Ich funkelte Mab böse an. »Lass meine Freundin frei, ansonsten kannst du dir das Gespräch sonst wohin schieben.«

»Mach sie los«, befahl Mab ihrer Tochter, ohne Streit zu suchen. »Wir wollen ja die Königin nicht verärgern. Und Skadi und Sif? Seid doch auch so lieb und gebt der Königin ein wenig mehr Raum. Sie soll doch freiwillig an den Tisch kommen.«

Kaum war Nora das Netz los, rannte sie auf mich zu und umarmte mich fest. Mein Blick war weiterhin auf die Königin gerichtet, die sich erdreistet hatte, ihre Macht vor mir so plump zu demonstrieren: Ich hatte Nora auf meiner Seite, sie konnte mit der Morrigan und ihren neun Töchtern aufwarten.

Der riesige weiße Marmortisch repräsentierte genau dieses unausgewogene Machtverhältnis: An einem Ende thronte Königin Mab, die einen ähnlichen Mantel wie ihre Frau gewählt hatte. Die Morrigan setzte sich in jenem Moment zu ihr und hauchte ihr einen Kuss auf die Wange.

Und zum ersten Mal bekam ich nun auch die anderen acht Kinder von Mab und der Morrigan zu Gesicht: Die mörderischen Raben-Drillinge mit ihren scharfen Krallen und rabenschwarzem Haar. Die Ohren der Pantherfae Akasha zuckten und als sie ihre Lippen zu einem hämischen Grinsen verzog, durfte ich ihre Reißzähne bewundern. Mit skeptischem Blick wurde ich von einer Eulenfae beäugt. Ich starrte sie länger als geplant an, als sie ihren Kopf fast um einhundertachtzig Grad drehte. Mit den Wölfen namens Skadi und Sif war ich ja schon auf Tuchfühlung gegangen. Die Letzte in der Runde war eine Rattenfae, die mich mit ihren dunklen Augen fixierte, während ihr langer Schwanz hinter ihrem Rücken angriffslustig zuckte.

Die gelben Augen der Eule wanderten ausgiebig über meinen ganzen Körper. »Sie sieht wirklich aus wie Mutter.«

Erst jetzt fiel Nora das enthüllte Gesicht der Morrigan auf. Mit offenem Mund verglich sie uns miteinander. »Hab ich zu viel Faewein getrunken? Ich meine … Ich habe gar keinen Wein zu mir genommen, aber anders kann ich mir nicht erklären, dass ich auf einmal doppelt sehe.«

Mab hüstelte laut. »Würdest du dich zu uns an den Tisch setzen, verehrte Hexenkönigin?«

»Und Nora?«

Mab machte eine wegwerfende Handbewegung. »Von mir aus. Sie weiß jetzt sowieso, dass du Morrigans Enkelin bist.«

»Ist das wahr?«, flüsterte sie mir zu, was ich nur bejahen konnte.

Eher widerwillig setzten Nora und ich uns den neun Schwestern gegenüber an den steinernen Tisch. Er war reichlich gedeckt mit frischem Obst und Süßspeisen, Käse und dem berühmt-berüchtigten Faewein, der uns in eleganten Kristallgläsern serviert wurde.

»Und?«, fragte ich angesäuert und hob das Glas. »Was soll das alles? Ich nehme mal an, dass das keine Familienfeier wird.«

Mit aufgespannten Flügeln, um mehr Größe im Raum zu beanspruchen, begann Mab: »Ich will, dass Frieden zwischen den Nachtfae und Hexen herrscht.«

Auf diese völlig aus dem Nichts kommende Aussage hin hob ich meine Augenbraue.

Versteht mich nicht falsch. Ich war auch für Frieden zwischen Hexen und Nachtfae, am besten auch noch mit den Seelies. Aber warum fing sie so plötzlich damit an?

»Wie du siehst, hege ich keinen Groll gegen euch Hexen«, sagte sie und legte eine Hand auf die Schulter der Morrigan, die sofort diese Zärtlichkeit erwiderte. »Du musst mir lediglich schwören, dass du niemals Kinder mit dem Dämon der Gier haben wirst – mit ihm oder einem anderen adeligen Dämon – und ich schwöre beim Reich der Dunkelheit, dass meine Fae dich niemals angreifen werden. Attacken auf Hexen werden streng sanktioniert und im äußersten Fall mit dem Tode bestraft.«

»Bitte was?«, fragte ich nach, weil ich das Gesagte nicht verstand.

»Schwöre mir auf dein Leben, dass du keine Hochfae mit einem Dämonenprinzen zeugst, und ich garantiere dir Sicherheit und Frieden für dich und in einem gewissen Ausmaß für deine Hexen.«

Bis zu diesem Augenblick hatte ich mir noch nie richtige Gedanken über Kinder mit Blake gemacht. Mein bisheriges Leben hatte ich mich darauf eingestellt, entweder allein zu bleiben oder mit einer anderen Gifthexe zu enden. Kinder waren zwar immer im Bereich des Möglichen gewesen, aber nie wirklich ein Thema, das mich beschäftigte – schließlich war ich jung. Hexen kamen niemals in die Wechseljahre, weshalb wir selbst im hohen Alter noch schwanger werden konnten.

»Ich habe mir noch nie darüber Gedanken gemacht.«

Ja. Vielleicht würde ich mit Blake einmal Kinder haben – und wie es eine eiserne Regel in unserer Welt besagte, würden diese als Fae geboren werden. *Hochfae.* Ich nahm an, dass dies Mab Sorgen bereitete: Mit meiner Schattenaffinität würden sie sicherlich Dunkelfae werden.

Es war ausgerechnet die Spinnenfae, die als Erstes den Mund öffnete. »Mutter, das kannst du doch nicht ernst meinen.«

»Halt dich da raus, Morgana. Das tue ich auch für dich. Das tue ich für all meine Kinder.«

Die Morrigan verharrte einfach nur in ihrem Stuhl und ihr – mein – Gesicht war ausdruckslos. Hatte ich wirklich erwartet, dass sie sich auf meine Seite stellen würde? Wie dumm und naiv ich nach all der Zeit doch noch war.

»Ich habe mit Blake noch nie darüber geredet«, begann ich, bevor Mab mich erneut unterbrach.

»Ich glaube, dir ist nicht bewusst, was ich dir anbiete, Belladonna.«

Oh doch.

Es wäre dämlich, dieses Angebot auszuschlagen, aber irgendetwas in mir hinderte mich daran, es einfach anzunehmen.

Ich spürte über ein Dutzend Augenpaare, die auf mich gerichtet waren und die einzige Antwort erwarteten, die ich geben konnte: Dass ich mich für den Frieden und gegen eine eigene Familie entschied. Keine Kinder zu haben war ein verdammt niedriger Preis für Frieden.

Selbst Atropos wartete gespannt.

Wie aus dem Nichts fuhr Nora von ihrem Platz hoch und warf dabei die Weinkelche um, deren Inhalt den weißen Tisch ganz langsam blutrot färbte. »Wenn Belladonna keine Kinder kriegen darf, sage ich mich vom Nachthof los.«

»Nora.« Königin Mab betonte jede Silbe ihres Namens. »Du bist nicht nur eine Nachtfae, du bist eine stolze Hochfae. Meine Spionin. Ein Teil des Königshofes. Ich war sogar so gnädig, dich dem Zirkel der Hexenkönigin beitreten zu lassen – auch wenn das erst mal auf Eis liegt. Weißt du, wie viele Privilegien du besitzt?«

»Natürlich weiß ich das«, sagte Nora. »Aber es geht nicht um mich. Es geht um Belladonna.«

Mabs Stimme blieb kühl, doch das Eis in jedem Wort ließ mein Herz gefrieren. »Ich bin deine Königin.«

Die Mottenfae streckte die Brust raus. »Und Belladonna mein Licht. Ich will bei ihr sein und sie glücklich sehen, koste es, was es wolle. Und auch wenn es gerade etwas schwierig zwischen mir und Blake ist, so ist er doch mein Bruder, den ich über alles liebe. Und … Und wenn es heißt, dass ich den Nachthof verlassen muss, dann nehme ich das in Kauf. Aber ich werde sicher nicht das Unglück der zwei verschulden.«

»Du würdest zur Ausgestoßenen.«

»Nora.« Ermahnend zog ich am Arm der Fae. »Überleg dir das noch mal. Was bringt es mir, wenn ich weiß, dass du dadurch deinen Platz am Nachthof verloren hast?«

»Ich entscheide mich für Bella und Blake. Für meine Familie. Meinen Coven.«

»Bei der Ewigen Nacht, bist du dämlich«, kommentierte eine der drei Rabenschwestern. »Ein Coven bedeutet für uns Fae nichts. Wir leben nicht nach den Konventionen der Hexen.«

»Für mich schon«, schnappte Nora in die Richtung der Faeschwester zurück. »Für mich bedeutet es alles. Gehen wir, Bella?«

Mit gesenktem Kopf folgte ich der Fae aus dem Schloss. Ich wollte Mab nicht ins Gesicht sehen. Zwar konnte ich ihre Angst verstehen, doch was sie ihretwegen tat, ging zu weit. Und erst die Morrigan, die überdeutlich gezeigt hatte, auf welcher Seite sie stand.

»Ich … Es tut mir so leid«, sagte ich zu Nora. »Ich … Ich kann das nie wiedergutmachen!«

»Schon okay.« Sie lächelte mich an. »Ich war ein Teil des Nachthofes, weil ich keine Alternative hatte. Aber jetzt habe ich dich! Und Blakey!«

Gerade als ich dachte, dass wir es ohne weitere Zwischenfälle aus dem Schloss schaffen würden, schoss Morgana in ihrer riesigen Spinnenform um die Ecke.

»Was willst du denn noch?«, fragte ich nicht direkt genervt, eher müde und desinteressiert an weiterem Drama. »Ich werde nicht zu Mab zurückgehen. Auch nicht, wenn du mich in dein Netz packst und über den Boden schleifst. Hat sie mich nicht bereits genug gedemütigt?«

Mit vielem hatte ich gerechnet, aber nicht damit, dass die Fae ihr Haupt beugte. »Es tut mir leid. Alles, was meine Mütter dir gesagt haben. Es widerstrebt mir, anderen solche Befehle zu erteilen.«

Aus einer Laune heraus umarmte ich die riesige Spinne – was sicherlich etwas komisch aussah, da ich ihr gerade mal bis über die Oberschenkel reichte.

»Besuche mich irgendwann im Schloss, ja? Erzähl mir, wie es dir mit den Giften ergangen ist.«

Mit einem letzten Blick zur Spinne verabschiedete ich mich vom Königshof, von der Vorstellung, eine Mentorin zu finden und meiner kurzlebigen Hoffnung, dass meine einzige lebende Verwandte Gefühle für mich hegte.

»Was machen wir jetzt?«, fragte ich Nora.

»Ich muss ein paar Dinge ausbuddeln, die ich am ganzen Nachthof versteckt habe. Haben wir noch Zeit dafür?«

Nach all dem, was Nora für mich geopfert hatte, nickte ich.

»Gut! Dann setze ich dich beim Nest ab.«

Die Fae holte einen Stoffsack aus ihrem alten Zuhause und verabschiedete sich winkend. »Du kannst gerne ein paar VHS auf meinem Fernseher ansehen! Da sind sicher ein paar Filme dabei, die du nicht kennst.«

Sobald ich mir sicher war, dass Nora auf Mothra einige Flugmeilen zurückgelegt hatte, brach ich weinend auf dem Kissenberg zusammen. Die letzten Stunden waren einfach zu viel gewesen.

Und dann war da noch ...

»Ich vermisse Blake schrecklich«, gestand ich Atropos. »Ich ... Oh Göttin, ich kann nicht glauben, dass ich gehofft hatte, Morrigan würde mich lieben.«

Ah, und mit Liebe meinst du natürlich in die Richtung einer Mutter?

»Ja, romantisch mein ich damit nicht«, herrschte ich meine Schlange etwas zu harsch an.

»Entschuldige. Ich wollte nicht so fies sein.«

Schon gut. Das mit Morrigan war nicht einfach für dich.

»Ich vermisse Blake«, wiederholte ich meine Worte. »Ich ... ich könnte seine Umarmung gerade gut gebrauchen.«

Und was hindert dich daran, zu ihm zurückzukehren? Oder ihn herzuholen? Ich denke, unsere Angelegenheiten im Faereich sind erledigt. Oder bist du noch sauer auf ihn?

»Was? Nein. Anfangs war ich sauer, aber bin ich besser? Ich verschweige ihm immer noch das mit Anastasia. Und wer weiß, womöglich hätte ich nicht anders gehandelt, wenn seine Unsterblichkeit ungewiss gewesen wäre.«

Ich wollte Blake nicht verlieren. Nicht heute, nicht morgen und erst recht nicht in zweihundert Jahren.

»Aber was, wenn ich das für Blake fühlen muss? Wenn irgend so eine Frucht der Hölle mir diktiert, dass ich rote

Wangen bekomme, wenn er mir die Haare aus dem Gesicht streicht? Dass ich mich nach seinen Küssen und Berührungen verzehre, wegen eines Granatapfels?«

Was ist, wenn du ihn das endlich selbst fragst?

»Ich –«

Nein. Atropos hatte wieder einmal recht.

Ich atmete noch einmal tief ein und sagte: »Alastor«.

19. Kapitel

DIE SÜNDE DER HABGIER

Blake Avaritia

»Und du bleibst hier, *Alastor.*«

Der Rest des Blutrausches löste sich auf, als ihn die Magie des wahren Namens auf die Knie zwang. Er erhaschte noch einen Blick auf seine Braut, ehe sie durch ein Portal in den Nachthof verschwand. Sie sah nicht zurück, als sie mit verweinten Augen und zerzaustem Haar in die andere Welt trat.

Noch nie hatte Belladonna den wahren Namen mit Absicht gegen ihn verwendet. Eigentlich hatte sie sich noch nie dieser Macht bedient, sondern nannte ihn bei dem Namen, dem ihm seine Mutter gegeben hatte und den er zu ihrem Andenken auch weiterhin trug.

Er wollte sich mit der Hand übers Gesicht fahren, als er erst jetzt Carmillas trockenes Blut auf seiner Haut bemerkte. Bei jeder Bewegung spannte die geronnene Flüssigkeit auf seiner Hülle.

Von Sekunde zu Sekunde wurde seine Kleidung steifer, was er erst bemerkte, als er vom Boden aufstand. Zeitgleich nahm er den üblen Geruch wahr, der ihn wie ein fauliges Miasma umgab.

Beinahe hätte er sich in seine vollwertige Dämonenform verwandelt – hätte die Bestie in sich freigelassen und dann wäre seine Braut bestimmt schreiend ins Faereich getürmt. Er wollte nicht, dass sie ihn so sah ... So tot und monströs, während sie doch voller Leben war.

Obwohl das jetzt auch egal war. Belladonna war weg – vielleicht für immer.

Am liebsten wäre es ihm gewesen, wenn er die Schuld für seine jetzige Situation auf die Vampirin abwälzen könnte. Seit er sie mit dem Dolch aufgesucht hatte, war alles schiefgelaufen, was man in den Sand setzen konnte: Nun besaß irgendjemand das mächtigste Artefakt auf der Welt und seine Braut war mit seiner Schwester vor ihm geflohen.

Er war allein. Ganz alleine – bis auf Walpurga.

Bis auf die ehemalige Beraterin jener Königin, die ihm einen Teil seines Lebens geraubt und ihm gezeigt hatte, dass er als untote Kreatur doch in der Lage war, Schmerz zu empfinden.

Bei den ewigen Flammen des Höllenfeuers! Gab es auf dieser Erde eine Person, mit der er weniger gerne zusammen gewesen wäre?

Die beiden starrten sich eine Zeit lang stumm an.

Seine Braut schien Walpurga trotz aller Fehler, Beleidigungen und dem verpatzten Mordversuch zu vertrauen, aber er würde ihr niemals vergeben. Da konnte sogar die Hölle einfrieren.

Die Erdhexe stöhnte laut, als wäre sie beleidigt, weil er sie geflissentlich ignorierte.

Sie richtete sich den langen Umhang, ehe sie sich ins blutbefleckte Gras kniete.

Er ließ sie nicht aus den Augen. Er war sich immer noch sicher, dass sie Belladonna schaden würde. Die Hexe legte die Äpfel, die als Opfergaben angedacht waren, behutsam in einen Korb. Jedes Mal, wenn sie kurz innehielt, brachte er sich in Angriffsposition.

Die Auseinandersetzungen mit Belphegor und Carmilla

hatten einige Schäden und Unmengen von Blut im Innenhof hinterlassen. Er sah der Hexe an, dass sie sich am liebsten einen Wasserschlauch geschnappt und die schlimmsten Kampfspuren beseitigt hätte. Das war typisch für die ehemalige Erdhexe: Alles beseitigen, was ihr nicht gefiel.

Am Ende war es die Hexe, die zuerst ihren Mund aufmachte – und die ihn vollkommen überraschte: »Ich habe mich immer gefragt, warum Königin Sibylle der Verlobung mit dir zugestimmt hat. Sie hat mir gesagt, dass dies das kleinere Übel wäre, das sie in Kauf nehmen musste, um an der Macht zu bleiben, aber das ergab keinen Sinn. Sie hat mich belogen. Sie hatte von Anfang an vor, dich von Belladonna fernzuhalten. Sie wusste, dass es ihren Tod bedeutet, wenn Belladonna und du euch näherkommt.«

Sie hob ihren Kopf nicht an, während sie mit ihm redete. Das brachte das Höllenfeuer in seinen Adern nur noch mehr zum Lodern.

Aber er ließ sich nichts anmerken, weshalb er nur eine Augenbraue hob. »Worauf willst du hinaus?«

»Am Ende musste alles so kommen, wie es kommen musste. Königin Sibylle war nicht länger würdig, Königin der Hexen zu sein.«

»Ach ja. Dann wolltest du Belladonna aus Verehrung schon zum zweiten Mal töten. Einmal ist es ein Versehen und beim zweiten Mal ein Unfall – oder wie darf ich das verstehen?«

Apfelbrei tropfte zu Boden, als die Hexe eine Frucht mit ihrer bloßen Hand zerquetschte. »Ich wollte Belladonna niemals töten. Es war ein Schock für mich, als ich erfuhr, dass Königin Sibylle geplant hatte, sie zu vergiften – aber Belladonna hat überlebt. Diese Tat hat meine Königin in den Augen der Göttin noch weiter fallen lassen und Belladonna zur rechtmäßigen Thronanwärterin gemacht. Belladonna hat Ansichten, die der Göttin besser gefallen.«

Was hielt ihn eigentlich davon ab, die Hexe an den Haaren zu packen und ihren Schädel so lange gegen eine Mauer zu schlagen, bis er so matschig wie die Opfergaben des Festes war?

Wie lieblos sie diese Worte herunterratterte!

Mit ihrem Verhalten hatte Walpurga sich selbst die Hände schmutzig gemacht und nun hoffte sie auf Vergebung für all ihre Sünden.

Und wenn jemand sich mit Sünden auskannte, dann war es ein Dämon aus der Hölle.

»Ich mag Belladonna. Ich war dabei, als sie geboren wurde. Ich war es, die sie als Kind zur Hexenakademie gebracht hat, damit die Lehrhexen sie großziehen. Ich wusste, dass auf Pyra Verlass war und sie zu einer großartigen Hexe heranwachsen würde. Ich war es, die sie regelmäßig im Poison Garden besuchte, als sie hier zu arbeiten begann.«

»Und trotzdem wolltest du sie erneut töten, als du die Chance dazu hattest.«

Walpurga zischte. »Ich stand unter dem Einfluss von –«

Blake hatte keine Nerven für die Ausreden der Hexe. Bevor sie reagieren konnte, drückte er sie, den Unterarm an ihrem Hals, gegen eine Wand.

Carmilla war eine mächtige Dämonin, die er nur durch die kürzlich verschlungenen Herzen bezwingen konnte, im Vergleich war es schon fast lächerlich einfach, mit einer Erdhexe ohne Affinität zu kämpfen. Das Einzige, was sie anrichten konnte, war, ihn mit aller Macht wegzuschleudern, aber dies hätte lediglich zur Folge, dass er sehr, sehr, sehr wütend werden würde.

Der Ausdruck in ihren Augen verriet ihm, dass sie auch genau das geplant hatte, bevor sie ihre Arme mit einem resignierten Seufzen sinken ließ.

»Ich weiß, wie eine solche Beeinflussung funktioniert. Zuerst mein Vater, dann Königin Sibylle. Ich habe dagegen angekämpft und es gelang mir zumindest, den Bann meines Vaters zu brechen. Wenn Belladonna ihre Mutter nicht getötet hätte, wäre ich höchstwahrscheinlich in der Lage gewesen, auch ihn irgendwann zu zerstören. Du hättest dich einfach mehr anstrengen müssen.«

Vor einem Jahr war sie durch ihre Zugehörigkeit zum königlichen Coven noch viel mächtiger gewesen, während er an der kurzen Leine gehalten wurde und dadurch nur wenige Pakte schließen konnte, doch nun waren ihre Rollen vertauscht.

Auf Carmilla war er wütend, aber Walpurga hasste er abgrundtief.

Oh, ihre panischen Schreie konnte er schon wie die allerschönste Melodie in seinen Ohren hören.

Allerdings hielt ihn irgendetwas davon ab, endlich seine wahre Gestalt zu offenbaren und die Hexe zu bestrafen. Vielleicht, weil er Belladonna schon genug enttäuscht hatte ...

»Aber ich ... Ich ... Sie hat Königin Sibylle getötet«, rang Walpurga um eine Erklärung. »Sie war immerhin sehr lange meine Königin. Ich war ein Teil ihres Covens. Sie hat die Hexe aus mir gemacht, die ich heute bin.«

»Auge um Auge, also?«

»Ich ... Du wirst nie verstehen, was wir Hexen für unsere Königin empfinden.«

»Und du wirst niemals verstehen, was ich für meine Braut empfinde.«

Bei der Hölle! Er verstand es selbst nicht einmal!

Von allen Wesen auf dieser götterverdammten Welt brachte ausgerechnet eine Hexe sein totes Herz zum Schlagen.

Er hatte alles aufs Spiel gesetzt, damit sie wahre Unsterblichkeit erlangen konnte.

Und nun war sie weg.

Belladonna.

»Schon ironisch, oder? Das Schicksal hat die Königin der Hexen als meine Braut erwählt. Sehr viele von euch Hexen haben sich einen Spaß daraus gemacht, genau diese Auserwählte zu töten. Irre ich mich oder hat eure Königin Marie nicht sogar einst zu einer Hetzjagd aufgerufen?«

»Damals war ich noch nicht einmal geboren«, krächzte Walpurga, der der Druck auf ihrer Luftröhre zu schaffen machte. »Ich kann nichts dafür.«

Nein, dafür konnte sie nichts.

»Wirst du mich jetzt töten?«

Er sah sie erneut an und erinnerte sich an all die Momente, in denen sie mit einem sadistischen Grinsen hinter Königin Sibylle gestanden hatte. Erinnerte sich an die grausamen Dinge, die sie seiner Braut ins Gesicht geschleudert hatte.

Ja, er sollte sie töten.

Stattdessen nahm er die Hand zurück und die Hexe glitt an der Mauer zu Boden. Ihr Atem rasselte, aber sie erholte sich schnell von den kleineren Blessuren.

Wahrscheinlich würde er es noch bitter bereuen, dass er diese Chance nicht ergriffen hatte. Heute war schon genug Blut geflossen.

»Ich kann dich nach wie vor nicht ausstehen«, zischte die Hexe.

Sie war immer noch schwach auf den Beinen, weshalb sie auf allen vieren über den Boden zu ihrem Korb zurück kroch.

»Danke. Das gebe ich gern zurück.«

»Aber ...« Sie seufzte schwer. »Belladonna liebt dich – und du sie scheinbar auch. Das akzeptiere ich. Widerwillig, ja, aber ich dulde dich als Prinzgemahl, solange Belladonna ihre Meinung nicht ändert.«

»Ich ...«

Der Dämon war absolut sprachlos.

Er hatte fest damit gerechnet, dass sie ihm aufs Neue Beleidigungen an den Kopf warf.

»Und eines will ich noch mal sagen: Ich war ein Baum. Ein fühlendes und denkendes Wesen. Das heißt, dass ich mitbekommen habe, was im Thronsaal besprochen wurde – oder was ihr im Thronsaal getrieben habt.«

Wäre er nicht untot, hätte die Scham ihn in diesem Moment tomatenrot werden lassen.

»Verdammt.«

»Schon gut. Ein traumatisches Erlebnis mehr oder weniger verkrafte ich gerade noch. Nun denn. Ich habe viele Hexen, um die ich mich kümmern muss«, sagte Walpurga. »Da sie sich in einem vulnerablen Zustand befinden, werde ich ihre Sicherheit über alles andere stellen. Ich werde mächtige Schutzrunen anbringen und die nächsten achtundvierzig Stunden über sie wachen. Ich fürchte, dass ich mich nur um diese eine Angelegenheit kümmern kann.«

Er stutzte. »Du weißt, was ich vorhabe?«

»Verzweifelte Zeiten verlangen nach verzweifelten Maßnahmen.« Sie räusperte sich. »Ich ... bin schon mal mit ein paar Mitgliedern der *Ars Goetia* aneinandergeraten, weshalb ich mich aus dieser Angelegenheit raushalten werde. Ich habe gerade erst mein Leben zurückerhalten und bin nicht scharf darauf, es wieder zu verlieren.« Sie nahm den Korb mit Obst und Brot, las ihre Notverpflegung auf und wandte sich zum Gehen. »Ich warte dann auf die Rückkehr unserer Königin.«

»Das bedeutet nicht, dass ich dir verzeihe«, rief er ihr noch nach. »Das werde ich niemals.«

Walpurga sah über ihre Schulter. »Deine Vergebung habe ich auch nicht verdient.«

Rund vier Dutzend Sigillen zierten den Boden und die Wände des Raumes. Der Geruch von geronnenem Blut war nahezu überwältigend und ein Mensch hätte sicher Reißaus genommen. Es stank nach Eisen und Salz, metallisch und unangenehm – aber darunter lag eindeutig ein Hauch von Schwefel.

Gut. Wenigstens schien dieses Mal alles hervorragend zu funktionieren.

Blake nutzte eine freie Fläche an der Wand und tauchte einen Haarpinsel in einen entweihten Goldkelch voll mit Blut.

»Und der letzte Dämon auf der Liste ist ...« Er fluchte, als er den Plastikstift suchen musste, um auf dem Tablet umzublättern. Er hätte sich vielleicht doch ein Buch zulegen sollen, schließlich fand man die Beschwörungssymbole überall. Die meisten Menschen wussten nur nicht, dass man sie mit frischem Blut aus den Adern ziehen musste ... »Ah! Andromalius – oder sollte ich sie eher Melusine nennen?«

Er malte einen großen Kreis, den alle Beschwörungssymbole gemein hatten. Er wusste nicht, wie die *Ars Goetia* an ihre Beschwörungsnamen und an diese komplizierten Symbole gekommen waren. Aber Fakt war, dass verzweifelte Menschen sie jederzeit durch diese magischen Siegel herbeirufen konnten, während er aktiv auf die Suche nach willigen Partnern gehen musste. Der einzige Nachteil waren diese verdammt aufwendigen Zeichnungen, die ihn wertvolle Zeit kosteten.

Belladonna war im Faereich sicherer als bei ihm, aber auf den Rest der Menschheit traf dies nicht zu. Schon jetzt hatte er einige Schlagzeilen aufgeschnappt, die er einem der sieben Dämonenfürsten zuordnen konnte: Belphegor hatte Festivalgäste in Australien in einen Zustand versetzt, der Ärzte weltweit zum Verzweifeln brachte. Im Indischen Ozean – nahe Madagaskar – war ein Luxusdampfer von irgendetwas in die Tiefe gezogen worden. Der Tod dieser Menschen trug eindeutig die Handschrift von Leviathan, dem Herrn über die höllischen Meereskreaturen. Zu guter Letzt waren in mehreren friedlichen Orten auf der Welt völlig grundlos schlimme Auseinandersetzungen entflammt, die nur Satan als Todsünde des Zornes heraufbeschwören konnte.

Die anderen Dämonenfürsten hielten die Beine seltsam still – allen voran sein Vater.

Ihm waren diese Menschen, die er nur als Nahrungs- und Kraftquelle betrachtete, relativ egal – doch es quälte ihn, dass seine Braut sich für all das Leid die Schuld geben wollte.

Für sie musste er das alles wieder geradebiegen. Koste es, was es wolle ...

Er nahm eine seiner Münzen aus der Tasche und ließ sie auf den Boden fallen. Als das höllische Metall eines der Blutsymbole berührte, begann die Sigille sich dunkelschwarz zu verfärben. Rauch stieg in die Luft und formte eine Gestalt nach der anderen. Leuchtende Augen blickten abwartend in seine Richtung.

Mit ruhiger Stimme sagte der Dämon: »Ich – Alastor – rufe

die *Ars Goetia* der Hölle an. Zeigt mir eure Gesichter und seid meine Gäste für diese eine Nacht.«

Selbst er als Adliger musste äußerste Vorsicht bei so einer Beschwörung walten lassen. Es war von unglaublicher Wichtigkeit, dass er sein Anliegen in einen möglichst unspezifischen Wunsch verpackte, um nicht angreifbar zu sein.

Der Rauch lichtete sich und enthüllte die einzige Allianz der Dämonenwelt: Die *Goetia* der Hölle. Eine Schar von wunderschönen Raubtieren.

Und seine allerletzte Hoffnung.

»Sieh an.«

»Der Vielfraß der Hölle hat uns herbeigerufen.«

»Ich habe eigentlich Besseres zu tun.«

»Mein Schloss ist so viel größer als dieses hier!«

Er bereute es nicht – aber er war bereits jetzt genervt. Es gab einen guten Grund, warum er nur Carmilla und vielleicht Asmodäus und Barbatos einweihen wollte: Dämonen waren schlimme Plagegeister. Seine Braut hatte schon recht mit der Aussage, dass Dämonen nervig und penetrant waren, auch wenn er es ihr gegenüber nie offen zugeben würde.

Es war Asmodäus – der gleichnamige Sohn des Urfürsten – der als Erstes aus der Masse trat und auf Blake zukam. Als wären sie befreundet, legte er einen Arm um den Untoten, der sich anspannte. Diese Geste sollte ihn nur einlullen und seine Zunge locker machen. Seine Schmeicheleien waren ein Grund, warum er Carmilla um Längen bevorzugte.

»Eine schöne Nacht, nicht wahr?«, säuselte er mit einer Stimme, die das Blut eines jeden Wesens mit Leidenschaft zum Kochen bringen konnte. »Jetzt verrate mir mal, warum du uns alle in ... Moment mal.« Der Dämon hielt inne und sein Blick wanderte durch den Saal. »Das ist das Schloss der

Hexenkönigin! Mein lieber Blake! Deine Braut ist doch nicht wirklich die neue Hexenkönigin? Ich dachte, das wäre nur ein geschmackloser Witz.«

Blake wollte dem Dämon nicht ins Gesicht sehen. Inkuben und Sukkuben besaßen die Fähigkeit, besonders attraktiv auf andere Wesen zu wirken, und obwohl er als adeliger Dämon selbstverständlich immun gegen die Todsünde der Wollust war, so war er dennoch empfänglich für diese leichte Manipulation der Sinne.

Er wusste, dass Asmodäus' blondes Haar auf ihn nahezu weiß wirken und seine Augen veilchenblau glänzen würden.

Weil er gerade nicht über seine Braut reden wollte, schob er etwas anderes vor: »Ein Dämonenfürst ist tot.«

Asmodäus wirkte nicht überrascht. Keiner der Dämonen verzog auch nur eine Augenbraue.

»Ja, das wissen wir. Es traf meinen Vater Asmodai und Lucifer. Darum war ich mit Andrealphus auch gerade noch am Feiern.« Demonstrativ drückte er ein Cocktailglas gegen Blakes Brust. »Wie lange willst du uns hier festhalten? Meine Braut und ich haben noch ein paar Orgien zu managen. Zeit ist Geld, das muss ich dir als Habgier nicht erzählen, oder?«

Als das Wort auf den Urvater der Vampire fiel, trat Carmilla eindrucksvoll ihrer Todsünde gerecht aus der Menge der beschworenen Höllenwesen. Der Kampf von letzter Nacht hatte keine Spuren auf ihrer Porzellanhaut hinterlassen.

»Mein Tag kann nicht noch mieser werden«, seufzte die Vampirin. »Mein Vater wurde getötet! Und das nicht von mir!«

»Ach ja?!«, brauste Blake auf. »Wie wäre es, wenn wir erneut gegeneinander antreten, und dieses Mal halte ich mich nicht für Belladonna zurück.« In freudiger Erwartung leckte er sich über die Lippen. »Vielleicht wollen die *Ars Goetia* sehen, wie eines ihrer mächtigsten Mitglieder von dem jüngsten Dämonenlord umgebracht wird.«

»Warum bist du denn so mies drauf?« Asmodäus runzelte die Stirn. »Was habe ich verpasst?«

»Frag doch einfach Carmilla.«

»Was hast –«

»Was habe ich denn getan?«, rief der Hochmut dazwischen.

»Wenn du noch einmal meine Braut anfasst, zerreiße ich dich in tausend kleine Stücke!«

»Ich kenne deine Braut nicht. Ich sehe nur die Hexenkönigin, an die du dich klammerst, als wärst du ihr hörig. Hast du keinen Stolz?«

»Gut! Du willst dieses Mal also wirklich sterben!«

Carmilla prustete hemmungslos. »Ha! Denkst du verrottetes Stück Fleisch wirklich, dass du etwas gegen mich ausrichten kannst? Gegen die Königin der Vampire? Die Fürstin des Blutes? Die unbarmherzige Pfählerin?«

»Sollen mir deine nutzlosen Titel Angst einflößen?«, höhnte Blake. »Du klangst nicht so selbstbewusst, als du wimmernd vor mir lagst.«

»Ich habe dich falsch eingeschätzt. Das passiert mir kein zweites Mal, Avaritia.« Sie schob die Ärmel ihres Kleides hoch und ließ ihre Fingernägel wachsen. »Dieses Mal werde ich dich vernichten.«

»Carmilla«, übernahm der Inkubus Andrealphus das Wort. Als er Carmillas monströse Hand ergriff, wurden ihre Gesichtszüge tatsächlich etwas weicher. Kein Wunder: Andrealphus war die Braut von Asmodäus und Carmilla verehrte ihn wie alle anderen, die die Frucht des Granatapfels verspeist hatten. »Du bist doch diejenige, die sich sonst so für uns Bräute einsetzt. Liegt es daran, dass Belladonna eine Hexe ist?«

Leise wie der steigende Ozean regte sich die eine nichtdämonische Gestalt in der Runde. »Ah, wie schön, dass ihr mich ganz vergessen habt«, raunte Shuilian und füllte den Raum mit ihrem Opiumduft. »Nur weil ich einmal zu spät bin. Ich habe auch einige Fragen: Warum wurde Melusine beschworen? Warum sind hier überhaupt so viele Dämonen und wo ist Belladonna? Ich dachte, dass es darum geht, dass eine Braut den *Ars Goetia* vorgestellt wird.«

»Wo warst du eigentlich?«, zischte Blake in die Richtung der Wasserhexe. Als Braut hätte sie Belladonna im Kampf gegen Belphegor unterstützen können, da sie nicht beeinflussbar war.

»Wisst ihr, wie qualvoll es ist, als Meerjungfrau in einer Dürrezeit zu reisen?«, antwortete Melusine, die Dämonin der Hexe, für ihre Braut. »Du hast das Blut für mich unnötig vergossen. Wir sind nur etwas zu spät angekommen.«

»Meerjungfrau?«, höhnte der Werwolf Barbatos. »Nennt ihr euch jetzt wieder so?«

»Halt die Klappe, du Flohsack«, kam prompt die nette Antwort.

»So viele Fragen, meine liebe Dämonenbraut«, übernahm Asmodäus nun wieder. »Als Erstes sollten Barbatos und Melusine diese dummen Späßchen lassen. Du auch, meine liebe Carmilla. Wir wurden als Gäste beschworen und können unserem Gastgeber deshalb ohnehin keinen ernsthaften Schaden zufügen.« Asmodäus drückte Blakes Schulter – fest. So fest, dass sich die Nägel des Inkubus durch den Stoff des Jacketts bohrten. Er zuckte zusammen und verzog das Gesicht vor Schmerzen, was Asmodäus zum Grinsen brachte. »Oh, ist mein Griff zu stark? Das war nur ein Versehen.«

Blake lächelte den Schmerz weg. »Warum seid ihr dann alle gekommen, wenn ihr genau wisst, dass ihr als Gäste niemanden angreifen könnt. Gehe ich recht in der Annahme, dass ihr auch etwas von mir wollt?«

Barbatos lachte bellend. »Für jemanden, dessen Gehirn verrottet ist, bist du gar nicht so blöd.«

Der Untote seufzte nur und deutete auf den riesigen Esstisch. »Wollen wir nicht alle Platz nehmen?«

»Die Stühle reichen nicht aus.«

»Ihr dürft euch hinsetzen, wie ihr wollt.«

»Ich sitze auf Melusines Schoß!«, freute sich Shuilian.

Die andere Sirene neben Melusine – Undine – pfiff, beeindruckt von den ganzen Sigillen, als sie sich gegen die Tischplatte lehnte. »Du hast ganz schön geblutet, als du die ganzen *Ars Goetia* gerufen hast. Es wundert mich, dass du noch so standfest bist.«

»Ich bin tot. Ich blute nicht. Deshalb habe ich ein paar Menschen getötet«, sagte der Dämon und nahm am Tisch Platz. Das erstaunte Raunen, das durch die Dämonen ging, zauberte ihm ein überhebliches Lächeln ins Gesicht. »Ihr solltet meine Jugend nicht mit Menschlichkeit verwechseln.«

»Hast du noch etwas Blut für mich übrig?«, fragte Carmilla.

»Für dich nicht.«

Sie legte ihre Arme auf den Tisch. »Warum denn nicht?«

Blake vertrieb einen der Dämonen von dem Stuhl, der für seine Hexenkönigin gedacht war, mit einem animalischen Knurren.

»Ich verstehe nun einmal absolut keinen Spaß, wenn es um Belladonna geht«, wandte er sich dann an Carmilla.

»Carmilla«, dröhnte Asmodäus. »Du bist zu weit gegangen, als du seine Braut angegriffen hast. Als Hexe hat er es nicht nötig, sie so bald zur Braut zu machen. Sie altert nicht und ist gegen jegliche Krankheit gefeit.«

»Aber –«

»Kein Aber! Unsere Bräute bleiben auch im Zweifelsfall unantastbar. Das haben wir als *Ars Goetia* geschworen.«

»Wir wissen doch gar nicht, ob sie *wirklich* seine Braut ist«, stellte sich ausgerechnet Belial auf die Seite von Carmilla. Bei der Hölle! Am liebsten hätte er dem Nachtmahr dieses träge, überhebliche Grinsen aus dem Gesicht gekratzt. »Er hatte ja schon was mit der anderen Hexenkönigin.«

Blake knallte die Hände auf den Tisch. »Ihr wisst alle, dass Mammon mich verkauft hat!«

»Aber warum?«, bohrte der Nachtmahr nach. »Warum handelt er mit der Hexenkönigin? Da steckt doch mehr dahinter.«

Blake kniff die Lippen zusammen und ignorierte Belial.

»Ich sage es ein letztes Mal: Belladonna ist meine Braut und nur weil sie noch nicht den Granatapfel gegessen hat, hättest du – Carmilla – ihr beinahe noch etwas angetan. Ich warne dich ein allerletztes Mal. Dann kann ich für nichts mehr garantieren. Mir doch egal, wenn ich euch alle gegen mich aufbringe. Ich beschütze Belladonna, egal ob sie den Apfel isst oder nicht. Das ist mir egal.«

»Stimmt das, Carmilla?«, fragte Undine.

»Und ich warne dich ein allerletztes Mal, dass ich Hexen weiterhin als meine Feinde ansehe«, raunte Carmilla in die

Richtung des Untoten. »Sie haben mir meine Bräute geraubt und ihre Königin soll dafür büßen.«

»Ach und das ändert sich, wenn sie den Granatapfel isst?«

»Selbstverständlich, mein Lieber«, erklärte sie mit gesenkten Lidern und säuselnder Stimme. »Dann weiß ich, dass ihre Loyalität unsereins gehört.«

»Gut. Dann haben wir das geklärt«, sagte Asmodäus. »Sobald Belladonna den Granatapfel gegessen hat, wird Carmilla sie in Ruhe lassen.«

»Kommt nicht –«, wollte Blake protestieren. Es war viel zu früh für sie und nach alldem, was geschehen war, bezweifelte er, dass sie sich demnächst darauf einlassen würde.

»Es ist geklärt, Avaritia«, unterbrach ihn Asmodäus mit Nachdruck. »Du bist in keiner Position, Einsprüche zu erheben. War das alles, was du von uns wolltest?«

»Du kannst gerne mit in den Club kommen«, grätschte Andrealphus dazwischen. »Ich gebe dir auch was aus.«

»Nein. Ich wünschte, es wäre mein einziges Problem.« Blake machte eine kurze Pause. »Fragt ihr euch nicht, was die Dämonenfürsten getötet hat?«

Die *Ars Goetia* tauschten Blicke untereinander aus.

»Natürlich hatten wir auch unsere Vermutungen angestellt.« Barbatos kratzte sich am Kopf. »Noch nie zuvor ist ein Dämonenfürst gestorben, weshalb wir einfach mal annahmen, dass sie jetzt wie die Fliegen tot umfallen würden.«

»Wirklich?!« Blake hätte gelacht, wenn es nicht so verdammt fahrlässig von den anderen Dämonen gewesen wäre. »Was, wenn eine Krankheit die Ursache ist? Etwas, das uns auch gefährlich werden kann. Ihr –«

»Wie alt bist du?« Der Schalk war aus Asmodäus' Stimme verschwunden. »30? 40 Jahre? Jünger? Wie lange musstest du unter deinem Vater leiden? Alle anderen von uns haben mindestens ein Jahrhundert unter dem Joch einer Todsünde zugebracht. Wir alle haben Dinge getan, die wir nicht tun wollten. Dinge, die uns unsere ganze Existenz lang quälen werden.« Einige Dämonen ließen die Köpfe hängen, andere schnaubten und wenn er sich nicht verhört hatte, schniefte jemand. »Wir waren einfach froh, dass zwei von den Dreckskerlen endlich tot sind. Kannst du uns das verdenken?«

Blake knurrte leise. »Nein. Ich verstehe schon.«

»Aber jetzt erklär doch mal, woran die zwei gestorben sind. Du scheinst da mehr zu wissen.«

»Meine Braut« – er ignorierte Carmillas Gelächter höflich – »kam vor ein paar Monaten in den Besitz des Knochendolches. Ich habe ihn Carmilla gegeben. Das meinte ich zumindest. Sie streitet es ab.«

Asmodäus sah zur Vampirin. »Carmilla?«

Sie zuckte mit den Schultern. »Ich besitze ihn nicht, wie ich schon hundertmal gesagt habe. Ich habe mich die letzten Tage als Dienstmädchen auf diesem Schloss ausgegeben, weil ich meinte, dass Blake auf mich zukommen würde. Er hat ihn mir vor ein paar Wochen unter dem Granatapfelbaum versprochen.«

»Aber warum bist du zu Carmilla gekommen? Ich, Barbatos und Belial wären genauso interessiert daran gewesen.«

Aus einem ersten Impuls heraus wollte Blake den Anwesenden seine Beweggründe verschweigen, aber er war sich im Klaren darüber, dass er alle Dämonen auf seiner Seite brauchte, um diesen Kampf zu gewinnen.

Blake senkte den Kopf und murmelte. »Ich hatte gehofft, dass Carmilla mir wohlgesonnen ist, weil ich das alles nur für meine Braut getan habe.«

»Das verstehe ich nicht.«

Er fasste kurz zusammen, dass er das alles getan hatte, um die Unsterblichkeit der Hexen – und damit die seiner Braut – wiederherzustellen. Sofort blickten alle zu Shuilian, die genüsslich an ihrer Pfeife sog. »Oh, ich wusste das schon lange. Meine alte Lehrerin hat mir davon erzählt. Sie war eine Sternenhexe und konnte sowohl in die Zukunft als auch in die Vergangenheit blicken.«

»Verdammt, Shuilian!« Melusines Faust hinterließ eine Kerbe im Tisch. »Ich will ebenfalls nicht, dass du stirbst. Wie viel Zeit bleibt dir noch?«

»Noch etwa zweihundert Jahre«, gestand die Wasserhexe ihrer Dämonin. »Aber meine alte Lehrerin ist damals ins Faereich geflüchtet. Da die Zeit dort unberechenbar ist, lebt sie bis heute.«

»Das ist doch kein Leben!«, brauste Melusine auf. »Im Faereich hast du keine Magick! Ganz zu schweigen, dass die Fae Hexen hassen! Vielleicht wirst du gleich getötet, wenn man dich aufgreift!«

»Die letzten hundert Jahre waren schön«, sagte Shuilian und nahm die Hand ihrer Partnerin. »Was, wenn wir aus den nächsten zweihundert Jahren einfach das Beste herausholen?«

Melusine legte den Kopf in den Nacken und ... und schniefte. Blake war es nicht gewohnt, einen Dämon weinen zu sein. »Nein. Es tut mir leid, aber das kann ich nicht akzeptieren. Willst du nicht die Ewigkeit an meiner Seite sein? Ich will nie wieder allein sein.«

»Du wirst nicht allein sein. Du hast doch noch Undine und Lorelai.«

Melusine fuhr sich mit den Händen über die Augen. »Aber du bist meine Braut! Ich habe Jahrhunderte auf dich gewartet! Ich ... ich habe etwas falsch gemacht, oder? Du bist unglücklich mit mir.«

»Nein! Nein!«, fuhr Shuilian dazwischen und legte endlich ihre Pfeife weg, um ihre Dämonin zu beschwichtigen. »Es ist nur ... Ich habe Angst, dass, wenn wir alle Dämonenfürsten töten, damit wir Hexen unsterblich werden, wir sehr viele Opfer dafür in Kauf nehmen. Hexen, Dämonen – ja vielleicht auch Fae. Ich weiß nicht, ob mein Leben es wert ist, dafür so etwas zu riskieren. Wir Hexen haben uns schon lange damit abgefunden, nach ein paar Jahrhunderten zu unserer Göttin zu gehen.«

»Bitte, lass es mich versuchen.« Melusine nahm die Hand ihrer Braut und küsste liebevoll ihre Fingerknöchel. »Wenn du für immer meine Braut sein willst, dann lass mich für uns alles riskieren.«

Als die Dämonin und ihre Hexenbraut dazu übergingen, sich unter Küssen Versprechen zu geben, wandte Blake sich ab.

Als er wieder zurück in die Runde blickte, fiel ihm auf, dass Asmodäus' Braut ihn angrinste. »Verdammt. Bist du süß«, rutschte es Andrealphus über die Lippen. »Du riskierst den Weltuntergang für deine Geliebte. Wo ist denn besagte Braut? Ich will sie jetzt unbedingt kennenlernen!«

»Sie ist ins Faereich geflüchtet, als ich ihr gestanden habe, dass die Befreiung der Urdämonen meine Schuld ist.«

Letztendlich platzte Belphegor die Hutschnur und er packte die Vampirin am Kragen. »Carmilla, ich frage dich ein einziges Mal: Hast du diesen Dolch wirklich nicht? Damit könnten wir auch die anderen Dämonenfürsten töten!«

Sie packte ihn am Arm und der Knochen knackte leicht, sodass er vor Schmerz aufheulte. »Mach dich nicht lächerlich. Ich lüge nie. Ich will genauso wie ihr alle wissen, wer im Besitz des Dolches ist und wer damit meinen Vater getötet hat.« Carmilla leckte sich über die knallroten Lippen. »Ich würde nur zu gerne in Erfahrung bringen, wer es war. Damit ich seinen Kopf liebevoll abtrennen und äußerst sanft auf einen Pfahl spießen kann. Diese Person hat mir die Chance genommen, mich bei meinem Vater für all die Jahrhunderte der Demütigung zu rächen!«

»Wirklich? Ich dachte, du und Lucifer wart ziemlich eng.«

»Du meinst doch nicht meinen Vater, der mich auf ein Duell auf Leben oder Tod mit meinen anderen zwei Brüdern und deren Vampiren geschickt hat, als ich gerade einmal 80 Jahre alt war? Hätte ich meine Bräute nicht gehabt, wäre ich jetzt tot.«

Asmodäus' Seufzen war so schwer und laut, dass es die Aufmerksamkeit aller auf sich lenkte. »Mein lieber Blake, lass uns doch mal von vorne anfangen. Du hast diesen Dolch Carmilla gegeben, aber sie besitzt ihn nicht. Erzähl mir ganz genau, was passiert ist. Versuch dich an jedes noch so kleine Detail zu erinnern.«

Blake öffnete den Mund, nur um kaum ein Wort über seine Lippen zu bekommen. »Ich … Ich habe ihn gestern – nein vorgestern – wartet … Letzte Woche?«

»Was ist los?«, brummte Barbatos. »Gärt dein Gehirn gerade?«

»Ich … kann mich nicht mehr erinnern.«

»Wie?«

»Es ist … wie ein Nebel in meinem Kopf, der Erinnerungen verschleiert. Ich weiß nicht mehr, wann und wem ich den Dolch überlassen habe. Ich dachte die ganze Zeit nur, dass ich es weiß, aber wenn ich versuche, mich darauf zu konzentrieren dann …« Der Dämon fasste sich an den Kopf. »Das kann doch nicht wahr sein.«

Plötzlich wurde sein Kopf brutal zurückgerissen. Erstaunt blickte er in das Gesicht eines Nachtmahres, der ihn kritisch beäugte, als würde er aus seinen Zügen etwas lesen können.

Blake schnaubte. »Du könntest beim Vorspiel etwas sanfter sein.«

»Irgendjemand hat dich mit einer mächtigen Illusion ausgetrickst«, stellte Belial unaufgeregt fest. »Wenn du schläfst, könnte ich in dein Unterbewusstsein eindringen und herausfinden, wie es wirklich abgelaufen ist.«

»Da gibt es nur ein Problem: Ich schlafe nicht.«

»Verdammt. Du bist ja schon tot.« Er ließ Blakes Haare los. »Wir müssen einen anderen Weg finden, um an Informationen zu kommen.«

»Mich würde ja einmal interessieren, was dieser Knochendolch überhaupt genau ist«, sagte Melusine, deren Augen immer noch gerötet waren. »Ich habe erst nach den Ereignissen bei der Krönung der Hexenkönigin davon erfahren. Mir ist in meiner ganzen Existenz nie ein Wort über diesen Gegenstand zu Ohren gekommen.«

»Ich weiß nur, dass der Knochendolch aus den Gebeinen eines Engels hergestellt worden ist. Darum wird er auch manchmal als Engelsdolch bezeichnet«, erklärte Shuilian und streckte einen Finger aus. »Es gibt nur ein einziges Exemplar und damit ist man in der Lage, alles zu töten.«

»Was zur Hölle ist ein Engel?«, warf Asmodäus ein.

Belial grinste. »Du weißt schon: Schicker Heiligenschein, weiße Kleidchen, nervige Harfe – Geflügel eben.«

Asmodäus' Braut mischte sich auch wieder ein: »Ich bin

sicher nicht der älteste Dämon im Raum, doch ich lebe seit einigen Jahrhunderten – aber einem Engel bin ich noch nie begegnet.«

»Andrealphus und ich haben wirklich alles gesehen – und hatten auch schon alles im Bett. Hexe, Fae, Dämon, Mensch – aber ein Engel? So etwas kann nicht existieren.«

Shuilian erklärte: »Ich denke, dass es ein Wesen war, das die Menschen verehrt haben. Lange, bevor es uns gab. Kein Dämon. Keine Hexe. Keine Fae. Etwas anderes, das uns heute unbekannt ist.«

Asmodäus legte den Kopf schief. »Wäre dieses Wesen dann nicht unsterblich?«

»So unsterblich wie Hexen?«

Der Witz von Baal ließ Melusine von ihrem Sitz aufspringen, sie hüpfte auf den Tisch, beugte sich zu ihm hinab und presste eine Hand an seine Brust. Wasser gemischt mit Blut tropfte aus dem Mund des Dämons, der nur noch gurgelnde Laute von sich geben konnte. »Willst du noch etwas sagen? Los. Nur, weil wir Blake nicht angreifen können, heißt das nicht, dass wir uns gegenseitig nicht die Schädel einschlagen dürfen.«

»Melusine, nicht so aggressiv, ja?«, lächelte Carmilla ihre Verfehlung weg. »Wir werden schon dafür sorgen, dass du und deine Braut den Sensenmann nicht fürchten müsst.«

»Irgendjemand da draußen besitzt also eine Waffe, die uns alle töten kann. Großartig. Wirklich genial.« Melusine warf ihre langen roten Haare zurück. »Ich habe nicht einhundert Jahre im Fegefeuer verbracht, um von einem Messerchen in die ewige Verdammnis geschickt zu werden. Ganz zu schweigen davon, dass, wenn nicht alle Dämonenfürsten getötet werden, meine Braut stirbt.«

Shuilian lehnte sich zurück und blies Rauch aus. »Omnia peribunt.«

»Nur, weil du es auf Latein sagst, macht es die Sache nicht weniger tragisch.«

»Das war auch nicht meine Absicht. Latein macht es tragischer.«

Danach brach das Gespräch über den Dolch ab. Die Dämonen diskutierten untereinander über alles Mögliche, während er sich zurückzog, um zu grübeln.

Er hatte Belladonna verraten.

Er hatte nur die besten Absichten gehabt, aber das änderte nichts daran, dass er ihr Sachen verschwiegen hatte. Dass er sie auf ganzer Linie enttäuscht hatte.

Er würde es verstehen, wenn sie die Verlobung löste.

Obwohl er alles in seiner Macht Stehende getan hatte, schien selbst die Anrufung der *Ars Goetia* vergebene Liebesmüh zu sein. Nach nur wenigen Minuten hatten sich die Gespräche der Anwesenden bereits anderen Dingen zugewandt.

»... lade euch ein ...«

»... Satan und Mammon sind überlegen ...«

»... Club und ein paar Menschenseelen sammeln ...«

»... eine Orgie – oder zwei ...

»... oder ein Massaker ...«

»*Alastor.*« Er schreckte hoch, als er die Stimme seiner Braut durch all den Wirbel um ihn herum vernahm. Bildete er sich das ein? »*Komm zu mir zurück.*«

»Cherry?«

Die nächsten Worte klangen aufgelöst. »*Bitte. Ich brauche dich.*«

Nein! Das war eindeutig ihre Stimme!

»Meine Braut ruft nach mir.«

Barbatos warf die Arme in die Luft. »Das ist doch nicht dein Ernst, dass du uns hierhin rufst und dann –«

Ehe der Dämon seinen Satz beenden konnte, war Blake einfach verschwunden und hinterließ einen Haufen tobender Kreaturen der Hölle.

20. Kapitel

DIPTAM

Dictamnus albus

»Komm zu mir zurück. Ich brauche dich«, rutschte es mir über die Lippen und ich merkte erst jetzt, wie miserabel und allein ich mich gerade fühlte.

Ob er überhaupt erscheinen wird?, fragte ich mich und schniefte in ein altes historisches Kostüm, das gerade griffbereit herumlag.

Ich glaube nicht, meinte Atropos.

»Du denkst nicht, dass er mich wiedersehen will?«

Nein, dass das ein Kostüm ist. Du hast gerade in ein jahrhundertealtes Kleid geschnäuzt und es für immer ruiniert.

»Oh.«

Ich wollte das Relikt gerade unter den Kissen verstecken, als sich dunkler Rauch im Raum ausbreitete und zu einer menschlichen Gestalt wurde.

Blake war da.

Seine Ankunft löste so viele – auch widersprüchliche – Gefühle in mir aus, weshalb die erste Frage, die ich ihm stellte, total banal klang: »Wie bist du denn so schnell hierhin gekommen? Musstest du kein Portal suchen?«

Er schüttelte den Kopf. »Du hast mich mit meinem wahren Namen beschworen.«

»Ah, du hast recht. Du musstest erscheinen, oder?«

Blake nickte.

Eine Zeit lang starrten wir uns nur stumm an. In mir tobten so viele Emotionen. »Wolltest du denn kommen?« Hast du mich vermisst?

Dann schlich sich dieses für Blake typische Grinsen in sein Gesicht und alle Dämme brachen. »Ja, aber ich diene meiner dunklen Königin nur zu gerne.«

Ich schluckte meinen dummen Stolz runter und schmiss mich Blake direkt gegen die Brust. Er nahm mich nicht in die Arme, so überrumpelt war er. Dann hob er einen Arm – und legte ihn nicht um mich?

»Suchst du deinen Rücken nach einem Messer ab?«, murmelte ich gegen seinen Anzug.

»Oder einen Dolch«, antwortete er. »Ich habe nicht damit gerechnet, dass du mich ... Ich dachte ... du hasst mich.«

»Du dachtest, dass ich mit dir Schluss gemacht habe.«

Zaghaftes Nicken.

Ich seufzte, löste mich widerwillig von ihm und hob meine Hand. »Siehst du das? Das ist ein Verlobungsring. Wenn ich mich von dir getrennt hätte, dann würde dieser jetzt mitten in deinem Frontallappen stecken.«

Der Dämon schluckte schwer, aber schenkte mir ein kleines Grienen. »Gut zu wissen. Das heißt, dass du nicht mehr böse auf mich bist?«

»Ich war sauer, Blake«, erklärte ich ihm. »Aber noch viel mehr war ich enttäuscht, dass du mir deine Pläne verheimlich hast. Mir. Der Hexenkönigin und deine Partnerin.«

»Es tut mir lei–«

»Aber ich war auch nicht ehrlich mit dir.«

»Wie ... Was meinst du?«

Ich atmete noch einmal tief ein, bevor ich Blake alles erzählte: »Kurz nach meiner Krönung wurde ich von Anastasia angegriffen. Sie hatte es auf den Knochendolch abgesehen und nicht nur das: Sie war es, die Walpurga die ganze Zeit über manipuliert hat. Ihr Ziel ist es, mich umzubringen und selbst die nächste Hexenkönigin zu werden. Sie ist eine Lichthexe, Blake. Sie ist verdammt mächtig und ich bin in ihren Augen die Dunkelheit, die ihr Licht verschlingen wird.«

Das hättest du dem Dämon genauso schon vor Monaten sagen können, mischte sich Atropos ein.

»Atropos? Willst du nicht rausgehen und ein paar Pixies fressen?«

Das musste man meinem nimmersatten Familiar kein zweites Mal sagen. Ich sah nur noch ihre Schwanzspitze, ehe sie unter dem Vorhang ins Freie schlüpfte.

Als ich mich wieder Blake zuwandte, beugte er sich gerade zu mir herunter. Der Dämon strich mir eine Haarsträhne aus dem Gesicht und wirkte besorgt. »Geht es dir gut? Hat sie dir wehgetan?«

Seine Besorgnis führte sofort zu einer heftigen Reaktion: Ich brach erneut in Tränen aus.

Der Dämon sagte nichts, sondern zog mich – dieses Mal wirklich – in eine liebevolle Umarmung.

»Schon gut.« Er streichelte behutsam über meine Haare. »Es muss schrecklich für dich gewesen sein. Ich wusste ja, dass du Anastasia mochtest. Du willst, dass alle Hexen dich lieben, weil du sie auch alle liebst. Das ist wahrlich beeindruckend. Ich kann keinen einzigen Dämon aufzählen, dem ich nicht gern schon das ein oder andere Mal das Genick gebrochen hätte.«

»Anastasia war nicht das einzige Problem.«

»Was denn noch? Willst du es mir sagen?«

»Ich war immer nur diese schwache Gifthexe. Und weißt du, was das Schlimmste daran ist? Ich habe es mir selbst eingeredet.« Natürlich wollte der Dämon mich an dieser Stelle unterbrechen, aber ich ließ ihn nicht zu Wort kommen. »Ich habe so lange gedacht, dass ich schwach bin, dass ich die Probleme mit meiner Schattenaffinität dadurch auf meine Schwäche geschoben habe. Einmal schwach, immer schwach, oder?«

Mit einem langen Seufzen schmiegte ich mich enger an Blake, ließ meine Arme über seinen Rücken gleiten und sog seinen wunderbaren Geruch in mich ein. Wie konnte ich das nur so vermisst haben? Ich war doch nicht länger als zwei oder drei Tage weg gewesen – wobei man sich da in der Faewelt ohnehin niemals ganz sicher sein konnte.

Blake nahm meine Hand und hauchte Küsse auf meine erhitzte Haut, arbeitete sich weiter vor, bis er die empfindlichen Stellen an meinem Oberarm erwischte. Seine kalten Berührungen kribbelten wie Diptamöl auf meiner Haut – nur ohne die bösen Blasen, die eine phototoxische Vergiftung mit der Pflanze hervorrufen würde.

Inzwischen war der Untote an meinem Hals angelangt und senkte seine Zähne neckisch in mein Fleisch. Mit einem Stöhnen grub ich meine Fingernägel in seine Schultern, was ihn nur dazu animierte, fester zuzubeißen.

Wenn wir so weitermachten, würden wir in den nächsten Minuten Noras arme historische Kissen entweihen.

Ich entzog dem Dämon meinen Arm – und schubste ihn mit voller Kraft auf die Kissen.

Was denn? Ich hatte nicht gesagt, dass ich den Kissenberg *nicht* entweihen würde, und ich war mir fast sicher, dass Nora sie ohnehin hierlassen wollte.

»Ich wusste, dass ich zum Trainieren von dir weg musste. Du hast meine Schattenkräfte immer so gelobt, obwohl ich eine blutige Anfängerin war.«

»Aber du warst so stark.«

Mit einem Seufzen warf ich mich auf den Dämon. Ich positionierte meine Beine und Hände links und rechts von seinem Körper, während ich auf ihn herabblickte.

»Nein, Blake.« Ich tippte ihm auf die Nasenspitze. »Du warst nur geblendet, weil du mein Verlobter bist und es meist damit geendet hat, dass wir miteinander schlafen, wenn ich meine Kräfte einsetzte.«

»Nei– Obwohl. Jetzt wo du's sagst.«

»Hier am Nachthof zu sein hat mir gutgetan«, erzählte ich ihm und dachte daran, wie ich Nora nähergekommen war und auch dieser zarte Spross zwischen Morgana und mir konnte zu einer tiefen Freundschaft erblühen. »Aber es hat mir gleichzeitig auch ein wenig das Herz gebrochen.«

Es war beschämend, dass mir schon wieder die Tränen kamen, wenn ich an die Situation mit Mab und Morrigan dachte, wie hintergangen ich mich von meiner Großmutter fühlte.

Blake küsste meine warmen Tränen mit seinen kalten Lippen weg. »Du musst mir nicht sagen, was passiert ist.«

»Nein.« Vehement schüttelte ich den Kopf. »Ich will dir nie wieder etwas verschweigen. Königin Mabs Frau ist meine Großmutter.«

»Das ist doch nicht ... Warte. Was hast du da gerade gesagt? Mab ist verheiratet?«

»Mit der Hexe Morrigan, die meine Großmutter ist«, endete ich. »Ich wusste es bis vor Kurzem selbst noch nicht einmal und ... Mab hat von mir verlangt, dass ich niemals Kinder mit dir haben soll, weil diese mit großer Wahrscheinlichkeit als Unseelie-Hochfae geboren würden, die ihren nicht hochblütigen Töchtern und vielleicht sogar ihr selbst den Thron streitig machen könnten.«

Wie ich erwartet hatte, starrte der Dämon mich lange mit offenem Mund an. »So langsam wird mir das auch zu viel.«

»Willst du heulen? Ich habe da ein Kleid, das du als Taschentuch benutzen könntest.«

»Ich habe noch nie über Kinder nachgedacht«, gestand Blake – mir entging nicht, dass er mich dabei nicht ansehen wollte. »Wir Dämonenprinzen und Carmilla sind alle kinderlos.«

»Sind die anderen Dämonenprinzen nicht uralt?«

Der Dämon nickte. »Baal kratzt an seinem fünften Jahrtausend. Asmodäus macht immer ein Geheimnis um sein Geburtsjahr, aber er regt sich bis heute auf, dass sein Lieblingsbordell in Pompeji war und er deswegen fast von der Lava überrascht wurde, als die Stadt unterging.«

»Willst *du* Kinder?«, fragte ich ihn direkt.

Diese Antwort kostete ihm merklich Überwindung. »Ich ... Ich kann es dir nicht sagen. Es tut mir leid, wenn ich dich enttäusche.«

»Nein. Schon gut. Ich weiß es selbst nicht. Je mehr Leute ich aus meiner Familie kennenlerne, desto weniger bekomme ich Lust darauf, selbst einmal Mutter zu werden. Ganz zu schweigen, dass im jetzigen Zustand unserer Welten nur Gefahren für diese Fae ... dieses Kind lauern würden.«

Die Faekönigin hatte sehr deutlich gemacht, wie sie es finden würde, wenn ich ein Kind bekam – und diese Meinung würde sie mit Sicherheit nicht in zwei oder drei Jahrhunderten plötzlich ändern. Logischerweise war König Oberon auch ein Faktor, den ich nicht außer Acht lassen durfte. Fae waren stolze Wesen und die Chancen standen nicht schlecht, dass er sich für meinen giftigen Kuss und die damit verbundene Blamage noch einmal revanchieren wollte.

»Wie wäre es, wenn wir dafür sorgen, dass – im Falle eines Falles – dieses kleine Wesen nichts zu befürchten hätte? Keine Angst vor Faeherrschern oder Dämonen und Hexen, die mit ihrem Denken noch zurück sind? Und danach reden wir darüber, wo genau wir bei diesem Thema stehen.«

Nickend stimmte ich ihm zu. »Das hört sich gut an. Wow. So kann man also auch die erotische Stimmung töten, hm?«, versuchte ich zu spaßen.

»Früher oder später hätten wir dieses Thema ohnehin anschneiden müssen.«

»Das stimmt …«

Ich senkte den Blick und griff nach Blakes roter Krawatte.

»Ich bin aber nicht nur gegangen, weil ich hoffte, dass die Morrigan der Schlüssel zu meinen Schattenkräften ist. Ich bin auch gegangen, weil ich von dir wegwollte.«

»Du wolltest von mir weg?«

»Gib zu, dass sich das zwischen uns rasend schnell entwickelt hat. Einen Tag war ich noch normale Gärtnerin im Poison Garden, ein paar Stunden später dann Hexenkönigin mit Verlobtem.«

Verständnisvoll nickte der Dämon.

»Aber das ist nicht alles! Wir Hexen heißen Veränderungen immer willkommen, weshalb ich mich mit der Position irgendwie abfinden konnte, allerdings nicht mit meinen Gefühlen für einen Dämon. Ich habe mich von Anfang an so stark zu dir hingezogen gefühlt und auch, wenn mein Schatten der Grund dafür sein könnte, glaube ich, dass das allein ausschlaggebend war.«

Die Morrigan hatte mich gefragt, wer ich war. Nach wie vor hatte ich keine einfache Antwort darauf, da ich ständig Neues über mich erfuhr, wie dass ich von einer mächtigen und alten Hexenblutlinie abstammte. Es würde mich nicht überraschen, wenn das noch nicht alles wäre.

»Ich bin die Hexenkönigin und …« Ich sah Blake direkt in die Augen. »Und ich bin die Braut eines Dämons.«

Blake sog scharf die Luft ein – eine lustige Reaktion, wenn man bedachte, dass seine Lunge nur zur Dekoration im Brustkorb herumhing.

»Ich bin doch *deine* Braut – oder irre ich mich da?«, bohrte ich nach.

Der Dämon starrte mich lange an – so lange, dass ich schon zweifelte.

»Ja. Ja, das bist du.«

21. Kapitel

FLIEGENPILZ

Amanita muscaria

»Gut, dann sollten wir beide vielleicht auch mal darüber sprechen.«

Ein zögerliches Nicken von Blake. »Ja, du hast recht. Es wird allmählich Zeit.«

»Bevor wir weiterreden, brauche ich erst mal Gift.« Ächzend kam ich auf die Füße und steuerte Noras Küche an – und mit Küche meinte ich eine zerbeulte Plastikwanne, gefüllt mit Wasser und gut drei Dutzend Tassen, die an einem Ast befestigt waren. »Wie stark soll ich es brauen?«

»So stark es geht.«

Mein Mund formte sich zu einem humorlosen Lächeln.

Ich fühlte mich komisch. Endlich zu erfahren, was es hieß, eine Braut zu sein, stimmte mich glücklich; ich war so aufgeregt, dass sogar meine Zehen kribbelten, aber ich hatte auch immer noch Angst. Angst davor, dass meine Gefühle nicht echt waren, dass ich die ganze Zeit über von einem Instinkt manipuliert wurde.

Nora hatte mir erlaubt, mich an ihren Tassen zu bedienen und meine Wahl fiel auf das Gefäß, welches zusammen mit seinem Deckel einem Fliegenpilz nicht unähnlich war.

Welches Gift war stark genug, die Wahrheit zu ertragen?, fragte ich mich und leerte abgefülltes Wasser aus dem Finstersee in meine Tasse.

»Hier.«

An Walpurgisnachts Ästen wuchsen pralle rote Beeren, die sie mir großzügig in die Tasse kippte. Wie eine sorgende Großmutter rührte sie das Gemisch achtsam mit ihren Wurzeln für mich um.

»Danke, Walpurgisnacht«, sagte ich und tätschelte die Rinde des Baumes. »Es geht doch nichts über die giftigste Substanz des ganzen Faereichs.«

Als ich mich umdrehte, lag Blake nicht länger am Boden, sondern musterte interessiert das Regal. »Hat sie mir das gestohlen?«, murmelte der Dämon. Mir entging nicht, wie angespannt er wirkte. Seine Kieferknochen traten so deutlich hervor, dass ich schon befürchtete, seine Haut würde an der Stelle reißen.

»Setz dich doch wieder zu mir aufs Bett«, wies ich ihn sanft an.

»Auf die Kissen?«, meinte er, als er sich zu mir hinkniete.

Ich hielt etwas Abstand zwischen unseren Körpern. Vor ein paar Minuten hatten wir noch gemeinsam in den Kissen gelegen und ich war mir sicher, dass ich bei genügend Körperkontakt wieder schwach und das Reden zur Nebensache werden würde.

»Und entspann dich! Ich könnte schwören, dass das ein peinliches Aufklärungsgespräch wird, wenn du das Gesicht so verziehst.«

»Als hättest du als Hexe je ein peinliches Aufklärungsgespräch erlebt.«

»Erwischt. Das war eigentlich ziemlich offen, sonst hätten Amari und ich uns kein Zimmer an der Akademie teilen dürfen, weil die Lehrhexen wussten, dass wir Sex hatten. Aber du bist unter Menschen aufgewachsen«, raunte ich neugierig. »War dein Aufklärungsgespräch peinlich?«

Ich hatte es vermisst, mit Blake über irgendwelche belanglosen Dinge zu reden. Hatte einfach Sehnsucht danach gehabt, mit ihm Zeit zu verbringen.

»Es war mit meiner Mom ... und Nora. Weil sie mehr über Dämonen wusste als meine Mutter und ... Und müssen wir jetzt darüber reden?!«

»Gut.« Ich schnaubte leicht beleidigt. Liebend gern hätte ich mehr darüber gehört, weil Blake schon wieder so außer sich vor Scham war. »Wir reden jetzt über Bräute.«

Die Bücher, die ich in meiner Bibliothek im Schloss gefunden hatte, hatten das Thema gemieden. Die Frage war: Wollten sie nicht darüber berichten, weil es so schrecklich war oder weil es die Dynamik gegen unsere Todfeinde auf immer verändern würde? Ich hatte einen leisen Verdacht ...

»Ich habe ... gewisse Vorstellungen, aber fangen wir bei den Basics an: Was genau ist das?«

Blake überlegte lange, nur um dann zu sagen: »Bräute sind das Kostbarste, das wir Dämonen haben können.«

»Wie etwas, das sie besitzen können?«

Immer, wenn er das Wort »Braut« in den Mund nahm, war es schließlich mit einem Possessivpronomen verbunden: *meine* Braut.

»Wie etwas, das ihnen geschenkt wurde, damit ihr Leben nicht so geprägt von ihrer Sünde ist.«

»Wie meinst du das?«

»Ich habe es dir doch schon einmal gesagt: Ich bin tot. Ich weiß nicht, wie es ist, am Leben zu sein – außer du bist bei mir. Vor dir kannte ich keinen Schmerz. Keinen Hunger.«

»Aber ... Ist das nicht besser? Schmerz klingt nicht gerade prickelnd und wenn ich hungrig bin, werde ich sehr zickig. Das weißt du ja.«

»Aber wenn du deinen Hunger stillen kannst, ist das nicht ein schönes Gefühl? Oder wenn der Schmerz nachlässt?«

»Ja, schon.«

Er legte eine eiskalte Hand auf meine Wange und streichelte mich mit dem Daumen. »Wie kann man eine liebende Berührung wertschätzen, wenn man Schmerz nicht kennt?«

»Ich … Ich weiß es nicht. Es ist …«

»Ich bin tot, Cherry. Es wäre doch seltsam, wenn ich wie ein lebendiges Wesen empfunden hätte, oder? Meine Unsterblichkeit – diese nahezu Unverwundbarkeit – und Fähigkeit, Leben zu verlängern, hat einen hohen Preis. Bei den anderen Dämonen ist es nicht anders. Die Stigmatisierung von uns Höllengeschöpfen kommt nicht von ungefähr: Wir sind die Geiseln der Todsünden und was diese mit sich bringen. Sei es die Unfähigkeit, zu träumen, die unstillbare Gier nach Blut oder die Abwesenheit von Gefühlen außer Zorn und Wut.«

»Gab es sonst noch Veränderungen?«

»Mein Hunger nach Herzen hat drastisch abgenommen«, erklärte er mir. »Aber ich habe nicht aufgehört, menschliche Seelen zu sammeln, weil ich meine Kräfte brauchte.«

»Für den Kampf gegen die Urdämonen.«

Er nickte.

»Du könntest also sogar mit dem Seelensammeln aufhören?«

»Ja, ich denke schon …«

»Aber das willst du nicht«, schloss ich.

Entschuldigend zuckte Blake mit den Schultern. »Es ist ein Teil meiner selbst. Ich mache das schon seit … seit ich ein Kind war«, gestand er mir und ich merkte, dass dieses Thema ihm unangenehm war.

»Die anderen Kinder sind an Halloween rumgelaufen mit ›Süßes oder Saures‹ und du mit ›Seele, sonst gibt's Saures‹, hm?«, murmelte ich. »Ich habe dir schon mal gesagt, dass ich deinen Hunger auf Seelen akzeptiere – und ich bleibe dabei.«

Man merkte deutlich, dass der Dämon erleichtert war, dass ich ihm keine Szene machte.

Zumindest jetzt noch nicht. Ich war noch lange nicht fertig damit, ihn auszufragen.

»Gut. Ich stelle fest: Bräute sind wichtig für Dämonen.«

»Kannst du das etwas liebevoller formulieren?«

»Ohne Bräute seid ihr Dämonen also noch größere und armseligere Plagegeister«, verbesserte ich mich. »Das heißt aber auch, dass ich mich wohl in dich verlieben musste.«

»Nein.«

»Nein?«

»Du bist keine Dämonin. Deine Gefühle sind keinem Instinkt geschuldet.«

»Aber mein Schatten!«, wandte ich ein. Besagtes Abbild machte sich in diesem Moment selbstständig und kuschelte mit Blake, strich mit den durchsichtigen Fingern durch sein schwarzes Haar. »Von allen Menschen und anderen Kreaturen, die er aufsuchen konnte, lief er immer wieder zu dir.«

»Nun. Es ist schon so, dass die Braut eine Person ist, die kompatibel mit dem jeweiligen Dämon ist.«

»Kompatibel? Jetzt bist du derjenige, der es etwas liebevoller formulieren könnte.«

Der Dämon legte seine Finger an die Stelle, wo mein Herz immer schneller schlug. »Ach ja?«, säuselte er an meine geöffneten Lippen. Das war's wohl mit dem Sicherheitsabstand. »Dann sag mir doch einfach, was du empfunden hast, als du mir zum ersten Mal begegnet bist.«

Es tat gut, es endlich auszusprechen: »Ich wusste … Nein, ich habe gefühlt, dass ich keine Angst vor dir haben muss.«

Blake beugte sich noch näher zu mir und nickte. »Eine Braut hat nichts von einem Dämon zu befürchten. Er wird sie für immer beschützen.«

»Aber was, wenn ich deine Gefühle nicht erwidert hätte? Oder was, wenn ich so dumm gewesen wäre und dich angelogen hätte? Ich stand so oft kurz davor zu sagen, dass du für immer verschwinden solltest, weil ich mit meinen Gefühlen für einen Dämon selbst nicht klarkam.«

Als hätte ich ihn geschlagen, wich er vor mir zurück. »Du hast mal zu mir gesagt, dass du Amari für immer lieben wirst. Ich denke, bei mir wäre es ähnlich. Ich könnte eine neue Braut finden. Irgendwann.«

Eine neue Braut.

Allein der Gedanke daran verursachte Aufruhr in mir. Mein Blut brodelte wie giftige Lava, obwohl ich mir keine Gedanken um eine andere Liebe in Blakes Leben machen musste.

Blake grinste über das ganze Gesicht. »Du bist eifersüchtig.«

Ich lachte auf – ertappt. »Nein. Neeein.«

»Doch. Ich kann das an dir riechen.«

»Ach, bist du jetzt ein Werwolf oder ein Untoter?«, fauchte ich, beschämt, dass er mir das ansehen konnte. »Gut. Ich bin eifersüchtig. Ich will mir einfach nicht vorstellen, dass du jemand anderen findest. Ist das denn so schlimm?«

Der Dämon legte eine Hand bestimmend auf meine Hüfte und seine Finger malten Kreise auf den dünnen Stoff. Ich wünschte mir so sehr, dass er mich aus diesem Kleid befreite.

Seine andere Hand legte sich auf meine Wange. Wie von selbst fanden meine Lippen die seinen. Vielleicht lag es an den Gesprächen, die wir gerade führten, aber dieser Kuss schmeckte nach Granatapfel, so sauer und süß, verführerisch und vollmundig. Für diese verbotene Frucht würde ich jede Sünde begehen.

Ich wünschte mir, dass dieser Kuss nie endete, aber Blake zog sich zurück.

Eins hatte mir dieser Kuss aber gezeigt: Sein Verlangen galt ganz allein mir.

»Du musst keine Angst haben, Cherry. Mein Herz gehört nach wie vor nur dir«, erklärte er und drückte mir noch einen festen Kuss auf meine Hauptschlagader, wo mein Herz das Blut förmlich durch meinen Körper tanzen ließ.

»Mhm«, machte ich, weil meine eigenen Begierden bis in meinen kleinsten Zeh pochten. »Aber warum hast du mir nie gesagt, was ich für dich bin? Wir sind jetzt schon fast ein Jahr zusammen.«

»Wir sind jung – im menschlichen Maßstab und erst recht für Dämonen und Hexen – und das ist eine Entscheidung für die Ewigkeit. Diese Verbindung kann nicht gebrochen werden. Niemals. Wenn ich Carmilla so sehe, denke ich, dass nicht einmal der Tod sie bezwingen kann.«

Ich schluckte hart.

Für immer war verdammt lange.

So lange, dass ich nahezu verrückt wurde, wenn ich versuchte, mir diesen Zeitraum auch nur irgendwie vorzustellen.

»Na ja, du bist ja schon tot«, witzelte ich. »Bis dass der Tod uns scheidet, gibt es nicht wirklich bei uns. Wann wolltest du es mir denn endlich sagen? Oder hattest du vor, es für immer verheimlichen?«

»Nun ja. Du willst mich in zehn Jahren doch heiraten? Das schien mir ein guter Zeitraum zu sein.«

»Blake«, stöhnte ich in meine Handflächen, als ich mein Gesicht in meinen Händen vergrub. »Das kann doch nicht dein Ernst sein. Zehn Jahre sind ein verdammt langer Zeitraum, mir so etwas Wichtiges zu verschweigen.«

»Ich habe dir noch nicht alles erzählt: Eine Braut zu sein ist nicht nur ein leerer Titel, Cherry.«

»Hm? Was meinst du denn damit?«

»Du würdest durch unsere Verbindung ein Teil des Dämonenadels werden.«

»Wa- Was?« Ich lachte, als hätte Blake einen miesen Witz gemacht. »Ich bin eine Hexe.«

»Bräute sind das Kostbarste für Dämonen«, wiederholte er. »In der Hierarchie der Hölle wärst du mir dann gleichgestellt – und damit auch ein Teil des Adels. Ich halte nicht viel von meinem Titel, aber weil ich ein Lord bin, wärst du demnach die Lady der Habgier.«

»Ich ...« Wie von der Tarantel gestochen sprang ich auf und eilte zur provisorischen Küchenspüle. »Ich brauche mehr Gift. Viel mehr.«

»Wir ... Ich kann auch aufhören«, bot Blake mir an. »Du musst dich nicht jetzt sofort entscheiden. Du musst nicht heute zu meiner Braut werden. Wenn du erst in zehn Jahren so weit bist, geht das auch in Ordnung.«

Verwirrt fuhr ich zu Blake herum. Meine Finger waren ganz weiß und schon fast taub, so fest hielt ich das Gift in meinen Händen. »Ich bin noch gar nicht deine Braut?«

»Streng genommen: Nein. Ich spüre, dass du meine Braut bist, aber die Entscheidung, diesen Platz einzunehmen, triffst du erst, wenn du den Granatapfel der Hölle isst.«

»Ich habe also wirklich eine Wahl?«

Der Dämon nickte.

Die zweite Tasse Gift war auch gleich auf ex weggekippt. »Noch eine Portion, bitte.« Gut hydriert kehrte ich zu Blake und unserem Kissenlager zurück. »Gab es vor mir schon mehr Hexen, die Ladys einer Todsünde geworden sind?«

»Nun. Du wärst tatsächlich die erste Hexe des Dämonenadels – aber eine der *Ars Goetia* hat eine Hexenbraut.« Er räusperte sich. »Du kenn–«

»Und die Urdämonen? Sie leben schon seit Jahrtausenden!«

»Die Dämonenfürsten haben keine Bräute – nur wir Adeligen und die Dämonen, die wir erschaffen. Carmilla würde sagen, dass sie es nicht verdient haben.«

»Okay. Und wie lange weißt du schon, dass ich deine Braut bin?«

»Seit ich dich das erste Mal gesehen habe.«

»Und was hast du dabei gefühlt?«

»Es war so, als würde mein Herz zum ersten – und einzigen – Mal schlagen. Ich denke, dass wir Untoten so unsere Braut erkennen. Das Blut von Vampirbräuten besitzt einen ganz eigenen Geruch und bei Nachtmah–«

Abrupt stoppte er, weil ich meinen Kopf gegen seinen Brustkorb drückte und mit meinen Fingern nach einem Puls an seinen Händen oder seinem Hals tastete.

»Aber du bist immer noch tot – oder ändert sich das?«

»Nein. Ich werde für immer tot sein, aber das geht in Ordnung. Dafür habe ich ja dich – und deshalb ... Deshalb kann ich nicht zulassen, dass du stirbst.«

Mich berührte die Verzweiflung in seiner Stimme – ein weiterer Beweis, wie sehr er mich liebte.

Aber dennoch musste ich anmerken: »Du meinst, in ungefähr vier- bis fünfhundert Jahren?«

»Vielleicht wären dir auch nur 300 Jahre geblieben.« Er zuckte mit den Schultern. »Viel zu kurz.«

300 Jahre klangen für mich im Moment wie die Ewigkeit.

»Ich weiß, dass es selbstsüchtig war.«

Es war leicht, über Blake zu urteilen, weil ich nicht in seiner Situation feststeckte. Es läge durchaus im Bereich des Möglichen, dass ich in seiner Situation ähnlich gehandelt hätte. Ich wurde schon furios, wenn ich mir vorstellte, dass Blake eine neue Braut fand!

Und ich hatte Blake auch nichts von Anastasia erzählt, obwohl er mir in einer Notsituation so besser hätte helfen können.

Ich verstand Blake.

»Es war mir wichtig, diesen Zauber – oder besser gesagt: diesen Fluch – zu brechen. Selbst wenn du dich gegen den Granatapfel – gegen mich – entscheidest. Hauptsache, du lebst.«

Ich rückte näher an ihn heran. »Blake ...«

»Ich konnte nicht zulassen, dass schon wieder jemand stirbt, den ich liebe. Nicht, wenn ich es dieses Mal verhindern konnte.«

Ich horchte auf. Mein Herzschlag hatte sich von einem Moment auf den nächsten beschleunigt. »Du hast mir noch nie gesagt, dass du mich liebst.«

»Ich erzähle dir, dass ich meine Ewigkeit mit dir teilen will – und du störst dich daran, dass ich dir noch nie meine Liebe auf die allereinfachste Art gestanden habe? Die Art, mit der die meisten Menschen so achtlos um sich werfen, dass es fast jegliche Bedeutung verloren hat?«

»Genau. Manchmal steckt der Dämon im Detail, oder?«

Mein Dämon stöhnte so laut, dass ich seinen Brustkorb vibrieren fühlte. Ich konnte mir nicht erklären, warum er jetzt so eine Szene machte. Meine Liebe hatte ich ihm schon vor Monaten gestanden – und ja, insgeheim wartete ich seitdem auf seine Liebesbekundung und wurde mit jedem verstrichenen Tag unruhiger.

Mit einem Grinsen nahm Blake meine Hand und legte sie auf seine stille Brust, dann hauchte er mir einen kalten Kuss auf den Hals. »Dein Herzschlag ist der Takt meines Lebens.«

»Weißt du, du kannst ruhig sagen, dass dir als Dämon das böse L-Wort Angst macht. Jeder hat unerklärbare Ängste. Ich habe Angst vor kalkhaltigem Wasser.«

»Ich liebe di–«

Den Dämon unterbrechend faltete ich meine Beine und klopfte auf meine Oberschenkel. »Komm, du dummer, dummer Dämon. Leg dich zu mir.«

Zögernd bettete Blake seinen Kopf darauf. Sofort begann ich mit meinen Fingern durch sein samtenes Haar zu streichen. Das Lächeln in meinem Gesicht war wie eingebrannt.

Er *liebte* mich.

»Du hast nicht vor, mich jetzt gleich mit einer Guillotine zu köpfen?«

»Kommt drauf an.«

»Auf was?«

»Ich will endlich mehr wissen. Willst du mir erzählen, was mit deiner Mutter passiert ist? Du hast doch all das wegen ihr getan. Du wolltest nicht, dass ich sterbe, weil du ihren Tod bis heute nicht überwinden konntest.«

Kaum hatten diese Worte ihren Weg über meine Zunge gefunden, bereute ich es. Blakes ganzer Körper spannte sich an.

Ich hatte eine rote Linie übertreten.

»Du … musst es nicht tun. Ich dachte … Es tut mir leid.«

»Meine Mutter hieß Arianna. Sie war erst 19, als sie mich bekam.«

Jünger, als ich es gerade war.

»Hat dein Vater –«

Er schüttelte den Kopf. »Nein. So war es nicht – zumindest bei meinen Eltern. Er sah einfach gut aus und meine Mutter fühlte sich schon immer von allem Mysteriösen und Unheimlichen angezogen. Sie würde dich lieben«, meinte Blake und sein kurzes Lächeln wich sofort wieder einem kalten Ausdruck. »Sie liebte Halloween.«

»Das habe ich an deinen Schnitzkünsten schon gemerkt.«

»Sie fand aber auch die Hexenbräuche interessant. Vielleicht wurde sie deshalb das Ziel von Mammon. Er nahm an, dass sie mich austragen würde – und sein Plan ging auch auf.

Normalerweise werden Dämonen verstoßen, aber sie … Sie hat mich geliebt, obwohl ich tot zur Welt kam, sie mich nicht wie ein anderes Menschenbaby füttern konnte und meine Haut keinerlei Wärme ausstrahlte.«

»Doch sie musste sich nie Sorgen machen, dass du plötzlich stirbst«, wandte ich ein. »Sie konnte sich sicher sein, dass du lange leben wirst.«

»Dafür wurde sie sehr krank, als ich sehr jung war, noch nicht einmal ein ausgewachsener Dämon – und starb kaum ein Jahr später.«

»Oh Blake, das tut mir so lei–«

»Ich wollte, dass sie einen Pakt mit mir schließt.«

»Was?«

»Aua.«

Reflexartig hatte ich Blake einen heftigen Klaps auf den Hinterkopf verpasst.

»Sie war deine Mutter!«, herrschte ich ihn an. »Und du hättest sie in die Hölle geschickt? DEINE EIGENE MUTTER?!«

»Ich hätte sie nur ein paar Sekunden ins Fegefeuer geschickt«, verteidigte Blake sich. »Nur so viel, dass sie zur Dämonin werden kann. Die anderen Dämonen machen so ihre Braut unsterblich.«

»Das funktioniert so einfach?«

Er nickte. »Das habe ich bei meinen Katzen auch gemacht.«

»Stimm– Warte.«

»Aua.«

Erneut: Reflex. »Du hast Katzen?«

»Ja.«

»Willst du mir vielleicht auch deren Geschichte erzählen? Oder muss ich meine Kristallkugel zurate ziehen? Warum habe ich noch nie davon gehört? Wer kümmert sich um sie?«

»Dante und Vergil sind untote Dämonenkatzen. Sie brauchen kein Futter, kein Wasser und erst recht keine Katzentoilette. Die zwei leben in der Wohnung über dem Bestattungsunternehmen und sorgen dafür, dass keine Maus sich in den Keller schleichen und irgendetwas anknabbern kann.«

»Untote. Dämonenkatzen.«

»Du müsstest mal das Vieh sehen, das Carmilla erschaffen hat.«

»Warum hast du überhaupt Katzen in Untote verwandelt? Wenn ich dich richtig verstehe, dann hätten Mäusefallen doch ausgereicht.«

»Ich …« Er zögerte. »Sie wären ohne mich gestorben. Dante wurde angefahren und Vergil hat man krank und halb verhungert in einem Karton in einer Gasse entsorgt.«

Bei der Göttin. Mir war es noch nie so klar, wie in diesem Moment, aber: »Du hast ein Problem mit dem Sterben.«

Der Dämon sah mich lange an, so als könnte er die Worte, die aus meinem Mund gekommen waren, nicht begreifen. »Cherry, mach dich doch nicht lächerlich. Ich bin ein Untoter. Ich bin der Tod.«

»Na und? Das heißt nur, dass du weißt, was der Tod bedeutet – besser als alle anderen Lebewesen.«

»Es ist normal für Dämonen, andere zu verwandeln. Im Gegensatz zu der Faewelt gibt es kein Leben in der Hölle. Wir erschaffen Dämonen und andere Kreaturen.«

»Warum hat deine Mutter deine Idee abgelehnt? Wollte sie nicht ...« Wie formulierte ich das am besten, ohne wie ein Arschloch zu klingen? »Menschen für ihr Überleben verdammen?«

»Sie meinte, dass sie schon jetzt keine Lust hatte, mit Menschen zu reden – ganz zu schweigen, sie in einen Pakt zu locken.« Er zuckte nahezu hilflos mit den Schultern. »Ich denke ... Es war ihr dann doch zu viel, ihre Menschlichkeit zu verlieren. Nur wenige Dämonen finden ihre Braut –«

Blake stockte.

»Rede doch weiter«, forderte ich ihn auf. »Ich weiß ja nun, was ich für dich bin.«

»Nur wenige Dämonen finden ihre Braut und haben dadurch nicht unter ihrer Sünde zu leiden.«

»Interessant. Wie viele Bräute kennst du?«

»Die am Leben sind? Mit dir sechs – oder sieben.«

»Das sind ... wenige.«

Blake nickte. »Wie ich schon gesagt habe, finden wir Dämonen selten Bräute. Selbst mit Dunkelziffer kratzen wir vielleicht an 100 Bräuten.«

»Da habe ich ja mehr Erotikbücher über das Thema gelesen«, murmelte ich in mich hinein.

»Was hast du gesagt?«

»Dass ich dich nun besser verstehe, Blake. Nur weil du untot bist, heißt das nicht, dass du keine Angst vor dem Tod haben darfst. Besonders bei Toden, in denen du nicht eingreifen kannst.«

»Ich dachte, dass ich alle Zeit der Welt mit ihr habe.«

Und er hatte Angst, dass meine Zeit mit ihm auch begrenzt sein würde.

»Wenn ich ehrlich bin: Ich weiß nicht, ob ich in einer ähnlichen Situation anders gehandelt hätte. Ich meine, ich habe dir das mit Anastasia fast ein Jahr verheimlicht.«

»Warum hast du das eigentlich getan?«, fragte der Dämon. »Nora und ich hätten dir helfen können.«

»Ich bin die Königin der Hexen.«

»Und ich bin dein Verlobter.«

»Ich kann mich nicht immer auf dich und Nora verlassen.«

»Warum nicht? Wir sind dein Coven.«

»Ja, da hast du recht ...«

»Aber?«

»Ich will euch auch beschützen können!«

»Hast du schon mal daran gedacht, dass du eine ganz andere Magick als deine Vorgängerinnen besitzt? Nicht jeder ist ein Krieger.«

Nein.

Tatsächlich hatte ich das noch nie so betrachtet. Ich war viel zu sehr damit beschäftigt gewesen, mich mit den anderen Königinnen oder legendären Hexen zu vergleichen.

»Ich ... Blake?«

»Was denn?«

»Gib mir den Granatapfel. Ich will ihn essen.«

»Bist du dir sicher?«

»Ja«, hauchte ich gegen seine Lippen. »Ich will deine Braut werden.«

22. Kapitel

GRANATAPFEL

Punica Granatum

»Ich will heute noch deine Braut werden«, wiederholte ich und mit jedem Mal wurde das Lächeln in meinem Gesicht größer. »Müssen wir dazu in die Hölle?«

Blake setzte sich auf und in seiner Hand erschien ein Granatapfel, den man genau so in jedem Supermarkt kaufen konnte. Auf mich wirkte er schon fast enttäuschend normal.

»Carmilla hat mir vor ein paar Wochen den Apfel gegeben, als sie mir angedroht hat, dass sie dir wehtun würde, wenn ich dich nicht bald zu meiner Braut mache.«

Ich hatte meine Hand schon gierig nach der Frucht ausgestreckt, aber bei der Erwähnung von Carmillas Namen zog ich sie ganz schnell zurück. »Carmilla hat ihn dir gegeben? Was, wenn das eine Falle ist!«

Der Dämon schüttelte den Kopf. »Ich habe mit angesehen, wie sie den Apfel vom Baum pflückte. Zudem würde Carmilla niemals einer Braut schaden. Ich verstehe, dass du Carmilla nicht vertraust, weil sie dich angegriffen hat.«

»Dummer Grund, oder?«, schnaubte ich und zischte ihn an. »Denkst du wirklich, dass ich der Vampirin vertraue?«

»Das verlange ich auch nicht. Du musst nur mir vertrauen«, entgegnete Blake. »Carmillas Moralvorstellungen … Ach, was rede ich da? Wir Dämonen besitzen eigentlich keine Moral, sondern jeder einen eigenen Codex. Carmilla hasst Hexen, aber sie verehrt Bräute. Sie musste unter dem Verlust ihrer

Frauen so leiden, dass sie geschworen hat, alle anderen zu beschützen. Natürlich verkompliziert sich die Lage, weil du nicht nur eine Braut, sondern auch eine Hexe bist.«

Ich war dennoch skeptisch, aber mit meiner Zustimmung, seine Braut zu werden, wollte ich beweisen, dass ich Blake mein Leben anvertraute.

»Ist dieser Granatapfel eigentlich giftig?«, fragte ich Blake.

Er runzelte die Stirn. »Meinst du, wie die Faefrucht? Ich … Ich habe nie daran gedacht, dass er es vielleicht sein könnte.«

So behutsam wie möglich legte er mir den Apfel in die aufgehaltenen Hände, als wäre es das Kostbarste auf der Welt – und ja, vielleicht war es das auch für ihn. Nicht direkt der Granatapfel, sondern das, was er symbolisierte.

Prüfend leckte ich an der Schale, was Blake mit einer Mischung aus Schnauben und Kichern kommentierte.

»Hey! So habe ich als Kind mit dem Gifttesten begonnen. Lass mich an den Dingen lecken – sonst leck ich nie wieder an dir!«

Blake hob abwehrend die Hände. »Und was meinst du? Ist er giftig?«

»Nein. Jedoch könnte der Saft genau meinem Geschmack entsprechen. Wie viel muss ich davon essen, um deine Braut zu werden?«

»Ein einziger Granatapfelkern sollte genügen.«

»Ach was!«

Der Dämon zuckte mit den Schultern. »Frag mich nicht wieso, aber es ist wie ein dämonischer Vertrag. Mit dem Verspeisen eines Stückes akzeptierst du, ein Teil der Hölle zu werden.«

»Hm.«

Es fiel mir ungewöhnlich leicht, den Granatapfel zu öffnen. Bei einer Frucht aus dem Menschenreich hätte ich dafür ein großes Küchenmesser gebraucht und bei dem Versuch alles in einem Umkreis von einem Meter mit klebrig-roten Spritzern besprenkelt.

Auch der süß-säuerliche Duft war unnatürlich stark und je mehr ich davon in meine Lungen ließ, desto leichter schien mein Kopf zu werden. Eine natürliche Vergiftungserscheinung, nur dass mein Verstand mir sagte, dass dem nicht so sein konnte.

Es war eher wie das Gefühl, wenn man verliebt war und Schmetterlinge im Bauch bekam.

Diese Form von Magick schien mir so vertraut zu sein, als wäre sie schon immer ein Teil von mir.

»Ich denke nicht, dass es giftig is– Warum starrst du mich denn so an?«

»Ich glaube, dass noch keine Braut vor dir so viele Fragen zu diesem Thema gestellt hat – oder so lange gebraucht hat, um endlich einen Bissen zu nehmen.«

»Weißt du, wovor die Menschen und wir Übernatürliche am meisten Angst haben?«

»Ich würde behaupten, dass es der Tod ist, doch das ist zu einfach, oder?«

Ich nickte. »Es ist das Unbekannte.«

Der Dämon runzelte die Stirn.

»Im Prinzip hast du nicht unrecht, weil der Tod für die meisten das große Unbekannte ist, aber du bist ein Lich. Viele andere Dämonen waren tot, bevor sie aus den Untiefen des Fegefeuers zurückkehrten. Ich bin mir auch sicher, dass die Furcht weniger wird, wenn man mal ein halbes Jahrtausend gelebt hat. Wenn man nicht an Krankheiten oder an Altersschwäche sterben kann, wenn Verletzungen schnell verheilen.«

Blake nickte. »Da hast du vollkommen recht.«

»Ich habe keine Angst mehr vor Dämonen oder vor Fae – und ich will keine Angst davor haben, deine Braut zu werden.«

»Du musst es nicht tun, Cherry. Komm mit mir zurück ins Menschenreich oder wir bleiben hier und überlegen noch länger, wie wir mit den Dämonen fertigwerden. Niemand – und am allerwenigstens ich – wird dich zwingen, den Granatapfel zu essen.«

Ablehnend schüttelte ich den Kopf. »Ich habe mich lange genug im Nachthof versteckt. Ich werde keine Stunde länger als nötig hierbleiben. Sobald Nora zurückkommt, brechen wir auf.«

Aber Nora würde noch einige Zeit weg sein und die gemeinsamen Stunden mit Blake wollte ich auf jeden Fall noch auskosten. Ich wollte sie als *seine* Dämonenbraut genießen.

Der Saft des Obstes war rot und dickflüssig, erinnerte mehr an Blut, als er meine Finger und die Hand langsam färbte.

»Bist du aufgeregt?«, fragte ich den Dämon, der mich anstarrte, als würde er mich zum ersten Mal sehen. Womöglich konnte er mich auch gerade in einem ganz neuen Licht betrachten. »Wenn ich diesen Granatapfel esse, dann schwöre ich dir damit, dass ich die Ewigkeit mit dir verbringen will.«

Er riss sich kurz von meinem Anblick los. »Was?«

»Wenn ich diesen Granatapfel esse, will ich, dass wir gemeinsam die Dämonenfürsten töten und ich somit unsterblich werden kann. Es hört sich etwas schwülstig an, oder?«, fragte ich und spürte, wie meine Wangen richtig rot wurden.

»Aber ich meine es ernst. Jetzt, da ich endlich weiß, was eine Braut ist und wie viel es euch Dämonen bedeutet … Ich weiß nicht, ob es überstürzt ist, aber wenn ich deine Braut bin, will ich es auch bleiben.«

Blake vergrub eine Hand in meinem Haar und zog mich zu einem Kuss heran, darauf bedacht, dass ich immer noch den Granatapfel in meiner Hand hielt und er sich nicht das Hemd schmutzig machte. Oh Blake. Konnte er sich nicht denken, was ich vorhatte?

»Ich will auch, dass du meine Braut bleibst«, hauchte er an meine vom Kuss pochenden Lippen. »Ich hätte niemals gedacht, dass ich jemanden so lieben könnte wie dich, meine dunkle Königin.«

»Das ist sehr gut, denn du musst dafür sorgen, dass mir diese Ewigkeit nicht zu langweilig wird.«

Der Dämon erwiderte mein Grinsen. »Ach ja, muss ich das? Und wenn ich etwas Ähnliches von dir verlange?«

Wie ich schon gesagt hatte: Ich wollte diesen Tag mit Blake ausnutzen. Der letzte Tag, bevor ich gegen die Todsünden selbst in den Krieg ziehen würde, um meine Schwestern zu retten und mich der Krone der Hexen würdig zu erweisen.

Ich tauchte meinen Finger in den Saft und malte meine Lippen damit rot an.

Blake verstand wieder einmal gar nichts, sondern runzelte nur die Stirn. »Was machst du da?«

»Du kannst doch dank mir Essen genießen – also wie wäre es, mit einem Tropfen Granatapfelsaft?«

Ich trug etwas auf seinen Nacken auf und bevor er mir noch eine unnötige Frage stellen konnte, leckte ich den Saft von seiner todkalten Haut.

»Gefällt dir das etwa nicht?«, fragte ich unschuldig und

senkte meine Zähne neckisch in sein Fleisch. »Soll ich aufhören?«

Sein genussvolles Stöhnen war Antwort genug. Er ließ sich zurück in die Kissen sinken und ich setzte mich rittlings auf seinen Unterkörper. Mit zwei schnellen Bewegungen löste Blake die Spinnenbroschen an meinen Schultern und zog mir den Stoff über den Kopf. Der Saft war nun auf meinem ganzen Oberkörper verteilt, was Blake als Einladung auffasste, mir ihn von der Haut zu lecken.

»Enttäuschend«, nuschelte er an meine Brust. »Der Granatapfelsaft reicht nicht aus, um alle Stellen zu besetzen, die ich an dir lecken will.«

Das war die richtige Einstellung!

Der Dämon war so damit beschäftigt, keine Stelle auszulassen, dass er es gar nicht bemerkte, als ich mir einen Kern in den Mund legte und ihn herunterschluckte.

Ich fühlte, wie ...

Nur um sicherzugehen, aß ich noch einige der Kerne und hoffte auf eine deutliche Wirkung.

»Ich ... Ich fühle mich nicht anders.«

Blake hörte kurz auf und sah zu mir hoch. »Natürlich nicht. Ich habe es doch gesagt: Der Granatapfel dient nur zur Legitimation vor den Dämonen und der Hölle selbst. Du warst schon immer meine Braut.«

Lächelnd schlang ich meine Arme um seinen Hals. »Und du warst wohl auch immer schon ... meins. Sag mal ... Warum bin ich eigentlich immer diejenige, die nackt ist, während du sogar noch deine Krawatte um den Hals hast?«

Mit den Fingern nestelte ich an dem roten Stoff herum.

»Weil du diejenige bist, die keine Möglichkeit verstreichen lässt, sich bis aufs Höschen auszuziehen?«

Ich gab ihm einen spielerischen Klaps auf die harte Brust. »Als würde dich das stören!«

Blake grinste nur. »Das habe ich auch nie behauptet.«

Ich zog dem Dämon erst das schwarze Jackett aus und streifte ihm danach das weiße Hemd mühelos über Arme. Statt zu helfen, verteilte er den Granatapfelsaft auf meinen Brüsten, damit er eine gute Ausrede hatte, um sie zu säubern.

Ich genoss die Liebkosungen seiner kalten Zunge, aber Blake trug immer noch mehr als die Hälfte seiner Kleidung.

Meine Schatten krochen aus den Ecken des Raumes, schlangen sich um Blakes Arme und Füße und hielten ihn fest.

»Übertrete ich hier eine Linie?«, fragte ich ihn und meine Finger tasteten sich zu seiner Hose vor.

»Ganz im Gegenteil«, raunte der Dämon.

Ich widmete mich dem Rest seiner Kleidung und biss mir grinsend auf die Unterlippe. »Kommt es mir nur so vor oder bist du trotz der Untoten-Sache und deiner Fähigkeit, dein Blut zu steuern, irgendwie immer erregt? Nicht, dass ich mich beschwere ...«

Seine Stimme war immer noch dunkel und kehlig. »Nun ... Das liegt an dir, meine teuflische Verführerin.«

Meine Augen hafteten am Dämon, während ich mit einem Grinsen ans Werk ging. Der Dämon murmelte unverständliche Dinge, als ich ihn in den Mund nahm. Die Schattenschlieren hielten ihn nach wie vor an Ort und Stelle. Meine Bewegungen waren mal schnell, dann quälend langsam und Blake reagierte mit erregtem Knurren und gemurmelten Liebesschwüren. Es gefiel ihm – das konnte ich spüren, aber ... Das ... Die Sache mit Lichdämonen war, dass sie immer konnten. *Immer.* Sie hatten nun einmal keinen einzigen Tropfen Blut in ihrem Körper und besaßen keinen Herzschlag.

Ich wollte Blake zufrieden stimmen, so wie er meine Lust gestillt hatte, doch es war ... schwer.

Irgendwann löste ich die Schattenfesseln. Sofort schnellte er hoch und ich rutschte nach vorn gegen seine harte Brust. Seine Arme umfassten mich, während ich mich wieder ein Stück weit nach unten fallen ließ. Eine kurze Bewegung und ... Blake glitt gemächlich, aber mühelos in mich. Ein glottaler Laut kam über meine Lippen, als er mich zuerst dehnte und dann ganz ausfüllte. *Bei der Göttin.* Ich glaubte nicht, es aushalten zu können. Es war zu viel. Es war ... *fast* zu viel.

»Du bist so warm«, murmelte er gegen meinen Hals. »Du fühlst dich so verdammt gut an.«

Seine Finger lagen an meiner Hüfte und als er sie nach hinten schob, um mich besser zu stützen, entfuhr mir ein weiterer Schrei.

Blake gab mir noch etwas Zeit, mich an ihn zu gewöhnen.

Meine Hände fuhren durch seine Haare. »Mein nerviger Dämon.«

Er grinste. »Mein teuflisches Hexchen.«

Dieser eine Kuss schmeckte wunderbar süß-herb nach Granatapfel und als seine Zunge sich einen Weg in meinen Mund bahnte, war es um mich geschehen.

Ich ließ mich zurück in die Ansammlung Kissen fallen und zog Blake mit mir.

»Geht es vielleicht etwas gemächlicher?«, fragte ich. »Ich glaube, sonst ist der Spaß gleich vorbei.«

Blake knurrte. »Nicht, bevor ich dich ganz verschlungen habe.«

Blake achtete auf sein Tempo und beobachtete genau, wie

mein Körper auf seine Bewegungen reagierte. Er ließ mich sogar die Position wechseln, damit er mich besser berühren konnte.

Spielerisch biss er mir in den Nacken, während er meine Brüste massierte.

Und meinen Bauch. Und meine Oberschenkel.

Es waren skelettierte Hände, die ihn bei der kalten Liebkosung unterstützen.

»Nicht gut?«, fragte er besorgt. Seine Stimme war immer noch kehlig. Augenblicklich zog er seine toten Hände weg – und sofort fehlte mir etwas. »Es ist zu seltsam, oder?« *Ich bin zu seltsam*, hatte er sagen wollen.

»Ja! Ich meine nein. Es ist gut.« Ich griff nach hinten und legte eine Hand auf seine Wange. »Das kannst du gern jetzt immer so machen. Das bietet uns ein paar interessante neue Möglichkeiten.«

Ich drehte mich auf den Rücken, ließ mich von all den Skelethänden, die wie weiße Äste aus dem Boden gewachsen waren, umringen. Sie berührten weiterhin meine Haut, als würden sie nach meinem Lebensfunken lechzen. Vielleicht taten sie das auch, aber ich verspürte keinerlei Angst. Ganz im Gegenteil ...

Vielleicht entwickelte ich gerade einen Kick für seine untoten Hände. Würde ich jemals wieder durch eine Halloween-Abteilung laufen können, ohne dabei sexuell erregt zu werden?

Ich blickte Blake durch meine gesenkten Lider an. »Gefällt dir, was du siehst?«

»Bei der Hölle. Ja. JA!«

Seine Skeletthände drückten meine Oberschenkel auseinander. Er drängte sich an mich, rieb sich an mir, bis mir schwindelig wurde und die Dunkelheit um unsere Körper erfüllt von unseren Lauten war.

Gerade als ich dachte, dass es die ganze Nacht so weitergehen könnte, spürte ich, wie sich der Druck in meinen Bauch erneut rasend schnell aufbaute. Die Lust prickelte berauschend meine ganze Wirbelsäule hoch.

»Komm ... mit mir.«

Ich wusste nicht, ob Blake mich bei all dem Gestöhne und Geseufze verstand – oder ob er überhaupt etwas anderes mitbekam als meinen Herzschlag, den er immer wieder mit seinen Fingern oder Lippen überprüfte. Gerade war er sehr beschäftigt mit der Stelle über meinem Schlüsselbein.

Meine langen Fingernägel glitten seinen Rücken auf und ab, hinterließen Kratzspuren, die auf seinem Körper sofort verschwanden.

Ich würde es nicht mehr lange aushalten. Mein Unterkörper zog sich jetzt schon bei jeder seiner Bewegungen so lustvoll zusammen, dass ich am liebsten geschrien hätte. Aber wenn ich das zuließ, würde ich jetzt schon kommen.

Ein kurzes Stoppen. »Sicher?«

»Ja.«

Meine fruchtbaren Tage hatte ich sowieso erst wieder nächsten Frühling.

Er glitt fast vollständig aus mir heraus, nur um dann heftiger zuzustoßen. Immer und immer wieder. *Ja, ja! Verdammt!*

Fest biss ich Blake in den Hals, als mich der Orgasmus wie eine Welle überrollte und mich mit sich riss.

Durch den Nebel meiner Lust spürte ich, wie sich der Dämon ebenfalls anspannte und dann kraftlos auf mir zusammenbrach.

Meine Königin, meine Königin, meine Königin, murmelte

Blake selig zwischen meinen Brüsten, während sein Höhepunkt eher still abklang.

Manchmal beneidete ich ihn dafür. Mein Gesicht war bestimmt rot und fleckig – richtig ekelhaft. Ganz zu schweigen davon, dass ich schwitzte. Das tat ich aufgrund meiner Giftaffinität nur selten, aber ich mochte es trotzdem nicht.

Blake rollte sich von mir herunter, nur um mich gleich darauf in seine Arme zu ziehen. Mein verschwitztes Gesicht in seine Halsbeuge gedrückt, blieb ich eine Zeit lang still liegen.

Der Untote genoss die schweren Schläge meines Herzens, als wären sie eine feine Mahlzeit.

»Der erste Tag als Dämonenbraut«, murmelte ich schläfrig. »Und wie mache ich mich?«

»Wie für die Ewigkeit geschaffen.«

23. Kapitel

GOTTESGNADENKRAUT

Gratiola officinalis

Vor mir lagen zwei Knochendolche.

»Nicht schon wieder«, fluchte ich und verdrehte die Augen. »Ich weiß nicht, was das hier soll. Es gibt nur einen Knochendolch. Hätte es jemals zwei davon gegeben, wüssten die Hexen oder die Dämonen davon. Niemand würde solch ein mächtiges Artefakt Jahrhunderte oder gar Jahrtausende vor der Welt verstecken, sondern es zum Morden einsetzen.«

Wenig beeindruckt glänzten die zwei Schafte der Dolche weiß wie die Knochen der Wesen, aus denen sie geschaffen worden waren. Wenn ich nach einem der beiden griff, würde mich wahrscheinlich der Dolch wieder mitten ins Herz treffen. Der Todesschmerz war nicht real, aber trotzdem graute mir allein bei der Vorstellung. Für einen kurzen Augenblick spürte ich diese Schmerzen, bevor mich die Wirklichkeit erlöste.

Zaghaft streckte ich den Arm aus.

Visionen änderten sich selten.

Zumindest die Visionen von einer Schattenhexe mit geringen hellseherischen Fähigkeiten, weshalb der einzige Weg aus diesem Traum mein falscher Tod war.

»Ich will nicht sterben«, wisperte ich, als sich meine Finger um den Schaft legten.

Ich erwachte nicht ganz schmerzfrei in der kalten Umarmung des Untoten. Ungläubig reckte ich den Hals. War das schon alles? War ich aus Versehen aufgewacht und hatte die Vision damit unterbrochen?

»Was ist los, Cherry?«, murmelte Blake an meinen Lippen.

Sanft streichelte er über mein Rückgrat, was trotz der Kühle seiner Berührungen einen wohligen Schauer in meinem Bauch auslöste.

Eigentlich war es egal. Die Vision erschien mir nutzlos, weil kein zweiter Knochendolch existierte. Niemand wusste, was diese ominösen »Engel« waren, aus deren Knochen er angeblich geschnitzt worden war, und deshalb konnte man auch keine Kopie anfertigen.

Bevor ich noch länger über meine nutzlosen hellseherischen Fähigkeiten nachgrübelte, schlang ich meinen Arm um Blakes Hals und zog mich ganz eng an seinen Körper.

Inzwischen war es schon ein Ritual geworden, dass Blake mich mit sanften Küssen aufweckte, während ich mir jeden Morgen aufs Neue eine anziehende Stelle aussuchte und daran knabberte. Heute traf es seine Kinnpartie.

Stöhnend legte Blake eine Hand an meinen Hinterkopf. Musste ich noch erwähnen, dass es ihm außerordentlich gut gefiel? Vielleicht hatte er recht, dass man ohne Schmerzen manches nicht richtig genießen konnte.

»Und an was denkst du gerade?«, fragte mich Blake.

Zärtlich küsste er die Stelle hinter meinem Ohr.

»Hm … An Gottesgnadenkraut.«

»An was?«

»An Gottesgnadenkraut«, wiederholte ich mich. »Ich denke gerade daran, dass es eine Pflanze ist, die als Aphrodisiakum und Abortivum benutzt worden ist. Ich verstehe ja noch, wenn man verzweifelt ist, und es für Letzteres einsetzt, aber eine Giftpflanze, um die Lust zu steigern? Das ist verdammt dumm.«

»Aber ... Aber warum denkst du gerade daran?«

»Warum nicht? Ich bin immerhin Führerin im Poison Garden. Ich denke oft an Giftpflanzen. Oh!« Als ich in sein Gesicht sah, verstand ich erst, dass er etwas in eine intimere Richtung hören wollte. »Ich denke an dich! An deinen Körper und wie du mich gestern Nacht verwöhnt hast!«

»Ugh.«

Der Dämon verzog abgeturnt das Gesicht, dass ich lachen musste.

»Ich habe die letzten Tage am Nachthof viel zu oft an dich gedacht«, erzählte ich ihm und malte mit meinen spitzen Fingernägeln Kreise auf seine nackte Brust, dort wo sein Herz vor Freude hüpfen würde, wenn er einen Puls besessen hätte. »Ich habe dich schrecklich vermisst. Ich weiß, dass es mir auch gutgetan hat und ich darüber nachdenken konnte, ob ich deine Braut werden will –«

»Aber du wusstest nicht, was eine Braut ist.«

»Blake, ich kann mir unter dem Begriff etwas vorstellen. Es ist nicht so, dass ›Braut‹ ein Fremdwort ist.«

Verlegen schaute er zur Seite. »Es ist schon etwas Besonderes ...«

»Das streite ich auch gar nicht ab«, legte ich etwas versöhnlicher nach. »Aber mir war klar, dass es darüber hinaus geht, dass es eine Art ewige Bindung meint. Und dir war es doch ebenso wichtig, dass ich mir das gut überlege, ehe ich dem zustimme. Und das habe ich. Ich stehe zu meiner Entscheidung und werde sie niemals bereuen.«

Bevor ich auch meinen Kopf auf seinen Oberkörper bettete, konnte ich ein zufriedenes Grinsen in seinem Gesicht entdecken.

»Wie lange habe ich eigentlich geschlafen?«

Er zuckte mit den Schultern. »Ich schätze, so sechs Stunden.«

»Und Nora ist immer noch nicht da?«

Kopfschüttelnd verneinte Blake meine Frage. »Wenn sie da wäre, könntest du sie nur schwer überhören. Sie ist noch unterwegs. Was hat sie eigentlich vor? Du hast sie doch nicht etwa auf eine Schnitzeljagd geschickt, damit du Zeit mit mir allein verbringen kannst.«

»Nein. Da hätte ich Nora nur nett bitten müssen, uns etwas Freiraum zu geben.«

Der Dämon brummte. »Du stellst dir das etwas zu leicht vor.«

»Erinnerst du dich an die Kinder-Diskussion, die ich mit Mab hatte?«

»Ja?«

»Nora hat sich deshalb vom Nachthof losgesagt.«

Deutlich verspätet kam eine Reaktion von Blake. »Wie?«

»Sie meinte, dass sie das für uns tut.«

Unsanft fuhr der Dämon hoch und riss mich mit sich hoch, was ich mit einem Fauchen kommentierte. »Bitte was!«

»Ich wollte ihr das auch ausreden«, verteidige ich mich. »Ich will nicht, dass sie eine Ausgestoßene ist, nur weil Mab fürchtet, dass ein mögliches Kind von uns ihr oder ihren Kindern den Thron streitig machen könnte, aber du kennst deine Schwester. Sie hat sich entschieden und wenn ich ehrlich sein darf, ich glaube, dass sie schon lange mit dem Gedanken gespielt hat. Hattest du nicht auch das Gefühl, dass sie an Mabs Hof unglücklich war?«

»Weißt du, ich habe Dinge getan, die mich nicht glücklich gemacht haben und Nora hat nicht weitergebohrt – und ich tat es ihr gleich. Ich dachte, dass sie irgendeinen Nutzen aus ihrer Anstellung bei Mab zog, weil sie wusste, dass sie für Mab unabdingbar ist. Schließlich ist Nora als Hochfae verdammt mächtig und sichert ihren Thron zusätzlich ab.«

»Nora sichert Mabs Thron ab? Vor wem denn?«

»Na, vor wem wohl? Ihren Kindern und den anderen nächtlichen Hochfaen. Es überrascht dich sicherlich nicht, aber Nora ist eine der wenigen, die absolut kein Interesse am Königinnendasein haben.«

Das, was Blake da behauptete, deckte sich zwar mit Morganas Aussage, dass ihre Schwestern – und sie – alle nach dem Thron der Nachtkönigin lechzten, aber inwiefern spielte Nora da mit rein? Nora war zwar mächtig, aber Mab konnte sicher eine andere Hochfae auftreiben, die über ähnliche Kräfte verfügte.

Ich wollte nicht daran denken, dass ich schon wieder das Oberhaupt eines Faereichs verärgert hatte.

Um mich ernsthafter mit dem Dämon zu unterhalten, wollte ich mich von seiner Brust lösen, aber …

»Iih! Das ist voll die Sauerei! Au-AU! Ich klebe an dir!« Ich riss die Hände hoch und versuchte, meine Haare zu richten. »Au! Die sind total verfilzt!«

Pah! Magischer Granatapfel aus dem Höllenschlund selbst? Dass ich nicht lache!

»Ich habe gedacht, dass du alles abgeleckt hast!«, beschuldigte ich sofort den Dämon.

»Habe ich ja auch! Ich habe nur nicht bemerkt, dass du auf dem Granatapfel geschlafen hast – beziehungsweise auf seinen Überresten.«

Sein mitleidsvoller Blick galt dem lädierten Obst, nicht seiner Braut, die so aussah, als hätte man sie gerade aus einem Komposthaufen gefischt. Was gar nicht weit hergeholt schien, weil mir Ähnliches schon mal passiert war.

»Nun, das ist eine Sache, der man sehr leicht Abhilfe schaffen kann.«

»Leckst du mir den Saft auch aus den Haaren?«, verweilte meine Laune weiter am Tiefpunkt, bis Blake, ganz der verschlagene Dämon, seine Lippen an meine Brustwarzen legte. Seine Mundwinkel weiteten sich spürbar, als mir ein kehliges Stöhnen entschlüpfte.

Mit gesenkten Lidern merkte ich an: »Da bin ich aber nicht klebrig.«

»Ach, ich will nur gründlich sein, meine dunkle Königin.«

Ich bin wieder da!, kündigte sich nun auch noch mein vermisster Familiar an. *Na, hier ging's ja ab*, kommentierte sie und schlängelte demonstrativ an mir vorbei. *Glaub nicht, dass ich von dir herumgetragen werden will, wenn du nach Sex riechst und nach ... Was zur wortwörtlichen Hölle ist das eigentlich? Granatapfel? Warte! Bist du jetzt seine Braut geworden?*

Blake zog sich grummelnd zurück. »Ah, ich sehe, Atropos ist da. Toll. Ich ziehe mich an.«

Lächelnd nickte ich meiner Schlange. »Ja. Ich wollte nicht länger warten.«

All deine Sorgen ausgeräumt, dass du nur wegen der Frucht Liebe für den Untoten empfindest?

Erneut bejahte ich. »Ich liebe Blake, weil ich ihn nun einmal liebe. Deshalb will ich die Dämonenfürsten auch um meinetwillen töten. Ich will für immer an Blakes Seite leben.«

Atropos starrte mich lange an. Ihre pinke Zunge züngelte

in der Zwischenzeit ein paarmal heraus, als ringe sie mit sich selbst um die richtigen Worte.

Deshalb erwartete ich eine sehr wichtige Ansage, nicht: *Wusste gar nicht, dass du rothaarig bist*, frotzelte sie.

»Haha. So witzig. Ja, ich habe auf dem Granatapfel geschlafen und nun rieche ich nach überfälliger Biotonne. Deshalb können wir jetzt nur noch eins tun: Nacktbaden!«

»Nein«, stöhnte Blake.

Natürlich wurde Blakes verklemmtes »Nein« von mir nicht akzeptiert.

Mit Morganas Kleid auf dem Arm, führte ich den Dämon nahezu zielstrebig durch den Finsterwald zu der Quelle, die ich schon mit der Spinnenfae aufgesucht hatte. Atropos schlängelte, wie sie säuerlich angekündigt hatte, auf dem Waldboden vor sich hin.

»Es ist sehr still«, merkte der Dämon an – im Gegensatz zu mir hatte er sich in seine Klamotten gezwängt, obwohl uns sowieso keine Fae zu nah kommen würde.

»Es gab *vielleicht* einen kleinen Zwischenfall und jetzt haben die Faewesen *möglicherweise* etwas Angst vor mir.«

»Was ist passiert?«

Ich hob einen Arm und mein Schatten zerteilte einen dicken Ast, als wäre er ein mickriges Streichholz. »Und jetzt stell dir vor, dass was Ähnliches mit zwei Hyänenfae passiert ist – nur dass es tausendmal schlimmer war. Sie leben aber noch«, merkte ich kleinlaut an. »Obwohl das nur Morgana zu verdanken ist.«

»Warum hast du das getan?«

»Es war keine Absicht. Ich nehme an, dass es daher rührt, wie ich meine Giftkräfte als junge Hexe erlangt habe. Immer habe ich gearbeitet und gearbeitet, um meine mir kräftemäßig überlegenen Schwestern so schnell es ging einzuholen und am besten sogar zu übertreffen. So wie ich es gewöhnt war, wollte ich auch in diesem Fall an die Sache herangehen. Ich kannte es ja nicht anders.« Ich hob eine Hand und die Schattenschlieren schmiegten sich wie Schlangen an meine Haut. »Diese Affinität ist ein bisschen anders und will auch nicht wie meine Giftmagick behandelt werden. Je gefestigter mein Wille ist, desto besser kann ich in die Affinität greifen und sie bitten, nach meinem Willen zu agieren. Handle ich unüberlegt oder verzweifelt, verlaufe ich mich in der Dunkelheit und bin der Schattenkraft ausgeliefert. Dann übernimmt sie die Kontrolle über meinen Verstand und Körper.«

Wow, kommentierte Atropos. *Wie ist dir das klar geworden?*

»Mein Schatten hat von Anfang an allein agiert. Ich bin also mehr ein Gefäß für diese Schattenmagick. Zwar bin ich mir selbst noch etwas unsicher, aber ich glaube, dass ich wieder auf dem richtigen Weg bin, um diese Affinität zu meistern. Ich muss mir nur bewusst sein, dass sie archaischer ist als meine Giftmagick und dass ich niemals eine Kriegerhexe sein werde.«

»Das brauchst du auch nicht zu sein.« Blakes Stimme war voller Zuneigung. »Du bist wunderbar so, wie du bist.«

»Es wäre trotzdem schön, noch etwas stärker zu sein«, warf ich ein. »Ich will versuchen, meine Kräfte in eine Richtung zu entwickeln, die zu mir passt, aber ich fürchte, das wird nicht in einem Jahr geschehen – sicherlich auch nicht in einem Jahrzehnt. Wenn ich Glück habe, komme ich vielleicht mit einem Jahrhundert aus.«

Die Schatten in meiner Hand ritzten auf mein stummes Einverständnis meine Haut an und tranken wie Vampirfledermäuse gierig das mit Gift durchsetzte Blut.

Giftige Schatten.

Das war etwas, das nur ich erschaffen konnte und das mir hoffentlich noch von Nutzen sein würde.

Ich blieb so abrupt stehen, dass Blake fast in mich reingerannt wäre. »Ich schaffe das auch ohne die Morrigan, aber ich brauche dich und Nora.«

Der Dämon umschloss mich mit beiden Armen und schmiegte sein Gesicht an meinen Nacken. Ich riss die Arme nach oben und schlang sie um seinen Hals. »Alles, was meine dunkle Königin verlangt.«

»Das heißt, du gehst jetzt mit mir nacktbaden?«

Sofort kam ein Stöhnen von dem Dämon, als hätte ich ihm körperliche Schmerzen bereitet.

»Du hast gerade eingewilligt! Ha!« Euphorisch streckte ich die Arme in die Luft. »Jetzt habe ich dich mal in einen Pakt gelockt!«

Womöglich passte ich doch besser ins Höllenreich, als ich es mir jemals vorgestellt hatte.

»Ah, und was sind die Konditionen unserer sündigen Verbindung?«

»Sie sollten klar sein.«

Vor uns erstreckte sich die Quelle des Flusses, der direkt in den Düstersee mündete: Aus zerrütteten schwarzen Felsen sprudelte Wasser heraus, welches einen kleinen See bildete, bevor es an drei Stellen wieder abfloss. Meine Augen hatten sich so sehr an die Dunkelheit gewöhnt, dass ich sogar die Wurzeln von Walpurgisnacht erspähen konnte, die sie in das schwarze Wasser tauchte.

Die Pixies machten sich aus dem Weg, als sie mich am Ufer sahen, wie ich mit meinem kleinen Zeh die Wassertemperatur testete.

Es war immer noch kalt, aber erträglich.

»Sollten wir *jetzt* wirklich baden gehen?«, fragte Blake. »Ist das der richtige Zeitpunkt?«

»Du spürst doch, wenn Nora kommt, oder? Ohne sie können wir sowieso nicht weg. Ich bin eine Hexe, du ein Dämon, wir sind in dieser Welt so lange gestrandet, bis Nora ein Portal findet oder direkt eins öffnet. Moment mal! Warst du etwa noch nie nacktbaden?«

»Selbstverständlich nicht«, kam es von dem Dämon, der vor mir wirklich mausetot gewesen sein musste, wenn sein Leben so langweilig verlaufen war. »Außer man zählt das eine Mal, als ich in die Themse gesprungen bin.«

»Warst du da nackt?«

»Nein.«

»Dann warst du auch nicht nacktbaden!«

Achtlos landete mein Kleid auf der Wiese. Bevor Blakes Schrei »Du weißt nicht mal, wie tief das Wasser ist!« in meine Ohren drang, tauchte ich schon kopfüber in das kalte Nass.

Es tat weh.

Aber wie bei vielen schönen Dinge, die am Anfang schmerzten und unangenehm waren, gewöhnte ich mich schnell an die niedrige Temperatur des Wassers. Schließlich gab es für mich keinen schöneren Ort als die ebenfalls so frische Umarmung eines Untoten.

»Aaaah!«, schrie ich beim Auftauchen und schüttelte mein kurzes Haar aus. »Es ist so kalt! Kalt!«

»Also kommst du raus?«

»Nö.« Ich drehte mich auf den Rücken und fing an, meine Kreise im Wasser zu drehen. »Es ist trotzdem erfrischend. Außerdem bin ich wegen dir dreckig!«

Selbst Atropos warf sich ins Wasser und spielte ausgelassen Seeschlange.

Nur Blake verweilte am Ufer und beobachtete uns beide mit ausdruckslosem Gesicht. Seine Ablehnung war nur allzu deutlich und langsam überdachte ich meinen Vorschlag noch einmal.

»Ach komm schon, Blake.« Ich tauchte unter, nur um direkt vor Blakes Füßen wieder an die Oberfläche zu kommen. Mit großen Augen und vorgeschobener Unterlippe versuchte ich ein allerletztes Mal, den Dämon zu überzeugen, mir beim Baden Gesellschaft zu leisten. »Deine frischerwählte Braut würde noch gerne etwas Zeit mit dir verbringen. Oder kannst du nicht schwimmen?«

Wasserleichen treiben ohnehin oben, lachte Atropos über ihren eigenen schlechten Witz.

Mir hätte auffallen müssen, dass Blake bereits nackt vor mir stand. Als sich der Dämon in das Wasser warf, jubelte ich und warf die Fäuste in die Luft. Doch der Untote tauchte nicht mehr auf.

Oder auch nicht.

»Blake? Blake!«, rief ich und schwamm an die Stelle, wo er wie ein Stein in die Tiefe gesunken war. In Osteuropa existierte der alte Glaube, dass Untote kein fließendes Gewässer überqueren konnten, weil sie unreine Wesen waren.

Das ist nur eine Quelle, Belladonna ...

Bevor ich mir ernsthaft Sorgen um das Wohlbefinden meines Dämons machen konnte, packte mich etwas am Knöchel und zog mich unter Wasser. Zwei eiskalte Lippen drückten sich gegen meine und ich konnte das Grinsen nicht unterdrücken. Ich erinnerte mich an einen vergessenen Kuss, der mir damals bewusst gemacht hatte, dass ich Blake mein Leben anvertrauen konnte.

»Das wolltest du doch so, oder?«, fragte Blake, nachdem wir wieder aufgetaucht waren.

Seine Hände lagen auf meiner Hüfte und drückten mich sanft, aber bestimmend gegen seinen nackten Körper.

»Hmm. Vielleicht«, lächelte ich ihm entgegen. »Also: Warum bist du in die Themse gesprungen?«

»Ah. Ich hatte schon fast gehofft, dass du es vergessen hast.«

»Wolltest du testen, ob du wirklich untot bist und nicht auf herkömmliche Art sterben kannst?«

»Warum sollte ich so etwas Dummes tun, um das zu überprüfen? Mein Herz schlägt nicht. Das ist Beweis genug.«

»Warum dann? Du kannst nicht so etwas Interessantes in den Raum werfen und dann ein Geheimnis drum machen.«

Zu meiner Enttäuschung nahm er seine Hände weg, um im See nicht unterzugehen. Allerdings packte er mich dann an den Armen, legte sie um seinen Hals und brachte sich in eine liegende Position.

Das war noch viel besser!

»Ich wurde schon als Jugendlicher oft von anderen Dämonen herausgefordert, die testen wollten, wie stark ich bin. Schließlich kommt es nur alle einhundert Jahre dazu, dass ein adeliger Dämon das Licht der Welt erblickt. Ich bin in die Themse gesprungen, um die anderen abzuwimmeln.« Blake lachte leise. »Ich würde von mir auch nicht gerade behaupten, dass ich ein Krieger oder Kämpfer bin. Wir Lichdämonen sind ... Wir sind wie Säulen, weil wir so unverwüstlich sind.«

»Kein Kämpfer? Bei Carmilla sah das ganz anders aus – du hast sie fast umgebracht.«

Blake wich meinem Blick aus. »Es ging da auch schließlich um dich.«

»Ja ...«

Ich wollte keine Kriegerin sein, aber ich hatte meine Schwestern nicht beschützen können ... Mein Versagen nagte immer noch an meinen Eingeweiden.

»Was ist los?«

»Ich musste gerade an Walpurga und die Hexen denken«, gestand ich ihm und jetzt erschien mir das Nacktbaden nicht mehr wie eine schlaue Idee. »Ob es ihnen wohl gut geht?«

»Da bin ich mir fast sicher. Du warst ungefähr einen Tag im Menschenreich fort, als du mich zu dir riefst. Ich nehme an, dass bei Walpurga alles okay war, weil sie sonst laut herumgetönt hätte. Sie weiß, dass ich nicht zulassen könnte, dass deinen Hexen etwas passiert.« Er wickelte eine Strähne um einen Finger. »Sie weiß, dass ich mich für dich mit ihr zusammenraufen würde.«

»In der Hölle vergeht die Zeit nicht zufällig auch viel langsamer?«

Kurz hegte ich den absolut dämlichen Wunsch, dass die Dämonen doch einfach zu mir kommen sollten, damit ich sie erledigen könnte, statt weiter Zeit zu vergeuden.

Der Dämon schüttelte den Kopf. »Selbst wenn die Dämonen sich in der Unterwelt befinden, worauf wir uns nicht verlassen können, die Zeit ist an die gleichen Gesetze gebunden.« Blake griff nach meiner Hand. »Wie oben, so unten«, zitierte der Dämon und drehte meine Handfläche um. »Die Hölle und das Menschenreich sind zwei Hälften, die zusammengehören.«

»Ah, das ist eine sehr reduzierte Übersetzung von Tabula

Smaragdina. Ich bevorzuge: Siehe, das Oberste kommt vom Untersten, und das Unterste vom Obersten.«

»Streberin«, meinte der Dämon und streckte mir die Zunge raus, was zur gleichen Gegenreaktion führte.

Ich wollte mich dem Gesicht des Dämons gerade für einen Kuss nähern, als Atropos wie aus dem Nichts fauchte.

Kurz darauf spürte ich es auch: Dieses beklemmende Gefühl purer Angst. Die Luft um uns herum wurde schwer und erdrückend und der Geruch von Schwefel breitete sich ohne erkenntlichen Ursprung aus.

»Belphegor«, entfuhr es Blake und mir gleichzeitig.

24. Kapitel

ROSAROTE SPINNENLILIE

Lycoris radiata

Lange konnte ich kein einziges Wort in meinem Mund bilden. Ich spürte, wie die Kreatur der Hölle sich einen Weg durch das Reich bahnte und seine Sünde sich wie ein Waldbrand ausbreitete. Aus Furcht, erneut in ein Delirium zu fallen, krallte ich mich an Blake fest und vergrub mein Gesicht ängstlich an seiner Brust.

Nein! Wenn ich jetzt wieder in meinen eigenen Träumen gefangen gehalten werde würde, könnte ich womöglich nie wieder erwachen!

Ich spürte, wie die Sünde sich einen Weg zu mir suchte, um mich in das Reich des ewigen Schlafes zu ziehen.

»Ruhig«, sagte mein Dämon und legte eine Hand schützend auf meinen Hinterkopf. »Du musst keine Angst vor den Todsünden haben. Hast du es vergessen? Wesen der Hölle sind immun gegen die Beeinflussung – und du gehörst jetzt zu uns, meine Lady der Habgier. Keine Todsünde kann ihre Sünde gegen dich ausspielen. Du bist resistent gegen Zorn, Gier, Lust, Trägheit, Neid, Hochmut und Völlerei.«

»Was?« Ich drückte den Dämon mit beiden Armen weg, damit er meinen wütenden Gesichtsausdruck sah. »Warum hast du mir das nicht früher gesagt? Dann wäre ich sofort deine Braut geworden!«

Der Dämon verzog die Mundwinkel nach unten. »Ich wollte nun mal, dass es etwas Besonderes ist und du dich nicht dazu gezwungen fühlst. Unsere Bräute sind uns heilig.«

Das heilig *kann er sich sonst wohin schieben*, zischte Atropos. Sie schlängelte sich an meinem Rücken hoch, um Blake ebenfalls einen bösen Blick zuzuwerfen.

Um die Sache abzukürzen, teleportierte uns der Dämon ans Ufer, wo ich mir sofort mein Kleid überwarf.

»Wie hat Belphegor mich eigentlich so schnell gefunden?«

»Ich wäre mir da nicht sicher, dass er wegen dir gekommen ist«, sagte Blake mit grimmigem Gesichtsausdruck.

»Wem sollte er sonst auflauern? Er will doch nicht etwa Königin Mab angreifen?«

»Warum nicht?«, konterte Blake. »Er hat zuerst die Hexenkönigin angegriffen und da er nicht mehr ins Schloss gelangen kann, sucht er sich ein neues Ziel. Fae sind in den Augen der Urfürsten nur Abschaum. Du hast gehört, was er über Nora denkt. Wir können nur hoffen, dass er noch nicht am Taghof war und dort ein Gemetzel angerichtet hat.«

Meine Gedanken waren sofort bei meinem Ex-Freund Collin, auf den ich immer noch sauer war, weil keine Schokolade der Welt mich darüber hinwegbringen konnte, dass er mich an den Hof der lichten Fae verraten hatte. Trotzdem hatte er es nicht verdient, durch eine Todsünde ums Leben zu kommen.

»Wir müssen sofort zu Mab.« Kopflos wollte ich schon in den Wald stürmen.

Keine Toten mehr, das hatte ich mir geschworen. Es war schlimm genug, dass Estella und Elsa Maria nicht mehr unter uns weilten, ich wollte nicht auch noch für den Tod der Nachtfae verantwortlich sein – obwohl es ein Gesicht war, das mir am meisten vor dem inneren Auge erschien.

»Halt!« Der Dämon packte mich am Arm. »Hast du einen Plan? Oder stürzt du dich blind ins Getümmel?«

Ertappt schüttelte ich den Kopf.

»Du magst zwar nun immun gegen seine Todsünde sein, aber die Kräfte der Urfürsten gehen viel weiter.« Der Dämon seufzte schwer, bevor er den Kopf senkte. »Ich könnte meine wahre Gestalt annehmen. Das habe ich beim letzten Kampf unterlassen.«

»Das ist eine gute Idee«, stimmte ich ihm zu. »Du bist dann stärker, oder?«

»Ja ... Und wir sind schneller als zu Fuß. Ich kann mich wie am Taghof nicht weit teleportieren.«

»Dann los!«

Das Zögern des Dämons hätte mir merkwürdig erscheinen müssen, aber erst als er sich keinen Millimeter bewegte, stellte ich ihn zur Rede.

»Ich ... Ich zeige mich nicht gerne in Dämonenform.«

»Warum nicht? Ich meine, so oft wie sie unter deiner menschlichen Hülle hervorbricht, dachte ich, dass sie dir sogar lieber ist.«

»Absolut nicht«, zischte der Untote und verschränkte die Arme vor der Brust. In der Hektik hatte er die Hemdknöpfe falsch geschlossen. »Keiner von uns Dämonen präsentiert sich gerne als das Monster, das er wirklich ist. Weißt du noch, als ich Walpurga angegriffen habe und die Bestie hervorgeblitzt ist? Du hattest Angst. Das habe ich gespürt und in deinem Gesicht gesehen.«

»Vielleicht hatte ich auch Angst, weil ein mir völlig unbekannter Dämon eine meiner Mithexen angegriffen und mich die Situation nach meiner plötzlichen Königinnenwerdung etwas überfordert hat?« Mit einem Lächeln schritt ich auf Blake zu und umfasste sein Gesicht mit beiden Händen. »Hast du Angst, dass ich dich weniger liebe, wenn ich sehe, dass du in Wahrheit nicht viel mit einem Menschen gemein hast?«

Kaum merklich nickte er. »Solange deine wahre Gestalt keine Schnecke, Blattlaus oder ein sonstiger Pflanzenschädling ist, komme ich schon damit klar. Kannst du jetzt bitte zum Dämon werden?«

Womöglich hatte ich zu viele Monsterfilme konsumiert, weil ich annahm, dass die Verwandlung in seine dämonische Form Blake Schmerzen bereiten würde. Schließlich würden Knochen aus seinem Fleisch herausbrechen! In Wirklichkeit wurde er von dem altbekannten schwarzen Rauch eingehüllt und vollkommen verschluckt. Der Wirbel nahm zu und wuchs an, bis er mindestens fünfzehn Meter maß und selbst so manchen Baum überragte.

So plötzlich wie der Rauch aufgezogen war, verschwand er wieder zwischen dem Geäst des dunklen Hofes und enthüllte mir eine wahrliche Höllenkreatur.

»B-Blake ...«

Zu sagen, dass mich Blakes wahre Gestalt nicht im ersten Moment schockierte, wäre glatt gelogen. Es war eine Sache, einer Bestie gegenüberzustehen, die menschlich wirkte, und eine ganz andere, einem Monster ins Auge zu sehen, welches nichts mehr mit einem Menschen gemein hatte.

Obwohl mich Blakes Gestalt dann doch etwas verunsicherte, es änderte nichts daran, dass mein Herz immer noch für ihn schlug.

»So siehst du also wirklich aus, ja?«

Blake schwieg.

»Du musst mir antworten, du hast nämlich keine Gesichtszüge mehr.«

Ein kalkweißer Schädel nickte mir zu.

Ich wusste ja, dass Blake untot war und dass er nicht wie ein Zombie verfaulte, aber vor mir stand ein riesiges Skelett – und damit meinte ich keines dieser fünf Meter Dinger, die man als Halloween-Deko kaufen konnte. Die Gesichtszüge des Skelettes waren monströs und widderartige Hörner ragten auf den Seiten hervor. Die Arme und Beine bestanden aus Knochen, die dicker als bei Menschen waren, und endeten in schwarzen Klauen. Einige Knochen schienen aus Gold zu bestehen oder waren zumindest mit dem Edelmetall überzogen. Oh, und das Skelett besaß ganze vier Arme und vier Beine, was jedoch nicht die einzige Abweichung von der menschlichen Anatomie war: Blakes Brustkorb inklusive seiner Schultern und der Unterkörper schienen nicht so fragil wie bei einem Menschen zu sein.

Hinter den leeren Höhlen in seinen Augen glomm eine rote Flamme.

Vor mir stand nun also ein waschechter Dämon in seiner wahren Form.

»Besitzt du als Dämon denn keine Stimme?«

Stimmbänder konnte ich zumindest keine ausmachen, aber Dämonen trotzten sowieso jeglicher Biologie.

DOCH.

Blakes Stimme dröhnte aus den Tiefen seiner höllischen Form.

Mit seiner riesigen Hand hob er mich auf seine Schulter und ich fühlte mich ein bisschen wie die Braut von King Kong und nicht wie die eines Dämons, als er sich in Bewegung setzte. Mühelos hielt er durch seine weiten Schritte mit Mothras Schnelligkeit mit. Hin und wieder musste ich ihm die Richtung weisen, was ihn etwas ausbremste.

WIRKE ICH … WIRKE ICH SEHR GROTESK AUF DICH?

»Ach, ich konnte schon vorher nicht mehr durch die Halloween-Abteilung gehen, ohne etwas geil dabei zu werden.«

Meine Ehrlichkeit brachte Blake in Verlegenheit.

WAS HAT MAN MIR NUR FÜR EINE BRAUT ZUGEWIESEN.

Ich schmiegte mich enger an seine Gebeine.

»Ich darf dich erinnern: In guten wie in schlechten Zeiten, durch Gebein und Gift.«

GEBEIN UND GIFT?

»Alter und Krankheit kennen wir ja nicht. Wäre dir Kalk und Gift lieber? Ich meine …« Ich klopfte gegen seine Knochen. »Anscheinend bestehst du nicht wirklich aus so viel mehr.«

Der Dämon stöhnte so laut wie ein Flugzeug, das sich gerade in die Lüfte erhob.

»Ich mag deine Augen«, wechselte ich zum Thema zurück. »Sie erinnern mich an Spinnenlilien, was echt witzig ist, weil diese in Japan und China als Blumen der Toten gelten. Wirklich tragisch, dass nur die Zwiebeln giftig sind und nicht die wunderschönen roten Blüten.«

MACHST DU MICH GERADE AN?

»Du bist immerhin noch mein Verlobter! Nur weil du jetzt ein Skelett bist, bedeutet das nicht, dass ich dich nicht mehr anziehend finde. Ich bevorzuge deinen menschlichen Körper aus Gründen, die wohl klar auf der Hand liegen, aber das heißt nicht, dass meine Liebe für dich erlischt, wenn du dein Aussehen änderst. Im Herzen bleibst du gleich.«

Atropos gähnte. *Hinkender Vergleich bei einem Untoten.*

Als Beweis drückte ich meine Lippen gegen seine kalten Knochen und Blake erwiderte die Liebkosung sofort, indem er meine Wange mit der Spitze eines Fingers streichelte.

»War das deutlich genug?«

JA.

»Dann lass uns jetzt Mauer Maria zerstören!«

WAS?

»Ich habe gesagt: Lass uns Belphegor vernichten!«

Zwar pflasterte ich ein Lächeln auf mein Gesicht, aber das war nur eine Farce, die ich nicht lange aufrechterhalten konnte, bevor sich dieses kalte Gefühl in meinem Magen überallhin ausbreitete.

Angst hatte sich in meinem Herzen eingenistet.

»Wenn wir das hier überleben –«

DAS WERDEN WIR, unterbrach Blake mich sofort. ICH WERDE MEINE BRAUT NICHT VERLIEREN.

Ich werde das auch nicht zulassen! Atropos wickelte ihren Körper einmal um meinen Hals. *Notfalls ... Ja. Für den Notfall habe ich bereits einen Plan.*

Ich streichelte mit einer Hand Atropos' Kopf und tätschelte mit der anderen Blakes Schädel.

»Ich wollte nur von Blake wissen, ob er dann an Halloween –«

NEIN! DU FRAGST MICH JETZT NICHT, OB ICH ALS DEKOSKELETT IM POISON GARDEN RUMSTEHEN WILL!

Schnaubend verschränkte ich die Arme vor der Brust. »Wenn der Herr nicht will. Ich sage nur, dass es sehr cool wäre und mit Sicherheit auch lukrativ.«

Dir geht es schlecht, stellte Atropos trocken fest. *Da kannst du noch so viele Witze reißen, um deinen Dämonen zu beruhigen. Innerlich sieht es bei dir ganz anders aus.*

»Spürst du denn nicht noch mehr?«, fragte ich meinen Familiar.

Nei– Was? Was ist das?

Vorfreude?

Ja, ich verspürte Angst im Angesicht der drohenden Schlacht – aber gleichzeitig war ich auch hungrig nach Vergeltung. Ein Gefühl, das so wunderbar furchtbar war, dass ich hoffte, es nie wieder erleben zu müssen.

Wenn die Dämonenfürsten erst einmal alle tot waren, würde ich meine Ewigkeit damit verbringen, sicherzustellen, dass es niemals wieder zu solchen Vorkommnissen kam.

Kurz darauf erblickte ich Mabs Schloss mit Morrigans riesigem Turm, der mit Sicherheit auch Belphegor aufgefallen war. Er musste schon in der Nähe sein, aber glücklicherweise waren Blake und ich ihm zuvorgekommen.

Vor dem Schloss tauchten stehende und fliegende Fae auf, die sich schon in Verteidigungsposition gebracht hatten. Von meinem Platz aus erkannte ich vor allem Morgana in ihrer Spinnengestalt und die Rabenschwestern, die getreu ihrer Tiergestalt schrille Schreie ausstießen.

Ich spürte, wie sie ihre Magie gegen Blake sammelten.

»Halt!«, rief ich und sprang von der Schulter des Dämons.

Ich flog direkt auf Morgana zu, die mich mit beiden Armen auffangen musste. Nur dank ihrer acht Beine, die sie alle gleichzeitig in die Erde rammte, verhinderte sie einen Sturz.

»Belladonna?«

»Entschuldige. Ich bin ohne Mistgabel eine miese Freifliegerin.«

»Was ist hier los?«, stürmte Mab im Sturzflug zu uns herunter. »Was hat das hier zu bedeuten?«

»Ich bin es nur!«, sagte ich und hoffte, dass ich trotz meines Abgangs nicht auf der Schwarzen Liste des Nachthofes gelandet war. »Blake und ich haben Belphegors Anwesenheit gespürt und sind sofort hergekommen.«

»Ist das … Das ist dein ominöser Verlobter?« Mit offen stehendem Mund sah Morgana zu ihm hoch. »Ich habe Fragen. Viele Fragen.«

»Normalerweise sieht er nicht so aus.«

»Gut. Das hat all meine Fragen beantwortet.«

Blitzschnell packte mich die Fledermauskönigin am Hals und drückte mich gegen das raue Gestein des Schlosses. »Hast du die Todsünde hierhergeführt?«

Sie drückte mir mit aller Kraft die Kehle zu. »I-i-i–«

Wenn sie nicht sofort aufhörte, würde Blake seine Wut gegen sie entfesseln.

In meinem Inneren konnte ich schon spüren, wie er seine unheiligen Kräfte sammelte.

Dabei wäre es ein Leichtes, meine Schatten zu beschwören und Mab wegzuschleudern, doch ich wollte keine weitere Auseinandersetzung anzetteln, während uns eine Todsünde auf den Fersen war.

Es war nicht nötig, einen weiteren Gedanken daran zu verschwenden, denn ganz plötzlich ließ mich Mab los.

»Lass sie los, Mutter«, fauchte Morgana und zog die Hand der Königin gewaltsam weg. »Du tust ihr weh!«

Mabs Stimme war nach wie vor finster. »Warum stehst du eigentlich auf der Seite der Hexenkönigin? Sie ist nicht deine Nichte. Ihr seid nicht blutsverwandt.«

»Ich bin auch nicht mit Mutter Morrigan blutsverwandt. Das stoppt mich jedoch nicht davor, sie wie eine Mutter zu lieben.«

»Wie rührend«, spotteten die Raben, die uns von einem niederen Turm aus beobachteten. »Aus diesem Grund machst du dich immer wieder zur Witzfigur der Höfe– ah!«

Die Schwester mit dem Schandmaul zog ich mit meiner Schattenhand an ihren Schwanzfedern.

»Hatschi. Da habe ich wohl beim Niesen meine Kraft eingesetzt.«

»Dich Hexenschlampe mach ich fertig!«

»Lasst diese unnötige Zankerei und spart euch eure Kräfte für unseren wahren Feind«, klang Morrigans Stimme aus dem Inneren des Schlosses. Kurz darauf erschien sie in Kampfmontur mit ihrer Krähe. Sie hob eine Hand und alle ihre Töchter verstummten augenblicklich. »Belphegor wird in wenigen Minuten hier eintreffen.«

Staunend verharrte mein Blick auf der Knochenrüstung der Morrigan. Statt eines Stabes hielt sie einen Speer mit schwarzer Spitze in der einen und einen großen Holzschild in der anderen Hand. Mit den schwarzen Federn in ihrem geflochtenen Haar sah sie absolut umwerfend aus. Waren das etwa kleine Schädel von Nagetieren und Vögeln, die sie wie eine Krone trug?

Eigentlich sollte mich Morrigans Aufzug nicht überraschen, aber ich hatte wohl durch den Trubel ganz vergessen, dass sie auch als Kriegerhexe bekannt geworden war.

Mit ihrer Kraft der Vorhersage durch die Sterne und der Fähigkeit, einige Sekunden in die Zukunft zu blicken, hatte sie sich schon vor Jahrhunderten einen Namen gemacht, den man bis heute mit einer Todesgöttin in Verbindung brachte.

Ich war nicht die Einzige, die ihren Blick nicht von der Sternenhexe lösen konnte: »Wie siehst du denn aus?« Die Stimme der Königin klang bei ihrer Frau weitaus weniger unfreundlich. »Ich habe gesagt, dass du im Schloss bleiben sollst! Was, wenn die anderen Fae dich sehen?«

»Wenn wir wollen, dass der Nachthof länger besteht, müssen wir alle kämpfen«, erklärte die Morrigan ruhig. »Die Hexenkönigin und ein Sohn der Habgier kommen uns da wie gerufen.«

Mit einem fast schon überheblichen Lächeln kam sie auf mich zu. »Wollen wir unseren Zwist kurz beiseitelegen, mein kleiner Nachtschatten?«

»Das ist kein *Zwist*, wenn man mir Regeln aufzwingen will«, knurrte ich sie an.

Liebend gerne stimmte Blake in meine Bedrohung mit ein und durch seine jetzige Form wirkte er im Gegensatz zu mir wirklich gefährlich. Die Morrigan warf ihm aber nur einen mitleidigen Seitenblick zu.

»Du musst meine Frau verstehen«, begann die Morrigan und mir entkam sofort ein Stöhnen.

»Und *du* musst verstehen, dass ich mir als Hexenkönigin keine Regeln von anderen diktieren lasse. Erst recht nicht, wenn diese meinen Körper betreffen. Nicht einmal Blake hat da etwas mitzureden.«

ABER ICH UNTERSTÜTZE DICH BEI JEDER ENTSCHEIDUNG.

Liebevoll streichelte ich seine Knochen. »Das weiß ich. Und du entschuldigst mich jetzt, Morrigan. Ich stelle mich zu Morgana. Ich will an ihrer Seite kämpfen. Du wirst ja sicherlich Mab unterstützen – wie du es immer tust.«

Die Hexe öffnete den Mund, aber hielt mich nicht auf, als ich ihr den Rücken zuwandte und ging.

»Du sagst ja gar nicht, dass ich ihr ähnlich sehe.«

DAS TUST DU AUCH NICHT, meinte der Dämon. DEINE WANGEN SIND SCHMALER UND DEIN KINN BREITER.

»Wer leistet mir denn da Gesellschaft?«, fragte Morgana, welche sich am Rand des Schlosses, nahe dem Wald zurückgezogen hatte. Mir kamen die Bäume seltsam vor, bis ich bemerkte, dass sie von krabbelnden Spinnenleibern überzogen waren. Der Stoff, aus dem Albträume gemacht wurden.

ICH BIN BELLADONNAS VERLOBTER BLAKE.

»Bist ganz schön knochig.«

»Den merke ich mir«, grinste ich die Fae an.

Auch sie hatte einen Brustpanzer angelegt, wobei dieser aus silbernem Metall mit hübschen Spinnennetzgravuren bestand. Jedes einzelne Spinnenbein steckte in einem eisernen Stiefel, der eine Fußattacke wahrscheinlich in einen tödlichen Schlag verwandelte.

»Du kämpfst also mit einem Schwert?«, fragte ich und deutete auf die Schwertscheide an ihrer Hüfte, die mit alten Runen verziert war.

»Ach, das! Das ist eigentlich nur Dekoration. Ich besitze es nun schon seit einigen Jahrhunderten und aus Sentimentalität kann ich es nicht wegwerfen. Es heißt Excalibur – vielleicht hast du schon mal etwas davon gehört.«

»*Das* Excalibur?«

Morgana grinste über das ganze Gesicht, bevor sie mir voller Stolz das Schwert zeigte und mit ihren spitzen Klauen über die Klinge fuhr. »Oh, erinnern sich die Menschen bis heute daran? Das freut mich.«

»Wie bist du denn da rangekommen?«

»Ich kannte mal einen walisischen König und seine Ritter. Er war ein Arschloch und ich habe sein Schwert gestohlen, um mich zu rächen.«

Man merkte ihr deutlich an, dass das nicht alles war.

»Und weiter?«

»Ich habe mit seinem besten Freund und treusten Ritter geschlafen.«

»Und weiter?«

»Und mit seiner Frau. Gleichzeitig.«

»Lass dir nicht alles aus der Nase ziehen.«

»Und dann habe ich alles so hingedreht, als hätte er niemals gelebt.«

»Wow. Womit hat er das verdient?«

»Er hat eine meiner Spinnen zerquetscht.« Wütend ballte sie eine Hand zur Faust. »Hey, bist du gerade gewachsen?«

In Anbetracht von Morganas Zorn beschloss ich, in ihrer Nähe von nun an ein paar Zentimeter über dem Boden zu levitieren, um Unfälle mit ihren Krabbelfreunden zu vermeiden.

»Ich fand die Geschichten über Artus und die Tafelrunde sowieso immer total uninteressant.«

»Von dem idiotischen Pack mochte ich nur Gawain«, seufzte die Spinne. »Tristan war jedoch der allergrößte Idiot.«

Ich wollte noch etwas sagen, als eine bekannte Gestalt die Bühne betrat und die Stimmung in die Tiefe riss. Belphegor tauchte mit einem Heer aus Kreaturen auf, die aus Albträumen zu stammen schienen: in Blut getränkte Stacheln, Klauen, spitze Zähne. Ihre Form reichte von verfaulenden Fleischklumpen bis hin zu –

»Natürlich sind Spinnen dabei«, murmelte Morgana angespannt.

Da er der Urvater der Nachtmahre war, schien ich mit meiner Vermutung richtigzuliegen.

»Wie erfreulich!« Mit einem spöttelnden Grinsen sah die Trägheit sich um. Seine Armee aus Albträumen. »Ich suchte nach Mab und darf dabei die verehrte Hexenkönigin wiedersehen! Wie überaus schön, dass ich den Nachthof und das Hexenreich mit einem Schlag ins Verderben reißen kann.«

Dieses Mal hatten weder Blake noch ich Lust auf die Spielchen der Trägheit. Fest entschlossen, das zu seiner letzten Attacke gegen mich zu machen, nickte ich dem Dämon zu.

Blakes Attacke durchlöcherte den Dämon. Dutzende von scharfen weißen Gebeinen durchbohrten seinen ganzen Leib, brachen jeden Knochen in seinem Körper. Fast schon menschlich rotes Blut sickerte aus den zahlreichen Wunden.

»Pah! So was hält mich doch nicht auf.«

Mit einem Fingerschnippen zerbarsten die Knochenspitzen in Tausende kleine Splitter, die mit den Albtraumgeschöpfen direkt auf uns zuflogen.

Mab verwandelte den Staub mit Windmagick in einen Speer, der Belphegor erneut durchbohrte und Hunderte Meter zurückschleuderte, während ihre Kinder sich auf die Armee der Todsünde stürzten. Die Wolffae bissen den kleineren Wesen einfach den Kopf ab. Die Rattenfae mimte die Verletzte und lockte damit Kreaturen zu sich, die sich von Schwäche angezogen fühlten. Im allerletzten Moment – als sich die Albtraumgestalten schon schmatzend und kreischend auf sie stürzten – löste sie sich in Dutzende ihrer namensgebenden Tiere auf, die sich fiepend auf die Monster stürzten. Ihre Eulenschwester packte die nichtgeflügelten Kreaturen, hob sie in die Lüfte, nur um sie danach in den sicheren Tod fallen zu lassen, während die Pantherfae mit ihren Klauen und Zähnen den anderen Wesen den Garaus machte.

»Das war es dann mit dem modischen Gimmick«, seufzte Morgana und spießte einige der Wesen mit Excalibur auf, die sich zu meinem großen Erstaunen sofort auflösten. Waren sie überhaupt real?

Atropos stürzte sich hungrig auf etwas, das ich selbst als Mörderpuppe bezeichnen würde, und glitt einfach hindurch. *Nein! Das ist nur Ablenkung!*

Gerade, als ich die anderen warnen wollte, schoss Belphegor durch die Bäume direkt auf uns – auf Mab – zu.

»Passt auf!«

Morrigan eilte zu ihrer Frau und zielte mit ihrem Speer auf den Dämon. Dieser kickte im Flug den Speer wie ein Ästchen zur Seite.

Ich erschuf eine riesige schwarze Schlange, deren Schuppen vor Gift glänzten. »Verschlinge ihn!«, kommandierte ich sie. »Verschaff uns ein paar Sekunden.«

Fauchend stürzte sich die Schattenkreatur auf Belphegor, allerdings wich er ihren Angriffen so gekonnt aus, dass sie immer schwächer wurde und allmählich verblasste.

»Passt alle auf!«, rief die Sternenhexe. »Die Kreaturen sind nicht real und der Dämon besitzt die Fähigkeit, die Zeit zu verlangsamen. Das macht meine Kraft unwirksam.«

»Woher kommt das denn plötzlich?«, fragte mich die Morrigan und nickte in die Richtung der Schlange.

»Ich führe mir vor Augen, dass, wenn ich diese Dämonen vernichtet habe, ich hoffentlich nie wieder kämpfen muss. Ich werde alles geben, weil es das letzte Mal in meinem Leben sein wird.«

»Das Leben ist ein Kampf, mein kleiner Nachtschatten.«

»So siehst du das vielleicht, aber ich bin anders. Ich bin keine Kriegerin und ich will keine werden.«

Belphegor stand selbst nach den Attacken von mir, Blake und den Fae immer noch auf zwei Beinen. Er wirkte angeschlagen, aber keine körperliche Wunde und erst recht kein Gift konnten ihm lange etwas anhaben.

Ganz im Gegenteil: Je aggressiver wir vorgingen und unsere Kräfte bündelten, um den Dämon zu stoppen, desto herablassender wurde das Grinsen in seinem Gesicht.

Keine einzige Sekunde hörte dieser Mistkerl zu lächeln auf.

Als wäre das alles nur ein Spiel, in dem er nur als klarer Sieger hervorgehen würde.

Und momentan sah es auch leider nach genau diesem Fall aus ...

Mit einem Grollen versuchte Blake, den Dämon mit einer Hand wegzuschleudern, aber Belphegor bewegte sich keinen Zentimeter, weshalb der Untote nach ihm griff, um ihn mit zwei Händen bei lebendigem Leib wie eine Frucht zu zerquetschen.

Statt Blut und Gedärmen des Urdämons explodierten die Knochen des Skeletts, als die Todsünde in seiner wahren Form herausplatzte.

Im Vergleich zu Blake wirkte Belphegors Dämonenform fast schon winzig. Das gehörnte Monster maß gerade einmal drei Meter und sah bis auf den Schwanz einem Bären ähnlich. Sein Körper war massig, aber das hinderte ihn nicht daran, blitzschnell auf die Wolffae zuzueilen. Er packte eine der Fae am Hals und schleuderte sie zu Boden, wo ihre Schwester – eindeutig beeinflusst von der Todsünde – heulend auf sie sprang.

Morgana nutzte ihr Netz, um den Dämon zu behindern, damit ihre Schwester sich in Sicherheit bringen konnte. Die andere Wolffae wickelte sie ebenfalls in ein Spinnennetz ein und aus Erfahrung wusste ich, dass sie sich nicht befreien konnte.

Mit einem Schrei flog Mab auf Belphegor zu und biss ihn mit ihren Fangzähnen in den Hals. Der Dämon und die Hochfae rangelten, während Unmengen von Blut aus der riesigen Fleischwunde sprudelten. Sie wollte ihm doch nicht etwa den Kopf abbeißen!

»Nur über meine Leiche wirst du meinen Töchtern oder den Bewohnern dieses Reiches ein Haar krümmen.«

Obwohl sein halber Kopf abgetrennt war, war keinerlei Beunruhigung in Belphegors Stimme zu erkenne. Das Blut erschwerte ihm lediglich das Sprechen. »Das ist ein sehr nettes Angebot, das ich gerne annehmen würde.«

Dann schleuderte er die Fledermaus gegen die Schlossmauer.

»MAB!«, schrie die Morrigan entsetzt.

»Seinen Körper zu durchbohren, bringt nichts«, stellte ich fest und biss mir fest auf die Lippe. »Er kann sich regenerieren. Alles geht ins Nichts.«

Mein Gift oder meine Schatten konnten ihn zwar verwunden, aber es war wahrscheinlich, dass ich all meine Kraft aufbrauchte, bevor er auch nur in die Knie ging.

»Verdammt«, fluchte ein sehr kleiner Blake, der sich gerade noch auf zwei Beinen halten konnte.

Sofort eilte ich auf ihn zu. »Alles in Ordnung? Geht es dir gut?«

»Ich bin zu schwach, um meine Dämonenform aufrechtzuerhalten.«

»Das war schon alles?«

»Ich habe dir bei Oberon schon mal erklärt, dass ich im Faereich kaum Kraft besitze. All meine Reserven wurden für die Regeneration aufgebraucht. Es tut mir leid.«

»Nein! Du musst dich nicht entschuldigen!«

»Aber wir haben noch einen Trick im Ärmel.« Der Dämon lachte – und mich überkam sofort Gänsehaut. In seinen schwarzen Augen glomm die pure Mordlust. »Nora kommt – und dieses Mal kann sie von ihrer ganzen Macht Gebrauch machen.«

25. Kapitel

PLATTERBSE
Lathyrus

Noras Auftauchen wurde von einem lauten Kampfgeschrei begleitet.

»Die Rache ist mein!«, schrie die Fae und lachte irre. »Für meinen Flügel reiße ich dir den Kopf ab!«

»Bei der Ewigen Nacht, sie ist komplett durchgeknallt«, stahl Morgana mir die Worte aus dem Mund.

Nur Blake blickte erwartungsvoll zu seiner Schwester hoch, keine Spur vor Sorge in seiner Miene.

Belphegor ließ geflügelte Einheiten seiner Albtraumarmee zu ihr hochsteigen, aber Nora verzog nicht einmal den Fühler.

»Glaubst du, ich erkenne Albträume nicht, wenn ich sie sehe? Solche Gestalten verfolgen mich, schon seit ich eine Larve war.«

»Cherry, kannst du mit deinen Schatten deine und die Ohren der anwesenden Fae verschließen? Zumindest derjenigen, die nicht ohnmächtig geworden sind.«

»Verschließen?«

»Genau. Wie Geräuschdämpfer.«

»Soll ich nicht besser weiterhin angreifen?«, fragte ich den Dämon. »Zumindest so lange, bis Nora sich beruhigt hat.«

»Ich mache dich fertig!«, drohte diese gerade und schwang sich in die Lüfte – nur um schnell zu ihrem Faetier zurückzufliegen. Mir war nicht entgangen, dass ihr verletzter Flügel ihr noch Probleme bereitete. Und in diesem lädierten Zustand wollte sie gegen eine Todsünde kämpfen?

Schallend lachte der Dämonenfürst über die Mottenfae. Es war klar, dass er sie nach der Auseinandersetzung vor meinem Schloss nicht als Bedrohung sah, weshalb er sich wieder der Faekönigin zuwandte.

Beschützend stellte sich die Morrigan vor ihre Ehefrau. In ihrem Gesicht erkannte ich einen Ausdruck puren Hasses. »Du wirst heute weder die Fae noch die Hexen vernichten. Das Ende der Urfürsten ist gekommen. Ihr hättet euch nicht gegenseitig niedermetzeln sollen.«

»Geh weg, Mor.« Mab stöhnte vor Schmerzen. »Ich schaff das schon.«

»Nein. Du bist wichtiger als ich.«

»Was redest du da für einen Stuss?!«

Eigentlich wollte ich der Sternenhexe und der Faekönigin zu Hilfe eilen, aber die Eulenfae packte mich an der Schulter und riss mich hart zu Boden. Ihre gelben Augen starrten ins Leere, was nur den einen Schluss zuließ, dass sie unter Belphegors Bann stand.

Ich tauchte in die Schatten, um der Fae auszuweichen, aber immer, wenn ich an die Oberfläche kam, erwartete mich eine beeinflusste Ratten- oder Rabenschwester von Morgana. Obwohl sie der Todsünde erlagen und damit in ihren Träumen gefangen waren, vermochte Belphegor sie so zu steuern, dass ich nicht zu dem kämpfenden Paar vordringen konnte. Mir war lediglich ein schneller Blick gegönnt, der meinen Atem stocken ließ: Belphegor hatte blaues Höllenfeuer beschworen und umringte sich damit als einem Schutzwall. Die Morrigan hatte ihren Speer verloren, weshalb ihr nur noch ihre grundlegende Magick zum Angriff und zur Verteidigung blieben.

Viel mehr sah ich nicht, weil mir die Pantherfae die Zähne in den Arm rammte. Ich schrie vor Schmerz auf und taumelte nach hinten, während besagte Fae vergiftet zusammenklappte.

Wow. War das dumm, kommentierte Atropos.

Der Schmerz war nicht der Rede wert, viel Wichtiger war, was mit Mab und Mor–

Auf einmal kreischte Morrigans Krähe Avalon so laut, dass mir das Herz in die Hose rutschte. Was war nur los mit ihm? Was machte Belphegor mit dem Ehepaar?

Ich sah noch einmal kurz zur Seite, wo die Hexe zusammengesunken vor Mab lag.

Okay. Nun war es an der Zeit, die Samthandschuhe auszuziehen! Mit einem harten Schlag meiner Schatten schickte ich meine restlichen Gegner in die Ohnmacht, zuerst die Eule, dann die Ratte und die letzte der Raben, die noch kampffähig war. Einzig und allein Morgana schien immun gegen die Beeinflussung, aber sie war viel zu sehr damit beschäftigt, ihren Schwestern etwas einzuflößen. Ich nahm an, dass es ein Gift war, welches dem ähnelte, das ich meinen Hexenschwestern verabreicht hatte.

Blake tauchte neben mir auf. »Belphegor ist abgelenkt. Alle anderen Vorbereitungen sind ebenfalls getroffen. Mach dich bereit für Noras Angriff.«

»Aber –«

»Nora!«, rief Blake seiner Schwester dann zu. »Entfessle deine wahren Kräfte auf mein Zeichen.«

»Aber Belladonna! Und die anderen!«

»Sie wird ihre Schatten nutzen, um sich und die anderen davon abzuschirmen. Das ist vielleicht unsere einzige Chance!«

»Jetzt«, gab mir der Untote das Signal.

Trotz Morrigans Verletzung ließ ich meine Schatten kleine Steine und Gras aufsammeln, welche sich in den Ohren der Fae zu provisorischen Ohrstöpseln formten.

Grimmig nickte ich in Blakes Richtung.

Der Dämon drehte sich zu seiner Schwester um und rief ihr irgendetwas zu, das ich nicht verstand.

Mitten in der Luft blieb Nora mit Mothra stehen. Trotz des kaputten Flügels ließ sie sich in die Tiefe fallen und –schrie!

Eine gewaltige Druckwelle rollte über mich hinweg und überzog jeden Millimeter meines Körpers mit Gänsehaut. Meine Zähne klapperten und automatisch überkreuzte ich die Arme schützend vor meiner Brust. Trotz größter Anstrengung fiel ich auf die Knie.

Das ist der Tod!, kreischte Atropos. Sie *ist der Tod.*

Zuerst dachte ich, dass Nora vor Schmerzen schrie, aber schon bald merkte ich, dass etwas mit ihrem Körper nicht stimmte.

Es war schwer zu beschreiben, da ich von so etwas noch nie Zeuge geworden war – geschweige hätte ich mir so eine Kraft vorstellen können. Ihre Haut, ihre Haare, ihre Fühler und Flügel – ja sogar ihr schwarzer Body –, alles an ihr verlor an Kolorierung, wurde grau, weiß und trostlos, als würde ihr die Kraft nicht nur ihre Farbe, sondern auch ihre Lebensgeister entziehen.

Zu meiner Verwunderung zeigte es Wirkung. Belphegor fiel auf die Knie und kippte dann seitlich um. Er war nicht tot, aber stark geschwächt und das nutzte eine ganz bestimmte Person sofort aus.

Mit Tränen in den acht Augen ließ Morgana ihr Schwert über den Hals der Trägheit sausen, bevor sie neben dem Dämon einfach zusammenbrach und sich die Seele aus dem Leib schrie.

Immer noch völlig verwirrt von dem, was gerade geschehen war, sah ich, wie Blake mit seiner letzten Kraftreserve den Brustkorb des Dämons aufbrach und sein schlagendes Herz herausriss. Ein monströses Feixen zierte sein hübsches Gesicht, als er den Mund öffnete und sich über das Herz beugte.

Ich musste wohl nicht erklären, was er damit machte.

Obwohl ich mich gleich umdrehte, kam mir mein Mageninhalt hoch und ich übergab mich geräuschlos ins Gras. Zum Glück waren meine Ohren immer noch voll mit Schatten, Gras und Kieselsteinen.

Blake ...

Er hatte das Herz eines Urdämonen einfach so verschlungen!

Aber das bedeutete auch ...

»Es ist vorbei«, formten Blakes Lippen, als er vor mir auftauchte und ich ließ meine Schatten wieder im Boden verschwinden.

»Warum hast du das getan?«, fragte ich ihn.

Mit dem Hemdsärmel wischte er sich das frische Blut vom Mund. Er zuckte mit den Schultern. »Es hat sich in diesem Moment richtig angefühlt.«

»Fühlst du dich anders?«

Als er merkte, dass ich mir lediglich Sorgen um ihn und seinen Zustand machte, und ihn nicht belehren wollte, kicherte der Dämon und hockte sich zu mir ins Gras. »Es ist nicht so, dass ich dadurch stärker werde. Als ich ihn da so liegen sah ... Es war wie ein Instinkt. Ich wollte es einfach tun. Und der Mistkerl wird so nie auferstehen können.«

»Da hast du recht ...«

Der Dämon hob eine Hand und streichelte meine Wange mit seinem Zeigefinger. »Bist du erschöpft?«

Ich schüttelte den Kopf. »Nein. Oder ja, vielleicht doch. Ich dachte nicht, dass es so schnell geht und ... Ich weiß nicht, wie ich es sonst formulieren soll, also: Täuscht es mich oder ist Nora die Bean Sidhe?«

»Bean Sidhe, Banshee, Todesfae. Man hat ihr in den letzten Jahrhunderten viele Namen verpasst – und sie hasst alle davon«, fügte Blake schnell hinzu. »Also nenn sie besser nie so.«

»Ich dachte immer, dass Banshees den Tod von Menschen ankündigen.«

»Nein. Das hat mit ihrer Kraft zu tun – die Menschen denken, dass sie ein böses Omen verkündet. In Wahrheit kann sie mit ihrem Schrei lediglich die Lebenskraft rauben. Das ist ihrer dämonischen Herkunft geschuldet. Sie ist am Leben, aber sie kann den Tod bringen, wenn sie es beabsichtigt.«

»Das ist total scheiße.« Nora wankte zu uns herüber.

Zwar hatte sie ihre Farbe zurückgewonnen, aber sie konnte nicht einmal ein paar Sekunden geradeaus blicken, ohne zu stolpern und auf die Knie zu fallen. Den letzten Meter krabbelte sie auf allen vieren zu mir und bettete ihren Kopf erschöpft in meinen Schoß.

»Verstehst du es jetzt? Nur aus diesem Grund wollte Mab sie für immer an ihrem Hof wissen. Darum hat sie Nora nie gehen lassen, egal, welche Fehler sie sich geleistet hat. Nur deshalb hätte sie sie mit dir geteilt. Mit dieser Macht könnte Nora den ganzen Taghof lähmen.«

»Mir ist so schlecht, Bella«, stöhnte diese gerade und schlang ihre Arme um meinen Hals, um sich hochzuziehen

nem Leben und ich bin so dankbar, dass ich euch habe. Mit euch … ja, mit euch beiden kann ich alles schaffen.«

»Sind wir jetzt ein Coven?«, fragte Nora leise.

»Leider geht das nicht so einfach. Ein Coven muss von einer Person bezeugt werden, die nicht direkt zum Hexenzirkel gehört. Darum wollte ich es an Lughnasadh machen, wo es Dutzende von Zeuginnen gegeben hätte.«

Dramatisch fuhr Atropos sich mit der Schwanzspitze durch die nichtexistenten Haare. *Ich bezeuge diesen Coven*, sagte sie. *Niemand hat jemals gesagt, dass ein Familiar nicht auch Zeugnis ablegen kann. Besonders, wenn sie so intelligent und wunderschön ist, wie ich es nun einmal bin.*

»Das funktioniert doch niema–«

Die Coven-Verbindung füllte meine Brust bis oben hin mit purer Wärme. Vor meinem inneren Auge stand ich an einem lauwarmen Sommertag im Poison Garden und kümmerte mich um die Pflanzen, die aufgrund des Wetters in Bestlaune waren. Es ähnelte dem Gefühl, wenn ich morgens neben Blake aufwachte und er mir ein Lächeln schenkte oder wenn Nora sich lachend an mich drückte, ohne die geringste Furcht vor meinem Gift. Es war Liebe – und nicht zwingend die der romantischen Art.

»Aaaah, das fühlt sich gut an … wie ein Sonnenbad …«, murmelte Nora, bevor sich ihre Arme lösten und sie auf meinem Schoß kollabierte. Ich machte mir nicht allzu lange Sorgen, da sie schon bald laut zu schnarchen begann.

Behutsam fuhr ich durch ihr oranges Haar, bevor ich sie sanft auf den Boden bettete. »Ach, sie ist so ein süßes Lebenskraft saugendes Ungetüm.«

»Ja, aber auch nur, wenn sie schläft.«

Sofort schnappte sich Blake Noras frei gewordenen Platz.

»Ich lasse das nicht zur Gewohnheit werden«, informierte ich den Dämon und fuhr durch seine Haare. »Einer erledigt – noch sechs Dämonenfürsten übrig«, gluckste ich ein bisschen wahnsinnig. »Oh Göttin, das wird noch harte Arbeit.«

»Ach ja, du weißt es noch gar nicht: Zwei weitere Urfürsten wurden schon umgebracht. Es würde mich nicht wundern, wenn die Zahl weiter gestiegen ist.«

»Was? Drei sind schon tot?!«

Das erinnerte mich an das, was die Morrigan gesagt hatte ... Stimmte es also wirklich? Hatten sich diese dämlichen Urdämonen gegenseitig abgeschlachtet?

Kein Dämonenfürst kann den Zirkel des anderen betreten, erzählte Atropos mir. *Außer jemand anderes hat sich eingemischt ...*

Du willst doch nicht etwa sagen ...

Du ahnst es doch auch schon länger, oder?

»Woher weißt du das?«, fragte ich den Untoten.

»Es sind einige Stunden im Menschenreich vergangen. Glaubst du, ich habe die ganze Zeit über Däumchen gedreht?«

»Nein. Ich habe eher daran gedacht, dass du dich in der Zwischenzeit nach mir verzehrst. Dass du keine ruhige Minute hattest, weil du mich so vermisst, dass es dich fast in den Wahnsinn treibt.«

»Du warst für mich nur ungefähr einen halben Tag verschwunden.«

»Liebe kennt keine Zeit, du unsensibler Dämon!«, sagte ich und verpasste ihm einen spielerischen Hieb auf die Brust. Etwas zu fest, weil sein Oberkörper sich aufbäumte. »Und was hast du in meiner Abwesenheit noch so gemacht?«

»Ich ... Mir ist auch wieder klar geworden, dass ich Carmilla den Dolch nicht gegeben habe. Es war jemand anderes, aber ich kann mich nicht erinnern. Es ist so, als hätte mich jemand manipuliert.«

Atropos hüstelte.

»Jemand, der die Fähigkeit besitzt, Menschen zu täuschen und Illusionen zu erzeugen?«

»Ja, es kann sein. Je länger ich über die Sache mit der vermeintlichen Carmilla nachdenke ... Ich kann mich nicht erinnern, was sie anhatte oder worüber wir geredet haben. Alles ist so ... neblig in meinen Gedanken. Es schien mir schon so, als hätte sie die Form der Vampirin gehabt.«

»Anastasia unterstützt die Dämonenfürsten.«

Der Feind meines Feindes ist mein Freund, sagte Atropos.

»Aber Anastasia kann Dämonen nicht ausstehen!«, kamen mir Zweifel an meiner eigenen Theorie.

Was glaubst du wiegt schwerer: Ihr Hass den Dämonen gegenüber oder ihre Gier nach der Krone?

Ich tippte mir an das Kinn und sah zu Blake hinab. Ihm war deutlich anzusehen, dass er das alles für sehr wahrscheinlich hielt. »Gier ist ein gutes Stichwort ...«

»Ich würde es Mammon zutrauen«, stimmte Blake mir zu. »Er hat sich ja schließlich auch mit Königin Sibylle verbündet.«

»Ob wir es zu dritt schaffen, die beiden zu besiegen?«

Da ich so beschäftigt mit meinem Herzen verschlingenden Dämon und meiner Lebenskraft saugenden Fae war, waren Morrigan, Mab und ihre Töchter in den Hintergrund gerückt.

Erst das Auftauchen der Spinnenfae machte mir bewusst, dass wir uns noch am Nachthof befanden.

»Be-Bellado-donna«, bebte die Stimme von Morgana.

Ihre acht Augen waren immer noch feucht und stark gerötet. Hatte der Kampf sie emotional so mitgenommen?

Verstehen konnte ich es: Sie hatte einen Dämonenfürsten enthauptet, und auch wenn das unserer Sache dienlich war, hatte es sie sichtlich mitgenommen. Ähnlich hatte ich mich gefühlt, als ich Walpurga in einen Baum verwandeln musste.

Doch dann schluchzte die Fae so herzzerreißend, dass ich Blake vergaß und aufsprang.

»Was ... Was ist denn los?«

Sie atmete tief ein und erkämpfte sich etwas Fassung zurück. »Morrigan wurde durch Höllenfeuer verwundet, als sie Mab vor Belphegor beschützt hat. Es ...« Erneut liefen ihr Tränen über die Wangen. »Es sieht nicht gut für sie aus.«

»Wie meinst du das? Braucht sie ein Mittel von mir für ihre Wunden?«

Was half denn gegen Verbrennungen? Normalerweise lösten einige meiner Gifte Hautreizungen oder in Verbindung mit Sonnenlicht schwerste Verbrennungen aus.

Aber wenn sie Schmerzen litt, konnte ich sicher mit Gift der Platterbse Abhilfe schaffen.

»Belladonna, du verstehst das falsch ... Das Höllenfeuer, das Morrigan erwischt hat, brennt sich gerade durch ihre Haut. Sie wird sterben.«

26. Kapitel

LIGUSTER

Ligustrum

Benommen wie durch eine Vergiftung mit einer Ligusterhecke taumelte ich der Spinnenfae hinterher.

So ganz konnte ich ihre Worte immer noch nicht begreifen: Die Morrigan war die älteste lebende Hexe – und *das* sollte es gewesen sein? Die letzten Jahrhunderte hatte sie im Exil verbracht – in einem Reich, wo niemand wusste und niemand jemals erfahren durfte, dass sie die Schattenkönigin war.

Das Ganze kam mir so unwirklich vor, aber das lag wahrscheinlich daran, dass ich durch meine Bemühungen, Morganas Schwestern nicht zu verletzen zu abgelenkt gewesen war, als Belphegor die Königin und Morrigan attackiert haben musste.

Ich spürte, dass Blake seine Hand an meine Hüfte gelegt hatte und mir tröstende Wörter zusprach, die er als Bestatter wahrscheinlich in- und auswendig konnte.

Auch Nora war aus ihrem Schlaf erwacht, als Morgana hemmungslos zu weinen begonnen hatte und ließ nun die Fühler betrübt hängen. In ihren Händen hielt sie einen seltsamen Stoffbeutel, der fürchterlich stank, aber ich wollte nicht danach fragen. Nicht jetzt, wo mir ein seltsames Gefühl die Kehle regelrecht zuschnürte und mich kaum einen klaren Gedanken fassen ließ.

Der kurze Weg fühlte sich wie ein tagelanger Marsch an, bevor wir die Stelle erreichten, wo die schwer verletzte Morrigan lag. Ihre Töchter und Mab hatten sich im Kreis um die sterbende Hexe versammelt und die meisten von ihnen weinten fürchterlich. Die, die nicht ihren Gefühlen freien Lauf ließen – wie die Raben-Drillinge und Wolfs-Zwillinge, trugen eine starre Maske, die manchmal den ein oder anderen Riss bekam.

Die Knochenrüstung der Morrigan war gar nicht einmal so stark beschädigt, nur an der Seite klaffte ein Loch, wo sich das hellblaue Höllenfeuer wie ausgehungerte Blutegel über ihre Haut hermachte.

Der Kopf der Morrigan lag im Schoß der Faekönigin. Ihr Atem ging nur noch stoßweise, die Haut war weiß wie Schnee und sie schwitzte stark. Dunkle Schatten hatten sich unter den tief eingefallenen Augen gebildet.

Sie war noch bei Bewusstsein, musste aber höllische Schmerzen leiden. Ich konnte sie fast nicht ansehen, so sehr entsetzte mich der Anblick.

»Was passiert mit ihr?«, wollte ich von dem Dämon wissen.

»Ihr Körper versucht die Wunde zu heilen, aber sie ist nicht immun gegen Höllenfeuer.«

»Ich bin es.«

Schon früh zu Beginn unseres Kennenlernens hatte ich, fasziniert von den blauen Flammen, meine Hand danach ausgestreckt – und war unversehrt geblieben.

Er nickte. »Ein weiterer Vorteil, den unsere Bräute genießen. Du könntest durch das Fegefeuer marschieren und es würde nicht wagen, nur eine Haarspitze von dir zu versengen. Wärst du keine Braut, würde es dir ergehen wie ihr. Sobald sie entscheidet, ihre Selbstheilungskräfte zu deaktivieren, wird das Feuer sie verschlingen, bis nur noch Asche von ihr übrig bleibt.«

Mein Entsetzen über diesen grausamen Tod zwang mich fast auf die Knie, insbesondere da auch die sonst so gelassene Atropos äußert verstört schien.

Man hatte versucht, die Wunde der Hexe mit irgendwelchen Blättern provisorisch zu versorgen, aber das Feuer hatte sich bereits durch diesen Verband hindurchgebrannt. Höllenfeuer verbrannte alles, was nicht zur Hölle gehörte, unbarmherzig zu Staub. Königin Mab konnte sie bedenkenlos anfassen, was allerdings nur daran lag, dass sie als Hochfae zu den Halbdämonen zählte.

Mab drückte die Hand ihrer Frau. »Halte bitte noch etwas durch. Ich glaube, dass das Feuer weniger wird.«

»Mach dir nichts vor.« Die Morrigan stöhnte, als sie versuchte, es sich bequemer zu machen. »Die letzten Jahrhunderte waren wunderschön, mein Stern, aber sie waren nur geliehene Zeit. Und dennoch würde ich sie nicht missen wollen. Ich bin glücklich, dass ich sie mit dir und unseren Töchtern verbringen durfte.«

»Nein, nein, nein«, wiederholte Mab. »Du fängst jetzt nicht mit einem Abschied an! Das war nicht genug Zeit! Wir haben uns doch versprochen, dass wir die Ewigkeit Hand in Hand durchschreiten! Du kannst mich jetzt nicht einfach verlassen!«

Schwach schüttelte die Hexen den Kopf. »Nein. Die Ewigkeit war immer nur dein Wunsch. Ich wurde, wie jede Hexe, verflucht geboren, damit meine Lebensenergie die Dämonen versiegelt. Ich hätte niemals so lange am Nachthof verweilen dürfen. Ich bereue nur … Mein innigster Wunsch war es, dir irgendwann die Sterne im Menschenreich zeigen zu können.« Sie hustete und rotes Blut besprenkelte ihren Brustpanzer. »Obwohl du für immer das schönste Geschöpf der Nacht bleiben wirst.«

Selbst ein Dämon wie Blake, der sich stets mit dem Tod umgab und sogar in der Lage war, mit einer Berührung zu töten, erschütterten die letzten Momente der Morrigan. Fast schon verzweifelt klammerte er sich an mich, als würde ich verschwinden, wenn er mich nicht fest genug festhielt.

»Schon gut«, teilte ich ihm ohne Worte mit und berührte seine totenkalte Wange. *»Ich werde nicht sterben.«*

»Belladonna?«, richtete die Morrigan ihre nächsten Worte an mich.

»J-Ja.«

»Sorg dafür, dass meine Weissagung wahr wird.«

»Welche Weissagung?«, lag mir auf den Lippen, aber die blauen Augen der Morrigan wurden leer. Die Flammen glommen auf und erreichten nun ihre Brust und Oberschenkel.

»Du musst jetzt gehen, mein Stern. Ich habe keine Kraft mehr, die Flammen noch länger zurückzuhalten.«

»Ich habe lange genug gelebt.« Mab klammerte sich nun an den Körper ihrer Frau. »Ich lasse dich nicht allein.«

»Minerva? Jezebel?«

Die Eule und die Ratte positionierten sich links und rechts von Mab und zogen sie von der Morrigan herunter. Sie protestierte lautstark und wehrte sich mit Armen und Beinen, setzte aber nicht ihre Faemagie ein.

Tränen der Verzweiflung schimmerten in den blauen Augen der Sternenhexe. Man sah ihr deutlich an, dass sie keine Sekunde länger gegen die dunkle Dämonenkraft kämpfen konnte. »Ich liebe euch alle. Vergesst das niemals.«

Mit einem letzten Schrei gegen den dunklen Himmel legte sich Avalon auf die Brust der Hexe, als das blaue Feuer sie gespenstisch leise verschluckte. Ihr Schrei erstarb, als sie von den Flammen eingehüllt wurde. Lediglich das hungrige Knistern der Flammen war zu hören, während sie sich ein jahrhundertaltes Wesen einverleibten.

Es war unheimlich.

Es war unheimlich, zu sehen, wie eine legendäre Hexe ihren letzten Atemzug tat, während die Königin des Nachthofes schrie und bettelte, sich doch zu ihr legen zu dürfen.

Ein Anblick, den ich niemals vergessen konnte, auch wenn ich ewig leben würde.

»Oh Göttin«, murmelte ich leise, als ich die Finger meiner Hand so tief in Blakes Fleisch bohrte, dass ein lebendiges Wesen stark geblutet hätte.

Ich weinte nicht um die Morrigan. Die wenige Zeit, die ich mit ihr verbracht und wie sie sich mir gegenüber verhalten hatte, machten sie für mich zur Fremden.

Allerdings spürte ich den Schmerz von Mab umso mehr in meiner Brust: Das hätten genauso gut Blake und ich sein können.

Vor meinem inneren Auge sah ich Blake regungslos liegen, in seiner Brust den Knochendolch, der sein untotes Leben beendet hatte.

Ich wischte mir die Tränen mit dem Arm weg.

Auf keinen Fall würde ich zulassen, dass Mammon mir Blake wegnahm.

»Lasst uns gehen«, flüsterte ich. »Ich gehöre nicht wirklich zur Familie und wir haben noch sehr viel zu tun. Dafür werden die übrigen Höllenfürsten mit dem Leben bezahlen.«

Du wolltest sie sowieso töten.

Dann wird es nun um so grausamer geschehen.

»Du kannst jetzt nicht gehen«, sagte Mab mit kalter Stimme, in der aber noch immer die Trauer über den Verlust ihrer Gefährtin lag.

Im ersten Moment dachte ich, dass sie mich damit meinte, und drehte mich zu der Fledermausfae um.

»Du hast dein Leben dem Nachthof gewidmet.«

Ohne Worte warf Nora der Königin einen braunen Sack vor die Füße, der unten ganz durchweicht wirkte. War der Gestank noch schlimmer geworden?

»Was ist das?«, fragt die Königin, die wankend auf die Beine kam.

Die Rattenfae – Jezebel – wollte ihr helfen, aber Mab hatte nur ein unfreundliches Zischen für ihre Tochter übrig.

»Das weißt du doch am besten«, grinste Nora und sah dabei fast aus wie Blake. »Das sind die Augen der Fae, die mich überwältigen und zurück zum Nachthof bringen sollten, als ich nach meinen Schätzen gegraben habe.«

»Du –«

Nora unterbrach die Königin scharf. »Ich habe mein Leben dem Nachthof gewidmet. Doch schon seit ich eine Larve war, hatte ich die Hoffnung, dass ich den Nachthof irgendwann für ein besseres Leben verlassen kann. Ich liebe das Licht zu sehr, als für immer in der Dunkelheit zu verweilen.«

»Ich habe dir –«

»*Ich* sage, dass wir quitt sind. Ich habe dem Nachthof stets gut gedient und mich immer loyal verhalten, besonders jetzt im Kampf gegen Belphegor – aber das war das allerletzte Mal. Nun bin ich frei. Ich werde mit Blake und Bella gehen und den Nachthof verlassen. Für immer. Ich überlasse dir hiermit alle Gefallen, die ich in den sieben Jahrhunderten gesammelt habe. Das müssten genug sein, um mich auszulösen.«

Mit diesen allerletzten Worten an die Königin drehte sich Nora um und Blake und ich folgten ihr, aber nicht, ohne dass ich einen letzten Blick zu den Nachtfae zurückwarf.

Bis bald, formten die dunklen Lippen der Spinnenfae, die nun viel trauriger wirkte als beim letzten Mal.

Eigentlich hätten wir drei durch ein Portal gehen können, aber ich musste mich erst mal auf einen Stein setzen, nachdem das Schloss nicht länger in Sichtweite war.

»Wie geht es dir, Bella?«, wollte Nora von mir wissen und legte einen Arm um mich und Atropos. »Sie war immerhin deine Großmutter.«

»Ich trauere um eine Schwester«, gab ich zu. »Um eine mächtige Hexe und weise Frau, um jemanden, der mir verdammt ähnlich war, auch wenn ich es ungern zugebe. Nicht mehr und nicht weniger.«

Dabei hallten die letzten Worte der Hexe an mich in meinem Kopf: Welche Weissagung meinte sie bloß? In ihren Unterlagen befand sich ja nicht mehr als Zeichnungen von mir und die tausendfache Wiederholung meines Namens.

»Atropos! Beiß dir in den Schwanz wie Uroboros.«

Beiß dir doch selbst in den Schwanz, konterte sie gewohnt schnippisch. *Glaubst du, dass du den magischen Silberkristall dadurch bekommst?*

»Man wird ja wohl noch fragen dürfen. Und du musst aufhören dir Magical Girls Animes anzusehen.«

Ich mag die aber!

Nora steckte sich zwei Finger in den Mund und pfiff ihr riesiges Haustier herbei. »Das wird jetzt etwas dauern. Mothra hat sich vor meinem Schrei in Sicherheit gebracht. Und jetzt mal zu dir, Blakey!« Nora breitete die Arme aus. »Ich habe mein kleines Brüderchen so schrecklich vermisst. Komm her! Lass dich knuddeln.«

Ich merkte sofort, dass bei Blake die Leichenstarre einsetzte, weshalb ich aufstand und ihm einen Schubs in Richtung seiner Schwester verpasste. Er musste sich doch nicht generieren! Ich wusste genau, wie sehr er Nora liebte.

Ich wurde Zeuge dieser liebevollen Beziehung, als sie ihn in die Arme schloss – und ihm eiskalt den Kopf verdrehte, sodass sein Genick mit diesem grauenhaften – aber leider allzu vertrauten – Geräusch brach.

Die Verletzung schickte Blake augenblicklich zu Boden, wo er regungslog liegen blieb.

»Nora!«, schrie ich sie an. »Du hast ihn ... Er ist ... Das tötet Menschen!«

»Was denn? Er ist ein Dämon, ein Untoter noch dazu. Das heilt wieder. Im Nu steht er wieder auf.«

Im Nu stand er wieder auf. »Schon gut, Cherry. Ich habe es wohl verdient«, verteidigte er die Brutalität seiner Schwester. »Ich habe mit meinem Handeln sehr vielen Leuten Schaden zu–«

Sein Genick brach abermals und ich konnte einen erneuten Schrei nicht unterdrücken.

Das wird mir langsam zu repetitiv, meinte Atropos.

»Verschweig mir noch einmal etwas – und ich mach das für den Rest meiner Existenz. Ich meine das ernst. Ich setze mich auf deine Schultern und breche dein Genick, sobald es wieder zusammengewachsen ist. Da ich nun praktisch arbeitslos bin, habe ich Zeit für so etwas.« Die Fae deutete mit dem Zeigefinger mitten in sein Gesicht. »Zudem bin ich eine Motte. Ich komme überall hin. Frag Leute, die schon mal mit Lebensmittelmotten zu kämpfen hatten.«

»Geht es dir gut?«, fragte ich, eilte an Blakes Seite und bot ihm meine Hilfe an.

»Nein, aber ich habe es verdient. Ich habe Nora sehr wehgetan.«

»Ja. Ja, das hast du.« Tränen glitzerten in den Augen der Fae, die sie schnell mit ihren Handschuhen trocknete. »All das, was ich die letzten Jahre für Mab getan habe, habe ich auch für dich, meinen einzigen Bruder, getan. Für dich wollte ich stark sein und beweisen, was ich kann! Warum hast du mir nicht verraten, was du vorhast?«

Ohne weitere Worte schloss Blake seine Schwester in die Arme. »Weil ich nicht riskieren kann, dich zu verlieren.«

Nora schnäuzte in Blakes Hemd, woraufhin er nur ein wenig das Gesicht verzog.

»Gut. Du wirst das alles wiedergutmachen, wenn ich bei euch wohne. Mothra liebt die Schlosswand und im Winter werden wir schon etwas für sie finden. Gibt es da nicht so eine neuartige Technik namens Infrarot?«

»Oh nein«, stöhnte Blake und löste sich von seiner Schwester, die schon wieder ein kleines Grinsen im Gesicht trug. »Jetzt wird mir erst bewusst, was es bedeutet, wenn Nora zur Ausgestoßenen wird.«

»Nicht zu vergessen, dass Walpurga sich auch wieder häuslich im Schloss einrichten wird«, erinnerte ich Blake. »Wenn es dich nicht stört, natürlich.«

»Solange du dich besser fühlst, wenn sie in der Nähe ist.«

Je mehr Hexen ich in meiner näheren Umgebung wusste, desto wohler war mir zumute, also lag die Antwort klar auf der Hand.

»Da ist Mothra!« Nora sprang nach vorne und riss ein Portal auf. »Einmal einsteigen, wenn ihr direkt zum Alnwick Castle wollt.«

Die Riesenmotte folgte ihrem Frauchen auf dem Fuß und ich wollte es ihr gerade gleichtun, als der Dämon nach meiner Hand griff. »Cherry. Ich habe vergessen, dir etwas zu erzählen.«

Bei der Göttin, was gab es denn nun?

»Was denn?«

»Im Schloss halten sich ein paar Dutzend Dämonen auf.«

Mein lautes »Wie bitte?!« hallte gleich durch mehrere Welten.

27. Kapitel

RHABARBER

Rheum rhabarbaum

Es musste früher Nachmittag sein, als ich mit Blake, Nora und Mothra im Innenhof des Schlosses ankam. Augenblicklich jubelten alle Pflanzen im Schloss über meine Rückkehr. Sogar aus dem Poison Garden konnte ich ihre Euphorie wegen meiner Heimkehr über das Erdreich spüren.

»Ich freu mich auch, euch alle zu sehen!« Ich kniete mich vor Eisenhut und Oleander hin, die normalerweise meinen Thronraum bereicherten. »Lasst mich nur kurz meinen Verlobten anschreien, dann hol ich die Düngerstäbchen raus, ja?«

Blake stutzte. »Verlobten anschre–«

»WAS?«, schrie ich den Dämon wie angekündigt an. »Was zur Hölle hast du gemacht? Warum sind da Dämonen im Schloss?«

Ich spürte sie.

Ihre Auren waren nicht so überwältigend und angsteinflößend wie die von Belphegor, aber im Schloss befanden sich Dämonen aller Todsünden mit Ausnahme der Habgier, der gerade die Hände abwehrend von sich gestreckt hatte.

»Ich geh mit Mothra sonnenbaden, wenn Bella Blake anschreit«, ließ Nora uns wissen.

»Viel Spaß!«, zischte ich und winkte ihr zu.

Trotz meines Ausbruchs blieb der Dämon ruhig. »Während du weg warst, habe ich die *Ars Goetia* angerufen, um mir bei der Suche nach dem Knochendolch zu helfen.«

»Habt ihr ihn gefunden?«

»Nein. Du hast mich gerufen, als die Dämonen sich gerade wegen Banalitäten gekabbelt haben.« Schwer seufzte der Dämon. »Ich denke, du liegst mit deiner Vermutung richtig, dass er sich im Besitz von Anastasia und meinem Vater befindet.«

»Und warum sind diese Höllenkreaturen dann noch da?«

»Nun ja«, begann er zögerlich und kratzte sich am Kopf. »Ich habe sie schlicht und einfach vergessen.«

»Du hast ein paar Dutzend Dämonen einfach vergessen?«

»Wir Dämonen stellen unsere Braut über alles.«

»Ja, ja. Gib nur mir die Schuld«, motzte ich und drehte mich wieder zu den Giftpflanzen, um sie mit Dünger zu beglücken.

Ohne sich am Gespräch beteiligen zu wollen, hing Nora mit Mothra schon an einer Schlosswand und ich wollte sie bei dieser Tätigkeit nicht stören. Das Sonnenlicht hatte sie sich nach dem Kampf mit Belphegor redlich verdient.

»Gut. Dann will ich diese Ansammlung höllischer Mistkerle treffen.«

»Du willst sie treffen?«

Was hast du vor?, fragte Atropos. *Du kannst mich doch nicht nicht einweihen, wenn dein Blut vor Gift brodelt.*

Oh, das würden die beiden schon früh genug sehen.

»Spricht etwas dagegen?«, fragte ich Blake mit zuckersüßer Stimme. »Wenn sie schon mal da sind, will ich die *Arsch Goetia* kennenlernen.«

»Das spricht man Ars – oh, das war ein Witz, oder?«

Da ich dem Dämon nie lange böse sein konnte, hakte ich mich bei ihm unter und folgte meinem Bauchgefühl zu den sündigen Kreaturen.

»Wer sind die *Ars Goetia* nun genau?«

»Sie sind die ältesten mächtigsten Dämonen, die keine Höllenfürsten sind. Die meisten stammen von den Todsünden ab, aber natürlich gibt es auch einige ehemalige Menschen, die sich das durch jahrhundertlange Arbeit erkämpft haben.«

»Das hast du mir schon mal erzählt. Also ... Was können sie sonst so?«

»Du kennst doch die Macht des wahren Namens? Die *Ars Goetia* besitzen einen zusätzlichen Namen für Beschwörungen. Darum konnte Königin Sibylle mit Carmilla einen Pakt schließen, ohne dass Carmilla ihr unterstellt war. Dieser zweite oder sogar dritte Name verleiht ihnen sehr viel Macht.«

»Das ... Das verstehe ich nicht.«

»Stell dir ihren Beschwörungsnamen wie einen Widerhaken vor, der sich unbemerkt in das Opfer gräbt. So behalten sie selbst bei einem Pakt stets die Oberhand und können sogar der beschwörenden Person schaden, ohne selbst irgendeinen Nachteil davonzutragen.«

»Und du bist oder willst ein Teil von ihnen werden?«

Blake stieß ein bellendes Lachen aus. »Nein. Carmilla denkt es zwar, aber ich habe nicht wirklich Interesse an ihrem Club. Selbst wenn ich einmal die Macht besitzen sollte, die sie haben.«

»Aber?«

»Ich will sie auf keinen Fall gegen mich haben. *Wir* sollten sie nicht gegen uns aufbringen.«

»Darf ich bei der Gelegenheit mal fragen, wie deine absolut geniale Idee mit dem Knochendolch und den *Ars Goetia* eigentlich hätte ablaufen sollen?«

»Nun, wenn er an die wirkliche Carmilla gegangen wäre, hätte sie Lucifer getötet. Danach hätte sie ihn Asmodäus oder Barbatos überlassen und diese wiederum den anderen Kindern der Dämonenfürsten. Da Leviathan keine lebenden Nachkommen mehr besitzt, Melusine aber ein Teil der *Ars Goetia* ist, wäre er wieder in meinen Besitz gelangt und ich hätte dann Mammon getötet.«

»Dieser Plan ist löchriger als ein von Ungeziefer zerfressenes Rhabarberblatt. Was, wenn der Dolch Reibereien unter den *Ars Goetia* ausgelöst hätte?«

»Der Kodex. Die *Ars Goetia* betrügen einander nicht. Niemals.«

»Aber –«

»*Niemals*«, betonte Blake und sah mich ernst an. »Für euch Hexen, die ihr immer so eure Schwesterlichkeit betont, mag es zwar so aussehen, dass wir Dämonen uns dauernd in den Rücken fallen, doch dem ist nicht so. Viele Konflikte wurden nur ausgetragen, weil unsere Väter uns mit unseren wahren Namen dazu zwangen.«

»Sie haben also immer noch die Kontrolle über euch?«

Grimmig nickte der Dämon. »Man kann sich eine Zeit lang dagegen wehren, aber am Ende erliegt man immer dem Fluch. Nun ... Da nun mindestens drei Dämonenfürsten tot sind, sieht die Sache natürlich ganz anders aus. Einige von ihnen sind nun frei von ihren Ketten. Zum ersten Mal seit Jahrtausenden haben wir eine Chance.«

»Und der Rest wird bald folgen.«

Noch einmal atmete ich tief ein, bevor ich die Flügeltüren zum Speisesaal mit beiden Händen aufstieß.

Ich erwartete Tod, Blut, Verzweiflung, Qualen und noch viel Schlimmeres, das ich mit den jahrhundertalten Kreaturen in Verbindung brachte, die dafür bekannt waren, Menschen für ihre Begierden auszubeuten.

»Die Hölle ist leer und alle Teufel essen Pizza an meinem Tisch«, sagte ich fassungslos und kickte eine Schachtel aus dem Weg.

Unzählige Pizzaverpackungen des Restaurants aus Alnmouth stapelten sich auf meinem Tisch, auf dem Boden und auf den unbezahlbaren Möbelstücken. Die noch dampfenden Pizzastücke wurden gerade von den anwesenden Monstern des Höllenschlundes verschlungen. Meine Nase nahm keinen Blutgeruch wahr, also hoffte ich inständig, dass der arme Pizzalieferant verschont geblieben war.

Mit Knurren und Fauchen richteten sich zahlreiche Augenpaare auf mich. Nur kurz ließ ich mich durch die Höllenwesen aus der Ruhe bringen.

Du bist stärker als sie, erinnerte mich Atropos. *Blake ist der Einzige, der gegen dein Gift immun ist.*

»Bel-la-don-na!«, schnurrte Carmilla und spannte ihren Körper angriffslustig an.

Unwillkürlich sah ich die Szenen unserer letzten Begegnung vor mir und ich begann zu zittern. Meine Panik hatte damals meine Geburtsaffinität blockiert.

Nein.

Das war ich nicht mehr.

Ich hatte keine Angst mehr, denn Angst bedeutete, dass Leute starben. Angst bedeutete, dass mir die Kontrolle über die Schatten entglitt.

Bevor jemand der anwesenden *Ars Goetia* auch nur den Stuhl bewegen konnte, schlangen sich meine Schattententakel um ihre Oberkörper und banden sie an Ort und Stelle fest.

»Mein Name ist Belladonna«, stellte ich mich mit fester Stimme vor. »Ich bin die Königin der Hexen *und* Lady der Habgier«, ließ ich die anwesenden Dämonen wissen, während ich meinen gewohnten Platz am Kopfende des Tisches einnahm. »Wollt ihr euch erst vorstellen oder soll ich eure Lungenflügel gleich zerquetschen?«

Blake bezog hinter meinem Stuhl Stellung und blickte feindselig in die Runde.

Ein massiger Dämon, welchen ich als Werwolf identifizierte, wehrte sich gegen meine Hexenmagick. Es dauert nicht lange, bis seine Bewegungen schwächer wurden und er mit dem Gesicht nach vorne in eine halbaufgegessene Pizza kippte.

»Ah-ah. Nicht dagegen wehren, sonst bohren sich meine Widerhaken immer weiter in euer Fleisch und vergiften euch. Ich bin nicht besonders bewandert darin, was mein Gift im Körper von Dämonen anzustellen vermag.«

»Du bist eine Schattenhexe«, zischte ein Dämon mit so feinen Gesichtszügen, dass er auf mich sehr zerbrechlich wirkte. Das musste einer der Nachtmahre sein, die sich von Träumen ernährten. *Belphegors* Söhne

»Exakt.«

»Ich dachte, dass diese Art von Hexe ausgestorben ist.«

Trotz der blonden Haare erinnerte mich das Gesicht des Dämons an Blake.

»Ich bin die einzige Hexe, die über eine Schattenbegabung verfügt. Ihr kennt sicher alle die Geschichten über die erste Schattenhexe, da sie eng mit eurer Geschichte verwoben ist. Ihr wollt mich doch sicher nicht zur Feindin haben, oder?«

»Spiel dich nicht so auf! Du bist nicht unsere Königin, Hexenschlampe«, tönte einer der Anwesenden.

Lächelnd ritzte ich die Haut des Dämons mit meinen Schatten an und der zweite küsste unsanft die Tischplatte.

»Nein, ich mag nicht eure Königin sein, aber ich bin

die Königin der Hexen und vertrete die Interessen meiner Schwestern. Eine dieser Interessen ist der Frieden zwischen unseren Arten.«

Einige der Dämonen am Tisch lachten hämisch und verdrehten die Augen. Ich war mir sicher, dass sie auch mit dem Finger auf mich gezeigt hätten, wären sie nicht von Dornenranken aus Schatten gefesselt gewesen.

»Schluss damit, Abschaum!«, strafte eine weibliche Stimme die Dämonen ab. »Vor euch steht eine mächtige Königin und ihr macht euch über sie lustig? Hat das Höllenfeuer euer Gehirn verkokelt?«

Ungläubig starrte ich in die Richtung der Stimme, weil ich die Sprecherin nicht ausmachen konnte. Dort, wo ich den Ursprung meiner Fürsprecherin vermutete, saß nämlich Carmilla.

»Du kennst mich schon, meine verehrte Lady der Dunkelheit. Ich bin Carmilla, die Todsünde des Hochmuts. Als Teil der *Ars Goetia* kennt man mich auch unter dem Namen Paimon.«

Ich zog an Blakes Ärmel, damit er seinen Kopf zu mir herunterbeugte. »Was zur Hölle ist mit Carmilla los?«, flüsterte ich ihm zu. »Hat sie Junkie-Blut gesoffen?«

»Sie meinte das ernst, dass sie dich nur akzeptiert, wenn du meine Braut wirst.«

Mit einem breiten Lächeln, das ihre Vampirzähne enthüllte, starrte sie Blake und mich verträumt an. »Was für eine wunderschöne Braut du doch hast, Avaritia. Vorher ist mir nicht bewusst gewesen, was für eine bezaubernde Frau Belladonna ist.«

Bei ihren Worten erschauerte ich und Atropos wickelte sich enger um meinen Hals.

»Aber ... Das letzte Mal wollte sie mich töten und jetzt hat sie Herzchen in den Augen.«

»Ich habe dir auch gesagt, dass Carmilla sehr speziell und ihren eigenen Regeln treu ist«, führte Blake aus. »Du kannst dich glücklich schätzen, dass sie nicht mehr ihre Fänge in deinen Hals schlagen will.«

Ich wollte aber, dass sie ihre Fänge in meinen Hals schlug und ich so die nächsten Stunden in einem durch Gift ausgelösten Delirium verbringen konnte.

»Stellt euch gefälligst der Lady der Habgier vor!«, fauchte Carmilla die anderen Dämonen an.

»Ich bin Asmodäus«, sagte der Dämon, der mich an Blake erinnerte und der ebenfalls nicht so feindselig wirkte.

»Ah, wenn ich mich richtig erinnere, dann trägst du nur den gleichen Namen wie dein Vater?«

»Genau«, nickte der attraktive Dämon. »Ich habe es mir zur Aufgabe gemacht, die bessere Version meines Vaters zu sein.

Ich bin der Herr der Lust – oder Wollust. Ich finde, ich repräsentiere beides, wie dein Dämon Gier und Habgier vereint.«

Der Dämon neben ihm nickte. »Mein Name ist Andrealphus. Die Braut von Asmödäus und damit Lord der Lust.«

Eine andere Braut?

»Willkommen im Club«, meinte er und zwinkerte mir zu. »Damit bist du die dritte Braut hier im Raum.«

»Die dritte?«

»Hallo, meine kleine Königin«, säuselte Shuilian, die ich in jenem Moment erst bemerkte. »Wie es aussieht, hat dein Dämon dir nun auch endlich eröffnet, wer du für ihn bist. Ich bin also die Braut von Melusine. Leider führen wir keine

Titel, da sie keine Adelige ist. Trotzdem gehöre ich zu den *Ars Goetia*, obwohl ich mehr ein Anhängsel bin. Man kann mich schließlich nicht mit Blut beschwören.«

»Sag so etwas nicht, mein dunkler Lotus«, schmeichelte Carmilla ihr unverhüllt. »Du bist ein vollwertiges Mitglied und nicht nur ein Anhängsel.«

Nach ein paar Schrecksekunden zog ich meine Schattendornen zurück. »Das tut mir so leid! Ich wollte dich nicht angreifen!«

Shuilian hob mir ihre Opiumpfeife entgegen und winkte ab. Einer meiner Schatten war zurückgeblieben und die Hexe griff ohne eine Spur Angst nach ihm. »Nicht so schlimm. Ich fand es ganz wunderbar, auf diese Weise zu erfahren, dass du eine Schattenhexe wie unsere gesegnete erste Königin bist. Darf ich dir bei dieser Gelegenheit meine wunderbare Dämonin Melusine vorstellen?«

Bei besagter Gefährtin handelte es sich um eine Meereskreatur, wie ich unschwer an den Kiemen erkennen konnte, die unter dem dunkelblauen Schal hervorlinsten. Die zwei anderen Frauen ähnelten ihr, weshalb ich annahm, dass dies Undine und Lorelai waren. Die drei dämonischen Sirenen waren selbst für Menschen keine Unbekannten.

»Es ist vielleicht ein gutes Zeichen, dass ausgerechnet die Hexenkönigin eine Braut ist«, meinte Andrealphus. »Ich vermisse die Zeiten, als Dämonen und Hexen gemeinsam gefeiert haben.« Dabei schob er mir die Karte eines exklusiven Nachtclubs über den Tisch zu. »Dreißig Prozent auf Getränke für Bräute – und jeden ersten Samstag im Monat ›Bride Night‹.«

»So wie ihr zwei an Profit denkt, könntet ihr genauso gut Dämonen der Habgier sein«, giftete ein anderer Dämon.

»Du bist ganz grün vor Neid, Shax«, kam prompt die Antwort von Asmodäus.

»Lass meinen Mann in Ruhe, du kapitalistischer Mistdämon!«

»Verstehst du jetzt, warum wir den Engelsdolch nicht gefunden haben?«, sagte Blake zu mir. »Die *Ars Goetia* sind zwar loyal untereinander, kriegen sich aber wegen jeder Kleinigkeit in die Haare.«

»Gut, wenn wir uns jetzt wieder über wichtigere Dinge unterhalten könnten«, tönte ich laut. »Ich will die letzten Urdämonen töten, damit der Fluch, der auf uns Hexen liegt, endgültig gebrochen wird. Dabei hoffe ich auf eure Unterstützung in der Schlacht.«

Stille breitete sich unter den sich kabbelnden Dämonen aus, bevor die meisten von ihnen in schallendes Gelächter ausbrachen.

»Warum sollten wir euch Hexen helfen?«

»Hexen können eure Bräute sein«, war mein schwacher Einwand, der noch mehr Gelächter provozierte.

Ein anderer Dämon sagte freiheraus: »Da warte ich lieber auf eine andere Braut.«

Zornentbrannt knallte Blake seine Handfläche auf den Tisch. »Es sind noch vier Dämonenfürsten übrig: Leviathan, Beelzebub, Satan und natürlich Mammon. Wenn es uns gelingt, diese vier zu töten, sind wir endlich frei und die *Ars Goetia* werden die stärksten Dämonen des Höllenreichs sein.«

»Und mit welcher Armee wollt ihr gegen sie kämpfen? Normale Hexen und niedere Fae halten es nicht einmal lange in der Hölle aus. Allein das Fegefeuer bereitet ihnen schlimme Schmerzen und macht sie im besten Fall kampfunfähig. Was ist dein Plan, verehrte Hexenkönigin?«, fragte mich einer von den anderen Vampiren.

Ehrlich?

Ich hatte keine Antworten für die Dämonen. Mab und Oberon konnte ich von meiner Liste der Vielleicht-Einmal-Verbündeten nun komplett streichen und Morgana war nun einmal keine Hochfae.

Dass ich durch ihre Fragerei in die Bredouille kam, merkte man mir deutlich an.

»Lös den Bann, Avaritia«, rief einer der Dämonen. »Wir haben keine Lust, mit der Hexenkönigin über ein Selbstmordkommando zu diskutieren.«

Ein heftiges Knurren war Blakes einzige Antwort.

Ich berührte seine Hand, um ihn zu beruhigen. »Lass sie. Wir können sie nicht zwingen.«

Blake seufzte und schnippte mit den Fingern – auf dieses Signal hin dünnte sich die Dämonenschar aus.

Am Ende blieben mehr leere Verpackungen als Dämonen übrig:

Die Sirenen, die zwei Inkuben, Carmilla und einige wenige mir unbekannte Dämonen behielten ihren Sitz am Tisch.

»Es sind noch vier Dämonenfürsten übrig«, resümierte Carmilla. »So ungern ich es zugebe. Allocer hatte recht: Selbst ein Heer aus Hexen, Fae und Dämonen würde nicht ausreichen. Die Verluste wären enorm.«

Ich hörte das blaue Höllenfeuer, das Morrigan verschluckt hatte, bedrohlich knistern, vernahm Todesschreie meiner Schwestern und sah Morganas abgetrennte Spinnenbeine vor mir liegen. »Ich will niemanden mehr verlieren.«

Außer vielleicht die Vampirin selbst, der ich trotz der Unterwürfigkeit, die sie nun an den Tag legte, den Vorfall im Palastgarden nicht verzeihen mochte.

»Wie wäre es, wenn du nach deinen Schwestern siehst, während wir über Problemlösungen nachdenken?«, meinte Blake und streichelte mir durch das Haar. »Mit Belphegors Tod –«

Weiter kam er nicht, da war ich schon aufgesprungen und in meiner Schattenform durch die erstbeste Wand geschlüpft.

28. Kapitel

NIEMBAUM

Azadirachta indica

Mit meiner Schattenkraft sprang ich mühelos durch einige Wände, bis ich direkt unter Nora hindurchhüpfte. Vor Schreck fiel sie zu Boden und landete auf dem Rücken wie eine betäubte Hausfliege.

»Ah!«, schrie die orange Mottenfae und wechselte abrupt in die Angriffsposition. »Was ist los? Wo ist der Dämonenfürst? Na warte, den mache ich fertig.«

»Nein«, schüttelte ich den Kopf. »Ich muss zu den Hexen ins Krankenzimmer.«

Erst Blakes dahingesagte Worte hatten mich daran erinnert, dass Belphegors Fluch nun für alle Opfer gebrochen sein musste. Morganas Schwestern waren sehr schnell nach dem Tod des Urdämonen wieder zur Besinnung gekommen.

Mein Herz klopfte wie wild. Vielleicht waren meine Schwestern auch endlich aus ihren Träumen erwacht. Ich würde sie so gerne noch einmal sehen, bevor ich mich in die Hölle hinabwagen musste.

»Ich begleite dich«, meinte Nora und flatterte neben mir her.

»Dein Flügel ist ja geheilt!«

Grinsend nickte die Fae und drehte sich auf den Rücken. »Als wir unser Coven-Bündnis geschlossen haben, wurde mir auf einmal so warm – und dann war meine Flügelhaut wieder heil.«

Ich lächelte. »Das freut mich.«

Wenigstens musste ich mir nicht länger Sorgen um ihre körperliche Verfassung machen, wenn wir tatsächlich gemeinsam in die Hölle hinabsteigen würden.

»Und so schnell werde ich mich sicher nicht mehr – ah!«

Mit einem dumpfen Geräusch flog sie gegen eine unsichtbare Absperrung und knallte zu Boden.

Vor dem Krankenzimmer des Ostflügels lag ein Bannzauber, den ich Walpurga zuschrieb. Instinktiv fand ich eine kleine Schwachstelle und zog die Verwünschung wie einen nervigen Klebestreifen von der Tür, damit auch Nora eintreten konnte.

Seit wann kannst du so etwas?, fragte mich mein Familiar und zischelte beeindruckt.

»Was? Oh. Das war gerade so natürlich«, sagte ich und starrte auf meine Hand, an der ich einen richtigen Klebestreifen vermutete. »Ich habe nicht mal bemerkt, dass ich einen Zauber breche.«

Es hatte sich ganz und gar nicht angefühlt, als hätte ich Magick verwendet. Vielmehr war es mir wie etwas Alltägliches vorgekommen.

»Vielleicht hat das Training mit der Morrigan doch etwas gebracht«, zirpte Nora. »Du warst vorher schon so stark und jetzt bist du ... bist du ... ultrastark!«

Das wollte ich an dieser Stelle nicht verneinen, wenn ich es auch weniger Morrigans Training zuschreiben wollte. Der Ausflug an den Nachthof hatte mir mit Sicherheit etwas gebracht und sei es nur, dass er klargemacht hatte, dass ich diesen Coven wollte; dass ich für immer mit Blake und Nora zusammen sein wollte.

»Ich hoffe so sehr, dass es den Hexen gut geht, besonders den minderjährigen«, sagte ich noch zu der Fae, ehe ich die

Tür aufstieß. »Morganas Schwestern haben sich blitzschnell erholt, aber man weiß ja nie –«

»Halt die Klappe, Elisabeth!«

»Ich will aber TikToks schauen.«

»Und ich nicht!«, plärrte eine andere Junghexe. »Ich will diesen Stream endlich nachholen, nachdem ich ihn gestern verschlafen habe.«

»Du nervst mich!«

»Du nervst mich mehr! Ah!«

Vier Hexlein stritten sich gerade lautstark um ein Tablet. Obwohl sie etwas bleich im Gesicht waren und ich giftige Ausdünstungen wahrnahm, hatten sie sich auf einem Krankenbett zusammengerauft. Das Bett ächzte unter dem Gewicht der Hexen, weil dieses Krankenzimmer seit gut einhundert Jahren nicht mehr benutzt worden war.

»Hey! Hey! HEY!«, rief Walpurga und pfefferte einen Apfel quer durch den Raum. »Ich nehme euch das weg, wenn ihr euch nicht benehmen könnt! Das ist ein Krankenzimmer! ALSO SEID GEFÄLLIGST LEISE!«, brüllte sie die Streithähne zusammen. »Wenn die Königin hier wäre, würdet ihr euch auch nicht wie ein Haufen Dämonen aufführen, oder?«

Ich atmete noch einmal vor Erleichterung zitternd aus – so angespannt war ich, bevor ich ihren Namen aussprach: »Walpurga.«

Auf der Stelle fuhr die ehemalige Erdhexe herum und ihre Gesichtszüge glätteten sich, als sie mich erblickte. »Du bist zurück.«

»Belladonna!«, rief Pyra und wollte schon zu mir stürzen, aber ich kam ihr zuvor und hielt sie im Bett zurück. Die Feuerhexe musste ihre Vergiftung auskurieren. Trotz meiner Anstrengungen hatte ich ihre Tropfen zu hoch dosiert und bei ihr äußerte sich das mit einem ganz grünen Gesicht. Das Gift hatte wohl ihre Magenschleimhaut angegriffen.

»Und Nora!«, erinnerte die Fae die Hexen, dass sie auch anwesend war, wobei man sie aufgrund ihrer Flügel nur schwer übersehen konnte.

Ich sah mich im Raum um und musterte jedes Gesicht. Kaum einer schien meinen Trank problemlos weggesteckt zu haben.

»Wenn das mal nicht unsere Retterin ist«, sagte Djannah, die ihre Arme um einen Kotzeimer geschlungen hatte, als wäre er ein Kuscheltier.

»E-Es tut mir so leid«, entschuldigte ich mich reflexartig. »Ich wollte das nicht.«

»Jede hier im Raum weiß, dass du sie zu ihrem eigenen Schutz vergiftet hast.« Walpurga ging zu Agnieszka und reichte ihr ein Glas Wasser, das die geschwächte Hexe mit beiden Händen umklammerte. »Die meisten Hexen sind erst seit wenigen Stunden ansprechbar. Ihre Genesung wird in den nächsten Stunden rasch voranschreiten. Du musst dir also keine Vorwürfe machen. Du hast das Richtige getan.«

»Warum sind sie überhaupt wach?« Fragend kratzte ich mir den Kopf. »Mein Gift hätte zur Sicherheit noch gut einen Tag halten sollen.«

»Ich habe ihnen ein Gegengift verabreicht, das ihren komatösen Zustand aufgehoben hat, nachdem der Fluch gebrochen war.«

»Aber warum wusstest du, dass sie nicht mehr unter Belphegors Fluch standen?«

Nora knurrte leicht, um die Erdhexe einzuschüchtern.

»Wie es scheint, besitze ich seit dem Verlust meiner Affinität ein besseres Gefühl für Magick, die gewirkt wur– RUHE!«

Erneut zankten die jungen Hexen um das Gerät, weshalb sich Walpurga ein Kissen schnappte und damit eine von ihnen einfach abschoss. Sie kippte rücklings vom Bett.

Nora klammerte sich an meinen Arm. »Wenn ich mal Tante werden sollte, will ich nicht, dass die da auf meine Nichte oder Neffe aufpasst.«

Walpurgas ikonische Stirnfalte tauchte in ihrem alterslosen Gesicht auf. »Ich vermisse meine Affinität gerade sehr. Ein bisschen Niembaum hätte die Situation aufgelockert.«

»Du bedrohst doch nicht gerade mein Coven-Mitglied mit einem natürlichen Insektizid?«

»Selbstverständlich nicht.«

»Darf ich kurz mit dir allein reden?«, fragte ich Walpurga, die sofort nickte. »Würdest du solange auf die Hexen aufpassen, Nora?«

»Oh ja!«, strahlte sie. »Ich lese euch etwas aus meinen Lieblingsbuch vor. Leider habe ich es nicht da, darum erzähle ich es aus der Erinnerung: Als irgend so ein Typ eines Morgens aus unruhigen Träumen erwachte, fand er sich in seinem Bett zu einem ungeheuren Ungeziefer verwandelt. Leider wurde er zu keiner wunderschönen Mottenfae, wie ich es bin. Wobei ich die Bezeichnung Ungeziefer echt diskriminierend finde …«

Noras Plappern drang gedämpft zu mir, nachdem ich vorsichtig die Tür zum Krankenzimmer schloss.

»Was gibt es de–«

Bevor Walpurga ihre Frage zu Ende stellen konnte, war ich ihr bereits schluchzend um den Hals gefallen.

»Donna? Was ist denn los?«

»Bist du noch halbwegs gegen Gift immun?«

»Ich denke schon.«

Gut, dann konnte ich sie von oben bis unten vollheulen.

»Ich war am Nachthof«, weinte ich gegen den teuer anmutenden Blazer der Hexe.

Kreisend streichelte sie über meinen Rücken. »Ja, das war sicher schlimm.«

»Nein! Du verstehst mich falsch. Ich habe dort die Morrigan getroffen.«

»Die Morrigan«, wiederholte Walpurga und nickte. »Darum wirkt deine Magick auf einmal gefestigter. Ist sie hier? Ich würde sie gerne kennenlernen – natürlich nur, wenn es dich nicht stört. Ich werde mich auch kurzfassen.«

Täuschte ich mich oder mutierte die sonst so angespannte Walpurga gerade zu einem Fan? Sie war richtig aufgekratzt!

Umso mehr schmerzte es in meiner Brust, wenn ich an die Sternenhexe zurückdachte. »Sie ist gestorben«, beichtete ich Walpurga. »Belphegor hat sie getötet, als sie ihre Frau Königin Mab schützte.«

»Ihre Frau? Mab?«

»Warum wundert dich das? Du weißt ja sicher auch, dass sie meine Großmutter ist. Königin Sibylle hat dir immerhin alles verraten.«

Ich wurde so abrupt von Walpurga losgelassen, dass der dadurch entstehende Luftzug meine verheulten Wangen schmerzte.

»Nein. Das hat ... Das hat mir die Königin verschwiegen. Sie ... Das heißt ... Sie war die Mutter von Königin ... Oh Göttin ...«

Toll, du hast Walpurga kaputt gemacht, spöttelte Atropos. *Ich würde mir schon mal eine neue Hexe suchen.*

»Alles gut?«, fragte ich schniefend und legte tröstend einen Arm auf Walpurgas Schulter. Die Arme lehnte gegen einen steinernen Pfeiler und versuchte angestrengt, ihren Atem wieder unter Kontrolle zu bringen.

»Ja-Ja ... Aber warum verrätst du mir das alles?«

»Ich will auch mit dir ehrlich sein – und ich erwarte dasselbe von dir. Wenn die letzte Schlacht vorbei ist und ich es heil überstehe, wollte ich dich fragen, ob du wieder als königliche Beraterin arbeiten willst?«

»Ja.«

»Es wird noch viel mehr Arbeit als zuvor –«

»Ja.«

»Und du musst mir versprechen, dass du versuchst, dich zu bessern, was Fae und Dämonen betrifft.«

Mit einem grimmigen Ausdruck im Gesicht biss Walpurga die Zähne aufeinander, nickte aber. »Gut. Das lässt sich wohl nicht vermeiden mit deinem Coven und deiner Position als Dämonenbraut.«

»Genau ... Aber ... Moment ... Woher weißt du das mit der Braut? Und welche Position ich dadurch habe?«

Vor meinen Augen erbleichte die Hexe, als hätte sie gerade ein Geheimnis ausgeplaudert.

»Nein«, traf es mich wie ein Blitz. »*Du* bist ebenfalls eine Braut.«

»Bin ich nicht. Ich verzichtete auf den Granatapfel und bin folglich keine ... *Dämonenbraut.*«

Normalerweise hätte es mich aufgeregt, dass sie die Bezeichnung wie eine Beleidigung hatte klingen lassen, aber ich war zu neugierig.

»Wer ist es?«

Atropos' Schwanz fuchtelte wie der einer Klapperschlange. *Ich will es auch wissen!*

»Ich verstehe deine Neugier«, seufzte Walpurga. »Bis auf

Königin Sibylle wusste keiner davon. Abgesehen von ... von dem besagten Dämon.«

Wetten, es ist ein Werwolf? Oder ein Nachtmahr? Atropos seufzte verzückt auf. *Ich werde dieses Rätsel noch lösen!*

»Aber du brauchst es nicht wissen«, würgte die Hexe mich rasch ab. »Du wirst mit dieser Person nicht viel zu tun haben.«

»Was, wenn Blake ein Teil der *Ars Goetia* wird? Als seine Braut würden wir dann die Treffen im Schloss ausrichten lassen.«

Schon wieder entgleisten der älteren Hexe die Gesichtszüge. Hah! Ihr Dämon gehörte also zu dieser Gruppe.

»Ich würde nun gerne wieder zu den Hexen. Sie brauchen noch Pflege. Sehen wir uns dann beim Abendessen?«

Endlich kam das Gespräch auf das Hauptthema zurück. »Nein. Ich werde heute noch in die Hölle aufbrechen, um die letzten Dämonenfürsten zu töten.«

Man sah der Hexe an, dass sie darauf wartete, das gerade Gesagte als Scherz zu entlarven. »Das meinst du doch nicht ernst!«

»Doch. Ich wollte noch einmal nach den Hexen sehen. Falls mir etwas passieren sollte, will ich –«

»Sprich das nicht aus!«, fuhr Walpurga harsch dazwischen. »Donna! Du bist gerade einmal zweiundzwanzig Jahre alt! Noch nicht einmal ein Jahr Königin!«

»Ja, ich hoffe auf ruhigere Jahrhunderte, wenn alles glattläuft. So langsam geht es mir nämlich an die Substanz.« Ich lachte unkontrolliert. »Ich ... Ich kann das bald alles nicht mehr.«

»Pass auf.« Walpurga stellte sich vor mich hin, legte mir eine Hand auf die Schulter und sah mir tief in die Augen.

Mein Atem wurde etwas ruhiger. »Ich vermute, dass Anastasia ihre Finger mit im Spiel hat.«

Ich nickte. »Dessen sind wir uns sicher. Sie wollte mir schon einmal den Dolch entreißen.«

»Gut. Ich muss dir bestimmt nicht erzählen, dass sie eine Lichthexe ist – und du bist eine Schattenhexe wie Königin Lilith. Vergiss das niemals. Das könnte hilfreich sein.«

Walpurga nickte mir noch einmal aufmunternd zu, bevor sie ins Krankenzimmer zurückging. Als sie die Tür öffnete, hörte ich die Mottenfae immer noch erzählen: »Und er probiert, aus dem Bett zu kommen, liegt dort aber wie eine Asselfae auf dem Rücken. Seid ihr schon mal einer Asselfae begegnet? Ich schubse die immer auf den Rücken und laufe davon.«

Ein kleines Lächeln umspielte meine Lippen und ich wünschte mir von Herzen, dass mein Leben für immer so friedlich sein konnte – aber dieser Wunsch würde wohl nie in Erfüllung gehen.

Belladonna.

»Hm? Wollen wir raten, welchem Dämon Walpurga das Herz gebrochen hat?«

Nein. Mein Familiar klang ernst. *Wenn du die Urdämonen tötest, wirst du wahrscheinlich für immer Königin sein.*

»Denkst du, das ist mir nicht bewusst?«

Willst du das denn?

»Ich denk –«

Nicht, was du denkst, zischte die Schlange. *Willst du das? Willst du die Ewige Königin werden und die Hexen für immer regieren? Fühlst du dich dem gewachsen, nachdem du schon so plötzlich Königin wurdest?*

»Weißt du. Es wird mit Sicherheit eine Hexe geben, die die Sache besser machen könnte als ich. Aber ich gebe trotzdem alles für meine Wünsche. Für meine Träume. Für meinen Coven. Also ja. Ja, ich würde gerne für immer auf meine Schwestern achtgeben.«

Wärst du sterblich, könntest du einst Teil des Gefolges der Göttin werden. Das muss ich dir wahrscheinlich nicht erklären, du hast es an Samhain gesehen.

Ich liebte die Göttin, aber es gab Personen, die mir mehr bedeuteten.

»Ich hänge zu sehr am Diesseits, um den Platz im Gefolge ansprechend zu finden.«

Atropos schlängelte an mir herunter und fing an, etwas hochzuwürgen.

Ich schrie schon panisch dazwischen. »Ah! Lass das! Du bist doch keine Katze. Wo krieg ich jetzt ein Küchentuch her? Das kommt nur daher, weil du dir am Nachthof ein paar Fae gesnackt hast!«

Mit einem lauten Klirren landete ein Gegenstand genau vor meinen Füßen. Ich war nur so lange angeekelt, bis ich erkannte, was Atropos da aus dem Nichts hergezaubert hatte.

Lange konnte ich nicht anders, als ihn anzustarren. War das etwa schon wieder eine Vision?

»Wo-woher hast du das?«, wollte ich wissen. »Wie … Er sieht anders aus.«

Wenn das alles vorbei ist und du zur Ewigen Königin wirst, erkläre ich es dir.

»Und wenn ich es jetzt wissen will?«, knurrte ich meinen Familiar an.

Wirst du keine Antwort bekommen. Akzeptierst du das Geschenk trotzdem?

»Für meine Schwestern, für die Fae am Tag- und Nachthof und alle Dämonen, die auf meiner Seite stehen: Ja.«

29. Kapitel

MUSKATNUSSBAUM

Myristica fragrans

Ich informierte nur Walpurga über meinen Plan. Dadurch wollte ich verhindern, dass sich Pyra, Agnieszka oder Djannah Sorgen machten – sie waren noch angeschlagen und sollten sich ganz auf ihre rasche Genesung konzentrieren.

Während wir nach und nach auf die Rückkehr der verbündeten *Ars Goetia* warteten, zogen Blake und ich uns ins Schlafzimmer zurück, um noch ein paar Stunden gemeinsam zu verbringen.

Nora war sowieso damit beschäftigt, die kranken Hexen mit Neuinterpretationen alter Klassiker zu bespaßen und Walpurga suchte gerade verzweifelt nach Insektenspray. Das war eine lange Suchaktion, da ich Schädlinge von meinen fleischfressenden Pflanzen beseitigen ließ.

»Wie fühlst du dich?«

Der nackte Dämon lag auf mir und bedeckte meinen Körper mit gierigen Küssen. Zwar hatte ich mir den Granatapfel der Hölle schon einverleibt, aber im Kühlschrank stand noch das Granatapfeleis von Carmilla und ich wollte es nicht schlecht werden lassen.

Ich tauchte meinen Finger in die kalte, rote Masse.

»Ausgehungert«, brummte der Dämon kehlig und sein Mund suchte blind nach der Schlagader an meinem Hals. Danach widmete er sich meinen Fingern und leckte und saugte daran, bis mein Unterleib sich vor Lust stark verkrampfte.

Zwar war ich noch ganz wund vom letzten Mal, aber das hinderte mich nicht daran, meine Beine um seine Hüfte zu schlingen.

»Du hast heute schon sehr viele Herzen gegessen.« Meine andere Hand glitt in sein schwarzes Haar und drückte ihn bestimmend an meinen Körper. »Sicher, dass es nicht zu viel ist? Dass es dir nicht zu viel *wird*?«

»Ich bin der Dämon der Gier.«

Wie gewohnt ließ er es sich nicht nehmen, seine Todsünde unter Beweis zu stellen. Ich schrie auf, als er nach unten schnellte und seine kühlen Lippen dahin drückte, wo ich ganz sicher kein Eis verteilt hatte ...

»Und du musst gerade reden. Wie viel Gift hast *du* zu dir genommen?«

Unschuldig pfeifend starrte ich an ihm vorbei. »Ich wollte später nicht mit leerem Magen losziehen. Und in den letzten Stunden habe ich auch einige Kalorien verbrannt.«

»Du hast dir Pfannkuchen aus Muskatnussmehl gemacht.«

»Ja, damit konnte ich mir mehr als die tödliche Dosis schnell einverleiben«, verteidigte ich mich.

»Dann hast du einfach mal Quecksilber darübergeleert, als wäre es Ahornsirup.«

»Wenn es hart auf hart kommt, nehme ich auch mal anorganische Gifte zu mir.«

»Und du hattest zwei Mal Nachschlag.«

»Wir wollen mal nicht vergessen, dass du mich zur Lady der Habgier gemacht hast.«

»Oh, Cherry. Das warst du schon immer. Du wusstest es nur nicht.«

Ich schlang meine Arme um Blakes Hals und bewegte mich so schnell, dass er mich nur mit großen Augen anstarrte, als er unerwartet plötzlich unter mir lag. Mit drei Fingern – und Schattenschlingen – hielt ich ihn unter mir gefangen. »Ich glaube, du musst mir das noch mal beweisen.«

Ein Klopfen an der Schlafzimmertür verwandelte mich jedoch vorher zur Salzsäule.

»Wir haben das Herz des Verdammnissees«, ließ Shuilian uns durch das Holz hindurch wissen. »Wir sind nun wieder vollzählig. Jetzt liegt es an dir, über den nächsten Schritt zu entscheiden.«

Das ging … schnell.

Schneller, als ich es mir gewünscht hätte.

»Es ist wohl Zeit zu gehen.«

In meinem Thronraum hatten sich die Dämonen und Nora versammelt, während Blake … Blake durfte noch eine Kleinigkeit essen, bevor wir aufbrachen. Wir brauchten ihn im Top-Zustand.

»Ich liebe ja dein Outfit«, begann Andrealphus und deutete auf mein Kleid aus schwarzem Tüll, das mit hohen Beinschlitzen und tiefem Ausschnitt aufwartete. »Aber kannst du so kämpfen?«

»Ich werde nicht kämpfen«, sagte ich zu dem Dämon. »Ich bin schließlich nur eine Gärtnerin.«

Träge hob Atropos den Kopf, ehe sie sich enger um mich schmiegte. Seit sie mir das »Geschenk« gemacht hatte, wirkte sie irgendwie müde.

Mir geht es gut, ließ sie mich wissen. *Ich bin nur etwas angespannt. Seiner eigenen Mortalität blickt man nicht so oft ins Auge.*

Blake und Shuilian kamen gemeinsam zurück und ich untersuchte sein ganzes Äußeres auf eine Veränderung – aber konnte keine verräterischen Anzeichen erkennen.

Stattdessen stellte er sich direkt zu mir und küsste mich auf die Lippen. Ich schmeckte einen Hauch von Neid, der jedoch schnell verflog.

»Bist du bereit, in die Hölle zu gehen?«, fragte er mich und ich nickte.

»Ich komme wieder«, versprach ich meinen Giftpflanzen, die enttäuscht waren, dass ich sie schon wieder allein lassen wollte. »Es wird nicht lange dauern und Walpurga hat von mir die restlichen Düngerstäbchen bekommen.«

Ein Kloß bildete sich in meinem Hals. Und das Rezept für jene, falls ich es nicht schaffen sollte.

Ich kniete mich auf den Boden, streichelte beruhigend über ihre Blüten, Blätter und Stiele. Nicht nur sie konnten diese Liebkosungen gebrauchen, auch ich lechzte nach ihnen.

Natürlich wäre es mir lieber gewesen, den letzten Kampf gegen die Dämonen in meinem Schloss auszusitzen – aber das ging nicht. Ich war die Hexenkönigin und ich wollte diese Veränderung für meine Schwestern und für mich.

Ich musste die Dämonen unterstützen – und ich durfte mich glücklich schätzen, dass mir ein Mittel dazu einfach in den Schoß gefallen war. Es war nun meine Pflicht, meine Rolle in diesem Kampf zu spielen. Leider war sie eine der wichtigsten und von mir hing ab, wie diese Schlacht enden würde.

»Nach euch«, sagte der Dämon namens Barbatos. »Schließlich sieht deine Braut die Hölle zum ersten Mal.«

Blake nickte den *Ars Goetia* zu, dann legte er seine Arme und meine Hüfte und sagte: »Wie oben.«

»So unten?«, beendete ich, als mir schon der Boden unter den Füßen weggezogen wurde.

»Was?«, schrie ich. »Das war alles?«

Blake konnte mir nicht antworten, da wir im nächsten Moment von blauen Flammen umringt wurden. Mein Herz schlug mir bis zum Hals, ehe mir einfiel, dass mir Höllenfeuer nichts anhaben konnte. Ich streckte meine Hand aus und die Flammen leckten wärmend über meine Haut.

»Komm.« Blake half mir auf die Beine. »Ab jetzt zählt jede Minute und wir müssen zu Fuß in den sechsten Ring.«

Ich wollte ihm schon folgen, da hörte ich einen spitzen Schrei – und noch einen. Mir selbst entfuhr auch ein Heulen, als ein dunkler Schatten direkt vor mir durch das Feuer flog.

Lecker! Seelen. Mein Leibgericht, schmatzte meine Schlange.

»Das sind die Seelen der Sünder, die mit uns Pakte geschlossen haben«, beruhigte mich Blake. »Lass dich nicht zu sehr von ihrem Gejaule ablenken, sonst verläufst du dich noch.«

»Das sagt sich so leicht, wenn sie um ihr Leben schreien!«

»Wir sind nun einmal in der Hölle, Cherry. Ich kann dich nur damit trösten, dass diese Seelen irgendwann freikommen. Niemand bleibt für immer hier.«

Ich klammerte mich an Blakes Seite, da mir das Fegefeuer trotzdem unheimlich war. Leider konnten wir nicht direkt in den Ring der Habgier reisen, da dies nur mir, Blake und Nora möglich wäre, wir aber auf die Unterstützung der anderen *Ars Goetia* angewiesen waren.

Es war eine Erleichterung, dass über uns schon bald ein riesiges steinernes Tor auftauchte. Zumindest hielt ich es für Stein, bis ich einen gelblichen Zahn erspähte. Das Tor bestand aus den rußigen Schädeln zahlreicher Menschen, die die Dämonen mit Versprechungen und Schmeicheleien in dieses Reich gelockt hatten.

»Lasst, die ihr eintretet, alle Hoffnung fahren«, zitierte Blake die ikonische Zeile aus Dantes Inferno. Mit einem Grinsen streckte er mir seine Hand hin. »Willst du trotzdem mit mir in die Hölle gehen?«

»Ich trete mit dir ein, aber die Hoffnung werde ich weiter in meinem Herzen bewahren.«

»Anders kenne ich meine Königin auch nicht.«

Vor Nervosität schloss ich die Augen und ließ zuerst nur die Soundkulisse auf mich wirken. Lediglich ein leises Wasserplätschern war zu hören, aber ... der Geruch!

Der erste Ring der Hölle überraschte mich mit einem roten Himmel – der nach Blut stank. Der Wind wehte um uns und hinterließ winzig kleine Blutspritzer auf meiner Haut und meinem Haar. Es war ein unangenehmer Geruch, der jedoch nicht von der wunderschönen Szenerie ablenken konnte. Ein glänzender purpurroter Weg führte uns tiefer in die Hölle, während sich gigantische schwarze Steingebilde links und rechts von uns auftaten. Rote Rinnsale aus Blut vollendeten das gespenstische Bild, das zugleich eine seltsame Schönheit hatte.

Aber ...

»Du wirkst enttäuscht. Hast du etwas anderes erwartet?«

»Weiß nicht ... Der Himmel voller Türen?«, sagte ich. »Ein roter Fluss, aus dem Arme nach mir greifen?«

Wie aus dem Nichts tauchte Carmilla vor uns auf und verbeugte sich vor mir. »Willkommen im meinem Zuhause! Ich garantiere euch freies Geleit durch das Reich der Vampire, den Ring des Hochmuts.«

Nach und nach versammelten sich auch die anderen Dämonen und Nora. »Ich mag es hier nicht«, sagte Nora und rückte an mich heran.

»Und wir marschieren jetzt einfach in das Reich der Habgier?«

»Wenn wir diesem Weg folgen, ist die Reisezeit am kürzesten«, erklärte Blake und deutete in die schier endlose Ödnis.

Ich nickte – aber die nächste Frage lag mir schon auf den Lippen. »Okay. Darf ich bei der Gelegenheit erfahren, ob die Hölle mehr zu bieten hat als Flüsse aus Blut? Und Steine? Wo leben die anderen Dämonen? Die Höllenfürsten? Ich habe keine Lust, von irgendetwas angefallen zu werden.«

Asmodäus kicherte. »Du hast deiner Braut ja viel erzählt.«

»Es war nicht wichtig«, schnappte Blake zurück. »Ich habe niemals gedacht, dass ich sie in die Hölle mitnehme.«

»Es hieß, dass die Hölle früher ein genaues Ebenbild der oberen Welt war«, begann Carmilla zu erzählen. »Daher kommt auch der Spruch ›Wie oben, so unten‹.«

»Aber über die Jahrhunderte hat sich alles verformt. Die Todsünden, die diese Welt erschufen, sind wie eine Seuche, die auch nicht vor Gräsern, Steinen oder Alltagsgegenständen haltmacht«, ergänzte Barbatos. »Normale Dämonen halten sich hier nur selten länger als einen oder zwei Tage auf. Aber die Dämonenfürsten besitzen natürlich Schlösser, in denen sie sich fast ständig aufhalten. Viel können sie in ihrem Reich ja auch nicht unternehmen. Würdest du denn gerne so ein Schloss sehen, kleine Braut?«

»Nein. Danke«, lehnte ich höflich ab.

»Und wie gefällt es dir, meine schwarze Rose?«

Ich musste mich erst daran gewöhnen, dass Carmilla mich anhimmelte und nicht länger in meinem Blut baden wollte.

»Ah. Es ist sehr rot.«

Verärgern wollte ich die Vampirin nun auch nicht – aber

ehrlich? Blutluft, Blutwasser und Blutsonstwas lösten jetzt keine Freudensprünge aus.

Sie lächelte, bis ihr Blick auf meine Füße fiel. Man hatte mir verschwiegen, dass wir durch die ganze Hölle wandern würden, weshalb ich nun mit unpraktischen Stilettos ausgestattet war.

»Ah, ich ziehe sie dann aus«, sagte ich. »Ich gehe eh lieber barfuß.«

»Darf ich dir deine Braut kurz entführen, Avaritia?«

Die Vampirin wartete Blakes Antwort nicht ab. Sie steckte sich die Finger in den Mund und pfiff laut. Aus dem Boden schoss zugleich eine rote Pferdekreatur mit einer Mähne aus Feuer und Hufen aus Lavagestein. Bevor ich reagieren konnte, hatte mich Carmilla zu sich auf den Sattel gezogen und ihre bleichen Arme um mich gelegt.

Hilfe.

Hilfe. Hilfe. *Hilfe.*

»Gefällt es dir, meine Königin?«, fragte Carmilla und alles, was ich antworten konnte, war »Eh«, was sie als »Ja« auffasste.

»Das ist mein Schlachtross Dracul«, erklärte sie. »Keine Sorge. Die Flammen sind ebenfalls Höllenfeuer.«

»Eh.« Hilfe suchend wanderte mein Blick zu Blake, der stinksauer nach dem Zügel griff. »Darf ich fragen, was du da machst, *Superbia*?«

»Deine arme Braut läuft sich noch die Füße wund. Darum werde ich sie auf Dracul reiten lassen, bis wir unser Ziel erreicht haben.«

»Du willst wirklich noch einen Strei–«

»Schon gut«, winkte ich nun doch ab. »Es ist ganz angenehm.«

Auch wenn ich in der aktuellen Position meinen bloßen Hals Carmilla auf dem Silbertablett servierte.

Blake nickte seiner Schwester zu und Nora erhob sich in die Luft, sodass sie nun mit mir und dem Pferd auf einer Höhe schwebte. Diese Sicherheitsmaßnahme entspannte mich etwas.

»Ist das so angenehm?«, fragte Carmilla.

»Oh, ich hätte gerne noch ein Gurkensandwich, Scones und Kamillentee«, murmelte ich und versuchte angestrengt, nicht von der Kreatur zu fallen.

»Damit kann ich leider nicht dienen, Rose.«

Verdammt! Vampire und ihr super Gehör!

»Ich ... Danke, dass du mich ... dass du so sehr auf meine Füße achtest?«

»Unsere Bräute sollen keinen Schmerz verspüren.«

Na, wenn Carmilla entfuhr, wie schmerzhaft es war, meine Augenbrauen zu zupfen, dann würde sie wahrscheinlich alle Pinzetten zerstören.

Eine Zeit lang ritten wir stumm durch die Gegend. Ein paar Dämonen näherten sich spürbar unserer Wandergruppe, aber als sie Carmilla erblickten, lösten sie sich in rotem Nebel auf.

Nach meinen Erlebnissen mit der Vampirin konnte ich sie sehr gut verstehen.

»Beschäftigt dich etwas?«, fragte Carmilla mich aus heiterem Himmel.

Tatsächlich dachte ich schon länger über eine bestimmte Sache nach.

»Es tut mir leid, was deinen Bräuten passiert ist. Ich habe gehört, dass sie vor langer Zeit starben.«

Ich spürte sie an meinem Hals nicken.

Eigentlich wollte ich gar nicht tiefer in der Wunde bohren und es bei dieser »Entschuldigung« belassen, hätte mir die Vampirin die Geschichte nicht selbst offenbart: »Ich hatte drei wunderschöne Bräute«, begann Carmilla zu erzählen. »Vor dem Sack Knochen, der dein Dämon ist, war ich die jüngste Dämonin, die ihre Braut mit bereits 70 Jahren fand. Ihr Name war Laura, eine Adelige aus Österreich. Kurz darauf fand ich meine anderen Frauen Margaret und Lucinde. Ich liebte sie, sie liebten mich und sie liebten sich auch untereinander.«

»Das ist schön.«

»Ja, ja das war es …«

Um uns herum wurde das Rot des Hochmuts von den Orangetönen des Zornreiches abgelöst. Das Blut versiegte und stattdessen rann nun eine zähflüssige Substanz wie Honig neben uns. Wollte ich wissen, was das war?

»Unser Leben war so schön …« Carmilla erbebte hinter mir. »Und ich bin schuld, dass meine Bräute starben.«

»Ich bin mir sicher, dass dem nicht so ist. Du musst dir keine Schuld geben.«

»Königin Marie ließ sie töten, um mir einen Denkzettel zu verpassen. Ich besaß damals noch die lästige Angewohnheit, Leute zu köpfen und –«

»Köpfst du heute keine Leute mehr?«

»… genoss es, mit meinen Enthauptungen zu prahlen – und wie es aussah, befand sich unter meinen Opfern eine ihrer Zirkelhexen.«

»Oh.«

Eine mitfühlendere Reaktion durfte die Vampirin sich nicht von mir erhoffen. Als Hexe konnte ich nur allzu gut den Schmerz von Königin Marie nachvollziehen. Eine

Schwester musste ihr halb-unsterbliches Leben lassen, weil eine durchgeknallte Vampirin machttrunken war und einfach eine sinnlose Lust auf Blutvergießen verspürte.

Ganz zu schweigen, dass Königin Marie dadurch auch einen Teil ihrer Macht eingebüßt haben musste. Es war nur seltsam, dass ich an der Akademie nie davon gehört hatte ...

»Ich habe damals mit ihnen in New Orleans gelebt. Du kannst dir nicht vorstellen, wie schön es im 18. Jahrhundert als Vampir in dieser lebendigen Stadt war.«

»Oh. Glaub mir. Ich lese viele Bücher. Ich kann es mir sehr gut vorstellen.«

»Wir konnten jeden Tag von neuen Menschen trinken und niemandem fiel etwas auf – außer der berühmten Hexenkönigin Marie. Sie sah, wie ich die Bewohner der Stadt quälte, und wollte es mir heimzahlen. Es war meine Schuld. Ich wollte die Königin bewusst provozieren. Mithilfe einer Gifthexe präparierte die Königin einen Menschen, den meine Bräute aussaugten und der sie so vergiftete. Ich fand sie verbrannt vom Sonnenlicht in unserem Haus. Das Königinnenwappen in ihrer Asche.«

»Ich mag eine Hexe sein«, sagte ich. »Aber ich verstehe auch, was euch Dämonen eure Bräute bedeuten. Ich werde dafür sorgen, dass so ein sinnloses Blutvergießen nie wieder passiert.«

Carmilla lächelte traurig. »Wie gerne würde ich daran glau– Pass auf!«

Carmilla schleuderte mich von dem Pferd herunter. Nur Noras beherztem Eingreifen war es zu verdanken, dass ich nicht gegen einen der Steine knallte. Die Fae hielt mir die Augen zu, was mich noch mehr verwirrte. Ich zappelte in ihrem Griff.

»Ah! Was hat das zu bedeuten?«

Mir stockte der Atem, als ich aufsah und in Anastasias von Gift entstelltes Gesicht blickte. »Willkommen im Höllenreich, meine verehrte Königin.«

30. Kapitel

BLAUER EISENHUT

Aconitum napellus

Als ich die Lichthexe zum letzten Mal sah, hatte Atropos ihr mit den Fängen eine ordentliche Wunde zugefügt. Trotz den Selbstheilungskräften der Hexen hatte das Gift meines Familiars Zeichnungen in ihrem alterslosen Antlitz hinterlassen: Zwei wulstige helllila Narben zogen sich über ihre rechte Gesichtshälfte. Ihr Auge war sogar etwas zugeschwollen.

Welches Genie hat nur dieses wunderschöne Kunstwerk geschaffen?, fragte Atropos ironisch und sah sich um. *Ach, das war ja ich.*

Ich schloss mich ihrem Grinsen an, bis ich entsetzt feststellte, dass es meine Mitstreiter erwischt hatte: Shuilian, Blake und die anderen Dämonen lagen geblendet auf dem Boden und hielten sich mit den Händen die gereizten Augen zu. Sie wimmerten und stöhnten, schienen jedoch nicht ernsthaft verletzt zu sein.

Das Ganze konnte ich von Carmilla und ihrem Schlachtross leider nicht behaupten. Die Haut der beiden vampirischen Wesen war fast vollständig mit Brandblasen überzogen. An manchen Stellen war sie schon ganz schwarz und abgestorben. Kein Laut kam über die Lippen der Kriegerin. Eisern blickte sie der Angreiferin entgegen, obwohl sie in ihrem Zustand sowieso nichts mehr ausrichten konnte.

Die Mottenfae an meiner Seite half mir auf die Beine. »Und hep!«

»Nora! Dir ist nichts passiert? Aber warum?«

Sie grinste. »Ich liebe das Licht zu sehr. Echte Liebe tut niemals weh.«

»Gut, dann kümmere dich um Carmilla und die anderen.«

»Aber –«

Widerworte ließ ich nicht zu, stattdessen marschierte ich zur Lichthexe, die mit ihrem Wolffamiliar schon auf mich wartete.

»So trifft man sich wieder, Dämonenschlampe«, höhnte Anastasia. Ihr Blick ruhte nur kurz, aber trotzdem merklich auf der Krone in meinem Haar.

»Soll ich wirklich darauf eingehen? Wer hat sich denn mit den Todsünden verbündet?«

»Das Ganze ist nur Mittel zum Zweck.«

»Damit du Hexenkönigin wirst?« Bei so viel Naivität konnte ich nur lachen. »Lass mich raten: Wenn Blake, ich und die *Ars Goetia* aus dem Weg sind, können sich Hexen und Dämonen wieder lustig bekriegen. Ein bisschen Ränkeschmieden hier und da und auch die Fae steigen mit ein. Was willst du erreichen? Das am Ende nur noch eine Spezies weiterexistiert? Dafür riskierst du das alles?«

Den Kugelblitz, den sie mir entgegenschleuderte, deutete ich als eine Bestätigung meiner These. Ich ließ mich rücklings in meine Schatten fallen und tauchte hinter Anastasia wieder auf.

»Ich will dir vor deinem Tod noch eines sagen: Es tut mir leid, dass du in deiner Kindheit so etwas Grausames durchstehen musstest. Ich hoffe, dass du bei unserer Göttin Erlösung findest.«

»Was redest du für einen Stuss?«

»Dass du einen Pfad beschritten hast, den die Göttin niemals gutheißen wird, und ich keine andere Möglichkeit sehe, außer dich zu ihr zu schicken. Vielleicht kann sie dir geben, was du suchst.«

Die Lichthexe schleuderte einen weiteren Kugelblitz, den ich dank meiner mächtigen Schattenaffinität einfach in einem Schwall Dunkelheit absorbieren konnte.

In ihrer blinden Rage dachte sie nicht einmal daran, Blake wehzutun. Ein kurzer Seitenblick zu meinem Verlobten wiegte mich zusätzlich in Sicherheit. Nora hatte einen kehligen Laut angestimmt und ihre Farben waren leicht verblasst. Im Notfall würde sie mit ihrem Banshee-Schrei alle bis auf sich und Blake betäuben.

Aber ich würde mein Versprechen halten.

»Weißt du, was die Dunkelheit ist, Anastasia?«

Sie knurrte.

Warum hatte ich jemals Angst vor ihr?

Bevor sie reagieren konnte, durchbohrte ein giftiger Stachelschatten ihre Brust. »Die Abwesenheit von Licht.«

»Wie – Aber –«

Blut sprudelte aus ihrem Mund und ergoss sich schwallartig auf ihre gelbe Robe. Ähnlich ihren Kugelblitzen schlug ihr lebloser Körper hart auf dem Boden auf.

»Ich habe es bei unserem letzten Treffen geschworen: Ich werde alle, die ich liebe, vor dir beschützen. Als Hexenkönigin habe ich auch die nötige Macht dazu.«

Allerdings verstand Anastasia meine Worte gar nicht mehr. Mein Schatten war mit so viel Strychnin des Blauen Eisenhutes vollgepumpt, dass selbst eine Hexe wie sie innerhalb von Sekunden der Vergiftung erlag. Das Gleiche galt für ihren Wolf, der mit einem Jaulen sein Leben aushauchte.

Tränen brannten in meinen Augen, als ich eine weitere

Schwester in so kurzer Zeit gehen lassen musste – auch, wenn sie mich hatte töten wollen.

»Ich hoffe, dass dir die Göttin zeigt, was du für Fehler gemacht hast«, flüsterte ich ihr zu und küsste ihre langsam erkaltende Stirn.

Atropos tobte förmlich. *Das ist zu viel Mitleid. Die letzten Monate hattest du stets Angst vor ihr.*

»Ich hege keinen Groll mehr gegen sie. Im Gegensatz zu ihr wusste ich, dass dieser Kampf nur auf eine Weise enden kann.«

»Cherry!« Blake zog mich in eine Umarmung, die ich nur zu gern erwiderte. »Es tut mir leid, Cherry. Der Angriff der Hexe hat mich so überrascht, dass ich dir nicht helfen konnte.«

Ich schniefte, dann winkte ich schwach lächelnd ab. »Ich hätte deine Hilfe ohnehin nicht gewollt. Das war etwas zwischen Anastasia und mir.«

»Aah! Du bist wahrlich eine mächtige Braut!«

Bei dem Klang von Carmillas schmerzverzerrter Stimme, wand ich mich sofort aus der Umarmung des Untoten und rannte zur verletzten Vampirin.

»Geht es dir gut, Carmilla?«, fragte ich und ergriff ihre Hand. Sofort löste sich eine Hautschicht, als wäre sie Pizzabelag. Bei dem unpassenden Vergleich drehte sich mir der Magen um.

Noras lang gezogenes »Iiih« machte den Sachverhalt auch nicht besser.

Carmilla hustete Blut und sofort sah ich wieder die Morrigan vor mir liegen. »Ich fürchte, mein Weg ist hier zu Ende.«

»Du darfst nicht sterben!«, schrie ich sie an. »Ich konnte dich bis eben nicht ausstehen und noch immer jagst du mir eine höllische Angst ein, aber ich verstehe deinen Schmerz über den Verlust deiner Liebsten und ich bin mir sicher, dass dort draußen neue Bräute auf dich warten. Menschen! Dämonen! Ja, vielleicht sogar eine Hexenbraut! Willst du sie allein lassen?«

Carmilla richtete sich stöhnend auf. »Ich wollte damit sagen, dass ich im Kampf eher eine Behinderung darstelle. Dracul und ich bleiben besser zurück und lassen unsere Wunden erst mal heilen. Wenn es mir besser geht, komme ich gerne nach.«

Ihre Lider hatten gerade zu heilen begonnen und ihre roten Augen blickten mich verwirrt an. »Du findest mich unheimlich?«

»Das war peinlich«, kommentierte Nora. »Wenn auch ein bisschen rührend.«

»Gute Besserung!«, wünschte ich der Vampirin und packte meinen Untoten am Ärmel, um möglichst schnell möglichst viele Ringe zwischen uns zu bringen, bevor meine Augen vor Peinlichkeit noch mehr glühten.

Der Ring der Gier begrüßte mich in den allerschönsten Lilatönen. Zum ersten Mal verließen wir den Pfad und wandelten durch eine Wiese mit Grashalmen aus purem Gold. Als Botanikerin wollte ich mich danach beugen, nur um von Blake schnell weggezogen zu werden.

»Du schneidest dich daran«, erklärte er mir. »Lass dich nicht vom Prunk dieses Reiches ablenken: Dieser Ring ist voll mit Tod. Hier gibt es nichts für lebendige Wesen wie dich.«

»Doch!«, grinste ich und warf mich an seinen Arm. »Dich.«

Mir war natürlich nicht entgangen, wie angespannt Blake war, seit wir das Zuhause der Völlerei hinter uns gelassen hatten, und ich hoffte, dass ich ihn irgendwie aufheitern konnte.

»Und du willst sicher nicht zu Carmilla zurück und auf uns warten?«

»Um zuzuschauen, wie sie sich häutet? Während sie mir Geschichten darüber erzählt, wen sie in ihrer Freizeit so gepfählt hat?«

Der Dämon lachte so leise, dass ich es fast nicht gehört hätte, aber unsere Begleitung war ausnahmsweise einmal still. Zuvor hatte Asmodäus immer mit seinen Clubs geprotzt und von den Sirenen genervtes Stöhnen geerntet. Der ganze Schalk musste der angespannten Stimmung weichen.

Sie wussten, dass absolut *alles* auf dem Spiel stand. Die Welt der Hexen, der Fae und die Hölle. Die Leben von Partnern und Liebsten, von Familien und Freunden. Der ohnehin fragile Frieden der übernatürlichen Welt.

Es war ein beklemmendes Gefühl, das mir schon so vertraut war wie Freude oder Trauer.

Ich packte Blake an der Hand und sofort blieb er stehen. »Bist *du* bereit, deinen Vater zu töten?«

Zum ersten Mal sprach ich es direkt an.

»Natürlich. Er hat mein Leben zur Hölle gemacht. Nenn mir einen Grund, warum ich zögern sollte.«

»Ohne mich hättest du nie deine Braut gefunden.«

Erschrocken fuhren Blake und ich auf der Stelle herum, wo uns ein junger Dämon mit blonden Haaren und grünen Augen begrüßte. Wie Belphegor besaß er diese fast schon einnehmende Schönheit.

Aber ... Mammon sah so anders aus als Blake.

»Vater!«, zischte Nora und fiel auf alle viere, um den Dämon ordentlich anzufauchen.

»Gut, wo sind denn –«

Doch ehe ich dazu kam, nach unseren Begleitern zu fragen, fielen mir die seltsamen Figuren im Gras auf. Die *Ars Goetia* waren allesamt zu unbeweglichen Goldstatuen erstarrt.

»Shuilian!«, rief ich und wollte schon auf die Figur zulaufen, die Ähnlichkeit mit der asiatischen Hexe aufwies.

»Achtung!« Nora zog mich zurück. »Falls du sie nur mit der Haarsträhne berührst, widerfährt dir das gleiche Schicksal. Wenn du erstarrst, haben wir diesen Kampf schon verloren.«

Ich biss die Zähne fest aufeinander. »Du hast recht.«

Außerdem mussten wir nur Mammon besiegen, damit die anderen aus der Starre befreit wurden. Im Vornherein hatten mich Blake und seine Schwester schon über die Fähigkeiten der Todsünde der Habgier aufgeklärt und er war weitaus schwächer als Satan oder Luzifer. Diese goldene Berührung war die gefährlichste Fähigkeit, die er besaß – aber das war es dann auch schon.

Mammon starrte uns lange an – und keiner von uns wagte es, anzugreifen. Am allerlängsten verweilte sein Blick auf mir, was Blake dazu brachte, einen Arm um mich zu legen. Er knurrte seinen Vater animalisch an, was dem lediglich ein hämisches Grinsen entlockte.

»Bei der Hölle. Warum seid ihr Nachkommen nur alle so verweichlicht? Nur weil das Schicksal euch Bräute geschenkt hat?«

Ich drückte Blakes Hand und gab ihm damit ein Signal.

»Liebe ist kein Zeichen der Schwäche«, sagte ich und trat mutig vor. »Tatsächlich muss man sehr stark sein, um lieben zu können.«

Meine Worte trieben dem Dämon Tränen in die Augen, so sehr lachte er über meine Liebesbekundung.

»Jetzt weiß ich, warum Anastasia sich mit mir verbündet hat. Du schimpfst dich also Hexenkönigin?«

Ich war auf alles vorbereitet, nur nicht auf den skelettierten Schwanz, der mich gegen einen Felsen schleuderte.

LÄCHERLICH.

Selbstverständlich besaß Mammon eine ähnliche Kraft wie sein Sohn und wuchs zugleich zu einem riesigen Knochenmonster heran.

Schwarze Flecken tanzten vor meinen Augen, aber ich verlor nicht das Bewusstsein. Ich hatte eine bestimmte Rolle zu spielen und ich konnte Blake und Nora nicht enttäuschen.

BELLADONNA!

Auch Blake hatte seine menschliche Hülle abgelegt und griff gemeinsam mit seiner Schwester den Urdämon an. Die Motte flatterte um den Kopf der Todsünde, womit Blake in der Lage war, ein paar fiese Treffer zu landen. Einige spitze Knochensplitter regneten sogar zu mir herüber.

Doch der Kampfvorteil blieb nicht lange auf unserer Seite. Von meinem Platz aus beobachtete ich, wie Blake haushoch verlor: Sein Vater schleuderte ihn von sich und traf dabei Nora, die in meine Richtung katapultiert wurde. Sie grub ihre Fingernägel in den Boden und landete fast punktgenau neben mir.

»Bella! Hat er dir was gebrochen?«

»Pst. Mir geht es halbwegs gut. Ich würde euch jedoch nur Ärger bereiten, wenn ihr auf mich aufpassen müsst.« Ich zog mit einem Finger einen Kreis im Gras und sofort bildete sich ein dunkler Fleck. »Das ist euer Kampf. Kümmert euch nicht um mich. Wenn es mir zu gefährlich wird, gehe ich in die Schatten und warte.«

Widerwillig griff Nora in meine Schatten, dann nickte sie mir zu und flog in die Höhe.

»Und?«, fragte ich meine Schlange. »Läuft alles nach deinem Plan?«

Welcher Plan?

»Ach komm schon. Jetzt stellst du dich aber dumm. Genau so wolltest du das, oder? Schließlich ist Mammon der allerletzte Dämonenfürst.«

Ich habe dich gefragt, ob du die Ewige Königin sein willst und dir das Mittel bereitgestellt. Davon profitieren wir schließlich beide.

Mit neugesammelter Kraft kam ich auf die Beine. Ich wollte mit ansehen, wie der letzte Dämon der Todsünden fiel und meine Pein – und die zahlreicher anderer Lebewesen – endlich ein Ende fand.

STELLST DU DICH ERNEUT GEGEN MICH, HEXE?, höhnte Mammon. ICH KÖNNTE DICH JETZT MIT EINEM FINGER ZERQUETSCHEN.

»Blake. Würdest du mir helfen?«

MEIN SOHN IST SO GUT WIE –

Der Untote packte seinen Vater am Halswirbel und drückte ihn zu Boden, wo er ihm mühelos beide Arme und Beine abbrach. Seine Wirbelsäule wurde so verbogen, dass mir durch den komischen Anblick glatt ein Lachen über die Lippen tanzte.

W-WAS?

»Das ist die Macht von vier Urdämonenherzen«, erklärte ich dem Urfürsten, der durch die schwere Verletzung auf seine schutzlose, menschliche Form zurückschrumpfte. Mit einem

Aufschrei stürzte sich Nora auf ihren Vater und rammte ihm den Knochendolch mitten ins stille Herz.

Dann.

Starb.

Er.

»Wir kamen bereits gestern an diesen zweiten Knochendolch, den die Dämonen der *Ars Goetia* dazu verwendet haben, die anderen drei Fürsten zu töten. Sie alle haben uns ein Souvenir hinterlassen«, erklärte ich der Leiche des Dämons. »Die Nachtmahre töteten den Vater der Werwölfe, die Werwölfe den Chimären-Dämon und Carmilla und Shuilian den Vater der Meereskreaturen, Leviathan.«

Das fünfte Herz sicherte sich Blake in diesem Moment. Ich drehte mich nicht weg, als er den Brustkorb seines Vaters mit einem eleganten Schnitt zerteilte und ein stummes Herz herausholte. Es gab kein Blut, weshalb ich mir einredete, dass es eine extrem realistische Praline war, die er mit drei Bissen herunterschlang.

»Blakey, das ist so eklig!«, schrie Nora und lehnte sich gegen die Statue von Undine. »Und-oh!«

Die Goldstatuen bekamen feine Risse in der Legierung, bevor sie aufbrachen und die Hexe und die Dämonen nach Luft schnappend herausstolperten.

Barbatos brüllte laut. »Jetzt waren wir für all diese Kämpfe total nutzlos.«

»Das würde ich nicht sagen.« Shuilian zog ihre Pfeife hervor, um ihre Nerven zu beruhigen. »Wir waren sowieso nur das Ablenkungsmanöver, damit niemand vermutet, dass wir einen zweiten Knochendolch besitzen.«

»Und das war es jetzt?«, fragte Asmodäus.

Es war vorbei.

Es war vorbei!

Mein ganzer Körper wurde von einem Lachanfall geschüttelt, der meine pure Erleichterung zum Ausdruck brachte. Nora stimmte mit ein, was mich noch mehr zum Glucksen brachte.

Ich lachte – bis ich merkte, dass nicht meine Erheiterung mich schüttelte. Die ganze Hölle bebte!

31. Kapitel

FLORES INFERNI

Blumen der Hölle

»Was ist denn jetzt los?«, schrie ich. »Gibt es hier etwa Höllenbeben?«

Nora schwang sich in die Lüfte, nur um im nächsten Moment wie eine Fliege in der Elektrofalle wieder zu Boden zu fallen. »Au, au, au.«

»Das ist nicht normal!«, rief Barbatos. »Es scheint, als würde die Hölle in sich zusammenstürzen.«

Der Dämon übertrieb nicht: Neben uns krachte ein goldener Baum einfach in sich zusammen, als gäbe es nichts mehr, was ihn noch in dieser Welt verankerte.

»Sollen wir ins Menschenreich zurück?«

»Ich habe die düstere Vorahnung, dass dieses Beben auch dort stattfindet«, warf Shuilian ein. »Wir dürfen nicht vergessen, dass diese zwei Welten eng miteinander verknüpft sind. Das ist nicht wie das Faereich, wo es wenige Portale gibt, die als Nahtstellen fungieren.«

Wie meine Schlange schob ich mich mit dem Bauch über die Erde in Richtung Blake, der sofort beschützend einen Arm um mich legte.

»Glaubst du, das ist unsere Schuld?«

»Wie meinst du das?«

»Wenn die Dämonenfürsten die Unterwelt geprägt haben, vielleicht hört sie dann auf zu existieren, nun, da sie alle tot sind.«

Zwar konnte der Dämon nicht erbleichen, aber an seinen Gesichtszügen las ich ab, dass er meine Theorie für wahrscheinlich hielt.

»Aber ... Aber wie sollen wir das stoppen?«, fragte er verzweifelt. »Es ist nicht so, dass wir andere Dämonen zu Fürsten ernennen können.«

Die Hölle war nicht zusammengebrochen, als nur noch einer dieser Mistkerle gelebt hatte. Man brauchte also keine sieben Todsünden, um ihr Fortbestehen zu garantieren.

Ich blickte mich um und hoffte, dass ich irgendetwas fand, das uns weiterhelfen konnte. Allerdings gab es hier nichts, außer schwarzen Steinen und goldenen Blumen. Pflanzen, die mich an Löwenzahn erinnerten, fielen gerade vor mir zusammen und –

»Wie oben, so unten«, sagte ich.

»Willst du im Menschenreich einen Ausweg suchen?«

»Nein!« Ich versuchte mich hinzusetzen. »Wie oben, so unten ist nur die verkürzte Version. Ganz lautet es: Das, was unten ist, ist wie das, was oben ist, und das, was oben ist, ist wie das, was unten ist, ein ewig dauerndes Wunder des Einen.«

Du bist auf einer ganz heißen Spur, ließ mich Atropos wissen.

»Es gibt hier genau eines, was sich durch die ganze Hölle zieht.«

»Der Granatapfelbaum hält die Hölle zusammen«, schlussfolgerte Asmodäus. »Ich habe seine Wurzeln schon als Kind im Reich der Lust entdeckt.«

»Ich muss mit dem Granatapfelbaum reden. Bring mich zu ihm, Blake.«

Dem Dämon musste ich das nicht zweimal sagen. Innerhalb eines Atemzugs fand ich mich auf staubigem Boden wieder ... Moment, waren das Knochenreste? Igitt! Warum war in der Hölle immer alles voll mit Blut, Knochen oder Leichenflüssigkeit? Wo waren Honig, Blumen und Schokolade?

In der Nähe des Baumes fand ich sogar die Kraft, mich hinzustellen – nur um den nächsten Schock zu erleben.

»Er ist krank«, meinte Blake. »Vor ein paar Wochen war ich mit Carmilla hier und da sah er nicht viel besser aus.«

Man konnte den Granatapfelbaum kaum noch als ein solches Gehölz bezeichnen, dafür war er schon zu kränklich. Er hatte all seine Blätter eingebüßt und trug nur noch wenige Früchte. Hatten die Dämonenfürsten dafür gesorgt, dass er so kränklich geworden war?

»Hast du eine Idee, wie wir ihn heilen können?«

»Ich würde einen gesunden Steckling nehmen und ihn in einem Glas mit Wasser neu heranzüchten.«

Als Antwort klaffte die Erde unter meinen Füßen entzwei. »Okay! Okay! War ja nur eine Idee!«

»Was, wenn ich bei dir in der Hölle bleibe? Ich gebe dir mein Leben, wenn die Hölle weiter bestehen bleibt«, schlug Blake einen höllischen Pakt vor. »Dafür wird die Unterwelt für die Ewigkeit bestehen.«

»Nein«, wandte ich ein und stellte mich neben den Dämon. »Ich werde nicht zulassen, dass du allein in der Hölle bist.«

»Cherry«, wandte Blake flehentlich ein. »Du bist die Hexenkönigin. Du musst bei deinen Schwestern im Menschenreich bleiben. Du kannst mich doch besuchen kommen.«

»Blake und ich bieten dir jeweils die Hälfte unseres unsterblichen Lebens an.« Mit entschlossenem Gesichtsausdruck marschierte ich auf den Baum zu. »Wir beide werden die Wintermonate in der Hölle verbringen. Und nein, du kannst nicht feilschen, dass ich ein halbes Jahr und er ein halbes Jahr, also stets getrennt voneinander leben. Ich will meinen Dämonen an meiner Seite wissen.«

Nur jemand, der manchmal so hitzköpfig wie ich war, schlug einer allmächtigen Entität in solch einer brenzligen Situation einen solchen Deal vor.

Lange schwieg der Granatapfelbaum, aber dann schoss ein kleiner und vor allem gesunder Trieb hervor. Die Zerstörungswut in der Luft wich Wohlgefallen.

Glückwunsch, sagte Atropos. *Damit seid ihr beide nun König und Königin dieses Reiches.*

Kraftlos sanken der Dämon und ich – Schulter an Schulter – auf den Boden.

»Das habe ich nicht gerade geträumt, oder?«, fragte ich ihn.

»Nein.«

»Und die leuchtende Göttin neben dem Baum bilde ich mir dann wohl auch nicht ein?«

»Was?«

Neben dem Granatapfelbaum stand unsere gesegnete Göttin und winkte mir lächelnd zu.

»Würdest du mich kurz allein mit ihr lassen? Sie will wohl mit mir reden.«

Der Dämon nickte. Er nahm meine Hand und küsste den Verlobungsring, während seine dunklen Augen auf mir ruhten. »Du findest mich dann im Reich der Habgier, meine Königin. Lass mich nicht lange warten.«

Und mit diesen Worten verschwand auch der Dämon aus diesem Zirkel.

Links und rechts von unserer Göttin hatten sich einmal fünf und einmal sechs Hexenseelen positioniert, doch eine Königin fehlte: meine Vorgängerin.

Die eine Seele, die Atropos sich einverleibt hatte.

»Schön, dass wir uns jetzt schon wiedersehen, meine liebste Belladonna.« Sie breitete die Arme aus und so etwas wie Sterne rieselten herunter, bevor sie kurz vor dem Boden verglühten. Lächelnd drückte sie meine Hände. »Auch wenn dies vielleicht das letzte Mal ist.«

Mein Herz setzte einen Schlag aus. »Ha-Habe ich etwas Falsches getan?«

»Nein. Das ist es nicht. Auch die anderen Hexen habe ich nur zwei Mal aufgesucht: Einmal bei ihrer Krönung und das nächste Mal, als ich nach ihrem Tod ihre Seelen zu mir holte. Da es ungewiss ist, ob du jemals sterben wirst, werde ich mich hiermit von dir verabschieden. Ist es zynisch, dass ich mir trotzdem ein Wiedersehen wünsche?«

Verdammt zynisch, zischte Atropos und schlang ihren Leib noch besitzergreifender um meinen Hals. *Du hast genug Spielgefährtinnen.*

»Atr-rop-os«, keuchte ich und sah schon Sterne vor meinen Augen tanzen, während mein Blickfeld durch schwarze Ränder immer kleiner wurde. »Du erwürgst mich gerade.«

Oh. Entschuldigung. Das wollte ich nicht.

»Meine Göttin?« Eine mir unbekannte Frauenstimme ergriff das Wort. »Dürften wir vielleicht auch kurz mit der Königin sprechen?«

»Selbstverständlich!«

Die Hexenseelen waren letztes Mal nur Geleit der Göttin gewesen, aber dieses Mal trat eine Frau mit dunkler Haut und schwarzen Haaren vor, die ganz in Weiß gehüllt war.

Ich war so überwältigt, dass sich vor Glück Tränen in meinen Augen bildeten. »Lilith.«

»Ich wollte damals das Beste für die Menschen tun, als ich die Dämonen versiegelt habe, aber dabei habe ich die Leben vieler Hexen dramatisch verkürzt – darunter auch meines. Leider ist mir erst bewusst geworden, was ich getan habe, als ich diese Welt verließ.« Weinend warf sich Königin Lilith vor mir auf die Knie. »Es tut mir leid, dass die Krone nun an dich gegangen ist. Wo du doch noch fast ein Kind bist!«

Bei diesen Worten verwandelte sich mein Lächeln in eine Grimasse. So etwas wollte ich von der ersten Hexenkönigin nicht hören. Nicht, nachdem ich die letzten Monate für meinen Traum hart hatte kämpfen müssen.

»Lass das, Lilith.« Neben sie trat eine Hexe mit asiatischen Zügen und schneeweißen Haaren. Dabei konnte es sich nur um ihren Nachfolgerin Yuki handeln. »Sag doch so etwas nicht vor einer Königin, die in so kurzer Zeit so viel für uns Hexen getan hat! Ihr Alter spielt keine Rolle.«

»Aus dem Weg!« Medea schubste die Wasserhexe unsanft zur Seite, die sofort empört keuchte. Sie wollte nach meinen Händen greifen, was ihr als Geist – im Gegensatz zur Göttin – natürlich nicht gelang. »Pass bitte auf meine Kinder auf, ja?« Ihre Worte überschlugen sich fast. »Egal, wie sie sich aufführen, Mab und Oberon sollen noch viele weitere Jahrhunderte ihre Reiche regieren. Ich entschuldige mich auch für deine ruppige Behandlung durch die Wilde Jagd. Aber bitte –«

Eine andere Königin rief: »Könntest du diesen Coven an Feuerhexen für mich beschützen?« Eine weitere brüllte schon fast: »Töte bitte für mich diese Gruppierung von Fae, ja?«

»Es ist Zeit zu gehen«, befand die Göttin, als sie merkte, dass die Geister immer unruhiger wurden. »Ihr gewöhnt euch sonst zu sehr an diese unsäglichen irdischen Gepflogenheiten.«

Die elf Geister verblassten leicht, als unsere Göttin sich wieder mir allein zuwandte. »Die Ewigkeit währt lange, Belladonna. Die Last der Krone wird niemals leichter werden. Ganz im Gegenteil. Du wirst Kriege miterleben, Schlachten beenden und auslösen, Freunde und Geliebte verlieren –«

»Werde ich nicht«, unterbrach ich die Göttin. »Nicht, wenn ich es verhindern kann.«

»Du verstehst mich fa–«

»Nein«, unterbrach ich die Göttin erneut und spürte, wie Atropos immer aufgeregter wurde. »Ich weiß, dass viele Königinnen vor mir ähnlich gedacht haben, aber ich plane wirklich eine friedvolle Zukunft. Schließlich bin ich keine Kriegerin. Ich bin nur eine Gärtnerin.«

Atropos gurrte und streichelte mich mit der Spitze ihres Schwanzes. *Nur? Du bist so viel mehr.*

»Gut«, faltete die Göttin ihre Hände vor der Brust. »Wenn das alles war, werden wir wieder gehen. Malkia ist ja bei dir.«

Atropos zischte sie so giftig an, dass Sekret durch die Gestalt der Göttin flog. *Mein Name ist Atropos.*

»*Atropos* ist es, ja? Habe ich das richtig verstanden?«

Hast du Probleme damit, Aradia?

Bei der Erwähnung des Namens der Göttin horchte ich auf. Sie trug keinen Namen – hatten wir Hexen zumindest angenommen, aber ihre Reaktion bewies eindeutig, dass sie einen besaß.

Das Grinsen verschwand aus den alterslosen Zügen unserer Muttergöttin. »Natürlich nicht. Wie wunderschön es doch ist, wenn Dinge passieren, die ich niemals kommen sah. Ach ja, eines noch.« Auf einmal hielt sie meine Krone in der Hand. »Sie passt nicht mehr ganz zu dir.« Die violetten Blüten auf einer Hälfte verwandelten sich in spitze Knochen. »Ich erwarte weiterhin Großes von dir, Belladonna, unsere Ewige Königin. Mögen all *deine* Wünsche in Erfüllung gehen.«

Völlig überwältigt von diesem Anblick schlug ich die Hände vor dem Mund zusammen. »Diese Krone ähnelt der Zeichnung der Morrigan.«

Du hast ihren letzten Wunsch erfüllt.

Tränen puren Glücks sammelten sich in meinen Augen, als die Erschafferin von uns Hexen mir die Herrschaftsinsignie in die Haare steckte. Dann verblasste ihr Abbild vor mir, als wäre sie nur ein Geist gewesen und hätte in dieser Welt nie existiert.

Wir sollten zu Blake zurück, sagte Atropos und ihr Körper deutete vom Baum weg. *Es gibt noch einiges zu bereden. Warum bewegst du dich nicht?*

»Du glaubst doch nicht, dass ich dir nach dem Zwischenfall mit der Göttin auch nur einen Schritt folgen werde, wenn du mich nicht endlich aufklärst. Woher hattest du einen Knochendolch? Warum kennst du den Namen der Göttin?«

Warum konntest du die Seele einer Hexe verspeisen?

Atropos schwieg.

»Du hast es mir versprochen.«

Seufzend glitt mein Familiar von meinen Schultern herab auf den Boden und begann zu erzählen: *Vor langer, langer Zeit gab es einen furchtbaren Krieg. Einen Krieg, der die ganze Menschheit hätte ausrotten können.* Atropos schlängelte geschickt den Granatapfelbaum hoch. *Die Hexen wollten sich aus dieser Auseinandersetzung heraushalten, denn es kümmerte sie herzlich wenig, wenn die Menschen ihrer eigenen Dummheit zum Opfer fielen. Hexen waren unsterblich und wenn die Menschen sich gegenseitig umbrächten, hätten sie dadurch den ganzen Planeten für sich.*

»Hm. Ist es gemein, wenn ich sage, dass sich das gar nicht

so schlecht anhört? Die Fortpflanzung wäre zwar nicht mehr möglich, aber ansonsten ein kleines Paradies.«

Damals gab es noch kein Netflix – nicht einmal Bücher, weil noch keine Schrift existierte.

»Ich nehme alles zurück.«

Atropos fuhrt fort: *Eine Handvoll menschlicher Männer, manche von ihnen Brüder, gelangten an die Aufzeichnungen von Hexen und dadurch an das Wissen von Wesen, die unvorstellbare Macht besaßen. Sie erfuhren, dass die Hexen eine Göttin verehrten, die ihnen einst die Magick geschenkt hatte, also versuchten sie ein ähnliches Wesen zu finden.*

Mir behagte die Richtung, in die sich dieses Gespräch entwickelte, nicht. Ich wagte es nicht einmal, mich auf einen Ast zu setzen, obwohl mein Körper nach einer Pause lechzte.

Dieses Wesen lebte seit Anbeginn der Zeit allein, hielt sich von den Menschen und anderen ihrer Art fern und wollte eigentlich nur bis zum Ende allen Lebens ihre Ruhe haben – aber nach einem beschwerlichen Weg fanden die Männer sie. Irgendetwas rührte sich bei der Geschichte in ihrem Inneren, weshalb sie den übrig gebliebenen sieben Männern Kräfte versprach. Allerdings warnte sie sie eindringlich davor, diese unvorstellbaren Fähigkeiten zu missbrauchen, weil das mehr fordern würde, als sie sich jemals ausmalen könnten. Im Gegensatz zu ihrer Schwester besaß dieses Wesen Kräfte, die sehr viel mächtiger, aber auch sehr dunkel waren. Einer der Gründe, weshalb sie die Einsamkeit bevorzugte.

»Die Kraft kostete ihnen die Menschlichkeit.«

Und weißt du, was der Verlust der Menschlichkeit mit sich bringt?

»Ich würde sagen, dass sie den sieben Todsünden verfielen?«

Ja. Weißt du, selbst als sie diesen Sünden erlagen, sahen sie sich immer noch als Helden dieser Geschichte. Denn was wären die Menschen ohne ihre Begierden? Wir bringen nur den wahren Charakter ans Licht, sagten sie. Pah! Ganz zu schweigen, dass diese Sünden schon seit Beginn der Menschheit existierten, sie besaßen lediglich die Fähigkeit, die Menschlichkeit mancher Individuen auszuschalten, damit sie sich diesen Sünden voll und ganz hingaben.

»Du hast also die Dämonenfürsten erschaffen – wegen dir existieren die Dämonen.«

Nein. Dieses Wesen ist zu ... zu anders, um zu behaupten, dass ich es bin. Vielleicht war ich es mal.

»Du warst eine Gottheit.«

Ein Teil von mir war das wohl. Ja.

»Aber ... Du bist eine Schlange. Du bist mein Hexentier!«

Familiare sind streunende Seelen, die sich im Laufe eines Lebens an eine Hexe heften – und ich habe sehr früh beschlossen, ein Leben mit dir zu führen.

»Aber warum?«

Was hat die kleine Fae noch mal gesagt? Du bist wie ein helles Licht. Schon ironisch, dass deine wahre Affinität in der Dunkelheit liegt.

Atropos schlängelte von dem Baum herunter und wollte sich wie immer um meine Schultern legen, aber ich wich vor meinem eigenen Familiar zurück.

Meinen alten Körper habe ich für den zweiten Knochendolch und deine Zukunft mit dem Dämon aufgegeben. Wenn du stirbst, wird meine Existenz ausgelöscht sein. Für Wesen wie mich gibt es kein Leben nach dem Tod. Nur ... nichts ...

»Das scheint mir sehr riskant zu sein.«

Es erschien mir als einzige Möglichkeit, damit keiner mehr sein Leben für dich lassen musste.

»Aber ... Aber warum Engelsdolch?«

Atropos lachte. *Engel, Gottheit, Monstrosität – je nachdem wie man uns gesonnen war, benannte man uns mal mehr und mal weniger liebevoll. Engelsdolch schien wohl am besten von der Zunge zu gehen.*

»Von wem stammt der andere Dolch?«

Alles weiß ich auch nicht. Er ist nicht von mir und auch nicht von Aradia, aber es existierten weit mehr als nur wir beide.

Und wahrscheinlich gab es noch weitere von diesen ... Göttern.

Bist du mir böse, weil ich das so lange vor dir verheimlicht habe?

»Ja. Nein. Ich ... Ich habe gedacht, dass mich so langsam nichts mehr schockieren kann, nachdem ich Hexenkönigin wurde, meine Großmutter sich als legendäre Hexe und die Faeprinzessinnen sich als meine Familie herausstellten –«

Vergiss nicht, dass du die Braut eines Dämons und nun Königin der Unterwelt bist.

»Es ist etwas, an dem ich eine Zeit lang knabbern werde. Aber ...« Versöhnlich streckte ich ihr meinen Arm hin und sofort schlängelte sie dankbar an ihren Lieblingsplatz. »Wenigstens habe ich jetzt eine plausible Erklärung dafür, wie du einen Geist verschlingen konntest.«

Ja, und warum wir so gut miteinander kommunizieren können.

»Wie meinst du das denn?«

Andere Hexen kommunizieren auch mit ihren Familiaren, aber ist dir nicht aufgefallen, dass die wenigsten Selbstgespräche führen?

»Jetzt wo du es sagst ... Warte! Halten mich jetzt all meine Mithexen für eine Spinnerin?«

Vielleicht für exzentrisch? Aber auf welche Hexenkönigin traf das nicht zu? Du hast den Haufen ja nun in Action erlebt.

»Schade, dass wir Hexenköniginnen niemals miteinander Zeit verbringen können. Ich würde gerne öfters mit ihnen reden.«

So etwas kann auch nur von dir kommen.

»Wie meinst du das?«

Ich liebe dich, Belladonna. Du bist die eine Seele, mit der ich meine Ewigkeit verbringen will.

»Solche Worte hätte ich von Blake erwartet.«

Der Dämon braucht keine weiteren Geständnisse mehr.

»Ich habe gedacht, dass ich für immer allein sein werde und nun werde ich für immer die Königin der Hexen und die der Unterwelt sein. Ich bin verlobt – wobei das nahezu lächerlich wirkt, wenn man bedenkt, dass wir unsere Leben miteinander vereint haben. Und ... Hast du den Dämonen dann eigentlich auch den Granatapfel-Baum geschenkt?«

Natürlich. Er sollte den Nachkommen und denjenigen, die den Todsünden zum Opfer fallen, die Chance auf ein besseres Leben geben. Ich bin ... oder ich war vielmehr eine gerechte Göttin. Aber er hat ein eigenes Bewusstsein entwickelt. So etwas passiert manchmal, wenn etwas lange genug existiert. Ich glaube, so habe ich damals meine Fähigkeiten erlangt: Ich war einfach lange genug da.

Ich legte meine Hand auf die Rinde des Baumes, konnte so etwas wie einen Herzschlag unter meinen Fingerspitzen fühlen. Dieser Baum war noch viel mächtiger als Walpurgisnacht, das Herz der Faewelt.

»Der Granatapfelbaum heißt ... Kore«, hörte ich die Stimme

der Pflanze. Ich versuchte ihr mehr zuzuhören, aber ich bekam so etwas wie einen Migräneanfall und sackte auf die Knie.

Belladonna!, rief Atropos panisch. *Bist du verrückt! Hierbei handelt es sich um uralte Magick der Götter. Das ist selbst für dich als Hexenkönigin kaum zu ertragen.*

»Das ist vielleicht momentan zu viel«, keuchte ich und grub meine Finger in den knochigen Boden. Dabei erblickte ich eine kleine Anomalie, die mein Herz schneller schlagen ließ. »Aber warte mal ab, wenn ich erst einige Jahrhunderte auf dem Buckel hab.«

Du scheinst deine Rolle als Königin der Hölle schneller anzunehmen als die der Hexen.

Lächelnd nickte ich. »Weil ich mich jetzt erst richtig wie die Königin fühle, die ich bin. Vorher haben ein paar Dinge einfach nicht gestimmt. Es war immer so, als würde mir etwas fehlen, als fehle ein Teil meiner selbst.« Ich deutete Atropos, zu mir auf den Boden zu kommen. »Aber ich denke, dass ich tatsächlich hierhin gehöre – zumindest für die Hälfte des Jahres. Ich bin die Königin der Hexen und die Gärtnerin der Unterwelt.«

Vorsichtig wischte ich etwas weißlichen Staub beiseite.

Unter den Gebeinen der Sünder blühte eine zarte Blume mit violetten Blütenblättern.

Epilog

ABER SEI DIE SCHLANGE DARUNTER

Mühselig und mit schmerzverzerrtem Gesicht kämpfte sich die neugeborene Dämonin einen Weg durch die Flammen. Einhundertdreizehn Jahre hatte ihre Seele in den Feuern der Hölle unvorstellbare Schmerzen durchgestanden, aber nun ...

Sie war frei.

Sie war jetzt eine der Dämonen.

Fast hätte sie gelacht, wäre da nicht ...

Aus dem Nichts kam der Hunger, der einer unvorstellbaren Kraft glich – und zwang sie mit aller Macht auf die Knie. Das Gefühl, in dieser Sekunde zu verhungern, war nahezu überwältigend und schnürte ihr die Kehle zu.

Ihr Gesicht spiegelte all diese Sinneseindrücke wider, bis ...

zwei nackte Füße vor ihrem Gesicht auftauchten. Sie blickte überrascht hoch und erkannte eine Frau mit kurzen weißen Haaren, die trotz ihrer Haarfarbe nicht einmal 25 Jahre zählen konnte.

Sie trug ein schwarzes Kleid, das ihre Gestalt wie eine zweite Haut umschmeichelte.

Aber am eindrucksvollsten war ihre Haltung; so wie sie die Hände vor dem Körper gefaltet hielt und den Kopf in die Höhe reckte, wirkte sie ... majestätisch.

Nur einen Herzschlag später kniete sie vor der Vampirin und hielt ihr einen kleinen goldenen Kelch vor das Gesicht.

»Hier. Trink das.«

Auf den skeptischen Blick, der durchaus gerechtfertigt war, erklärte sie: »Es wird den Hunger nach Blut für eine kurze Zeit stillen.«

»Was ist das?«

Sie lächelte. Ihr dunkelvioletter Lippenstift glänzte – *wie Gift*, schoss es der Vampirin mit Sicherheit durch den Kopf. »Das ist Wasser aus dem dritten Ring ... mit ein paar Blütenblättern aus der Hölle«, erklärte die junge Frau der frischverwandelten Dämonin. »Sag mir bitte, wie es dir schmeckt.«

Die Dämonin trank – und hustete den Großteil auf den Knochenboden. »Schmeckt wie Pisse. Notierst du das etwa?«

Das Notizbuch und der Stift lösten sich im Nu in Schatten auf. »Was? Nein. Nein«, stritt die junge Frau ertappt ab. »Das ist kein Experiment.«

»Wer bist du überhaupt?«, krächzte die Dämonin.

»Mein Name ist Belladonna«, stellte sich die Frau mit einem sanften Lächeln im Gesicht vor. »Ich bin die Königin der Hölle – obwohl ich mich mit dem Titel ›Gärtnerin der Unterwelt‹ wohler fühle.«

»Königin? Du bist eine Hexe.«

»Ja. Das stimmt.« Sie stand auf und klopfte sich Knochensplitter von ihrem Kleid. »Aber es ändert nichts daran, dass ich zum Dämonenadel gehöre. Es ändert nichts daran, dass ich mich um das Volk der Dämonen kümmere.«

»Seit wann haben Dämonen eine Königin?«

»Haben sie nicht«, sagte die Hexe. »Ich bin die Königin der Unterwelt. Ich herrsche über das Reich, nicht über die Einwohner. Aber ...« Sie lächelte. »Ich kümmere mich gerne um die neuen Dämonen. Die Nachkommen der sieben Todsünden fanden diese Idee hervorragend.«

Nicht alle, aber Belladonna hatte Mittel und Wege, ihre volle Zustimmung zu erpressen.

Carmilla fand es jedoch wunderbar, dass Belladonna sich um ihre Abkömmlinge kümmerte, und deshalb wartete sie ungeduldig auf die »Wiedergeburt« der neuen Vampire.

»Das schmeckt eigentlich ganz gut. Der Nachgeschmack ist passabel«, urteilte die Vampirin. Zögernd kam ihr auch noch ein »Danke« über die Lippen.

Die Hexe strahlte über das ganze Gesicht.

»Und was willst du jetzt wirklich von mir?«, fauchte die Dämonin weitaus weniger feindselig. »Willst du etwa, dass ich hierbleibe und weiter deinen Saft schlürfe, statt in der Menschenwelt zu jagen?«

»Du kannst gehen, wohin du willst. Ich bin die Königin der Unterwelt, nicht die Herrscherin über dein Leben. Mach, was du für richtig hältst.«

Die Dämonin zog eine Augenbraue hoch, ehe sie sich in einem blutroten Nebel auflöste und aus der Hölle verschwand.

Daraufhin seufzte die Hexe lächelnd.

»Ich weiß übrigens, dass du da bist und mich beobachtest, Blake. Ich kann dich ganz genau fühlen, seit ich den Granatapfel gegessen habe.«

Er materialisierte sich hinter seiner Hexenbraut. Ohne zu zögern, ließ sie sich in seine offenen Arme fallen.

»Ich habe dich nicht beobachtet. Ich wollte nur nicht stören.«

»Wenn du das sagst. Alte Gewohnheiten kann man schlecht ablegen, hm?«

»Melusine hat mir erzählt, dass du regelmäßig Wasser aus dem Styx holst. Ich habe mich schon gefragt, was du damit machst.«

Aufgebracht zischte sie. »Ich dachte, dass es den Sirenen egal ist und ich unbemerkt etwas Wasser sammeln kann. Schließlich ist der ganze Ring ein nie versiegender Fluss!«

»Du lebst jetzt schon lange genug mit Dämonen zusammen, dass dir klar sein sollte, wie wichtig es ist, mit Pakten und Eiden zu handeln, damit sie nicht alles ausplappern.«

»Oder ich drohe ihr, sie das nächste Mal zu vergiften, dann fühlt sie sich wortwörtlich wie ein Fisch auf dem Trockenen. Mir gefällt meine Herangehensweise deutlich besser.«

»Was dir lieber ist, meine dunkle Königin.«

Ein wohliges Seufzen kam über die Lippen der Hexe, als sie sich in seiner Umarmung umdrehte und ihren Kopf gegen seine harte Brust bettete.

»Du musst das nicht tun, Belladonna«, sagte der Dämon und küsste ihre Stirn, während er ihr den Kelch aus den Händen nahm. »Du musst nicht einmal das halbe Jahr in der Hölle verbringen. Du bist schließlich die Königin der Hexen. Lass mich in der Hölle zurück und genieß dein Leben in der Oberwelt.«

»Ich bin deine Braut und somit dir gleichgestellt«, wiederholte sie seine früheren Worte. »Was mich auch zur Königin der Hölle macht. Oder nervt dich meine ständige Anwesenheit so sehr?«, neckte sie ihn. »Du wolltest die Dämonenfürsten nur für meine Unsterblichkeit umbringen und jetzt musstest du feststellen, dass das auch bedeutet, dass bis in alle Ewigkeit Blumenerde in unserem Bett liegt und ich den ganzen Februar über Salbeiduftsäckchen für die Touristen herstelle. Ganz zu schweigen davon, wenn ich mitten in der Nacht aus dem Bett stolpere, weil ich nach Kuchen suche.«

Der Dämon verzog das Gesicht, als er sich an diese ekelhaft duftenden Stoffdinger erinnerte, die seine Braut im Bett angefertigt hatte. Warum ausgerechnet im gemeinsamen Bett? Sie sagte, weil sie es von ihrer kleinen beengten Hütte so gewöhnt war – er vermutete aber, es war, weil sie ihn mit dem Duft ärgern wollte: Salbei konnte Dämonen schwächen, war also nicht gerade sein Lieblingskraut.

»Glaub mir eines, Cherry, ohne diese Dinge würde mir etwas fehlen – auch wenn ich nicht verstehe, warum du beim Salbeipacken Bonbons mit demselben Geschmack lutschen musst.«

»Tra-di-tion«, sagte sie und rümpfte die Nase.

Er hatte sie also erwischt.

»Aber ... So schön die Schatten der Wintermonate sind.« Sie fröstelte stark bei dem Gedanken an schneebedeckte Landschaften, frostige Böden und Tage mit wenig Sonne. »Ich bin froh, dass ich die in der Hölle verbringen kann, während meine Pflanzen Winterschlaf halten. Wirklich. Ich bin gerne in der Hölle. Ich bin gerne bei dir.«

Ihm ging es doch genauso.

Die letzten Monate, die die beiden in der Hölle verbracht hatten, um sich auch hier ein Zuhause aufzubauen, hatte er – trotz der großen Verantwortung, die nun auf ihren Schultern lagen – genossen.

Es würde ihm nichts ausmachen, wenn dies wirklich für die Ewigkeit andauern würde.

»Und die Sache mit den Neugeborenen ...«

»Schon gut. Ich will das ebenfalls tun. Ich will, dass das erste Gesicht, das sie erblicken, das einer Hexe ist – kein feindseliges. Manchmal bewirken die kleinsten Dinge am Ende die größte Veränderung.« Sie senkte ihren Kopf und lächelte verträumt, als sie ihre Finger ansah. »Wie als ein nerviger Dämon einer mit ihrer Position überforderten Hexe einen Verlobungsring angesteckt hat.«

Über den knöchernen Boden kam das Hexentier seiner Braut geschlängelt. »Atropos stimmt mir zu, oder?« Pause. »Na. Ich meine beides. Die kleinen Dinge und natürlich auch die Wintermonate.« Erneut eine kleine Pause. »Ach komm, du bist eine totale Frostbeule. Was? Ich? Nein. Nur weil ich im Gegensatz zu dir nicht rausgehe.«

Sie hob ihr Hexentier hoch und wickelte es sich um den Körper, als sei es ein modisches Accessoire.

»Ah, du meinst die Göttin um deinen Hals?«

»Atropos ist keine Göttin … jedenfalls nicht mehr. Sie hat ihre Göttlichkeit im Austausch für einen zweiten Knochendolch aufgegeben, das habe ich dir ja erklärt.« Sie tätschelte den dreieckigen Kopf des Wesens, als wäre es wirklich ein zahmes Tier. »Sie ist nun auch eine meiner Gefährtinnen für die Ewigkeit.«

Er fand es … unheimlich, dass die goldene Schlange eine Göttin sein sollte. Nein. Nicht irgendeine Göttin! Das Wesen, das die Urdämonen erschaffen hatte, von denen er und die anderen adeligen Dämonen abstammten.

Die Schlange, die seine Braut als Schal verwendete und mit der sie telepathisch kommunizieren konnte, war praktisch die Ururmutter der Dämonen.

»Sie ist nur noch ein gewöhnliches Hexentier«, wiederholte seine Braut. »Kein Grund, sie so misstrauisch anzusehen. Das mag sie nicht«

»Ein *gewöhnliches* Hexentier, welches meinen ehemals menschlichen Vater in den Dämon der Gier verwandelt hat.«

»Die ersten Hexen waren auch Menschen.«

»Das macht es nicht besser, Cherry.«

»Hast du jetzt Angst vor Atropos?«, fragte Belladonna, während sie zärtlich über den Kopf der Schlange streichelte.

»Nein. Nicht, nachdem ich gesehen habe, dass sie trinkt, indem sie ihren Kopf in ein Glas Wasser fallen lässt.«

»Ja, du bist süß«, versicherte die Hexe ihrer Schlange. »Das war total niedlich, sonst würde ich keine Fotos von dir machen. Mein ganzer Handyspeicher ist voll mit dir!«

Blake nutzte die Ablenkung und pflückte eine violette Blüte, die am Wegesrand wuchs. Er war immer noch nicht an den Anblick der Pflanzen gewöhnt, obwohl sie sein Reich im Sturm eroberten.

Die Unterwelt hatte sich in den letzten Monaten wirklich stark verändert. Zum ersten Mal in der ganzen Geschichte des Reiches wuchs eine Pflanze in den neun Zirkeln der Hölle: Ihre Blüten schimmerten dunkelviolett und der Blütenstempel – eine Bezeichnung, die er von seiner Braut gelernt hatte – war weiß mit grauen Flecken und wirkte dadurch wie ein Totenkopf.

Belladonna war die perfekte Königin der Unterwelt. Einerseits war sie eine liebevolle Herrscherin und anderseits eine Kriegerin, die es mit ihren giftigen Schatten mit einem ganzen Heer Dämonen aufnehmen konnte.

»Und? Wie gehen deine Pflanzenstudien so voran?«, fragte er neugierig.

Er erinnerte sich noch genau daran, wie er zum ersten Mal seine Braut inmitten all der neuen Flora erspäht hatte. Trotz ihrer scharfen Dornen waren die Pflanzen um ihre Hände und Arme geschlungen und hatten sich in Belladonnas Fleisch gebohrt – und doch war sie ihm niemals glücklicher vorgekommen.

Sie merkte zwar etwas betrübt an, dass die Gewächse eine ganz andere Sprache sprachen, aber ...

»Alles ist giftig«, hatte sie mit leuchtenden Augen geflüstert. »Aber in den richtigen Händen können diese Pflanzen auch heilen. Die Pflanzen der Unterwelt können heilen!«

Seitdem widmete sie sich intensiv der Erforschung dieser Pflanzen.

»Ich denke, dass ich noch ein oder zwei Jahreshälften in der Unterwelt brauche, bevor ich die perfekte Dosis habe, um ein Gebräu zu erschaffen, das das Verlangen der Dämonen besänftigen kann – und welches auch ganz gut schmeckt.«

»Und lass mich raten: Ich soll dann wieder als Versuchskaninchen herhalten?«

Belladonna zog eine Schnute. »Was tot ist, kann nicht sterben.«

»Nun ... Solange das Gesöff keinen Salbeigeschmack hat, kann mein feiner Gaumen schon dafür hinhalten.«

»Ich kann das nicht versprechen.«

Mit gequältem Gesichtsausdruck wechselte der Dämon mehr oder weniger galant das Thema. »Es wird langsam Zeit, aufzubrechen. Sechs Monate in der Unterwelt sind vorbei. Deine Hexen warten schon sehnsüchtig auf deine Rückkehr.«

Sie nickte. »Heute ist Frühlingsbeginn.«

»Schon Pläne?«, fragte er seine Braut.

»Als Erstes gebe ich meine Führung im Poison Garden«, sagte Belladonna und kramte einen kleinen Terminplaner aus ihrer Sporttasche, die sie immer mitnahm, wenn sie zwischen Hölle und Oberwelt pendelte. »Am Abend finden dann die Ostara-Feierlichkeiten statt. Walpurga hat mir schon einen Plan geschickt und auch Fotos gemacht, wie es aussieht, damit ich ihre Vorbereitungen absegne. Welch ein Glück, dass man exzellenten Internetempfang in der Hölle hat.«

»Wie oben, so unten – gilt auch für das WLAN.«

»Psst. Sag das nicht so laut. Bei den geringen Ressourcen hier ist eine Überpopulation relativ rasch im Bereich des Möglichen und ich will nicht, dass wir zur Bekämpfung Hungerspiele ausrichten müssen.«

»Willst du heute wirklich gleich den ganzen Tag mit Arbeit verbringen?«, unterbrach er sie.

»Es ist keine Arbeit, wenn man es gerne macht.«

»Du weißt, dass Walpurga dich gerne noch einen Tag vertritt.«

»Na und?«

Lange starrte er in die violetten Augen seiner Hexenbraut.

»Cherry, also wirklich! Du hast heute Geburtstag«, erinnerte er sie seufzend.

»Ach ja! Ich vergesse den jedes Mal. Schließlich bin ich für immer 21. Das heißt ... Ich werde jetzt ... Ich bin jetzt 23.«

»Also willst du etwas Besonderes machen?«

»Hmmm ...« Begeistert klatschte sie in die Hände. »Ich will Kuchen essen!«

»Das ist nicht viel anders als sonst.«

»Geburtstagskuchen!«

Er verdrehte mit einem Grinsen im Gesicht die Augen. Wie gut, dass er seine Schwester schon vorgeschickt hatte, verschiedene Kuchenstücke aus einer Packstation für sie abzuholen.

»Ich freue mich so sehr auf die Oberwelt!« Belladonna klammerte sich mit den Händen an seinen Arm fest und schmiegte ihren Kopf gegen seine Schulter. »Von Ostara bis

Samhain ist Alnwick Castle wieder unser Zuhause. Von meinem Geburtstag bis zu … deinem Geburtstag.«

»Reiner Zufall«, versicherte der Dämon ihr.

»Ich kann es immer noch nicht fassen, dass du an Halloween geboren wurdest – und es mir so nebenbei erzählt hast.«

»Geburtstage sind etwas für Lebende.«

»Gut, dann ist es eben dein Todestag. Wir feiern ihn trotzdem, weil ich mir keine Chance auf Kuchen entgehen lasse!«

»Alles, was meine dunkle Königin will.«

»Wir könnten ihn doch mal in Asmodäus' Club feiern«, schlug Belladonna vor. »Dann gibt es sicher Gratisgetränke für uns.«

»Wir sollten aber an Samhain wieder in der Hölle sein.«

»Nun ganz so streng sind die Regeln ja nicht«, meinte Belladonna. »Du hast es gesehen: Ich kann jederzeit zurück in die Oberwelt und dort die Feiertage als Hexenkönigin anleiten. Man kann Hexen schließlich keine sechs Monate allein lassen. Zum Glück ist Walpurga eine hervorragende Beraterin. Ich bin froh, dass sie mir hilft.«

Als sie das sagte, entgleisten ihm kurz die Gesichtszüge. Zweifelsfrei handelte es sich bei ihr um eine gute Beraterin, weil sie diesen Beruf seit Jahrzehnten ausübte, aber trotzdem … Er konnte ihr einfach nicht verzeihen, sosehr sie auch Belladonna dabei unterstützte, ihrer Rolle als Hexenkönigin und Herrscherin der Unterwelt gerecht zu werden.

Sanft berührte seine Braut seinen Ellbogen. Ihm war nicht aufgefallen, dass er die Arme eng vor der Brust verschränkt hatte. »Du musst ihr nicht verzeihen. Ganz werde ich das auch niemals tun«, sagte sie. »Aber ich gebe ihr die Chance, ein paar Dinge, die sie mir angetan hat, wiedergutzumachen.

Das heißt nicht, dass ich ihr jemals verzeihe, was dir unter Königin Sibylle passiert ist. Ich hoffe, du weißt, dass ich nicht will, dass du dich schlecht fühlst. Sag mir einfach, wenn ich sie entlassen soll.«

»Ich weiß – und nein. Lass sie die Arbeit weiterhin erledigen. Leider muss ich dir zustimmen, dass Walpurga wie gemacht für diese Aufgabe ist.«

»Absolut! Ich weiß gar nicht mehr, wie ich die Monate ohne sie zurechtgekommen bin. Ohne sie wüsste ich nicht, wie ich meine Pflichten als Königin und meine Forschungen in der Unterwelt unter einen Hut bringen könnte.«

»Und vergiss nicht die ausschweifenden Partys in den Clubs von Asmodäus.«

»Genau! Da has–« Sie stoppte sofort, als sie merkte, dass sie sich verplappert hatte. »Okay … Wer hat geplaudert? Melusine? Shuilian? Oh Göttin, es war Djannah, oder? Ich frage mich, wie ihr folgende Schlagzeile gefällt: Junge Frau vergiftet in der Themse gefunden. Täterin und Gift unbekannt.«

»Es ist doch egal, wer mir da ein paar hübsche Fotos von meiner Braut geschickt hat, die sich in einem verruchten Dämonenclub aufhält.« Er hielt ihr das Smartphone unter die Nase. »Wisch mal für mich zur Seite, Cherry. Du weißt ja: Totenfinger.«

Der Dämon zeigte ihr auf seinem Telefon ein Bild. Sie warf nur einen kurzen Blick darauf und drehte sich dann mit erröteten Wangen von ihrem Gefährten weg.

Seine Braut tanzte in einem Etablissement, das ohne Zweifel ein Nachtclub war, auf einem Tisch und trug Dutzende von Neonringen um Hals, Hüfte und Arme. In einer Hand hielt sie einen hellgrünen Cocktail und in der anderen irgendeinen Snack.

Im Hintergrund leuchteten die orangen Augen seiner Schwester.

Zu einer guten Party konnte keine Fae Nein sagen.

»Andrealphus hat mich eingeladen!«, versuchte sie sich zu verteidigen. »Ich kann doch ... « Sie grinste entlarvend, als ihr eine gute Ausrede für ihre Partyexzesse einfielen. »Ich kann doch keine diplomatische Verabredung absagen.«

»Diplomatisch. Aha.«

»Der Cocktail trägt übrigens den klanghaften Namen ›Belladonna‹, weil er selbst eine giftige Hexenkönigin betrunken macht.«

»Warst du wirklich betrunken?«

»Nein, aber ich lasse es den Dämon gerne glauben.«

»Darf ich annehmen, dass dies der Verbesserung der diplomatischen Beziehungen dient?«

Die Hexe nickte. »Und gratis Alkohol und Snacks, wenn ich eines der vielen Etablissement von Asmodäus besuche.« Mit roten Wangen schob sie den Ärmel ihres schwarzen Kleides zurück und enthüllte ein giftgrünes VIP-Bändchen. »Die Pizzabrote schmecken echt lecker.«

»Sag mir bitte nicht, dass auf dem Armband Asmodäus' Sigille ist.«

»Das musst du mir sagen. Ich kenne sie ja nicht.«

»Dieser Schweinehund trägt es offen zur Schau, damit er ja viele Seelen sammeln kann! Und es ist trotzdem erst das Zweitschlimmste, was er bis jetzt getan hat.«

»Was hat er denn noch getan?«

Vielleicht würde er Belladonna irgendwann erzählen, dass er mit fünfzehn Jahren einer Einladung in Asmodäus' Club in London gefolgt war, damit der andere adelige Dämon sich bei ihm vorstellen konnte – und dass er deswegen fast einen

Schulverweis kassiert hatte. Seine Mutter war völlig ausgeflippt, als sie zum Direktor der Schule gerufen wurde und seine Ausrede, dass er auch ohne Schulabschluss Herzen fressen konnte, hatte sie komplett zum Durchdrehen gebracht.

Komisch ... Seit er seiner Braut von seiner Mutter erzählt hatte, tat es ihm nicht mehr weh, an sie zu denken. Ganz im Gegenteil. Es war so, als würde er etwas Warmes verspeisen, was sich dann in seinem Inneren breitmachte. Ein wirklich seltsames Gefühl, welches ihm als Untoter fremd war.

»Warte ... Ist das da auf dem Foto nicht Amari?«

»Bist du eifersüchtig?«

»Nein. Ich weiß, dass dein Herz ganz mir allein gehört, Cherry. Aber ich frage mich trotzdem, was du mit deiner Ex-Freundin in einem Club der Dämonenbraut von Lust machst.«

»Ich glaube, dass Amari auf ein Leben mit Dämonen und Fae durchaus neugierig ist. Weißt du, sie ist jetzt schon länger Single ...«

»Und die anderen, die auf dem Bild abgeschnitten sind, sind doch nicht auch noch Morgana und Carmilla? Entdecke ich auch Walpurga, wenn ich nur lange genug das Bild anstarre? Oder Mab und Oberon?«

»Nein. Wir waren nur zu fünft. Wenn man zu fünft zur Ladys Night kommt, dann gibt es eine Flasche Champagner umsonst. Ich habe Carmilla gesagt, dass, wenn sie eine oder mehrere Bräute finden will, es nicht reicht, einfach auf das Schicksal zu warten – oder einen Kutschunfall zu inszenieren. Heutzutage fährt keiner mehr mit einer Kutsche. Das hat vielleicht damals geklappt, als Österreich und Ungarn noch ein Land waren. «

»Und was macht Morgana bei euch?«

»Na ja ... Der habe ich Amari vorgestellt.«

»Spielt meine Königin etwa heimlich Amor?«

»Ein bisschen«, gab sie zu. »Wenn das mit dem Königinnen-Dasein nicht so klappt, werde ich vielleicht Kupplerin für Fae, Dämonen und Hexen. ›Pick your Poison‹ würde ich meinen Service nennen.«

Die Grimasse, die der Dämon zog, sprach Bände.

»Ach komm! Das ist ein cooler Name!«, versuchte sie, ihre Pläne leidenschaftlich wie immer zu verteidigen. »Gifte sind ja nicht immer schlecht und ... Okay. Ich suche einen anderen Namen. Außerdem ... Es wird Jahrhunderte dauern, so etwas wie Frieden und Vertrauen zwischen Dämonen, Hexen und Fae aufzubauen«, sagte die Hexe. »Der Tod der Dämonenfürsten hat nicht viel an der Ausgangslage geändert.«

Blake nickte grimmig.

»Aber ich habe etwas, das die anderen Hexen vor mir nicht hatten.«

Der Dämon grinste über das ganze Gesicht. »Mich.«

Sie biss sich auf die Unterlippe. »Ich meinte eigentlich wahre Unsterblichkeit – und damit alle Zeit der Welt.«

»Ah. Stimmt ja.« Ein schweres Seufzen löste sich aus seinem Inneren. »Ich habe ganz vergessen, dass meine Braut nur nach Macht giert.«

Lachend zog sie an seinem Anzugärmel. »Jetzt sei nicht so überdramatisch! Ich will schließlich meine Ewigkeit mit dir verbringen – und Atropos. Und Nora natürlich. Ich meine, das heißt, dass Walpurga, Agnieszka und Djannah ebenfalls ewig leben. Amari. Apropos, habe ich dir schon erzählt, dass ich im Sommer mal die Hexenakademie besuchen soll? Ich denke, die Besuche bei Pyra dauern dann auch für immer an. Dann gibt es noch Morgana und Andrealphus. Oh! Melusine und Shuilian. Und seien wir ehrlich? Seit ich eine Braut bin, genieße ich Carmillas Unterwürfigkeit.«

»Und sie hat ja noch eine Auswahl anderer Kreaturen, mit denen sie herumtollen kann, obwohl ich die Apokalypse für sie riskiert habe.«

Eigentlich hatte er eine spitze Erwiderung erwartet, aber seine Hexe blieb außergewöhnlich still, weshalb er einen besorgten Blick über seine Schulter warf.

Sie war stehen geblieben und griff sich ans Herz. »Es ist einfach … überwältigend. Da sind auf einmal so viele Hexen, Dämonen und Fae, die meine Nähe suchen, obwohl ich eine Gifthexe bin.«

»Du bist so viel mehr als eine Gifthe–« Als er direkt vor ihr stand, bemerkte er glitzernde Tränen in ihren Augen. Er fing eine mit seinen Fingern auf. »Bewahre die Tränen für deine Geburtstagsparty auf, Cherry.«

Sie schniefte – lächelte aber ein klein wenig. »Jetzt hast du die Überraschungsparty ausgeplaudert. Nora wird stinksauer sein.«

»Spiel für sie einfach die Überraschte. Und jetzt lass uns endlich aufbrechen. Dein Tag scheint ganz schön vollgepackt mit Terminen zu sein.«

Der Dämon – der Teufel selbst – streckte der Hexe seine kalte Hand hin. »Meine Königin?«

Mit dem Lächeln im Gesicht, das er so an ihr liebte, legte sie ihre schlanken Finger in seine. »Mein König.«

GLOSSAR

Neben den für Magie blinden und tauben Menschen existieren drei große magische Völker: die Hexen, die Dämonen und die Fae. Es ist anzunehmen, dass die Hexen die ersten magischen Wesen auf der Erde waren. Irgendwann folgten die sieben alten Dämonen, die man heute als Dämonenfürsten oder Urdämonen bezeichnet. Die Fae entstanden aus den nicht gern gesehenen – aber bis heute vorkommenden – Verbindungen zwischen Hexen und Dämonen.

Unter Königin Belladonna begann erst in den letzten Jahren nach Jahrhunderten der Feindschaft eine Annäherung der drei Völker: Sie gründete einen gesegneten Coven mit dem adeligen Dämon Blake und der hochblütigen Nachtfae Nora.

Magisches Volk – Hexen

Die gesegneten Hexen

Die Hexen verstehen sich als Beschützerinnen der Menschen. Sie sind praktisch unsterblich, doch seit Jahrtausenden werden sie immer kurzlebiger. Ihre Magick ist wesentlich stärker als die der Dämonen und Fae.

Mit sieben Jahren beginnen die Hexen ihre Ausbildung an einer Hexenakademie, welche zehn Jahre andauert und ihre Affinität stärken soll. Jede Hexe besitzt neben Heil- und Angriffszaubern eine Geburtsaffinität, die bei ihr am allerstärksten ausgeprägt ist. Nach der Schulzeit werden sie selbst Hexenausbilderinnen oder bekommen ein Gebiet zugewiesen.

Hexen erhalten ein magisches Tier, einen Familiar.

Die Hexen werden unter einer Hexenkönigin vereint. Die jeweils vorangegangene Hexenkönigin weiß beziehungsweise spürt, wer ihre Nachfolgerin ist.

Die dreizehn Hexenköniginnen

Lilith, die erste Königin (Erde (Geburtsaffinität), Schatten)
Yuki (Wasser)(um 3.000 vor Zeitrechnung)
Mara (Erde) (um 2.000 vor Zeitrechnung)
Yennenga (Seher) (um 1.500 vor Zeitrechnung)
Medea, die Mutter der Fae (Blut) (um Jahr 0)
Juvia (Wasser) (387 – 731)
Aarany (Licht) (731 – ?)
Asifa (Erde) (? – 1000)
Himiko (Wind) (1000 – 1234)
Faustina, die wahnsinnige Schlächterkönigin (Chaos), (1234 –1501)
Marie (Feuer) (1501 – 1891)
Sibylle (Seher) (1891 – 2022)
Belladonna, die giftige Herrscherin und ewige Königin (Schatten [Geburtsaffinität], Gift) (2022 bis ?)

Magisches Volk – Dämonen

Die geächteten Dämonen

Dämonen sind die größten Feinde der Hexen. Seit Jahrtausenden besteht eine Blutfehde zwischen den beiden Völkern. An den großen Hexenverbrennungen vergangener Jahrhunderte waren allein die Dämonen schuld, die die Menschen gegen das Hexenvolk aufgestachelt haben.

Dämonen gehen mit Menschen Pakte ein und sichern sich so ihre Seelen. Je nach Dämonenart können die reinblütigen Dämonen ihren Opfern verschiedene Gegenleistungen anbieten wie Geld, Macht, Liebe oder ein verlängertes Leben. Nach dem Tod des Menschen gehört die Seele dem Dämon, der sie sich einverleibt.

Je mehr Seelen ein Dämon verschlingt, desto mächtiger wird er.

Dämonen besitzen eine menschliche Hülle, die in der Regel sehr attraktiv – ja, regelrecht verlockend – wirkt. Ihre wahre Gestalt ist jedoch sehr grotesk und sie vermeiden tunlichst, diese anzunehmen.

Dämonen geben an, dass sie einen – oder mehrere – Seelengefährten besitzen, welche sie (geschlechtsunabhängig) als »Braut« bezeichnen. Die Verbindung kann romantischer, sexueller und/oder platonischer Art sein.

Die sieben Höllenfürsten

Mammon
Sünde: Gier
Art: Lich
Kinder: Blake (Dämon)/Braut: Belladonna (Hexe), Nora (Fae)

Luzifer
Sünde: Hochmut
Art: Vampir
Kinder: Carmilla (Dämon)/Bräute: ??? (Dämonen, verstorben), unbekannte Söhne (Dämonen), getötet von Carmilla

Beelzebub
Sünde: Völlerei
Art: Chimäre
Kind: Baal (Dämon)

Satan
Sünde: Zorn
Art: Werwolf
Kind: Barbatos (Dämon)

Leviathan
Sünde: Neid
Art: Meerkreatur
Angehörige Dämonen: Die drei Sirenen Melusine (Braut: Shuilian), Lorelai & Undine

Asmodai
Sünde: Wollust
Art: Inkubus
Kind: Asmodäus (Dämon)/Braut: Andrealphus (Dämon)

Belphegor
Sünde: Faulheit
Art: Nachtmahr
Kind: Belial (Dämon)

Magisches Volk – Fae

Die verstoßenen Fae

Ursprünglich entstanden aus Liebesbeziehungen zwischen Hexen und Dämonen, werden Fae von beiden Spezies verachtet und ausgegrenzt. Sie besitzen die enormen magischen Kräfte der Hexen, sind aber hinterlistig wie die Dämonen. Sie entführen Menschen gerne in ihr Reich und können nicht lügen, weshalb sie meist die Wahrheit verdrehen. Sie besitzen keine reine menschliche Form, sondern sehen stets aus wie eine Mischung aus Mensch und Tier.

Es existieren zwei Höfe: Der Taghof (auch der Lichte Hof genannt) unter der Herrschaft von König Oberon und der Nachthof (auch der Dunkle Hof genannt) unter Königin Mab.

Die zwei Faereiche

Seelie – Lichter Hof
König Oberon – Patriarch
Königin: Titania
Ehemaliger Sklave aus dem Menschenreich: Collin (Wechselbalg)

Unseelie – Nächtlicher Hof
Königin Mab & Morrigan – Matriarchin
Prinzessinnen: Morgana (Spinnenfae), Skadi & Sif (Wolffae), Jezebel (Rattenfae), Minerva (Eulenfae), Akasha (Pantherfae), Alecto, Megara & Tisiphone (Rabenfae)
Angehörige Fae-Spezies: Mottenfae (Nora), Hyänenfae

PLAYLIST

Skeletons – New Years Day

This Fire – Franz Ferdinand

Tear You Apart – She Wants Revenge

Dance Macabre – Ghost

Addict – Silva Hound

Vicious – Halestorm

Faster – Within Temptation

The King of Pain – Black Veil Brides

Voracity (Cover) – AmaLee

Honeythief – Halou

Rose Red – Emilie Autumn

Life Eternal – Ghost

Only Love Can Save Me Now – The Pretty Reckless

The Matyr – Alesana

When Love and Death Embrace – HIM

Enemy (Cover) – AmaLee

I am the Fire – Halestorm

Throne – Bring Me The Horizon

Right These Wrongs – Nathan Sharp

The Perfect World – Marty Friedman

DANKSAGUNG

Wie schon in der Widmung erwähnt: Ich danke Euch, meinen Leser*innen, dafür, dass ich diesen zweiten Band schreiben durfte!

Band 1 von QotW kam einfach so gut an, dass ich – obwohl ich wirklich nur einen Einzelband mit Ende für eure Spekulationen – schreiben wollte, mich sehr schnell dafür entschieden habe, die Geschichte von Belladonna und ihrem Dämon weiterzuerzählen.

Ich hoffe sehr, dass der zweite Band all eure Erwartungen erfüllt!

Ein großes DANKE geht auch wieder an meine Patrons, die mich mit ihren monatlichen Beiträgen unterstützen: Jessica, Nathalia, Klara, Melinda, Verena, Mareen, Nicole, Ann-Christin, Jessica, Franziska, Susann, Isabella, Agata, Fibi, Deborah, Sandra, Mareike, Jasmin, Kerstin, Linnea, Claudia und Christina!

Nicht zu vergessen sind auch wieder meine Testleserinnen, die mir über die letzten Monate sehr geholfen haben: Nora, Annabell, Stefanie, Theresa, Vanessa, Anna, Jasi, Jacqueline, Ronja, Sabine, Sarah und Cat!

Viel Liebe geht auch an Mone und das Team der Chest of Fandoms, die die Taschenbücher der Reihe mit dem unglaublichen Farbschnitt einkleiden durften. Und an Christin, die nicht nur eben jene Farbschnitte designt hat, sondern auch die Cover der Dilogie.

Wie auch bei Band 1 will ich mich am Ende bei meinem Verlag Loomlight beziehungsweise Thienemann-Esslinger bedanken, bei welchem auch die wunderschöne Schmuckausgabe von Band 1 erscheinen durfte. Ich bin so froh, dass Bella und Blake ein würdiges Zuhause bei euch gefunden haben!

HEART OF THE WICKED

BLAKE AVARITIA

Blake hasste die Abende, an denen die Hexenkönigin ihn mit seinem wahren Namen zu sich rief. Es waren Stunden gefüllt mit Selbsthass und voller Demütigungen seitens der mächtigen Hexe, die er nur zu gern aus seinen Erinnerungen gelöscht hätte, aber Alkohol und Drogen wirkten aufgrund seines fehlenden Herzschlages und dem Mangel an Blut in seinem Körper nicht. So musste er das alles bei vollem Bewusstsein über sich ergehen lassen, ohne die Möglichkeit, die Geschehnisse jemals vergessen zu können.

Wenn das irgendwann ein Ende nahm ... in einem Jahrzehnt ... in einem Jahrhundert ... vielleicht würde er diese menschliche Hülle in tausend Fetzen zerreißen wie Carmilla, nachdem ihre drei Bräute gestorben waren und selbst das Aufspießen von Köpfen ihr keine Freude mehr bereitet hatte. Es würde schmerzhaft für ihn sein, insbesondere da er mit diesem Körper 26 Jahre lang aufgewachsen war, aber was sollte er sonst tun? Er fühlte sich so unglaublich hilflos und klein, obwohl er ein mächtiger Dämon war.

Was redete er da?

Er war ein verdammter Prinz der Hölle! Nur die Urfürsten, Kreaturen, die schon seit Jahrtausenden existierten und die sieben Todsünden geprägt hatten, waren mächtiger als er. Trotzdem hatte die Königin seine einzige Schwäche – seinen wahren Namen – in Erfahrung gebracht und ihn zu ihrem

Sklaven gemacht. Er war so naiv gewesen, als er auf Geheiß seines Vaters, Dämonenfürst Mammon, in Sibylles Schloss gekommen war. Er hatte ihr Herz verschlingen wollen und nun musste er ihr bis an ihr Lebensende blind gehorchen. Wie hatte er nur so naiv annehmen können, dass es ihm gelang, sie reinzulegen und ihr einen Pakt aufzuschwatzen. Sie wusste alles! War es ihm so wichtig gewesen, das Herz der Königin zu erlangen, damit er seinen Vater endlich töten konnte? Ja, ja, ja! Schließlich hatte dieser Blake schon im Kindesalter an die Königin verschachert und – so ungern er es zugab – er konnte seinem Vater immer noch nicht vergeben, dass seine Mutter gestorben war.

Doch sein Plan war nach hinten losgegangen ...

Das Einzige, das ihm in seiner jetzigen Lage übrig blieb, war Seelen sammeln und Herzen verspeisen, bis die Königin Schwäche zeigte und er sie endlich töten konnte.

Ein dunkles Lächeln schlich sich in sein Gesicht. Er war ein Dämon aus der Hölle, er würde ihre Seele brechen und dann genüsslich verschlingen. Ihre Verzweiflung wäre das reinste Festmahl!

Als er mit diesen heiteren Gedanken das Gemach der Königin hinter sich ließ, stieß er zugleich auf die nächste Gestalt, auf welche er gern verzichtet hätte.

»Verschwinde, Schattenhexe«, zischte er den Geist unfreundlich an. »Kannst du nicht woanders rumspuken? Auf einem Friedhof? In einem verlassenen Krankenhaus? Auf einer Mädchentoilette?«

Seit fast einem Monat irrte der Schatten von Königin Sibylles Tochter ruhelos durch das Schloss und so langsam entnervte ihn der Anblick der dunklen Silhouette. Sie konnte nicht sprechen – sie war ja nur ein Schatten – und so tauchte sie immer und immer wieder wie aus dem Nichts aus. Sie folgte ihm dann für eine Zeit, ehe sie sich nach ein paar Stunden einfach abwandte und wieder verschwand – bis sich der ganze Zirkus in ein oder zwei Nächten wiederholte.

Er hasste es, wenn sie auftauchte. Wenn der dunkle Schatten sich zu ihm gesellte, wurde er rastlos, obwohl er ihm nichts tun konnte, und wenn sie weg war, dann war es so, als hätte sie irgendetwas von ihm mitgenommen.

Völlig ausgeschlossen, das wusste er. Sie war ja kein Dämon. Nur der Hauch einer Kraft, die nicht existieren dürfte. Der Beweis, dass sein Vater nicht so mächtig war, wie er glaubte.

Vielleicht war das auch der Grund, weshalb sie sich immer in seiner Nähe aufhielt.

»Schlampige Arbeit«, kommentierte er das Werk des Dämonenfürsten Mammon und deutete auf ihren durchsichtigen Körper. »Er hätte dich viel besser versiegeln und diese Siegel nach ein paar Jahren erneuern sollen. Natürlich kommt es dann irgendwann zu Bruchstellen, aus denen Essenz sickert.«

Ein König der Hölle – wie Mammon, die Gier – besaß unglaublich viel Macht im Vergleich mit einem Prinzen wie Blake, aber sie waren nicht unfehlbar und schon mal gar nicht unbesiegbar. Ihre Kraft schwand außerhalb der sieben Ringe – wie dieser Schatten eindrucksvoll bewies. Eigentlich sollten die Schattenkräfte der Hexe komplett gebannt sein, aber sie streifte frei umher.

Oder lag es etwa daran, dass ausgerechnet sie – dieser durchsichtig Körper - die nächste Hexenkönigin sein sollte?

Er interessierte sich nicht sonderlich für die Hexenpolitik, aber er wusste, dass die Hexenkönigin die Mächtigste unter ihnen war. Königin Sibylle war eine Seherin und dadurch war es ihr gelungen, einen Pakt mit Blakes Vater Mammon einzugehen und Blakes wahren Namen zu erfahren. Königin Sibylle war nahezu unbesiegbar, da sie alle möglichen Zukunftsszenarien sehen und darauf reagieren konnte. Aus diesem Grund hatte sie ihre Nachfolgerin ausgeschaltet, bevor sie ihr gefährlich werden konnte.

Er fuhr sich mit den Händen panisch über das Gesicht, während der Schatten ihn nur stumm anstarrte. Eine Hexe ohne ihre Geburtsaffinität war keine Anwärterin auf die Krone. Sie war einfach nur … *ein Schatten ihrer selbst.*

Warum sah sie ihn so an? Warum tat sie das immer?

Blake streckte seine Hand dem Schatten entgegen. Sie war eine Frau mit kurzen Haaren, hochgewachsen und schlank, doch … »Ich frage mich ja …«

Er beendete den Satz nicht. Nein, stattdessen entblößte er kurz sein wahres Aussehen und zerriss den Schatten mit seinen knöchernen Händen. Das tötete sie nicht, aber zumindest würde er sie heute nicht mehr zu Gesicht bekommen.

Von Hexen hatte er genug. Es war egal, wie diese Hexe in Wirklichkeit aussah. Sie war wahrscheinlich das Ebenbild der Königin und das widerte ihn zutiefst an.

Blake wandte sich zum Gehen. Er wollte den Schatten und die Königin hinter sich lassen. Es war Zeit, sich Essen zu suchen.

Der Lich suchte Bars auf, Krankenhäuser und Kirchen – und noch bevor die Sonne im Zenit stand, hatte er drei Herzen gesammelt. Drei Herzen für seinen unstillbaren Appetit und drei Seelen für das Fegefeuer der Hölle. Wie schade, dass es Jahre dauern konnte, bis er in den Genuss dieser menschlichen Organe kam. Nach den eisernen Regeln der Hölle standen sie ihm erst nach dem Tod des Vertragspartners zu.

Aber Dämonen waren geduldig.

Blake achtete nicht darauf, welchen Weg er zurück zum Schloss nahm. Er seufzte deshalb nur auf, als er direkt vor den riesigen Gärten des Schlosses stand. Durch all die Touristen, Besucher und Arbeiter konnten die Hexenkönigin und ihr Coven ganz unauffällig unter den Menschen leben. Niemand bemerkte, dass sie nicht alterten. Niemandem fiel auf, dass die Hexen schon vor einem Jahrhundert das ganze Schloss, nein, die ganze Stadt Alnwick übernommen hatten.

Und inmitten der Schlossanlage befand sich ein unsichtbares Gefängnis aus Giftpflanzen: Königin Sibylles Tochter Belladonna lebte hier nichtsahnend in Gefangenschaft. Anscheinend hatte sie nach dem Verlust ihrer Geburtsaffinität eine starke Bindung zu Giften entwickelt und die Königin hatte sie prompt in den Poison Garden gesteckt, wo sie den Rest ihres Lebens mit Toxinen spielen durfte.

Die Königin und ihr Coven fanden es wohl erheiternd, dass sie die mögliche zukünftige Hexenkönigin in eine kleine, unbedeutende Gartenhexe verwandelt hatten. Genauso lustig wie es war, sich eine Todsünde als Lustknaben zu halten.

Hexen waren furchtbar.

Wenn Belladonna selbst keine Hexe wäre, hätte er sie fast um ihr Schicksal als Aussätzige bemitleidet.

Nun ... Wenn er schon hier war, dann konnte er sich dieses Hexlein wenigstens ansehen. Ihr Schatten suchte ihn nun auch schon seit Monaten heim, da durfte er auch mal Plagegeist spielen.

Es kostete ihn nur etwas Kraft, den Bannkreis um den Garten zu durchbrechen. Schließlich war er ein adeliger Dämon! In der Hierarchie der Hölle folgten die zwölf Höllenprinzen direkt hinter den sieben Höllenfürsten.

Jedoch bereitete ihm eine weitere Schutzrune vor dem Poison Garden ernsthafte Probleme. Ein scharfer Schmerz durchzuckte seinen untoten Körper, als er seine Hand ausstreckte, und er wich zischend zurück.

Das war keine Rune der Königin. Sie musste von einer viel mächtigeren Hexe stammen ... mächtiger als die Königin?

Keine Hexe sollte mächtiger als die Hexenkönigin sein, außer wenn Belladonna schon ...

Blake führte diesen Gedanken nicht zu Ende, stattdessen versuchte er, einen besseren Blick in den Giftgarten zu erhaschen. Die vielen Touristen machten es schwer, sich einen Weg zu bahnen. Er nahm einige Menschen mit Krankheiten wahr, die er normalerweise markiert und später aufgesucht hätte, um Pakte zu schließen. Normalerweise. Momentan konnte er nur an das mächtige Herz der Gifthexe denken und wie gut es schmecken würde.

»Willkommen im Poison Garden!«, drang eine fröhliche Frauenstimme plötzlich an sein Ohr und er hielt in seiner Bewegung inne. »Ich bin Belladonna, die Fremdenführerin für diese kleine Tour durch den giftigen Teil des Gartens.«

In Blakes Ohren klingelte es. Was ... was war dieses Geräusch?

Er wollte die Gifthexe endlich sehen! Wenn er schon nicht Königin Sibylles Herz verschlingen konnte, dann das ihrer Tochter. Hexenherzen waren sicherlich schmackhafter als die von einfachen Menschen!

Endlich fand er eine Stelle, an der er durch die schwarzen Eisenstäbe in den Poison Garden blicken konnte.

Die Hexe stach wie ein Schatten am helllichten Tag hervor. Zwar stand sie mit dem Rücken zu ihm, aber er konnte ihre schlanke Statur sofort zuordnen. Sie besaß genau die gleichen Maße wie der Schatten. Ihre Haare waren trotz ihres jungen Alters komplett weiß und reichten ihr nur bis zum Kinn.

Er hatte Walpurga darüber sprechen hören, dass das Gift ihren Körper verändert hatte, aber dass das Blond der Königin auf einmal Weiß wurde? Er war beeindruckt. Sie musste unglaublich viel Gift eingenommen haben – so viel, dass sie dem Totenreich nahegekommen war.

Und … Bei der Hölle!

Seine Augen klebten förmlich an ihrer Figur. Für eine Fremdenführerin war sie völlig unpassend angezogen: Das Kleid war ein Hauch von Nichts. Durchsichtiger hautfarbener Stoff, der hin und wieder blickdichter wurde, wenn sich winzige schwarze Stoffblätter an einer Stelle verdichteten. Er konnte selbst von hier aus erkennen, dass sie keinen BH trug.

Sein Blick glitt nach unten. Sie besaß durchaus einen eigenen Schatten, aber wenn man ganz genau darauf achtete, spiegelte er ihre Bewegungen nur verzögert wider. Wahrscheinlich hatte sie selbst auch schon bemerkt, dass ihr Schatten sich seltsam träge bewegte und sich nichts weiter dabei gedacht.

»Beginnen wir doch ausnahmsweise mit der Blume, der ich meinen Namen verdanke«, sagte die Gifthexe und streckte ihren Arm aus. Sie trug schwarzen Nagellack. »Das ist *Atropa Belladonna,* Deadly Nightshade.«

Sie drehte sich um und blickte endlich in seine Richtung. Ihre … Sie war …

Ba-Bumm.

Blake wusste nicht, wie ihm geschah. Seine Beine gaben einfach nach und seine Knie knallten schmerzhaft auf den

Kiesboden. Der Schmerz war überraschend heftig und das, obwohl kein Blut durch seinen toten Körper floss. Er konnte sich gerade noch ein allzu menschliches »Aua!« verkneifen.

»Daddy? Was hat dieser Mann?«

»Geht es Ihnen gut?«

Mühsam kämpfte sich der Lich wieder auf die Beine und bahnte sich mit gesenktem Kopf einen Weg durch die Touristen, die ihm besorgt nachsahen.

Seine Anzugshose war für den Müll, aber seine Haut heilte bereits wieder – beziehungsweise versetzte seine Dämonenkraft seine menschliche Hülle wieder an den Ausgangspunkt.

Das, was gerade passiert war, war nicht normal. Blake kannte keine Erschöpfung. Keine Müdigkeit. Keine Schwäche.

Er konnte Schmerz in einem gewissen Ausmaß fühlen, doch sonst gab es in ihm nur die Gier nach ein bisschen Leben. Er war *avaritia,* die Habgier, und seine ganze Existenz war geprägt von der Lust nach menschlichem Leben.

Er war tot – oder untot, je nachdem wie man seinen Zustand benennen wollte.

Blake atmete nicht. Blake besaß keinen Puls.

Aber ...

Aber in seiner Brust hatte sich eben etwas geregt. Ein ... ein einzelner Herzschlag? Er konnte es nicht glauben. Zum ersten Mal fühlte er etwas in seiner Brust und er hasste dieses Gefühl von Menschlichkeit.

Das konnte nur eines bedeuten ...

Warum zur Hölle war diese Hexe seine Braut?

Die dunkelorange Sonne versank langsam hinter Alnwick Castle, als Blake in den Garten zurückkehrte. Vor einer Stunde waren die letzten Gäste gegangen. Blake konnte aufgrund der Spur an Lebensenergie genau fühlen, dass die Gifthexe sich nicht unter ihnen befunden hatte.

Sie musste sich also immer noch im Garten befinden – worauf wartete er also? Er konnte das alles schnell hinter sich bringen. Und dann? Er wollte nicht zurück ins Schloss.

Er wollte sichergehen, dass er sich getäuscht hatte. Dämonen hatten keine Hexen als Braut. Das wäre absolut widernatürlich. Eine Braut sollte etwas Besonderes sein. Ein Gefährte, der die Last der Todsünde etwas erleichterte und … diese Person war jedenfalls keine teuflische Kreatur wie eine Hexe.

Blake hatte keine Vorliebe, was das Geschlecht seiner Liebhaber betraf. Warum sollte also ausgerechnet eine Hexe seine Braut sein? Zudem passierte es äußerst selten, dass ein Dämon im ersten Jahrhundert seiner Existenz seine Braut fand. Er war erst 26 – selbst für viele Menschen war das zu jung, um sich eine Ewigkeit an jemanden zu binden.

Er wurde langsam verrückt. Das musste es sein. Seit bald zwei Jahren war er nun an Alnwick Castle und die Königin gefesselt und natürlich spielte das mit seinem Verstand. Er bildete sich ein, dass die Tochter der Königin – die eigentliche Thronfolgerin – seine Braut war. *Er war verrückt! Verrückt!*

Er straffte die Schultern und verwandelte sich in Rauch. Er konnte sich nicht so gut an die Umgebung anpassen wie ein Vampir, aber das würde durch den zusätzlichen Schutz der Nacht schon genügen. Er wollte nur ein paar Minuten bleiben. Nur ein paar Minuten, damit er feststellen konnte, dass er sich absolut lächerlich benahm.

Er brauchte nicht lange, um die Hexe im Garten zu finden. Ihr helles Haar strahlte im Mondlicht wie ein Heiligenschein. Sie hatte doch tatsächlich den Giftgarten verlassen und es sich an den eindrucksvollen Kaskaden auf einer dunklen Picknickdecke bequem gemacht.

Immer wieder sah sie über ihre Schulter. Sie spürte seine Anwesenheit, aber sie konnte ihn nicht sehen. Dafür waren ihre Hexensinne nicht ausgereift genug. Sie war ja nicht einmal in ihrer Unsterblichkeit erstarrt. Als Untoter spürte er, dass diese Hexe noch alterte – auch wenn es maximal ein Jahr dauern würde, ehe sie für immer in einer Starre um Anfang zwanzig verweilte.

»Hach, Oktavia«, sagte sie zu dem Baum und streichelte die Rinde. »Ich werde schon ganz paranoid.«

Der angesprochene Baum streckte seine Wurzeln aus und ... tätschelte ihre Schulter. Dann deutete das Stück Brennholz mit den langen Ästen vage in seine Richtung.

Warte ... Sie konnte mit Pflanzen sprechen? Das ging doch weit über eine einfache Giftaffinität hinaus!

Blake starrte das Astwerk länger als nötig an. Hatte er Angst, die Hexe anzusehen? Das war lächerlich, denn sie war ... sie war ...

Sie war wunderschön.

Das Mondlicht brachte ihre helle Haut regelrecht zum Leuchten. Ihre Haare waren weiß wie frisch gefallener Schnee und ließen ihre violetten Augen nur noch intensiver strahlen. Wie er wanderte sie auf der schmalen Spur zwischen menschlicher Schönheit und übernatürlicher Attraktivität.

Bei den sieben Kreisen der Hölle, er hatte noch nie ein schöneres Wesen gesehen! Es war fast so, als würden die Schatten der Nacht ihre Schönheit noch unterstreichen.

Reiß dich zusammen!, schalt er sich selbst. Du bist ein Dämon aus der Hölle. Der Sohn einer Todsünde. Man nennt dich den Vielfraß der Unterwelt, weil sich kein anderer Dämon in so kurzer Zeit so viele Seelen einverleibt hat. Das dort ist nur eine kleine, zierliche Hexe, die gegen Gift immun ist.

Doch dann beendete ein dunkles Seufzen seinen Vorsatz, sich nicht wie ein verliebter Schuljunge aufzuführen.

Seine Bra– Die Hexe war einsam. Sie hatte die Füße eng an ihren Körper gezogen, das Kinn auf ihren Knien und sah mit leerem Blick in Richtung der Stadt.

»Ich … Ich würde so gerne mal wieder ausgehen«, erzählte sie dem Baum. »Einfach nur hübsch machen und in die Stadt gehen. Was? Ach, das ist lieb, aber ich glaube, es ist seltsam, wenn eine Trauerweide mitten in der Stadt aus dem Erdboden schießt. Ja, auch wenn du dir Schleifen in deine Äste bindest.«

Sie lächelte ein wenig und schon wieder fühlte sich seine Brust so eng an. Warum? Warum war seine Braut eine Hexe? Warum kein Mensch? Dämon? Oder eine Fae wie seine Schwester?

Weil du nach dem Desaster mit Prinz Caspian nie wieder etwas mit einer Fae – Seelie oder Unseelie – anfangen wolltest.

Er wollte nicht undankbar klingen, aber er hatte nicht mit einer Hexe gerechnet, deren beste Freundin ein Zöpfe flechtender Zahnstocher war.

Wobei sie ganz anders als Königin Sibylle und ihr Coven wirkte. Wenn er sie ansah, dann überkam ihn gar nicht die Lust, ihr Herz mit seinen Klauen aus der Brust zu reißen. Ganz im Gegenteil. Vielleicht verspürte er gerade ein bisschen Lust, ihre zarte Haut mit Küssen zu bedecken. Wie sie wohl roch? Nach Rosen? Nach Wildkirschen? Sein Geruchssinn war am Durchdrehen – wie all seine anderen Sinne. Es fühlte sich so an, als hätte er bis heute die ganze Welt durch eine

Blase wahrgenommen. Als hätte er noch nie richtig gelebt …

Bei der Hölle! Das war doch nicht zum Aushalten!

»Ausgehen«, begann Belladonna wieder. »Oder einfach …«

Ganz allein begann seine Braut im Mondlicht zu tanzen. Er hatte schon öfters Dämonen abfällig darüber reden hören, dass Hexen ihre »albernen« Tänze liebten. Dem Anschein nach hatten sie noch nie eine Hexe wirklich tanzen sehen, denn das war ein Fest für die Augen: Belladonna wirbelte in ihrem schwarzen Kleid über den dunklen Grasboden. Tautropfen spritzten in alle Richtungen. Ein kleiner Tropfen traf sogar seine Wange, weil er unbewusst seinen menschlich aussehenden Körper angenommen hatte.

Die Pflanzen wuchsen und streckten ihre Knospen neugierig in ihre Richtung. Obwohl sie die Augen geschlossen hatte, tänzelte sie leichtfüßig um die Gewächse.

Barfuß tanzte die Hexe auf dem Gras. Einmal rutschte sie fast aus, weil der der Boden bereits feucht war. Sie stützte sich mit beiden Händen ab und machte ungerührt weiter.

Sie lächelte – aber er sah auch, dass ein dunkler Schatten auf ihren Zügen lag. Diese Hexe würde sich nie an die Einsamkeit gewöhnen können.

Der Drang, sie einfach in die Arme zu nehmen, war nahezu überwältigend. Vielleicht dachte sie, dass sie allein war, aber die Pflanzen schienen sie zu lieben und …

Und was? Er war nicht ihr Liebhaber. Nur ein dummer Dämon, der seine Gelüste nicht kontrollieren konnte, weil er noch nie eine Braut gefunden hatte.

Sie legte die Hände überkreuzt auf ihre Schultern und streifte sich die–

Ha-hatte sie etwa vor, nackt im Mondlicht zu tanzen?

Die schwarze Spitze glitt von ihren Schultern und er erhaschte einen Blick auf ihre nackten Brüste. Das Rascheln, als ihr Spitzenkleid zu Boden fiel, riss ihn aus seinen Gedanken.

Zischend löste sich Blake erneut in Nebel auf und teleportierte sich ins rettende Schloss. Das war genug Voyeurismus für den Tag! Er war kein Spanner, er war ein Prinz der Hölle!

Kraftlos sank er auf seiner Chaiselongue zusammen. Er fuhr sich durch die dichten, schwarzen Haare, die Lippen zu einem geraden Strich zusammengepresst, während seine Beine ruhelos auf und ab wippten.

Beim Fegefeuer! Diese Hexe war gefährlicher, als er angenommen hatte!

Normalerweise konnte er fleischlichen Gelüsten widerstehen. Wie man es betrachtete, war das der Vor- oder Nachteil am Totsein. Aber bei dieser Hexe war es anders. Er fühlte sich ... er fühlte *so viel.*

Er musste sich eingestehen: Sie war zwar seine Feindin, aber zweifelsfrei auch seine Braut.

Obwohl sie eine Hexe war, änderte das nichts daran, dass sein dämonischer Instinkt sich von ihr angezogen fühlte. Aber ... Konnte er sie auch lieben?

Er erschrak, als er den Kopf hob und den Schatten in seinem Gemach stehen sah. Seine Braut suchte also auch unbewusst seine Nähe. Spürte dieser Schatten, dass sie seine Braut war?

Und was noch schlimmer wäre: War auch Königin Sibylle klar, dass ihre Tochter die Braut eines Dämons war? Wobei sie wahrscheinlich viel zu ignorant war, zu denken, dass Dämonen schicksalhafte Begegnungen hatten. Hexen und Fae glaubten nicht nur daran, sie waren auch nicht empfänglich dafür.

Moment ... Wenn Sibylle nichts gegen den Schatten unternahm, dann wusste sie womöglich nichts von seiner Existenz! Er war der blinde Fleck in ihren Vorhersagen.

Blake lächelte zum ersten Mal, als er auf die dunkle Gestalt zuschritt, sein Gang war noch nie so federnd gewesen und in seiner Brust schlug zwar immer noch kein Herz, aber ein kleiner Samen der Hoffnung keimte. »Ich habe dich gesehen«, begann er.

CONTENT WARNINGS

- Blut
- Gewalt
- Mord
- Tod
- Kindesvernachlässigung
- Erwähnung von sexualisierter Gewalt
- Tod eines Familienmitglieds
- Spinnen & Schlangen

Sporrer, Teresa
Queen of the Wicked – Der untote Prinz
ISBN 978 3 522 50833 9

Umschlaggestaltung: Giessel Design
unter Verwendung von Bildern von Shutterstock.com: 1st-ArtZone/
Aleksandra Vinogradova/ New Africa/ DrHitch/ Anna
Timoshenko/ Abstractor/ Piotr Krzeslak/ Raland
Vor- und Nachsatz illustriert von Carmen Di Mauro
Innentypografie und Satz: Kadja Gericke
Reproduktion: DIGIZWO GbR, Stuttgart
Druck und Bindung: GGP Media GmbH, Pößneck
Die Originalausgabe dieses Buches erschien 2023
erstmals als E-Book und Taschenbuch bei Loomlight.

FSC www.fsc.org
MIX
Papier | Fördert gute Waldnutzung
FSC® C014496